세계문학의 가장자리에서

이 책은 2007년 정부(교육과학기술부)의 재원으로 한국연구재단의 지원을 받아 수행된 연구임
(NRF-2007-361-AM0059).

세계문학의 가장자리에서

초판 1쇄 발행 | 2014년 10월 17일

엮은이 | 김경연 · 김용규
펴낸이 | 조미현

편집주간 | 김수한
편집 | 문정민
디자인 | 장원석

펴낸곳 | (주)현암사
등록 | 1951년 12월 24일 제10-126호
주소 | 121-839 서울시 마포구 동교로12안길 35
전화 | 365-5051 · 팩스 | 313-2729
전자우편 | editor@hyeonamsa.com
홈페이지 | www.hyeonamsa.com

ISBN 978-89-323-1711-3 94800

이 도서의 국립중앙도서관 출판시도서목록(CIP)은
e-CIP 홈페이지(http://www.nl.go.kr/ecip)에서 이용하실 수 있습니다.
(CIP제어번호: CIP2014027900)

세계문학의 가장자리에서

우리시대의 주변/횡단 총서 6

김경연·김용규 엮음

ㅎ 현암사

일러두기

1. 본문에서 인명과 지명 등은 국립국어원의 외래어표기법을 따랐다. 간혹 널리 알려져 익숙해진 표기가 있는 경우에는 예외를 두었다.

2. 본문에서 명사 복합어의 띄어쓰기는 국립국어원의 표준국어대사전을 따랐다. 간혹 필자의 요청이 있거나 일관성을 지키기 어려운 경우 예외를 두어 통일하였다.

"우리들이 우리를 둘러싼 협소한 울타리를 넘어 보지 못할 때 너무 쉽게 현학적인 기만에 빠질 가능성이 있다. …세계문학의 시대가 목전에 와 있으며 모든 사람들은 그 날을 앞당기기 위해 노력해야 한다."

-요한 볼프강 폰 괴테

"세계문학은 하나의 대상이 아니라 하나의 문제, 그것도 새로운 비평적 방법을 요청하는 문제이다. 어느 누구도 단순히 더 많이 읽음으로써 하나의 방법을 발견한 적은 결코 없었다. 그것은 이론들의 존재 방식이 아니다. 이론들을 시작하기 위해서는 도약과 내기—즉 가설을 필요로 한다."

-프랑코 모레티

개입으로서의 세계문학

서구적 근대성의 특권적 지위와 유럽중심주의에 근거했던 과거의 세계문학론이 쇠퇴한 이후 구미歐美는 물론 한국에서도 세계문학에 대한 논의가 또다시 전개되고 있다. 문학의 영향력이 급속히 퇴조하고 근대문학의 종언이 예언되고 있는 현실에서 세계문학에 관한 새로운 논쟁과 토론은 반가운 일이 아닐 수 없다. 최근 들어 구미 학계에서는 세계문학론에 대한 진지한 논의와 토론들이 활발하게 펼쳐지고 있고, 세계문학을 둘러싸고 다양한 이론서들이 속속 출간되고 있다. 국내에서도 한동안 사라졌던 세계문학론에 대한 논의가 본격적으로 제기되고 있다. 세계문학론에 대한 논쟁을 출판 시장보다 주로 학계에서 주도하고 있는 구미의 상황과 달리, 현재 국내에서는 학계 중심의 세계문학론보다는 거대 출판사들이 주도하는 세계문학전집을 둘러싼 논의가 주를 이루고 있는 상황이다. 아마 세계문학을 둘러싼 세계적 상황과 그 제도적 차이 때문일 것이다. 무엇보다 비교문학과가 잘 갖추어진 영미권의 경우, 세계문학을 국민문학의 경계를 당연시 해온 비교문학의 한계에서 탈피하기 위한 새로운 패러다임 내지 문제 설정으로 생각하는 경향이 강한데, 아마 이것이 세계문학 논의를 학계가 주도하게 된 주요 원인 중의 하나일 것이다.

무엇보다 세계문학 논의가 재등장하게 된 배경에는 직간접적인 다양한 이유들이 존재한다. 경제적 차원에서 볼 때, 오늘날 자본과 노동의 지구화로 인해 기존 국가와 지역과 문화의 경계들이 허물어지고, 다양한 정보기술의 발달과 상품의 생산 및 소비의 국제화로 인해, 즉 마르크스가 세계문학의 조건이라 말한 '세계 시장'이 당면 현실이 되고 있다. 정치·문화적으로도 일국적 경계를 넘어서 영향력을 행사하는 권력 기구들의 등장으로 국민국가의 정치적 결정과 영향력의 약화가 두드러지고 있다. 이런 현상은 그동안 국민국가의 강력한 통제와 권위에 의지하던 국민 문화의 장악력이 약화되면서 일국 문화를 넘어서 다양한 문화들이 서로 조우하고 타협하는 횡단 문화적 가능성을 본격화하고 있다. 그 과정에서 국민 문화의 형성 과정에서 억압되었던 복수의 지역 문화들 또한 부상하고 있다. 이런 변화는 문학과 관련된 출판 시장에도 큰 변화를 초래한다. 단지 특정한 국민 문화의 대중을 겨냥해온 국내 출판 시장을 넘어 번역을 매개로 국제적 독자들을 타깃으로 삼는 세계적 출판 시장이 도래하고 있다. 이 시장에서는 묻혀 있던 주변부 작가들이 발굴, 번역, 소개되기도 하지만 소수의 명망 있는 세계적 작가의 작품이 압도적인 권위를 누린다. 이 시장 내부에는 경제적 세계 시장과 마찬가지로 문화적 권력 관계가 강력한 영향력을 발휘하고 있다. 세계 출판 시장의 존재를 확인시켜주는 것은 최근 들어 작가들이 '함축된 세계 독자'implied world reader를 겨냥하여 주제의 선택은 물론이고 형식과 스타일까지 결정하여 작품을 쓰고자 한다는 사실이다. 이민이나 디아스포라와 같은 초국적 주제나, 특정한 장소성에 구애받지 않고 세계 어디를 배경으로 해도 상관없는 보편적 주제들이 선호되고, 형식이나 스타일 역시 세계 독자의 접근 가능성을 용이하게 해주는 문학 형식이 우세해진다. 세계 시장을 지배하는 두 가지 원칙을 들자면, 그것은 소비 가능성과 번역 가능성일 것이다. 학계에서도 국민 문화와 분과 학문에 기반을 둔 근대적 학문 체계가 시대의 다변화된 요구에 부응하지 못한 채 뒤처지면서 문화 간, 언어 간, 지역 간 횡단적·통합적 연구 시스템들이 적극 모색되고 있다. 그 중에서도 특히 국민 문화 간 비교 연구를 담당해왔던 비교문학은 국민 문화의 '경계'를 당연한 것으로 취급해왔다는 반성 위에 세계문학론을 본격적으로 제기하고 있다. 세계문학론은 비교문학의 한계로부터, 특히 비교문학의 변화 과정에서 대안의 장으로 모색되고 있는 것이다. 현재 세계문학을 둘러싼 학회나 세미나, 프로그램과 같은 제도들을 통해 세계문학의 확산을 위한 주도적 역할을 담당하고 있는 것은 주로 구미의 비교문학과들이다.

이와 같은 일련의 변화들은 요구의 내용에 따라 세계문학에 대한 다양한 개념들을 낳고 있다. 그런 의미에서 세계문학이란 단일한 개념이 아니다. 오히려 시대적 요청과 새로운 현실에 따라 다양한 세계문학들이 존재하는 것이다. 유희석은 세계문학을 네 가지 범주로 구분한 바 있는데, 첫째, 근대화를 주도한 서구의 정전 문학으로서의 세계문학, 즉 우리가 알고 있는 서양문학으로서의 세계문학, 둘째, 세계의 문학 시장에서 다양한 민족어·지방어들을 사용하는 문학을 매개하는 번역 문학으로서의 세계문학(오늘날 전 지구적 베스트셀러 문학은 여기에 포함된다),

셋째, 서구와 비서구의 우열에 근거한 비교문학이라는 분과 학문이 상
정하는 세계문학, 마지막으로 앞서의 세 범주에 대항한 문학 지식인의
초국적 연대와 교류를 지향하는 괴테·마르크스적 기획으로서의 세계
문학이 그것이다.[1] 이현우 또한 세계문학을 네 가지 범주로 구분한다.
그에 따르면 첫째, 세계 각국의 문학을 한국문학에 상대하여 이르는 의
미, 즉 '해외 문학' '외국문학'으로서의 세계문학, 둘째, 오랜 시간에 걸
쳐 인류에게 읽히는 문학으로서의 세계 명작 혹은 고전을 뜻하는 세계
문학, 셋째, 개별 국가의 국민문학(민족문학) 속에서 보편적인 인간성을
추구한 문학, 곧 괴테가 정의한 '세계문학', 마지막으로는 새로운 유형
의 세계문학, 즉 세계 시장에서 통하는 문학, 세계적인 베스트셀러를 가
리키는 세계문학이 있다.[2] 이 두 구분은 조금 차이가 있지만 문제적이
거나 대안적인 것을 모두 괴테가 말한 세계문학에서 찾고자 한다는 점
에서 공통점을 보인다. 유희석이 세계문학의 대안적 가능성을 괴테·
마르크스적 기획으로서의 세계문학에서 찾는다면, 이현우 역시 괴테의
세계문학 정의를 오늘날 세계문학에서 가장 문제적인 정의가 될 수 있
다고 지적한다.

　세계문학의 범주들 자체가 가변적이고 서로 중첩되어 있기도 하다는
점을 감안해서 읽을 필요가 있고, 범주들이 가치중립적이기보다는 상
이한 현실과 현상 그리고 대안을 동시에 가리키거나, 동일한 현상의 다
양한 양상들을 명확하게 구분해버린다는 점에서 문제적일 수 있지만
세계문학의 다양한 현실과 요구들을 반영한 구분이고, 세계문학의 비
판적·대안적 가능성을 염두에 둔 구분이라 할 수 있다. 사실 일부 번역
으로서의 세계문학이 괴테·마르크스적 기획으로서 세계문학과 무관하
지 않듯이, 어떤 범주이든지 간에 세계문학의 범주는 계속해서 변화하

고 있다. 우리에게도 이런 범주적 구분 이전에 세계문학은 고정되지 않은 복합적 대상이었고, 경우에 따라서 우리 문학의 새로운 변화를 이끌 주체적 계기가 되기도 했다. 역사적으로 볼 때 세계문학은 우리와 무관한 타자의 지위에서 시작하여 상호 문화적 번역의 대상이자 주체적 계기로 바뀌어오기도 했다. 역사적으로 외세에 의한 지배 때문에 전통과 급격하게 단절하게 된 근대적 경험과 그 결과로서 쓸 만한 근대적 문화 자산의 부족은 우리로 하여금 세계문학을 지극한 동경과 선망의 대상으로 바라보게 만들었다. 그러한 동경으로 인해 세계문학이 은근히 전제하고 있던 유럽중심적 근대성과 서양의 제국주의적 시각은 자연스럽게 우리의 내면으로 들어오게 되었다. 그리하여 우리에게 세계문학은 곧 서양문학이었고 우리 내부에 들어와서도 우리의 것이 아닌 이물 같은 것으로 존재했다.

하지만 한편에서 4·19 혁명 이후의 역사적 각성과 민주적 정치의식의 성장 덕분에 타자성에 대한 객관적이고 냉정한 인식이 생겨났고, 또 다른 한편에서는 우리 문학에 대한 성과와 문학 행위에 대한 자각이 성숙하면서 세계문학은 제3세계 문학, 민족문학, 주변부 문학, 나아가서 지역 문학으로 각각 번역되기 시작했다. 이제 세계문학의 '세계'는 더 이상 서양을 의미하지 않게 되었다. 세계문학의 이와 같은 번역 과정은 또한 서구적 근대성에 대한 비판적 각성의 과정에 다름 아니었다. 서구적 근대성은 이성적이고 합리적인 사고를 통해 미신과 미개의 야만 상태에서 벗어나는 인간적 성숙을 의미하는데, 문제는 이러한 성숙이 서양을 벗어나서는 가능하지 않다는 점이다. 서구적 근대성은 서구와 비서구를 구분하기 위한 잣대가 되었고 전자에게만 문명과 진보의 이념을 귀속시킴으로써 현실에서는 서구와 비서구 간의 위계를 강화하는 방식으로 기능했다. 그 결과 서구적 근대성은 서구에게만 주체성과 완성을 약속하는 데 반해, 비서구나 주변부 세계에는 영원히 미완일 수밖에 없는, 즉 동경과 부러움의 대상으로 존재할 수밖에 없었다. 서구적 근대성의 실체가 우리가 접근할 수 없는 초월적 이념으로 존재하는 한, 세계문학 또한 영원히 우리의 것이 될 수는 없었다. 하지만 서구적 근대성이 다양한 근대성들 중의 하나이고, 특히 그것이 제국주의나 인종차별주의처럼 근대 체제 속에서 전 지구적으로 작동해온 방식에 대한 비판적 인식이 자리 잡아가면서 세계문학에 대한 인식 또한 점차 달라지고 있다. 서구적 근대성에 대한 비판적 각성은 우리로 하여금 자신의 문학 행위를 '세계적'인 것으로, 우리 문학을 세계문학의 한 부분으로 인식할 수 있게 해준 것이다.

하지만 세계문학을 곧장 우리 문학과 같은 것으로 간주하는 것은 문제가 될 수 있다. 우리 문학과 세계문학 간에는 주체와 대상의 자리를 주고받는 긴장이 여전히 존재하기 때문이다. 앞서의 범주 구분에서 보았듯이 세계문학은 다양한 종류의 세계문학으로 존재하고, 세계적 출판 시장과 결부된 문화 권력으로서 세계문학이 엄연히 지배적 지위를 점하고 있으며, 학계 내부에도 여전히 과거보다 훨씬 교묘한 서구중심적 세계문학론이 팽배하고 있기 때문이다. 최근 포스트식민주의 이론가인 로버트 J. C. 영은 「세계문학과 포스트식민주의」라는 글에서 세계문학과 포스트식민 문학은 구분되어야 마땅하다고 주장한다. 그의 주장은 이런 긴장된 현실을 반영한 것이다. 영은 세계문학이 외부의 세계사적 사건에 의해 그 운명이 급변한다고 하더라도 스스로 '사심 없는' 문학으로 제시하는 경향이 있다고 지적한다. 영은 "일반적으로 세계문학이 그 원래의 괴테적인 이론화에서든, 아니면 20세기 초와 말의 새로운 등장에서든 지역적 맥락을 초월하면서 스스로 모든 문화들이 공유하는 보편적인 것으로 정립하는 그런 특성과 통찰을 가진 최상의 문학과 같은 심미적 기준"[3]에 근거하기 때문에 "세계문학은 가치판단과 취향이라는 전통적 질문들을 회피하라는 강한 압박을 받고 있다"고 말한다. 하지만 영은 사심 없고 보편적인 심미적 기준에 근거하는 "세계문학에 관한 대개의 설명과 선별이 최근까지도 그 강조점에 있어서 압도적으로 유럽적이었다는 사실"은 숨길 수 없다고 주장한다. 즉 세계문학의 사심 없는 심미적 기준이 유럽중심적 세계문학을 전제하고 있다는 것이다. 영에 따르면, "'보편적'이라는 단어에서처럼 문학의 맥락에서도 '세계'는 종종 유럽적이라는 것을 의미할 뿐이었다."[4] 이러한 세계문학에 맞서 영은 포스트식민 문학이 갖는 세 가지 차별성을 제시한다. 우선 포스트식민 문학은 세계문학과 다른 역사적 시기성을 갖는다. 세계문학이 아주 오랜 전의 고전적이고 역사적인 작품들에 초점을 두는 데 반해, 포스트식민 문학은 '식민 이후'라는 당대적 시간성을 표현하는 문학에 주목한다는 것이다. 이 말은 포스트식민 문학이 당대의 전 지구적 정치 현실, 특히 지금도 영향력을 미치고 있는 식민 권력과 식민주의의 지배와 억압에 맞선 저항의 문학이라는 것을 뜻한다. 그러므로 포스트식민 문학의 주된 특징은 심미적이고 보편적이기보다는 정치적이고 당파적이며 비판적일 수밖에 없다. 영은 "[포스트식민] 작가는 심미적 영향보다는 비판적 개입, 즉 항상 소설을 넘어 바깥 세계의 상태를 겨냥하는 개입에 관심이 있다"[5]고 말한다. 두 번째 특징은 첫 번째 특징의 연장선에서 포스트식민 문학의 형식이 윤리학과 깊은 관계가 있다는 것이다. 포스트식민 문학은 중립적이고 사심 없는 성격의 세계문학과 달리 "젠더, 계급, 혹은 카스트, 지배 언어와 소수언어의 역할,

피식민지인과 토착민의 지속적 투쟁과 관련된 정의, 인권, 생태학, 종교, 세속주의, 식민적이든 포스트식민적이든 권력 관계의 불평등의 문제에 관심을 갖는다."[6] 영은 이런 관심 때문에 포스트식민 문학이 세계문학과는 다른 차원의 보편성, 즉 정의와 윤리와의 관계 속에서 새로운 형태의 보편성을 확보하고자 한다고 주장한다. 마지막 세 번째 특징으로 영은 포스트식민 작가들에게 언어와 표현의 자유가 항상 문제적인, 즉 끊임없는 언어적·정신적 불안에 시달려야 하는 생존의 문제라고 말한다. 사실 세계문학도 번역을 앞세우지만 개별 작가들이 자신의 언어로 표현하거나 손쉬운 번역 가능성에 의지한다는 점에서 언어와 번역의 문제에 그다지 깊은 관심을 기울이지 않는 데 반해, 포스트식민 문학은 언어 불안을 근원적으로 안고 있으며, 작가가 어떤 언어로 쓸 것인가를 선택해야 하는 문제에 항상 직면할 수밖에 없다는 것이다. 간단히 말해, 세계문학이 안이한 번역 가능성과 투명한 전달에 사로 잡혀 있다면, 포스트식민 문학은 언어의 불안정성과 번역 불가능성을 본질적인 문제로 안고 있다는 것이다.

영의 주장은 세계문학에 맞서 포스트식민 문학의 위상을 정확하게 전달하는 이점을 갖는다. 그의 주장에서 우리의 주목을 끄는 것은 괴테의 세계문학 역시 지역적 맥락을 초월하는 보편적이고 심미적인 기준에 의지하고 있는 사례에 속하고, 괴테가 세계문학을 주창하기 위해 읽었던 텍스트들 중에는 식민 권력의 통제를 촉진하기 위해 동양 문헌의 번역에 힘을 쏟았던 동인도회사의 심판관이었던 윌리엄 존스경의 번역 시집도 포함되어 있었던 점을 흘려 읽어서는 안 된다고 지적하는 대목이다. "괴테의 글은 순수하게 '문학적'일 수 없으며 존스 작업의 맥락을 무시할 수도 없다"[7]는 것이다. 영은 한국의 논자들처럼 괴테의 세계문학을 대안적 기획 내지 문제적인 것으로 인식하지 않는다. 특히 그는 포스트식민 문학을 세계문학의 한 범주로 넣는 것조차 거부한다. 여기서 기억해야 할 것은 영의 이런 주장이 철저하게 맥락적인 것이라는 점이다. 영미권에서 세계문학론이 제기되는 배경에는, 앞서도 지적했듯이, 기존 문학 연구에 대한 정치적이거나 비판적인 문제 제기보다는 학계, 특히 미국 내 비교문학의 전환과 그에 맞는 연구 방향의 새로운 설정이 자리 잡고 있다. 인도/파키스탄 마르크스주의 비평가인 아이자즈 아마드는 미국에서 세계문학의 등장을 기존 국민 문화에 대한 대안으로서보다는 비교문학을 수행하는 기존 방식을 변형하는 하나의 방식으로 이해할 필요가 있다고 주장한다.[8] 뿐만 아니라 오늘날 영미권 학계에는 세계문학론 진영과 포스트식민주의 진영 간의 이념적 차이와 정치적 견해 차이가 뚜렷이 갈라져 있는 실정이다. 지난 20년 동안 영미권 문학계에서 기존의 문학 연구, 특히 전통적 비교문학 연구에 대한 포스트식민주의의 공격이 거셌는데, 이런 공격에 의기소침해 있던 진보적이고 보수적인—다수가 백인—문학 연구자들이 세계문학론을 통해 자신들의 수세를 만회하려고 하는 이론적 현실이 존재하고 있다. 사실 세계문학론을 주장하는 이론가 중에는 마르크스주의적 문학 이론가뿐만 아니라 보수적 비교문학자들 또한 눈에 띈다. 세계문학과 포스트식민 문학을 분명히 가르는 영의 태도는 이런 맥락을 감안해서 읽을 필요가 있다.

그렇다고 하더라도 영의 주장은 세계문학의 기준을 심미적이고 보편적이며 무목적적인 것으로 정형화하고 있으며 세계문학 자체의 변화를 인정하지 않고 있다. 그의 생각에 세계문학은 여전히 유럽중심적이며 서구적 근대성의 반영에 불과하다. 하지만 서구적 근대성의 반영으로서의 세계문학은 영의 소망과 달리 더 이상 통용되지 않는다. 오히려 한국의 논자들처럼 괴테·마르크스적 기획이나 괴테적 문제 제기로서의 세계문학은 세계문학을 단일화·동질화하지 않으면서 그 내부에 긴장을 불러일으키는 시도로 해석해볼 수 있다. 물론 그런 기획이나 문제 제기 또한 영의 주장처럼 보다 철저한 비판적 검토의 대상이 될 필요가 있다. 영의 주장은 특정한 세계문학이 대안이나 문제적 기획으로 설정되는 순간 비판의 대상에서 제외될 수 있음을 경계하는 주의로 이해해볼 수도 있다. 즉 대안이나 기획 자체에 대한 면밀한 검토가 수반될 필요가 있는 것이다. 그 내부에는 새로운 형태의 중심적 시선이 스며들어 있지 않은지, 그런 기획이 오늘날 전 지구적으로 등장하는 수많은 세계적 지역 문학들을 다 포용할 수 있는 개념인지, 아니면 그런 문학을 새로운 방식으로 통제하는 것이 되지는 않는지, 나아가서 괴테적 세계문학론의 보편성은 진정으로 세계적이고 보편적인 것인지 등의 물음들을 제기할 필요가 있다.

영의 주장은 뚜렷한 한계에도 불구하고 세계문학에 대한 기존 개념들을 비판적으로 검토하는 데 유용하며, 우리로 하여금 세계문학에 대한 비판적 인식을 정치하게 하고 확장할 것을 요구한다. 오늘날 전 지구적으로 무수한 '세계적' 지역 문학 내지 '지역적' 세계문학들이 등장하고 있다. 이런 문학이 등장하게 된 가장 큰 이유는 세계체제 내에서 자본주의의 팽창과 침투의 영향을 받지 않은 지역이 더 이상 존재하지 않는다는 사실 때문이다. 세계의 거의 모든 지역 문화들은 서구 자본주의와 근대화를 모델로 하는 지구 문화의 확장과 그 확장의 폭력적 방식인 제국주의적 수탈과 억압, 그리고 그에 맞선 민족적·지역적 저항으로 인해, 추종이든 타협이든 반발이든 간에 서구 자본주의의 침투와 직간접적인 연관성을 맺는 공통적 경험을 공유하게 되었다. 프레드릭 제임슨은 제3세계 문학이 엄청난 다양성을 갖고 있음에도 불구하고 일정한 미학적 공통성을 갖고 있다고 주장한 적이 있다. 그 이유는 제3세계가 근대 세계체제 속에서 서구 자본주의에 대해 비슷한 경험을 공유했기 때문이다. 제임슨에 따르면, 제3세계는 제1세계의 자본이 제3세계로 침투해 들어가는 경제적 상황, 즉 서구적 근대화의 급격한 과정을 겪었고 이런 현실 위에서 제1세계의 문화제국주의의 지배에 맞선 생사를 건 투쟁을 벌인 공통점을 갖고 있다. 바로 이런 경험 때문에 제3세계 문학은 제1세계와는 다른 공통적 형식을 갖게 되었는데, 제임슨은 이런 공통적 미적 형식을 '민족적 알레고리'로 명명하였다.[9] 제임슨의 주장은 제3세계 문학을 획일화하고 그 다양성을 동질화했다는 비판을 받기도 했지만 그 지적이 틀렸다고만 할 수는 없다. 오늘날 자본주의의 전 지구적 팽창과 초국적 권력 기구의 대두, 그리고 민족국가의 약화로 지구적인 것, 민족적인 것, 지역적인 것 간의 관계가 달라지고 있다. 그동안 지구적인 것과 지역적인 것을 매개해주었던 민족국가의 기능 변화와 약화로 지구적인 것과 지역적인 것이 보다 직접적이고 무매개적인 관계로 변하고 있다. 지구의 오지에 살고 있는 사람들조차 발달된 통신수단이나 인터넷과 같은 다양한 매체를 통해 자본주의의 전 지구적 현실을 손쉽게 경험할 수 있다. 이미 지구적인 것은 우리의 지역적 삶의 일부가 되었다. 그렇다면 제임슨의 주장은 틀렸다기보다는 그러한 공통 경험이 제3세계의 차원을 넘어 전 지구적 차원으로 확장되고 있다고 할 수 있다. 즉 제임슨이 말하는 제3세계는 사라지기보다는 전 세계의 수많은 지역들로 확장되고 있는 것이다. 제1세계의 도처에서 우리는 과거 제3세계에서나 볼 수 있었던 비참한 삶의 모습을 쉽게 목격할 수 있다.

그러므로 오늘날 서구적 근대성은 전 지구적 근대성으로 확장되고 있다. 지구적 근대성은 서구적 근대성의 연장이면서도 단순한 외연 확장에 국한되지 않는다. 우선 자본주의의 확장으로 인해 서구적 근대성 내부에서 진행되었던 타자에 대한 지배와 억압의 경험들은 지구적 차원으로 확장되고 있다. 아르투로 에스코바르는 "근대성이 확장되고 급진화하는 지구적 근대성 속에서 급진적 타자성은 모든 가능성의 영역들로부터 추방당하고, 온갖 세계 문화들과 사회들은 유럽 문화의 한 형태로 축소당하고 있다"[10]고 지적한다. 하지만 전 지구적 근대성으로의 확장 과정에서 타자의 추방과 배제는 오히려 서구적 근대성에 대한 강한 반발과 저항을 불러일으키고 있다. 그 결과 저항의 경험과 형식과 운동들은 복잡해지고 다양화되며 전혀 새로운 방식의 연대를 형성한다. 월터 미뇰로의 말로 하자면, 지구적 구상들global designs의 지배와 통제에 맞서고 그 구상을 지역적 역사들local histories로 주체적으로 번역하는 지적·실천적 운동들이 급증하고 있는 것이다. 이 과정에서 서구적 근대성과 같은 지구적 구상들에 의해 '비지식'non-knowledge으로 밀려났던 다양한 비서구의 지식들은 새로운 방식으로 활용될 뿐만 아니라 적극적 대안으로 추구되기도 한다. 이제 보편적인 모색은 서구적 근대성에 바탕을 둔 지구적 구상들에서 오기보다는 그것을 지역 현실에 맞게 주체적으로 번역하는 지역적 역사들과 힘으로부터 비롯한다. 이럴 때 중요한 것은 지역적 역사와 문화를 초월하여 행사되는 서구적 근대성의 보편성이 아니라 전 지구적인 다양한 지역 문화들의 수평적이고 횡단적인 연대 과정 속에서 형성되는 보편성이다. 그것은 다른 지식들과 문화를 배제하거나 거기에서 탈피하고자 하는 단일 문화적 보편성이 아니라 다른 문화와 가치를 적극적으로 인정하고 활용하는 복수 문화들의 '함께 보기'를 통한 연대의 보편성과 같은 것이다. 특히 이런 보편성은 타자의 문화를 '하찮고 쓸모없는' 비지식으로 몰아세웠던 서구의 근대적 자아의 이성이 아니라 자신의 문화를 타문화와의 상호 대화와 상호 번역을 통해 인식하는 타자의 이성에 근거한다.

바로 이런 현실을 그 가능 조건으로 하고 있는 것이 오늘날 세계문학이다. 세계문학의 가장 보편적인 '세계'는 세계체제의 중심부나 제1세계의 부유한 삶의 모습이 아니라 바로 이 체제의 고통을 감당하고 견뎌내는 주변화되었지만, 너무나 보편적인 주변부의 삶의 모습과 관련이 있을 것이다. 그렇게 볼 때, 세계문학은 서구적 근대성을 동경하고 그것에 의해 인정받고자 하는 문학이 아니라 지구적 근대성과 지역 현실들 간의 대결을 무대에 올리는 문학이 된다. 특히 세계문학은 우리와 무관한 다른 세계의 문학이 아니라 우리 자신이 우리의 삶으로서 주체적으로 참여할 수 있는, 즉 '개입으로서의 세계문학'world literature as an intervention이 될 수 있다. 우리는 세계문학의 공간을 우리의 '외부'에 존재하는 세계를 향한 동경이 아니라 우리 자신의 현실을 내부에서 감싸고 있는 세계성에 대한 각성으로 나아가기 위한 개입의 장으로 인식할 필요가 있다. 세계란 우리의 외부에 존재할 뿐만 아니라 바로 우리의 내부에도 존재한다. 이런 인식은 우리를 세계문학의 보편성에 대한 새로운 이해로 이끈다.

이 책에 수록된 글들은 대체로 세계문학에 대한 일관된 시각을 전제하고 있지는 않다. 하지만 대부분 세계문학의 유럽중심성을 비판하거나, 세계문학을 제3세계나 동아시아의 입장에서 이해하고자 하거나, 세계문학을 한국문학, 지역 문학, 나아가서 서발턴 디아스포라의 시각에서 비판적으로 인식하고자 하는 글이다. 각각의 글이 갖고 있는 발신 위치는 서로 다르지만 각자의 입장에서 세계문학과 그 서구중심적 근대성에 비판적 질문을 제기하거나 그것과 대화함으로써 모두 일정한 자장 안에서 공통적 내용을 발신하고 있다. 즉 모두 아래로부터 세계문학을 어떻게 이해할 것인가를 질문하고 있는 것이다. 이 책은 우선 크게 세 부분, 즉 '세계문학의 유럽중심주의를 넘어', '한국문학과 세계문학', '아시아문학과 세계문학'으로 구성되어 있다.

각 부를 간략하게 살펴보면, 제1부 '세계문학의 유럽중심주의를 넘어'에서는 세계문학의 유럽중심성에 대한 비판적 고찰, 세계문학으로서 제3세계 문학과 그 미학, 적응과 반항 그리고 혁명으로서 세계문학 공간의 역동적 구조를 비판적으로 성찰하는 글 4편이 실려 있다. 우선 김용규의 「세계문학과 로컬의 문화 번역」은 오늘날 전 지구화가 로컬에 끼치는 문화적 변화, 즉 지구화 과정 속에서 로컬의 위상 변화를 통해 세계문학론을 비판적으로 검토한다. 이 글은 세계문학론을 새롭게 제기한 프랑코 모레티와 파스칼 카자노바의 세계문학론을 비판적으로 살펴보는 한편, 미시적이고 로컬적인 코스모폴리터니즘의 문화 번역적 관점에서 세계문학의 새로운 가능성을 이해해야 할 필요성을 제기한다. 오늘날 로컬적 시각을 통해 지구화를 아래로부터 인식하는 작업이 필요하듯이, 세계문학론 또한 로컬의 시각에서 아래로부터 바라볼 필요가 있다. 이런 시각이 필요한 것은 로컬에 대한 기존 세계문학론의 부정적 견해가 사실상 서구중심주의의 논리를 반복하거나 지역적 주체의 문화 능력을 부정하는 경향이 있기 때문이다. 특히 이 글은 오늘날 세계문학 논의를 서양이나 중심부 지역보다는 서구적 근대화와 같은 지구적 구상들이 로컬 현실과 부딪치는 새로운 보편적 지점들로 확장해나갈 것을 강조한다.

프레드릭 제임슨의 「다국적 자본주의 시대의 제3세계 문학」은 1986년에 발표된 글이라 1989년의 소비에트연방이 붕괴되기 이전의 세계 체제를 전제하고 있지만, 제3세계 문학에 대한 제임슨의 매우 예리한 시각을 드러내고 있다. 제임슨은 이 글에서 중국의 루쉰과 세네갈의 우스만 셈벤의 작품을 중점적으로 다루면서 제3세계 문학의 공통적 미학을 그리고자 한다. 그는 제3세계 문화가 제1세계의 자본에 의해 관철되는, 곧 근대화 과정을 겪는 경제 상황을 공유하며 제1세계의 문화적 제국주의와의 생사를 건 투쟁을 벌인 공통의 경험을 갖고 있다고 지적한다. 이런 역사적 투쟁과 문화적 경험 때문에 제3세계 문학은 제1세계의 문화 형식과 근본적으로 구분되는 공통적 특징을 갖게 되었는데, 제임슨은 이 공통적 경험을 형상화한 미학적 형식을 '민족적 알레고리'라고 부른다. 이 글이 세계문학론에 대해 갖는 의의는 세계문학론이 본격적으로 제기되기도 전에 제3세계 문학의 세계성, 그리고 세계문학으로서 제3세계 문학의 가능성을 제기한 데 있다.

파스칼 카자노바의 「세계로서의 문학」은 그녀의 대표 저작인 『세계문학공화국』The World Republic of Letters의 논지를 압축한 글로서 문학의 세계, 즉 정치경제적 영역으로부터 상대적으로 자율적이고, 다양한 언어 체계, 미학 체제, 장르들이 헤게모니 획득을 위해 투쟁을 벌이는 세계문학 공간의 상대적 자율성을 탐색한다. 피에르 부르디외와 페르낭 브로델의 저작의 영향을 받은 이 글은 중심부와 주변부 간의 문학적 권력 관계를 통해 세계문학의 생산, 순환, 가치화를 이해할 수 있는 체계적인 모델을 제공하고자 한다. 특히 흥미로운 것은 세계문학의 새로움과 근대성을 측정하는 척도로 문학의 그리니치 자오선 개념과, 문학적 헤게모니를 쟁취하기 위한 국제적인 권력 관계에서 민족 혹은 그 이하 단위의 문학 양식들에 가치와 정당성을 부여하는 역할을 하는 문학 수도의 인정 구조를 치밀하게 제시하는 점이다. 이 글은 세계문학 공간에서 일어나는 중심부와 주변부 작가들의 권력관계를 동화, 반항, 혁명의 세 가지 양식으로 구분하기도 한다.

차동호의 「근대적 시각주의를 넘어서: 파스칼 카자노바의 세계문학론에 관하여」는 카자노바의 세계문학 연구와 비판적으로 대면하면서 문화적 전 지구화의 시대에 주변부 문학이 세계문학적 보편성의 맥락에서 인정받는 것이 사실은 서구의 인정과 서구문학적 중심부로의 진입에 지나지 않음을 강조한다. 특히 카자노바의 세계문학론이 서구적 시각을 반서구적인 방식으로 교묘하게 지속시키고 있음을 읽어내면서 세계문학론의 유럽중심적 함의를 비판하는 한편, 서구중심주의에 대한 극복 차원에서 등장한 주변부 문화의 토착주의(혹은 민족주의) 역시 서구적 시각에 예속되어 있음을 지적한다. 이 글은 이런 비판을 넘어 문학적 중심부와 주변부의 관계를 단순히 이원 대립적 관계보다는 보다 복잡하고 섬세한 변증법적 관계를 통한 읽기의 필요성을 제기한다.

제2부 '한국문학과 세계문학'은 한국문학을 세계문학의 시각과의 길항 관계 속에서 볼 것을 강조한다. 한국문학의 자기 폐쇄성을 극복하기 위해 세계문학과의 상호 교류 혹은 개방적 관계성의 사유를 제기하거나, 역으로 세계문학의 자기 중심성을 비판하기 위해 '문제' 내지 '해체'의 시각이 필요함을 강조한다. 박상진의 「세계문학 문제의 지형」은 세계문학을 일정 텍스트를 가리키는 실체이자 문제 혹은 의식으로 제출하는데, 이 접근에는 과거에 익숙해진 '세계문학'에 대한 급진적인 재

인식을 요청한다. 오늘날 세계문학은 문화 전쟁이라 불릴 만한 과정을 겪고 있다. 세계문학이란 무엇인가 하는 기본 정의 자체가 선택과 배제를 동반하기 때문에 그에 따른 역사적·이론적 논의는 물론 구체적 텍스트들의 보편적 문학 가치들을 전면적으로 재검토해야 하는 상황이다. 이 글은 이런 상황에 우리가 과거에 '세계문학'에 제대로 참여하지 못했고, 현재도 서양 발 세계문학 재검토의 기획에 또다시 끌려 다니는 동아시아라는 주변부의 위치에서 세계문학을 하나의 문제로 제기해야 할 정당한 의무와 권리를 지닌다고 역설한다.

오길영의 「세계문학과 민족문학의 역학」은 한국문학의 '세계화' 담론에 관련된 쟁점들을 정리한다. 이 글은 각 민족문학이 세계문학 공간에서 차지하는 지위는 단순히 문학적인 가치 평가로만 결정되지 않으며, 해당 민족국가가 세계 자본주의 체제에서 차지하는 위치와 그로부터 비롯되는 정치, 군사, 문화적 힘의 역학 관계가 강하게 작용한다고 지적한다. 이어서 세계문학 공간에 한국문학이 차지하는 위상은 세계문학과의 피상적 교류, 다른 나라 작가들과의 만남, 번역 활성화를 통해서 높아지기는 힘들다고 강조한다. 이 글은 점차 빈번해지는 외국문학과의 국제적 교류의 실상을 정확히 인식하고, 특히 한국문학 공간에 이미 들어와 힘을 행사하는 세계문학, 즉 번역 작품들과의 냉정한 비교와 상호 교섭, 그리고 역으로 어떻게 다른 나라들의 문학 공간에 한국문학의 영역을 만들 것인가라는 이중적 과제를 해결하는 것이 중요한 관건임을 주장한다.

문광훈의 「이 재앙의 지구에서: 오늘의 세계문학」은 세계문학을 논의하는 일이 오늘의 지구 현실을 규정하는 갖가지 문제점과 연결되어 있음을 강조하는 한편, 이런 인식 때문에 우리가 괴테의 세계문학 이념을 반성적으로 재독해야 한다고 말한다. 이 글은 괴테의 세계문학론을 면밀히 읽으면서 괴테의 논의가 궁극적으로 자기 앎과 자기 판단, 자기 이해, 자기 제어에 대한 역설이었음을 확인한다. 나아가서 괴테의 세계문학론이 중심과 주변, 민족문학과 세계문학의 문제뿐만 아니라, 지금 우리가 당면하고 있는 재앙의 지구 현실을 총체적으로 성찰하고 이후를 모색하는 유의미한 계기를 마련할 수 있음을 지적한다. 문명적 폐해를 극복할 수 있는 문학 운동으로 세계문학론을 활성화하자는 것, 바로 이것이 이 글이 제기하는 세계문학론의 특이성이다.

조영일의 「한국문학과 무라카미 하루키와 세계문학」은 비교 대상 없이 내부적 차이에 의해 존립하(려)는 한국문학 비평계의 폐쇄성 심화를 지적하면서 이른바 '와'형의 사유/연구와 글쓰기를 요청한다. '와'형이란 자기 내부에 패쇄적으로 거주하지 않으면서 외부와 연결되려는 관계성의 사유이며, 양자를 우열이 아닌 '형제와 같은 관계'로 맺어주는 '구속 없는 정치'를 의미한다. 이 글은 1990년대 이후 한국문학과 무라카미 하루키 문학의 깊은 연루, 이에 대한 비평계의 반응/대응, 그리고 최근 한국에서 전개되고 있는 세계문학론의 추이 등을 검토하면서 지금 세계문학론에 '와'형의 사유가 필요함을 역설한다. 바로 그것이 '국민적(민족적)'이라는 수식어에서 벗어나 '우열이라는 서열'을 넘어 다양한 문학과 가치들을 '와'로 연결하여 형제로 만드는 것을 가능하게 해주기 때문이다.

전성욱의 「세계문학의 해체」는 현재를 국민국가의 황혼기이자 세계체제가 동요하는 시기로 규정하면서 이러한 이행의 시대에 역사적 주체로 등장한 다중이 열어갈 새로운 문학의 형상을 사유한다. 이 글은 서구가 편향적으로 독점해왔던 '세계'를 해체하고 정당한 의미의 공평

무사한 세계를 재구축하기 위해서는 근대/식민 세계체제에 대한 냉철한 성찰과 더불어 긍정과 희망의 미래에 대한 열정의 감성이 요구된다고 역설한다. 세계문학의 해체란 이 열정을 자극할 수 있는 문학의 구성, 즉 세계를 탈구축하고 재구축하려는 투쟁 속에서도 '세계에 대한 사랑'의 문학을 건설하는 일을 의미한다.

제3부 '아시아문학과 세계문학'은 동아시아를 세계체제의 관점에서 읽는 데 멈추지 않고 세계체제 자체를 동아시아적 문제와 방법을 통해 바라볼 필요를 제기하거나, 그 연장선에서 억압당하면서도 발언조차 하지 못하는 제3세계, 여성, 디아스포라, 서발턴의 시각에서 거대 체제의 억압 구조를 비판하는 글들을 담고 있다. 윤여일의 「방법으로서의 동아시아」는 동아시아 시각에 스며들어 있는 지역학의 영향을 적출해내는 것을 중심 과제로 삼는다. 이 글에 따르면 지역학은 방사형 모델을 전제로 한다. 중심에는 이론이 생산되는 장소, 즉 '서양'이 있고, 서양에서 생산된 이론이 비서양으로 뻗어나가며 적용된다는 것이다. 이런 방사형 모델은 지식 세계에서 위계를 초래하는데, 서양의 근대와 비서양의 근대화가 바로 이 모델을 통해 표상되어왔다. 이 글은 어떻게 지역학의 도식을 극복하고 동아시아의 (탈)근대를 사고할 수 있는지를 다케우치 요시미의 '이차적 저항'을 통해 탐구한다. 아울러 이 글은 동아시아의 진정한 사상적 연대를 시도하려면 다케우치 요시미의 「방법으로서의 아시아」를 전편으로 삼아 후편을 이어가야 한다고 강조한다.

구모룡의 「근대문학과 동아시아적 시각」은 동아시아나 세계체제의 관점에서 근대문학을 살피는 것이 우리의 근대성을 적실하게 이해하려는 노력의 일환임을 강조한다. 즉 세계체제와 연동된 동아시아 근대를 살펴 한국의 근대문학을 설명하며 근대문학사를 다시 쓸 수 있어야 한

다는 것이다. 여기서 동아시아는 세계체제의 하위 체제가 아니라 윤여
일과 마찬가지로 하나의 방법이 된다. 아울러 동아시아라는 문제틀의
강조에는 세계체제를 변화시켜 미래를 타개해야 한다는 반(세계)체제적
관점이 반영되어 있음을 눈여겨 볼 필요가 있다. 여기서 주목할 것은
동아시아적 맥락론이 동아시아라는 큰 담론을 통해 서구에 응전하려는
옥시덴탈리즘과 무연하며 동시에 섣불리 전통으로 근대를 대체하려는
것도 아닌, 식민지 근대-동아시아-근대 세계체제의 맥락을 제대로 이
해해보자는 요청이라는 점이다.

오카 마리의 「제3세계 페미니즘과 서발턴」은 서구 중심의, 구식민 종
주국의, 백인의, 민족적 다수자의, 중산층 여성의 목소리를 대변해 온
제1세계 페미니즘의 한계를 극복할 수 있는 제3세계 페미니즘의 정치
성에 주목한다. 여기서 제3세계 페미니즘이란 스스로를 부단히 표상해
왔지만 공식적으로는 들리지 않는(들으려고 하지 않았던) 비서구의, 피식
민자의, 유색인의, 소수자의, 하위 계층 여성들의 발화에 주목하는 포스
트콜로니얼 페미니즘을 말한다. 이 글은 이들 '서발턴' 여성들을 재현
한 텍스트를 검토하면서 재현의 정치가 작동하는 방식을 분석하는 한
편, 일본 사회의 역사적 경험이나 성찰성의 결여가 어떠한 오독으로 이
어지는가를 면밀히 독해한다.

박형준의 「정치적인 것의 귀환: 다문화 담론과 전 지구적 로맨티시즘
비판」은 '다문화'라는 담론의 소통 회로에 내재한 '차이 담론'의 허구
성을 폭로한다. 관용과 윤리로 덧칠된 '다문화주의'는 글로컬한 주체를
관리하는 새로운 '장치의 이름'이자, 그런 관리 장치의 구조를 문화적
맥락으로 치환함으로써 탈정치화하는 이데올로기라는 것이다. 이 글은
'문화적 차이'를 도덕적이고 감상적인 관용의 대상으로 변환하는 '자유

주의적 통치술'에 대한 급진적인 비판을 담고 있으며 디아스포라 주체의 저항 형식을 '정치의 문화화'에서 '문화의 정치화'로 복원할 것을 제안한다.

김경연의 「디아스포라 여성 서사와 세계/보편의 '다른' 가능성」은 겹겹이 삭제된 존재들인 디아스포라 여성들에 주목하고 이들의 시선으로 세계를 보며 이들의 위치에서 발화되는 서사를 통해 성적·민족적·인종적·계급적 강자의 의지가 관철된 세계를 배제된 자들의 개입으로 다시 구축할 수 있는 탈식민적 가능성을 탐색한다. 이 글에서 말하는 디아스포라 여성 서사란 작가의 정체성이나 소재의 동일성이 아니라 이산 여성들의 편력을 추적하며 그들의 열망과 저항을 읽어내는 공감의 공동성에 의해 지지되는 서사를 의미한다. 특히 이 글은 근대 체제의 전 지구화로 촉발된 여성의 이주사를 환기하면서 디아스포라 여성 서발턴을 (신)식민주의 체제를 균열할 수 있는 전복적인 문화 번역자로, 이들의 경험을 무대화한 서사를 탈식민적 번역 실천의 서사로 독해하고 있다.

마지막으로 이 책을 기획한지는 꽤 오래되었다. 기획을 담당했던 입장에서 오랫동안 기다려준 필자들에게 진심으로 미안하고 고마움을 전한다. 이 책에는 세계문학에 대한 다양한 생각과 고민들이 담겨 있다. 여전히 세계문학에 대한 본격적 논의보다 문제의식과 문제 제기, 그리고 발상 전환이 앞자리를 차지하고 있다. 하지만 한국과 같이 외부의 힘과 이념이 강하게 작용하는 곳에서는 발상의 전환이나 문제 제기 없이 세계문학론에 대한 진정한 논의는 가능하지 않을 것이다. 앞으로 좀 더 본격적인 세계문학 논의가 펼쳐지기를 기대하며 그 논의에 조금이라도 기여했으면 하는 것이 엮은이들의 바람이다. 끝으로 이 책을 기획하고 출판하는 데 많은 이의 지원과 도움을 받았다. 부산대 인문학연구소와 HK고전번역+비교문화학 연구단의 적극적 지원에 감사드린다. 그리고 소중한 글들을 실을 수 있도록 기꺼이 동의해준 필자들과 어려운 글을 번역해준 역자들, 끝으로 학문적인 글이 손쉽게 소화되지 않는다는 점을 잘 알면서도 그 의미를 헤아려준 현암사 편집부에 깊이 감사드린다.

2014년 9월 14일

엮은이를 대표해 김용규 씀

주

1) 유희석, 「세계문학의 개념들: 한반도적 시각의 확보를 위하여」, 김영희·유희석 엮음, 『세계문학론』, 창비, 2010, p.53.

2) 이현우, 「세계문학 수용에 관한 몇 가지 단상」, 김영희·유희석 엮음, 『세계문학론』, 창비, 2010, p.212

3) Robert J.C. Young, "World Literature and Postcolonialism," *The Routledge Companion to World Literature*, eds. Theo D'haen, David Damrosch, and Djelal Kadir, New York, Routledge, 2012, pp.213-14.

4) Robert J.C. Young, 같은 글, p.214

5) Robert J.C. Young, 같은 글, p.216

6) Robert J.C. Young, 같은 글, p.218

7) Robert J.C. Young, 같은 글, p.213

8) Aijaz Ahmad, "Show me the Zulu Proust: some thoughts on world literature", *Revista Brasileira de Literatura Comparada*, No.17, 2010, p.30.

9) Fredric Jameson, "Third World Literature in the Era of Multinational Capitalism", *The Jameson Reader*, eds. Michael Hardt & Kathi Weeks, Oxford, Basil Blackwell, 2000, p.318-19.

10) Arturo Escobar, "Beyond the Third World: Imperial Globality, Global Coloniality, and Anti-Globalization Social Movements", *Third World Quartely*, Vol.25, No.1, 2004, p.5.

1부

세계문학의
유럽중심주의를 넘어

1. 세계문학과 로컬의 문화 번역

김용규(영문학, 부산대 교수)

1. '로컬적인 것'의 인식 전환과 새로운 가능성

오늘날 '로컬'과 '로컬적인 것'을 규정하는 결정적 계기가 국민국가의 정치적·경제적 통제에서 초국적 자본의 경제적 지배로 전환되고 있다. 즉 로컬적인 것은 그동안 로컬을 지배해온 국민국가의 정치적·행정적 통제와 국민 문화의 이념적 지배로부터 일정한 자율성을 확보해가는 동시에 초국적 자본이 지배하는 생산과 소비의 네트워크 속으로 급속하게 편입되어가고 있다. 이런 전환은 로컬적인 것의 위상과 내용에 큰 변화를 초래하고 있다. 근대성 속에서 국민국가와 국민 문화는 로컬과 그 문화를 자신의 하위 단위로 설정하는 한편, 글로벌과 로컬 간의 매개적 역할을 담당해왔다면, 이제 그러한 역할은 약화되거나 불안정한 것이 되어가고, 로컬과 글로벌 간의 관계 또한 매개 없이 보다 직접적인 접촉의 성격을 띠어간다. 오늘날 로컬과 로컬 문화가 쟁점이 되는 것은 바로 이런 전환 과정에서 로컬의 이슈들이 부각되거나 문제적인 것이 되고 있기 때문이다. 이런 전환은 로컬과 로컬 문화를 이전보다 훨씬 더 격렬한 갈등과 경쟁의 장으로 만든다. 아리프 딜럭에 따르면 오늘날 로컬과 로컬 문화는 하나의 곤경의 장이기도 하지만 가능성의 장이기도 하다. 그것이 곤경의 장인 이유는 초국적 자본이 로컬을 직접적 공략의 대상으로 삼으면서 자본 이윤의 장으로 새롭게 편성하고 있기 때문이다. 초국적 자본의 관점에서 볼 때, "로컬은 해방의 장이 아니라 조작의 장이다. 그것은 사람들이 자신들로부터 해방되어(즉 자신들의 정체성을 박탈당한 채) 자본의 글로벌 문화 속으로(그에 따라 재구성된 정체성과 함께) 동질화되어 가는 장"[1]인 것이다.

하지만 다른 한편에서 자본과 문화의 지구화 과정은 로컬에 새로운 가능성을 제공해주기도 한다. 그러한 과정 속에서 로컬의 주체들은 글로벌적인 힘들과 직접적으로 조우함으로써 그러한 힘들에 대한 적극적 인식을 터득하게 될 뿐만 아니라 그런 힘들에 대한 새로운 인식을 통해 이전에 가능하지 않았던 자율적이고 내실 있는 로컬 문화의 가능성을 고민할 수도 있게 되었다. 즉 국민국가의 운신 폭의 축소와 초국적 자본의 강화라는 이중적 상황 속에서 글로벌과 로컬 간의 관계가 매개 없는 보다 직접적인 관계로 전환하고, 더욱이 근대에 작용했던 민족적 이데올로기의 통합적 기능이 더 이상 원활하게 작동하지 않는 현실에서, 로컬 외부의 힘들에 대한 첨예한 각성이 가능해지고 있는 것이다. 로컬의 사회경제가 "더 광의의 국가적이고 국제적인 공간적 노동 분화 내에서의 연속적인 역할들이 결합된 복합적 결과"[2]이듯이, 로컬과 로컬 문화 또한 그런 복합적인 결과로서 생산된다. 그런 점에서 로컬 자체는 더 이상 국민국가 내의 고립된 주변부나 문화적 하위 단위로만 존재하는 것이 아니라, 마이클 크로닌이 말하는 팽창하는 세계 내부의 미시적·프랙털적 공간[3], 즉 그 내부에 복합적인 문화적 가치들을 집적하고 있고 다른 로컬들과의 네트워크를 통해 열린 경계 지대로 인식될 수도 있는 것이다. 만일 로컬 내부의 이런 가능성에 주목할 경우, 로컬은 이미 스스로를 개방하는 트랜스로컬적 가능성을 자체 내에 내포하고 있다고도 할 수 있다.

역설적이지만 이와 같이 초국적 자본이나 초국적 힘들이 로컬을 규정하는 일차적 힘으로 부상하는 현재는 로컬에 대한 새로운 사유의 가능성이 생겨날 수도 있는 순간이기도 하다. 그동안 로컬적인 것을 국가적인 것이나 글로벌적인 것과의 관련성 속에서 인식하다보니 로컬적인 것을 항상 외부의 힘들, 즉 위로부터의 통제적 시각을 통해 규정하려는 경향이 강했다. 그러다보니 정작 로컬과 로컬 문화가 갖고 있는 자율적이고 복합적인 가능성에 대한 사고는 생겨나기 곤란했다. 이제는 로컬과 로컬 문화의 의미와 가치를 아래로부터 미시적으로 인식하는 방법이 요구된다. 월터 미뇰로의 용어로 말하자면, 위로부터의 글로벌적 구상global designs의 관점이 아니라 아래로부터의 로컬적 역사들local histories의 시각을 견지할 필요가 있으며, 국가적이고 글로벌적인 구상의 통제에서 벗어나 로컬의 미시적 개방성과 복합성을 다시 사고할 필요가 있다.

'문화 번역'과 로컬 문화의 특성을 설명하면서 마이클 크로닌은 거시적 코스모폴리터니즘과 미시적 코스모폴리터니즘을 구분한 바 있는데 이는 로컬과 로컬 문화를 사고하는 데도 매우 유용한 관점을 제공해준다. 크로닌에 따르면 거시적 코스모폴리터니즘은 "자유에 대한 관심,

타자에 대한 개방과 관용, 차이에 대한 존중"[4]과 같은 이상을 강조하면서도 세계와 민족, 도시와 시골, 중심과 주변, 수도와 지방, 보편주의와 특수주의, 세계성과 지역성 등의 이분법에 근거하여 주로 후자에 비해 전자에 특권적 지위를 부여하는 태도이다. 다시 말해, 거시적 코스모폴리터니즘은 전자를 진보적인 것으로, 후자를 보수적이거나 반동적인 것으로 정의하는 경향이 있다. 이러한 거시적 코스모폴리터니즘은 민족주의와 관련하여 모호한 태도를 취한다. 즉 그것은 민족주의에 대해 '이중 구속'double bind의 상태에서 헤어나지 못한다. 크로닌은 "민족적 동일시가 최악의 민족 통일주의적인 편견과 결부되어 있다고 간주하여 어떠한 형태의 민족적 동일시도 모두 포기하면서 코스모폴리턴적 신조를 끌어안거나, 그렇지 않으면 민족적 특수성을 주장함으로써 우리는 코스모폴리터니즘의 경계 바깥으로 나아가 타자에게 자신을 개방할 수 없는 존재로 서 있을 수밖에 없다"[5]고 말한다. 코스모폴리터니즘이 민족주의, 특수주의, 지역주의와 대립적인 것으로 설정하는 한, 이런 이중 구속의 상태를 벗어나기는 힘들다. 이러한 이원론에 맞서 크로닌은 미시적 코스모폴리터니즘을 대안으로 제시한다. 크로닌은 미시적 코스모폴리터니즘을, 정치 단위의 크고 작음을 떠나 "코스모폴리턴적 이상이라는 일반적 맥락 속에서 더 작은 집단들을 다양화하고 복합화하려고 시도하는 방식"으로서 "위로부터가 아니라 아래로부터의 코스모폴리터니즘"[6]이라 정의한다. 거시적 코스모폴리터니즘이 전제하는 이원론적 입장에 맞서 미시적 코스모폴리터니즘은 민족, 시골, 지방, 지역성, 특수성 내부에 존재하는 개방적이고 복합적인 가능성을 적극적으로 파악하는 태도이다. 미시적 코스모폴리터니즘을 로컬에 적용해볼 경우, 주목할 것은 거시적 코스모폴리터니즘이 코스모폴리터니즘의 대립으로 설정했던 민족과 전 지구의 하위 단위로서의 크고 작은 로컬에도 코스모폴리터니즘과 동일한 정도의 다양성·개방성·복합성이 내재되어 있음을 강조할 수 있다는 사실이다. 극히 작은 단위에서조차 이와 같은 차이와 다양성과 복합성을 발견할 수 있다는 발상은 "코스모폴리턴적 이상에 대한 소수 엘리트들의 독점에 도전하고, 탐구의 범위가 무한히 작든 또는 무한히 크든 다른 뭔가가 바로 우리의 직접적 환경에 가까이 있음"[7]을 보여줄 수 있는 것이다. 크로닌은 이 뭔가를 프랑스 수학자 만델브로Benoit Mandelbrot가 말한 프랙털적 차이화fractal differentialism를 통해 설명한다.

> 만델브로는 다음과 같이 질문했다. "영국 연안은 얼마나 길까?" 그의 대답은 그 해안의 길이가 무한하기 때문에 대답할 수 없을지도 모른다는 것이다. 왜 그럴까? 위성에서 내려다보는 관찰자는 영국 연안의 모든 내해, 만, 후미를 여행했던 폴 서루와 같은 여행 작가가 측정한 것에 비해 해안선의 길이가 짧다고 추정할 것이다. 또한 서루의 측정도 조약돌을 헤쳐 나가는 작은 곤충의 그것보다는 훨씬 짧을 것이다. (⋯) "만델브로는 측정 규모가 작으면 작을수록 측정된 해안선의 측정 길이는 무한히 증가하고, 만과 반도는 그보다 작은 만과 반도를 적어도 원자의 규모까지 드러내준다는 것을 알았다." 만델브로가 발견한 것은 해안선이 독특한 정도의 울퉁불퉁하고 불규칙적인 특징을 갖고 있으며 그것의 정도는 규모를 달리해도 그대로 유지된다는 것이었다. 만델브로는 자신이 발견한 새로운 기하학을 프랙털 기하학이라 불렀다. 이 새로운 기하학에서 형태 혹은 프랙털은 유한한 공간 속에 무한한 길이를 포함할 수 있도록 해준다.[8]

크로닌은 프랙털적 차이화를 '유한한 공간 속의 무한한 길이', '작은 축소된 공간의 풍요로움', '차이와 다양성에 의해 형성된 지역성'과 같은 다양한 표현으로 묘사한다. 이 표현들은 오늘날 우리가 사는 로컬 공간에도 적용해볼 만하다. 크로닌의 미시적 코스모폴리턴적 시각으로 볼 때, 로컬 단위 또한 국가적이고 초국적인 단위 못지않게 차이와 다양성을 내포한 프랙털적 차이화의 형태를 띠고 있을 수 있다. 뿐만 아니라 미시적 코스모폴리턴적 시각은 로컬적인 것의 차이와 복합성을 인정하면서 "이런 관계들의 트랜스로컬적 확산, 즉 로컬적**이거나 또는** 글로벌적인 것이 아니라 로컬적**이면서 동시에** 글로벌적인 연대의 확립"[9]을 사고할 수 있게 해준다. 크로닌의 시각은 오늘날의 로컬과 로컬 문화를 사고하는 데 매우 시사적일 수 있다. 우선 로컬이 수동적이고 외부의 통제에 의해서만 규정되는 동질적이고 단일한 공간이 아니라 매우 복합적이고 개방적이며 혼종적인 공간일 수 있음을 보여준다. 즉 로컬이 더 이상 국가적이거나 초국가적인 단위들과 대립적인 작고 고립된 하위 단위가 아니라, 비록 제한적 공간이라 하더라도 그 내부에 복합적이고 개방적이며 프랙털적 차이를 내포한 공간일 수 있음을 보여줄 수 있는 것이다. 나아가서 로컬은 이러한 프랙털적 복합성과 미시적 차이들이 소통하기 위해 상호 번역되면서 서로를 풍요롭게 하는 문화 번역의 혼종적 공간이 될 수 있다. 그리하여 로컬은 닫힌 협소한 공간이 아니라 외부로 열린 개방 공간이며 타문화들에 대한 번역과 전유가 일상적으로 벌어지는 복합적 네트워크의 공간으로 인식될 수 있는 것이다.

로컬에 대한 이러한 인식은 문화연구뿐만 아니라 앞으로 살펴볼 세계문학론을 인식하는 데도 매우 유용할 수 있다. 현재 문화연구는 한국가의 국민 문화의 정체성을 규명하는 작업에 매진해온 근대적 패러다임에서 다양한 문화들 간의 혼종과 번역이 일어나는 경계와 횡단의 문화를 주된 연구 대상으로 삼는 새로운 탈근대적 패러다임으로의 전환의 와중에 있다. 이런 전환의 과정 속에서 민족 중심적 문화연구에 의해 억압되거나 주변화되었던 로컬은 재평가의 대상이 되고, 문화 교류와 번역의 공간으로 새롭게 설정될 수 있다. 즉 로컬은 고립적이고 자기충족적인 지점이 아니라 차이와 다양성에 개방되어 있고 다른 로컬들과의 네트워크를 형성하고 있는 상호 문화적 연결점의 기능을 할 수 있다. 오늘날 경계와 횡단의 공간으로서의 로컬은 우리의 존재와 정체성이 복수의 타자들과 만나 변화하고 그들과 섞이거나 그들의 문화를 번역하는 일이 일상적으로 벌어지는 독특한 공간이 된다. 로컬에 대한 이러한 인식은 최근의 세계문학론을 비판적으로 검토하는 데도 유용한 시각을 제공해줄 수 있다. 다음에서는 세계문학론 속에서 로컬의 위상은 어떻게 인식되고 있고, 로컬적인 것이 세계문학론을 읽어내는 데 어떤 유용한 가치를 가질 수 있는지, 특히 로컬적인 것의 존재와 시각이 세계문학론을 풍성하게 할 수 있는지를 살펴볼 것이다.

2. 세계문학론의 유럽중심주의 비판:
모레티와 카자노바의 세계문학론

문학의 종언에 대한 이야기가 들리기는 하지만 오늘날 문학 논쟁에서 새로운 쟁점으로 등장하고 있는 것이 '세계문학'을 둘러싼 논의이다. 이 논의가 부상하는 것은 문학론 내부에서 근대 국민국가 이후의 지구화, 즉 국민국가의 고정적이고 닫힌 경계들을 횡단하는 전 지구적 차원의 글로벌 문화의 등장을 고민할 때가 되었다는 인식 때문이다. 문학, 영화, 음악을 비롯한 다양한 문화 시장이 민족의 경계를 넘어 세계적 차원으로 확장되고 있는 글로벌 문화의 출현은 세계문학을 논할 만한 중요한 가능성의 조건이 되고 있을 뿐만 아니라 문학의 입장에서도 이런 변화를 문학적으로 사고하고 담아내야 할 필요성에 직면하고 있다. 가령 매년 발표되는 노벨문학상만 보더라도 그것이 한 작가에게 주어짐으로써 해당 국민 문화의 영광으로만 그치지 않는다. 수상자가 발표되는 순간, 수상자와 그의 작품은 세계 출판 시장 속으로 편입되고 세계문학의 장으로 곧장 편입되어 버린다. 심지어 세계 출판 시장은 수상자가 발표되기도 전에 수상이 점쳐지는 후보 작가들을 발굴, 선별, 평가하여 세계문학 시장에 소개하고 있다. 일부 주변부 작가들은 노벨상 수상을 겨냥하여 애초부터 유럽에서 활동하기도 하고, 국민국가의 경계를 넘어서는 초국적·초문화적 주제들을 작품의 소재로 삼는 경우도 심심치 않게 일어나고 있다. 한국의 사정도 별반 다르지 않다. 롭 윌슨은 노벨상에 대한 한국의 지나친 열정을 지적하면서 글로벌 문화 속에서 '소수언어'를 사용하는 한국과 같은 나라들이 처한 불리한 처지 때문에 한국은 노벨상 수상에 더 적극적이며 정부 또한 그 수상을 겨냥해 막대한 기금을 제공하기도 한다고 지적한다.[10] 이는 노벨상이 국민 문화의 세계적 지위를 높여줄 것이라는 소망 때문이겠지만 역설적이게도 이런 국민 문화의 소망이 문학을 국민 문화를 넘어서게 만드는 결과를 초래하기도 한다. 이와 같은 세계문학 시장의 형성이 오늘날 세계문학의 등장 이유를 설명해줄 수는 없다고 하더라도 세계문학의 등장에 대한 논의에서 빼놓을 수 없는 주요한 동인이 된다고 볼 수 있다. 다음에서는 주로 최근에 제기되는 세계문학론을 둘러싼 논의를 중심으로 이 이론들이 갖는 서구중심주의를 문화 번역의 관점에서 비판적으로 검토하는 한편, 그것이 세계문학을 아래로부터 로컬적으로 사고하는 데 어떤 도움을 줄 수 있는지 생각해보고자 한다.

보편적 이념과 기획으로서 세계문학

세계문학론은 19세기 초·중반 유럽의 독특한 시대 상황 속에서 괴테와 마르크스에 의해 본격적으로 제기되기 시작했다는 것은 잘 알려진 사실이다. 유럽에서는 나폴레옹 전쟁이 끝난 뒤 1815년 유럽의 불안한 정세를 해결하기 위해 비엔나회의가 개최되었는데, 그 결의 내용은 유럽의 안정성을 회복하기 위하여 현재의 중부 유럽의 분열 상태를 그대로 유지시킨다는 것이었다. 독일 또한 이런 분열된 상태로 존속하게 되면서 정치적 통일성을 기대하기는 힘들었지만, 역설적이게도 이런 현실로 인해 획일적 국민 문화가 아니라 커뮤니케이션 매체 및 운송 수단의 발달, 문화 번역의 활성화를 등에 업고 새로운 코스모폴리터니즘의 정신이 활발하게 전개된다.[11] 이런 상황 속에서 괴테는 당시 아시아를 비롯한 다양한 지역의 작품들이 유럽과 독일로 흘러들어오고, 특히 문화 간 번역이 왕성하게 벌어지는 상황을 목격하면서 보편주의적 이념으로서 세계문학의 가능성을 주장하게 된다. 1827년 1월 31일 에커만 Johann Peter Eckemann과의 대화에서 괴테는 "우리들이 우리를 둘러싼 협소한 울타리를 넘어 보지 못할 때 너무 쉽게 현학적인 기만에 빠질 가능성이 있다"고 지적하면서 "현재 민족문학은 무의미한 용어가 되었다"고 주장한다. 나아가서 그는 민족문학을 뛰어넘는 "세계문학의 시대가 목전에 와 있으며 모든 사람들은 그 날을 앞당기기 위해 노력해야 한다"[12]고 말한다. 이 대화가 이루어질 무렵 괴테는 중국 작가의 번역 작품을 읽고 있었다. 이 대화에서 괴테는 시가 한 민족의 것이 아니라 '인류의 보편적 자산'임을 역설했다. 그는 낯설고 새로운 것을 평가할 때 보편적이지 못한 특수한 것에 우리 자신이 구속되어서도 안 되고 그 특수한 것을 모델로 삼아서도 안 된다고 말한다. 이런 지적이 가능했던 것은 괴테 자신이 유럽의 여러 지역들을 여행하면서 다양한 문화들을 직접 접할 수 있었고, 특히 이미 자신의 문학작품이 유럽 내의 다양한 언어로 번역된 현실을 잘 깨닫고 있었기 때문이다. 물론 괴테가 민족문학을 무조건 비판한 것은 아니다. 괴테는 복수의 민족문학들이 서로 대화하고 공존함으로써 그 민족문학이 자신의 특수한 차원을 뛰어넘어 보편적인 것이 되는 세계문학의 도래를 점칠 수 있었다. 즉 민족문학 간의 대화와 소통을 통해 인류의 보편성에 이르는 것이지 민족문학 자체를 비판하는 것은 아니었다. 존 피처는 괴테가 세계문학을 여러 곳에서 언급했는데 이 언급들을 연결해주는 핵심 동기는 "분열적이고 파괴적이었던 나폴레옹 전쟁 이후 유럽 민족들 간의 생산적이고 평화로운 공존에 대한 욕망"[13]이었다고 설명한다.

물론 오늘날의 시각에서 볼 때, 괴테의 세계문학론에는 다분히 유럽중심주의적인 시각이 전제되어 있다. 사실 괴테는 페르시아와 중국의 문학 정신을 파악할 수 있는 예리한 문학적 감각을 소유했고 민족문학을 뛰어넘는 보편적 정신을 설파했지만, 괴테가 생각한 세계문학의 보편성이 오늘날 우리가 생각하는 것처럼 과연 진정으로 '세계적인 것'과 '보편적인 것'에 육박하는 것이었는지는 좀 더 생각해볼 일이다. 괴테가 독일의 민족문학의 우월성을 강조하지 않은 것은 분명한 사실이다. 오히려 그는 독일문학의 지방성을 비판하고 프랑스문학이 독일문학보다 더 우수하고 더 보편적임을 강조한 바 있다. 하지만 그는 세계문학의 기준을 항구적인 것constant과 역사적인 것historical으로 구분하면서 항구적인 것의 기준을 오직 고대 그리스인 문화에만 귀속시킨 것 또한 사실이다. 괴테는 "만일 우리가 진정 하나의 패턴을 원한다면, 우리는 항상 고대 그리스인에 의지해야 한다. 그들의 작품 속에서 인류의 아름다움이 항구적으로 재현된다. 그 외의 다른 작품들에 대해서는 우리는 오직 역사적으로만 보아야 한다"[14]라고 말한다. 이는 영문학에서 영국 문화의 편협성과 지방성을 비판하고 프랑스 문화의 보편성을 선망하면서 고대 그리스 문화에서 이상적 모델을 찾았던 매슈 아널드의 시각과 매우 유사하다.[15] 사실 괴테의 세계문학론에서 '보편적'인 것은 공간적으로 유럽에, 시간적으로 고대 그리스 문학에 한정되어 있는 것이다. 게일 피니Gail Finney는 "괴테에게 세계문학은 단지 유럽 문학을 의미할 뿐이며 이는 그의 문학 활동을 오늘날의 비교문학이라는 학문 분야와는 의미심장하게 구분 지어준다"[16]라고 말한다. 물론 괴테의 세계문학을 유럽중심주의라고 비난하면서 그 타당성의 평가를 도외시하는 것은 지나치게 오늘날의 시각에 의지하는 시대착오적 견해에 가깝다. 과연 그 당시 세계문학을 논하는 것이 유럽 외에서 가능했을까? 이런 질문을 던진다고 하더라도 괴테의 세계문학적 보편성이 당시 계몽주의적 독일문학계의 유럽중심주의적 시각에 의해 제약되어 있었음은 명확한 사실이다.

괴테와는 다른 차원에서 세계문학의 가능성을 그 출현 조건인 세계 시장의 등장과 관련지어 이해한 것은 마르크스였다. 마르크스는 1848년 『공산당 선언』에서 세계 시장의 형성과 세계문학의 가능성 간의 긴밀한 연관성을 깨닫고 있었다. 그는 세계문학의 출현을 상품 판매 시장을 확장할 수밖에 없는 부르주아지의 팽창적인 이윤 추구와 그것 때문에 생긴 상호 의존적인 세계 시장의 형성과의 관계 속에서 예리하게 읽어낸다.

> 부르주아지는 세계 시장의 착취를 통해 각 나라의 생산과 소비에 코스모폴리턴적 성격을 부여해왔다. 복고주의자들에게는 매우 유감스럽겠지만 부르주아지는 산업의 발밑으로부터 바로 그 산업이 딛고 서 있는 민족적 기반을 빼앗아버렸다. 기존의 모든 민족적 산업들은 이미 파괴되었거나 나날이 파괴되어 가고 있다. 그것들은 모든 문명 민족들이 생사를 걸고 도입하려 하는 새로운 산업, 이제 더 이상 토착적 원료 자원을 가공하지 않고 가장 먼 데서 원료 자원을 가공하면서도 그 생산물은 국내만이 아니라 지구상의 구석구석에서 소비되도록 하는 새로운 산업에 의해 추방되고 있다. 그 나라의 생산물로 충족되었던 낡은 욕구 대신에 우리는 멀리 떨어진 땅과 기후에서 만들어진 생산품에 의해 충족될 수 있는 새로운 욕구를 소망한다. 낡은 지역적·민족적 고립과 자급자족 대신에 모든 방면에서의 상호 교류, 민족들 간의 보편적 상호 의존이 나타난다. 이는 물질적 생산에서뿐만 아니라 지적 생산에서도 마찬가지이다. 개별 민족의 지적 창조물이 공동의 재산이 된다. 민족적 편향성과 편협성은 더욱 더 불가능해지며, 수많은 민족적·지역적 문학들로부터 **하나의 세계문학**이 생겨나는 것이다.[17]

마르크스는 비록 부르주아지가 착취하는 이윤 추구의 장이라 하더라도 민족적·지역적 경계를 초월하는 세계 시장의 출현을 세계문학이 등장하기 위한 조건으로 주목한다. 세계 시장의 출현은 개별 민족이 갖고 있는 물질적 자원의 상업적 교환 뿐 아니라 문화적 자산의 상호 교환과 대화를 가능하게 함으로써 그 문화들을 개별 민족의 차원을 넘어 인류 공동의 자산으로 만들고 있다는 것이다. 역설적이게도 부르주아지의 이윤과 착취에 의해 개방되고 연결된 세계 시장이 세계문학의 출현을 위한 가능 조건을 형성한다는 마르크스의 통찰은 오늘날의 지구화 시대에 등장하는 세계문학론에도 그대로 적용될 수 있다. 문학을 인류의 보편적 자산으로 간주한 괴테와 마찬가지로 마르크스도 세계문학의 보편성이 지역적·민족적 문학의 편협성과 폐쇄성을 뛰어넘는 인류 공동의 자산이 될 수 있음을 강조한다. 마르크스는 이 글에서 세계문학에 대한 논의를 더 이상 깊이 진척시키지는 않았다. 하지만 마르크스가 말하는 세계문학이 민족문학의 편협성과 세계문학의 보편성 간의 대립을 설정하고 있는 것처럼 보이지만 실제는 그렇지 않다. 즉 세계문학의 모태는 지역적·민족적 문학들이고, 세계문학은 지역적·민족적 문학들이 상호 교류와 대화를 통해 그 편협성을 극복하고 지향해나갈 이념적 이상과 같은 것임을 함축하고 있는 것이다.

괴테와 마르크스의 세계문학론은 세계문학의 논의에서 늘 참조점이 되고 있다. 하지만 지난 200년을 되돌아볼 때, 이들의 예측은 바로 현실로 나타나지 않았다. 오히려 그 반대가 현실이 되었다. 1848년 이후 유럽에서는 코스모폴리터니즘을 몰아내려는 민족주의가 매우 강력한 바람을 일으켰다. 특히 이 시기부터 2차 대전이 종식될 때까지 대부분의 독일 사상가들은 세계문학의 근간이 된 "코스모폴리턴적 시각을 국민국가로서의 독일의 부상에 장애물로 보았다."[18] 뿐만 아니라 마르크스가 말한 세계 시장의 등장은 지역적·민족적 문화들의 상호 의존과 대화의 시대를 열기보다는 상호 약탈적인 제국주의의 시대를 도래하게 만들었다. 그 결과 세계 시장은 세계문학의 가능 조건이 아니라 세계문학의 출현을 가로막는, 오히려 민족문학들 간의 경쟁을 부추기는 조건으로 작용했다고 할 수 있다. 19세기 중후반부터 제국주의는 세계 시장을 제국과 식민지로 양분했고 식민지 세계를 수탈의 대상으로 삼아 세계 시장 속으로 병합하면서 식민지 세계의 발전을 문명과 대립하는 미개와 야만의 세계로 묶어두었다. 뿐만 아니라 세계 시장은 민족 간 경계를 뛰어넘는 호혜의 시장이 아니라 민족들 간의 경합과 투쟁의 각축장으로 변해버렸다. 이와 같은 민족들 간의 경쟁과 각축은 세계문학의 보편적 가능성을 가져오기보다는 오히려 편협한 민족주의와 국민문학의 지위를 더욱 강화하는 방향으로 나아갔다. 그 결과 민족의 편협성을 뛰어넘는 세계문학의 보편적 이념보다는 유럽민족의 우월성과 그 문화적 편협성에 근거한 문명화의 이념을 보편화하려는 유럽중심주의적 보편주의가 득세하게 된다. 하지만 괴테와 마르크스의 세계문학론은 세계와 세계 시장에 대한 낙관적 태도에도 불구하고 인류가 자신의 편협성을 극복하고 공동으로 추구해야 할 이념의 조건이자 "상호적 목표를 향해 나아가는 보편적"[19] 이상이 될 수 있다고 보았다. 하지만 오늘날 세계문학론의 논의에서 괴테와 마르크스가 보여준 보편적이고 이상적인 이념과 기획으로서 세계문학의 역할은 간과되는 측면이 없지 않다.[20]

중심과 주변의 관계

최근 들어 세계문학론은 주로 영미권 비교문학계 내에서 본격적으로 제기되고 있다. 오늘날 세계문학론의 등장 배경에는 다양한 이유가 있겠지만 영미권 학계의 비교문학의 제도적·학문적 위기와 텍스트로부터 점차 멀어져가는 이론의 과잉이 자리하고 있다. 우선 자본과 문화의 지구화가 초래한 국민국가의 약화는 점차 국민문학의 '경계'를 전제로 한 단순 비교문학의 연구의 의미를 퇴색시킬 뿐만 아니라 국민 문화들 간의 경계를 뛰어넘어 문화들 간의 대화와 소통을 보다 일상적인 것으로 만들고 있다. 특히 글로벌과 로컬이 매개 없이 마주치는 접촉과 타협의 지대들, 즉 글로컬적glocal 경계 지대들이 곳곳에서 생겨나고 있다. 어떤 의미에서 마르크스가 예견한 바 있는 민족의 경계를 뛰어넘는 글로벌 시장이 목전의 현실이 되었고, 지구화 시대의 로컬 문학이 세계문학이 될 가능성이 점차 커지고 있다. 드디어 새로운 세계문학의 가능성이 출현하고 있는 듯이 보인다. 하지만 이런 현실에도 불구하고 세계문학론의 등장 배경에는 미국 학계 내에서 비교문학이 처한 위기 또한 무시하기 힘들다. 아이자즈 아마드는 세계문학의 등장이 기존 국민문학에 대한 대안으로 제기되기보다는 비교문학을 수행해온 기존 방식을 근본적으로 변형하는 하나의 방식으로 이해될 필요가 있다고 지적한다.[21] 국민국가의 약화와 국민문학의 퇴조도 문제지만 미국의 비교문학 내부에서도 지난 20년간 많은 변화가 있었다. 우선 대학의 가치가 아카데미즘에서 직업주의로 전환되면서 사회 속에서 인문학이 차지하고 있던 위상이 급속하게 약화되었고, 비교문학 내에서도 에리히 아우엘바하Erich Auerbach, 에른스트 로베르트 쿠르티우스Ernst Robert Curtius, 레오 스피처Leo Spitzer, 그리고 에드워드 사이드와 같이 풍부한 인문주의적 지식과 언어능력에 바탕을 둔 학문 연구가 급속히 퇴조했으며, 다양한 국가와 계급 그리고 인종 출신의 학생들의 유입과 다양한 언어 습득의 고통을 우회할 수 있는 이론 중심의 연구 풍토가 지배적이게 되었다. 특히 비교문학 내에서 이론은 편협한 서양 정전을 구성하려는 보수주의적 태도를 비판하는 데 유용했고, 문헌학에 기반을 둔 전통적 인문주의를 대체하면서 다양한 배경을 가진 학생들이 손쉽게 문학 연구를 할 수 있는 유용한 도구의 역할을 해왔다. 하지만 그 속사정을 들여다보면, 이런 변화는 비교문학 내에서 연구자들의 외국어 독해 능력과 풍부한 인문주의적 지식이 급속하게 퇴조하고 있음을 보여준다. 따라서 미국 학계 내부에서 세계문학론은 이런 학문적 여건과 타협하려는 하나의 고육지책이며 동시에 문학 연구의 위기의 징후라고 할 수 있다. 그것이 고육지책인 이유는 세계문학론이 아직은 이론의 차원에 머물러 있긴 하지만 세계문학의 보편적이고 이념적인 차원을 사고함으로써 국민 문화의 안정적 경계를 전제하는 비교문학의 한계를 뛰어넘을 가능성을 제시하기 때문이고, 그것이 위기의 징후인 이유는 세계문학론이 그 내부에 기존의 비교문학의 한계를 그대로 간직하고 있기 때문이다. 즉 외국어 능력에 기반을 둔 세밀한 읽기, 즉 근거리 읽기close reading의 쇠퇴와 도구주의적인 이론의 과잉이 여전히 두드러져 보이며 세계문학의 정의와 지향이 여전히 모호해 보인다. 앞서 지적했듯이, 특히 최근의 세계문학론에서 괴테와 마르크스에게서 엿볼 수 있었던 세계문학의 보편적 이념과 휴머니즘적 기획은 좀처럼 찾아보기 어렵다.

프레드릭 제임슨은 「다국적 자본 시대의 제3세계 문학」(1986)이라는 글에서 제3세계 문학의 독특한 위치를 통해 제3세계 문학의 보편적 위상을 주장했는데, 제임슨의 주장을 세계문학의 가능성과 관련지어 생각해볼 필요가 있다. 이 글에서 제임슨은 중국의 루쉰과 우스만 셈벤Ousmane Sembène의 작품을 중점적으로 다루면서 제3세계 문학의 공통적 미학을 세우고자 하는 야심찬 주장을 펼쳤다. 제임슨은 제3세계 문학의 엄청난 다양성을 생각할 때 제3세계 문학에 관한 일반 이론을 주장하는 것은 무리겠지만 제3세계가 처한 일반적 지위, 즉 제1세계의 자

본이 제3세계로 침투해 들어가는 경제적 상황, 달리 말해, 서구적 근대
화의 급격한 과정을 겪는 상황을 공유하고 이런 현실 위에서 제1세계
의 문화제국주의의 지배에 맞선 생사를 건 투쟁을 벌인 공통점을 갖고
있다고 주장한다.[22] 이런 투쟁과 공통적 경험 때문에 제3세계는 제1세
계의 문화 형식과 근본적으로 다른 공통적인 것을 소유하게 되었고[23]
그 결과로서 제3세계의 문학은 모두 서구 소설의 재현 문법에 의해 지
배당할 때조차 이 공통적인 역사적 경험을 형상화한 '민족적 알레고리'
national allegory로 이해될 수 있다는 것이다. 따라서 제임슨은 제1세계
가 갖고 있는 문학에 대한 편협한 생각을 비판하고 제3세계 문학의 공
통적 경험을 토대로 이제야말로 괴테가 말한 진정한 세계문학의 가능
성을 진지하게 생각해보아야 할 때라고 주장한다. 제임슨은 서구적 정
전을 다시 재구성하려는 보수주의적 기획을 자민족 중심적이고 빈약한
서구 문명의 고전 목록을 짜려는 나르시시즘적 논리라고 비판하는 한
편, 서구 밖에 거대한 타자의 세계가 존재하고 기존의 서구중심적 세계
관이 흔들리는 작금의 상황은 세계문학에 대한 진지한 반성의 계기를
제공한다고 지적한다.[24] 하지만 제임슨은 제3세계의 인식적 미학을 구
축하는 과정에서 세계문학의 가능성을 제안할 뿐 세계문학론의 논리를
더 깊이 진전시키지는 않았다. 그렇지만 그의 주장은 현재의 세계문학
론에서는 찾아보기 힘들지만 향후 세계문학론의 의미와 세계문학의 가
능 조건과 그 지정학적 상황을 탐구하는 데 매우 시사적일 수 있다. 즉
제임슨의 주장은 오늘날 괴테와 마르크스가 말한 세계문학의 보편적
이념을 계승할 수 있는 문학은 제3세계의 문학이며 세계문학의 논의를
굳이 서구중심적으로 전개할 필요가 없음을 보여준다. 이 점은 뒤에 보
다 구체적으로 살펴볼 것이다.

제1세계와 제3세계의 문학이 마주치는 독특한 지점을 이어받아 세계문학론에 대한 본격적 문제 제기를 한 것은 프랑코 모레티이다. 모레티는 『근대의 서사시』*Modern Epic*, 「세계문학에 관한 견해」Conjectures on the World Literature, 「추가 견해」More Conjectures, 「진화론, 세계체제, 세계문학」Evolution, World-Systems, Weltliteratur 등의 글에서 세계문학론에 대하여 본격적인 문제 제기를 했다. 여기서는 가장 많은 논쟁을 불러일으킨 「세계문학에 관한 견해」와 「추가 견해」를 중심으로 살펴보고자 한다. 「세계문학에 관한 견해」(앞으로 「견해」로 표기함)는 시론試論적 성격의 글에 불과하지만 발표 후 세계문학에 대한 논쟁을 촉발한 핵심적 계기가 되었으며 미국 내 비교문학의 한계를 극복하고 새로운 세계문학의 가능성을 제시했다는 점에서 매우 의미 있는 글이다. 특히 「견해」는 그 가설적 테제뿐만 아니라 방법론적 문제 제기에서도 매우 창의적인 글이다. 「견해」의 제안 중에 가장 참신한 것은 기본적으로 세계문학의 방대한 텍스트들에 대한 세밀한(근거리) 읽기보다는 간접적이고 이차적인 문헌에 근거하더라도 문제 제기, 접근 방법, 개념적 범주의 전환을 통해 세계문학의 가능성을 새롭게 사고할 수 있다는 것이다. 모레티는 "더 많이 읽는 것은 좋은 일이지만 해결책은 아니다"[25]라고 말하면서 방법과 범주의 전환이 결정적임을 역설한다.

> 아마도 세계와 읽지 못한 것들과 동시에 맞붙어야 하기 때문에 그것[더 많이 읽는 것]은 지나친 무리이다. (…) 그것은 달라야 한다. **범주들**이 달라야 한다. 막스 베버에 따르면 "다양한 과학의 범위를 규정하는 것은 '사물들'의 '실질적인' 상호연관성이 아니라 **문제들**의 **개념적** 상호연관성이다. 새로운 '과학'이 출현하는 것은 새로운 문제가 새로운 방법에

> 의해 추구될 때이다." 이것이 핵심이다. 즉 세계문학은 하나의 대상이
> 아니라 하나의 문제, 그것도 새로운 비평적 방법을 요청하는 **문제**이다.
> 어느 누구도 단순히 더 많이 읽음으로써 하나의 방법을 발견한 적은 결
> 코 없었다. 그것은 이론들의 존재 방식이 아니다. 이론들을 시작하기 위
> 해서는 도약과 내기 – 즉 가설을 필요로 한다.[26]

　이 진술은 「견해」에서의 모레티의 이론적 태도가 잘 드러나 있다. 모
레티는 접근 방법과 범주와 문제 제기의 전환을 통해, 세계문학의 정전
적 텍스트들에 대한 세밀한 근거리 읽기에 맞서 텍스트들로부터 일정
한 거리를 유지하면서 텍스트들의 공통적 윤곽을 멀리서 드러내는 원
거리 읽기distant reading를 제안한다. 즉 텍스트에 대한 거리두기를 통해
"더 적게 보는 것이 더 많은 것을 본다less is more[27]"는 것이다. 모레티는
거리 자체가 인식의 조건이 되는 원거리 읽기가 "텍스트보다 훨씬 더
적거나 훨씬 더 큰 단위들, 즉 장치와 주제와 비유 – 혹은 장르와 체계
들[28]"에 초점을 둘 수 있게 해준다고 주장한다. 현실은 엄청나게 풍부
하고, 개념은 추상적이고 빈약하지만 그 무한히 풍부한 현실을 다룰 수
있게 해주는 것은 다름 아니라 바로 이 개념적 빈약함 때문이라는 것이
다.[29] 이론적 개념과 범주 설정의 전환을 통해 자료로부터 일정한 거리
를 유지할 수 있다는 것은, 엄청난 자료 앞에서 항상 위축된 채 선별적
일 수밖에 없는 기존 비교문학의 텍스트주의를 감안하면 정말 큰 위안
이 아닐 수 없다. 하지만 비록 이론적 명확성을 위한 것이긴 하지만, 원
거리 읽기가 근거리 읽기와 대립적인 것으로 설정되는 것은 여전히 세
계문학론이 처한 현실적 곤경을 드러내는 듯하다. 사실 세계문학론에
서 '세계'가 굳이 문학의 외부에 존재하면서 문학을 조건 짓는 물리적

세계로 한정될 필요는 없다. 세계를 창조하고 구성하는 것이 문학이라고 할 때 문학에 의해 창조되는 '세계'에 대한 세밀한 읽기 또한 세계문학론에서 빼놓을 수 없는 필수적 조건이기도 한 것이다. 모레티의 주장이 수많은 텍스트들로부터 일정한 거리를 둔 읽기를 제안한 것이 다시 텍스트로 돌아가기 위한 것이라면 이는 긍정적인 기획이라 할 수 있다.

모레티는 이와 같은 개념의 전환과 원거리 읽기라는 이론적 문제 설정을 세계체제 내의 중심부와 주변부 간의 역동적 관계에 주목한 월러스틴의 세계체제론과, 번역된 문학들 간의 간섭interferences 현상을 분석한 이븐 조하르Even-Zohar의 폴리시스템 이론polysystem theory과 연결 짓는다. 이와 같은 방법론과 이론들을 결합함으로써 모레티가 제시하는 가설적 주장은 문학적 진화의 법칙, 즉 세계문학 체제의 내부, 특히 근대소설의 국제적 관계 체제 내의 중심부와 주변부 간에 비대칭적 관계가 존재한다는 것이다. 더 구체적으로 말해, "문학 체계의 주변부에 속하는 문화들(이는 유럽 내부와 외부의 거의 모든 문화들)에서 근대소설은 애초에 자율적 발전으로 등장한 것이 아니라 서구적 형식의 영향(일반적으로 프랑스 및 영국의 소설의 영향)과 로컬적 제재들 간의 타협으로 등장했다"[30]는 것이다. 모레티가 이 타협을 '서구적 형식과 로컬적 현실의 조우', 그리고 '서유럽적 패턴과 로컬 현실 간의 타협' 등 여러 가지로 표현하고 있지만, 그의 요지는 세계체제 내부에서 근대소설은 서구적 소설 형식과 로컬 제재 간의 타협의 산물로 출현했고, 이 타협이 근대의 보편적 문화 현상이자 세계문학의 조건이라는 것이다. 나아가서 모레티는 형식과 제재, 형식과 내용이라는 이분법을 보다 치밀하고 복잡하게 만들기 위해 이국적 형식(혹은 이국적 플롯)과 로컬적 제재(혹은 로컬적 성격)에 로컬적 형식(혹은 로컬적 서사목소리)이라는 제3의 범주를 추가함으로써 삼각형의 구도를 제안한다. 모레티가 볼 때, 서구적 형식과 로컬적 제재 간의 타협과 그 타협의 불안정성이 가장 잘 드러나는 곳이 바로 로컬적 형식, 즉 로컬적인 서사적 목소리에서다. 왜냐하면 서술자는 소설 내에서 "해설, 설명, 평가의 축"으로 기능하면서 소설에서 서구적 소설 형식과 로컬 제재 사이를 매개하기 때문이다. 모레티는 "외국의 '형식적 패턴'(혹은 실제의 이국적 존재들)이 등장인물들을 이상하게 행동하도록 만들 때, (…) 해설이 수다스러워지고, 괴상해지며, 통제력을 잃게 된다"[31]고 말한다. 이 목소리를 통해 서구적 형식과 로컬적 제재 간의 타협은 불안정성과 불일치를 드러내게 되는 것이다.

「견해」는 근대문학, 특히 근대소설을 국민문학의 경계 내에서 바라보는 민족주의적 문학사 기술에 반대하는 한편, 세계문학의 보편적 위상과 그것이 가능한 지정학적 위치를 서구적 형식과 로컬적 현실 간의 타협이 벌어지는 세계문학 체제 내의 수많은 접촉과 타협의 지점들로 과감하게 이동시킴으로써 근대 유럽 문학의 서구중심적 보편주의를 부정한다. 하지만 「견해」는 세계문학에 대한 예리한 통찰 못지않게 그 과감한 주장 때문에 일부 문제점을 드러내기도 했다. 멀리서 볼수록 더 많은 것을 볼 수 있다는 도전적 주장은 구체적이고 경험적인 근거리 읽기를 강조해온 이론가들에 의해 반발을 불러일으켰다. 특히 세계문학에서 소설의 지위를 얼마나 대표적인 것으로 볼 수 있느냐, 중심부와 주변부 간의 관계를 단방향적인 것으로만 볼 수 있느냐, 또는 그 관계는 문학 형식에 어떤 식으로 표현되느냐 등 여러 이론가들의 비판과 지적을 받았다. 모레티는 「견해」가 발표된 3년 뒤 이러한 비판에 대한 대답으로서 「추가 견해」를 발표했다. 이 글에서 모레티는 다양한 비판들에 대체로 수긍하면서 자신의 이전 주장에 대한 수정을 제시했는데, 그중

두 가지 중요한 수정만 살펴보자. 우선 세계체제 내의 경제적 지위와 문학적 지위 간의 불균등한 관계를 감안하지 않은 채 그 두 체제 간의 관계를 평행적인 것으로 간주했다는 비판에 대해 모레티는 수긍한다. 그는 "물질적 헤게모니와 지적 헤게모니가 매우 긴밀하면서도 전적으로 동일한 것은 아니라는"[32] 사실을 과소평가했음을 인정하면서 "문학적 세계체제를 중심부와 주변부로 환원함으로써 문화들이 중심부로 들어가고 중심부에서 나오는 이행적 지대(반주변부)를 간과했다"[33]고 인정한다. 모레티는 문학의 혁신적 실험들이 대부분 중심부가 아니라 "중심부에 가깝거나 중심부 내에 존재하지만 경제적 영역에서는 헤게모니를 갖고 있지 않은 문화들," 즉 반주변부의 문화적 역할을 세계문학 체제의 중심적 위치로 설정함으로써 세계문학적 체제의 자율성을 다시 사고할 필요가 있다고 말한다. 모레티는 그 대표적 사례로 프랑스의 문학적 지위를 언급한다. 즉 "정치적·경제적 영역에서 영원한 2등이라는 것이(의기양양한 빅토리아인들의 만찬 후의 졸음과 달리 포스트-나폴레옹 시대의 열광적인 창조성에서처럼) 문화에 대한 투자를 장려했던 것처럼 프랑스가 대표적인 예가 될 수 있다"[34]는 것이다. 모레티가 반주변부의 지위를 새롭게 평가한 이유는 세계문학 체제의 불균등성, 즉 "경제적 불균등성과 일치하지 않지만 어떤 이동성—이 이동성은 불균등한 체제에 대한 대안이 아니라 그 체제에 내재하는 이동성—을 허락하는 불균등성"[35]을 지적하기 위한 것이다. 바로 이 이동성의 지리적 위상을 모레티는 세계체제 내부의 문학적 반주변부에서 찾고자 한다.

하지만 이런 수정은 「견해」에서의 모레티의 주장을 대대적으로 수정하도록 만든 것이다. 「견해」는 세계문학의 보편성을 새롭게 자리매김하는 탁월한 성찰을 보여주었지만 세계체제 내부에서 경제적 지위와 문화적 지위 간의 불균등성을 제대로 인식하지 못함으로써 수정이 불가피하게 되었다. 한편 세계문학 체제의 불균등성을 보다 더 구조적이고 갈등적인 시각을 통해 모레티의 견해를 더욱 발전시킨 것은 파스칼 카자노바였다. 카자노바는 2004년 영어로 번역된 『세계문학공화국』(1999)과 「세계로서의 문학」(2005)에서 세계문학 공간이 세계경제체제로부터 어떻게 독립적으로 움직이는가에 주목하는 세계문학 공간의 불균등성과 자율성을 주장하는 한편, 세계문학 공간 내부의 중심부와 주변부 간의 권력 관계와 같은 역동적 관계를 분석하고자 한다. 여기서는 『세계문학공화국』과 카자노바의 핵심적 주장이 잘 요약된 「세계로서의 문학」을 잠시 살펴보자. 카자노바 또한 모레티의 원거리 읽기와 유사하게 "나의 기획은 텍스트들로부터 겉보기에 가장 먼 노선을 취할 때에만 보일 수 있는, 즉 텍스트들이 출현하는 전체적 구조의 일관성을 회복하는 것"[36]이라 주장한다. 바로 이 전체적 구조를 드러낼 수 있는, 보이지 않는 거대한 영역을 그녀는 '세계문학공화국'이라 부른다.

물론 이 문학 공간[세계문학공화국]이 현재의 배치 형태로 탄생된 것은 아니다. 그것은 역사적 과정의 산물로서 등장했고, 이 과정으로부터 벗어나면서 점차 더욱 더 자율적인 것으로 성장해갔다. 세부적으로 들어가지 않으면서 우리는 그것이 16세기 유럽에서 출현했고, 프랑스와 영국이 그것의 가장 오래된 지역을 형성했다고 말할 수 있다. 그리고 그것은 18세기와 특히 19세기 동안 공고해지면서 중동부 유럽으로까지 확장되었는데, 헤르더적인 민족 이론에 의해 힘을 받았다. 그것은 20세기에도, 특히 지금도 계속되고 있는 탈식민화 과정을 통해 확장되었다. 이 때 문학적 존재나 독립에 대한 권리를 공포하는 선언들이 계속해서 출

> 현했고, 종종 민족자결 운동들과 연결되기도 했다. 비록 세계 도처에서
> 이러한 문학 공간이 얼마간 구성되었다할지라도, 지구 전체를 아우르는
> 그것의 통합은 여전히 완결되지 않았다.[37]

카자노바는 세계문학공화국이 16세기 영국과 프랑스와 같은 유럽에서 시작해 다양하고 우연한 역사적 계기 때문에 세계적으로 확장되어 나갔다고 말한다. 하지만 그녀는 세계체제 내부에서 문학 공간의 확산이 중심부에서 주변부로 순조롭게 이루어지는 것이 아니라 문화 전반에 걸쳐 일련의 투쟁·경쟁·대항을 촉발했으며, 세계문학 공간이 가시화될 수 있었던 것도 바로 이것들이 낳은 충돌 때문이라고 주장한다. 특히 세계문학 공간이 자율적인 만큼 그 문학 공간의 기준 역시 기존의 경제적 기준과 달라야 하는데, 카자노바는 이와 같이 세계문학의 공간에 참여하는 참가자들이 자신의 위치를 판단할 수 있는 공통적인 시간적 기준점을 '문학의 그리니치 자오선'Greenwich meridian of literature이라 부른다. 그녀에 따르면 문학의 그리니치 자오선은 "우리가 문학적 공간 내의 주인공들이 중심부로부터 취하는 거리를 측정할 수 있도록" 해주고 특히 "문학적 시간의 측정—즉 미학적 근대성의 평가—이 결정되는 장소"[38]가 된다. 작가와 그의 작품이 어느 정도 근대적인가를 판단하는 기준점이 되는 이 자오선은 문학 공간의 중심부가 지배하는 인정과 명성의 척도가 되기도 하지만 주변부와 중심부 간의 끊임없는 경쟁, 충돌, 투쟁을 판단하는 기준이 되기도 한다. 이러한 경쟁과 충돌이 항구적일 수밖에 없는 이유를 카자노바는 근대성 자체가 매우 불안정한 개념이기 때문이라고 주장한다. '근대적'이라 선언된 작품들은 "근대성 원리의 근원적인 불안정성 때문에 고전의 반열에 들어가지 못하면 곧장 진

부한 것이 되고 마는 운명"[39]에 처한다. 특히 "중심부에서의 총체적 신성화 체계에 의해 구축되는 문학적 현재로부터 멀리 떨어져 있는 실천들은 시대에 상당히 뒤떨어지는 것으로 선언"[40]될 것이다. 카자노바에 따르면 '근대적'이란 근원적으로 가변적이고 불안정한 개념이기 때문에 중심부에 있다고 해서 자연스럽게 보장되는 것은 아니다.

카자노바는 세계문학 공간의 특징으로 문학 공간의 수직구조, 불평등성, 그리고 상대적 자율성을 들고 있다. 우선 세계문학 공간의 첫 번째 특징은 문학적 자원의 불평등한 구조다. 이 공간에서 정치적·민족적·경제적 제약으로부터 가장 자유로우면서도 오래된 문학적 유산과 자원이 가장 많이 축적된 공간이 가장 큰 자율성의 극점을 형성하는 데 반해, 역으로 정치적·민족적·경제적 기준이 강력하게 작용하면서도 문학적 자원이 가장 적은 공간은 가장 큰 타율성의 극점을 형성한다. 이 두 극점을 모두 포괄하는 세계문학 공간에서 "가장 오래된 지역들, 문학장에서 가장 오랫동안 구축되어온 지역들은 이런 의미에서 '가장 부유한'—가장 많은 권력을 가지는—것으로 믿어진다."[41] 특히 수직구조와 불평등성이 문학 공간에서 드러나는 구체적인 사례가 작가와 작품의 명성이라 할 수 있는데, 이는 "문학 권력이 취하는 가장 본질적인 형식이고, 그것은 가장 오래되고 고귀하며 가장 적법한 문학들, 가장 신성시되는 고전들, 그리고 가장 예찬되는 작가들에게 주어지는 의심할 바 없는 무형의 권위"[42]를 형성한다. 둘째, 세계문학 공간은 그 자체로 상대적 자율성을 갖는다. 카자노바는 정치 경제적 영역의 쟁점들이 문학 공간의 쟁점들과 중첩되어 있긴 하지만 문학 공간은 그런 쟁점들로부터 상대적으로 자율적인 성격을 갖는다고 주장한다.

사실 카자노바의 세계문학론은 모레티의 세계문학론이 드러낸 이론적 문제점들을 상당 부분 해결해준다. 모레티 자신도 인정하듯이, 카자노바는 세계문학 공간이 세계경제체제로부터 상대적 독립성을 갖고 있다는 점, 즉 세계경제체제의 중심부가 세계문학 체제의 중심부와 일치하지 않는다는 점, 나아가서 세계문학 공간 내에는 갈등과 투쟁의 권력 관계가 상존하고, 항상 불균등 발전이 내재되어 있다는 점을 강조한다. 카자노바는 모레티의 세계문학론이 문학 체제의 통일성과 근원적 불평등성을 주장한 것에 대해서는 동의하지만, 모레티가 페르낭 브로델에 의지하여 중심부와 주변부 간의 대립을 설정한 것은 관련된(문학적인) 투쟁적 관계를 중성화하고 그것의 불평등성을 모호하게 하는 경향이 있다고 비판한다. 그녀는 중심부와 주변부의 공간적 이분법 대신에 그것들 사이에 지배와 저항의 권력 관계를 재도입할 것을 제안한다. 특히 그녀는 지배와 저항의 권력 관계를 모레티처럼 단순히 두 가지 대립적 범주들로 구분하기보다는 "굉장히 다양한 의존의 정도를 나타내는 다양한 상황들의 연속체"[43]로 인식할 필요가 있음을 강조한다. 이런 주장은 모레티의 「견해」를 정교하게 발전시키는 것이면서 동시에 중심부와 주변부의 관계를 단순화하는 것을 차단하는 것을 의미한다. 나아가서 카자노바는 모레티가 문학적 공간이 경제적 공간과 다르다는 점을 주장하고 중심부와 주변부를 연결하기 위한 매개적 개념으로 도입한 '반주변부'라는 용어 또한 "의존의 정도에 대한 정확한 측정을 제공하지 않으면서 지배와 피지배의 관계를 중성화하고 완곡하게 만들고 있는 것처럼 보인다"[44]라고 지적한다. 카자노바는 모레티의 세계문학론이 '하나이면서 불균등한'one but unequal 세계체제의 통일성을 드러낸 점은 높이 평가하면서도 중심부와 주변부 간의 관계를 이분법적으로 분할했고, 특히 세계문학 공간 내부의 갈등과 투쟁의 불균등한 권력 관

계를 간과했다고 지적한다.[45]

    카자노바의 비판이 모레티의 한계를 정확히 지적한 것은 사실이고, 세계문학적 공간이 세계경제적 공간으로부터 일정정도 자율성을 갖는다는 것과 그 내부가 갈등과 투쟁의 권력 관계들이 상존하는 곳이라고 지적한 것은 세계문학론의 논의에 있어 상당한 이론적 진전이라 할 수 있다. 카자노바의 지적은 부르디외의 상징 자본과 장field 개념을 세계문학 체제와 공간에 적용하고 있는 것 같다. 작가와 작품의 명성 구조가 상징 자본에 해당한다면, 지배와 갈등은 장 내부의 지배와 피지배 간의 관계를 전제한 부르디외의 논의를 적용, 확장하고 있는 것이다. 하지만 이런 진전이 세계문학 공간에 대한 서구중심적 사고 자체를 근본적으로 수정하는 것 같지는 않다. 오히려 그런 정교함은 더 교묘한 방식으로 그러한 서구중심주의를 유지하는 것으로 여겨질 수도 있다. 모레티가 세계문학의 중심부와 주변부 간의 관계를 '서구적 형식과 로컬적 제재들 간의 타협'으로 규정함으로써 서구 소설의 유럽중심성과 서구의 영향력이 갖는 특권적 지위를 전제했듯이, 카자노바 역시 세계문학 공간의 불균등성과 상대적 자율성을 주장함으로써 모레티의 이론적 한계를 극복하면서도 보다 정교한 방식으로 세계문학 체제의 유럽중심성을 전제하고 있다. 아무리 세계문학 공간 내부의 지배와 피지배의 불균등하고 경쟁적인 권력 관계를 강조하더라도 세계문학의 상징적 자본들, 즉 명성과 인정을 통제하는 문학적 척도의 그리니치 자오선이 파리와 같은 유럽 중심부에 있는 것은 의문의 여지가 없다. 오늘날 영미권 대학의 인문학부에 제3세계나 주변부 출신의 연구자들이 대거 들어가 이론적 중심의 역할을 한다고 영미권 대학의 헤게모니가 사라지는 것은 아니듯이 말이다. 롭 윌슨은 카자노바의 "세계문학공화국이 마오리뉴질랜드에서부터 포스트식민적 아일랜드, 그리고 노벨상을 추구하는 한국에 이르기까지 문화 자본과 '문학적 지배'로 기능하는 방식에 대해 지나치게 확장된 모델을 제시하려고 한다는 점에서 세계적이지만 동시에 프랑스 중심적"[46]이라고 지적한다.

특히 모레티와 카자노바의 세계문학론에서 공히 눈에 띄는 것은 그들이 생각하는 세계문학이 세계적 인정과 명성, 그리고 세계적 지위를 어느 정도 확보한 문학 텍스트일 뿐, 앞서 괴테와 마르크스에게서 볼 수 있는 바와 같이 민족문학의 특수성과 편협성을 뛰어넘어 민족문학들이 상호 문화적 대화를 통해 확보해가는 보편적 이념과 휴머니즘적 기획에 대해서는 언급조차 하지 않는다는 점이다. 모레티가 세계문학의 가능성을 '서구적 형식과 로컬적 제재 간의 타협'이라는 테제로 제시했고, 세계문학의 보편적 지위를 서구의 중심부와 비서구의 주변부 간의 접촉 지점으로 확장시켰지만 그 지점에서 어떤 세계문학이 등장하고 있는지, 세계문학이 어떤 이념을 추구하고 있는지, 그것을 드러내 줄 수 있는 방식은 무엇인지, 서구적 지배를 어떻게 되받아칠 수 있는 지점인지, 나아가서 주변부과 제3세계의 입장에서 어떤 해방적·유토피아적 기획과 가능성을 제공할 수 있는지에 대해서는 전혀 언급하지 않는다. 세계문학의 보편적 가치와 정치적 기획이라는 점에서는 모레티와 카자노바의 논의는 프레드릭 제임슨의 제3세계 문학론에 비해 다소 떨어지는 느낌이 든다. 제임슨이 제국주의에 맞서 생사를 건 투쟁을 실천해온 제3세계의 민중의 공통적 경험을 바탕으로 제3세계의 인식적 미학을 구성하고, 특히 서구 소설의 재현 문법을 수용할 수밖에 없을 때조차 제3세계의 문학은 이 공통적인 역사적 경험을 형상화한 '민족적 알레고리'로 이해될 수 있다고 주장했을 때, 우리는 바로 이 민족적 알레고리에서 세계문학의 새로운 이념과 지리정치적 기획을 엿볼 수도 있을 법하다. 따라서 세계문학론은 단순히 세계문학의 가능 지점이나 보편적 위치를 포착하는 작업 못지않게 세계문학이 어떤 인간 이해와 세계 형성을 추구하는지, 그것이 어떤 보편적 기획과 이념을 고민해야 하는지를 궁구하는 작업이 요구된다고 할 수 있다.

3. 로컬적인 것과 트랜스모던 문화 번역

세계문학론 속의 로컬의 위상과 문화 번역

오늘날의 세계문학론에서 로컬적인 것과 주변부의 위상은 미미하거나 그리 큰 중요성을 갖지 못한다. 즉 그것들은 세계문학론에서 독립적 위상을 갖지 못하며 명성의 인정 구조에서도 제외된 채 주변화된 객체로만 존재할 뿐이다. 다시 말해 로컬적인 것은 세계문학론에서 전혀 문화적·상징적 자본을 소유하고 있지 못하다. 서구적 형식과 로컬적 제재 간의 타협이라는 가설을 제기하는 모레티의 세계문학론에서 (비서구)로컬들은 마치 주변부가 제국주의적 세계 시장에 원료를 제공하는 공급지의 역할을 하듯이, 서구적 형식과 대립하는 로컬적 제재와 원료의 공급지로 존재한다. 중심부의 문학 형식은 주변부로부터 아무런 도전을 받지 않은 채 주변부로 이동해 그곳의 문학적 질료들과 만나고 섞이는 타협의 과정을 형성하게 된다는 것이다. 중심부에서 주변부로 향하는, 즉 위에서 아래로 향하는 모레티의 세계문학 모델은 다른 방식으로 주변부 로컬의 가능성을 수동적이고 종속적이며 부차적인 지위로 귀속시키고 있다. 이런 이분법은 중심부의 문학을 이해하는 것 또한 방해할 수 있다. 왜냐하면 중심부의 형식 역시 항상 중심부에서 원래부터 존재했던 형식이라기보다는 중심부와 주변부 간의 갈등과 타협의 산물일 수도 있기 때문이다. 카자노바의 세계문학론은 형식과 질료의 이분법과 같은 모레티의 소박한 이분법은 거부하지만 모레티와 마찬가지로 세계문학 체제의 표준적 자오선을 비롯하여 세계문학의 척도를 여전히 유럽이라는 중심부에 두고 그 외 다른 로컬 문학들은 그 척도로부터의 거리에 따라 판단하는 "유럽중심적 중심부-주변부 모델"[47]에 근거하고 있다. 그녀가 볼 때, 주변부의 로컬 문학들은 파리와 같은 세계문학 체제의 인정 구조를 통해 명성이라는 문화 자본을 쟁취하려고 노력하거나, 그렇지 않으면 인정 구조에서 완전히 탈락하고 만다. 즉 중심부의 인정 구조와 명성의 메커니즘을 통과하지 못하는 주변부 로컬 문학들은 철저히 소외되거나 외면당하고 마는 것이다.

주변부 문화의 주도적 역할을 인정하는 문화 번역과 문화 횡단의 시각에서 볼 때, 모레티가 문학, 특히 근대소설의 이동을 사고하는 방식에는 한계가 있다. 모레티는 근대소설이 중심부에서 주변부로 이동하면서 중심부의 형식과 주변부의 로컬적 제재들 간의 타협이 발생한다고 주장한다. 모레티에게 근대소설의 이동은 한쪽 방향, 즉 중심부에서 주변부로만 흐른다. 모레티는 "19세기 후반 근대소설이 퍼져서 정기적으로 주변부 문화에 도달했을 때 주변부 문화의 훌륭한 작가들은 모두 서구 유럽의 모델을 문체의 과잉결정stylistic overdetermination이라는 동일한 과정 속으로 끌어들였다"[48]고 말한다. 그렇다면 주변부 로컬 작가의 역할은 중심부의 형식과 모델을 근간으로 해서 로컬 제재들을 가공함으로써 자신의 독특한 문체를 만들어낸 데 있다고 할 수 있다. 모레티는 "이탈리아, 브라질, 인도네시아, 필리핀, 일본, 벵갈, (…) 각각의 경우에 따라 세부적 제목들은 분명히 다르지만 형식의 논리는 언제나 같다"고 말한다. 이 형식이란 "중심부의 플롯과 주변부의 문체 간의 결합"[49]이다. 여기서 모레티가 플롯과 문체를 전혀 다른 두 개의 층위로 구분하는 점은 눈여겨 볼 필요가 있다. 그에 따르면 플롯은 상당히 안정된 상태를 유지하고 다양한 맥락들로 쉽게 이동하는 데 반해, 문체는 그러한 안정성을 갖고 있지 않다. 즉 그것은 쉽게 사라지거나 변화하는 것이다. 플롯은 거의 변하지 않은 채 언어에 독립적인 데 반해, 문체는 언어이기 때문에 늘 변화무쌍하다는 것이다.

여기서 모레티가 말하는 중심부의 플롯은 마이클 크로닌이 말하는 불변적 이동체immutable mobile 개념과 매우 유사하다. 크로닌은 문화 번역의 두 형태를 불변적 이동체와 가변적 이동체mutable mobile라는 개념으로 구별 짓는다. 그는 출발지의 사실들이 확실하게 목적지에 도달하고 수용자 측에서도 그 실체를 인식할 수 있을 정도로 사실과 맥락의 형태가 비교적 안정적인 대상 형태를 '불변적 이동체'[50]로 정의한다. 불변적 이동체는 재제와 질료가 다르고 가변적이라 하더라도 그 본질과 형태에는 거의 변화가 없으며 불변적인 네트워크가 형성되어 있는 경우를 일컫는다. 이는 모레티가 말하는 중심부의 플롯이나 근대소설의 이동 과정과 흡사한 면이 있다. 하지만 크로닌에 따르면 실제 문화 번역의 과정은 불변적 이동체보다는 가변적 이동체 개념에 가깝다. 그는 가변적 이동체를 짐바브웨 관목펌프에 빗대어 설명하는데, "그것은 마을마다 똑같지가 않고" "펌프의 한 부분이 부서지면 다른 것으로 덧대짐으로써 이 펌프 장치는 마을마다 달랐다. 즉 여기서는 모든 것이 정확히 같은 장소에서 작동하게 만드는 안정적인 네트워크가 존재하지 않는다"[51]라고 말한다.

> 물체가 이동하는 것은 그 특정한 형태가 형태를 불변적으로 유지하기
> 때문이 아니라 펌프 그 자체가 유동적인 물체이기 때문이다. 이 물체들
> 이 공간을 통과하는데 이 공간의 형태도 유동적인 것이다. 즉 물체를 지
> 탱하는 연결 기관들이 단계적이고 증강적으로(일부는 첨가되고, 일부는 떨어져
> 나가는 식으로) 변하는 것이다. 이는 물체가 같은 것(관목펌프로 인식될 수 있다)
> 이면서도 다른 것(그 형태가 마을마다 다르다)임을 의미한다.[52]

가변적 이동체의 시각에서 볼 때, 중심부의 플롯 자체도 변하지 않
는 것이 아니라 항상 유동적인 것, 즉 "일부는 첨가되고, 일부는 떨어져
나가는" 것이 된다. 크로닌이 가변적 이동체 개념을 통해 말하고 싶었
던 것은 문화 번역과 문화 횡단의 과정에는 주변부로 안정적으로 전달
될 중심부의 의미와 의도보다는 로컬 문화가 중심부의 문화를 주체적
으로 번역함으로써 중심부든 주변부든 모든 형식과 내용을 변형시킬
수 있는 문화 번역의 자율적 능력을 갖고 있다는 것이다. 다시 말해, 크
로닌이 불변적 이동체와 가변적 이동체를 구분한 이유는 문화 번역의
과정을 새로운 시각으로 설명하기 위해서다. 만일 번역을 가변적 이동
체의 시각에서 본다면, 번역을 원본에 미달하는 것으로 보는 태도, 즉
"번역을 실패, 기형, 빈약한 유사성과 손실로 무시해온 전통적 관행"[53]
을 불식시키고 로컬의 자율적이고 주체적인 입장, 즉 "아래로부터의 로
컬화"[54]라는 미시적 시각에서 "번역을 잠재적으로 변형 가능한 실천"[55]
으로 볼 수 있다는 것이다. 반면 중심부와 주변부 간의 위계 구조를 전
제하는 모레티와 카자노바의 세계문학론은 번역을 불변적 이동체로 보
는 '위로부터의 로컬화'에 가깝다. 모레티 또한 「추가 견해」에서 근대
소설이 불변적 이동체가 아니라 가변적 이동체와 유사하다는 점을 인

정한다. 모레티의 근대소설론이 근본적으로 유럽 소설을 규범으로 삼고 있고, 나아가서 그의 소설론이 중심부에서 주변부로 나아가는 간섭의 불균형성에 근거하고 있다는 아일린 줄리언과 같은 학자들의 주장[56]에 대해 모레티는 가령 필딩에서처럼 "초기 영국 소설이 세르반테스의 방식을 모방해서 씌여졌고, 그리하여 영국 소설 자체에서도 로컬적 **형식**과 이국적 **형식** 간의 타협이 일어났었다는 사실은 명백하다"[57]고 인정한다. 여기서 주목할 것은 영국 소설의 형식 또한 영국이라는 로컬적 **형식**과 스페인의 이국적 **형식** 간의 타협에 의해 형성되었다는 사실이다. 이는 중심부 플롯의 안정성이 결코 안정적인 것이 아니며, 중심부의 문학 형식 또한 주변부와의 타협의 산물임을 보여준다. 결국 모레티 역시 문학 형식이 가변적 이동체에 가깝다는 사실을 인정한다. 여기서 모레티가 영국 소설을 설명하면서 로컬적 **제재**와 서구적 **형식** 간의 타협이 아니라 로컬적 **형식**과 이국적 **형식** 간의 타협이라고 말하는 점에 주목할 필요가 있다.

오늘날 문화 번역이 핵심적 키워드로 떠오른 것은 로컬과 로컬인인 것의 잠재적 가능성에 대한 평가와 무관하지 않다. 냉전의 이데올로기적 경쟁의 시대가 막을 내리고 제국과 주변, 지구화와 로컬화, 강한 로컬과 약한 로컬 간의 권력 관계들이 새롭게 형성되어가면서 오늘날의 문화들은 다양하고 새로운 방식으로 접촉하고 대화하는 동시에 그들 간에는 여전히 불균형과 불평등이 지속되고 있다. 그 중심에 문화 번역의 로컬적 가능성이 핵심적 문제로 자리하고 있다. 오늘날 문화 번역의 문제가 본격적으로 등장하는 것은 지구화의 과정 속에서, 그리고 중심부와 주변부 간의 불균형적 관계들을 보다 주체적으로 사고하는 데 (트랜스)로컬적 시각trans/local perspectives의 적극적 역할이 필수적이라는 인식 때문이다. 전 지구화의 과정에서 중심부 글로벌 문화는 여전히 주변부 로컬 문화들을 새로운 방식으로 통제하고 흡수하고 변형하는 강력한 힘으로 작용하고 있다. 그 결과 일부 문화연구자들은 이런 과정을 헤게모니 문화에 의한 주변부 문화의 동질화 내지 표준화라는 관점에서 설명하려고 한다. 이런 시각은 헤게모니 문화의 폐해를 지적하는 비판적 의미를 갖지만 역설적이게도 주변부 문화를 수동적이고 비관적 시각으로 바라보는 한계 또한 갖는다. 즉 이런 시각 속에서 주변부 로컬 문화는 자체의 자율성과 역동성을 인정받지 못한 채 중심부 문화에 의해 일방적으로 통제되고 지배되는 신세로 취급당하게 된다. '문화 번역'이 핵심적 개념으로 등장하는 이유는 바로 이런 현실을 정정하고 문화 횡단에 있어 주변부 혹은 로컬 문화의 주체적 역할을 강조하기 위해서이다. 로컬 문화의 주체적 입장에서 볼 때, 전 지구화의 문화를 비롯한 모든 문화는 주변부의 자율적이고 물질적인 문화 번역의 메커니즘을 통과할 수밖에 없는 번역된 문화에 다름 아닌 것이다.

　로컬의 문화연구에서 문화 번역의 가치는 지구화이든 국민 문화이든 로컬 문화를 단순화하는 논리들을 비판하면서 복합적이고 다양하며 역동적인 네트워크에 의지하는 로컬의 가능성을 강조하는 데 있다. 크로닌은 번역을 원본의 독창성이 점차 줄어들어가는, 즉 번역을 아무리 잘해도 모방이나 아류로 폄훼하는 "문화적 중재와 교환에 대한 기존의 엔트로피적 관점에 도전"하고 로컬과 글로벌 간의 연계성을 "번역의 반엔트로피적이고 역엔트로피적 관점"[58]에서 사고하고자 한다. 그에 따르면 번역적 실천은 로컬 문화가 헤게모니 문화에 의해 일방적으로 지배되거나 소멸된다고 보는 부정적 시각이 아니라 로컬적인 것과 민족적인 것, 로컬적인 것과 글로벌적인 것 간의 연계성 속에서 훨씬 더 풍부해질 수 있다는 적극적 인식과 연결될 필요가 있다. 앞서 보았듯이, 크로닌은 그 구체적 방안으로 아래로부터의 미시적 코스모폴리터니즘을 제안한다. 미시적 코스모폴리터니즘은, 주변부 로컬 문화를 고립되고 닫힌 문화의 일종으로 평가절하하고 중심부의 세계 문화만을 추종하는 거시적 코스모폴리터니즘과 달리, 로컬 문화와 주변부 문화, 심지어 주변부 내의 작은 로컬조차 매우 복잡한 프랙털적 미시성과 복합성을 갖고 있음을 강조하는 것이다. 크로닌이 말하는 로컬 문화는 안정적이고 고정적인 닫힌 경계를 갖는 문화가 아니라 항상 문화 번역과 문화 횡단이 빈번하게 일어나는 미시적이고 복합적인 열린 문화를 의미한다.

세계문학의 또 다른 가능성

필자가 볼 때, 로컬에 대한 모레티와 카자노바의 부정적 인식과, 그들의 세계문학론에서 괴테와 마르크스의 세계문학론에서 엿볼 수 있던 민족문학의 편협성과 특수성을 뛰어넘는 세계문학의 이념 기획과 같은 것의 부재 사이에는 연관성이 있어 보인다. 보다 직접적으로 말하자면, 그들의 세계문학론은 오늘날의 근대성 내부에서 세계문학이 어떤 내용을 가질 수 있는가, 그리고 세계문학을 가능하게 하는 지리정치적 가능 조건, 즉 오늘날 세계문학이 추구할 수 있는 보편적 이념과 기획이 가능한 지점이 어디인가 하는 문제를 간과하고 있다. 이 지점은 오늘날 세계체제와 세계문학 공간의 주변부에 위치한 열린 로컬들이 아닐까? 제임슨이 제3세계 문학의 공통 경험에서 세계문학의 가능성을 엿보았듯이, 오늘날 우리는 인간에 대한 억압과 폭력이 집중되어 있고 그런 억압에 맞선 반항과 해방의 의지 역시 강력하게 펼쳐지는 바로 이런 주변부 로컬에서 인간 해방의 보편적 이념을 엿볼 수 있지 않을까? 바로 이러한 점을 간과함으로써 모레티와 카자노바와 같은 최근의 세계문학론은 세계문학론이 가질 수 있는 중요한 차원을 놓치고 있다. 즉 그들의 세계문학론은 아래로부터의 로컬에 대한 시각의 결여 때문에 불가피하게 오늘날 세계문학을 추동하는 강력한 힘이나 세계문학의 가능한 지리정치적 조건에 대한 긍정적 시각을 가지지 못하고 있다. 크로닌을 통해 엿보았듯이, 로컬은 차이와 번역이 동시에 진행되고 로컬적이면서 동시에 글로벌적인 차원을 갖고 있다. 특히 주변부 로컬들이 새로운 세계문학의 토대가 될 수 있는 것은 그곳이 근대 문화 속에 억압되었지만 여전히 서구적 근대성을 가로질러갈 다양한 문화적 가치들이 잠재되어 있기 때문이다.

모레티와 카자노바의 세계문학론에는 근대소설과 근대문학은 모두 유럽에서 시작되었고 그것이 전 지구적으로 확장되어 나갔다는, 문학적 근대성의 유럽중심적 입장이 전제되어 있다. 유럽중심적 근대성은 대략 두 가지의 전제에 기반하고 있다. 첫 번째 전제는 근대성이 철학적 원칙으로서의 합리주의, 자연에 대한 설명 원리로서의 과학적 합리성, 정치사상으로서의 계몽을 기반으로 하고 있으며 이런 원리를 발판으로 인간 주체가 미성숙한 예속의 상태에서 성숙한 자율적 주체로 발전해갔다는 것이다. 두 번째 전제는 근대성이 그 내부에 몇 차례의 단절과 변화가 있었음에도 불구하고 근대 유럽 내부에서 발생한 현상이며 과학혁명이든 제국주의적 지배이든 그 뒤에야 전 세계로 확장되어 나갔다는 것이다. 이 전제들은 근대성에 대한 유럽중심적 시각을 뒷받침하고 있는 전제들이다. 하지만 오늘날 이와 같은 '근대성에 대한 유럽중심적 시각'은 곳곳에서 도전받고 있다. 이런 근대성 개념이 갖는 문제점은, 그것이 서구 내부의 이질적 존재는 물론이고 서구 외부의 무수한 로컬적 지식들과 가치들을 근대성 밖으로 추방해버렸다는 점이다.

엔리케 두셀은 근대성에 대한 유럽중심적 서사를 15세기 말에 시작된 전 지구적 식민화의 과정을 은폐하는 일종의 '신화'라고 비판한다. 나아가서 두셀은 근대성의 패러다임을 유럽중심적 패러다임과 지구적 패러다임의 두 가지로 구분한다. 그에 따르면 유럽중심적 패러다임은 근대성을 16세기 유럽에서 시작되어 전 세계로 확산되어나간 오로지 유럽적 현상으로 간주한다. 근대성에 대한 기원과 전파의 입장을 뒷받침하는 이 패러다임에서 중심은 유럽이고 근대성의 보편성은 유럽에서만 가능하다. 반면에 지구적 패러다임은 근대성에서 유럽의 중심성은 인정하되 그 중심성을 유럽 내부의 자율적 발전 때문에 생겨난 것으로 인식하기보다 유럽이 유럽 외부에 존재하는 무수한 타자들을 지배하고 착취하고 억압한 식민화 과정의 결과로 인식한다. 즉 서구적 근대성이 갖는 중심성은 유럽 내부에 축적된 우월한 문명의 산물이 아니라 아메리카의 발견, 정복, 통합을 통해 확보하게 된 식민화의 결과라는 것이다.[59] 이런 인식은 근대성이 애초부터 식민성과 동전의 양면을 이루고 있음을 보여주는 것으로 기존의 서구적 근대성 개념을 급진적으로 수정하는 것이다.

근대성에 대한 이런 인식적 전환을 통해 두셀은 근대성/식민성에 의해 억압되고 은폐된 무수한 타자들의 문화와 가치, 즉 "무가치하고 무의미하고 하찮고 쓸모없는 것"[60]으로 폄하된 서구 바깥의 무수한 로컬적 타자의 문화들을 재평가하고 그것들의 해방을 역설한다. 두셀에 따르면 이런 복수의 문화와 가치들이 사라지지 않는 이유는 그것들이 근대성/식민성의 전체성의 논리 속으로 완전히 통합될 수 없는 외재성―레비나스가 말한 전체성으로 통합될 수 없는 타자성―의 관계를 맺고 있기 때문이다. 그러므로 그것들은 지금도 여전히 생생한 문화적 풍부함을 간직하고 있는 것이다. 두셀은 이런 타자들의 억압된 풍부한 문화적 가치들을 갖고 서구적 근대성을 비판하고 횡단하며 극복하는 작업을 '트랜스모더니티'transmodernity라고 정의한다. 그에 따르면 트랜스모더니티는 주변부 타자의 풍부한 로컬 문화를 발판으로 서구적 근대성를 횡단하고 그것이 성취할 수 없었던 진정한 해방을 공동으로 실현해가는 과정이며, 서구적 근대성이 강요한 단일 보편성이 아니라 다양한 가치들이 공통의 보편성을 추구하는 횡단적 다원 보편성pluriversality을 지향한다.

만일 우리가 두셀의 트랜스모더니티와 크로닌이 주장하는 로컬의 미시적 문화 번역 개념을 접합시킨다면, 즉 트랜스모던 문화 번역의 개념을 새롭게 정의할 수 있다면, 모레티와 카자노바의 세계문학론이 간과하는 세계문학의 보편적 이념과 휴머니즘적 기획을 사고할 수 있고, 오늘날 괴테와 마르크스의 세계문학론이 갖는 기획을 글로컬적 차원에서 새롭게 계승할 수 있는 방안을 모색할 수 있을지 모른다. 과연 오늘날 글로벌 문화 속에서 개방적이고 보편적인 이념의 문화가 생성될 수 있는 지점은 어디이고, 트랜스모던적 문화 번역과 횡단이 가능한 지점은 어디일까? 우선 그 지점은 전 지구화의 과정 속에 존재하는 주변부의 무수한 열린 로컬들일 것이다. 바로 이 지점이 괴테와 마르크스의 세계문학론이 추구했던 보편적 이념과 인간 해방적 기획이 오늘날 가능한 지점이 될 것이다. 어떤 의미에서 모레티가 세계문학의 가능성이 드러나는 장소로 서구적 문학 형식과 로컬적 제재들 간의 타협이 일어나는 지점을 설정한 것은 옳았다고 할 수 있다. 오늘날 글로컬 문화에서 문화 및 문학 현상이 가장 보편적이고 세계적인 차원에서 일어나는 지점은 바로 중심부 문화와 주변부 문화 간의 충돌이 일어나는 경계와 접촉 지점이기 때문이다. 하지만 모레티에게 그 지점은 서구적 중심부의 문화가 주변부로 흘러드는 지점으로 보일 뿐 주변부가 서구적 근대성과 대결하면서 그것을 횡단하고 극복하면서 새로운 가치와 의미들을 생성해가는 지점으로 보이지는 않는다. 그에게는 로컬들이 제재와 원료만 제공하는 것이 아니라 형식까지 뒤바꾸는 트랜스모던적 문화 번역의 공간이라는 점이 사유되지 않고 있다. 오늘날 세계문학의 가능성을 제대로 사고하기 위해서는 '세계적 문학 공간에서 소통적이고 보편적인 이념이 생성 가능한 지점이 어디인가' 하는 것뿐만 아니라 그러한 지점에서 '문학이 어떤 보편적 이념과 기획들을 추구할 수 있는가'에도 주목할 필요가 있다.

주

1) Arif Dirlik, "The Global in the Local", *Global/Local*, eds. Rob Wilson & Wimal Dissanayake, Durham, Duke University Press, 1996, p.31.

2) John Urry, *Consuming Places*, London & New York, Routledge, 1995, p.70.

3) Michael Cronin, 이효석 역, 『팽창하는 세계』, 현암사, 2013. 1장 「세계는 정말 줄어들고 있는가?」를 참조.

4) Michael Cronin, 김용규·황혜령 역, 『번역과 정체성』, 동인, 2010, p.38.

5) Michael Cronin, 같은 책, p.39.

6) Michael Cronin, 같은 책, p.41.

7) Michael Cronin, 같은 책, p.44.

8) Michael Cronin, 같은 책, p.42(강조는 필자의 것임).

9) Michael Cronin, 같은 책, p.49.

10) Rob Wilson, "World Gone Wrong: Thomas Friedman's *World Gone Flat* and Pascale Casanova's *World Republic* against the Multitudes of 'Oceania'", *Concentric: Literary and Cultural Studies* 33, No.2, 2007, p.12.

11) John Fizer, *The Idea of World Literature*, Baton Rouge, Louisiana State University Press, 2006, p.18.

12) Goethe, J.W.von & J. p.Eckemann, "Conversation on World Literature", *The Princeton Sourcebook in Comparative Literature*, eds. David Damrosch, Natalie, Mbongiseni Buthelezi, Princeton, Princeton University Press, 2009, p.23.

13) John Fizer, 앞의 책, p.21.

14) Goethe, J.W.von & J. P.Eckemann, 앞의 글, p.23.

15) Matthew Arnold, *The Portable Matthew Arnold*, ed. Lionel Trilling, Harmondsworth, Penguin Books, 1980, p.279.

16) John Fizer, 앞의 책, p.25에서 재인용.

17) Karl Marx & Friedrich Engels, *The Communist Manifesto*, London, Penguin, 2002, pp.223-24.

18) John Fizer, *The Idea of World Literature*, p.67.

19) John Fizer, 같은 책, p.20.

20) 괴테와 마르크스의 세계문학론을 '괴테-마르크스의 기획'이라는 관점에서 근대적 해방의 기획과 관련지어 설명하는 글로는 백낙청, 「지구화 시대의 민족문학」, 『세계문학론』(김영희, 유희석 편), 창비, 2010 참조. 괴테의 세계문학이 이상주의적·휴머니즘적·평화주의적 요소에 근거하고 있음을 추적하는 글로는 전영애, 「비교문학의 장(場) - "세계문학 Weltliteratur"」, 《독일문학》 88집 참조. 괴테의 세계문학의 풍부한 함의를 설명하는 글로는 John Fizer, *The Idea of World Literature*, Baton Rouge, Louisiana State University Press, 2006 제2장 참조.

21) Aijaz Ahmad, "Show me the Zulu Proust: some thoughts on world literature", *Revista Brasileira de Literatura Comparada* 17, 2010, p.30.

22) Frederic Jameson, "Third World Literature in the Era of Multinational Capitalism", *The Jameson Reader*, Oxford, Basil Blackwell , 2000, p.318.

23) Frederic Jameson, 같은 글, p.319.

24) Frederic Jameson, 같은 글, p.318.

25) Franco Moretti, "Conjectures on World Literature", *New Left Review* 1, January-February, 2000, p.55.

26) Franco Moretti, 같은 글, p.55.

27) Franco Moretti, 같은 글, p.57.

28) Franco Moretti, 같은 글, p.57.

29) Franco Moretti, 같은 글, p.58.

30) Franco Moretti, 같은 글, p.58.

31) Franco Moretti, 같은 글, p.65.

32) Franco Moretti, "More Conjectures", *New Left Review* 20, March-April, 2003, p.77.

33) Franco Moretti, 같은 글, p.77.

34) Franco Moretti, 같은 글, p.78.

35) Franco Moretti, 같은 글, p.78.

36) Pascale Casanova, "Literature as a World", *New Left Review* 31, January-February, 2005, p.73.

37) Pascale Casanova, 같은 글, pp.73-4.

38) Pascale Casanova, 같은 글, p.75.

39) Pascale Casanova, 같은 글, p.76.

40) Pascale Casanova, 같은 글, p.76.

41) Pascale Casanova, 같은 글, p.83.

42) Pascale Casanova, 같은 글, p.83.

43) Pascale Casanova, 같은 글, p.80, 각주 14번을 참조.

44) Pascale Casanova, 같은 글, p.80.

45) Pascale Casanova, 같은 글, p.80.

46) Rob Wilson, "World Gone Wrong: Thomas Friedman's *World Gone Flat* and Pascale Casanova's *World Republic* against the Multitudes of 'Oceania'", p.3.

47) Rob Wilson, 앞의 글, p.10.

48) Franco Moretti, 「진화론, 세계체제, 세계문학」, 《안과밖》 Vol.18, 2005, 상반기, p.112.

49) Franco Moretti, 앞의 글, p.112.

50) Michael Cronin, 『번역과 정체성』, p.64.

51) Michael Cronin, 같은 책, p.65.

52) Michael Cronin, 같은 책, pp.65-6.

53) Michael Cronin, 같은 책, p.67.

54) Michael Cronin, 같은 책, p.69.

55) Michael Cronin, 같은 책, p.67.

56) Eileen Julian, 「최근의 세계문학 논쟁과 (반)주변부」, 《안과밖》 Vol.18, 2005, 상반기, pp.117-33을 참조.

57) Franco Moretti, "More Conjectures", p.79.

58) Michael Cronin, 『번역과 정체성』, p.266.

59) Enrique Dussel, "Beyond Eurocentrism: The World-System and the Limits of Modernity", *The Cultures of Globalization*, eds. Fredric Jameson and Masao Miyoshi, Durham, Duke University Press, 1998, p.5.

60) Enrique Dussel, "Transmodernity and Interculturality: An Interpretation from the Perspective of Philosophy of Liberation," *Transmodernity: Journal of Peripheral Cultural Production of the Luso-Hispanic World* 1, No.3, 2012, p.42.

2. 다국적 자본주의 시대의 제3세계 문학

프레드릭 제임슨(비교문학, 듀크대 명예교수)

제3세계 지식인들의 최근 대화로부터 판단해볼 때, 오늘날 우리는 민족적 상황 그 자체, 반복적으로 되돌아오는 민족이라는 이름에 대한 강박적인 회귀, '우리'가 무엇을 하고, 그 무엇을 어떻게 해야 하는가, 우리가 무엇을 할 수 없는가, 우리가 이런 저런 형태의 민족들보다 무엇을 더 잘하는가, 요컨대 '민중'people 차원에서 우리의 독특한 특징들에 대한 집단적 관심으로 되돌아가는 것을 목격하고 있다. 사실 이것은 미국의 지식인들이 '미국'에 관해 논의해온 방식은 아니다. 실제로 혹자는 이 모든 문제들이 이미 청산된 지 오래인 '민족주의'라 불리는 구태의연한 것에 지나지 않는다고 느낄지 모른다. 하지만 제3세계에서(그리고 제2세계의 가장 중요한 지역에서도 또한) 특정한 형태의 민족주의는 매우 근본적이며, 이는 민족주의가 궁극적으로 그렇게 나쁜 것인가를 질문하는 것을 정당화시켜준다.[1] 사실 민족의 환멸에서 깨어난 노련한 제1세계의(미국보다 훨씬 더 노련한 유럽의) 지혜는 이러한 민족국가들로 하여금 가능한 한 신속하게 민족주의로부터 탈피할 것을 촉구하는 데 있는 것 같다. 그리고 캄보디아와 이란, 이라크 등과 같은 국가들이 상기시키는 것들은 실제 뭔가를 해결해주는 것처럼 보이지 않으며, 이들의 민족주의가 전 지구적이고 미국적인 포스트모던 문화를 제외하고 과연 그 무엇으로 대체될 수 있을지를 보여주는 것 같지도 않다.

제3세계 문학과 같은 비정전적 문학 형식들에 대한 관심과 그것의 중요성을 일깨우기 위한 많은 논의들이 있을 수 있다.[2] 하지만 이러한 노력은 특히 상대방의 무기, 즉 제3세계 텍스트들도 정전 텍스트들과 진배없이 아주 '위대하다'는 것을 증명하려는 전략을 차용하는 셈이기 때문에 자멸하고 만다. 이런 전략의 목적은 또 다른 비정전적 형식으로부터 사례를 인용하면서 대실 해밋Dashiell Hammett이 도스토예프스키만큼이나 위대하기 때문에 인정받아 마땅한 작가라는 것을 보여주는 것이다. 하지만 이런 태도는 하위 장르를 구성하는 '통속문학적' 형태의 모든 흔적들을 완전히 일소하기를 바라는 시도이며, 만약 도스토예프스키의 어떤 열정적인 독자가 몇 페이지를 읽고 난 뒤에 이런 작가의 작품에서 그런 종류의 만족감을 얻을 수 없다고 생각하기 시작하면 바로 실패로 끝나게 된다. 비정전적 텍스트들의 급진적 차이들을 묵과하고서는 얻을 수 있는 것이라고는 아무것도 없다. 제3세계 소설들은 프루스트와 조이스 같은 작가들이 제공하는 그런 종류의 만족감을 제공하지 않을 것이다. 어쩌면 더 치명적인 것은 그 소설들이 우리들에게 제1세계의 문화 발전의 지나간 과거를 떠올리게 하면서 "여전히 그들은 시어도어 드라이저Theodore Dreiser나 셔우드 앤더슨Sherwood Anderson 같은 류의 소설들을 쓰고 있구만"이라는 식으로 결론짓고 마는 경향이 있다는 것이다.

이러한 종류의 낙담에다 유행의 변화는 아니지만 모더니즘적 혁신의 리듬에 대한 깊은 실존적 관심을 갖는 하나의 사례를 덧붙일 수도 있을 것이다. 하지만 그것은 도덕적 관심은 아닐 것이다. 오히려 포스트모더니즘이라는 현재에 갇혀 있는 우리 자신에게 도전하면서 **우리 자신의** 문화적 과거와 오늘날 제3세계의 일견 낡아 보이는 상황과 새로움이 갖는 급진적 차이를 재발명할 것을 요구하는 역사주의적 관심이 될 것이다.

하지만 나는 적어도 당분간은 이 모든 문제를 다른 방식으로 주장하고 싶다.[3] 제3세계 텍스트들에 대한 이런 반응들은 너무 자연스럽고 너무 쉽게 이해되며, 끔찍할 정도로 **편협한** 것이다. 만약 정전의 목적이 우리의 미학적 공감을 제한하고 오로지 소수의 선별된 텍스트들에 대해서만 풍부하고 섬세한 지각을 발전시키면서 다른 작품들을 읽거나 그것을 다른 방식으로 읽으려고 시도하는 것을 차단하는 데 있다면, 그것은 인간적으로 너무 빈약한 것이라 할 수 있다. 사실 우리가 이러한 전근대적인 제3세계 텍스트들에 잘 공감하지 못하는 것은 이 세상의 반대편에서 살아가는 사람들의 삶의 방식, 즉 미국 교외 지역의 일상적 삶과는 아무런 공통점도 없는 삶의 방식에 대해서 풍요를 누리는 자들의 깊은 두려움의 위장된 형태의 표현일 경우가 다분하다고 할 수 있다. 보호받는 삶을 누리고, 나아가 도시 생활의 어려움, 혼란, 좌절과 결코 대면하지 않는다고 해서 특별히 수치스러울 일은 없지만, 그렇다고 그것을 특별히 자랑스럽게 생각해야 할 필요도 없다. 더욱이 극히 한정된 삶의 경험은 다양한 종류의 사람들에 대한 폭넓은 공감대를 갖는 데는 불리하게 작용한다(여기서 나는 젠더와 인종을 포함해서 사회 계급과 문화에 이르기까지 다양한 차이들을 생각하고 있다).

이 모든 것들이 독서 과정에 영향을 끼치는 방식은 다음과 같아 보인다. 즉 모더니즘적 전통의 취향에 익숙한 서구 독자들에게 제3세계의 대중적이고 사회적인 리얼리즘 소설은 새로운 것이 아니라, 마치 이미 읽혀진 것처럼 다가오는 경향이 있다는 것이다. 우리는 우리 자신과 이 이질적 텍스트 사이에서 또 다른 독자의 존재, 즉 타자적 독자Other reader의 존재를 느낀다. 우리에게는 관습적이고 소박하다는 인상을 주는 서사가 바로 그 타자적 독자에게는 우리가 결코 공유할 수 없는 신선한 정보와 사회적 흥미를 지니고 있는 것이다. 그렇다면 내가 여기서 환기시키고 있는 두려움과 거부감은 우리가 우리 자신과는 완전히 다른 타자적 독자와 같은 시간대를 살고 있지 않다는 느낌, 즉 우리가— 이 텍스트를 제대로 읽을 수 있는—타자적인 '이상적 독자'와 적절한 방식으로 공존하기 위해서는 우리에게 개인적으로 소중한 많은 것들을 포기하는 한편, 낯설고 두려운 존재와 상황—우리가 알지 못하고 알고 싶어 하지도 않는 것—을 인정해야 한다는 느낌과 무관하지 않다.

다시 정전에 관한 물음으로 돌아가서 질문하자면, 왜 우리는 오로지 특정한 종류의 책들만 읽어야 하는가? 만약 어느 누구도 우리에게 다른 종류의 책들을 읽어서는 안 된다고 주장하는 것이 아니라면, 왜 우리는 다른 종류의 책들을 읽어서는 안 되는 것인가? 결국 우리는 위대한 정전의 작성자들이 사랑하는 '불모의 섬'으로 나아가지는 않을 것이다. 사실—이것이 내가 볼 때 이 논의의 결정적인 부분이다—우리는 우리의 삶에서 여러 다양한 종류의 텍스트들을 '읽고 있다.' 왜냐하면 인정하든 안하든 우리는 우리 삶의 대부분을 '위대한 책'과는 근본적으로 동떨어진 대중문화의 영향권 속에서 살아가고, 필연적으로 파편화된 사회의 구획된 칸막이 속에서 적어도 이중적 삶을 살고 있기 때문이다. 우리는 우리 자신이 훨씬 더 근본적으로 파편화된 삶을 살고 있음을 깨달을 필요가 있다. 그러므로 '중심적 주체'와 통합된 자아 정체성이라는 신기루에 매달리기보다는 전 지구적 규모의 파편화라는 현실과 정직하게 대면하는 편이 더 나을 것이다. 우리가 적어도 문화적으로 시작할 수 있는 것은 바로 이런 대면일 것이다.

한편 '제3세계'라는 용어의 사용에 대해 마지막으로 언급해둘 필요가 있다. 나는 '제3세계'라는 표현의 사용에 대해 비판이 있고 그 요지를 잘 알고 있다. 특히 '제3세계'라는 표현이 광범위한 비서구 국가들과 그들이 처한 상황들 간의 깊은 차이를 지우고 있다고 지적하는 비판은 받아들여야 마땅하다(실제로 그러한 근본적 대립 중의 하나인 거대한 동양 제국들의 전통과 포스트식민 아프리카 민족국가들의 전통 간의 근본적 대립은 앞으로의 논의에서 매우 중요하다). 하지만 나는 자본주의적 제1세계, 사회주의적 제2세계 진영, 그리고 식민주의와 제국주의의 경험을 겪었던 다양한 국가들 간의 근본적인 단절을 이보다 더 명료하게 표현하는 그 어떤 다른 용어를 잘 알지 못한다. 혹자는 단순히 '선진국'과 '저발전 국가' 혹은 '개발도상국'과 같은 대립이 갖는 이데올로기적 함의에 대해서 강한 이견을 가질 수 있다. 그리고 최근에 사용되고 있는 북부와 남부라는 개념은 발전의 수사학과는 전혀 다른 이데올로기적 내용과 의미를 지니며 다양한 사람들에 의해 사용되고 있지만 여전히 '수렴 이론'convergence theory─이 시각에서 보면 소비에트연방과 미국은 대체로 동일한 것이 된다─을 무조건 받아들이고 있다. 나는 '제3세계'라는 용어를 근본적으로 기술記述적 의미에서 사용할 것이고, 이 용어를 반대한다고 해서 내가 펼치고 있는 주장이 특별히 부적절해지는 것 같은 인상은 받지 않는다.

최근 몇 년 동안 세계문학에 관한 오래된 질문이 다시금 대두하고 있다. 이는 우리를 둘러싼 거대한 외부 세계에 대한 매우 명확한 자각 못지않게 기존의 문화연구에 대한 우리 자신의 개념들이 해체되고 있기 때문이다. 따라서 '인문학자'로서 우리는 당대 인문학에 대하여 허울뿐인 지도자 윌리엄 베닛이 한 비판을 인정할 수 있을지도 모른다. 물론 또 다른 빈약하고 자민족 중심적인 유대-그리스 전통의 "서양 문명의 위대한 고전 목록"이나 "위대한 텍스트, 위대한 정신, 위대한 사상"[4]을 주창하는 그의 당혹스런 해결책에서 어떤 큰 위안을 얻을 수는 없을 것이다. 우리는 베닛이 메이너드 맥Maynard Mack을 지지하면서 인용했던 질문을 베닛 자신에게 되묻고 싶어진다. 즉 "민주주의 국가는 자신의 이미지에 완전히 도취된 나르시시즘적 소수자를 얼마나 오랫동안 지지할 수 있겠는가?" 그럼에도 불구하고 현재의 순간은 우리의 인문학 커리큘럼을 새로운 방식으로 다시 사유할 수 있는 중요한 기회를 제공하고 있다. 즉 우리의 모든 고색창연한 '위대한 책,' '인문학,' '신입생 입문서,' 그리고 '필수과목'과 같은 유형의 전통들의 폐허와 혼란을 다시 검토할 수 있는 기회를 제공해주는 것이다.

오늘날 미국에서 문화연구의 재창안은 괴테가 오래전에 주장했던 '세계문학'을 새로운 상황 속에서 재창안할 것을 요구한다. 우리 자신의 보다 직접적인 맥락에서 볼 때, 세계문학의 그 어떤 개념도 반드시 제3세계 문학이라는 문제와의 구체적 관계를 가질 것을 요구한다. 그리고 오늘 내가 말하고자 하는 것도 이보다 더 협소한 주제라고 할 수는 없을 듯하다.

　제3세계의 민족문화들과 각 지역에서 그 문화들의 구체적인 역사적 궤적들이 갖는 엄청난 다양성을 감안하면, 이른바 제3세계 문학이라는 것의 일반 이론을 제공한다는 생각은 주제 넘는 일일 것이다. 이 모든 것은 잠정적인 것이며 연구를 위해 특정한 시각을 제안하는 동시에 제1세계 문화의 가치와 전형들에 길들여진 사람들에게 그동안 무시당해온 문학들의 가치와 흥미를 일깨우려는 의도를 갖는다. 처음부터 한 가지 중요한 특성이 나타나는 것 같다. 즉 제3세계 문화 중에서 그 어떤 문화도 인류학적으로 독립적이거나 자율적인 것으로 상상될 수 없으며, 오히려 그것들은 모두 다양하면서도 독특한 방식으로 제1세계의 문화제국주의와 생사를 건 투쟁을 벌이고 있다는 것이다. 특히 이러한 문화투쟁은 그 자체로 자본의 다양한 단계 혹은 간혹 완곡하게 표현해서 근대화의 여러 단계에 의해 침투당하고 있는 지역들의 경제 상황을 반영한다. 바로 이것이 제3세계 문화에 관한 연구가 필연적으로 우리 자신에 대한 새로운 시각, 특히 외부로부터 획득되는 시각을 수반할 수밖에 없는 첫 번째 의미라고 할 수 있다. 우리 자신이 우리의 일반화된 세계 자본주의 체제에서 훨씬 이전의 오래된 문화들의 유산들에(아마도 그것을 완전히 깨닫지도 못한 채) 강력하게 영향을 끼치는 구성적 힘으로 작용하는 한에서 말이다.

　그러나 이것이 사실이라면, 드러난 이 첫 번째 특징은 자본주의가 침투하는 순간에 훨씬 이전의 문화들이 겪게 되는 성격과 발전과 관련이 있다. 이는 마르크스적인 생산양식 개념의 관점에서 검토해보는 것이 가장 효과적일 것 같다.[5] 오늘날의 역사가들은 봉건주의의 특수성을, 로마제국이나 일본 막부의 붕괴에서 시작하여 자본주의로 곧장 발전해 갈 수 있는 하나의 형태로 인식하는 데 일정한 합의의 과정에 있는 듯

하다.[6] 이는 어떤 의미에서 자본주의가 이전의 생산양식을 제거하고 그
자리에 자신의 고유한 형식들을 이식하기 전에 폭력적으로 해체되거나
파괴되어야 했던 다른 생산양식들의 경우와는 다르다. 세계를 가로지
르는 자본주의의 점진적 확장 과정에서 우리의 경제체제는 두 가지 아
주 상이한 생산양식과 대면하게 된다. 이 양식들은 자본주의의 영향력
에 도전하는 두 가지 매우 상이한 유형의 사회적·문화적 저항을 제기
한다. 하나는 이른바 원시부족사회이고, 다른 하나는 아시아적 생산양
식 혹은 거대한 관료제적 제국 체제다. 아프리카 사회와 문화는 1880년
대 식민화의 체계적인 대상이 되면서 자본과 부족사회의 공존 관계에
대한 가장 놀라운 사례들을 제공한다. 다른 한편 중국과 인도는 자본
주의가 이른바 거대한 아시아적 생산양식의 제국들과 맺고 있는 또 다
른 종류의 관계의 핵심적 사례를 제공한다. 그러므로 아래서 나의 사례
들은 주로 아프리카와 중국이 될 것이다. 하지만 여기서 잠시 라틴아메
리카의 특별한 경우를 언급할 필요가 있다. 라틴아메리카는 앞의 두 사
례와는 다른 세 번째 종류의 발전—오래 전에 제국적 체제가 파괴되었
고 지금은 그 체제가 집단적 기억에 의해 고대적이고 부족적인 것으로
역투사되고 있는 것과 관련된 발전의 형태—을 제시한다. 오래 전 명목
상의 독립의 쟁취는 그들을 일종의 간접적인 경제적 침투와 통제에 동
시에 노출시켜버렸다. 아프리카와 아시아는 이런 상황을 보다 최근인
1950년대와 60년대의 탈식민화와 더불어 경험하게 된다.

　이러한 최초의 특징을 살펴보면서 이제 나는 하나의 포괄적 가설로
서 모든 제3세계의 문화 생산들이 공통적으로 갖고 있는 것으로 보이
는 것, 또 그것을 제1세계의 유사한 문화적 형식들과 근본적으로 구별
해주는 것을 말하고자 한다. 나는 제3세계의 모든 텍스트들은 필연적으

로 알레고리적임을, 그것도 매우 독특한 방식으로 알레고리적임을 주장하고 싶다. 즉 제3세계의 텍스트들은 심지어 그 형식이 소설과 같이 명백히 서구적 재현 장치로부터 발전했을 때조차, 아니 특히 그러했을 때 내가 장차 **민족적 알레고리**national allegories라고 부르고자 하는 것으로 읽을 수 있다고 말하고 싶다. 이러한 구분을 극도로 단순한 방식으로 말해보도록 하자. 자본주의 문화의 결정 요인들 중의 하나, 즉 서구 리얼리즘과 모더니즘 소설의 문화는 사적인 것과 공적인 것, 시적인 것과 정치적인 것, 성과 무의식의 영역으로 생각해온 것과 계급, 경제적인 것, 세속적인 정치권력과 같은 공공 영역이라고 생각해온 것 간의 급격한 분열, 즉 프로이트와 마르크스 간의 급진적 분열에 해당한다는 것이다. 이러한 거대한 분열을 극복하고자 하는 우리의 수많은 이론적 시도들은 단지 그러한 분열이 존재한다는 것과 그 분열이 우리의 개인적·집단적 삶들을 형성하는 힘을 갖고 있다는 것을 재차 확인해줄 뿐이다. 우리는 우리의 사적인 존재의 체험이 경제학이나 정치적 역학의 추상화와 어느 정도 양립 불가능하다는 뿌리 깊은 문화적 확신을 갖도록 훈련받아왔다. 따라서 스탕달의 고전적인 표현에 따르면 우리 소설에서 정치학은 '연주회 도중에 울리는 권총 발사 소리'와 같은 것이다.

나는 우리가 편리와 분석을 위해 주관적인 것과 공적인 것 혹은 정치적인 것과 같은 범주들을 유지한다고 하더라도 그것들 간의 관계가 제3세계 문화에서는 전적으로 다르다고 주장할 것이다. 제3세계 텍스트들, 심지어 겉으로 볼 때 사적이고 리비도적인 역학이 투여되는 텍스트들조차 필연적으로 민족적 알레고리의 형식으로 정치적 차원을 투사한다. **즉 사적인 개인 운명의 이야기가 항상 공적인 제3세계 문화와 사회의 전투적 상황의 알레고리가 되는 것이다.** 우리가 제3세계 텍스트들을 처음 접할 때 이질감을 느끼게 되고, 결과적으로 우리의 전통적인 서구적 독서 방식에 저항한다고 느끼게 되는 것은 바로 이러한 개인적인 것과 정치적인 것 간의 다른 비율 때문이다.

나는 이러한 알레고리화 과정의 최상의 예로서 중국의 위대한 작가 루쉰의 첫 번째 수작을 제시할 것이다. 서구의 문화연구에서 루쉰이 무시당해온 것은 무지에 근거한 그 어떤 변명으로도 바로 잡을 수 없는 수치스런 일이다. 서구 독자들이 처음 루쉰의 「광인일기」(1918)를 읽을 때, 그들은 이 작품을 심리학적 용어로 '신경쇠약'이라고 불리는 정신질환의 과정으로 읽을 것임이 틀림없다. 이 소설은 끔찍한 정신적 망상, 즉 자신을 둘러싼 주변 사람들이 무시무시한 비밀을 숨기고 있고, 그 비밀이 다름 아니라 사람들이 식인 풍습을 즐긴다는 확신에 시달리는 한 주체의 기록과 지각을 제공한다. 잠재적 희생자로서 자신의 육체적 안전과 삶 자체를 위협하는 이러한 망상의 절정기에 화자는 자신의 형이 바로 식인자이고 오래 전 유년기의 질병으로 죽었다고 알려진 자신의 여동생이 사실은 그 살인의 희생자라고 생각하게 된다. 정신병의 과정에 걸맞게 이러한 지각들은 그 어떤 내성적 기제 없이도 이야기될 수 있는 객관적인 것이다. 편집증에 걸린 주인공은 현실 세계 속에서 자신을 바라보는 음흉한 시선들을 의식하고, 자신의 형과 의사로 알려진 사람(명백히 또 한 명의 식인자)이 나누는 비밀 대화를 엿듣는다. 이 대화는 실재에 대한 온갖 확신을 띠고 있으며 객관적으로(혹은 '리얼리즘적으로') 재현될 수 있다. 지금 나는 이러한 현상들에 대한 압도적으로 서구 혹은 제1세계 식의 읽기, 즉 법학자 슈레버Schreber의 편집증적 망상증—텅 비워진 세계, 곧 리비도의 급진적 철회(슈레버가 '세계-파국'world-catastrophe으로 묘사한 것)와 그 이후 명백히 불완전한 편집증적 기제를 통해 재집중하려는 시도—에 대한 프로이트의 해석이 루쉰의 사례에 전적으로 적절하다는 것을 입증하려는 것이 아니다. 프로이트는 "우리가 병리학적 산물로 간주하는 망상증의 형성이 실제로 회복의 시도, 즉 재구성의 과정이다"[7]라고 설명한다.

하지만 재구성되는 것은 우리 세계의 현상 이면에 존재하는 소름끼치고 무시무시한 객관적인 현실 세계 자체다. 그것은 악몽과 같은 현실의 드러남이자 탈은폐이며 일상생활과 존재에 관한 우리의 관습적 환상 및 합리화의 제거이자 박탈이다. 문학적 효과로서 이런 과정은 서구 모더니즘이나 실존주의의 일부에서 엿볼 수 있는 것과 비교할 만한 과정이다. 이 과정 속에서 서사는 현실과 환상에 대한 실험적 탐구, 즉 오래된 리얼리즘 문학과 달리 모종의 선험적인 '개인적 앎'을 전제하는 탐구를 위한 강력한 도구로 사용된다. 다시 말해, 독자들은 루쉰의 악몽이 갖는 절대적 공포를 제대로 이해하기 위해서는 신체적 질병이든 정신적 위기이든 우리가 정신적으로도 벗어날 수 없는 체험적이고 사악하게 변질된 현실 세계에 대한 유사한 경험을 이미 했었어야 한다. '우울증'과 같은 용어들은 이런 경험을 다시 심리화하고 병리학적 타자 속으로 역투사하면서 그 경험을 변질시킨다. 반면 이와 같은 경험에 대한 서구의 유사한 문학적 접근 방식(나는 콘래드의 『어둠의 핵심』에서 마지막 숨을 거두기 전에 커츠가 "무섭구나! 무서워!"라고 중얼거리는 전형적 장면을 떠올린다)은 그런 경험을 철저히 사적이고 주관적인 '분위기'로 변형하여 정확히 그런 공포를 다시금 억압해버린다. 특히 이런 분위기는 오로지 **표현**—발화할 수 없고 명명할 수 없는 내재적 감정과 같은 것이며 그것의 외부적 표출은 증상처럼 외부로부터만 지시될 수 있을 뿐이다—의 미학에 의지하여 나타낼 수 있을 뿐이다.

그러나 루쉰의 텍스트가 갖는 이러한 재현적 힘은 내가 그것의 알레고리적 반향이라고 말했던 것을 이해하지 않고서는 제대로 평가될 수 없다. 왜냐하면 주인공 환자가 가족과 이웃들의 태도와 자세에서 포착했던 식인주의가 루쉰 자신에 의해 중국 사회 전체에서 기인하는 것임이 명백히 드러나기 때문이다. 그리고 만약 이처럼 중국 사회 자체에서 그 원인을 찾는 것을 '비유적'figural이라고 부를 수 있다면, 그것은 정말 텍스트의 '축어적인'literal 차원보다 훨씬 더 강력하고, 축어적인 것보다 더 '축어적인' 비유라고 할 수 있다. 루쉰의 주장은 말기 혹은 후기 제국 시대의 무능하고 뒤쳐지고 붕괴되어 가는 거대한 중국에 사는 사람들, 곧 그의 동료 시민들이 '말 그대로' 식인자들이라는 것이다. 그들은 중국 문화의 가장 전통적인 형식과 절차들에 의해 위장되고 강화되는 절망 속에서 생존하기 위해서 서로를 무자비하게 집어삼켜야만 했다는 것이다. 이런 현상은 관료 사회에서 룸펜과 농민으로부터 고위 관료 특권층에 이르기까지 극도로 계층화된 사회의 모든 차원에서 일어나고 있다. 내가 강조하고 싶은 바는 그것이 사회적이고 역사적인 악몽이라는 점, 대문자 역사 그 자체를 통해서만 구체적으로 파악될 수 있는 삶의 공포에 대한 하나의 시각이라는 점이다. 특히 이런 시각이 낳는 결과는 무자비한 자본주의적 혹은 시장주의적 경쟁에 대한 서구의 리얼리즘적인 혹은 자연주의적인 국부적 재현의 수준을 훨씬 뛰어넘으며, 다윈주의적 자연선택이라는 악몽과 유사한 자연적이거나 신화적인 서구적 등가 형태들이 존재하지 않는 구체적인 정치적 반향을 불러일으킨다.

이제 나는 이 텍스트에 대해 네 가지 추가적인 설명을 덧붙이고자 한다. 그 설명은 각각 이야기의 리비도적 차원, 그 알레고리의 구조, 제3

세계 문화 생산자의 역할, 그리고 소설의 이중적 해결에 의해 투사되는 미래성의 시각을 언급할 것이다. 이 네 가지 주제들을 다룰 때 나는 제3세계 문화의 역학과 우리 자신의 형성 근거가 되는 제1세계 문화 전통의 역학 간의 근본적 차이를 강조하는 데 관심을 둘 것이다.

나는 루쉰의 소설과 같은 제3세계 텍스트에서 볼 수 있는 개인적이고 사회적인 경험의 리비도적 요소들과 정치적 요소들 간의 관계가 서구에서 획득할 수 있거나 우리 자신의 문화 형식을 이루고 있는 것들과는 근본적으로 다른 것이라고 말한 바 있다. 나는 이런 차이들이나—만일 급진적 역전을 좋아한다면—다음과 같은 일반화를 통해서 설명하고자 한다. 서구에서는 전통적으로 정치적인 참여가 이미 내가 거론한 바있는 공적인 것과 사적인 것의 분열을 통해 차단되고 심리화되며 주관화된다. 예를 들어, 60년대의 정치운동을 오이디푸스적 반항의 관점에서 해석하는 것은 우리 모두에게 익숙한 것이며 더 이상의 설명을 필요로 하지 않는다. 하지만 이런 해석들이 더 오래된 전통, 즉 정치적 참여가 재심리화되고 주관적인 원한이나 권위적인 인성의 역학의 관점에서 설명되는 더 오래된 전통에 속하는 하나의 에피소드라는 사실은 잘 알려져 있지 않은 것 같다. 특히 이 점은 니체와 콘래드로부터 가장 최근의 냉전 선전전에 이르기까지 반정치적 텍스트들에 대한 주의 깊은 읽기를 통해 증명될 수 있다.

하지만 현재의 맥락에서 중요한 것은 그러한 명제를 증명하는 것이 아니라 오히려 제3세계 문화에서 그것의 전도順倒를 증명하는 것이다. 나는 제3세계 문화에서 심리학, 더 구체적으로는 리비도적 투여가 주로 정치적·사회적 관점에서 읽혀져야 한다고 제안하고 싶다(다음 내용이 사변적이어서 전문가들에 의해 상당 부분 수정되어야 한다는 점은 덧붙일 필요는 없을 것이다. 이 내용은 중국 문화에 관한 '이론'이라기보다는 하나의 방법론적 사례로 제공된 것이다). 우선 서구의 우리들이 분석적으로 구분하는 것을 위대한 고대 제국의 우주론들은 유비를 통해 파악한다는 말을 듣고 있다. 따라서 고대의 성 지침서들은 정치적 힘의 역학을 드러내는 텍스트와 같은 것이며, 하늘의 별자리는 민간의학의 논리와 마찬가지다.[8] 그렇다면 고대 중국 문화에서 서구적 이율배반, 특히 주관적인 것과 공적이거나 정치적인 것 간의 이율배반은 애초에 인정되지 않는다. 하지만 루쉰의 텍스트에서 리비도적 중심은 성욕이 아니라 오히려 구강기, 즉 먹기, 소화, 삼킴, 체내화 등에 관한 전적으로 육체적 문제다. 사실 이것들로부터 순수한 것이나 순수하지 않은 것과 같은 그런 근본적 범주들이 생겨났다. 여기서 우리는 중국 요리의 놀라운 상징적 복잡성뿐만 아니라 이러한 기술과 실천이 중국 문화 전체에서 차지하는 중심적 역할을 생각해야 한다. 특히 우리가 성욕과 관련된 중국어 어휘의 풍부성이 '먹다'라는 언어와 특별히 결부된다는 사실을 알게 될 때, 그리고 통상적으로 중국어에서 '먹다'라는 동사가 굉장히 다양하게 사용된다는 것을 알게 될 때(예를 들어, 사람들은 공포나 겁을 '집어 먹는다'고 말한다), 아마도 우리는 이러한 리비도적 영역과 근본적으로 사회적 악몽—서구 작가에서는 단순히 개인적 강박의 영역, 즉 사적인 트라우마의 수직적 차원의 영역에 속할 만한 것—을 극화하기 위해 루쉰이 리비도적 투여의 영역을 엄청나게 예민하게 다루는 방식을 느낄 수 있는 더 유리한 입장에 위치에 놓이게 될 것이다.

루쉰의 작품 전반에 걸쳐 질병과 관련된 다른 위반의 형태들을 엿볼 수 있지만 그의 끔찍한 이야기를 다루는 단편소설 「약」만큼 이 문제를 충격적으로 다룬 작품도 없을 것이다. 이 소설은 죽어가는 한 아이를 묘사하는데—루쉰의 소설에서 아이의 죽음은 늘 나타나는 주제이다—아이의 부모는 운 좋게도 '확실히 듣는' 명약을 확보하는 데 성공한다. 이 지점에서 우리는 전통적인 중국의 약이 서양에서처럼 '복용하는'taken 것이 아니라 '먹는'eaten 것이고, 루쉰에게 전통적인 중국 약은 전통적인 중국 문화 전체의 악랄하고 남을 이용해먹는 허풍과 사기가 드러나는 최상의 지점임을 생각해야 한다. 그의 첫 단편소설집의 중요한 「서문」에서[9] 루쉰은 자신의 아버지가 폐결핵으로 고통 받아 죽어 가면서 비싸고 진귀한 엉터리 약재들을 구입해 대느라 가족의 남은 재산을 급속히 탕진해가는 과정을 이야기한다. 만약 우리가 바로 이러한 이유 때문에 루쉰이 일본에서 서양의학을 공부하기로 결심했고(그에게 서양의학은 집단적 갱생을 약속하는 새로운 서양 과학의 본보기였다), 그 뒤 그가 문화의 생산(나는 이를 정치적 문화의 정교화라 말하고 싶다)이 정치적 치료의 보다 효과적인 형태가 될 수 있다고 판단했다는 사실을 기억하지 못한다면, 우리는 이러한 분노의 상징적 의미를 제대로 이해하지 못하게 될 것이다.[10] 작가로서 루쉰은 여전히 진단의학자이자 외과의사나 다름없었다. 이런 이유 때문에 남자 아이의 치료, 즉 미래 세대의 생존을 위한 아버지의 유일한 희망이 이제 막 처형된 범죄자의 피가 흠뻑 젖어 있는 중국식 큰 진빵으로 귀결되는 끔찍한 이야기가 생겨난 것이다. 남자 아이는 물론 죽는다. 하지만 순수한 국가적 폭력의 불운한 희생자(이른바 범죄자)가 **정치적** 투사였다는 사실을 언급하는 것은 중요하다. 신비하게도 그의 무덤에는 아무도 모르는 보이지 않는 동조자들이 가져다 놓은 꽃들이 놓여 있다. 이와 같은 이야기를 분석할 때, 우리는 서사의 상징적 층위들에 대한 우리의 전통적 사고(가령 성과 정치학은 서로 상동적인 것으로 다뤄진다)를, 서로 교차하고 과잉 결정되는 일련의 고리 혹은 회로로 다시 사유해야 한다. 즉 한 극빈자의 묘지에서 치유적 식인주의의 극악무도함이 종국적으로 가족 배반과 정치적 억압의 더욱 명백한 폭력과 교차하고 있는 것이다.

이러한 새로운 지도 그리기 과정 때문에 나는 알레고리에 관해 앞서 했던 주의성 발언으로 돌아가고자 한다. 알레고리는 서양에서 오랜 기간 신뢰받지 못했던 형식이고 워즈워스와 콜리지의 낭만주의 혁명이 비판의 타깃으로 삼았던 구체적인 대상이기도 했지만, 오늘날 문학 이론에서 주목할 만한 흥미를 불러일으키고 있는 언어 구조이기도 하다. 만일 알레고리가 과거의 모더니즘적 상징주의나 심지어 리얼리즘의 거대하고 기념비적인 단일화에 맞서 오늘날 우리에게 다시 한번 적절한 것이 된다면, 그 이유는 알레고리적 정신이 근본적으로 불연속적인 것, 단절과 이질성의 문제, 다시 말해, 상징의 동질적인 재현의 문제라기보다는 꿈의 다층적 다의미성의 문제이기 때문이다. 전통적으로—예를 들면 존 버니언의 정형적인 유형에 근거하는—우리의 알레고리 개념은 일대일의 등가적 관계에 비춰 읽을 수 있는 일련의 비유와 의인화personifications였다. 말하자면, 그것은 의미화 과정에 대한 일차원적인 관점에 불과했다. 이러한 등가 관계가 텍스트의 매순간 영원한 현재 속에서 끊임없는 변화와 변형을 겪는다는 매우 놀라운 개념을 받아들일 때만, 이런 일차원적 관점은 비로소 운동하게 되고 복잡한 것이 될 것이다.

여기서 루쉰은 우리에게 몇 가지 교훈을 제공한다. 소설 형식으로까지 결코 발전시키지는 않았지만 단편소설과 단상들을 써온 루쉰은 적어도 더 긴 형식, 즉 아큐Ah Q라 불리는 불행한 막일꾼에 대한 에피소드들의 긴 연속적 형태로 글을 지은 바 있다. 이미 짐작했듯이, 아큐는 어떤 특정한 중국적 태도와 행동 양식의 알레고리로 기능하고 있다. 여기서 형식의 확장이 어조와 장르적 담론의 변화를 결정하는 것을 바라보는 것은 흥미로운 일이다. 아무런 희망 없는 죽음과 고통의 공허함과 적막감으로 찌든 모든 것들("방은 단지 너무나 적막할 뿐만 아니라 너무도 넓다. 그 방 안에 있는 물건들조차 텅 비어 있었다"[11])이 이제는 보다 철저한 채플린식 희극의 소재가 되고 있다. 아큐의 회복력은 굴욕을 이겨내는 그만의 독특한 기술—우리는 곧 이 기술이 문화적으로 매우 정상적이고 익숙한 기술임을 이해하게 된다—에 기인한다. 그의 박해자들에게 공격당할 때도 아큐는 그들에 대한 우월감을 느끼며 평온한 마음으로 다음과 같이 생각한다. "'마치 내 아들이 나를 때리고 있는 것 같군. 도대체 어떤 세상이 오려는 것일까?' 이렇게 생각하면서 아큐는 자신이 이겼다고 흡족해하면서 걸어가버렸다"[12] 박해자들은 아큐에게 자신이 인간이 아님을, 동물에 지나지 않음을 인정하라고 강요한다. 오히려 아큐는 그들에게 자신이 동물보다 못하다는 대답으로 응수한다. 나는 벌레다. 그대들은 만족하는가? 하지만 "십초도 채 못돼 아큐는 결국 자기 비하의 능력에서 자신이 최고라고 생각하고, 자기 비하가 사라진 이후에도 최고라는 영광은 남는다고 자축하면서 걸어 나간다."[13] 최종적 몰락의 처지에 내몰린 청조의 유별난 자만심을 생각할 때, 즉 근대과학, 함선, 군대, 기술과 권력만 소유한 외국 악귀들에 대한 은밀한 경멸감을 감안할 때, 우리는 루쉰 풍자의 역사적·사회적 문제들을 보다 정확하게 파악할 수 있을 것이다.

그러므로 아큐는 알레고리적으로 중국 그 자체이다. 하지만 내가 말하고 싶은 것, 특히 사태 전체를 복잡하게 만드는 것은 그의 박해자들—아큐와 같은 불쌍한 희생양들을 괴롭히면서 일상적 쾌감을 얻는

놈팡이와 불한당들—역시 알레고리적 의미에서 중국이라는 점이다. 그렇다면 이 매우 간단한 예는 알레고리적 의미와 그 전달 수단이 자리를 뒤바꿀 때 다양하면서 독특한 의미와 메시지들을 동시에 생산하는 알레고리의 능력을 보여준다. 다시 말해, 아큐는 외국인들에 의해 굴욕당하는 중국, 즉 자기 정당화의 정신적 기술에 너무나 익숙한 나머지 그런 굴욕들을 생각하기는커녕 마음에 담아 두지조차 않는 중국인 것이다. 하지만 박해자들 역시 또 다른 의미에서의 중국이다. 즉「광인일기」에 나오는 자신을 잡아먹는 끔찍한 중국인 것이다. 계층 구조에서 더 열악하고 더 열등한 위치에 존재하는 구성원들에 대한 무자비한 박해는 곧 무기력함에 대한 박해자들의 반응을 보여주는 것이다.

이 모든 것들은 우리를 점차적으로 제3세계 작가에 관한 질문, 즉 제3세계적 상황에서 어떤 방식이든지 간에 지식인이 항상 정치적 지식인임을 이해할 때 지식인의 역할을 무엇이라 불러야 하는가 하는 질문으로 우리를 인도한다. 그 어떤 제3세계적 교훈도 이 문제만큼 우리에게 더 적절하고 더 긴급한 것도 없을 것이다. 오늘날 우리들에게 '지식인'이라는 용어는 마치 멸종된 종의 이름이나 되는 것처럼 사라져버렸기 때문이다. 내가 이러한 텅 빈 자리의 생소함을 절실히 느끼게 된 것은 최근에 쿠바로 여행을 갔을 때였다. 나는 아바나 교외에 소재한 훌륭한 예비대학교를 방문할 기회를 가졌다. 제3세계와 동일한 처지에 있는 사회주의 국가에서 미국인이 그곳의 문화 커리큘럼을 살펴보는 것은 약간 수치스런 일이다. 지난 3~4년 동안 쿠바의 십대 학생들은 호메로스, 단테의『신곡(지옥편)』, 스페인의 고전극들, 19세기 유럽 전통의 위대한 리얼리즘 소설들, 마지막으로 당대의 쿠바 혁명 소설들을 공부하고 있었다(한편 이 소설들을 읽으려면 우리는 반드시 영어 번역본이 있어야 한다). 하지만 내가 그 학기 수업에서 가장 도전적이라고 생각한 활동은 지식인의 역할을 공부하는 데 눈에 띄게 많은 시간을 할애하고 있다는 점이었다. 문화 지식인은 곧 정치적 투사였고, 시와 실천을 동시에 생산하는 지식인들이었던 것이다. 쿠바에서 이러한 과정에 대한 범례들, 가령 호치민과 아우구스티노 니에토Augustino Nieto에 대한 범례들은 명백히 문화적으로 결정되었다. 이에 필적하는 우리의 인물들은 아마도 다소간 친숙한 인물들, W.E.B. 듀보이스Du Bois, C.L.R. 제임스, 사르트르, 그리고 네루다, 브레히트, 콜론타이Alexandra Kollontai, 루이스 미셸Louise Michel 등이 될 것이다. 하지만 오늘날 미국 교육에서 인문학에 대한 새로운 구상을 제안하는 데 나의 모든 얘기가 주안점을 두고 있기 때문에 그러한 제안서에 지식인의 역할 자체에 대한 연구를 필수적인 핵심 요소로 덧붙이는 것이 적절할 것이다.

나는 이미 루쉰이 자신의 소명을 어떻게 생각하는지, 특히 그 소명이 의학적 실천을 통해 가능한 것이었음을 말한 바 있다. 하지만 「서문」에 대해 구체적으로 언급할 만한 또 다른 점이 있다. 이 「서문」은 제3세계 예술가의 상황을 이해하기 위한 중요한 문서의 하나일 뿐만 아니라 그 자체로 매우 밀도 높은 텍스트, 즉 그 어떤 탁월한 이야기 못지않게 예술 작품이기도 하다는 점이다. 이 글은 루쉰 본인의 작품 중에서도 주관적인 관심과 의도적으로 비개성적인 객관적 서사 간의 매우 독특한 비율을 보여주는 최상의 예이기도 한 것이다. 우리는 그러한 관계들을 구체적으로 다룰 시간이 없다. 그러려면 한 줄씩 꼼꼼한 설명이 요구될 터이다. 여기서 나는 짧막한 우화를 인용하는 것으로 그치겠다. 이 우화에서 루쉰은 그의 친구들과 미래 협력자들의 출판 요구에 대답하면서 자신이 처한 곤경을 매우 극적으로 보여준다.

> 절대 파괴될 수 없고, 창도 없는 감옥을 상상해보라. 그 안에서 깊이 잠
> 든 사람은 질식으로 금방 죽고 말 것이다. 하지만 당신은 그들이 잠든
> 채 죽을 것이기 때문에 죽음의 고통도 느끼지 못할 것임을 알고 있다.
> 그런데 만약 당신이 깊이 잠들지 않은 사람들을 소리쳐서 깨우고, 이 소
> 수의 불행한 사람들에게 돌이킬 수 없는 죽음의 고통을 느끼도록 만든
> 다면, 과연 당신은 이들에게 선행을 베풀었다고 생각할 수 있는가?[14]

우리가 앞으로 보겠지만, 이러한 역사적 시기(중국 공산당 수립 직후이
자 중산계급 혁명의 파탄이 명백해진 시점)에 제3세계 지식인의 절망적으로
보이는 상황—그 어떤 해결도 실천도 변화도 상상할 수 없을 것 같은
상황—은 독립 직후 역사적 지평에 그 어떤 정치적 해결책도 드러나지
않거나 가시화되지 않는 아프리카 지식인들의 처지와 매우 흡사하다.
이러한 정치적 문제의 형식적·문학적 발현은 서사적 종결의 가능성이
다. 이 문제에 관해서는 추후에 더 구체적으로 살펴볼 것이다.

보다 일반적인 이론적 맥락에서—그리고 내가 적어도 주제와 의제로
삼고자하는 것은 이 문제의 이론적 형식이다—우리는 마르크스주의
적 전통에서 '문화혁명'cultural revolution이 그 가장 강력한 의미에서 무
엇을 의미하는지, 즉 그 의미를 회복할 필요가 있다. 문화혁명을 말한다
는 것은, 비록 하나의 교리로서 마오주의를 불가피하게 가리킨다고 하
더라도 최근 중국사에서 있었던 '11년 간'의 폭력적이고 격동적인 돌
발 상황이라는 직접적 사건을 지시하지는 않는다. 우리는 이 용어가 원
래 레닌의 것이며, 그 형식에 있어서 문학 운동이자 보편적 학문과 교
육의 새로운 문제들을 나타낸다는 것을 알고 있다. 최근 역사에서 그것
의 가장 놀랍고 성공적인 예가 쿠바가 될 것이다. 하지만 우리는 이 개

넘을 보다 확장하여 외견상 매우 상이한 듯 보이는 다양한 관심사들을 포함할 필요가 있다. 아마도 그것의 범위와 초점에는 그람시, 빌헬름 라이히, 프란츠 파농, 헤르베르트 마르쿠제, 루돌프 바로Rodolph Bahro, 그리고 파올로 프레이리Paolo Freire의 이름도 포함되어야 할 것이다. 다소 성급하긴 하지만 나는 그러한 작업 속에 반영된 '문화혁명'이 그람시가 말했던 '하위 종속성'subalternity이라는 현상, 즉 지배라는 필연적이고 구조적인 상황에서 펼쳐지는—식민화된 민중의 경험 속에서 가장 극적으로 드러나는—정신적 열등감과 예속과 굴종의 습관에 근거한다는 것을 제안하고자 한다. 하지만 종종 그러하듯이, 우리 자신과 같이 제1세계 사람들의 주관화·심리화하는 습관은 우리를 기만하거나 그릇된 이해로 인도할 수 있다. 하위 종속성이 심리학과 밀접하게 연관된다고 할지라도 그것은 심리적 문제가 아니다. 그리고 나는 '문화적'이라는 용어의 전략적 선택이 문제를 바라보는 시각을 정확히 재구조화하고, 그것을 비심리적일 뿐만 아니라 비환원주의적·비경제주의적 유물론적 방식으로 객관적이고 집단적인 정신 영역에 투사하는 것을 목표로 한다고 생각한다. 정신적 구조가 경제적·정치적 관계에 의해 객관적으로 결정될 때, 그것은 순수하게 심리적인 치료를 통해서만 다뤄질 수는 없다. 마찬가지로 그것은 순전히 경제적이고 정치적인 상황 그 자체의 객관적 변형을 통해서만도 다뤄질 수 없다. 왜냐하면 습관은 그대로 남아 유해하고 해로운 잔존적인 효과를 발휘하기 때문이다.[15] 그것은 오래된 미스터리, 즉 이론과 실천의 통일이라는 보다 극적인 형식이다. 제3세계 지식인, 작가, 그리고 예술가들의 성취와 실패의 구체적인 역사적 의미를 파악하기 위해서 그런 성취와 실패를 구체적으로(오늘날 우리에게는 너무나 낯설고 이질적인) 바로 이러한 문화혁명의 문제라는 맥락 속으로 이동시켜야 한다. 제1세계의 문화 지식인으로서 우리는 우리 자신의 삶의 활동에 대한 의식을 매우 편협한 전문적·관료적 관점에 국한시켜 왔고, 그럼으로써 하위 종속성과 죄책감에 대한 특별한 의식을 조장해 왔다. 이런 의식은 악순환을 강화할 뿐이다. 문학 논문이 현실적 결과를 수반하는 정치적 행위일 수 있다는 생각은 우리 서구학자들에게는 제정 러시아나 근대 중국의 문학사에 대한 호기심에 불과할지도 모른다. 어쩌면 현재 지식인으로서 우리는 루쉰이 말한 대로 파괴될 수 없는 감옥 속에서 질식할 정도로 곤히 자고 있을지도 모른다고 생각해야 할 듯하다.

그러할 때 서사적 종결의 의미, 서사적 텍스트와 미래성, 즉 도래할 집단적 기획과의 관계의 문제는 단순히 형식적이거나 문학비평적인 사안만은 아니다. 「광인일기」는 사실 두 가지 구분되면서 양립할 수 없는 결말을 갖고 있는데, 그것들은 작가의 사회적 역할에 대한 루쉰 자신의 불안과 망설임에 비춰 검토해볼 필요가 있음을 보여준다. 첫 번째 결말, 즉 자기 기만에 빠진 주인공 자신의 결말로서 이것은 식인주의가 거의 보편화된 끔찍한 상황에서 미래를 강렬하게 요청하는 것이다. 말줄임표로 끝나는 마지막 절망적인 문장은 "아이를 구해다오…"라는 문장이다. 하지만 이 이야기는 두 번째 결말을 갖는다. 이것은 소설의 첫 페이지에서(식인자로 추정되는) 형이 화자를 맞이하면서 "나를 보러 먼 길을 와주어 고맙소. 하지만 동생은 얼마 전에 회복되었고 관직을 받으러 다른 곳으로 떠났다오"라며 쾌활하게 인사할 때 드러난다. 그러므로 악몽은 사전에 제거된다. 편집증적 환상, 현상의 이면에 존재하는 끔찍한 현실을 흘끗 들여다보는 그의 순간적이고 공포스런 일별은 기꺼이 다시금 환영과 망각의 영역으로 되돌아간다. 그는 그 속에서 관료제적 권력과 특권의 공간 속에서 자신의 자리를 재차 확보한다. 내가 주장하고 싶은 것은 서사적 텍스트가 진정한 미래에 대한 구체적 시각을 열어놓을 수 있기 위해서는 오직 이러한 대가를 치름으로써만, 즉 동시적이고 대립적인 메시지들의 복합적인 작용을 통해서만 가능하다는 것이다.

다음으로 넘어가기에 앞서 잠시 몇 가지 언급을 추가하고자 한다. 급진적 차이—문화의 차이만큼이나 젠더의 차이—의 그 어떤 표현도, 중동이라는 맥락 속에서 에드워드 사이드가 '오리엔탈리즘'이라고 불렀던 타자성의 전략적 전유에 영향을 받는다는 것은 명백하다. 앞 페이지에서처럼 문제의 문화가 갖는 급진적 타자성이 긍정적으로 평가되거나 존중받을 수 있느냐 하는 것은 그리 중요하지 않다. 그것의 근본적인 기능은 차이화이며, 일단 이 기능이 이뤄지게 되면 사이드가 비판한 바로 그 메커니즘이 확립되게 된다. 하지만 나는 제1세계 지식인이 일반적인 자유주의적·휴머니즘적 보편주의로 빠져들지 않으면서 어떻게 이러한 활동을 피할 수 있을는지 잘 모르겠다. 내가 볼 때, 우리의 가장 기본적인 정치적 과제 중의 하나는 미국 대중들에게 다른 나라들의 민족적 상황이 갖는 급진적 차이들을 지속적으로 상기시키는 데 있는 것 같다.

하지만 이 시점에서 우리는 '문화' 개념 자체가 갖는 위험성에 대해 조심스런 주의를 덧붙일 필요가 있다. 만약 내가 '문화'가 우리가 도달해야 할 최종적 용어가 결코 아니라는 사실을 첨언하지 않는다면, 지금까지 중국 '문화'에 대해 내 자신이 해왔던 매우 사변적인 견해들은 불완전한 것으로 남고 말 것이다. 우리는 그러한 문화적 구조와 태도들을 애초부터 하부구조적 현실들(가령 경제적이고 지리적인 현실)에 대한 핵심적 반응으로, 즉 보다 근본적인 모순을 해결하려는 시도―애초의 상황보다 더 오래 유지되고, 물화된 형태이지만 '문화적 패턴'으로 지속되는 시도―로 상상해야 한다. 그럴 때 이런 패턴들은 이후 세대들이 직면하게 될 객관적 상황의 일부가 되고, 유교의 경우처럼 한때는 딜레마에 대한 해결책의 일부였지만 이제는 새로운 문제의 일부가 된다.

또한 나는 문화적 '정체성' 혹은 민족적 '정체성'의 개념이 적절하다고 생각하지 않는다. 우리는 소위 '중심된 주체,' 즉 부르주아적 개인주의의 낡은 통합적 자아를 전면 공격하는 포스트구조주의를 정당한 것으로 인정하면서도 다른 한편에서 집단적 차원에서 정신적 통합이라는 이데올로기적 환영을 집단적 정체성의 원칙이라는 형식으로 되살릴 수는 없는 법이다. 집단적 정체성에 대한 호소는 교조적이고 맥락 없는 '이데올로기적 분석'의 관점보다는 역사적 관점에서 평가될 필요가 있다. 제3세계 작가가(우리에게) 이러한 집단적 정체성의 이데올로기적 가치를 불러일으킬 때, 이 개념의 전략적 사용이 어떤 정치적 결과를 낳을지를 판단하기 위해서 우리는 우선 구체적인 역사적 상황을 면밀히 검토할 필요가 있다. 가령, 루쉰의 역사적 순간은 분명히 중국 '문화'와 '문화적 정체성'에 대한 비판이 강력하고 혁명적인 결과들―이후의 사회적 형태에서는 얻을 수 없는 결과들―을 낳는 순간이었다. 어쩌면 이는 내가 앞서 언급했던 '민족주의'에 관한 쟁점을 제기하는 또 다른 더욱 복잡한 방법이 될 것이다. 민족적 알레고리에 관한 한, 나는 어떤 구조적 차이를 부각시키기 위해 일반적으로 서양문학이라는 것 속에도 민족적 알레고리가 존재한다는 사실을 강조할 필요가 있다고 생각한다. 이 말을 하면서 내가 염두에 두고 있는 예는 베니토 페레스 갈도스

Benito Perez Galdos의 작품이다. 그의 작품은 19세기 리얼리즘의 최종적이면서 가장 풍부한 성과에 속한다. 갈도스의 소설은 잘 알려진 유럽의 이전 작가들의 작품들보다(민족적 의미에서) 훨씬 두드러지게 알레고리적이다.[16] 이 점은 이매뉴얼 월러스틴의 세계체제론의 용어로 설명하기 좋을 것 같다.[17] 엄밀히 말해, 19세기의 스페인이 우리가 제3세계라는 용어로 지칭하는 국가들과 똑같이 주변부에 속하지는 않는다고 하더라도, 월러스틴의 의미로 말하면 영국과 프랑스와 비교할 때 스페인은 확실히 반주변부에 속한다. 『포르투나타와 하신타』Fortunata y Jacinta의 남자 주인공이 처한 상황—제목에 나타나는 두 명의 여성, 즉 부인과 정부, 중상층 계급 여성과 '평민' 여성 사이를 오가는 것—이 1868년의 공화주의 혁명과 1873년의 부르봉 왕정복고 사이에서 방황하고 있던 민족국가의 관점에서 볼 수 있다는 것은 특별히 놀라운 점은 아니다.[18] 아큐에서 찾아볼 수 있는 알레고리적 지시의 '유동적'이거나 '전이적인' 구조가 여기에서도 마찬가지로 작동하고 있다. 왜냐하면 포르투나타 역시 기혼 상태이고, '혁명'과 '왕정복고' 간의 교체가 애인을 찾아 집을 떠났다가 애인에게 버림받은 후 다시 집으로 돌아오는 그녀의 상황에도 똑같이 적용되기 때문이다.

여기서 갈도스가 사용하고 있는 재치 넘치는 유비 구조 뿐 아니라 그 것의 선택적 성격을 강조할 필요가 있다. 이 유비를 통해 우리는 소설의 전체 상황을 스페인의 운명에 대한 알레고리적 설명으로 전환시킬 수 있다. 하지만 동시에 우리는 그 우선 순위를 자유롭게 뒤집어서 정치적 유비를 단지 개인적 드라마를 위한 은유적 장식 혹은 비유적 강화로도 읽을 수 있을 것이다. 이 경우에 알레고리적 구조는 정치적인 것과 개인적인 것 혹은 심리적인 것 간의 동일성을 극적으로 드러내기보

다는 오히려 이 층위들을 어떤 절대적인 방식으로 분리하려는 경향이
있다. 만약 우리가 정치학과 리비도적인 것의 급진적 차이에 대해 확신
하지 못한다면, 우리는 그것의 효과를 느낄 수 없을 것이다. 그렇게 되
면 그런 차이의 작용은 일찍이 우리가 논의했던 서양 문명에 기인하는
공적인 것과 사적인 것 간의 분리를(폐지하기보다는) 재확인하고 말 것
이다. 이러한 분열과 관습을 오늘날 가장 강력하게 비판하고 있는 이론
가인 들뢰즈와 가타리는 사회적이면서 동시에 개인적인 욕망 개념을
적극적으로 옹호한다.

> 섬망증delirium은 어떻게 시작되는가? 어쩌면 영화는 광기의 움직임을
> 포착할 수 있을 것이다. 바로 영화는 분석적이거나 퇴행적인 것이 아니
> 라 공존의 전체적 장을 탐구하기 때문이다. 코르티손의 복용으로 생긴
> 섬망증의 형성 과정을 재현하는 니콜라스 레이의 영화를 보자. 거기에
> 는 고등학교 교사이지만 학교 근무 이후에도 무선호출 택시 일을 과외
> 로 하고 현재 심장병으로 치료를 받고 있는 과로한 아버지가 등장한다.
> 그는 교육체계 전반, 순수 인종을 회복할 필요성, 사회적·도덕적 질서의
> 구원에 관해 광분하기 시작한다. 그 뒤 그는 종교로 넘어가 성경과 아브
> 라함으로 되돌아가는 것이 시의적절하다고 강조한다. 하지만 사실 아브
> 라함은 무엇을 했는가? 그는 자신의 아들을 죽였거나 죽이길 원했다. 어
> 쩌면 신의 유일한 실수는 아브라함의 행위를 막지 않은 데 있을 것이다.
> 그런데 영화의 주인공인 이 남자 또한 아들을 가지고 있지 않은가? 흠,
> (…) 이 영화가 보여주는 것은 정신과 의사를 무안하게 할 정도로 모든
> 섬망증이 무엇보다 사회적·경제적·정치문화적·인종적·인종차별적·교
> 육학적 그리고 종교적 장에 대한 투여라는 점이다. 섬망증에 걸린 사람

은 섬망증을 자신의 가족과 아들에게도 적용하는데, 그것은 온 사방에서 그들에게 뻗쳐나간다.[19]

나 자신은 제1세계의 경험에서 이와 같이 공적인 것과 사적인 것 간의 본질적인 사회적·구체적 간극이 초래하는 객관적 결과들이 지적 진단이나 그것들 간의 심층적인 상호 관계에 대한 보다 적절한 이론에 의해서 제거될 수 있을 것이라고 확신하지 않는다. 오히려 여기서 들뢰즈와 가타리가 제안하는 것은 이 영화에 대한 새롭고 보다 적절한 **알레고리적** 읽기처럼 보인다. 특히 이와 같은 알레고리적 구조가 제1세계의 문화 텍스트들에서는 찾아보기 어렵다는 것이 아니라 오히려 **무의식적**으로 존재한다는 것이다. 따라서 그 구조들은 현재 우리의 제1세계적 상황에 대한 사회적·역사적 비판을 필연적으로 수반하는 해석적 기제를 통해서 파악되어야 한다. 여기서 핵심은 우리 자신의 문화 텍스트들의 무의식적 알레고리들과 달리 제3세계의 민족적 알레고리들은 의식적이고 명시적이라는 점이다. 즉 제3세계의 민족적 알레고리들은 정치학이 리비도적 역학들에 대해 맺고 있는 근본적으로 다른, 객관적 관계를 함축하고 있는 것이다.

아프리카의 텍스트들로 넘어가기에 앞서 나는 현재 진행되고 있는 이 얘기의 특별한 상황을 상기시키고자 한다. 이 얘기는 로버트 C. 엘리엇을 추모하고 그의 필생의 업적을 기리기 위한 것이다. 그의 매우 중요한 두 권의 저서 『풍자의 힘』*The Power of Satire*과 『유토피아의 형상』 *The Shape of Utopia*의 핵심은 외견상 상반되는 충동들(과 문학적 담론들)로 보이는 풍자와 유토피아적 충동을 탁월하게 결부지은 데 있다.[20] 실제 풍자와 유토피아적 충동은 서로를 모방함으로써 각각 항상 상대방의 세력권 내에서 은밀하게 작용하고 있다. 엘리엇은 모든 풍자는 필연적으로 그 자체 내부에 유토피아적 참조틀을 간직하고 있다고 말한다. 아무리 평온하고 비현실적이라 하더라도 모든 유토피아 뒤에는 타락한 현실에 대한 풍자가의 분노가 은밀하게 움직이고 있는 것이다. 조금 전 미래성에 관해 말했을 때, 나는 '유토피아'라는 단어의 사용을 의도적으로 자제하려고 했다. 내가 볼 때 유토피아는 사회주의적 기획과 동일한 단어로 통하고 있기 때문이다.

하지만 여기서 나는 내 입장을 보다 명확하게 할 것이고, 세네갈의 위대한 현대소설가이자 영화감독인 우스만 셈벤의 소설 『할라』*Xala*에서 가져온 놀라운 구절을 나의 모토로 삼을 것이다. 이 제목은 성공 가도를 달리는 부유하고 부패한 세네갈의 사업가가 아름답고 젊은(세 번째) 부인을 맞이하는 순간 그에게 닥치게 되는 매우 특별한 종류의 저주와 고통의 의례를 가리키고 있다. 『풍자의 힘』의 음영들인 것이다. 즉 저주는 짐작할 수 있듯이 당연히 성적인 불능을 가리킨다. 이 소설의 불행한 주인공 하지는 서양과 부족의 온갖 치료책을 필사적으로 강구하지만 모두 다 소용없는 것으로 판명되고, 결국 풍문으로 들리는 신비한 힘을 가진 주술사를 찾기 위해 다카르의 내륙 지역으로 힘든 여행을 떠나기로 결심한다. 그의 무덥고 먼지투성이인 마차 여행의 결말은 다음과 같다.

> 산골짜기를 벗어났을 때 그들은 지평선 넘어 텅 빈 평원의 한 가운데에 비바람으로 회색으로 바랜 원뿔 모양의 초가지붕을 쳐다본다. 위험스러워 보이는 뿔이 달린 깡마른 소들이 먹이풀을 찾기 위해 어슬렁거리며

돌아다니고 있다. 먼 거리에서 윤곽만 보이는 몇몇 사람들이 하나 뿐인 우물가 주변에서 바쁘게 움직이고 있다. 마차의 운전수는 눈에 익은 지역에 온 것처럼 지나가는 사람들과 반갑게 인사했다. 세린 마다의 집은 크기는 크지만 건축 양식으로 볼 때 다른 집들과 차이는 없었다. 그 집은 초가집들이 반원형으로 배치되어 있고 중앙에 출입구가 하나뿐인 마을의 한 가운데에 위치하고 있었다. 마을에는 상점도 학교도 진료소도 없었다. 마을에는 눈을 끌만한 것이라곤 전혀 없었다(마치 나중에 생각이 난 듯이 우스만은 이 강렬한 대목을 덧붙였다). 사실 마을에는 눈을 끌만한 것이라곤 전혀 없었다. 그들의 삶은 철저히 공동체의 상호 의존성에 근거하고 있었다.[21]

여기서 과거와 미래의 유토피아적 공간—집단적 협동의 사회 세계—이 독립 이후의 새로운 민족적·매판 자본적 부르주아지가 주도하는 타락하고 서구화된 화폐경제 속으로 극적으로 편입되는 과정을 내가 아는 그 어떤 다른 텍스트들보다 더 상징적으로 보여주고 있다. 정말로 우스만은 하지가 산업주의자가 아니며 그의 사업이 생산과는 하등 관련도 없다는 사실, 오히려 유럽의 다국적 자본들과 지역의 원료 추출 산업들 사이의 중간 상인으로 활동한다는 것을 보여주려고 애쓴다. 그런데 이러한 전기적 사실에다 하나의 중요한 사실을 덧붙일 필요가 있다. 즉 하지가 젊었을 때 정치적이었고 실제 자신의 민족주의적이고 친독립적인 활동 때문에 한동안 감옥에 수감된 적도 있었다는 사실 말이다. 이들 부패한 계급들에 대한 탁월한 풍자(우스만은 이 풍자를 『최후의 제국』*The Last of the Empire*에서 셍고르Senghor라는 사람에게 확장하게 될 것이다)는 독립 운동이 전면적인 사회혁명으로 발전하지 못한 실패로 드러나게 된다.

19세기 라틴아메리카와 20세기 중반 아프리카에서 명목상의 민족 독립은 진정한 민족적 자율성을 유일한 목표로 삼았던 운동에 종언을 고했다. 하지만 이러한 상징적 근시안만이 문제는 아니었다. 아프리카 국가들은 또한 파농이 예언적으로 경고했던 것—새로운 사회관계들과 새로운 의식이 혁명적 투쟁 그 자체에서 펼쳐질 수 있기 때문에 단순히 독립을 수용하는 것과 독립을 쟁취하는 것은 같지 않다는 사실—의 끔찍한 결과와 대면해야 했다. 여기서 다시 쿠바의 역사는 매우 교훈적이다. 쿠바는 19세기에 자유를 쟁취한 라틴아메리카 국가들 중 맨 마지막 국가였다. 물론 이 자유는 더 거대한 식민 세력에 의해 즉각 박탈당하고 만다. 우리는 19세기 말부터 끌어온 게릴라 투쟁들(호세 마르티José Martí라는 인물이 그 상징이다)이 1959년 쿠바혁명에서 얼마나 막대한 역할을 했는지 알고 있다. E. P. 톰슨의 방식으로 말하면, 쿠바는 장구한 과거를 파고들어 그 과정을 통해서 자신만의 독특한 전통을 창조해가는 역사의 두더지라는 지난한 지하의 경험이 없었더라면 결코 현재와 동일한 모습이 되지 못했을 것이다.

그러므로 독립이라는 독이 든 선물을 받은 후 우스만이나 케냐의 응구기 와 시옹오Ngũgĩ Wa Thiong'o같은 아프리카의 진보적 작가들은 변혁과 사회적 갱생에 대한 열망은 충만하지만 그것을 현실화할 행위 주체들이 채 등장하지 않은 상태, 즉 루쉰이 느꼈던 것과 똑같은 딜레마에 처하게 된다. 나는 이것이 또한 미학적 딜레마, 즉 재현의 위기임이 분명하다고 생각한다. 자신들과 다른 언어를 사용하고 식민지 점령을 위해 화려하게 장식하고 있는 적을 식별하는 일은 그리 어렵지 않다. 하지만 그들이 우리 자신의 사람들로 교체될 때, 그들과 외부의 지배 세력 간의 연결 고리를 그려내는 것은 훨씬 더 어려워진다. 물론 새로운 지도자들은 자신의 가면을 벗어던지고 과거의 개인적 형태든 새로운 군사적 형식이든 독재자의 본성을 드러내기도 한다. 하지만 이 순간이 또한 재현의 문제들을 결정하는 순간이기도 하다. 독재자 문학은 라틴 아메리카문학에서 하나의 실질적 장르가 되었고, 그런 작품들은 무엇보다 깊고 불안한 양의성, 즉 독재자에 대하여 깊숙이 숨겨진 공감을 특징으로 한다. 어쩌면 이는 프로이트적 전이의 기제가 사회적으로 확장된 유형으로 적절히 설명될 수 있을 것이다.[22]

오늘날 제3세계 사회의 실패에 대한 급진적 진단이 일반적으로 취하는 형식은 전통적으로 '문화제국주의'로 지칭되어온 것, 즉 재현할 수 있는 행위 주체가 없는 정체 불명의 영향력이다. 이것을 문학적으로 표현하기 위해서는 새로운 문학 형식들의 창안이 요구되는 것 같다. 마누엘 푸익Manuel Puig의 『리타 헤이워스의 배반』*Betrayed by Rita Hayworth*은 그 중에서도 가장 놀랍고 혁신적인 예로 인용해볼 수 있다. 이런 상황에서는 전통적 리얼리즘이 풍자적 우화보다 덜 효과적이라고 결론지을 수 있다. 나는 바로 이런 점 때문에 응구기의 인상적이지만 문제적인 『피의 꽃잎』*Petals of Blood*보다 우스만의 일부 서사들(『할라』 외에도 『우편환』*The Money-Order*을 언급할 필요가 있다)이 더 강력한 힘을 갖는다고 생각한다.

여기서 우리는 우화와 더불어 확실히 알레고리의 문제 전체로 되돌아간다. 『우편환』은 전통적인 진퇴양난의 딜레마를 가동한다. 즉 불행한 주인공은 증명서가 없어 파리의 수표를 현금화할 수 없다. 하지만 그는 독립하기 이미 오래 전에 태어났기 때문에 그 어떤 증명서도 소유하고 있지 않다. 다른 한편 우편환은 현금화되지 못한 채 새로운 빚과 외채가 쌓이면서 점차 쓸모없는 것이 되어간다. 나는 1965년에 출판된 이 작품이 오히려 오늘날의 제3세계 국가에서 발생될 수 있는 가장 거대한 불행을 예언적으로 극화한다고 말하고 싶다. 경제학자들이 보여주듯이, 제3세계에서 막대한 양의 석유 자원의 발견은 어떤 구원을 나타내기는커녕 오히려 그들을 도저히 청산할 수 없는 외채의 늪 속으로 빠져들게 만들고 있는 것이다.

하지만 또 다른 차원에서 이 이야기는 무엇이 최종적으로 우스만의 작품 분석에서 핵심 문제 중의 하나가 되어야 하는가 하는 문제, 즉 그의 작품에서 고대적이거나 부족적인 요소들이 수행하는 애매한 역할의 문제를 제기한다. 관객들은 어쩌면 그의 첫 번째 영화인 〈흑인 소녀〉The Black Girl의 흥미로운 결말, 즉 고대의 가면을 쓴 작은 소년이 아무런 이유 없이 유럽인 고용주의 뒤를 쫓아가는 장면을 떠올릴 수 있을 것이다. 한편 〈저항자 세도〉Ceddo와 〈군신 에미타이〉Emitai와 같은 역사 영화들은 이슬람과 서구에 대한 부족의 저항, 물론 역사적 관점에서 볼 때 거의 예외 없이 실패와 최종적 패배로 끝났던 저항의 순간들을 열심히 환기시키는 것 같다. 그렇다고 우스만에게 고색창연하고 향수를 자극하는 문화민족주의라는 혐의를 씌울 수는 없다. 그러므로 『할라』와 『우편환』 같은 근대적 작품들에서 미묘하게 작동하는 오래된 부족적 가치들에 호소하는 것이 어떤 의미를 갖는지를 밝히는 것이 중요하게 되었다.

나는 이 두 번째 소설 『우편환』의 심층적 주제가 근대의 민족적 관료제에 대한 비난이라기보다는 전통적인 이슬람의 자선이라는 가치가 당대의 화폐경제 속에서 겪는 역사적 변형의 문제가 아닌가 하는 생각이 든다. 이슬람교도는 자선을 베풀어야 할 의무를 가지고 있다. 실제로 이 작품은 실현되지 못한 또 다른 요청으로 끝을 맺는다. 하지만 근대 경제에서 가난한 자들에 대한 신성한 의무는 사회의 모든 차원으로부터 생겨난 기생하는 자들의 광적인 공격으로 바뀐다(결국 부유하고 서구화된 유력한 동족들이 현금을 착복한다). 주인공은 글자 그대로 무자비한 인간들에 의해 깨끗이 잡아먹히고, 우연찮게 하늘에서 떨어진 예상치 못한 보물은 그를 둘러싼 사회 전체를 즉각 흉포하고 탐욕스런 탄원자의 무리로 변형시킨다. 이는 루쉰의 식인주의의 화폐적 형태와 유사하다고 할 수 있을 것이다.

이와 같은 이중적인 역사적 시각―자본주의적 관계가 강제적으로 부과되면서 이전의 오랜 풍습들이 근본적으로 변형되고 변질되는 현상―은『할라』에서도 일부다처제라는 고대 이슬람 부족 제도의 종종 우스꽝스런 결과들로 나타나는 것 같다. 우스만은 이 제도에 대해 다음과 같이 말한다(리얼리즘적 서사를 더 이상 용인하지 않는 작가의 개입이 하나의 형식으로서 알레고리적 우화와 완벽하게 어울린다).

> 도시의 일부다처주의자들이 주도하는 삶에 관해 뭔가 알아둘 가치가 있다. 모든 아내와 자식들이 같은 마을에서 함께 살아가는 시골의 일부다처제와 달리 이런 일부다체제는 지리적 일부다처제라 불릴 만하다. 도시에서는 가족들이 흩어져 살기 때문에 아이들은 아버지와 거의 만나지 못한다. 생활 방식 때문에 아버지는 집에서 집으로, 별장에서 별장으로 계속 옮겨 다녀야 하고, 집에 머무는 것은 저녁때가 아니면 잠잘 시간뿐이다. 따라서 직업을 갖고 있는 한, 아버지가 주로 자금의 출처가 된다.[23]

여기서 우리는 하지가 느끼는 생생한 고통의 광경을 목격한다. 자신의 사회적 지위를 보장해줄 세 번째 결혼식을 올리려는 순간 하지는 자기 자신이 실제로 소유한 집도 없고 한 부인의 집에서 다른 부인의 집으로 옮겨 다녀야 할 운명에 있다는 것을 깨닫는다. 이런 상황 속에서 그는 자신이 겪는 의례적 불행의 책임이 부인들에게 있다고 의심한다. 하지만 내가 방금 읽은 구절은 일부다처제가—우리가 하나의 제도로서 그것에 관해 어떻게 생각하든—역사적 시각을 열어주기 위한 양가적 요소로 기능한다는 것을 보여준다. 거대한 도시를 통과해가면서 점점 더 광적으로 변해가는 하지의 여행은 자본주의와 과거의 오래된 집단적인 부족적 형태의 사회생활 간의 병치를 드러내준다.

하지만 아직은 이러한 점들을 『할라』의 가장 주목할 만한 특징이라 할 순 없다. 이 특징을 내가 다른 곳에서 '장르적 불연속성'generic discontinuities이라고 불렀던 것의 놀랍고 절제된, 거의 교과서적인 실천으로 기술할 수 있을 것이다.[24] 사실 소설은 하나의 장르적 관례에서 시작한다. 이런 관례에서 볼 때, 하지는 희극적 희생자로 읽을 수 있다. 모든 것이 갑자기 어긋나기 시작하고, 하지의 장애에 대한 소식은 더욱 엄청난 불운을 촉발한다. 수많은 채무자들이 불운 때문에 패배자로 낙인찍힌 하지에게 달려들기 시작한다. 이런 과정은 그 인물에 대한 엄청난 동정심을 보이는 것은 아니라고 하더라도 희극적인 동정심과 두려움을 수반한다. 사실 이 과정은 운명의 수레바퀴가 언제든지 뒤집힐 수 있는, 이제 막 서구화된 특권적 사회에 대한 엄청난 반감을 드러낸다. 하지만 곧 밝혀지듯이, 우리 모두 오류를 범한 것이다. 즉 부인들이 의례적 저주의 원인이 아니었던 것이다. 갑작스런 장르적 역전과 확장(이는 프로이트가 「기괴한 것」The Uncanny에서 기술한 메커니즘과 비교할 수 있다) 속에서 우리는 하지의 과거에 대해 갑자기 새롭고 오싹한 뭔가를 알게 된다.

"우리 얘기는 아주 멀리 거슬러 올라가네. 당신이 거기서 그 여자와 결혼하기 직전이었어. 기억이 나지 않는가? 당연히 기억하지 못하겠지. 내가 지금 이 지경이 된 건."(누더기를 걸친 거지가 그에게 말하고 있다.) "내가 지금 이 지경이 된 건 당신 탓이야. 우리 부족의 소유였던 제코의 거대한 땅덩어리를 당신이 팔아버린 것을 기억하는가? 당신은 높은 자리에 있는 인간들과 공모해서 우리 부족의 이름을 허위로 날조한 뒤에 그 땅을 우리에게서 빼앗아갔지. 우리의 저항과 소유권에 대한 확실한 증거 제시에도 불구하고 우리는 재판에서 졌네. 당신은 땅을 빼앗는 것도 모자라 나를 감옥 속에 집어넣었지."**25**

자본주의의 근원적 죄악이 드러난다. 그것은 임금노동 자체, 약탈적 화폐 형식, 시장의 냉혹하고 비인간적인 리듬이라기보다는 오히려 이제는 사유화되고 포획된 땅으로부터 과거의 오래된 집단적 삶의 형태들이 근본적으로 사라져버린 것이다. 이것은 근대 비극 중 가장 오래된 것이다. 그것은 과거에는 북미 원주민들이 겪었고 오늘날에는 팔레스타인 민중들이 당하고 있으며,『우편환』의 영화판인 〈만다비〉Mandabi에도 의미심장하게 재도입되고 있다. 그 속에서 주인공은 자신의 주거 자체를 상실할 임박한 위험에 처해 있다.

나는 이 끔찍한 '억압된 것의 회귀'가 서사의 주목할 만한 장르적 변형을 결정한다고 말하고 싶다. 갑자기 우리는 더 이상 풍자의 영역이 아니라 의례 속에 존재하게 된다. 세린 마다가 이끄는 거지와 룸펜들이 하지에게 달려들어 그에게 '할라'(저주)를 없애기 위하여 의례적 굴욕과 비하라는 역겨운 의식을 따를 것을 요구한다. 서사의 재현 공간이 새로운 장르적 영역으로 격상되고, 나아가 심지어 타락한 현재의 유토피아적 파괴를 예언의 양식으로 예고할 때조차도 이 영역은 시간을 거슬러 올라가 고대적인 것의 힘과 접촉하게 된다. 여기서 '브레히트적'이라는 단어가 필연적으로 떠오를 수밖에 없지만 이 단어로 제3세계적 현실에서 등장한 이러한 새로운 형식들을 적절하게 평가하기에는 한계가 있다. 하지만 이러한 예상치 못한 장르적 결말에 비춰 볼 때, 기존의 풍자적 텍스트는 소급적으로 변형된다. 즉 텍스트는 이야기 내의 인물에게 닥친 의례적 저주를 주제와 내용으로 삼던 풍자로부터 별안간 의례적 저주 그 자체로—사건의 전체적인 상상적 연결 고리가 영웅이나 그와 유사한 사람들에 대한 우스만의 저주가 되어 버린다—드러나게 된다. 풍자적 담론의 인류학적 기원을 샤머니즘적 저주라는 실제적 행위 속에서 읽어내는 로버트 C. 엘리엇의 위대한 통찰을 이보다 더 놀랍게 확인해주는 예를 찾아볼 수는 없을 것이다.

나는 이 모든 것들이 왜 그러해야 하는지, 그리고 내가 제3세계 문화에서 민족적 알레고리의 일차성이라 확인했던 것의 기원과 지위에 대해 몇 가지 생각들을 덧붙임으로써 결론짓고 싶다. 우리는 결국 현대 서양문학의 자기 지시성의 메커니즘들에 친숙한 편이다. 즉 이런 사실은 단순히 구조적으로 다른 사회적·문화적 맥락에서 또 다른 형식의 자기 지시성으로 받아들여서는 안 되는 것인가? 어쩌면 그럴지 모른다. 하지만 그 경우에 이 메커니즘의 적절한 이해를 위해서는 우리의 우선성은 역전되어야 한다. 우리 문화에서 사회적 알레고리가 나쁘게 평가된다는 것과 사회적 알레고리가 서구의 타자에서 거의 필연적으로 작용한다는 점을 고려해보자. 내 생각에 이 두 대립적인 현실은 **상황적 의식**situational consciousness의 관점에서 파악될 수 있다. 나는 상황적 의식이라는 표현을 유물론이라는 보다 흔한 용어보다 선호한다. 주인과 노예의 관계에 관한 헤겔의 오래된 분석은 여전히 두 가지 문화 논리들 간의 구분을 극적으로 표현하는 가장 효과적인 방법일 것이다.[26] 두 명의 대등한 사람이 타자의 인정을 얻기 위해 투쟁을 벌인다. 그 중 한 명은 이런 최상의 가치를 획득하기 위해 자신의 삶을 기꺼이 희생할 준비가 되어 있다. 반면 다른 한 명, 즉 브레히트 연극에 나오는 슈베이크 Schweyk와 비슷하게 육신과 물질적 세계를 사랑하는 영웅적 겁쟁이는 생존을 유지하기 위해 굴복을 선택한다. 주인—즉 이제 명예도 없이 삶에 대한 악의적이고 비인간적인 봉건귀족적 경멸을 실천하는 자—은 다른 한 명의 인정, 즉 이제 주인의 미천한 농노 내지 노예가 되어 버린 자의 인정을 통해 이득을 누리려는 태도를 취한다. 하지만 이 지점에서 두 개의 다르지만 변증법적으로 아이러니한 역전들이 일어난다. 이제 오직 주인만이 진정한 의미에서의 인간이 된다. 그러므로 노예라는 인간 이하의 삶의 형식에 의한 '인정'은 획득하는 바로 그 순간에 사라지고 어떠한 진정한 만족도 제공하지 못한다. 헤겔은 엄중하게 "주인의 진리는 노예이다. 하지만 다른 한편 노예의 진리는 주인이다"라고 말한다. 하지만 여기서 두 번째 전도가 일어난다. 왜냐하면 노예는 주인을 위해서 노동하고 주인에게 그의 우월성에 걸맞는 물질적 혜택을 제공할 것을 요구받기 때문이다. 하지만 이는 무엇이 현실이고 무엇이 물질적 저항인지를 아는 것은 궁극적으로 노예뿐임을 의미한다. 오직 노예만이 자신의 상황에 대하여 진정으로 유물론적 의식에 도달할 수 있다. 이런 의식에 도달하는 것이 바로 그의 운명인 것이다. 반면 주인은 관념론에 빠지게 된다. 그는 자신의 구체적 상황에 대한 어떤 의식도, 꿈처럼, 혀끝에서 맴도는 단어처럼, 그리고 혼란스런 정신이 표현할 수 없는 귀찮은 의혹처럼 날아가 버리는 현실성 없는 자유라는 사치에 빠져들게 된다.

나에게도 우리 미국인들 곧 세계의 지배자들인 우리들도 이와 매우 유사한 위치에 처해 있다는 생각이 든다. 위로부터 내려다보는 시각은 인식론적으로 불구적이고, 그 주체들을 다수의 파편화된 주체성들의 환영들, 고립된 단자들의 빈곤한 개인적 경험, 사회적 총체성을 파악할 가능성을 박탈당한 채 집단적 과거와 미래 없이 죽어가는 개별적 육체들로 축소시켜버린다. 이 현실성 없는 개인성, 즉 우리에게 사르트르적인 순간Sartrean blink의 사치를 허용해주는 이 구조적 관념론은 '역사의 악몽'으로부터 벗어날 수 있는 유용한 기회를 제공하지만 동시에 우리 문화를 심리주의와 개인적 주체성의 '투영'으로 만든다. 하지만 자신도 깨닫지 못한 채 상황적이고 유물론적일 수밖에 없는 제3세계 문화에서는 이 모든 것이 부정된다. 결국 제3세계 문화의 알레고리적 특징을 설명해주는 것은 바로 이것이다. 제3세계 문화에서 개인의 이야기 및 경험을 말하는 것은 궁극적으로 집단성의 경험 그 자체의 전체적이고 힘겨운 이야기와 연관될 수밖에 없다.

나의 소망은 이와 같이 독특한 종류의 알레고리적 비전이 갖는 인식론적 우위성을 제안하는 것이었다. 하지만 나는 과거의 습성들이 쉽게 사라지지 않고, 우리가 현실이나 집단적 총체성에 노출되는 이와 같은 낯선 상황이 종종 견딜 수 없는 일이며, 우리를 『압살롬, 압살롬!』의 말미에 "나는 제3세계를 증오하지 않아. 정말! 정말! 싫어하지 않는다구!"라는 엄청난 부정을 중얼거리는 퀜틴의 입장에 처하도록 만든다는 사실을 인정해야 한다.

하지만 그러한 저항조차 교훈적이다. 어쩌면 우리는 지구의 다른 3분의 2가 살아가는 일상적 현실과 마주칠 때 "사실 그 현실에는 매력적인 것이라곤 전혀 없다"고 느낄지 모른다. 하지만 우리가 이런 느낌을 가질 수 있으려면 이 느낌을 궁극적으로 조롱조의 표현, 즉 "그곳의 삶은 공동체적 상호 의존의 원칙들에 바탕을 두고 있다"는 표현 또한 인정해야 한다.

[김용규·차동호 옮김]

주

1) 베네딕트 앤더슨(Benedict Anderson)의 흥미로운 글인 『상상된 공동체』(*Imagined Communities*, London, Verso, 1983)와 톰 네언(Tom Nairn)의 『영국의 해체』(*The Breakup of Britain*, London, New Left Books, 1977)가 우리에게 제시하듯이, 민족주의의 문제의식 전체는 다시 사유할 필요가 있다.

2) 다른 글에서 나는 대중문화와 과학소설의 중요성에 대해 주장한 바 있다. "Reification and Utopia in Mass Culture," *Social Text* 1, 1979, pp.130-48을 참조.

3) 이 글은 고인이 된 동료이자 친구인 故 로버트 C. 엘리엇(Robert C. Elliott)을 추모하기 위해 샌디에이고 소재 캘리포니아대학에서 개최된 제3회 기념 강연에서 발표하기 위해서 씌어졌다. 기본적으로 이 글은 강연 원고를 크게 수정하지 않았다.

4) William Bennett, "To Reclaim a Legacy," *Text of a Report on the Humanities, Chronicle of Higher Education*, XXIX, 14, Nov. 28, 1984, pp.16-21.

5) 고전적 저작들은 프리드리히 엥겔스(Friedrich Engels)의 『가족의 기원, 사유재산과 국가』(*The Origin of the Family, Private Property and the State*, 1884)와 마르크스의 『그룬트리세』(*Grundrisse*) 중에서 최근에 출판된 부분인 「전자본주의적 경제구성체들」("Precapitalist economic formations," trans. Martin Nicolaus, London, NLB/Penguin, 1973, pp.471-514)이다. 또한 엠마누엘 테레이(Emmanuel Terray)의 『마르크스주의와 '원시' 사회들』(*Marxism and "Primitive" Societies*, tran. M. Klopper, New York, Monthly Review, 1972), 베리 힌데스(Barry Hindess)와 폴 허스트(Paul Hirst)의 『전자본주의적 생산양식』(*Pre-Capitalist Modes of Production*. London, Routledge & Kegan Paul, 1975), 그리고 질 들뢰즈(Gilles Deleuze)와 펠릭스 가타리(Felix Guattari)의 「야생인, 야만인, 문명인」("Savages, Barbarians, Civilized Men," *Anti-Oedipus*, trans. R. Hurley, M. Seem, H. R. Lane, Minneapolis, University of Minnesota press, 1983, pp.139-271)을 참조하라. 그 타당성이 널리 논쟁의 대상이 되고 있는 생산양식 이론과는 별개로 최근에 제3세계 역사를 하나의 통합된 장으로 보는 제3세계 역사에 대한 중요한 종합적 저작들이 등장하

고 있다. 특별히 언급될 가치가 있는 세 저서로는 L. S. 스타브리아노스(Stavrianos)의 『전 지구적 균열』(Global Rift, Morrow, 1981), 에릭 R. 울프(Eric R. Wolf)의 『유럽과 역사 없는 민족들』(Europe and the People without History, California, 1982), 그리고 피터 워슬리(Peter Worsley)의 『세 개의 세계』(The Three Worlds. Chicago, 1984)를 들 수 있다. 이 저서들은 본 글에 내재되어 있는 보다 일반적인 방법론적 결과를 보여준다. 여기서 그 결과를 명확히 진술할 필요가 있다. 우선 제3세계 문학이라는 개념에 의해 요구되는 일종의 비교 연구는 형식적·문화적으로 서로 상이한 개별적 텍스트들의 비교보다는 그 텍스트들이 생겨나고 대응한 구체적 상황들의 비교와 관련되어 있다. 두 번째 그러한 접근법은 새로운 유형의 문학적·문화적 비교주의의 가능성을 제시하는데, 멀리는 베링턴 무어(Barrington Moore)의 새로운 비교주의적 역사 모델에 근거하고 있으며 데다 스코크폴(Theda Skocpol)의 『국가와 사회혁명』(States and Social Revolutions)나 에릭 R. 울프의 『20세기의 농민혁명』(Peasant Revolutions of the 20th Century)과 같은 책에 잘 나타나 있다. 이 새로운 문화적 비교주의는 특정한 문학적·문화적 텍스트들의 차이와 유사성에 대한 연구를, 그것들이 생겨난 다양한 사회 문화적 상황들에 대한 보다 유형학적인 분석, 즉 그 변수들로 사회 계급의 상호 관계, 지식인의 역할, 언어와 글쓰기의 역학, 전통적 형식들의 배치, 서양적 영향과의 관계, 도시적 경험과 화폐의 발달 등과 같은 특징들을 필연적으로 포함하는 분석과 병치시키고 있다. 하지만 그러한 비교주의가 제3세계 문학에만 국한될 필요는 없다.

6) 예를 들어 페리 앤더슨(Perry Anderson)의 『절대주의 국가의 계보』(Lineages of the Absolutist State, London, New Left Books, 1974), pp.435-549를 참조하라.

7) Sigmund Freud, "Psychoanalytic Notes on an Autobiographical Account of a Case of Paranoia," trans. James Strachey, The Standard Edition of the Complete Psychological Works of Sigmund Freud, London, Hogarth, 1958, Volume XII, p.457.

8) 예를 들어, 볼프람 에버하르트(Wolfram Eberhard)의 『중국의 역사』(A History of China, trans. E. W. Dickes, Berkeley, University of California Press, 1977, p.105)에 나오는 다음의 말을 보라. "연금술에 대해 듣거나 그것에 관한 책을 읽을 때, 우리는 그 책들 중 다

수를 성에 대한 책으로도 읽을 수 있다는 점을 항상 기억해야 한다. 마찬가지로 전쟁술에 관한 책도 성관계에 관한 책으로 읽을 수 있다."

9) Lu Xun, *Selected Stories of Lu Hsun*, trans. Gladys Yang & Yang Hsien-yi, Beijing, Foreign Languages Press, 1972, pp.1-6.

10) Lu Xun, 같은 책, pp.2-3.

11) Lu Xun, 같은 책, p.40.

12) Lu Xun, 같은 책, p.72.

13) Lu Xun, 같은 책. 여기서 고찰의 일부는 피터 러쉬턴(Peter Rushton)에 빚지고 있다.

14) Lu Xun, 같은 책, p.5.

15) 레닌은 "인간 교류의 단순하고 근본적인 규칙들의 **필연성**"이 "**관습**이 될 때" 사회주의는 하나의 현실이 될 것이라고 말한다. *State and Revolution*, Beijing, Foreign Languages Press, 1973, p.122.

16) 스티픈 길먼(Stephen Gilman)의 『갈도스와 유럽 소설의 기술, 1867년부터 1887년까지』(*Galdós and the Art of the European Novel*: 1867-1887, Princeton, Princeton University Press, 1981에 등장하는 흥미로운 논의를 보라.

17) Immanuel Wallerstein, *The Modern World System*, New York, Academic Press, 1974.

18) 예를 들어, "74년 말 황태자가 돌아왔을 때 광란의 상태가 계속되어 진정이 필요한 시기였다. 사실 진정이 필요했던 이유는 미덕의 발로가 아니라 범죄에 대한 염증이었다. 질서에 대한 순수하고 정상적인 갈구가 아니라 혁명에 대한 싫증이었다. 이는 국가 상황에 대한 발도메로의 언급에서 입증된다. 그것은 자유와 평화에 대한 지속적인 열망의 대안적 선택이었다." *Fortunata y Jacinta*, Madrid, Editorial Hernando, 1968, p.585(Part III, chapter 2, section 2).

19) Deluze and Guattari, 앞의 책, p.274.

20) 이 작품들은 각각 프린스턴대학출판부(1960)와 시카고대학출판부(1970)에서 출판되었다.

21) Ousmane Sembène, *Xala*, trans. Clive Wake, Westport, Lawrence Hill, 1976, p.69.

22) 라틴아메리카 소설에서 이런 양의성을 전형적 독재자가 국민들을 억압하는 와중에도 미국의 영향력에 저항하는 것으로 인식된다는 사실을 통해 설명해볼 수 있다는 주장에 대해 나는 카를로스 블랑코 아귀나가(Carlos Blanco Aguinaga)에게 빚지고 있다.

23) Ousmane Sembène, 앞의 책, p.66.

24) Fredric Jameson, "Generic Discontinuities in Science Fiction: Brian Aldiss's Starship," *Science Fiction Studies 2*, 1973, pp.57-68.

25) Ousmane, 앞의 책, pp.110-11.

26) G. W. F. Hegel, *The Phenomenology of Mind*, trans. A. V. Miller, Oxford, Oxford University Press, 1977, Section B, Chapter. IV, Part A-3, "Lordship and Bondage," pp.111-19. 이 주장에 대한 또 다른 철학적 근거는 루카치(Lukács)가 『역사와 계급의식』(*History and Class Consciousness*)에서 전개한 인식론이다. 그것에 따르면 사회적 총체성의 '지도 그리기' 혹은 파악하기는 지배 계급보다는 피지배 계급에게 구조적으로 더 유용하다. '지도 그리기'라는 용어는 내가 「포스트모더니즘, 혹은 후기자본주의의 문화적 논리」("Postmodernism, or, the Cultural Logic of Late Capitalism," *New Left Review* 146. July-August, 1984, pp.53-92)에서 사용한 바 있다. 여기서 '민족적 알레고리'라고 불리는 것 또한 그러한 총체성의 지도 그리기의 한 형태이다. 따라서 제3세계 문학의 인식적 미학의 이론을 그리는 이 글은 제1세계, 무엇보다 미국의 문화제국주의의 논리를 기술하는 포스트모더니즘에 관한 글과 연작을 이루고 있다.

3. 세계로서의 문학

파스칼 카자노바(세계문학, 파리예술언어연구센터 연구원)

손님: 하나님은 6일 동안에 이 세상을 창조하셨다. 그런데 당신은 6개월
　　　동안 고작 바지 한 벌을 못 만들다니!
재봉사: 하지만 손님, 이 세상을 보십시오. 그리고 제 바지를 보십시오.
－사무엘 베케트

멀리서, 너로부터 멀리서, 세계 역사, 네 영혼의 세계사가 펼쳐진다.
－프란츠 카프카

　세 가지 질문이 있다. 문학 텍스트의 독자적인 특이성을 온전히 보전
하면서도, 문학·역사, 그리고 세계의 상실된 연관성을 재구축하는 것은
가능한가? 두 번째, 문학 그 자체는 세계로서 파악될 수 있는가? 만약
그렇다면, 문학의 영역에 대한 탐구는 우리가 첫 번째 질문에 답하는

데 도움이 될 것인가?

달리 말하면, 내재적이고 텍스트 중심적인 문학비평의 원리—텍스트와 세계의 전적인 분열—를 반박하기 위한 개념적 수단들을 발견하는 것은 가능한가? 우리는 텍스트의 자율성, 흔히 진위가 의심스런 언어적 영역의 독립성이라는 지배 원리를 논박할 수 있는 어떤 이론적·실천적 도구들을 제안할 수 있는가? 지금까지 이 중요한 물음에 대한 답변들, 무엇보다 포스트식민주의 이론에서 나온 답변들은 양립 불가능하다고 여겨지는 두 영역들 간의 한정된 연관성만 구축해온 듯 보인다. 포스트식민주의는 문학과 역사의 직접적인 연관성, 즉 오로지 정치적이기만 한 연관성을 설정한다. 그리하여 그것은 문학적인 것을 정치적인 것으로 환원하고, 일련의 병합과 단락을 강제하거나 실질적으로 문학을 '형성하는' 미학적·형식적·문체적 특징들에 대해서는 침묵하는 위험을 감수하는 **외재적** 비평으로 나아가고 만다.

나는 이와 같은 내재적 비평과 외재적 비평 간의 분열을 넘어설 수 있는 가설을 제안하고 싶다. 나는 문학과 세계 사이의 매개적 공간, 다시 말해, 정치적 영역으로부터 상대적으로 자율적이면서 그 결과로서 문학의 특수성에 대한 질문과 논쟁과 새로운 창조에 집중하는 하나의 병렬적 영역이 존재한다고 말하고자 한다. 여기서—정치적·사회적·민족적·젠더적·인종적—모든 종류의 투쟁들은 문학적 논리에 따라, 그리고 문학 형식 속에서 굴절되고, 희석되며, 탈형식화되고, 변형된다. 이러한 가설을 바탕으로 작업하면서 그것의 모든 이론적이고 실천적인 결과들을 상상하려고 노력하는 것은 우리로 하여금 내재적이면서 동시에 외재적인 비평에 착수할 수 있도록 해줄 것이다. 바꿔 말하면, 시적 형식들, 혹은 소설 미학의 진화와 그것들이 정치적·경제적·사회적 세계와 맺는 연관성—그리고 대단히 장구한(정말 역사적인) 과정을 통해 이러한 공간의 가장 자율적인 영역들에서 그 연관성이 끊어지는 경위를 말해줄 뿐만 아니라—에 대한 통합적인 설명을 제공할 수 있는 비평 말이다.

그렇다. 그것은 그 분리와 경계들이 정치적·언어적 경계들로부터 상대적으로 독립적인 또 다른 세계이다. 그리고 그 세계는 그 자체의 법칙과 역사, 그리고 그 나름의 특수한 반란과 혁명들을 가지고 있다. 그것은 비경제적 경제 내에서 비시장적 가치들이 거래되는 시장이며, 장차 보게 되듯이 미학적 시간의 척도에 의해 측정될 것이다. 이 문학의 세계는 대부분 비가시적으로 작동하고 있다. 하지만 이 세계의 거대한 중심부로부터 가장 멀리 떨어져 있거나 이 세계의 자원을 전혀 맛볼 수 없는 사람들은 예외인데, 이들은 다른 누구보다도 이 세계 내에서 작동하는 폭력과 지배의 형식들을 더욱 명확하게 인식할 수 있다.

이러한 매개적 영역을 '세계문학 공간'world literary space이라 부르자. 하지만 이 영역은 구체적인 연구를 통해 시험되어야 하는 도구, 즉 완전한 자율성이라는 함정에 빠지지 않으면서 문학의 논리와 역사를 제공해줄 수 있는 도구에 불과하다. 또한 이것은 촘스키가 말하는 의미에서의 "가설적 모델"hypothetical model—내적으로 정합적인 명제들의 집합, 다시 말해, 그것의 완성 자체가(비록 위태롭긴 하지만) 기술의 대상을 정식화하는 데 도움을 주는 일단의 진술 체계—이기도 하다.[1] 하나의 모델을 근거로 하는 작업은 직접적으로 "주어진 것들"로부터 어느 정도 자유를 허용해줄 것이다. 역으로 그것은 또한 우리가 모든 사례들을 새롭게 구성할 수 있도록 해줄 것이고, 각각의 사례들이 고립된 채 존재하는 것이 아니라 가능한 것의 특수한 사례, 즉 집단 혹은 가족의 구성원임을 보여줄 수 있을 것이다. 이런 사실을 제대로 볼 수 있으려면 우리는 모든 가능성들의 추상적 모델을 사전에 정식화해야 할 것이다.

이러한 개념적 도구는 '세계문학' 자체—즉 세계적인 규모로 확장되는 문학 체제로서 그것의 증명과 존재가 문제적인 것으로 남아 있다—가 아니라 하나의 **공간**, 즉 관계적인 관점으로 사유되고 설명되어야 하는 상호 연결된 일련의 위치들이다. 관건이 되는 것은 세계적인 규모에서 문학을 분석하는 양상들이 아니라, 문학을 하나의 세계**로서** 사유하기 위한 개념적 수단들이다.

헨리 제임스는—문학에서의 해석의 다양한 목적들에 주목하는—「양탄자 위의 형상」에서 페르시아 양탄자에 대한 아름다운 은유를 전개한다. 그것은 별 생각 없이 보든 너무 근접해서 보든 간에 임의적인 형태들과 색상들의 해독 불가능한 뒤엉킴처럼 보인다. 하지만 올바른 각도에서 보면 그 양탄자는 주의 깊은 관찰자에게 별안간 '엄청난 정교함'의 '단 하나 정확한 조합'—서로의 관계 속에서만 이해될 수 있고, 그것들의 총체성, 즉 상호 의존성과 상호 간 작용 속에서 파악할 때에만 드러날 수 있는 질서 정연한 모티프들—을 드러낸다.[2] 오로지 양탄자가 형태들과 색상들을 질서화하는—푸코가 『말과 사물』Les Mots et les Choses에서 사용한 용어로 말하면—하나의 배치configuration로 보일 때만 그것의 규칙성, 변이, 반복이 이해될 수 있다.

페르시아 양탄자라는 은유는 여기서 제시하는 접근 방법을 완벽하게 요약한다. 즉 문학에 대한 통상적인 시점을 변경하는 다른 시각을 취하는 것이다. 양탄자의 전체적 정합성에 초점을 두는 것이 아니라, 오히려 문양의 전체적 패턴에 대한 파악에서 시작하여 각각의 모티프와 색상을 가장 세밀한 부분까지 이해하는 것이 가능하다는 것을 보여주는 것이다.

다시 말해, 각 텍스트와 각 개별 작가들을 그것들이 이 거대한 구조 내에서 차지하고 있는 상대적 위치를 토대로 이해할 수 있다는 것을 보여주는 것이다. 그러므로 나의 기획은 텍스트가 출현하는 전체적 구조, 텍스트들로부터 겉보기에 가장 먼 경로를 취할 때에만 보일 수 있는 전체적 구조, 즉 내가 '세계문학공화국'이라고 불렀던 광대하고 보이지 않는 영토를 통해서만 드러날 수 있는 전체적 구조의 일관성을 회복하는 것이다. 하지만 이는 어디까지나 텍스트 자체로 되돌아가기 위해서, 그리고 텍스트들을 읽기 위한 새로운 도구를 제공하기 위해서이다.

하나의 세계의 탄생

물론 이 문학 공간이 현재의 배치 형태로 탄생된 것은 아니다. 그것은 역사적 과정의 산물로서 등장했고, 이 과정으로부터 벗어나면서 점차 더욱 더 자율적인 것으로 성장해갔다. 세부적으로 들어가지 않으면서 우리는 그것이 16세기 유럽에서 출현했고, 프랑스와 영국이 그것의 가장 오래된 지역을 형성했다고 말할 수 있다. 그리고 그것은 18세기와 특히 19세기 동안 공고해지면서 중동부 유럽으로까지 확장되었는데, 헤르더적인 민족 이론에 의해 힘을 받았다. 그것은 20세기에도, 특히 지금도 계속되고 있는 탈식민화 과정을 통해 확장되었다. 이때 문학적 존재나 독립에 대한 권리를 공표하는 선언들이 계속해서 출현했고, 종종 민족자결 운동들과 연결되기도 했다. 비록 세계 도처에서 이러한 문학 공간이 얼마간 구성되었다할지라도, 지구 전체를 아우르는 그것의 통합은 여전히 완결되지 않았다.

이러한 문학적 세계가 움직이는 메커니즘들은 통상 '문학적 전 지구화'—이는 신속하고 '탈민족적인' 순환을 목표로 하는 상품 마케팅을 통해 가장 강력하고 시장 지향적인 중심부들에 있는 출판사의 이익을 증대시키는 단기적 부양으로 정의될 수 있는 것—로 이해되는 것과는 정확히 정반대되는 것이다.[3] 서양의 교양 계층들에게 이러한 유형의 책의 성공—단지 기차역 문학에서 공항 문학으로의 전환을 나타내는 현상—은 계속되는 문학적 평준화의 과정, 즉 전 지구에 걸쳐 주제, 형식, 언어, 그리고 스토리 유형의 점차적인 표준화와 규격화에 대한 믿음을 조장해왔다. 현실적으로 문학적 세계 내의 구조적 불평등성들은 문학 그 자체를 둘러싸고 일련의 특수한 투쟁, 경쟁, 경합을 촉발시켰다. 바로 이런 충돌들을 통해 현재 진행 중인 문학 공간의 통합이 드러나게 되었다.

스톡홀름과 그리니치

이러한 세계문학 공간의 존재를 나타내는 한 가지 객관적인 지표는 노벨문학상의 보편성에 대한(거의) 이의 없는 믿음이다. 이 상에 부여된 의미, 이 상과 관련된 특별한 외교 전략, 국민적 기대감의 형성, 그것이 가져다주는 엄청난 명성, 나아가서 심지어(무엇보다 특히?) 이른바 스웨덴 심사위원들의 객관성의 결여와 그들의 정치적 편견들 그리고 미학적 오류들에 대한 연례적인 비판들, 즉 이 모든 것들은 이 연례 정전正典 승인식을 문학 공간의 주인공들을 위한 세계적인 관심사로 만드는 데 공모한다. 오늘날 노벨상은 진정으로 국제적인 문학적 신성화 과정의

드문 사례이며, 문학에서 보편적인 것이 무엇인지를 지칭하고 정의하는 독특한 실험실이다.[4] 이것이 매년 낳고 있는 반향들, 치솟는 기대감, 동요하는 믿음들, 이 모든 것들은 실제로 자율적인—정치적·언어적·민족적·민족주의적·상업적 기준에 종속되지 않거나 혹은 적어도 직접적으로는 종속되지 않는—동시에 전 지구적인 그 자신만의 축전祝典의 양식을 가지며 지구 전체로 확장되어가는 문학 세계의 존재를 재차 긍정하는 역할을 한다. 이런 의미에서 노벨상은 세계문학 공간의 존재에 대한 가장 중요하고 객관적인 지표인 것이다.[5]

또 다른 지표는—쉽게 눈에 띄지 않는데—모든 참가자들에게 공통되는 특정한 시간적 척도의 출현이다. 새로운 신참자들도 처음에 준거점, 즉 그들이 측정되게 될 기준을 인식해야 한다. 모든 위치들은 문학적 현재가 결정되는 중심부와의 관계 하에 놓이게 된다. 나는 이것을 문학의 그리니치 자오선이라고 부를 것을 제안한다. 경도의 선들을 결정하기 위해 임의적으로 선택된 가상의 선이 세계의 실제적 조직에 기여하고 전 지구의 표면을 가로지르는 위치들을 평가하고 거리를 측정하는 것을 가능케 하듯이, 문학적 자오선은 우리가 문학적 공간 내의 주인공들이 중심부로부터 취하는 거리를 측정할 수 있도록 해준다. 그것은 문학적 시간의 측정—즉, 미학적 근대성의 평가—이 결정화되고 경쟁하게 되며 정교해지는 장소이다. 근대적인 것으로 간주되는 것은 어느 특정한 순간에 '현재적인 것', 즉 '성공하여' 현재의 미학적 기준들을 수정할 수 있는 텍스트로 선언될 것이다. 이러한 작품들은 적어도 당분간 특정한 연대기 내의 측정 단위, 즉 향후의 작품들을 판단하기 위한 비교 모델의 역할을 하게 될 것이다.

'근대적인 것'으로 선언되는 것은 중심부 밖의 작가들이 획득하기에 가장 어려운 인정의 형식 중의 하나이고 격렬하고 고통스런 경쟁의 대상이 된다. 옥타비오 파스는 그의 노벨상 수상 연설에서 이런 기이한 투쟁의 조건들을 탁월하게 제기한 바 있는데, 그 연설의 제목이 「현재를 찾아」In Search of the Present였다. 그는 자신의 개인적·시적 궤적 전체를 문학적 현재에 대한 열광적인—그리고 이 최고상의 수상이 입증하듯이, 성공적인—탐색으로 기술하고 있다. 그는 일찍부터 멕시코인인 자신이 이 문학적 현재로부터 구조적으로 매우 동떨어져 있었음을 이해하고 있었던 것이다.[6] 근대적 지위가 수여된 텍스트들은 다른 사회적 세계들의 논리와는 전혀 다른 논리에 따라 문학사의 연대기를 창조한다. 예를 들어, 일단 조이스의 『율리시즈』가 발레리 라르보Valéry Larbaud의 1929년 번역을 통해 '근대적인' 작품으로 신성시되었고 그때까지 영어권에서는 받지 못했던 비평적 관심과 서평의 대상이 되었을 때, 이 작품은 소설적 근대성의 척도들 가운데 하나가 되었고, 특정한 문학적 공간의 영역에서 그런 척도로 남게 되었다.

시간성들

물론 근대성은 불안정한 실체이다. 근대성은 영원한 투쟁의 장소이자 다소 급속하게 퇴화될 운명의 선언이며 세계문학 공간의 한 가운데 존재하는 변화의 원칙 중의 하나이다. 근대성을 갈망하거나 그것의 소유를 둘러싼 독점적 권한을 쟁취하기 위해 투쟁하는 모든 사람들은 작품들—이전의 근대적이거나 혹은 새로운 고전이 되기 쉬운 텍스트들—의 부단한 분류화와 탈분류화의 과정에 참여한다. 가령 작품들을 '한물갔다'거나 '구식'이라고, 혹은 낡았거나 혁신적이라고, 나아가서 시대에 한창 뒤쳐져 의고적이라거나 '시대정신'에 물들었다고 선언하는 식으로 비평에서 시간적 은유를 반복적으로 사용하는 것은 이러한 메커니즘의 작용을 가장 명확하게 보여주는 징후들 중의 하나이다. 이는 적어도 부분적으로 1850년 이후—다양한 유럽과 라틴아메리카 모더니즘에서 이탈리아와 러시아 미래주의를 거쳐 오늘날의 다양한 포스트모더니즘에 이르기까지—문학 운동과 선언들에서 '근대성'이라는 용어의 지속적인 존재 이유를 설명해준다. 그리고 '누보로망'Nouveau Roman, '누벨바그'Nouvelle Vague 등과 같이 '새로움'에 대한 무수한 주장들 역시 동일한 원리를 고수하고 있다.

'근대성'의 원리가 갖는 본질적인 불확실성 때문에 근대적이라 선언된 작품은 '고전'의 반열에 올라가지 못하면 진부한 것이 되고 마는 운명에 처한다. 이러한 과정을 통해 어떤 작품들은 자신의 상대적 가치를 둘러싼 변덕스런 의견과 논란을 피할 수 있다. 문학적 용어로 말하면, 고전은 시간적 경쟁(과 공간적 불평등성)을 넘어선다. 다른 한편, 중심부의 전체적인 신성화 체계에 의해 확립된 문학적 현재로부터 멀리 떨어져 있는 문학적 실천들은 이미 시대에 상당히 뒤떨어진 것으로 선언되고 말 것이다. 가령, 비록 자연주의 소설이 매우 오랫동안 자율적인 권위적 조직들에 의해 '근대적'인 것으로 간주되지는 못했다고 하더라도, 그것은(주변부 문학 공간이든 가장 상업적인 중심부 영역이든지 간에) 그리니치 자오선으로부터 가장 멀리 떨어진 지대에서 지금도 여전히 생산되고 있다. 브라질 비평가 안토니오 칸디도Antonio Candido는 다음과 같이 언급한 바 있다.

라틴아메리카에서 주목받는 것은 미학적으로 시대에 뒤떨어진 작품들
이 어떻게 해서 타당한 것으로 간주되는가 하는 점이다. (…) 이런 현상은
자연주의 소설에서 일어났는데, 자연주의 소설은 약간 뒤늦게 이곳에 도
래하여 그 어떤 근본적인 연속성의 단절도 없이 지금까지도 이어지고 있
다. (…) 그래서 자연주의가 유럽에서는 이미 낡은 장르의 잔존으로만 여
겨질 때, 라틴아메리카에서는 1930년대와 40년대의 사회소설과 같이 지
금도 여전히 정당한 문학적 공식의 핵심 요소가 될 수 있는 것이다.[7]

이런 유형의 미학적-시간적 투쟁은 해외 출신 작가들을 '발굴'하는
데 관심을 갖는 중개자들을 통해 종종 수행되기도 한다. 노르웨이 작가
인 입센은 1890년경 파리와 런던에서 거의 동시에 가장 위대한 유럽
극작가 중의 한 명으로 신성시되었다. '리얼리즘적'이라는 딱지가 붙은
그의 작품은 모든 연극적 실천, 글쓰기, 무대장치, 언어, 대화를 전복시
켰으며 유럽 연극 내의 진정한 혁명을 낳았다. 독립을 쟁취한 지 얼마
되지 않았고 그 언어가 프랑스와 영국에서는 거의 사용되지 않는(따라
서 거의 번역되지 않는) 나라 출신의 극작가가 국제적으로 신성화된 데에
는—런던의 버나드 쇼, 파리의 앙드레 앙투완André Antoine과 뤼뉴-포에
Lugné-Poe와 같은—일부 중개자들의 역할이 매우 컸다. 이들은 각자 자
신의 나라에서 당시 런던과 파리를 휩쓸었던 보드빌vaudeville과 부르주
아 극의 진부하고 고리타분한 기성의 규범들을 넘어서는 한편, 극작가
와 연출가로서 명성을 얻음으로써 연극을 '근대화'하려고 계획했었다.[8]
한편 1900년 더블린에서 조이스는 자신이 볼 때, '과도할 정도로 민족
적이어야' 한다고 겁박하는 아일랜드 연극계에 대항하는 투쟁에서 입센
작품의 엄청난 미학적·연극적 새로움을 이용했다.

동일한 것이 포크너에게도 적용된다. 포크너는 1930년대부터 그 시대의 가장 혁신적인 소설가들 중의 한 명으로 칭송받게 되었는데 1950년 노벨상을 받은 이후 소설적 혁신의 척도가 되었다.[9] 국제적인 명성을 얻고 난 뒤 포크너의 작품은 경제적·문화적 관점에서 볼 때 미국 남부와 구조적으로 유사한 국가들에서 다양한 시간대의 엄청나게 많은 소설가들에게 '시간적 가속장치'의 역할을 수행했다. 그들 모두는(적어도 기술적인 의미에서) 이러한 포크너식 가속장치의 사용을 공개적으로 선언하기도 했다. 그들 가운데에는 1950년대 스페인의 후안 베넷Juan Benet, 1950년대와 60년대 콜롬비아의 가브리엘 가르시아 마르케스Gabriel García Márquez와 페루의 마리오 바르가스 요사Mario Vargas Llosa, 1960년대 알제리의 카테브 야신Kateb Yacine, 1970년대 포르투갈의 안토니오 로부-안투네스António Lobo-Antunes, 1980년대 프랑스령 마르티니크 출신의 에두아르 글리상Edouard Glissant 등이 있다.

경계들을 꿰뚫어 보기

하지만 왜 보다 제한적이고 구분하기 훨씬 수월한 것, 가령 하나의 지역 내지 언어적 장이 아니라 세계문학 공간이라는 가설에서 시작하는가? 왜 수많은 위험들을 수반하는, 가능한 한 가장 거대한 영역을 구성하면서 시작하기로 선택한 것인가? 그 이유는 이러한 공간의 활동과 특히 그 공간 내부에서 발휘되는 지배 형식들을 해명하는 것이 이미 확립된 민족적 범주 및 구분에 대한 거부를 내포하기 때문이다. 실질적으로 그것은 초민족적이거나 상호 민족적인 사고 양식을 요구한다. 일단 우리가 이러한 세계적 관점을 받아들이면, 우리는 즉시 민족적 경계들, 혹은 언어적 경계들이 단순히 문학적 지배와 불평등의 실제적 효과들을 은폐한다는 것을 알 수 있다. 그 이유는 간단하다. 문학들은 전 세계에 걸쳐 18세기 말 독일에 의해 만들어지고 조장되었던 민족적 모델을 근거로 형성되었기 때문이다. 19세기 초부터 유럽의 정치적 공간들의 형성에 수반된 문학들의 민족적 이동은 문학적 범주들의 본질화로, 그리고 문학적 공간의 국경이 민족의 경계선과 반드시 일치한다는 믿음으로 이어졌다. 민족들은 독립적이고 자기 폐쇄적인 단위로 간주되었고, 각 민족은 다른 민족으로 환원 불가능한 것으로 여겨졌다. 이 민족적 실체들은 자신들의 절대 권력적인 특수성 내부로부터 '역사적 필연성'이 민족적 지평 내에 기입되는 문학적 대상들을 생산했다. 스테판 콜리니는 영국의—혹은 영국민의—경우를 위한 '민족문학'의 정의가 동어반복에 근거하고 있음을 입증했다. "[민족의] 상상의 특징들을 보여주는 작가들만이 진정으로 영국적이라 인정되는데, 진정으로 영국적이라는 범주의 정의 자체가 바로 그 작가들에 의해 씌어진 문학이 제공하는 사례들에 의존하고 있다."[10]

문학의 민족적 분할은 시각적 결함으로 이어졌다. 가령 1890년에서 1930년까지의 아일랜드문학 공간에 대한 분석은 런던(정치적·식민적·문학적 권력이며 이와 대립적인 위치에서 아일랜드 공간이 구성되었다)과 파리(대안적 의지처이자 정치적으로 중립적인 문학 권력)에서 펼쳐지는 사건들을 무시하고, 다양한 수도들에서 제공되는 인정의 다양한 형식들, 궤적들, 망명들을 묵살한다. 그러므로 이런 분석은 아일랜드 주인공들이 직면하는 현실적 이해와 권력 관계들에 대한 부분적이고 왜곡된 시각을 가질 수밖에 없는 운명이다. 유사하게 18세기 말 이후의 독일문학 공간의 형성에 관한 연구는 프랑스와의 강렬한 경쟁적 관계를 간과했는데, 이는 독일문학 공간을 형성하는 구조적 관계들을 전적으로 오해할 위험을 감수해야 할 것이다.

이것은 민족 간 문학적 권력 관계가 문학 텍스트들에 대한 유일한 설명적 요인이자 우리가 텍스트에 적용할 수 있는 유일한 해석적 도구가 된다고 주장하는 것은 아니다. 많은 다른 변수들—민족적인 것(즉, 민족문학의 장에 내재하는 것), 심리적인 것, 정신분석적인 것, 형식적 혹은 형식주의적인 것—도 각자의 역할이 있다.[11]

하지만 중요한 것은 얼마나 많은 변수들, 갈등들, 혹은 상징적 폭력의 형식들이 이러한 세계 구조의 비가시성 때문에 설명되지 않고 파악되지 않은 채로 남아 있는지를 구조적이면서 동시에 역사적인 관점에서 입증하는 것이다. 예를 들어, 카프카에 대한 비평적 글쓰기는 그의 심리학에 대한 전기적 연구에 국한되거나 1900년대 프라하에 대한 서술로 제한되는 경우가 종종 있다. 이러한 경우에 전기적·민족적 '차단막'은 우리 자신이 다른 더 거대한 세계 속에서의 작가의 위치, 즉 중동부 유럽에 걸쳐 전개되었던 유대 민족주의적 운동들의 공간 내에서의 카프카의 위치, 분디스트파Bundists와 이디시어파Yiddishists 간의 논쟁 속에서의 카프카의 위치, 독일의 언어적·문화적 공간 속에서 피지배자로서의 카프카의 위치를 보지 못하도록 가로 막는다. 민족이라는 여과기는 분석자로 하여금 작가들에게 영향을 끼치는 초민족적인 정치적·문학적 권력 관계들의 폭력을 고려하지 못하게 차단하는 일종의 '자연적' 국경으로 작동한다.

세계 공간 혹은 세계-체제?

정치적·경제적·언어적 그리고 사회적 형식들로부터 어느 정도 독립적인 지배의 구조를 통해 기능하는 세계 공간이라는 가설은 분명히 피에르 부르디외의 '장'field 개념과 보다 정확하게는 '문학장'literary field 개념에 굉장히 많이 빚지고 있다.[12] 하지만 문학장이라는 용어는 지금까지 한 특정한 국민국가의 경계와 역사적 전통과 자본축적 과정에 의해 제한된 민족적 틀 내에서 상상되어 왔다. 나는 페르낭 브로델Fernand Braudel의 작업과 특히 그의 "세계-경제"world-economy 속에서 이러한 메커니즘의 분석을 국제적인 차원으로 확장할 수 있는 사고와 가능성을 발견했다.[13]

하지만 나는 내가 지금 제안하고 있는 '세계 구조'world structure와, 이매뉴얼 월러스틴이 탁월하게 전개한 '세계-체제'world-system 간의 구분을 강조하고 싶다.[14] 후자의 개념은 문화적 생산의 공간들에는 덜 적합한 것 같다. 하나의 '체제'란 모든 요소들, 모든 위치들 간의 직접적인 상호작용적 관계들을 함축한다. 반면에 하나의 구조는 그 어떤 직접적 상호작용의 바깥에서 작용할 수 있는 객관적인 관계들로 특징 지워진다. 더욱이 월러스틴의 관점에서는 '체제'에 맞서 투쟁하는 힘과 운동들은 '반체제적인 것'anti-systemic으로 간주된다. 다시 말해, 그것들은 체제의 외부에 존재하고, '외부의' 위치에서 체제에 맞서 투쟁한다. 때때로 외부의 위치를 설정하기는 쉽지 않으며 잠재적으로 '주변부'에 위치지어 질 수 있다. 하지만 지배의 국제적 구조에서 현실은 정반대이다. '외부'와 '내부'에 대한 정의들—즉 공간의 경계들—이 그 자체로 투쟁들의 주된 대상이 된다. 공간을 구성하고, 공간을 통합하며, 공간의 확장을 추동하는 것이 바로 이 투쟁들인 것이다. 이 구조 내에서 수단과 방법들은 영원히 논란거리가 된다. 누가 작가로 선언될 수 있는가, 누가 (주어진 작품에 특정한 가치를 부여하게 될) 적법한 미학적 판단을 내릴 수 있는가, 누가 문학을 정의할 수 있는가.

다시 말하면, 세계문학 공간은 모든 다른 것들보다 우위에 위치하고 오로지 국제적 작가들, 편집자들, 비평가들—탈민족적인 것으로 추정되는 세계에서 움직이는 문학적 행위자들—에게만 마련된 영역이 아니다. 그것은 오로지 위대한 소설가들, 엄청나게 성공한 작가들, 전 지구적 판매를 위해 고안된 편집적 산물들로만 이루어진 보호지가 아니다. 세계문학 공간은 문학 공화국의 모든 거주자들에 의해 형성되며 그들은 모두 자신들의 민족적 문학 공간 내에서 서로 상이한 위치에 처해 있다. 동시에 각 작가의 위치는 필연적으로 이중적인 위치, 즉 두 번 정의되어야 한다. 우선 각 작가는 그들이 민족적 공간에서 차지하는 위치에 따라 한 번 정해졌다가, 세계 공간 내에서 차지하는 장소에 따라서 다시 한 번 위치가 정해진다. 민족적인 것과 국제적인 것이 뒤엉켜 있는 이중적 위치는 왜—전 지구화에 대한 경제적 관점들이 우리에게 믿게 만들고 있는 것과 달리—국제적인 투쟁들이 발생하는지, 그리고 왜 그것들의 효과들이 일차적으로 민족적 공간 내에서 나타나는지를 설명해준다. 문학의 정의나 기술적·형식적 변화와 혁신들을 둘러싼 싸움들은 대체로 민족적 문학 공간을 전장으로 삼는다.

하나의 거대한 이분법은 민족적 작가와 국제적 작가 사이에서 발생한다. 이것은 문학 형식들, 미학적 혁신의 유형들, 장르의 채택을 설명해주는 분리이다. 민족적 작가들과 국제적 작가들은 각자 다른 무기를 들고 서로 상이한 미학적·상업적·편집적 보상을 얻기 위해 싸운다. 그리하여 세계 공간에 진입하여 그 내부에서 경쟁하는 데 필요한 민족적 문학 자원들의 축적에 서로 다른 방식으로 기여한다. 전통적인 입장과 달리 민족적인 것과 국제적인 것은 따로 존재하는 독립적 영역들이 아니다. 그것들은 동일한 영역 내에서 투쟁하는 두 가지 대립적인 자세들인 것이다.[15]

이것이 바로 문학 공간이 단순히 브로델이나 월러스틴이 경제적 세계에 대해 했던 것처럼 그것의 지역들, 문화적·언어적 환경들, 인기 있는 중심부들, 그리고 유통의 양식들에 대한 기술을 통해서만 파악될 수 있는 세계 지리학으로서 상상될 수 없는 이유이다.[16] 오히려 문학 공간은 카시러의 '상징 형식'symbolic form의 관점으로 파악되어야 한다. 그 형식 안에서 작가, 독자, 학자, 교사, 비평가, 출판업자, 번역자 및 여타의 다른 사람들은 읽고 쓰고 사유하고 논쟁하고 해석한다. 다시 말해, 상징 형식의 구조는 그들의—우리의—지적 범주들을 제공하고, 모든 정신 속에 구조의 위계질서와 제약들을 재창조하며, 그리하여 그 존재의 물질적 양상들을 다시 강화한다.[17] 특히 이런 과정은 어떤 특정한 순간에 그 구조의 내부에서 사람의(민족적·언어적·전문적) 위치에 따라 차별적으로 이루어질 것이다. 문학 공간의 모든 형식들—텍스트, 심사위원, 편집자, 비평가, 작가, 이론가, 학자—은 두 번에 걸쳐 존재한다. 한 번은 사물에, 또 한 번은 사유에 존재한다. 다시 말해, 물질적 관계에 의해 생산되는 한편 문학의 위대한 게임의 참가자들에 의해 내면화되는 믿음 체계에 존재하는 것이다.

이것은 구조의 가시화를 그토록 어렵게 만드는 또 다른 것이다. 그것을 일정한 거리를 두고 분리되고 객관화할 수 있는 현상으로서 파악하는 것은 불가능하다. 더욱이 그것의 작용에 대한 어떠한 기술이나 분석도 문학에 관한 엄청나게 많은 관습적 사유나 주어진 학문적·미학적 사실들에 **거슬러** 나아가야 하고, 모든 개념, 모든 범주들—영향, 전통, 유산, 근대성, 고전, 가치—을 세계문학공화국의 특정하고 내재적인 작용의 관점에서 재인식해야 한다.

권력의 축적

이 세계문학 공간의 가장 주된 특징은 위계질서와 불평등성이다. 재화와 가치들의 불균형적 분배는 그것의 구성 원리 중의 하나이다. 왜냐하면 재화들은 역사적으로 민족적 경계선 내에서 축적되어 왔기 때문이다. 괴테는 '세계문학'의 등장과, 국제적 문학 관계들의 특정한 투쟁들에 근거한 새로운 경제의 출현 사이의 직접적인 연관성, 즉 "모든 국가들이 자신의 상품들을 제공하는 시장"과 "보편적인 지적 교역" 간의 관계를 직관적으로 이해했던 최초의 인물이었다.[18] 사실 문학의 세계는 비경제적인 경제를 중심으로 구성되면서 자체의 가치 체계들에 따라 기능하는 역설적인 종류의 시장이다. 왜냐하면 여기서 생산과 재생산은 문학적 창조물의 객관적 가치들—'가격을 매길 수 없는 것'으로 지칭되는 작품들—에 대한 믿음에 근거하기 때문이다. 민족적 혹은 보편적 고전들, 위대한 혁신자들, 저주받은 시인들poètes maudits, 희귀한 텍스트들에 의해 생산되는 가치는 민족적 문학 상품의 형태로 수도권 도시들에 집중되게 된다. 가장 오래된 지역들, 문학장에서 가장 오랫동안 구축되어 온 지역들은 이런 의미에서 '가장 부유한' 지역이자 최대의 권력을 갖고 있는 것으로 신뢰 받는다. 명성은 권력이 문학의 세계에서 취하는 본질적인 형태이고, 가장 오래되고 가장 고귀하며(거의 같은 뜻의 용어인) 가장 적법한 문학들, 가장 신성시되는 고전들, 그리고 가장 찬양 받는 작가들에게 무조건적으로 주어지는 무형의 권위이다.[19]

문학적 자원들의 불평등한 분배는 세계문학 공간 전체의 구조에 있어서 근원적이며 두 개의 대립적인 극점에 따라 조직화되어 있다. 가장 큰 자율성을 갖고 있는—즉 정치적·민족적·경제적 제약으로부터 가장 자유로운—극점에는 가장 오래된 공간들,[20] 즉 문학적 유산과 자원들을 가장 많이 물려받은 공간들이 존재한다.[21] 이 공간은 일반적으로 유럽의 공간들이며 대규모의 축적된 자원을 갖고 초국가적인 문학적 경쟁에 뛰어든 최초의 공간들이다. 가장 큰 타율성을 형성하고 정치적·민족적·상업적 기준이 강력하게 지배하는 극점에는 새로운 신참자들, 즉 문학적 자원들이 가장 적은 공간들, 그리고 오래된 지역들 내부에서도 상업적 기준에 가장 종속된 지대들이 위치한다. 한편 각 민족적 공간 그 자체도 이와 동일한 구조에 의해 양극화되어 있다.

가장 부유한 지대의 권력은 영속되는 경향이 있다. 왜냐하면 그것은 실질적이고 중요한 효력을 가지고 있고, 특히 당시까지 인정받지 못한 책들이나 중심부 바깥에서 온 작품들에 대한 명망 작가들의 평론과 서문들을 통해 '명성의 전이'가 이루어지기 때문이다. 월터 스콧의 소설들의 첫 번째 프랑스어 번역본이 등장했을 때 그에 대한 빅토르 위고의 열정적인 평론들, 영국에서 초연된 입센의 극들에 대한 버나드 쇼의 평론들, 타하 후세인Taha Hussein의 『날들의 책』Livre des jours 1947년 판에 실린 지드의 서문, 혹은 로제 카이와Roger Caillois가 번역한 보르헤스의 신성화나 윌리엄 아처William Archer에 의한 입센의 신성화처럼 번역을 통한 복잡한 인정의 메커니즘을 그 예로 들 수 있다.

자율성의 정도

　문학 세계의 두 번째 구성적인 특징은 그것의 상대적인 자율성이다.[22] 정치적 영역에서 제기되는 쟁점들은, 그것이 민족적이든 국제적이든, 문학 공간의 쟁점들 위에 포개지거나 그 쟁점들과 혼동될 수 없다. 대다수의 현대문학 이론은 문학적인 것을 정치적인 것으로 부단히 환원하면서 그러한 연관성을 창조하는 데 열중하는 것 같다. 두드러진 예로 들뢰즈와 가타리의 『카프카』를 들 수 있는데, 그것은 단 하루의 일기장(1911년 12월 25일)으로부터 특별한 정치적 입장—그리하여 카프카는 정말로 '정치적 작가'였다고 단언한다—뿐만 아니라 그의 전 작품을 형성하는 정치적 비전을 추론할 수 있다고 주장한다. 그들은 『카프카의 일기』의 불어판에 오역된 구절을 인용하면서 '소수 문학'minor literature의 범주를 구성하고, 악명 높은 역사적인 시대착오를 통해 제1차 세계대전 이전에는 카프카의 것으로 인정받을 수 없었던 관심사들을 카프카에게 귀속시켰다.[23]

　자율성은 문학 공간에서 일어나는 사건들 역시 자율적일 수 있다는 것을 뜻한다. 문학적 분수령이 되는 날들, 선언들, 영웅들, 기념비들, 기념물들, 그리고 중심 도시들이 모두 합세하여 특정한 역사를 생산하는 데 이는 정치적 세계의 역사와 혼동되어서는 안 된다. 비록 전자가 세심한 주의를 요구하는 형식으로 정치적 세계에 부분적으로 의존한다고 하더라도 말이다. 브로델은 15세기와 18세기 사이의 세계경제사에 관한 연구에서 경제적인 것과 정치적인 것에 대하여 예술적 공간의 상대적 자율성을 지적한 바 있다. 베니스가 16세기의 경제적 수도였지만 지적으로 우세했던 것은 플로렌스와 그곳의 토스카나Tuscan 방언이었다.

17세기에는 암스테르담이 유럽 무역의 위대한 중심부가 되지만 로마와 마드리드가 예술과 문학에서 승리했다. 18세기에는 런던이 경제적 세계의 중심부였지만 문화적 헤게모니를 행사했던 것은 파리였다.

> 19세기 말과 20세기 초에 프랑스는 경제적으로는 유럽의 다른 지역보다 뒤쳐져 있었지만 서양 회화와 문학에 있어서 두말할 필요 없는 중심지였다. 이탈리아와 독일이 음악의 세계를 주름잡던 때는 이탈리아와 독일이 경제적으로 유럽을 지배했던 시절이 아니었다. 심지어 오늘날에도 미국이 주도하는 가공할 만한 경제적 지배가 미국을 세계의 문학적·예술적 지도자로 만들어주지는 못한다.[24]

라틴아메리카문학의 사례는 문학적 영역의 상대적 자율성을 보여주는 한층 심오한 증거가 될 것이다. 여기에는 국제적인 차원에서 정치적·경제적 힘과 문학적 권력 및 합법성 간에 그 어떤 직접적인 연관성도, 그 어떤 인과관계도 존재하지 않는다. 관련 국가들의 정치적·경제적 취약성에도 불구하고 네 차례의 노벨상 수상에서 드러나듯, 작품들에 대한 세계적인 인정, 위대한 작가들에 대한 전 세계적인 존경, 그리고 그들의 주도적인 미학적 모델의 적법한 확립은 두 가지 질서가 혼동될 수 없음을 보여준다. 예를 들어, 라틴아메리카의 문학적 '붐'의 출현 조건들을 이해하기 위해서 우리는 문학적 현상들의 상대적인 독립성을 가정할 필요가 있다.[25]

하지만 만일 문학적 세계가 정치적·경제적 세계로부터 **상대적으로** 독립적이라면, 마찬가지로 그것은 정치적·경제적 세계에 상대적으로 의존적이기도 하다. 세계문학 공간의 전체 역사는—그 전체성에서나

그것을 구성하는 민족적 문학 공간의 내부에서나—처음에는 민족적·
정치적 관계들에 의존했다가 자율화의 과정을 거쳐 이런 관계들로부터
점진적인 해방을 경험해간다. 물론 최초의 의존 상태는 논의되는 공간
의 존속 기간과 관련해서 여전히 어느 정도는 존재한다. 무엇보다 언어
의 차원에서 그러하다. 전 세계에 걸쳐 언어의 체계적인 민족화는 언어
들을 애매한 도구로, 즉 문학적이고 정치적으로 분리 불가능한 것으로
만든다.

지배 형식들

문학 공간에서 지배 양식들은 서로 서로 속에 감싸여져 있다. 세 가
지 주요한 형식들, 즉 언어적·문학적 그리고 정치적 지배 형식들—이
마지막 것이 점차적으로 경제적 형태를 취하게 된다—은 주어진 공간
의 위치에 따라 다양한 정도의 영향력을 발휘한다. 이 세 가지 형식들
은 서로 중첩되고, 상호 침투하며, 서로의 경계를 흐리게 만들면서 종종
가장 명백한 형식인 정치적·경제적 지배만이 보일 뿐이다. 수많은 문학
적 공간들은 정치적으로는 종속적이지 않으면서 언어적으로 의존적일
수 있다(캐나다, 호주, 뉴질랜드, 벨기에, 스위스, 퀘벡). 한편 일부 다른 국가
들, 특히 탈식민화를 통해 등장한 국가들은 언어적 독립은 쟁취했을지
모르지만 정치적으로는 여전히 부자유스럽게 남아 있다. 하지만 종속
은 어떠한 정치적 억압이나 예속으로부터 독립해서 순수하게 문학적인
관점에서도 측정될 수 있다. 일시적이든 항구적이든 특정한 유형들의
망명, 혹은 문자언어의 변화들—예컨대 아우구스트 스트린드베리August

Strindberg, 조셉 콘래드, 사무엘 베케트, 에밀 시오랑E. M. Cioran 등—의 경우들을 설명하기 위해서는 엄격한 문학적 지배 형식들, 즉 어떠한 정치권력적 구조 외부에 존재하는 힘의 존재를 가정해야 한다.[26]

문학적 지배가 텍스트들의 생산, 출판, 인정에 대해 끼친 결과들은 그 나름의 분석을 필요로 한다. 가령 문학이—악명 높게도 작가의 견줄 데 없는 고독에 근거하는—심리학에 부여하는 불가피한 우선성은 한 작가의 작품 생산에 대해, 그 형식, 장르, 언어의 선택에 이르기까지 영향을 끼치는 비가시적인 구조적 제약들에 대한 설명을 종종 차단한다. 거트루드 스타인을 보자. 비록 페미니즘 연구가 그녀의 전기적이고 심리적인 특성, 특히 그녀의 동성애에 대해 제대로 초점을 두고 있다 하더라도, 세계문학 공간 내에서의 그녀의 위치에 대해서는 마치 그것이 너무도 자명한 것처럼 여겨 아무런 언급조차 하지 않는다. 혹은 파리의 미국인으로서 그녀의 위치와 관련된 것은 전기적이거나 일화적인 맥락에서만 언급될 뿐이다. 하지만 우리는 1910년대와 1920년대 미국이 문학적 관점에서 종속적인 지위에 있었고, 미국 작가들이 문학적 자원과 미학적 모델들을 찾아 파리에 왔다는 사실을 알고 있다. 여기서 우리는 어떤 다른 형식의 의존이 부재하는 중에 일어나는, 구체적으로 문학적 지배의 사례를 보게 된다. 파리로 이주한 시인으로서의 스타인의 위상—'이민자'의 지위는 의존의 명백한 표시이다—과 문학 세계 내의 미국적 문학 공간의 위치에 대한 간단한 분석만으로도 우리는 왜 스타인이 동일한 국면에서 에즈라 파운드가 그랬듯이 미국의 국민문학의 '풍부화'에 몰두했는지 이해할 수 있게 될 것이다. 동시에 미국인들의 문학적 재현에 대한 그녀의 관심—그녀의 거대한 저작인 『미국인의 형성』The Making of Americans이 가장 두드러진 예이다—은 중요한 의미를 띠게 된다. 그녀가 1910년대에 파리에서 여성이자 동성애자였다는 사실은 물론 그녀의 전복적인 충동과 전체적인 미학적 기획의 성격을 이해하는 데 결정적이기는 하다. 하지만 분명히 일차적 중요성을 갖는 문학적 지배의 역사적으로 구조화된 관계는 비평적 전통에 드러나지 않게 된다. 마치 하나의 일반적 규칙으로서 문학적 권력 관계들의 전반적 패턴을 은폐하는—의심의 여지없이 중요하면서도 부차적인—어떤 특수성이 항상 존재하는 것처럼 말이다.

어떤 상황에서는—너무 특이하고, 너무 설명하기 어려우며, 너무 역설적인—문학적 지배의 이런 형식들은 혁신과는 거리가 먼 낡은 공간들의 미학적 혹은 정치 미학적 속박과 비교해 볼 때 해방을 의미하기도 한다. 문학적 지배의 힘은 그들의 위치가 무엇이든, 문학적 지배의 메커니즘들에 대한 자각이 아무리 명확하든, 전 세계의 모든 텍스트와 모든 작가들에게 발휘된다. 하지만 그 지배는 자율성을 결여한 문학적 공간에서 생겨나거나 혹은 문학 세계의 종속적 지역에 위치하고 있는 텍스트와 작가들에게 훨씬 큰 힘을 행사하게 된다.

하지만 중심부 권위에 의한 신성화의 효과가 너무 강력한 나머지 충분한 인정을 받고 있는 주변부 출신의 어떤 작가들에게는 마치 지배의 구조가 존재하지 않는 것 같은 환상이 심어지기도 한다. 그들은 자신을 새로운 '세계문학적 질서'의 확립의 생생한 증거로 간주하는 것이다. 자신의 특수한 경우를 보편화하면서 그들은 중심부와 주변부 간의 권력 균형의 전반적이고 결정적인 역전을 목격하고 있다고 주장한다. 예를 들어, 카를로스 푸엔테스는 『소설의 지리학』에서 다음과 같이 쓴다.

> 낡은 유럽중심주의는 다극중심주의polycentrism에 의해 극복되어 왔는데, (…) 이런 다극중심주의는 우리를 핵심적 인간성의 보편적 조건으로서 '차이들의 활성화'로 이끌 것이다. (…) 괴테의 세계문학은 마침내 그것의 정확한 의미를 찾았다. 그것은 차이의 문학이자 하나의 세계로 수렴되는 다양성의 서사이다. (…) 즉 수많은 목소리들로 가득 찬 단일한 세계 말이다. 소설의 지리학을 함께 형성하는 새로운 성좌들은 변화무쌍하다.[27]

다문화주의적 열정들 때문에 일부 사람들은 현재 중심부와 주변부 간의 관계가 근본적으로 역전되었고, 따라서 주변부의 세계가 중심부의 위치를 차지하게 될 것이라고 단언하고 있다. 하지만 실제로 이러한 평화스럽고 혼종화된 우화가 미치는 효과들은 문학적 관계들을 탈정치화하고, 위대한 문학적 마법의 전설을 영구화하며, 전복적이면서 동시에 효과적일 수 있는 인정 전략들을 찾는 주변부 출신 작가들을 무장해제 시켜버리는 것이다.

재찬탈으로서의 모데르니스모

문학적 불평등성과 그것의 지배 관계들은 그 나름의 투쟁, 대립, 경쟁의 형식들을 촉발한다. 여기서 종속적인 지위에 있는 것은 비록 정치적 영향력을 가질 수 있다고 하더라도 문학적 틀 내에서만 이해될 수 있는 특정한 전략들을 전개해왔다. 기존의 문학적 권력 관계를 전복하려고 시도할 때, 형식들, 혁신들, 운동들, 서사적 질서의 혁명들은 전환되고,

포획되며, 전유되고, 병합된다.

나는 바로 이러한 관점을 통해 19세기 말 스페인어권 국가들에서 '모데르니스모'modernismo가 출현한 현상을 분석하고자 한다. 스페인 시의 전통 전체를 뒤집은 이 운동이 스페인 식민 제국의 가장 변방에 위치한 니카라과 출신의 한 시인에 의해 시작될 수 있었다는 사실을 어떻게 설명할 수 있을까? 어릴 때부터 파리의 문학적 전설에 매혹되었던 루벤 다리오는 1880년대 후반 파리에 머물렀고 당시 유행하던 프랑스 상징주의 시에 열광했다.[28] 그 당시 그는 문학적 수도의 찬탈이라 부를 수밖에 없는 놀라운 활동을 펼쳤다. 다리오는 프랑스 상징주의자들이 사용하기 시작한 절차, 주제, 어휘, 형식을 스페인 시 속으로 끌어들였다. 이러한 찬탈은 아주 명시적으로 단언되었고, 음소와 통사 형식에 이르기까지 스페인 시의 의도적인 프랑스화, 즉 "정신적인 프랑스풍"Gallicism이라 지칭될 만한 것을 의미했다. 따라서 이처럼 수도를 문학적이고 동시에 정치적인 목적을 위해 전환시키는 것은 전통적인 문학 분석이 말했던 '수용'이나 하물며 '영향'이라는 수동적 양식으로 수행되지는 않았다.[29] 반대로 이러한 포획은 복합적인 투쟁의 능동적 형식이자 도구였다. 식민 제국에 대한 스페인의 정치 언어적 지배와 스페인어로 된 시의 경화된 마비 상태에 동시에 맞서 싸우기 위해 다리오는 그 당시 파리가 행사하고 있던 문학적 지배를 공개적으로 주장했던 것이다.[30] 문화적 보루이자 동시에 다른 제국적·민족적 권력 주체들을 위한 잠재적으로 보다 중립적인 정치적 영토였던 파리는 19세기와 20세기의 수많은 작가들이 자신들의 문학적 투쟁을 전개할 때 무기로 사용되었다.

그럴 때, 문학적 불평등성을 이론화할 때 관건이 되는 문제는 주변부 작가들이 중심부로부터 '차용하는가,' 혹은 문학적 교역이 중심부에서 주변부로 흘러가는가 그렇지 않은가 하는 것이 아니다. 중요한 것은 문학적 세계의 종속적 지위에 있는 사람들에게 그들의 투쟁의 형식, 특수성, 역경을 복원하는 것이다. 이러할 때만 그들에게 창조적인 자유의 창안이라는—종종 숨겨진—찬사가 돌아갈 수 있을 것이다. 그들이 의존에 대한 해결책을 찾아야 할 필요성에 직면했을 때, 그리고 문학적 세계가 버클리의 유명한 경구—"존재하는 것은 지각되는 것이다"esse est percipi—를 따른다는 것을 알 때, 그들은 점차적으로 문학적 공간 내에서의 그들의 위치와 언어와 장소와 연결된, 그리고 그들이 명성을 수여하는 중심부와 맺고 싶어 하는 거리나 근접성과 연결된 일련의 전략들을 완성하게 된다. 다른 글에서 나는 이러한 구조 내에서 이루어지는 타협적 해결책의 대부분이 '거리의 예술,' 즉 자기 자신을 미학적으로 너무 가깝게도 너무 멀지도 않게 설정하는 방식에 근거한다는 것, 그리고 가장 종속적 지위에 있는 작가가 지각될 수 있는 최상의 기회, 그리고 문학적 관점에서 존재할 수 있는 최상의 기회를 스스로에게 부여하기 위해서 매우 정치한 전략을 짜나간다는 것을 보여주려고 했다. 이러한 지대들에서 탄생한 작품들을 복잡한 배치 전략으로 분석하는 작업은 조이스, 카프카, 입센, 베케트, 다리오 등에서 목격할 수 있듯이, 얼마나 많은 문학 혁명들이 주변부와 종속된 지역들에서 발생해 왔는지를 드러내준다.

이런 까닭에 중심부의 문학 형식과 장르들을 단순히 종속된 지역의 작가들에게 부과된 식민지적 유산이라고 말하는 것은 전체 공간의 공통적 가치로서 문학 그 자체가 만일 재전유될 경우 작가들—특히 가장 적은 자원을 가진 작가들—로 하여금 그 속에서 일종의 자유, 인정, 실존을 획득할 수 있도록 해주는 도구이기도 하다는 사실을 간과하는 것이다. 더 구체적이고 직접적으로 말해, 어떤 압도적이고 불가피한 지배의 구조 속에서 문학에서 가능한 것의 엄청난 범위에 대한 이러한 성찰들은 또한 문학적 자원들을 가장 많이 박탈당한 사람들이 중심부의 작가들로서는 상상조차 할 수 없는 장애물과 직면하면서 펼쳐가는 투쟁에서 상징적 무기의 역할을 할 수 있다. 여기서 목표는 그들이 어떤 전례나 비교 지점도 없이 해결 불가능하고 개별적인 의존의 상태로 경험하는 것이 실제는 역사적인 동시에 집단적인 구조에 의해 창조된 위치라는 것을 증명하는 것이다.[31] 내가 여기서 개략적으로 소개한 구조적 비교주의는 비교문학 연구의 방법과 도구들에 이의를 제기할 뿐만 아니라 장구하고 냉혹한 문학의 전쟁에서 하나의 도구가 되고자 노력할 것이다.

[김용규·차동호 옮김]

주

1) Noam Chomsky, *Current Issues in Linguistic Theory*, The Hague, 1964, p.105ff.

2) Henry James, *The Figure in the Carpet and Other Stories*, Harmondsworth, 1986, p.381.

3) André Schiffrin, *The Business of Books: How the International Conglomerates Took over Publishing and Changed the Way We Read*, London & New York, 2000을 참조.

4) Kjell Espmark, *Le Prix Nobel. Histoire intérieure d'une consécration littéraire*, Paris, 1986을 참조.

5) 최근 오스트리아 작가 엘프리데 옐리네크(Elfriede Jelinek) – 급진적이고, 근본적으로 비관주의적이며, 정치적이고, 페미니즘적인 비판적 입장의 폭력적이고 실험적인 산문과 극들을 쓰는 분류하기 힘든 작가 – 의 노벨문학상 수상은 스웨덴 심사위원들의 수상자 선택과 '문학 정책'의 집행에 있어서 완전한 독립성을 증명하는 또 다른 예이다.

6) 예컨대 파스는 "근대적인 것은 외부에 있고, 우리는 그것을 도입해야 했다"고 말한 바 있다. Octavio Paz, *La búsqueda del presente*. Conferencia Nobel, San Diego, 1990.

7) Antonio Candido, "Literature and Underdevelopment", *On Literature and Society*, trans. Howard Becker, Princeton, 1995, pp.128–29.

8) 이국적인 것의 '자기이익적 사용'은 크리스토퍼 프랜더게스트(Christopher Prendergast)가 인용한 프랑스 낭만주의의 경우에도 동일하게 적용된다. 프랑스 낭만주의는 프랑스라는 공간 속에 스스로 뿌리내릴 수 있도록 셰익스피어와 영국의 극적 전통을 '이용했다.' "Negotiating World Literature", *New Left Review 8*, March–April, 2001, pp.110–11을 참조.

9) 『음향과 분노』(*The Sound and the Fury*)에 대한 사르트르의 유명한 글인 「포크너의 시간성」("La temporalité chez Faulkner")을 참조. *Nouvelle revue francaise*, June–

July, 1939; reprinted in Situations I, Paris, 1947, pp.65-75.

10) Stefan Collini, *Public Moralists: Political Thought and Intellectual Life in Britain, 1850-1930*, Oxford, 1991, p.357.

11) 프랜더게스트에게는 미안하지만 나는 '민족' 혹은 '민족적'이라는 개념이 반드시 '문학' 개념과 연결되어야 한다고 주장한 바 없다. 오히려 내가 『세계문학공화국』에서 '민족문학의 공간들'이라는 개념, 즉 세계문학의 영역 내에 위치해 있는 하위 공간들이라는 개념을 제안했던 것은 그것들을 구분하기 위해서였다. 이러한 하위 공간들은 서로서로 경쟁하는데, 여기서 작가들은 단지 민족적 (혹은 민족주의적) 이유 때문이 아니라 엄밀하게 문학적 이해관계 때문에 서로 경쟁한다. 민족적 갈등과 이데올로기와 관련해서 문학적 독립의 정도는 하위 공간들의 시간과 깊은 상관관계가 있다. 여기서 워즈워스의 예 – 물론 전 작품이 순전히 민족들 간 경쟁의 관점에서만 해석될 수는 없다 – 는 민족적 울타리 내부에서 점차적으로 자율적인 문학을 구성할 수 있는 곳이 가장 오래되고 최상의 문학적 자원을 물려받은 민족 공간이라는 사실을 완벽하게 증명한다. 이 공간은 엄격하게 문학적 이해관계로부터 (상대적으로) 독립적인 공간이고 탈정치화되고 (적어도 부분적으로) 탈민족화된 공간이다. "Negotiating World Literature", pp.109-112를 참조.

12) 이점에 관해서는 Pierre Bourdieu, *Les Règles de l'art. Genèse et structure du champ littéraire*, Paris, 1992를 참조.

13) Fernand Braudel, *Civilisation matérielle, économie et capitalisme – xve – xviiie siècles*, 3 vols, Paris, 1979, Vol. 3, pp.12-33.

14) 프랑코 모레티는 「세계문학에 대한 견해」와 「추가 견해」에서 세계-체제 개념을 채택한다. 무엇보다 이 개념은 모레티로 하여금 자신이 기술하고자 하는 문학 체제의 통일성과 근본적 불평등성을 주장할 수 있게 해준다. 나는 모레티의 경계를 정의하는 결정적인 주장에 대해 전적으로 동의한다. 하지만 다른 한편 모레티가 '중심부'와 '주변부' 간의 대립이라는 브로델의 주장을 사용하는 것은 (문학적) 폭력을 중립화해서 그 불평등성을 모호하게 하는 경향이 있는 것 같다. 이와 같은 공간적 이분법 대신에 나는 권력 관계라는 사실을 재도입하기 위해 지배와 피지배 간의 대립을 더 선호한다. 여기서 나는 이 대립이 단순히 두 가지 대립

적인 범주로의 분리를 의미하는 것이 아니라, 오히려 의존의 정도가 굉장히 다양한 상황들의 연속체라는 것을 분명히 하고자 한다. 예를 들어, 우리는 유럽 내에서(문학적으로) 종속적 지위에 있는 문학의 상황을 기술하기 위해 부르디외가 제기한 "지배자들 사이의 피지배자들"이라는 개념을 도입할 수 있다. 세계-체제론에서 이런 유형의 중간자적 위치를 기술하기 위해 '반주변부'라는 용어를 사용하는 것 또한 나에게는 의존의 정도에 대한 정확한 측정을 제시하지 않으면서 지배와 피지배 간의 관계를 중성화하고 완곡화하려는 것으로 보인다. "Conjectures on World Literature", *New Left Review 1*, January-February, 2000, 그리고 "More Conjectures", *New Left Review 20*, March-April, 2003을 참조.

15) 인도의 "지역적·민족적·세계적 문학의 제도들"을 비교하는 도표를 제공하면서 프란체스카 오르시니는 하나의 민족 문학 공간 내에는 서로 다르고 독립적인 '층위들,' 혹은 '영역들'이 존재한다고 주장한다. 나는 우리가 경직되고 변화 불가능한 '체제'가 아니라 서로를 지탱해주는 권력 관계 내에서 혹은 그 권력 관계를 통해서만 존재하는 위치들을 다루고 있다고 주장하고 싶다. Francesca Orsini, "India in the Mirror of World Fiction", *New Left Review 13*, January-Februry, 2002, p.83을 참조.

16) Immanuel Wallerstein, *The Modern World-System*, 3 vols, New York, 1980-88을 참조.

17) Ernst Cassirer, *La Philosophie des formes symboliques*, Vol.I, Le langage, Paris 1972와 특히 Chap.I, pp.13-35.

18) J.W. von Goethe, *Goethe Werke*, Hamburg, 1981, Vol.12, pp.362-63, 그리고 Fritz Strich, *Goethe and World Literature*, New York, 1972, p.10.

19) 『라루스 사전』(*Dictionnaire Larousse*)은 '명성'에 대한 두 가지 보완적인 정의를 제공한다. 이 두 정의는 권력 혹은 권위라는 개념을 함축하고 있다. 즉 첫 번째 정의는 위대함에서 생겨나고 신비스러운 성격을 소유하는 것 같은 일종의 우월성을 뜻하고, 두 번째 정의는 영향과 신망을 의미한다.

20) 보다 정확히 말해, 문학적 경쟁의 공간에서 가장 오랫동안 지속되어온 공간이다. 이는 중국, 일본, 아랍권 국가와 같은 오래된 특정 공간들이 긴 생명력을 갖고 있

으면서 동시에 종속적인 지위에 있는 이유를 설명해준다. 이들은 아주 늦게, 그리고 종속적인 처지에서 국제적 문학 공간에 진입했던 것이다.

21) 특히 (역설적이게도) 민족적인 '보편적 고전'을 주장할 수 있는 공간들이다.

22) '상대적 자율성' 개념에 관해서는 Pierre Bourdieu, *Les Règles de l'art*, Paris, 1992, pp.75-164를 참조.

23) 카프카의 "작은"(klein) - 단순히 '작은 문학들'(little literatures) - 을 뜻하는 단어는 마르트 로베르(Marthe Robert)에 의해 '소수문학'(minor literatures)으로 과장 번역되었다. 이 표현의 향후 여정은 잘 알려져 있다. Gilles Deleuze and Félix Guattari, *Kafka. Pour une littérature mineure*, Paris, 1975, p.75, 그리고 나의 "Nouvelles considérations sur les littératures dites mineures", *Littérature classique* 31, 1997, pp.233-47을 참조.

24) Braudel, *Civilization and Capitalism, 15th-18th century: Volume III, The Perspective of the World*, London, 1984, p.68과 *Civilisation matérielle*, Vol. 3, p.9.

25) 1960년대 이후로 라틴아메리카에서 일어났고, 에프레인 크리스탈(Efraín Kristal)이 「냉정하게 살펴보면…」("Considering Coldly….")이란 글에서 잘 재구성해놓은 이 결정적 핵심에 대한 논쟁을 참고하라. 여기서 우리는 주로 '붐' 세대의 작가들에 부여했던 사회적·정치적 변혁의 행위 주체로서의 역할이 대개는 환상적이었다는 것을 확실히 알 수 있다. "Considering Coldly….", *New Left Review* 15, May-June, 2002, pp.67-71.

26) 아우구스트 스트린드베리는 1887년에서 1897년까지 잠시 '프랑스 작가'가 되었고, 국제적인 인정을 받기 위해 『광인의 변호』(*Le Plaidoyer d'un fou*)와 『지옥』(*Inferno*)을 직접 프랑스어로 쓰기도 했다.

27) Carlos Fuentes, *Geografía de la novela*, Madrid, 1993, p.218.

28) 다리오는 『자서전』에서 "나는 어린 시절부터 계속 파리를 꿈꿔왔다. 심지어 하나님께 죽기 전에는 파리를 볼 수 있게 해달라고 기도했을 정도였다. 나에게 파리는 세속적 행복의 정수를 빨아들일 수 있는 천국과 같은 곳이었다." *Obras completas*, Madrid, 1950-55, Vol. I, p.102.

29) 이는 페리 앤더슨이 "문화적 독립 선언"이라 불렸던 것이다. Perry Anderson, *The Origins of Postmodernity*, London & New York, 1998, p.3을 참조.

30) 이 주장에 대한 에프레인 크리스탈의 분석은 명석하고 전적으로 설득력이 있다. 하지만 그는 전유나 전환의 관념이 해방이라는 관념과 모순된다고 믿는 것 같다. 하지만 반대로 우리는(만약 문학적 자원 없이 어떠한 상징적 혁명도 일어날 수 없다는 것이 사실이라면 필연적인) 이러한 최초의 전환이 창조적인 갱신을 가능하게 한다는 가설을 제기할 수는 없을까? 루벤 다리오(Rubén Darío)가 미학적 가속 장치의 역할을 한 이후에, 모데르니스모는 전적으로 독립적인 스페인 시 운동이 되었고, 프랑스에 대한 어떠한 참조 없이도 자신만의 약호들과 규준들을 창조하게 된다.

31) 이것이 내가 프랑코 모레티의 주장에 전적으로 동의하는 이유이다. 그의 주장은 여전히 초기 단계에 머물러 있는 세계문학론에 하나의 모토의 구실을 할 수 있다. "공동 작업이 없다면 세계문학은 항상 신기루로 남아 있을 것이다." "More Conjectures," *New Left Review 20*, March-April, 2003, p.75를 참조.

4. 근대적 시각주의를 넘어서: 카자노바의 세계문학론에 관하여

차동호(영문학, 시카고 일리노이대 박사과정)

1. 카자노바의 세계문학론, 소외된 타자를 위하여?

　1980년대에 전 세계적으로 두 가지 커다란 변화가 발생했는데, 그것은 신자유주의 경제론의 등장과 미소냉전의 종식이다. 대처와 레이건 정부는 공기업의 사유화, 규제 철폐, 긴축 경제, 기업과 부유층의 세금 감면, 노동운동 탄압 등의 자유시장주의 정책을 펼쳤다. 이는 케인즈의 수정자본주의와 그것에 토대한 복지국가, 큰 정부 모델이 자본의 효율에 치명타를 가한다는 역사적 교훈에 의한 반동적 회귀였다. 자유로운 기업 활동을 보장하는 신자유주의 경제론은 국가적 틀에 구속되어 있던 기업들이 국가의 간섭으로부터 벗어날 수 있는 기회를 제공했다. 그리고 냉전의 종식은 이런 경향을 더욱 가속화했다. 냉전이 종식되고 세계가 경계선 없는 단일한 세계체제로 재편됨에 따라, 고도의 통신, 유통 기술을 보유한 거대 기업들은 자본의 효율과 수익을 증진할 수 있는 곳으로 보다 자유롭게 이동할 수 있게 되었기 때문이다. 생산과 산업의 전 지구적 확장은 국제적 노동 분업을 초래했고, 문화와 상품의 전 지구적 유통은 끊임없이 이동하는 이산적 인구를 낳았다. 그 결과 공적 사업을 통해 자본의 흐름을 통제하고 국가 단위의 동질적 문화를 생산했던 민족국가의 역할은 퇴화하고, 그 자리에 국가 간 경계를 초월하는 다국적·초국적 기업이 들어섰다.

전 지구화의 주된 결과는 근대 민족국가의 쇠락과 '초국가적 지구'의 출현이다. 이는 문학 연구에도 심대한 영향을 미친다. 문화적으로 볼 때, 민족국가의 붕괴는 그동안 민족 단위의 단일성과 동질성 아래서 억압되었던 다양하고 광범위한 소수집단들(인종, 젠더, 소수민족)을 해방시킨다. 뿐만 아니라 전 지구화로 인해 구축된 전 세계적 통신 네트워크는 이들을 대부분 공론화한다. 그리하여 민족성, 민족문학, 민족문화는 사실상 온갖 이질적 잡종 문화들의 결합체이고, 그것의 단일성, 동질성은 그러한 이질성을 억압하고 은폐한 결과임이 밝혀진다. 이런 상황에서 기존 문학 연구의 대상인 민족문학(영문학, 불문학, 독문학)의 당위적 예술성·문학성을 고집하는 것은 불가능해진다. 오히려 민족문학은 선행하는 민족 고유의 정신의 표출이 아니라, 특정한 역사적 상황에서 민족성 고취를 위해 구성되는 폭력적인 담론적 실천 양식이라는 믿음이 확고해진다. 따라서 문학 연구는 이제 민족 단위와는 구분되는 한층 세분된 사회, 문화 집단들 간의 상호 관계에 관심을 기울이지 않을 수 없다. 민족문화가 보증했던 총체성이 사라지면서, 각양각색의 문화들이 서로 간에 어떤 관계를 맺고 있느냐는 문화와 문학을 설명하는데 필수 불가결한 요소가 된다. 문학 연구가 인종적 정체성 연구(소수민족), 젠더

연구(동성애, 페미니즘), 탈식민주의 연구(하위주체), 지역 연구, 대중문화 연구와 같은 문화이론에 흡수되는 것도 이 때문이다. 그런데 문학 연구의 이런 변화는 '비교 연구'를 요청한다. 자국 중심의 편협성과 배타성을 초월하여 복수의 문화를 대위법적으로 고찰하는 비교 연구는 문화 간 관계성을 탐색하는 데 필수적인 방법론이기 때문이다.

물론 문학 연구에서 비교 연구 방법론은 '비교문학'이라는 분과적 형태로 이미 존재한다. 서양의 비교문학 연구는 여타 민족문학과는 구분되는 자신만의 고유한 분과적 정체성과 역사를 가지고, 근래 이론의 확산이 비교문학과를 중심으로 이루어졌다는 점에서 그 위상 또한 건재하다 할 수 있다. 하지만 서양 비교문학 연구의 문제점은 그것이 근대 유럽의 몇몇 강성한 국가들(영국, 프랑스, 독일)의—2차 대전 이후에는 미국을 포함하는—고전들만을 다뤄왔다는 것이다. 이러한 명백한 유럽중심성과 그에 근거하는 비교문학적 패러다임은 서유럽의 제한된 범위를 훨씬 넘어서는 오늘날의 여러 다양한 소수문화, 소수문학, 소수언어들을 결코 수용할 수 없다. 그리하여 전 지구적인 문화적 실천으로서 문학에 적절한 비교문학적 패러다임을 수립하는 것은 비교문학자의 필수 과업이 된다.

프랑스 비교문학자 파스칼 카자노바의 '세계문학론' 역시 이러한 역사적 맥락 속에서 생각해 볼 수 있다. 카자노바는 『세계문학공화국』에서 기존의 유럽 고전은 물론 유럽 내의 변방인 동북부 유럽(스위스, 루마니아, 크로아티아, 체코 등)과 식민지 이후의 아시아, 아프리카, 라틴아메리카(중국, 알제리, 마다가스카르, 브라질, 하바나 등)의 문학을 총체적으로 분석함으로써, 지금까지는 주로 유럽 문학에 국한되어온 비교문학을 탈식민 문학의 범주로까지 확장시키고자 한다.[1] 이것은 부르디외의 문학장 이론과 브로델의 '세계-경제'world-economy 이론에 의존함으로써 가능해지는데, 카자노바는 이들 모델을 통해 개별 텍스트로서의 문학이 아닌, 모든 텍스트들이 속하는 전체적 '배치'로서의 문학을 개념화한다. 그녀가 혹자로 하여금 기존의 텍스트 중심적인 시점을 포기할 것을 종용하는 것도 이 때문이다. 문학 작품은 오로지 그 전체적 구성을 토대로 할 시에만, 즉 "문학을 둘러싸고 발생되는 막대한 관계들의 네트워크에 대한 체계적 사유를 통해서만"[2] 해독될 수 있다. 이런 시점 전환을 통해 카자노바는 일종의 전 지구적 체제로서의 문학의 지리학, 즉 '세계문학 공간'을 구성한다.

  세계문학 공간은 하나인 동시에 불균등한, 월러스틴식으로 말하면, 중심부와 주변부를 가지는 거대한 문학적 자본의 매개적 영역이다. 여기에서 핵심적인 개념은 '중심부,' '주변부,' '구조적 불평등성,' 그리고 '경쟁'이다. 먼저 문학의 세계에서 중심부를 차지하는 곳은 문학적·문화적·재정적 자원이 풍부해서 '미학적 근대성'을 창조하기에 유리한 장소이다. 크게 보면 지난 5백년간 문학적 자본을 축적해 온 유럽 대륙이 중심부를 이루고, 보다 세부적으로는 런던, 뉴욕, 베를린 그리고 파리 등이 강력한 도시적 중심부를 형성한다. 이러한 중심부들은 자신의 문학적 집행부(출판업자, 비평가, 평론가, 전문 작가)를 동원해 보편적인 문학적 가치로 간주될 만한 것을 지시하고 그것의 기준을 제시함으로써, 특정한 문학적 범주가 '세계문학공화국'의 구성원이 될 자격이 있는지를 판가름한다.[3] 이런 까닭에 중심부는, 데자니 갱굴리에 따르면, 항상 구조를 결정짓는 '세계-창조적인' 영역이다.[4] 반면, 세계문학 공간의 주변부는 문학적·문화적·재정적 자원이 턱없이 부족하여 미학적 근대성을 자체적으로 산출하는 것이 불가능한 장소이다. 카자노바의 책에서는 아일랜드와 니카라과 등이 이러한 주변부로 예시되지만, 식민 지배를 겪은 국가들은 대부분 주변부로 간주될 수 있다. 문학적으로 빈곤한 주변부는 언어적·미학적 헤게모니를 지니는 중심부와 불평등한 관계에 놓일 수밖에 없게 되고, 그런 탓에 "주변부의 문학은 영구히 중심부의 문학에 빚지고 그것에 영향 받는다."[5] 이러한 중심부에 대한 주변부의 의존과 종속은 카자노바로 하여금, 전 지구적 권력 관계에 대한 진단으로 이어지는, 거대 문학이론을 구축하게끔 해준다.

하지만 근대성은 불안한 실체라는 카자노바의 말처럼, 문학적 근대성이 중심부 작가들만의 전유물은 아니다. 근대성 자체가 기존의 근대적인 것을 낡은 것으로 규정하는 것이기 때문에, 그것은 항상 도전에 개방되어 있다. 따라서 주변부의 작가들은 자신의 열악한 환경에서 벗어나 문학적 근대성의 장소로 이동할 수 있다. 하지만 이런 도전은 문학적 자본을 결여하는 주변부 작가들에게 "폭력적이고 쓰라린 경쟁"[6]의 과정이다. 왜냐하면 그들은 한참 앞서 있는 '문학의 그리니치 자오선'을 따라잡아야 하기 때문이다. 문학의 그리니치 자오선이란 문학적 근대성과 중심-주변 관계를 시공간적으로 형상화하기 위해 카자노바가 사용하는 표현으로, 실제 자오선이 경도를 결정하는 것처럼, "문학의 공간 내의 주인공들이 중심부로부터 취하는 거리를 측정할 수 있게 해주는 것이다."[7] 즉, 문학적 자오선은 문학적 시간을 결정하고, 그럼으로써 미학적 근대성을 평가하는 기준이다. 자오선에 가까우면 가까울수록 근대적인 것으로 간주된다. 하지만 자오선으로부터 구조적으로 매우 멀리 떨어져 있는 주변부의 작가들은 중심부나 그 인근의 작가들보다 더욱 치열한 경쟁에 노출된다. 이들은 각종 문학상(노벨상, 부커상)과 번역을 활용하는 한편 중심부의 문학적 전통(정전화된 장르, 저명한 작가의 형식)을 차용함으로써, 국제적인 문학 시장에 진입하고, 카자노바의 용어로 표현하면, '문학적 현재'에 도달하고자 한다. 토니 데이는 주변부에서 중심부로 나아가는 이러한 일련의 과정을 '문학적 근대화'라 설명한다.[8]

이처럼 카자노바는 그 기원적인 용어적 참조에도 불구하고, 통합된 경제적 연결망 속에서 문학을 통한 문명화된 코스모폴리턴적 대화를 꿈꾸는 괴테의 '세계문학' 개념과는 달리, 불평등성과 경쟁 관계에 토대하는 세계문학 모델을 수립한다. 그런데 이런 중심부와 주변부의 불평등한 역학 관계를 보여주는 세계문학 공간이 갑자기 완성된 형태로 나타난 것은 아니다. 그것이 오늘날과 같은 자율적인, 즉 정치·경제적 세계체제와 밀접한 관련성을 띠지만 동일하지는 않은, 영역을 확립하기까지는 수백 년의 세월이 걸린다. 카자노바는 세계문학 공간의 역사적 발전을 세 단계로 구분한다. 첫 번째는 라틴어와 가톨릭교회의 고대 헤게모니에 대항하는 르네상스와 종교개혁 시대이다. 이 시기에 유럽의 민족들은 라틴어의 예외적인 사용에 도전하여 '자국어'vernacular를 확보하는데, 이 언어들의 문화적 축적은 근대문학의 출현으로 이어진다. 그리고 신생 근대문학은 위대한 고대의 문학들과 경쟁을 선언함으로써 세계문학 공간의 초창기 형성을 알린다. 두 번째는 18세기 말에서 19세기에 걸친 유럽 민족주의의 성숙기와 제국주의의 시대이다. 이 시기에 유럽에는 베네딕트 앤더슨이 "문헌학-사전 편찬적 혁명" philological-lexigraphic revolution이라 명명하는 새로운 민족주의적 운동들이 출현한다. 민족들은 자기의식적인 민족어를 고안하고 '대중적인' 문학들을 본격 생산하기 시작한다. 그리고 민족어와 대중문학은 '민족정신'에 상징적 기원과 뿌리를 부여함으로써 민족 고유의 유구한 전통과 역사를 날조해낸다. 카자노바는 이것을 '헤르더-효과'Herder-effect라고 설명한다. 헤르더 효과는 이후 제국주의 확장기의 식민지 민족주의 운동에서도 동일하게 반복된다. 이 단계에서 세계문학 공간은 한층 뚜렷한 형태를 띠게 되는데, 민족과 문학의 절대적 연결성은 각 민족들이 자신의 문학적 합법성을 인정받고 나아가 민족적 정체성을 인정받는 민족 간 경쟁의 장을 낳기 때문이다. 세 번째는 세계문학 공간이 전 지구적으로 확장되는 2차 대전부터 현재까지의 탈식민화 시대이다. 이 시기는 여태까지 배제되어 왔던 구성원들이 국제적인 경쟁에 참여하는 것, 즉 아시아·아프리카·라틴아메리카의 식민지 이후 문학들이 세계문학 공간에 진입하는 것으로 특징져진다. 카자노바는 "이 국면을 비유럽 세계의 '소수'문학들이 '적절한'proper 문학을 생산하는 유럽을 뒤쫓는 발전주의의 관점으로 해석한다."[9] 비유럽 주변부의 작가들은 "문화적 박탈과 아방가르드적 실험의 기묘한 결합,"[10] 즉 식민적 언어의 구속에서 벗어나고자 하는 가운데 발생하는 수많은 장르적·형식적 장치들의 고안을 통해 문학적 근대화를 이룩할 수 있다. 카자노바는 가브리엘 가르시아 마르케스와 살만 루시디 등을 예로 든다.

이로써 세계문학 공간은 수직 구조와 불평등성, 그리고 경쟁으로 이루어진 현재의 틀을 갖추게 된다. 그런데 이 공간은, 앞서 말했듯이, 정치/경제적 세계체제와 관련성을 띠지만 동일하지는 않은 '자율적인' 영역이다. 문학의 자율성 개념을 이해하는 것은 중요한데, 차후 그것은 문학 혁명에 관한 카자노바의 논의와 직결되기 때문이다. 탄생기의 문학은 그 자체의 쓰임보다는 정치/경제적 쓰임에서 그 가치를 찾았다. 민족주의 운동과 함께 등장한 문학은, 이글턴의 말처럼, "언어와 더불어 정치적 권력의 주요한 도구였다."[11] 그것은 민족들의 민족주의적 당파심을 조장하는 데 결정적인 기여를 했고, 따라서 유럽이 상이한 언어를 사용하는 여러 민족들로, 그리고 그들 각자가 공언하는 민족문화들로 나뉘는 데 실질적인 동력이 되었다. 하지만 시간이 지나 문학적 자본이 축적되면서 문학은 순수하게 자율적인 것이라는 환영이 실체화된다. 문학적 자본의 축적은 "어떤 다른 권력이 아닌, 문학 스스로 자신의 법칙들을 규정하는 능력"[12]을 낳기 때문이다. 작가는 이제 민족성 고취에서 벗어나 일종의 언어적 실험으로서 문학을 시도한다. 따라서 문학적 자율성은 '문학의 탈정치화,' 즉 "민족적 주제들이 거의 사라지는 '순수한' 글쓰기와 형식적 실험주의의 출현"[13]으로 정의된다. 반대로 민족성 고취의 대표적인 형식인 '민족적 사실주의'는 가장 보수적인 문학적 경향이다. 이로 볼 때, 세계문학 공간의 자율성은, 정치/경제적 목적과는 무관한, 문학 특유의 형식과 그 형식 자체에 대한 글쓰기의 출현과 관련된다고 볼 수 있다. 예컨대, 1970년대 라틴아메리카의 작가들은 사실주의에 대하여 환상문학을, 민족주의에 대하여 코스모폴리터니즘을, 정치적 참여에 대하여 문학적 형식주의를 선택함으로써 문학적 자율성을 얻는다.

카자노바에게 이런 자율성의 획득은 국제적 명성의 확보와 함께 문학적 중심부로의 진입을 의미한다. "문학적 유산과 자원을 가장 많이 물려받은" 문학적 중심부는 "거대한 자율성의 극점, 즉 정치적·민족적·경제적 제약들로부터 가장 자유로운"[14] 공간이기 때문이다. 말하자면 문학적 자율성은 문학적 헤게모니의 전달자가 된다. 이것은 문학적 근대화를 한층 상세히 밝혀주는데, 만약 중심부가 문학적 자율성의 주된 담지처라면, 세계문학 공간의 주변부에서 중심부로 나아가는 문학적 근대화는 기실 문학적 자율성을 얻고자 경쟁하는 것과 다를 바 없다.

카자노바는 이처럼 주변부 작가가 문학적 자율성을 획득하고 중심부로 진입하는 것, 달리 말해 문학적 근대화를 달성하는 것을 '문학 혁명'이라 정의한다. 하지만 혁명은 무언가로부터의 해방을 의미한다. 주변부 작가의 문학 혁명은 무엇으로부터의 해방을 의미하는가? "그들이 (문학) 공화국 내로 진입하는 것은 오로지 그들을 민족적인 것으로부터 해방시킬 때이다."[15] 자세히 설명하면, 문학 혁명은 주변부 작가들이 자신의 편협한 민족주의와 지역주의, 루이스 메네드의 말을 빌리면, "문학을 자신들의 목적을 위해 이용하는, 국가, 정당, 교회 등에 의해 부과되는 제약들"[16]로부터 탈출하는 것이다. 그리고 이런 민족주의적 정치/경제적 제약에서 벗어나 글쓰기 그 자체를 주제로 삼는 '형식주의'를 실천하는 것이 문학적 자율화의 궁극적 형상이다. 카자노바는 이를 "글쓰기는 어떤 것에 '관한' 것이 아니라 그 '어떤 것' 자체이다"라는 베케트의 말로 강조한다. 카자노바가 아방가르드적 실험주의와 다양한 장르적·형식적 장치들의 고안을 그토록 강조하는 것도 이 때문이다. 결론적으로 문학 혁명은 '형식적 근대성'의 추구라 할 수 있다.

여기서 주목할 점은 카자노바의 문학 혁명 개념이 주변부를 염두에 둔 조처라는 것이다. "현존하는 질서에 대한 급진적 도전은 국제적인 문학 공화국의 가장 빈곤한 지역들에서 나타났고," "이런 지배받는 지역들은 (…) 위대한 문학 혁명들의 요람이었다"[17]는 그녀의 말처럼, 문학 혁명의 역사적 가능 조건은 무엇보다 주변부적 상황이다. 형식적 실험을 통해 해방을 가져올 수 있는 상황, 즉 문학적 자본은 빈곤하고 민족적·정치적 압력은 강력한 상황이 선행되어야 하기 때문이다. "문학의 가장 위대한 혁명가들은 언어적으로 지배받는 곳, 빈곤과 의존으로부터 벗어날 길을 찾도록 운명지어진 곳에서 발견된다."[18] 그래서 카자노바는 책의 말미에 "나의 소망은 본 작업이 문학 세계의 주변부의, 모든 것을 박탈당하고 지배받는, 작가들을 위한 비평적 무기가 되는 것"[19]이라고 쓴다. 페리 앤더슨도 그녀의 책이, 프랑스 중심주의의 혐의는 있지만, 사이드의 『오리엔탈리즘』만큼이나 해방적 효과를 가진다고 말한다.[20]

하지만 카자노바의 혁명론에는 중대한 문제점이 있다. 그녀의 혁명은 '인정투쟁'을 통해 중심부로 진입하는 것이지, 중심-주변의 불평등한 관계성 그 자체를 전복하는 것이 아니다. 문학 혁명이 일어나도, 문학적 중심부는 여전히 중심부로 남는다. 왜냐하면 문학적 자율성의 획득은, 앞서 암시했듯이 중심부의 근대적인 장치들(정전화된 장르, 저명한 작가의 형식)을 차용하는 방식이기 때문이다. 예컨대, 니카라과의 루벤 다리오는 프랑스의 상징주의를, 브라질의 마샤도 지 아시스Machado de Assis는 로런스 스턴Laurence Sterne의 기법을, 스페인의 후안 베넷Juan Benet과 페루의 마리오 바르가스 요사는 포크너의 형식을 차용함으로써 문학적 중심부에 진입한다. 다리오, 아시스, 베넷, 요사는 문학적 중심부의 자장 속으로 들어가는 데 성공한 혁명가들이지만, 각각 니카라과의 프랑스 상징주의자, 브라질의 스턴, 스페인과 페루의 포크너 일컬어진다는 점에서, 그들은 여전히 중심부의 문학적 자본에 의지하고 있다. 이처럼 카자노바의 혁명은 중심-주변의 수직 구조를 전복하고 나아가 대안적 체제, 즉 보다 평등한 관계성을 담보하는 체제를 기약하는 것이 아니라, 중심부 권력의 인정을 통해 주변부에서 중심부로 단순히 이주하는 것이다. "가장 부유한 지대들의 권력은 영구히 보존된다."[21] 다만 문학 혁명은 카자노바 본인의 말처럼 "주변부의 작가들에게 지배의 구조는 간단히 사라졌다는 '환영'을 심어줄"[22] 뿐이다. 사실 이것은 '문학적 근대화'와 '문학 혁명'의 부적절한 조합에서 이미 예견된 결과이기도 하다. 필자는 지금부터 카자노바의 근대성론, 즉 중심부의 문학적 자본의 오랜 축적이 표준적인 근대 미학을 확립했다는 것과는 다소 상이한 근대성론을 제안하고자 한다. 중심부의 문학적 근대성은, 카자노바의 책이 보여주는 것처럼, 자생적으로 발달된 것이 아니라, 어떤 인위적인 조작, 특히 폭력적이고 강제적인 조작의 결과일 수 있다. 만약 그렇다면 카자노바의 세계문학론은 주변부의 작가들을 위한 비평적 무기는커녕 사회적 모순들을 은폐하고 존속시키는 이데올로기적 장치가 된다. 필자가 볼 때 문학 혁명은 중심부에 최대한 근접하는 것이 아니다. 오히려 혁명의 출발점은 중심부가 문학적 근대성의 담지처가 되는 것 그 자체를 문제로 삼는 것이다. 롭 윌슨이 카자노바의 작업에 대해 "탈식민적 혁신으로 위장한 (⋯) 탈민주화의 양상들 중 하나"[23]라고 혹평하는 이유, 바로 그것을 살펴볼 차례이다.

2. 유럽적 근대성의 신화는 계속 된다

카자노바의 책이 처음 소개되었을 때 무엇보다 논란이 되었던 점은 그녀의 다소간 명백한 '프랑스 중심주의'Gallocentrism였다. "파리는 문학 세계의 '수도,' 즉 세계에서 가장 위대한 문학적 명성을 소유하는 도시가 되었다"[24]는 언급에서 드러나듯이, 여러 도시들 중에서도 파리는 세계문학 공간의 궁극적인 중심이다. 앤더슨을 위시한 여러 연구자들이 이러한 카자노바의 애국주의적 면모를 지적했는데, 대부분은 그녀의 프랑스 중심주의가 영미문학 헤게모니에 대한 도전일거라고 예측했다. 하지만 여기에는 보다 심원한 문제, 즉 문학사가로서 카자노바의 문제점이 존재한다. 크리스토퍼 프랜더게스트에 따르면, 카자노바는 자신의 논의에서 '모든 것은 역사적 사실들과 관련된다'고 공언함으로써 예상 가능한 프랑스 중심주의의 비난을 피해간다.[25] 비록 프랑스 중심주의적으로 보일 수는 있다 해도, 그것은 어디까지나 역사적 사실이기 때문에 문제될 것이 없다는 것이다. 그녀는 문학의 세계에서 파리가 지배적 세력으로 부상하는 것을 입증하는 사료(드 벨라이Du Bellay의 소논문)를 참조하는 한편, 파리를 동경하고 예찬했던 비프랑스권 작가들(다리오, 거트루드 스타인)의 사례들을 끌어온다. 하지만 이런 역사적 실증주의는 프랜더게스트에 따르면 보다 심층적 차원의 이론적 설명을 요구한다. 실제 역사를 있는 그대로 기술하는 것은 불가능하기 때문이다. 모든 역사 기술은 그 자신의 이데올로기적 의도성을 수반한다. 카자노바의 세계문학적 역사 기술의 문제점은 이것이다. 그녀는 세계문학에 대해 현상학적 태도를 취하고, 자신의 논의를 뒷받침하는 근거들로 역사적 '사실들'을 가져온다. 하지만 이 사실들은 이미 여러 의도들로 오염된 사실들이고, 그런 까닭에 푸코가 보여준 바 있는, 그 의도성에 대한 이론적 고찰을 요구하는 것들이다. 그러므로 그녀의 세계문학론은 이데올로기적 의도성의 측면에서 재독해 되어야 한다. 특히 그녀의 세계문학 모델 전체를 떠받치는 '세계문학 공간'의 개념에 대한 독해는 단지 그녀의 애국주의를 비판하는 데 그치는 것이 아닌 그녀의 것과는 정반대되는 근대성론을 도출할 것이다.

카자노바는 유럽이 중심부를 점유하는 것은 문학적 유산과 자원을 가장 많이 상속했기 때문이라고 설명한다. '상속'이라는 표현에서 알 수 있듯이, 유럽의 문학적 자본의 축적은 비유럽 세계와는 무관한 유럽 내적인 현상이다. 그것의 역사적 기원은 16세기 서유럽의 프랑스와 영국이고, 상속의 역사적 순환은 이들 고유의 자율적인 문학 공간을 형성한다.[26] 이런 자율적 문학 공간은 점차 확장되어 중동부유럽과 조우하고, 이후에는 탈식민 민족들과 조우한다. 조우 시 중동부유럽과 탈식민 민족들의 문학은, 서유럽의 그것과는 달리 민족주의적인 정치/경제적 이해관계에 얽혀 있다. 유럽의 자율적인 문학 공간과 유럽 외부의 민족주의적인 혹은 비자율적인 문학 공간은 절대적으로 분리된다. 전자는 문학적 자본을 자력으로 축적한 곳이고, 후자는 그렇지 못한 곳이다. 후자는 전자로부터 문학적 자본을 들여올 시에만 자율적인 문학 공간을 창출할 수 있다. 즉, 세계문학 공간의 중심부와 주변부는 서로 무관하게 각자 역량에 따라 구성된 셈이다. 하지만 중심과 주변의 이런 이원론적 분리는 본질주의의 함의를 연상시킨다. 카자노바는 무슨 근거로 자율적인 문학 공간의 형성 능력이 유럽, 특히 서유럽의 프랑스와 영국에 기원한다고 단정할 수 있는가? 그들은 선천적으로 그러한 능력을 타고난 것인가? 월러스틴에 따르면, 중심과 주변의 불평등한 관계는 어떤 본질적 능력차에 기인하는 것이 아니다. 그들의 관계성은 사후적으로 존재하는 것이 아니라 애초부터 존재하는 것이고, 오히려 그 관계성이 중심과 주변의 불평등성을 정초하는 역할을 한다.

월러스틴은 근대 세계체제의 중심-주변 관계를 "주변부 반프롤레타리아 영역의 잉여가 첨단 산업의 중심부로 체계적으로 전이되는 불평등 교환"[27]으로 설명한다. 그것은 16세기 유럽과 아메리카 대륙에 기원하고, 시간이 지남에 따라 팽창하여 전 지구를 뒤덮는다. 얼핏 이것은 유럽의 자율적 문학 공간의 점진적 확장을 말하는 카자노바의 논의와 유사하다. 하지만 월러스틴의 의도는 중심부 유럽의 문학적 근대성의 자생적 형성을 말하는 카자노바의 그것과는 정반대된다. 그는 '세계체제'world-system에 하이픈이 사용된다는 것을 강조한다. "중간에 하이픈을 삽입한 것은 우리가 (…) '그 자체'가 하나의 세계인(허나 지구 전체를 포괄하지는 않는) 체제들, 경제들, 제국들을 말하고 있음을 분명히 하기 위해서이다."[28] 즉, 세계체제에서 '세계'는 지구 전체를 뜻하는 것이 아니라, 자본주의 체제의 어떤 내재적 속성을 뜻하는 것이다. 물론 오늘날 세계체제는 말 그대로 세계적인 체제가 되었다 할 수 있지만, 월러스틴은 자본주의 체제가 명백히 유럽 내에 제한되는 현상이었을 때에도 그것은 하나의 세계체제였음을 강조한다. 따라서 하이픈을 통해 월러스틴이 전달하고자 하는 바는 세계체제의 두 구성축인 중심부와 주변부는 각자 독립적으로, 자기 참조적으로 발생하는 것이 아니라 동시적으로, 중심부와 주변부의 경계를 긋는 일련의 상호-참조적인 실천을 통해 발생한다는 것이다. 주의할 점은 이것이 카자노바 역시 강조하는 중심부와 주변부의 불평등한 관계와 경쟁에 관한 것이 아니라, 중심부와 주변부의 최초 발생에 관한 것이라는 것이다. 두 축의 발생에 대해 카자노바는 초월적 분리의 입장을 취하는 반면, 월러스틴은 내재적 종합의 입장을 취한다. 후자의 입장에서 중심부와 주변부는 "분리를 통한 위치 정립의 시초적 행위,"[29] 즉 한 축(주체)이 다른 축(객체)을 주변으로 '추방/배제'함으로써 그 자신을 중심으로 '조작'하는 메커니즘을 통해 발생된다. 이것은 비이성적인 폭력의 행위를 수반하는데, 중심부는 자신을 중심으로 세우기 위해 타자를 발견하고 정복하며 식민화하여 주변부에 예속시켜야 하기 때문이다. 따라서 월러스틴의 세계체제론은 이데올로기적 탈신화화의 기능을 수행한다. 그것은 중심부에 우월성을, 주변부에 열등성을 투여하는 초역사적 본질주의의 허위성을 폭로하고,

중심과 주변이 사실은 폭력적 과정을 통해 동시적으로 생산되는 것임을 증명한다.

　중심부는 자신의 탄생 비화, 즉 중심과 주변을 한 번에 생산하는 폭력적 과정을 은폐한다. 세계체제의 팽창과 그에 따른 반독점적 지위를 유지하기 위해, 폭력을 동반하는 그러한 메커니즘을 정당화하기 위해, 그들은 일종의 보편주의적 이데올로기, 즉 문명과 발전의 수사를 동원한다. "그들이 항상 내세우는 논지는 그 팽창이 문명화, 경제성장/발전, 혹은 진보라 불리는 것을 확산시켰다는 것이다."[30] 이 문명화의 논리는 중심과 주변의 엄격한 이원론적 분리, 즉 '우월한 중심부'와 '열등한 주변부'의 대립적 유형화에 기초한다. 열등한 주변부는 우월한 중심부의 지배와 계몽을 필요로 하고, 중심부(유럽)의 문명, 가치, 이익, 목표를 지향해야 하는 것으로 취급된다. 그런데 이 논리의 현실적 작동은, 그 정초적 폭력과는 정반대로, 어떤 희망에 대한 약속을 담보로 이루어진다. 그것은 열등한 주변부도 우월한 중심부와 '동등'해질 수 있다는 것, 크리스틴 로스의 용어로 표현하면, 중심과 주변의 '시공간적 수렴의 가능성'이다. "모든 사회는 우리(유럽)와 유사해질 것이다. 최후에 모든 사회는 동일한 단계와 수준에 도달할 것이다."[31] 하르투니언이 말하길, 이것은 정치/경제적 근대화의 희망이다. "근대화는 사회적 변화의 개념, 즉 사회의 운동성을 정적인 전통의 중지 국면에서 역동적인 근대의 속도로 변형시킬 수 있는 동력을 제공하는 것이다."[32] 이 진화론적 희망은 문명화의 논리를 작동시키는 동시에 중심-주변의 발생적 폭력을 은폐하는 기능을 한다. 그런데 주변부에 이식되는 근대화의 희망은 앞서 살펴본 카자노바의 문학 혁명론과 정확히 일치하지 않는가? 그녀는 문학적 자율성의 획득을 통해 문학 공간의 주변부에서 중심부로 나아가는 근대화의 과정을 문학 혁명이라 정의한 바 있다. 그녀는 중심부의 문학적 자본을 차용함으로써 주변부 문학도 발전하고 진보할 수 있다고 주장한다. 그리하여 "국제적 문학 공간의 발흥에 대한 그녀의 설명은" 수닐 아그나니Sunil Agnani에 따르면, "별안간 '문명화 이야기'에 대한 모범적 해설이 된다."[33] 카자노바의 문학 혁명론이 중심의 비이성적 폭력을 은폐하는 문명화의 수사와 맞닿는 순간이다. 그렇다면 주변부 문학의 해방을 역설하는 그녀의 혁명론은 문학적 중심부의 어떤 폭력성을 숨기는 것이 아닐까?

잠시 근대성의 개념을 살펴보자. 엔리케 두셀은 근대성의 개념을 두 가지로 구분한다. 첫 번째는 '유럽중심적' 근대성이다. 이것은 통상 '해방,' 칸트적 '출구'Ausgang, 혹은 이성의 수단을 통해 미숙함에서 탈출하는 것으로 이해된다. 유럽중심적 패러다임에서 볼 때, 근대 주체성은 이탈리아의 르네상스에서 독일의 종교개혁, 계몽주의를 거쳐 프랑스의 프랑스혁명으로 이동한다. 우리가 흔히 근대 자유/개인주의적 주체성이라 부르는 것이다. 이 근대성은 "유럽 내부의 사건을 그 출발점으로 설정하고, 유럽 외부의 것에는 전혀 의지하지 않은 채 그것의 발전을 말한다."[34] 요컨대, 베버에서 하버마스에 이르는 편협하고 지역적인 근대성 개념이다. 반면, 두 번째는 '지구적'planetary 근대성이다. 이것은 근대성을 독립적인 체제로서 유럽의 현상이 아닌, 세계체제의 중심부로서 유럽의 현상으로 간주하는 것이다. 즉, "유럽의 근대성은 독립적이고 자기 창조적이며 자기 지시적인 것이 아니라, 세계체제의 일부분이다."[35] 이 근대성은 주변부를 참조함으로써 그 자신을 중심부로 구성하는 '동시적' 상호 작용 속에서 출현한다. 그리하여 두셀은 유럽의 1492년 아메리카 정복 없이는 근대성의 출현도 있을 수 없다고 주장한다.

유럽의 우월성은 아메리카의 정복에 기인하는 부, 경험, 지식의 축적에서 비롯되기 때문이다. 유럽은 중심부를 차지하는 반면, 아메리카는 근대성의 구도에서 '타자의 자리,' 즉 지배되고 착취되며 은폐되는 자리를 점유한다. 이처럼 지구적 패러다임에서 볼 때, 근대성은 이성적 해방과는 모순되게 비이성적 폭력의 실천을 수반한다. 사실 이런 근대성의 두 가지 판본은 앞선 카자노바와 월러스틴의 대조에서 어느 정도 예상된 것이다. 유럽의 문학적 자본의 자생적 축적을 말하는 카자노바의 근대성론은 명백히 유럽중심적이다. 두셀은 유럽중심적 관점에서 지구적 관점으로 전환하고, 진보와 발전을 말하지만 학살과 폭력을 일삼는 중심부 문명화 논리의 실상을 폭로할 것을 종용한다. 이제 카자노바의 근대성론에 내재하는 폭력과 억압의 메커니즘을 살펴볼 차례이다.

헨리 루이스 게이츠는 이성, 문명과 문자 문화를 연결짓는 유럽 계몽주의가 어떤 방식으로 구술 문화에 열등성의 함의, 즉 '야만적', '미개한'과 같은 경멸적 함의를 부여하는지 보여준 바 있다.[36] 문화가 문명에 도달하는 것은 오로지 그 자신을 기록할 수 있을 때이고, 구술 전통은 발전이라는 우화 앞에 가치 절하되고 만다. 문자의 습득은 사실상 권력의 획득과 동의어가 되고, 쓰기와 읽기의 기술을 가진 자들은 그렇지 못한 자들에 대해 문화적 우월성을 누리게 된다. 하지만 "이것은 역사적·지리적으로 구술적인 것이 쓰인 것을 방대하게 초과한다는 사실을 숨긴다."[37] 문자는 중심부를 차지하는 반면, 음성은 그 방대함에도 불구하고 이데올로기적·폭력적 조작으로 인해 주변부로 쫓겨난다. 이러한 억압의 메커니즘은 카자노바의 세계문학론에서도 동일하게 나타난다. 카자노바는 중심-주변의 불평등한 관계 속에서 문학들이 펼치는 경쟁을 모델화한다. 그것은 세계의 '모든' 문학들, 즉 문학이라 정의될 수 있는 모든 범주들을 총괄하는 것이 아니다. 경쟁에 참여하고, 참여할 수 있는 문학은 지극히 제한된 범주의 문학, 즉 '민족문학'이다.[38] "민족 언어적 자본은 가장 자명한 형식이고, 작가에게는 거의 선험적이고 불가피한 것이다"[39]라는 언급에서 알 수 있듯이, 그녀는 민족문학이라는 최소 단위를 결코 의심하거나 문제 삼지 않는다. 그녀에게 문학은 곧 민족문학이다. 따라서 경쟁에 참여하기 위해서는 무엇보다 먼저 유럽 민족문학이라는 자격 조건을 충족시킬 필요가 있다. 하지만 여러 연구자들에 의해 밝혀졌듯이, '상상적 글쓰기'로서 민족문학이라는 범주는 그 자체로 상당히 최근의 고안물이다. 그것은 앤더슨이 보여준 것처럼 "인쇄 중심적인 작업에 한정되는 것이고 실질적으로 민족국가들의 창조와 직결되는 것이다."[40] 이 민족문학의 범주 속에 구술 문학과 같은 범주가 있을 자리는 없다. 구술 문학과 같은 비민족문학적 범주들은 경쟁에 참여조차 할 수 없는 셈이다. 여기에는 인류학적 문제가 존재한다. 서양에서는 '문학'literature/letter이라 불리는 것이 인도에서는 '카비야'kavya, 중국에서는 '원'.wen 등으로 불린다. 비록 어떤 점에서는 동일한 어원을 가지는 용어라 할 수 있겠지만, 확실히 동일한 것은 아니다. 그렇다면 '탈식민화는 그 당시까지 문학이라는 관념으로부터 배제되어 왔던 모든 국가들의 해방을 의미한다'는 그녀의 주장은 카비야와 원의 체계 내에 존재해 왔던 방대한 양의 문학적 작업들을 모두 배제할 시에만 유효하다. 문학에 '적합한' 것은 오직 유럽의 민족문학뿐인 것이다. 이것이 카자노바의 세계문학론에 내재하는 폭력과 억압의 메커니즘이다. 그녀는 유럽 민족문학의 범주를 벗어나는 것들을 은연중에 비문학적인 것으로 간주한다. 반면 유럽 민족문학의 역사적 구성성에 대해서는 그 어떤 논의도 하지 않는다. 결국 그녀는 문학이라는 범주가 포함할 수 있는 주요한 유적 차이들을 억압하고, 유럽 민족문학이라는 상대적으로 고정적이고 동질적인 범주를 영속화한다. 특히 그녀의 문학 혁명론, 중심부 자본의 차용을 통한 문학적 근대화의 욕망은 유럽 근대 민족문학의 미학적·예술적 가치 기준을 전 세계로 확산, 보급하는 기제이다.

3. 타자의 존재론적 회복, 혹은 그 어려움

문제는 구술 문학, 혹은 카비야와 원 같은 비민족문학적 문학 범주의 존재론적 회복이다. 이 타자들은 다시금 문학적 범주 내로 들어갈 수 있을까? 이 물음에 답하기 위해서는 근대성의 폭력의 메커니즘과 '재현의 정치학'의 관계를 살펴볼 필요가 있다. 사실 그 폭력의 메커니즘은 그것을 정당화하는 문명화, 근대화 논리에 앞서 무엇보다 재현의 논리에 기초한다. 사이드에 따르면, 재현은 우월한 중심(주체)과 열등한 주변(객체)을 생산하는 근원적 동력이고, "예하의 것을 예하의 것으로, 열등한 것을 열등한 것으로 붙박아두는"[41] 역할을 한다. 이런 재현의 논리를 구체화하기 위해, 서양의 재현 체계와 제국주의적 폭력의 연관성을 고찰하는 사이드의 『오리엔탈리즘』을 살펴보자. 이 책은 세 부분으로 나눠진다. 첫 번째는 르네상스 말부터 18세기까지 수 세기에 걸쳐 서양과 동양의 상상적·지리적 구분을 통해 "서양 대 동양이라는 경계 관념"[42]이 서양의 표상 체계 내에 정착되는 과정을 다룬다. 이는 서양이 동양이라는 대상을 자신 앞에 가져와 그것을 상상하고, 지각하며, 사유함으로써 '그것을 소유하는 것'을 의미한다. 이처럼 상상적·지리적 차이에 입각하여 동양과 서양에 어떤 이데올로기적 함의, 예컨대 열등성과 우월성 등을 투여할 수 있는 단초를 마련하는 재현 체계가 초기의 오리엔탈리즘이다. 하지만 이 시기의 오리엔탈리즘은 서양과 다른, 서양이 아닌 동양의 이미지를 생산하는 '기술적 사실주의'에 머무른다. 여전히 동양은 서양과의 관계성 속에서 재현으로서만 존재할 뿐, 그 자체로 독립적인 실체는 아니다. 하지만 19세기 학구적 오리엔탈리즘은 하나의 관념 체계, 가치 체계로서 '열등한 동양'과 그것의 거울 이미지인 '우월한 서양'을 산출한다. 이제 서양과 동양 각각은 상대편을 대극으로 가지지 않고서도 존재할 수 있는 실체가 된다. 그리고 이는 동양의 원초적 기원 속에서 그 열등한 특질을 발견하는 태도를 낳는다. 요컨대 동양의 열등성은 본성화, 사이드의 용어를 따르자면 '유형화'되고, 그 결과 '동양은 근본적으로 열등하다'는 초역사적인 본질주의의 체계가 확립되는 것이다. 이러한 19세기 근대 오리엔탈리즘의 본격적인 발전을 검토하는 두 번째 부분은 인류학·언어학·역사학 등의 '비교 분과 학문'을 통해 동양의 열등성이 지식 체계 속에서 진리로 구성되는 과정을 조사한다. 한편 세 번째는 근대 오리엔탈리즘의 성숙기인 19세기 후반, 특히 제국적 확장이 본격화되는 1870년 이후를 다룬다. 이때부터 오리엔탈리즘은 서양의 제국적 주체가 동양을 식민 공간으로 재건설하는데 이바지한다. 열등한 동양은 우월한 가치, 문명, 목표 등을 가지는 서양의 도움을 필요로 하는 존재로 간주되기 때문이다. 동양은 더 이상 단순한 '이해'의 대상이 아니라, 관리를 필요로 하는 '경영'의 대상이 된다. "이 경우 백인은 새로운 통제의 권한을 가지는 데, 이번에 그는 동양에 관한 학문적 저술의 집필자가 아니라 당대 역사의, 즉 위급한 현실로서 동양의 창조자로서 호출된다."[43] 결과적으로 실체화된 근대 오리엔탈리즘은 식민 권력에 봉사하는 도구로 진화한다.

사이드는 동양에 대한 서양의 재현 체계인 '오리엔탈리즘'이 동양을 자의적·상상적으로 재현함으로써 동양에 대한 그릇된 지식을 양산하고, 차후 이런 날조된 지식이 서양의 제국적 지배와 축적에 동원되는 과정을 고찰한다. 이 일련의 과정에서 재현은 서양과 동양이라는 상호 대립적 범주를 생산하고, 전자에는 우월성, 후자에는 열등성을 투여 본성화함으로써 두 범주를 실체화한다. 그런데 중요한 사실은 서양의 재현 체계가 낳은 '동양'이라는 산물이—'서양'이라는 산물 또한 마찬가지로—"서양적 상상력의 산물"[44]이라는 것이다. 재현은 어디까지나 서양의 인식론적 틀 내에서 펼쳐지는 현상이다. 그것은 동양의 '실재'에 다가가는 것이 아니다. 그것은 일종의 고안물, 즉 실제의 동양과는 무관한 서양의 임의적이고 자의적인 재현적 결과물이다.[45] 사이드가 "동양은 서양에 의해, 서양과의 관련 하에 '구성되는' 것"이라고 말하는 것도 이 때문이다. 오리엔탈리즘적 재현에 대한 이런 비판적 분석은 동양의 구성원들, 이른바 타자들에게 중요한 깨달음을 남긴다. 그것은 '서양은 결코 우리(동양)를 제대로 보지 못한다'는 것이다. 이제 동양의 구성원들은 서양의 재현을 거부할 수 있다. 지금부터 동양을 재현하는 것은 동양의 구성원들이다. 재현의 '행위성'은 그들에게 넘어 왔고, 그들은 서양의 악의적인 오리엔탈리스트들과는 달리 자신을 '있는 그대로' 재현할 수 있다고 자신한다. 여기서 잠시 근대성의 폭력의 메커니즘으로 되돌아가보자. 근대성의 중심-주변 생산 체계는 서양적 주체와 동양적 객체를 관념화, 실체화하는 오리엔탈리즘적 재현 체계와 상통한다. 서양 대 동양이든, 정신 대 물질이든, 남성 대 여성이든, 중심과 주변의 발생은 이원론적 분리 후 양극을 본질화하는 재현의 논리를 통한다. 즉, 근대성은 시각주의적 재현의 논리를 매개로 중심과 주변을 생산하

는 체계이다. 그렇다면 구술 문학과 카비야, 원 같은 비민족문학적 문학
범주의 주변화, 타자화는 카자노바가 탈식민 문화권의 문학을 오리엔
탈리즘적으로 재현한 것, 달리 말해 '그릇' 재현한 것에 다름 아니다. 카
자노바가 설명하고 묘사하는 그 문학은 실제 그들의 문학이 아니다. 따
라서 탈식민 문화권의 문학 연구자들은 그들 문학의 진정한 원본 혹은
'현존'을 되찾을 수 있다. 카자노바 같은 서양의 연구자들이 실패한 것
과는 달리, 그들은 그런 자가적 재현에 성공할 수 있다. 그것은 그들의
고유하고 토착적인 문화이기 때문이다. 그것의 성공적 재현에 타자적
문학의 존재론적 회복이 달려 있다. 이것은 주변부 동양의 자기 재현적
시도와 정확히 동일한 방식이고, 언뜻 오리엔탈리즘을 극복하는 적극
적 대안인 듯 보인다. 하지만 문제는 여기서 또다시 시작된다.

주변부는 자신을 재현할 수 있을까? 중심은 모르는 자신의 진정한 모
습을 되찾을 수 있을까? 하지만 진작에 포스트구조주의, 특히 데리다
는 재현의 불가능성, 정확히 말해 원본과 현존을 재현하는 것의 불가능
성을 천명하지 않았던가? 그는 '현존의 형이상학,' 즉 언어 기호를 통해
순수하고 오염되지 않은 현존에 도달할 수 있다는 생각에 의문을 제기
했고, 현존과 재현의 이원론적 대립에 토대하는 플라톤적 재현의 논리
를 해체했다. 그에 따르면, 현존은 재현과 분리되는 것, 혹은 재현에 앞
서는 것이 아니다. 오히려 재현에 의해 무한히 오염되는 것, 즉 "현존은
체계, 즉 현존의 체계가 아닌 차연différance의 체계 내의 '결정'이자 '효
과'이다."[46] 이는 단지 현존과 재현의 상호 침투성을 말하는 것이 아니
다. 이것의 요지는 현존이라는 것, 즉 근원적 원본이고 따라서 재현을
개시하는 것이 사실은 바로 그 재현, 즉 차이를 생성하는 무한한 지연
의 과정을 통해 사후적으로 구성된다는 것이다. 데리다는 "현존의 심연

에 위치하는 재현은 현존의 부산물이 아니다," 반대로 "현존의 욕망이 재현의 심연으로부터 탄생한다"[47]고 설명한다. 따라서 문제의 핵심은 재현의 행위자가 누구냐가 아니라 재현의 과정 그 자체이다. 그 행위자가 중심이든 주변이든, 서양이든 동양이든, 재현은 선험적으로 존재하는 어떤 현존(원본)을 회복하는 것이 아니라, 바로 그 자신의 반복적 실천을 통해 현존(원본)이라 불릴 만한 어떤 사후 이미지를 생산하는 것이다. 따라서 사이드가 폭로한 서양적 재현 체계의 허위성과 임의성은 주변부의 자기 재현적 시도에도 똑같이 적용된다. 서양이 동양을 자의적으로 해석했듯이, 동양도 자신을 자의적으로 해석한다. 뿐만 아니라 주변부의 자기 재현은 서양 오리엔탈리즘적 재현의 폭력의 메커니즘 또한 그대로 답습함으로써 주변부 내에 우월한 중심과 열등한 주변을 재생산하는 결과를 초래한다. '억압적 타자화'에 대한 대안적 정치학으로 모색된 재현적 시도가 역설적이게도 '억압적 타자화'의 실천을 되풀이하는 셈이다. 이것은 결국 타자가 또 다른 타자를 낳는 방식이고, 정확히 이런 식으로 중심-주변을 생산하는 근대적 재현의 논리와 폭력의 메커니즘은 전 지구적으로 확산된다.

하지만 주변부의 자기 재현적 시도를 데리다의 '해체'와 같은 서양 이론으로 단순히 불가능한 것 혹은 근대적 재현 논리의 판박이라고 단정짓는 것은 잘못이다. 그것이 실행되는 현실 문화적 맥락을 살펴볼 필요가 있다. 물론 이것은 다시금 재현의 문제로 귀결되겠지만, 주변부적 상황의 진정한 모순은 그런 구체적 맥락 속에서만 드러난다. 자기 재현적 시도에서 주변부가 취하는 익숙한 방법은 전통의 권위로 회귀하는 '문화적 토착주의'cultural nativism이다. 이것은 서양의 제국적 개입에도 파괴되거나 오염되지 않은 토착 문화를 발굴함으로써 서양과는 구별되는 주변부만의 독특한 문화적 주체성, 정체성을 확립하는 방식이다. 가령, 아시아의 국문학과에서 '일본적인 것,' '한국적인 것,' '중국적인 것' 등을 찾으려는 시도는 모두 이런 문화적 토착주의의 일환이라 할 수 있다. 문화적 토착주의의 목적은 단순히 서양과의 차이를 선언하는 것이 아니다. 그것은 서양의 문화적 헤게모니에 대항하여 주변부의 문화적 우월성을 재단언하고, 그럼으로써 불평등한 권력 관계를 불식하고 전도하고자 한다. 이런 까닭에 문화적 토착주의는 통상 제3세계 민족주의 정치학과 결탁한다. 그것은 유럽의 민족주의 운동과 유사하게 (탈)식민 국가들이 스스로의 정체성과 민족성을 수립하는데 기여한다. '문화적 뿌리'를 되찾고 그 기원 속에 민족적 우수성을 아로새기는 문화적 토착주의는 식민 통치하에 상실되었던 민족 자주성을 회복하는 역할을 한다. 아프리카의 '네그리튀드,' 중국의 '마오주의,' 그리고 '하위주체성' subalternity을 강조하는 일부 문화정치학은 토착적 민족주의의 사례들이다. 이들은 토착주의를 침략에 대한 정당한 반응이라 말하고 방어적으로 문화적 본래성을 회복하고자 한다. 그러나 토착 문화와 같은 전통적 권위로 회귀하는 것은 결국 과거의 문화를 순수하고 본질적인 것으로 보는 초역사적 태도를 낳는다. 그래서 레이 초우는 "토착 문화를 오염되지 않은 기원으로 이상화하려는 발상은 오리엔탈리즘의 학문적 의제에 굉장히 잘 어울린다"[48]고 지적한다. 하지만 이 문제는 잠시 뒤로 하고, 탈식민 상황에서 문화적 토착주의가 맞이하는 모순적 상황을 살펴보자.

서양 헤게모니와의 직면 후 수동적 입장에 놓여 있음을 발견하는 토착적 민족주의자들은 서양적인 모든 것에 의문을 제기하고, 자신의 문화를 '토착적' 즉 '일본적·한국적·중국적'이라는 수식어로 제한하고

자 한다. 그들은 토착적인 것을 서양적인 것보다 더 나은 것, 즉 더 오래되고 지적이며 과학적이고 가치 있는 것, 궁극적으로 비교 우위에 있는 것으로 평가한다. 따라서 토착적 민족주의자들에게 카자노바 역시 역설한 바 있는 '문화적 근대화론'은 배격의 대상이다. 서양의 지식, 서양에의 접속, 그리고 서양의 인정을 통해 달성되는 문화적 근대화는 명백히 "우리(주변부)로부터 우리 자신을 재현하는 우리의 작인을 박탈하는 것"[49]이기 때문이다. 서양 문화의 우월성을 인정하고 그것의 선진적인 미학적·예술적 수단을 도입하는 것을 의미하는 문화적 근대화는 토착주의와 같은 문화정치학을 통해 획득한 '자기 재현의 작인'을 다시금 서양에 넘겨주는 것이다. 민족주의자들에게 이것은 주체성과 정체성의 재상실, 좀 과장하면, 과거 식민지 치하의 굴욕적 상황의 재도래와 진배없다. 중국의 몇 가지 예를 들자면 장이머우張藝謀 감독이 〈붉은 수수밭〉Red Sorghum으로 베를린국제영화제에서 수상한 뒤 공안의 검열에 받은 것, 설치예술가 차이궤치앙蔡國强이 문화혁명을 소재로 베니스비엔날레에서 수상한 뒤 비평가들의 진노를 낳은 것, 미국에서 '내셔널 북 어워드'를 수상한 소설가 하진Ha Jin의 『기다림』Waiting이 중국 본토에서 출판 거부된 것 등이 있다.[50] 이들은 자국의 토착 문화를 후진적으로 묘사했다는 이유로 가혹한 혹평에 시달린다. 반대로 토착적 민족주의자들은 서양의 인정을 희구하지 않는다는 점에서 스스로를 "고향을 지키는 보다 진정한 자들"이라 주장한다.

이런 대립적 구도는 주변부의 문학 해석 양상에서도 나타난다. 호베르토 슈바르스는 마샤도 지 아시스의 작품 해석이 '민족적 독해'와 '국제적 독해'로 양분됨을 지적한다.[51] 마샤도는 초기에 사실주의 소설을 쓰다가 후기에 유럽의 근대적 기법을 접하면서 탈서사 구조의 소설을 쓰게 된 브라질의 소설가이다. 대표작으로『브라스 쿠바스의 회상』*The Posthumous Memoirs of Bras Cubas*과『돔 카스무로』*Dom Casmurro* 등이 있다. 브라질의 비평가들은 마샤도를 민족적 고전 작가로 분류한다. 마샤도의 반사실주의는 식민 치하를 갓 벗어난 신생 민족의 현실을 회피하는 것이 아니라, 그 불안과 긴장을 문학적으로 해소하는 예술적 '진통제'로 해석된다. 그리고 1950년대부터는 그런 반사실주의적 성향, 즉 "세련된 취향, 신중한 아이러니, 반지역주의 등의 문학 기술들"[52]조차 브라질의 민족 경험을 다룬 것으로 간주된다. "그는 코스모폴리턴적인 동시에 지역 선배들의 작품을 주도면밀하게 연구한"[53] 작가이다. 민족 현실을 피한 것이 아니라, "그 내부의 근대성의 불안을 정확히 지적하고, 지역적인 경험을 위대한 예술적 차원으로 끌어올린"[54] 작가로 격상된다. 특히 레이문도 파오로Raymundo Faoro는 마샤도가 다루는 "노예노동과 식민지 대중 계급, 만연한 후견주의와 열대지방 위치, 제국주의자와 법정, 이 모두가 브라질의 도시적·일부 유럽적 문명의 구체적 성격을 드러낸다"[55]고 주장함으로써, 그가 민족 현실을 무시했다는 비판을 논박한다. 하지만 마샤도의 "국제적 명성은 실질적으로 그의 민족적·역사적 맥락과는 무관하게 확립된다."[56] 오늘날 그를 유명하게 만드는 것은 민족적 독해와는 반대로 그의 반사실적 형식주의이다. 일군의 이론가들은 마샤도가 근대 유럽의 형식적 실험들을 완벽히 구사하고 있음에 놀라움을 표한다. "마샤도는 스턴 아닌 스턴, 프랑스 모럴리스트 아닌 프랑스 모럴리스트, 셰익스피어의 또 다른 판본, 사실주의에 앞서 고소설을 근대화한 19세기말의 천재, 동시대인 헨리 제임스와는 또 다른 방식으로 소설의 '시점'을 이론화한 모범 케이스"[57]이다. 마샤도의 우수한 자질은 브라질의 민족적 상황을 벗어나는 것, 유럽의 장르적·형식적 장치들을 전유하는 것, 카자노바의 말로 표현하면 문학적 자율성을 획득하는 것에 있다. 국제적 독해에서 마샤도는 또 한명의 유럽 모더니스트로 분류된다. 이처럼 마샤도에 대한 민족적 독해와 국제적 독해는 토착주의와 근대화론의 경우와 마찬가지로 서로 대립한다. 하지만 슈바르스는 이 둘이 그 표면적 대립과는 반대로 기저에서는 변증법적으로 연결되어 있음을 지적한다.

브라질의 비평가들은 마샤도의 작품을 민족성 형성에 관련시킨다. 그들의 관심사는 브라질의 식민 이후 상황을 반영하는 사실적 요소이다. 따라서 그들은 마샤도의 민족적·역사적 특수성을 배제하는 국제적 독해에 반대할 것 같다. 그런데 정작 마샤도가 국제적 명성을 획득하자 그들의 태도는 모호해진다. 그들은 마샤도의 작품을 위대한 고전의 반열에 올려놓는 국제적 독해에 반대하지 못한다. 오히려 그들은 슈바르스에 따르면, "국제적인 비평적 대화의 장에서 (…) 민족적 대표를 보는 것에 자부심을 느낀다."[58] 왜냐하면 "이 사건은 주변부적 지위에서 중심부적 지위로의 이행이 실제로 일어날 수 있음을 암시하기"[59] 때문이다. 앞서 봤듯이 문화적 토착주의의 목적은—여기의 민족적 독해도 그렇고—주변부의 문화적 우월성을 단언함으로써 중심부와의 권력적 차이를 극복하는 것이다. 이런 지위 상승 욕구는 문화적 근대화를 통한—여기서는 국제적 독해를 통한—중심부로의 진입과 결코 다르지 않다. 그들의 독립적·자주적 토착 문화에 대한 강조 이면에는 서양의 우월한 권력적 지위를 누리고픈 근대적 욕망이 자리한다. 브라질의 비평가들이 마샤도에 대해 코스모폴리턴적인 '동시에' 민족적이라고 라고 말하는 것도 그 때문이다. 그들은 마샤도의 중심부적 면모를 포기할 수 없다. 서양에 인정받았다는 이유로 민족주의자들에게 그토록 비난 받았던 장이머우와 차이궤치앙이 베이징올림픽 개막식의 감독으로 초빙되어 민족 이데올로그로 거듭나는 것도 토착주의와 근대화론이 사실은 동전의 양면임을 예증한다. 초우는 이 현상을 "서양을 향한 양의적인 감정들의 친밀한 순환"[60]이라 설명한다.

4. 맺으며: 시각주의를 넘어서

문제는 주변부 타자의 존재론적 회복이었다. 주변부는 오리엔탈리즘적인 '서양의 시각'을 거부했고, 자기 재현적 시도로서 문화적 토착주의 운동을 펼쳤다. 하지만 그것은 문화적 근대화론과 동일한 지위 상승의 욕구를 담지하는 것임이 밝혀졌다. 어째서 이 둘은 포개어지는가? 그 이유는 근대화론은 물론이고, 토착주의 역시 '서양의 시각'을 필요로 하는 것이기 때문이다. 언뜻 보기에, 주변부의 진정한 문화적 주체성·정체성을 확립코자 하는 토착주의는 서양의 시각을 배제하는 듯하다. 하지만 그것이 소환하는 전통문화는 공교롭게도 항상 서양의 것과는 반대되는 의미적 속성을 가진다. 예컨대, 중국적 글쓰기는 비미메시스적·비알레고리적·비은유적이라 정의되는 반면, 서양적 글쓰기는 미메시스적·알레고리적·은유적이라 정의된다.[61] 이것은 토착주의 역시 근대화론과 마찬가지로 서양의 시각 없이는 자신의 속성을 정의할 수 없음을 뜻한다. 근대화론이 서양의 응시를 원한다면, 토착주의는 서양의 응시를 거부한다. 하지만 근대화론과 토착주의는 둘 다 서양의 시각에 대하여 '반응적'reactive이고 '보충적'supplemental이라는 점에서 동일이다.[62] 실제로 토착주의는 항상 서양의 시각에 뒤이어서 등장한다. 그것은 항상 서양의 그릇된 재현을 수정 비판하는 것이지 처음부터 단독으로 그 자신을 정의하는 것이 아니다. 이런 까닭에 사카이 나오키는 "서양은 (…) 비서양의 사람들이 그들 자신의 문화적·역사적 정체성을 구성하기 위해서 참조하고 의지해야 하는 것"[63]이라고 말한다. 초우는 이것을 보다 극적으로 표현한다.

> 서양의 응시가 중국의 정체성과 문화적 가치의 결정요인이 되었다. "그들은 우리를 보지 않는다." "우리는 어떻게 그들이 우리를 보게 할 수 있을까?" "그들이 우리를 어떻게 보는지 봐라!" "어째서 그들은 이런 방식으로 우리를 보는 걸까?" "우리는 어떻게 그들이 우리를 보는 방식을 바꿀 수 있을까?" "잊어라, 그들은 결코 우리를 제대로 보지 못할 것이다." 서양의 응시에 대한 이런 강도 높은 집중은 그 응시가 일종의 중요한 권력을 가진다는 믿음에서 비롯된다. (…) 그것은 마치 근대성에서 서양의 응시만이 유일하게 중국과 중국 국민에게 그들이 필요로 하는 자존감을 줄 수 있는 것처럼 여겨진다.[64]

주변부의 문화적 토착주의는 근대적 시각주의, 즉 재현의 논리를 매개로 중심과 주변을 생산하는 체계를 넘어서지 못한다. 그것은 여전히 중심(서양)과 주변(비서양)의 이원론적 분리를 전제로 하는 것이다. 사실 이것은 '자기 재현'이라는 표현에서 이미 예상되는 것인데, 재현은 데리다의 논의에서 봤듯이 선험적인 원본을 회복하는 것이 아니라 그 자신의 반복적 실천을 통해 원본과 사본을 동시적으로 생산하고, 그럼으로써 우월한 것(원본/주체/중심)과 열등한 것(사본/객체/주변)을 구별짓는 것이기 때문이다. 따라서 주변부의 자기 재현 역시 '무언가'를 객체화함으로써 그 자신을 주체화하려는 시도이다. 이 '무언가'가 무엇인지가 중요하다. 그것은 결정적으로 주변부의 문화적 토착주의의 폭력성을 드러낸다. 식민적 상황에서 객체화의 대상은 응당 '식민 지배자'이다. 주변부는 식민 지배자에 대항하여 자신을 단일한 민족 주체로 구성한다. 하지만 식민 이후에 그 대상은 주변부 내의 '소수집단'이 된다. 주변부는 서양과 놀랍도록 동일하게, 여성·혼혈인·동성애와 같은 동일한 공동체 내의 소수집단을 객체화함으로써 자신의 주체성을 '가부장적 남성적 이성애적'인 것으로 규정한다. 이러한 문화적 토착주의의 내외적 객체화, 즉 주변화는 그것이 서양 오리엔탈리즘의 폭력성을 비판하는 듯하지만, 사실은 바로 그러한 폭력의 메커니즘을 충실히 수행하고 있음을 증명한다. 그리고 이것은 중심이든 주변이든 동일하게 재현, 즉 '시각주의'에 근거하는 근대적 주체성의 정치학이 펼쳐지고 있음을 의미한다.

타자의 존재론적 회복의 어려움은 이것이다. 문제의 해결은 근대적 시각주의의 탈피에 있다. 그런데 근대적 욕망의 틀을 벗어날 수 있는 방법을 모색할 수 있을까? 중심-주변의 불평등한 상호 관계성을 생산하는 근대성의 관계적 메커니즘을 끊어낼 있을까? 지배와 피지배를 낳는 만남, 결속의 형식과 급진적으로 상이한 만남, 결속의 형식을 상상할 수 있을까? 하지만 이 물음들에 답하기 이전에 선행되어야 할 것이 있다. 그것은 인도주의적 형태로 되돌아오는 유럽중심적 세계관의 이데올로기적 탈신화화이다. 중심과 주변의 내재적 생산론에 대한 인식 없이는 서양의 근대화 논리가 숨기는 폭력의 메커니즘을 파악할 수 없다. 실제로 주변부와 중심부의 이원론적 구분을 공고히 유지하는 카자노바의 세계문학론은 주변부 작가의 비평적 무기가 되고 싶다는 그녀의 소망과는 정반대로 타자의 존재론적 위기를 심화시킨다. 주변부의 민족적 작가와 중심부의 국제적 작가의 이원론적 대립 구도는 제3의 대안의 도출을 차단하는 이데올로기적 봉쇄의 기능을 하기 때문이다. 따라서 중심-주변의 불평등한 관계성의 '역사적 구성성'을 밝히는 것, 이것이 무엇보다 선행되어야 할 급선무이다. 시각주의를 넘어설 수 있는 가능성 또한 대안적 관계의 유토피아적 공상보다는 이런 비판적 작업의 지속적 실천 가운데 있을 것이다.

주

1) Pascale Casanova, *The World Republic of Letters*, trans. M. B. DeBevoise, Cambridge, Harvard University Press, 2004, 「세계로서의 문학」("Literature As A World," *New Left Review* 31, 2005)은 『세계문학공화국』의 요약본이다.

2) Tanya Agathocleous & Karin Gosselink, "Debt in the Teaching of World Literature," *Pedagogy* 6.3, 2006, p.456.

3) Jean Franco, "Globalisation and Literary History," *Bulletin of Latin American Research* 25.4, 2006, p.446.

4) Debjani Ganguly, "Global Literary Refractions," *English Academy Review* 25.1, 2008, p.6.

5) Tony Day, "Locating Indonesian Literature in the World," *Modern Language Quarterly* 68.2, 2007, p.175.

6) Pascale Casanova, "Literature As A World," *New Left Review* 31, 2005, p.75.

7) Pascale Casanova, 같은 글, p.75.

8) Tony Day, "Locating Indonesian Literature in the World," p.175.

9) Debjani Ganguly, "Global Literary Refractions," p.9.

10) Terry Eagleton, "The Empire Writes Back," *New Statesman*, 11 April, 2005, p.51.

11) Terry Eagleton, 같은 글, p.51.

12) Jonathan Arac, "Commentary: Literary History in a Global Age," *New Literary History* 39.3, 2008, pp.751-52.

13) Pascale Casanova, *The World Republic of Letters*, p.200.

14) Pascale Casanova, "Literature As A World," p.83.

15) Jean Franco, "Globalisation and Literary History," p.446.

16) Louis Menand, "All That Glitters: Literature's Global Economy," *The New Yorker*, 26 December, 2005, p.137.

17) Pascale Casanova, *The World Republic of Letters*, p.44, 84.

18) Pascale Casanova, 같은 책, p.255.

19) Pascale Casanova, 같은 책, p.354-55.

20) Perry Anderson, "Union Sucrée," *London Review of Books*, 23 September, 2004를 참조.

21) Pascale Casanova, "Literature As A World," p.84.

22) Pascale Casanova, 같은 글, p.87.

23) Rob Wilson, "World Gone Wrong": Thomas Friedman's World Gone Flat and Pascale Casanova's World Republic against the Multitudes of "Oceania", *Concentric: Literary and Cultural Studies* 33, No.2, 2007, p.187(12).

24) Pascale Casanova, *The World Republic of Letters*, p.24.

25) Christopher Prendergast, "The World Republic of Letters," *Debating World Literature*, ed. Christopher Prendergast, London, Verso, 2004, pp.8-9.

26) "그것(문학 공간)은 16세기 유럽에서 출현했다고, 프랑스와 영국이 그것의 가장 오래된 영역들을 형성했다고 말할 수 있다. 그것은 18세기와 특히 19세기에 헤르더의 민족 이론에 의해 가속화되면서 중동부 유럽으로 확장되고 강화되었다. 한편 그것은 20세기에도 확장되었는데, 그 중에서도 특히 탈식민화 과정을 통해 확장되었다"는 언급에서 입증된다. Pascale Casanova, "Literature As A World," p.73-74.

27) Walter L. Goldfrank, "Paradigm Regained? The Rules of Wallerstein's World-System Method," *JWSR* 6.2, 2000, p.170.

28) Immanuel Wallerstein, 이광근 역, 『월러스틴의 세계체제분석』, 당대, 2005, p.49, 강조는 월러스틴의 것임.

29) Fredric Jameson, *Singular Modernity: Essay on the Ontology of the Present*, London, Verso, 2002, p.45.

30) Immanuel Wallerstein, 김재오 역, 『유럽적 보편주의 – 권력의 레토릭』, 창비, 2008, pp.15-16.

31) Kristin Ross, *Fast Cars, Clean Bodies: Decolonization and the Reordering of*

French Culture, Cambridge, MIT Press, 1996, p.10.

32) Harry Harootunian, The Empire's New Clothes, Chicago, Prickly Paradigm Press, 2004, p.38.

33) Sunil Agnani, "On the Purported Death of Paris," Postcolonial Studies 9.3, 2006, pp.331-32.

34) Enrique Dussel, "Europe, Modernity, and Eurocentrism," Nepantla: Views from South 1.3, 2000, p.469.

35) Enrique Dussel, "Beyond Eurocentrism: The World-System and the Limits of Modernity," The Cultures of Globalization, eds. Fredric Jameson and Masao Miyoshi, Durham, Duke University Press, 1998, p.57.

36) Henry Louis Gates Jr, The Signifying Monkey: A Theory of African-American Literary Criticism, New York, Oxford University Press, 1988을 참조.

37) Christopher Prendergast, "The World Republic of Letters," p.4.

38) 카자노바의 논의에서 "세계는 (세계의 모든 문학을 말하는) '전 지구'(global)를 뜻하는 것이 아니라, 민족적 경계들을 가로질러 발생하는 '상호-민족적'(inter-national) 구조와 교류"를 뜻한다. Christopher Prendergast, "The World Republic of Letters," p.6.

39) Pascale Casanova, The World Republic of Letters, p.41.

40) Christopher Prendergast, 앞의 글, p.21.

41) Edward W. Said, Culture and Imperialism, New York, Vintage Books, 1994, p.95.

42) Edward W. Said, Orientalism, New York, Vintage Books, 1979, p.201.

43) Edward W. Said, 같은 책, p.238.

44) Edward W. Said, 같은 책, p.78.

45) 요하네스 파비안(Johannes Fabian)은 이러한 재현의 논리를 "타자의 부재에 근거하는 재현"이라 설명한다. Time and the Work of Anthropology: Critical Essays 1971-1991, London & New York, Routledge, 1991, p.xvi.

46) Jacques Derrida, Speech and Phenomena, trans. David B. Allison, Evanston,

Northwestern University Press, 1979, p.147.

47) Jacques Derrida, *Acts of Literature*, ed. Derek Attridge, London & New York, Routledge, 1992, p.108.

48) Rey Chow, 장수현·김우영 역, 『디아스포라의 지식인: 현대 문화연구에 있어서 개입의 전술』, 이산, p.195.

49) Rey Chow, *The Protestant Ethnic and The Spirit of Capitalism*, New York, Columbia University Press, 2002, p.189.

50) Rey Chow, 같은 책, p.188.

51) Roberto Schwarz, "Competing Readings in World Literature," *New Left Review 48*, 2007.

52) Roberto Schwarz, 같은 글, p.86.

53) Roberto Schwarz, 같은 글, p.87.

54) Roberto Schwarz, 같은 글, p.87.

55) Roberto Schwarz, 같은 글, p.88.

56) Roberto Schwarz, 같은 글, p.89.

57) Roberto Schwarz, 같은 글, p.92.

58) Roberto Schwarz, 같은 글, p.92.

59) Roberto Schwarz, 같은 글, p.90.

60) Rey Chow, *The Protestant Ethnic and The Spirit of Capitalism*, p.187.

61) Rey Chow, "On Chineseness as a Theoretical Problem," *Boundary 2*, 25.3, 1998, p.13.

62) Rey Chow, 같은 글, p.6.

63) Naoki Sakai, *Translation and Subjectivity: On "Japan" and Cultural Nationalism*, Minneapolis, University of Minnesota Press, 1997, p.61.

64) Rey Chow, "On Chineseness as a Theoretical Problem," p.188.

2부

한국문학과 세계문학

1. 세계문학 문제의 지형

박상진(비교문학, 부산외국어대 교수)

1. 세계문학의 부활

세계문학이 부활하고 있다. 세계문학이라는 용어는 일찍이 민족문학/국민문학의 일국적 편향성과 편협성을 경계하며 괴테와 마르크스가 내놓은 발언과 함께 인구에 회자되었고, 문학과 문화의 새로운 가치와 그 전 지구적 작동의 필요성을 주지시켜 왔다. 세계문학의 문제는 문학의 문제를 지역으로부터 세계로, 시와 소설과 같이 한정된 '문학'으로부터 더욱 넓게 '문학적인 것'으로 확장시켰다. 그러나 그런 확장과 거기서 나타난 새로운 현상은 역으로 세계문학이 과연 무엇이고 무엇이어야 하는지, 또 그 역할은 어떠해야 하는지 하는 새로운 문제들을 일으키고 있으며, 이와 함께 보편과 특수, 타자와 같이 근본적인 개념들이 세계와 문학을 둘러싸고 어떤 의미로 작동하는지 묻고 있다.

　세계문학은 고전이나 정전처럼 세계적으로 보편성을 공인받은 문학을 말한다는 차원에서 하나의 실체이면서, 또한 그러한 보편적 문학을 어떻게 평가하고 선발하느냐 하는 문학 가치의 문제를 제기한다는 차원에서 보면 하나의 물음 혹은 의식이다. 세계문학은 그 둘을 포괄하되, 현재 부활한다고 말할 때 세계문학은 규범적 정전을 가리키기보다는 규범적 정전이 어떻게 확립되었는지를 비롯해 문학과 그 관련 문제들을 보게 해주는 통로로서 더 적절하게 이해된다. 이는 달리 말해 세계문학은 지리적 경계로나 다층적 의미의 측면에서 세계'들'의 문학'들'을 다시 보고 다시 평가하는 하나의 장이지만 그 장에 오르는 것 자체가 세계문학으로서의 지위를 보장받는 것은 아니라는 뜻을 내포한다. 세계문학은 우리 눈앞에 펼쳐지는 현실이면서 또한 언제나 의심과 회의, 그리고 물음의 대상이 되는 가능태이기도 하다. 있으면서 동시에 되어야 할 무엇이라는 '가변적 실체'의 존재 방식과 함께 세계문학이라는 개념은 만만치 않은 과제를 던지고 있으며, 또한 그와 연루된 최신의 문제들은 퍽 다양하게 전개되고 있다. 그런 만큼 국내외에서 최근까지 이루어진 세계문학 논의에서 세계문학의 문제가 어떤 지형을 이루는지에 대한 인식을 좀 더 가다듬을 필요가 있다. 무엇보다 세계문학의 문제에서 보편과 특수(타자 혹은 주변부라는 용어들로 구체화될 수 있는)의 관계가 여전히 충분하게 논의되지 못한 측면이 있는 것 같다.

　세계문학은 '세계'와 '문학'의 문제이지만, '문학'의 보편성에서부터 출발할 때 '세계'의 문제도 적절하게 검토할 수 있다. 문학은 본질적으로 보편적이다. 다만 문학을 운영하는 사람들이 보편적인 사고와 정서를 펼쳐내지 못하기에 문학의 보편성은 제한되거나 왜곡되는 경우가 많았다. 문학의 보편성이 제한되고 왜곡되는 양상은 대개 여러 종류의 중심주의로 인한 것이었다. 민족주의와 그것이 기형화된 제국주의(근대의 분과 학문체제에 기반을 둔 학과중심주의도 이들에 닿아 있다)는 대표적인 중심주의들로, 그들이 동반하는 문학은 그들의 배타적이고 폐쇄적인 이념을 가리거나 치장하는 데 동원되었다. 그러나 이에 대한 저항을 의식하(게 하)는 것 또한 문학의 역할이다.

예로, 한국문학은 다른 비서구문학들이 대개 그러하듯 그동안 세계문학의 차원에서 소외되어 왔지만, 한국문학의 자리를 새롭게 상상하는 일은 중심주의를 넘어 문학의 보편성을 다시 세우는 데 퍽 요긴하다. 세계문학이 과연 무엇인지 묻고 보편과 특수의 새로운 관계를 모색하는 가운데 한국문학의 자리를 재배치함으로써 이른바 주변부문학으로서 지닌 주변부성의 동력을 재점검하고 작동시키는 작업은 진정한 보편을 향한 문학 본연의 정체성의 끊임없는 천착을 추동한다. 그것은 한국문학의 문학 가치를 재조명하는 데 그치지 않으며, 문학의 전 지구적 민주화라는 거대한 문명적 전환에 직결된 사항이다. 국민국가의 경계나 문학과 다른 영역들 사이의 경계를 뛰어넘는 비교문학은 바로 그러한 큰 기획을 추진하는 최전선에 서 있는 학문이다.

이 글의 목표는 한국의 상황에서 세계문학을 어떻게 생각해야 하는지에 대해 일정한 답을 내어 보는 것이다. 주로 논의할 사항들은 세계화와 주변부화, 동아시아론, 지시와 유희, 보편성과 같은 문제들이다. 그들 사이의 관계를 짧은 글에서 추적하고 정리하는 일이 벅차다는 느낌을 지우기 힘들지만, 우리가 대면해야 할 세계문학 문제의 지형을 '조망'하는 이 글의 목표에 다가서는 작업이라고 생각한다. 그런 과정에서 그 '지형'을 이미 존재하는 것으로 밀쳐두기보다 새롭게 구성하는 계기를 만날 수 있을 것이다. 따라서 그 구성하는 존재로서의 '우리'의 정체성과 역할이 이 글의 곳곳에서 주된 논점으로 떠오를 것이다.

미리 언급해둘 것은, 기왕에 쓰던 용어들을 때로는 새로운 차원에서 재사고하고 운용할 필요가 있다는 점이다. 타자, 세계, 보편, 특수와 같은 용어들이 그러하다. 이들은 적어도 세계문학의 지형을 점검하는 이 글에서 때로는 문맥에 따라 과거에 쓰이던 용법과 일정하게 다른 의미로 이해될 필요가 있다. 이는 지금 우리가 대결하는 세계문학의 문제가 과거에 세계문학을 지배하던 체제에 대한 '근본적인' 반성임을 생각하게 한다. 데리다가 서구의 전통 철학을 해체하고자 했을 때 그것이 단순한 지적 유희에서 그치지 않고 현실적인 실천으로 연결되었던 만큼이나 세계문학의 문제는 우리에게 좀 더 복합적인 과제로 다가온다는 점을 강조해두고자 한다.

2. 세계문학이라는 과제

기본적으로 세계문학은 언어로 이루어진 텍스트라는 하나의 역사적 현실이며 물질적 상황을 가리킨다. 그러나 또한, 그렇기 때문에, 이념과 운동, 기획, 의식으로서의 세계문학을 생각해야 한다. 그렇지 않으면 물적 토대가 동일화된 지구화된 세계에서 주변부성, 혹은 더 일반적으로 말해 특수성이 잘 작동할 수 없기 때문이다. 세계문학이라는 용어와 더불어 우리는 객관적인 불변의 무엇이 아니라 역사적 산물로서의 맥락화된 텍스트를 상상할 수 있어야 한다.[1] 그렇지 않으면 한 텍스트가 어떤 특수한 환경에서 태어나고 성장했는지, 그리고 그것에 부여된 문학 가치를 어떻게 얻고 유지하고 확산시켰는지 적절히 고려하지 못한 채,

기존의 공인된 가치 평가를 그대로 받아들이게 된다. 그런 과정에서 그 텍스트가 세계문학의 지위에 올라서서 보편성을 자랑한다면 우리는 그 진정성을 의심하지 않을 수 없다. 일방적으로 강요된 보편성은 보편적일 수 없기 때문이다. 따라서 세계문학을 텍스트이자 의식으로 본다는 것은 텍스트에 대한 올바른, 보편타당한 평가를 '다시' 내리자는 것이며, 여기서 세계문학의 절대 조건인 보편성의 개념도 올바로 구성할 수 있을 것이다.

위에서 말한 특수성은 20세기 내내 미국에서 편집된 세계문학전집들의 목록이 드러낸 토착 문화 보호주의nativism같이 이미 설정된 똑같은 궤도²를 계속해서 맴도는 것이 아니라 끊임없이 자체를 비동일화하는 거점이자 과정으로 생각할 필요가 있다. 특수하다는 것은 자체를 배타적으로 고집하는 것이 아니라 다른 특수들을 인정함으로써 자체의 맥락을 반복적으로 다르게 인식하는 것을 가리킨다. 그러한 과정에서 특수particularity는 보편universality을 부정하거나 추종하기보다는 보편화 가능성universalizability을 이루는 필수적인 토대가 된다. 바꿔 말해 우리는 한 특수the particular가(특수의 자리를 유지하는 방식으로) 보편적인 것the universal으로 될 가능성을 얼마나 많이 갖느냐 하는 정도를 측정해야 하는 것이다. 그런 차원에서 어떤 한 텍스트의 보편성은 있느냐 없느냐로 이원화되는 것이 아니라 보편성을 얼마나 지니고 또 유지하느냐 하는 것으로 측정될 대상이 된다. 특수의 자리를 위의 방식으로 유지할 때 우리는 텍스트는 물론 보편성 자체도 하나의 동질적인 범주에 머물지 않게 함으로써 그들의 진정성을 더욱 적절하게 교정하고 평가할 수 있다.

이러한 비동일화와 보편화의 끊임없는 과정에서 하나의 특수한 언어나 민족, 지역에서 생산된 문학을 낯선 타자, 외부의 타자로 받아들

이는, 여전히 교묘하게 작동하는 오리엔탈리즘을 계속해서 분쇄해나
갈 수 있을 것이다. 타자와 외부를 허용하지 않음으로써 오히려 타자
와 외부를 더욱 교묘하게 재생산하고 소외시키는, 네그리 식으로 이해
되는 '제국'의 상황에서 우리는 '나'의 자리를 고집하며 '타자'의 영역
을 낯설고 신비로운 상태로 남겨두는 고전적 오리엔탈리즘뿐만 아니라
그 오리엔탈리즘이 타자의 영역에 도사린 배타적 보호주의로 변질되어
또 다른 자기 중심주의에 빠질 수 있는 이른바 자기 복제적 오리엔탈리
즘의 악순환이 일어나고 있지 않은지 생각할 필요가 있다. 예로, 남미의
마술적 리얼리즘이 서구의 문학 양식을 남미의 맥락에 맞게 재구성한
성과로 볼 수 있는 한편, 중심/주변의 위계를 더 확고하게 만들거나 중
심의 변칙적 재생산에 기여한다는 비판은 이런 식의 논의에서 나올 법
하다. 남미의 문학적 성과를 보편적 차원에서 다루기 위해서는 무엇이
그 특수한 성격을 유지시키는지 신중하게 고찰해야 할 것이다.

서두에서 세계문학의 문제가 부활하면서 '문학적인 것'에 주목하도
록 만들었다고 말했다. 세계문학의 문제는 구비문학과 같은 '주변부적'
장르들이 시간과 공간에 따라 다르게 발전했다는 측면을 염두에 둘 필
요를 제기했다. 예로, 간과할 수 없는 가치를 지닌 구비문학의 전통이
살아 있는 아프리카의 시간과 공간을 편견과 무지에서 끌어내 재조명
해야 한다는 주장은 세계문학의 주요 논점들 중 하나다. 그런 면에서
세계문학의 문제는 문학을 바라보는 우리의 시야를 넓히고 자유롭게
해주었다. 그러나 여기서 말하는 '문학적인 것'은 또한 '비문학적' 매체
와 연동되는 운명을 지닌다는 면에서 또 다른 문제를 야기한다.

한 쪽에서 세계문학은 유령이 되어가고 있다. 누구나 세계문학이라는
이름을 달고 시장을 확장하려 한다. 이런 현상에는 장르의 다양화가 두

드러진다. 스토리텔링이나 영화, 디지털 복제, 컴퓨터 게임과 같은 비교적 새로운 비문학적 매체와 결합되는 문학들, 또는 그렇게 결합되면서 등장하는 문학들은 시장주의적 세계화의 무대에서 문학을 세계적인 것으로 만드는 데 큰 힘을 발휘한다. 그러나 그것이 우리가 원하는 세계문학은 아닐 터이다. 방금 예로 든 매체들뿐만 아니라 회화와 조각, 음악, 연극과 같은 비교적 전통적인 비문학 매체들이 문학과 어떻게 연동하여 문학을 새롭고 넓게 형성해나갈 수 있는지 하는 문제는 우리 시대에서 다룰 대단히 생산적이고 의미 있는, 그리고 깊은 사고와 긴 기간의 연구를 필요로 하는 논점이지만, 일단 우리가 지금 당면한 시장주의적 세계화를 통해 확산되는 새로운 형태의 비문학적 매체들이 문학 본연의 보편성의 가치를 갉아먹고 침해한다는 점은 부정하기 쉽지 않다.

반복하자면, 문학의 세계화가 곧 세계문학이 아닌 것처럼 문학이 비문학적 매체를 통해 '문학적인 것'의 영역으로 확산되는 것이 곧 세계문학은 아닐 것이다. 우리는 세계문학을 하나의 도전해야 할, 도전을 부르는 과제로 밀어닥치는 것으로 인식하고, 거기에 텍스트로, 이론으로, 입장과 자세로 응전해야 하는 가운데 문학의 가치를 새롭게 생각할 필요가 있다. 바로 여기서, 그렇게 세계문학 문제의 지형을 재구성하는 '우리'는 과연 누구인가 하는 물음이 중요하게 떠오른다.

반복하건대, 문학은 본질적으로 보편적이다. 문학을 이루는 언어, 문학이 거점을 두는 장소, 문학을 생산하고 소비하는 주체들, 문학이 변신하는 온갖 양상들. 문학은 이들을 모두 넘어서고 또한 이어주면서 존재할 수 있다. 문학을 이렇게 생각할 때 '우리'는 문학을 하나의 '문제'로 열어두는 데 동의하고, 그 문제를 논의하면서 타자와 소통하고 스스로 타자가 되려는 끝없고 끊임없는 실천을 하는 존재 혹은 그 과정으로 떠

오른다. 예를 들어 이 글을 쓰고 읽는 우리는 거의 예외없이 비서구인
일 텐데, '비서구인'이란 것이 서구의 동일화된 정신적 영역에 가두어
지지 않은 존재로 정의된다고 볼 때, 서구의 한가운데서도 '비서구인'
은 있을 수 있다. 다시 말해 '우리'는 결코 동일화된 범주나 토대에 한정
되거나 머무르지 않는, 유동적이고 과정적인 존재인 것이다. 따라서 세
계문학 문제의 지형을 점검하고 그 재구성의 방향을 논의하는 이 글에
서 '우리'라는 용어는 어떤 보편에 대해 하나의 특수로서의 접근을 스
스로에게 허용하는 존재, 자체 내에 배타적 주체성이 기입되기를 거부
하며, 오히려 그에 대한 저항과 부정의 지속적 과정을 담아냄으로써 타
자화의 거점이 되는 존재를 가리킨다.[3]

그런 면에서 '우리'가 생각하는 문학은 곧 그 자체로 세계문학의 도
마 위에 오를 가능성을 크게 지닌다. 모든 경쟁자들이 무조건 인정하는
절대적 참조점으로서의 '문학의 그리니치 자오선'로 표상되는 카사노
바의 세계문학론[4](그 실례로 카사노바는 프랑스 근대문학을 든다)의 결정적
단점은 문학의 고정화와 좌표화에 있다. 물론 카사노바는 중심과 주변
부 문학의 긴장 관계를 입체적으로 조명한 업적이 있으나, 그러한 이분
법 자체가 문제가 된다는 점을 간과할 수 없다. 중심과 주변부, 혹은 근
대와 전근대의 이분법은 '따라잡기'의 경제적 근대화론과 거기서 비롯
하는 중심주의의 끝없는 회귀를 상기시킨다. 그런 식의 카사노바의 세
계문학공화국 구도에서 한국문학은 중심에서 멀리 떨어진 주변부의 궤
도에서 벗어나기 힘들고, 더욱이 중심주의 자체를 전복하는 주변부의
생산적인 동력을 발휘하기도 힘들다. 그런데 이런 식으로 카사노바를
비판하는 내용은 이제 공공연하다. 문제는 대안을 제시하는 것이다.

윤지관은 주변부성이 오히려 기존의 세계문학 질서를 개혁할 수 있

는 가능성의 터전일 수 있음을 전제하고, 한국문학이 개입의 방식으로 어떻게 세계문학의 이념 실현에 동참할 수 있는가를 논의해야 한다고 말한다.[5] 전제에는 전적으로 동의하되, 세계문학을 둘러싼 기왕의 논의들에서 비슷하게 나타나는 바와 같이, '세계문학의 이념'이라든가 '한국문학'이라는 것들이 마치 하나의 확보된 객관적 실체들처럼 간주되는 것은 아닐지 한 번 더 생각해볼 일이다. 무엇을, 어떻게 세계에 내놓을 것인가의 물음은 피할 수 없는 것이지만, 그 '세계'가 어떻게 존재하는지, 내놓는 '우리'가 누구인지, 그리고 내놓는 '무엇'이 무엇인지를 우선 문제로 삼지 않는다면 그러한 물음은 무의미하고 위험하게까지 된다. 왜냐하면 그러한 물음은 기존 세계문학 질서를 혁신하는데 기여하기보다, 새롭게 선보이는 듯한, 그러나 본질적으로 동일한 질서를 장식하는데 그치거나 동원될 수 있기 때문이다. 더욱이 주변부성의 적절한 개입을 위해 필수적인 번역의 과정이 기원의 진정성을 유지하면서 확산되는 일방적 과정보다는 기원의 창조적 배신 혹은 변이變移를 동반할 수 있는 복합적인 과정임을 생각할 필요가 있다. 그리고 그와 함께 세계와 문학, 보편과 특수와 같은 당면 문제들에 대한 근본적인 성찰이 부족하지 않은지 의심하면서, 세계문학의 문제가 과연 우리에게 무엇인지, 어떤 문제들을 내포하는지 거듭 살피는 작업이 요구되는 것이다.

'세계'는 시장화된, 세계화된 물질적 대상뿐만 아니라 우리가 살아가는 삶의 양상과 방식까지 내포하는 용어다. 특히 '세계문학'이라고 말할 때 그러하다. 그래서 문학 '시장'에 대한 볼멘 불평보다는 문학적 가치 평가라는 더욱 근본적이면서도 실천적인 측면의 논의가 필요하다. 이제 이른바 진정한 보편적 문학 가치의 실현이라는 측면에서 지금까지 생산된 모든 문학 텍스트들에 대한 전면적 재조명과 재평가를 수행해야 할 시점에 이른 우리의 모습을 상상할 필요가 있다. 거기에는 호메로스와 단테와 같은 '중심'의 작가들도 예외가 아니며 김만중과 김연수와 같은 '주변부'의 작가들도 예외가 아니다(이러한 문제의식은 다분히 정전의 문제에 연결되어 있다).

세계문학을 말할 때 우리는 그 사이 어디에서 이분법을 계속해서 유보함으로써 근대와 중심의 '빛'을 외면하지 않으면서 전근대와 주변부의 가능성을 재조명하는 존재와 실천의 방식을 생각해야 한다. 그리고 근대와 중심주의로 무장한 유럽적 보편주의와 같은 '특수'한 입장을 비동일화하는 능력과 입장을 갖춰야 한다. 그런 식으로 우리의 특수성을 작동시키는 유용한 개념으로 반┼주변부라는 용어가 등장하기도 한다. 그것을 한반도적 시각이나 분단체제 극복의 노력이라는 구체적인 과제로 제시하려는 일각의 담론은 그 자체로 또 하나의 중심을 이루지 않는 한에서 꽤 유용하고 생산적일 수 있다.

3. 아시아라는 타자

동아시아는 위에서 말한 특수성의 작동과 관련하여 우리가 우선 직면해야 할 하나의 문제적 시공時空으로서, 한국문학을 일국적 편향성과 편협성을 넘어서서 세계문학 문제의 지형에서 다루기 위해 불가피하게 대면해야 할 구체적인 맥락이다. 동아시아는 거기에 속한 한 국가의 문학이 세계문학으로 나아가는 하나의 통로로 자리해왔다기보다는 그 내부에 이질성과 동질성을 함께 갖고 있는 하나의 (반)주변부적 큰 단위체이다. 예전에 식민지적 관점에서 동아시아가 여러 타자들 중 하나였다면, 현재의 제국의 차원에서 동아시아는 하나의 대표 타자One Big Other가 되었다는 콰메 앤서니 애피아의 지적[6]은 새로운 것은 아니지만 동아시아를 논의하는 데 여전히 주목해야 할 사항이다. 레이 초우도 같은 책에 기고한 글에서 비슷한 점을 지적한다.

> 오늘날에도 타자라는 이름으로 유럽중심적이며 국가 지향적인 문학 모델을 사용한 "아시아 명작masterpieces 비교 연구"와 같은 제목의 출판물들이 보인다. 이 경우, 문학은 사회적 다위니즘darwinism에 따른 국가 분류에 종속된 개념이 된다. 즉, "명작"은 '지배' 국가와 '지배' 문화에 상응한다. 아시아를 대표하는 인도, 중국, 일본 등이 아시아를 대표하는 나라들로 인지되는 사이, 상대적으로 서구에 덜 알려진 한국, 대만, 베트남, 티베트와 같은 나라들의 문화는 절대 '타자'로서의 '위대한' 아시아 문명에 대하여 또 다른 '타자들'로 주변화되고 있다.[7]

위에서 초우는 아시아가 하나의 단일체로서 이른바 '소외된' 타자로서 구에 인지될 가능성과 함께 아시아 내부에서도 어떤 특정 지역들이 타자로 배제되는 현상을 생각한다. 오리엔탈리즘의 구도가 아시아 내에서 반복하여 재생산되는 것이다. 위에서 언급된, "사회적 다위니즘에 따른 국가 분류에 종속된" "아시아 명작"의 목록은 기왕에 서구에서 출판된 세계문학전집 목록의 동일한 반복이며 거기서 나타난 문제점, 즉 문학 가치의 평가와 관계없이 국가와 문화의 지배력에 따라 등급을 판정하는 관습적 오류의 재판이다. 이미 타자인 영역 내에서 또 다시 타자를 구별하는 타자 만들기의 악순환이 일어나는 것이다. 물론 이것이 필자가 말하는 타자화와는 근본적으로 다른 것임은 두 말할 필요도 없다. 오히려 그러한 타자 만들기의 악순환의 궤도에서 벗어나기 위해 우리는 타자가 누구이고 어디에 있는지, 누구나 할 것 없이(배타적) 타자 만들기의 궤도에 서 있는 것이 아닌지를 끊임없이 물어야 하고, 그래서 타자의 자리에 서는 것의 동력과 윤리적 의미를 생각한다는 차원에서 타자화라는 용어를 재개념화할 필요가 있다.

초우의 지적은 아시아 내에서 일어나는 현상에 국한되지 않는다. 세계문학 담론이 과거에 그랬듯 앞으로도 서구중심적으로 전개되어가지 않을까 하는 우려는 언제나 우리 곁에 도사리고 있다. 우리가 지금까지 대면해온 세계문학에서 '세계'는 실제로 무엇을 가리키는가? 그 '세계'에는 서구와 함께 서구화된 비서구 세계가 구별 없이 공존하듯 오리엔탈리즘식의 타자의 존재와 개념도 여전히 작동한다. 즉, 아시아는 계속해서 견고하고 완강하게 낯선 타자로 남는다. 설령 아시아에서 출판되는 세계문학전집에서 아시아의 작품들이 더 많은 공간을 차지하는 일이 일어난다고 해도, 그것은 여전히 소외되고 배제되는 타자의 영역에서 벗어나지 못한다는 것이 초우의 인식이다.

오리엔탈리즘과 유럽중심주의와 같은 동일성의 변형들은 세계문학 담론의 근저에 이전보다 더욱 교묘하게 스며들어 있다. 가야트리 스피박은(세계문학을 논하는) 비교문학 담론에 깊게 뿌리내리고 있는 인종주의와 문화우월주의를 지적하고 비판한다.[8] 한편 데이빗 댐로쉬는 비교문학의 부활을 선언하면서 기존의 세계문학 담론의 객관성과 포괄성을 다시 한 번 믿어보려는 야심[9]을 드러내보인다. 하지만 우리는 세계문학 담론을 형성한 기원적 추동이 중세, 르네상스, 바로크, 신고전주의를 거치면서 축적된 서양의 '오랜'[10] 문학 연구 전통에서 크게 벗어나지 못하고 있다는 점을 인정할 필요도 있을 것이다. 이러한 논의들은 세계문학이 어디에 터를 두느냐, 세계문학의 자리가 어디냐, 누가 세계문학을 말하느냐 하는 물음들에 대한 응답으로 나온 것들이다. 여러 응답들에도 불구하고 그 물음들에 더 많고 다양한 응답을 해야 하는 이유는 세계문학이 세계를 소통시키고 문학을 그 매체로 삼는다는 원래의 취지가 우리의 현실에서 자꾸 손상되기 때문이며, 또한 그 손상의 주된 원인이 중심주의에 대한 끈질기고 집요한, 그리고 아마도 무의식적인 추구에서 나오기 때문이다(혹은 중심주의 자체가 그러한 손상을 조장하기도 할 터이다). 더욱이 위에서 말한 현상과 비판의 흐름 전체가 세계문학의 진정성을 생각하는 대신 비교문학의 재탄생을 이끌면서 미국 중심의 비교문학이 전 지구적 영향력을 발휘하도록 만드는 쪽으로 나아가는 것이 아닌지 여전히 의심할 필요도 있다. 그렇게 보면 세계문학은 끝없고 끊임없는 의심의 도마 위에서 언제나 새롭게 조리되는 요리와도 같은 것이라는 비유도 가능할 것이다.[11]

바로 여기서 동아시아의 내부에서 작동시켜야 할 세계문학 문제의 지형을 주목할 필요가 있다. 한국은 세계문학 담론이나 동아시아 문학 담론에서 중국과 일본의 '타자'의 위치에서 조명되고 있고, 중국과 일본의 맥락(역사, 문화, 문학, 사회…)과 연관되어 설명되는 한에서만 비로소 미미하게 관심을 받는 처지에 있다. 그러나 다른 한편 '한반도 중심주의'라는 비판이 나올 정도로 한국의 위치를 앞세우는 흐름도 있다. 같은 맥락에서 가라타니 고진은 중국에서의 유교나 주자학도 조선에서만큼 엄격한 것이 아니었다는 사실을 고려한다면, 노리나가가 '가라고코로漢意'라고 부른 것—원리·체계를 과잉되고 엄격하게 고집하여 현실적인 섬세한 차이를 억압하는 태도—은 사실 '韓意'였다고 말해야 한다고 지적한다. 말하자면 조선은 주변부에 위치하면서 중심의 의식을 견지하고 있었다는 것이다.[12] 가라타니 고진의 말대로 조선의 위치가 역설적으로 중심을 지키려는 주변부의 태도였다고 한다면, 문제는 그러한 운명적인 '지정학적 관계' 혹은 잘못된 '주변부성' 자체가 아니라 오히려 그것을 긍정적인 쪽으로 작동시키지 못한 것에 있다.

여기서 우리는 앞에서 비동일화 혹은 타자화라고 불렀던, 타자의 위치의 유동화라는 구상을 가동시킬 필요가 있다. 에드워드 사이드는 서양의 지배와 싸우면서 동시에 아랍 사회의 전통적 지배와도 싸웠다. 사이드가 말하고 싶었던 것은 소외되고 배제된 타자가 무차별적으로 존재한다는 것, 즉 인식 대상물도 되지 않고 미적 대상물도 결코 되지 않는 개인의 인간이 '어디에도' 있다는 것이고, 그것을 억압하는 것—그것이 서양이든 오리엔트든—과 계속 싸운다는 것이었다. 사이드가 오리엔탈리즘을 말하면서 언급한 '타자'는 반드시 오리엔탈리즘이라는 잘못된 사고를 하게 만든 동인이나 대상물만 가리키지 않는다. 어쩌면 더 중요하게, 타자란 그것이 있음으로써 그 자리에 서면서 이해와 공감의 계기를 만들어낼 수 있는 존재를 가리킬 수 있다는 점, 그리고 존재로서의 타자보다도 존재하는 방식으로서의 타자를 주목한다는 점에서 '타자화'라는 용어를 재개념화할 때, 우리는 우리 자신의 동일한 범주에서 벗어나서 더욱 자유롭고 공정한 방식으로 사물을 바라볼 방법과 전략을 구성할 수 있다는 점을 생각해야 한다.

4. '포스트'의 유희적 사고와 보편의 문제

타자의 위치의 유동화. 이 글에서 비동일화 혹은 타자화라고 부르는 그러한 운동성은 세계문학의 문제를 더 적절하게 이해하고 그 작동을 진지하게 생각하게 해준다. 그 운동성을 구체적으로 '포스트post(탈/이후)'라고 불리는 현상 혹은 담론에 연결시켜 고찰해보고자 한다. 그 과정에서 세계문학과 한국문학의 관계는 보편과 특수의 관계와 관련해서 계속해서 환기될 것으로 믿는다.

세계문학에 대해 최근 이루어진 논의들에는 다분히 동어반복적인 측면이 있다. 중요한 얘기들이지만 자꾸 같은 내용을 재확인하는 경향이 있다. 그것이 백낙청 식의 "괴테-마르크스적(세계문학의) 기획"이든 모레티의 통계적이고 수량적인 접근이든, 카사노바의 유럽편향이라는 의심을 지우기 힘든 "세계문학공화국"이든, 댐로쉬의 좀 더 본격적인 듯 보이는 재성찰이든, 세계문학은 무릇 이러이러해야 한다는 당위의 차원에서 머물고 있는 것 같다. 물론 그러한 각각의 논의들 자체는 더욱 더 탄탄해져야 한다. 그러나 괴테 식의 논의를 표면만 어루만질 것이 아니라 더욱 꼼꼼하게 분석하고 그 의미를 재구성하는 일, 구체적인 텍스트들을 분석하고 비교하고 평가하는 일, 새로운 시각과 개념을 제안하고 응용하는 일, 그리고 그러한 각론과 심화, 제안의 작업들을 국제적인 연대를 통해 구체적이고 조직적으로 실천하는 일이 그에 더해 필요하며, 그런 과정에서 그러한 논의들은 더욱 탄력을 얻을 것이다.

몇 년 전 국내에서 발간된 『세계문학론』은 백낙청 식의 민족문학론이 세계문학적 성취와 세계문학 운동에 참여하는 것을 함께 논의한다는 것, 그런 면에서 세계성 혹은 보편성에 대한 추구가 그 한 축을 이룬다는 취지를 저변에 깔고 있다. 이념으로서의 세계문학은 세계 민중의 관점에서 서양 고전을 다시 읽고, 유럽중심적 세계문학 이해를 넘어서는 것을 도와주며, 거기서 문학의 보편성 실현에 더 다가선다는 것이다. 이러한 논지에 전적으로 동의하지만, 단 왜 그것이 "서구의 문학적 성취조차 위기에 처하게 만드는 '탈근대주의'와 이와 결합된 문학의 상품화에 대한 저항"[13]과 직접 연결되는지 좀 더 생각할 필요가 있다. 문학의 상품화에 대한 저항은 물론 필요하지만, '탈근대주의'가 반드시 그 저항을 방해하고 문학적 성취를 위기로 몰아넣는 요인인지 더 생각해보자는 것이다.

백낙청은 현재 탈근대 흐름은 충분히 전 지구적이지만 탈근대 문화는 세계문학의 대두나 앞당김이라기보다 그 억압 내지 해체를 뜻한다고 말한다. 백낙청의 지적대로, '탈근대주의'의 이름난 이론가들이 문학이라는 개념 자체에 대해 적대적인 것, 그리고 '탈근대주의'란 것이 세계문학과 민족문학들을 자본주의의 전 지구화의 결과로 연기처럼 사라져버릴 대상의 일부로 만드는 '후기자본주의의 문화적 논리'에 지나지 않는다는 것은 사실이다. 또한 과거의 사회주의 리얼리즘 자리에 새로 들어선 시장 리얼리즘이 세계문학의 지형을 지배한다는 진단도 옳다.[14] 그러나 다른 한편, '탈근대주의'가 세계문학의 논의 지평의 재구성에 기여할 중요한 가능성을 생각해볼 필요가 있다. 그것은 앞서 논의한 대로, 세계문학은 끝없고 끊임없는 타자화의 과정 그 자체로 존재해야 하는데, 그러기 위한 주동력을 '탈근대주의'의 방법론에서 제공받을 수 있기 때문이다. 여기서 요점은 탈근대 혹은 '포스트'라는 용어의 범위를 어디까지 잡느냐 하는 것이다.[15] '포스트'는 데리다 식의 해체[16]를 비롯해 포스트구조주의, 포스트식민주의, 포스트내셔널리즘을 비롯해 트랜스내셔널리즘과 세계시민주의까지 닿는다는 것, 혹은 거꾸로 이들이 '포스트'에 기여하는 바를 생각하면(제국에 의한 새로운 방식의 지배에 반발하는 저항 담론과 현실에는 관심을 두지 않는다는 면에서 포스트모더니즘이

주는 여전한 불편함에도 불구하고), 탈근대를 포함한 '포스트'의 동력이나 지평을 그렇게 간단하게만 평가할 수는 없을 것이다.

부연하면, 앞서 말한 백낙청의 민족문학론은 포스트모더니즘을 모더니즘의 연장선상에서 보면서 진정한 리얼리즘에 대치되는 것으로 보는 구도를 저변에 깔고 있는 것 같다. 포스트모더니즘을 가장 협소한 범주에서 본다면 타당한 입장이다. 물론 포스트모던이라는 용어에 대한 각자의 이해가 엄존하는 상태에서 나의 입장 혹은 나의 이해에 비추어 다른 이의 논의를 비판하는 것은 옳지 않다. 그저 이해와 응용의 범주의 차이 문제일 수도 있다. 다만 필자가 생각하는 '포스트'의 동력과 그것이 우리가 당면한 세계문학 문제의 전향적인 논의에 기여하게 만들 필요와 가능성, 그리고 그 실질적 효과를 생각해보려는 것이다.

이런 측면에서 앞서 말한 취지의 민족문학론은 유효하지만, 그 유효성은 적어도 세계문학과 관련할 때 '포스트'의 지평과 어긋나지 않고 서로 상합하는 한에서 더욱 탄력을 받을 것이다. 사실상 백낙청 식의 민족문학론은, 모더니즘 대 리얼리즘의 논의에서 모더니즘의 긍정적인 기능을 리얼리즘의 한 측면으로 포섭하는 데서 나오는 효과인지는 몰라도, 어쨌든 분명히 그런 상합의 원리와 전망을 내재하고 있다. 문제는 '포스트'의 지평이 결코 전면적 저항의 대상으로 될 수는 없다는 점이다. '포스트'의 지평에 대한 입장 차이도 있겠지만, 세계문학을 하나의 운동이자 실천으로 본다면, 즉 문학과 국민문학들의 문학 가치를 다시 조명하고 평가하는 의식이자 통로라고 본다면, 거기에는 세계문학의 문제의식을 더욱 생산적으로 작동시키는 이른바 포스트적 사고의 유희가 개입할 수 있다.

'포스트'의 지평을 구성하는 포스트적 사고의 유희란, 근대성이 새로움의 끝없는 추구이듯, '포스트' 자체, 즉 '탈(주)'과 '이후'와 같은 운동성과 위치성이 끊임없이 차이를 이루며 반복되는 것을 말한다. 여기서 말하는 '포스트'를 그렇게 이해한다면, 그것은 '포스트'가 자체를 넘어서는 또 다른 '포스트'를 전제하거나 그것에 의해 지탱된다는 뜻이다. '포스트 이후'는 완전히 새로운 무엇을 내놓는 것이 아니라 기존의 이론들이나 입장들을 선택적으로 재맥락화하는 것을 가리킨다. 예컨대 포스트모더니즘에 대한 반성은 물론 필요하고, 그 한편으로 코뮤니즘과 리얼리즘, 내셔널리즘 같은 것들은 다시 꺼내 닦을 필요가 있고, 포스트내셔널리즘과 포스트휴머니즘은 아직 '포스트'의 궤도에서 더 굴러가야하며, 포스트식민주의 역시 '주변부'의 세밀한 탐사를 계속하는 가운데[17] 자체의 취지를 더욱 가다듬어야 할 것이다. 그런 한편 포스트구조주의가 유럽중심주의의 해체에 기여한 바를 간과하지 말아야 한다는 로버트 J. C. 영의 부르짖음[18]에 다시 귀를 기울일 필요가 있다.

위에서 말한 여러 이론들이나 입장들 사이를 가로지르는 횡단적 소통이 '포스트', 즉 '포스트의 포스트'로 연이어지는 사유 방식이다. 그 사유 방식은 완전히 새로운 흐름이 아니라 지역성과 세계화에 대해 급진적인 재성찰을 일으키는 일군의 개념들을 제공하는 장 혹은 과정으로 작동할 것이다. 여기서 중요한 것은 포스트적 사고의 유희가 거듭 제출하고 반응을 기다리는 문제들 중 하나가 바로 '보편성'의 문제라는 점이다. 그 보편성은 기왕에 반성의 대상이 된 유럽적 보편주의가 아니라 이제 우리가 세계문학의 문제에서 새롭게 맞이해야 할 보편적 보편주의로 구체화된다. '세계'와 '문학'은 이미 보편의 차원에서 작동하고 있는 반면, 정작 보편의 개념 자체는 월러스틴의 유럽적 보편주의라는 용어[19]가 상기시키듯 지금까지 오랫동안 '보편적'이지 못한 방식으로 작동되어 왔고, 그것은 '세계'와 '문학'에 부정적으로 작용해왔다. 세계문학의 문제가 새롭게 부상하는 것은 보편의 문제를 새로운 차원에서 조명해야 할 필요성과 불가분의 관계에 있다.

여러 기회에서 필자는 세계문학의 논의에서 보편적 보편주의를 사유해야 할 필요성과 방법을 이런저런 방향에서 고찰해왔다.[20] 하나의 보편은 특수들을 횡단하면서 그들을 포용하고 그들 각각이 살아 있는 방식으로 구성된다. 그런 과정에서 단일한 보편은 복수의 보편들로 분화되고, 각각의 보편들은 저마다 지닌 보편성의 정도, 즉 보편화의 가능성을 얼마나 지니고 또한 유지하느냐에 따라 그 진정성을 인정받는다. 물론 보편의 이러한 끝없는 재구성에는 특수들의 횡단과 포용, 특수들과의 상생이 필수적으로 개입한다. 그러나 적어도 근대 이후에 보편의 문제는 유럽 중심적으로 사유되어 왔으며, 그러한 횡단과 포용과 구성은 잘 이루어지지 않았다. 그것을 이루는 것이 앞으로의 과제일 텐데, 중요한 것은 그 과제 자체가 끊임없고 끝없이 작동되어야 한다는 점이다. 보편이란 것을 어느 한 지점에서 궁극으로 상정하고 그곳에 도달하여 완성하는 무엇으로 여긴다면, 그 보편은 얼마 지나지 않아 하나의 특수로 변질될 수밖에 없다. 반복하자면, 보편이 보편을 유지하기 위해서는 끊임없는 자기 부정의 엔진을 지니고 또 가동시켜야 한다. 바로 이 점에서 앞서 말한 '포스트'의 방법과 자세가 필요하다. '포스트'를 '포스트' 자체까지 품으면서 넘어서는, 앞에서 말한 비동일화 혹은 타자화의 동력을 내포하는 개념으로 채택하고 운용할 필요가 있다. '포스트'를 포스트의 포스트로 연이어지는, 결코 동어반복적인 궤도의 구성이 아니라 일종의 나선형적인 운동을 내포하는 개념으로 본다면, '포스트'가 과잉되었고 자기 방어 체제에 함몰되거나 또는 자기 축적의 궤도에 사로잡혀 있지 않을까 하는 의심을 어느 정도 잠재울 수 있을 것이다. 정확히 말해 그 의심을 지워나가는 일도 역시 '포스트'의 과정적in-process 역학을 통해서 가능할 것이다.

『오리엔탈리즘』에서 에드워드 사이드는 포스트모더니즘이 거대 담론을 소멸시키며, 그런 한에서 분명히 포스트식민주의와 구별되어야 한다고 강조한다. 포스트식민주의를 따르는 예술가와 학자들은 포스트모더니즘과 완전히 반대 입장에 서 있다는 것이다. 그 이유로 사이드는 포스트식민주의에 아직 거대 담론이 남아 있다는 것을 든다. 사이드는 우리에게 거대 담론을 거부하지 말고, 정반대로 그것으로 돌아가라고 요청한다. 거대 담론은 다만 오늘날 중단되고, 연기되거나 회피되었을 뿐이기 때문이다.

그러나 다르게 생각할 여지도 있다. 사이드가 말하는 포스트식민주의가 거대 담론(지시의 차원)으로 돌아가도록 해주는 매체가 된다면, 적어도 필자가 이해하는 '포스트'의 이론들은 그러한 매개 작용을 원활하게 하는 자유로운 사고의 향연(유희의 차원)을 벌이도록 해준다. 지시의 실천과 유희의 방법 둘 모두를 운용하는 지혜가 필요하다. 역사가이며 독립투사였지만, 문학을 통한 실천의 중요성과 가능성을 생각하는 작가이기도 했던 신채호는 자신이 처한 시대의 요구에 부응하여 단테의 『신곡』을 「꿈하늘」이라는 소설로 번안한다. 단테라는 작가-지식인은 여러 측면에서 그에게 하나의 모범이었다. 문학이 일제강점기 당시에 식민지 조선에 제공할 수 있는 진실은 무엇이었던가? 신채호는 그 물음에 정면으로 맞서면서 망명지에서 홀로 「꿈하늘」을 쓰고, 계몽과 투쟁이라는 대답을 내놓는다. 그것이 하나의 지시적 실천이었다면 대답을 내놓는 과정은 번안adaptation, 즉 크게 말해 문학적 유희를 통한 것이었고, 그 과정에서 진실의 자유로운 상상을 펼칠 수 있었다. 비록 신채호에게는 단테가 따라야 할 하나의 모범이었지만 그는 단테의 진실을 일방적으로 수용하지 않았으며, 그를 변용하는 가운데 자기가 처한 특수한 사회역사적 맥락을 편협한 민족주의에 빠지지 않는 방식으로 표출함으로써 보편적 저항을 실천하고자 했다.

신채호가 지금 우리가 말하는 포스트식민주의의 의식을 지녔는지는 모른다. '포스트'의 사고를 했는지는 더더욱 알 길이 없다. 그러나 그의 「꿈하늘」은 분명 자유로운 작가적 상상을 통해 국민적 저항을 더욱 보편적인 것으로 만들었다. 그것이 기존에 공인된 단테의 보편성의 기운을 받은 것인지, 그보다는 변용이라는 창조적 배반의 결과였는지는 더 많은 논의가 필요하다. 그러나 「꿈하늘」의 문학적 성취를 말한다면 그것은 작가가 지시하고자 했던 저항을 식민지 조선에 국한되지 않고 더욱 보편적인 차원에서 이해할 수 있도록 만든 것이었다.[21]

유희적 지시. 그 비틀려 태동한 개념이 '포스트'의 내적 작용을 지탱하고, 또한 세계문학의 문제를 지속적으로 '문제'로 열어둔다. 거기서 세계문학은 국민문학들 사이의 패권 다툼에 휘둘리지 않고 다수의 국민문학들을 횡단하면서 또한 일정한 국민문학의 가치를 인정하고 평가하는 과정 그 자체로 존재한다. 그런 면에서 결국 거대서사를 거부하지 말고 그리로 돌아가라는 사이드의 요청은 거대서사를 '운용'하는 유희의 필요성을 인정하는 한에서 옳다고 생각한다. 그래서 거대서사가 중단되고 연기되고 회피된 그러한 정황을 거대서사를 포기하는 것이 아니라 거대서사를 타자화의 과정에서 운용되는 것으로, 혹은 그 과정으로 이루어지는 주체가 운용하는 것으로 만들자는 것이다.[22] 예로 내셔널리즘은 거대서사이지만, 우리는 그것을 전적으로 포기할 수도 없고 마냥 지지할 수도 없다. 포스트내셔널리즘(혹은 트랜스내셔널리즘)이 그 대안으로 제시되었다고 한다면, 그것은 '유희적 지시'를 자체 유지의 방법으로 채택해야 할 것이다. 그렇게 함으로써 포스트내셔널리즘은 내셔널리즘을 넘어서면서 또한 포용하는 구도를 품을 수 있는 것이다.

이와 같이 유희와 지시를 함께 추동시켜 나가는 것이 '포스트'의 방법론이라고 할 때, 우리는 그것을 작동시켜나감으로써 진정한 보편적 가치를 포기하지 않을 수 있다. 오히려 진정한 보편 혹은 보편적 보편은 그러한 유희적 지시의 끝없고 끊임없는 반복 속에서 유지될 것이다. 이런 식으로 보편적 보편을 추구하는 지향과 원리 위에서 우리는 세계문학을 하나의 윤리적 기획으로 만들어나갈 수 있다.

> 전 지구적 보편 가치가 없다는 것은 아니다. 다만 우리는 그러한 가치가 무엇인지를 아직까지 도무지 알지 못한다. 전 지구적 보편 가치는 우리에게 주어지는 것이 아니라 우리가 창조하는 것이다. 그러한 가치를 창출하려는 인간의 기획은 인류의 위대한 윤리적 기획이다. 그러나 그것은 우리가 강자의 이데올로기적 관점을 넘어서 선에 대한 진정한 공통의(따라서 훨씬 더 전 지구적인) 인식으로 향해 갈 때 성취의 희망이 있는 것이다. 그러한 전 지구적인 인식은 그러나 다른 구체적 토대, 즉 우리가 지금까지 구축해왔던 어떤 것보다도 훨씬 평등한 구조를 요구한다.[23]

월러스틴이 말하는 "전 지구적 보편 가치"란 이 글에서 말하는 '보편적 보편 가치'와 과히 다르지 않다는 전제 위에서 그러한 보편 가치를 창조하는 인간의 기획이 윤리적이라는 진술에 동의한다. 그런데 어떤 점에서 윤리적이라는 말인가? 그리고 윤리에 대한 다양한 입장들 가운데 여기서 말하는 윤리의 의미는 무엇인가? 이런 물음들은 앞에서 말한 '포스트'의 동력, 즉 계속해서 자체를 부정하고 타자의 입장을 허용하는 자세를 다시 돌아보게 만든다.[24] 『유럽적 보편주의』에서 월러스틴은 유럽이 근대 문명의 역사에서 타자를 타자로 배제하고 유럽 중심의 구원과 가치를 타자에게 강요했던 역사적 정황을 관찰한다. 그 결과 유럽의 근대 문명의 기획은 하나의 특수한 지점을 중심으로 짜인 좌표에 모든 것을 위치시킨 일방적이고 배타적이며 폐쇄적인 기획이었음을 재차 확인한다.

월러스틴의 빛나는 통찰 위에서 우리는 특수란 다른 특수를 인정하는 한에서 특수로서의 긍정성을 살리고, 나아가 진정한 보편성의 수립에 기여할 수 있는 구도를 그려볼 수 있다. 또 그러기 위해서는 또 다른 특수한 타자를 타자로 배제하는 것이 아니라 타자를 타자로 인정하는 것, 그리고 나의 구원을 타자의 구원과 함께 추구하고 나의 가치를 타자의 가치와 공유하고 나누는 것이 필요하다는 점도 생각할 수 있다. 이런 면에서 진정한 보편적 가치는 모든 특수한 타자들의 수평적 연대 위에서 추구될 만한 것이며, 그렇기 때문에 그것을 윤리적이라고 부를 수 있는 것이다.

5. 세계문학의 전망

지금 부활하는 세계문학은 보편적으로 보편적인 문학 가치를 사고하는 문제를 새롭게 던지고 있다. 보편이란 늘 잠정적이다. 특수한 타자들의 개입에 의해 그 지형이 언제든지, 얼마든지, 변화할 운명을 지니

고 있기 때문이다. 문학이 보편의 문제를 해결하기보다 그것과 대결하
도록 우리를 이끈다면, 그것은 보편의 문제가 문학과 함께 비로소 계속
해서 열려 있을 수 있기 때문이다. 마찬가지로 세계문학 문제의 핵심은
과거에 문학을 대하는 관행, 즉 장르를 선택적으로 구분하고 집중과 배
제의 역사를 쓰며 일방성의 생산과 전파를 방관하는 관행을 비판하고
새로운 재평가의 기준과 방법을 마련하는 기획을 끝없고 끊임없이 열
어두는 길을 어떻게 모색하느냐 하는 것에 있다.

　세계문학의 문제는 이제 출발이다. 세계'들'의 문학'들'을 근본적으로
다시 정의하고 다시 분류하는 거대한 작업이 우리 앞에 놓여 있다. 예
로, 정전canon의 문제는 그 중요한 부분을 이룬다. 정전은 변화의 가능
성을 전제로 하는 개념이다. 일찍이 1993년 ACLAAmerican Comparative
Literature Association 보고서에서 베른하이머는 비교문학이 다양한 경쟁
적·주변적 혹은 하위 계층의 전망들에 특별히 주목하면서 정전을 능동
적으로 다시 이해해야 한다고 주장한다.[25] 댐로쉬는 베른하이머의 보고
서를 오래된 정전을 포기하기보다는 확장시키자는 요구로 읽는다. 이
는 정전을 열기 위해서는 정전을 근대화해야 한다는 존 길로리의 발언
과 상통한다.[26] 그러나 이런 입장들은 정전의 문제를 해결하기보다는
새롭게 일으킨다. 여기서 우리는 정전이 근대(화)에서 어떤 역할을 했는
지 역사적인 탐사를 수행하고 또한 그와 함께 정전의 열림의 가능성을
새롭게 추구해야 할 필요가 있다.

　한국문학의 보편성을 논의하는 지평이 세계문학이라면 우선 세계문
학을 하나의 문제이자 운동으로 봐야하고, 그 내용은 (탈/재)정전(화)에
있다. 정전의 문제는 특수한 한 국민문학의 보편화의 가능성과 세계문
학의 진정성을 펼치고 추구하는데 필수적이다. 이때 정전의 문제란 비

서구 대 서구, 전근대 대 근대, 주변부 대 중심, 특수 대 보편(이렇게 이항 대립의 한 항목으로서의 보편은 사실상 특수한 보편이다)과 같은 이분법적 대립들을 논의하는 사이에서 가장 적절하게 나타난다. 실제로 한국문학뿐 아니라 아시아, 아프리카, 라틴아메리카라는 비서구 문학의 고민들을 보편적 지형 위에서 공유하고 풀어나가야 한다. 그러한 노력들이 학계와 문화계, 출판계 등 우리 주위의 여러 분야에서 나타나고 있다. 다만 거기서 경계를 늦추지 말아야 할 것은 그러한 노력들이 앞서 말한 이분법적 대립들의 후자 항목들을 향한 귀환 궤도에 어느새 실리지 않는가 하는 것이다. 때로는, 아니 자주, 참조해야 할 것들이지만, 그 '사이'를 보고 그 자리에 서야 한다. 여기서 '본다'는 것은 지역과 세계적인 시야를 함께 견지한다는 것이고, '선다'는 것은 그들 사이의 왕복 운동을 가리킨다. 바로 여기서 분단 체제의 인식 위에서 구상되는 민족문학론의 논의 같은 것이나 비서구 작가들의 교류와 연대, 문제의식의 전 지구적 공유와 공동의 실천, 그리고 그 결과의 효용도 의미 있고 새롭게 뻗어나갈 수 있을 것이고, 이러한 내용이 '우리'가 당면한 세계문학의 문제를 풀어나가는 중요한 사항이 될 것이다.

주

1) 맥락화된 텍스트(contextualized text)라는 개념은 어떤 한 텍스트가 일정한 사회역사적 맥락에서 생장했다는 점과 함께 그 텍스트의 평가가 텍스트가 속한 맥락뿐만 아니라 평가자가 속한 맥락을 '함께' 고려함으로써 이뤄져야 할 필요를 환기시킨다.

2) 20세기 초반 이후 미국에서 출판된 세계문학전집의 목록에 대해서는 다음 글을 참조할 것. David Damrosch. *What is World Literature?* Princeton, Princeton University Press, 2003. pp.120-29. 지난 한 세기 동안 많은 부분 개선되었다고 하지만 서구중심주의는 현재에도 여전하다. 국내에서 1990년대 중반 이래 부활한 세계문학전집의 출판 상황도 서구중심주의에 대한 반성을 견지한다고 하면서도 크게 다른 모습을 보이지 못하고 있다.

3) '타자화'를 다른 책에서 다음과 같이 설명했다. 오리엔탈리즘의 단계에서 타자는 이질적이고 낯선 것으로 그에 대한 인식이 가능하지 않은 한편, 제국의 단계로 나아가면 타자가 더 이상 타자가 아닌, 동일성의 거대 체제로 흡수된다. 이것이 타자화의 한 효과인 반면, 우리는 이제 타자의 위치를 다시 살려 내야 한다. 이것이 타자화의 다른 효과일 텐데, 타자가 이질적이고 낯선 것으로 머물지도 않고 동일성으로 흡수되지도 않는 것을 의미한다. 그것은 타자를 타자로 인정하고 타자를 대화의 상대로 삼는 것을 말한다. 또한 타자를 인정하는 주체도 타자로 봄으로써 주체를 고칙된 자기 중심에 빠지지 않고 소통의 출발점에 서게 만드는 것을 말한다. 이러한 타자화의 반복되는 연속적 과정에서 동일성은 계속해서 해체된다. 그 과정에서 특수한 타자는 끝없고 끊임없는 비동일화를 통해 복수(複數)의 보편들을 상정하며 스스로를 보편화하는 가능성을 추구하게 된다.(졸저 『비동일화의 지평: 문학의 보편성과 한국문학』, 고려대출판부, 2010, pp.21-2)

4) Pascale Casanova, *The World Republic of Letters*, Cambridge, Harvard University Press, 2007. 카사노바의 세계문학론에 대한 국내의 논의들은 다음을 참고할 것. 박성창, 『비교문학의 도전』, 민음사, 2010, pp.286-96 ; 유희석, 「세계문학의 개념들: 한반도적 시각의 확보를 위하여」, 『세계문학론』, 김영희·유희석 엮음,

창비, 2010, pp.60-6.

5) 윤지관, 「한국문학의 세계화를 둘러싼 쟁점들」, 『세계문학론』, p.194.

6) Kwame Anthony Appiah, "Geist Stories", *Comparative Literature in the Age of Multiculturalism*. ed, by Charlies Bernheimer, Baltimore, Johns Hoptkins University Press, 1995. p.52.

7) Rey Chow, "In the Name of Comparative Literature", *Comparative Literature in the Age of Multiculturalism*, p.109.

8) Gayatri Spivak. *Death of a Discipline*; 문학이론연구회 옮김, 『경계선 넘기: 새로운 문학 연구의 모색』, 인간사랑, 2008.

9) David Damrosch, *What is World Literature?*, Princeton, Princeton University Press, 2003.

10) 세계문학의 표본인 단테 알리기에리의 『신곡』에서 순례자 단테가 지옥과 연옥에서 만나는 인물과 풍경, 개념 따위를 묘사하면서 되풀이하는 '오래된'이라는 형용사는 서구의 문화적 정체성의 역사적 깊이를 은근하게 내비친다.

11) 세계문학의 논의는 태생적으로, 또 성장의 과정에서, 비교문학적 자세와 방법에 의지해왔다. 비교문학이 하나의 분과 학문으로 서구 국민문학의 식민지적 팽창과 밀접한 연관이 있으며, 최근 세계문학 논의에 편승하는 양상을 보인다는 지적(유희석, 「세계문학의 개념들: 한반도적 시각의 확보를 위하여」, 『세계문학론』, pp.50-3)은 타당하지만, 정작 어떤 비교문학과 어떤 세계문학을 말해야하느냐 하는 점이 더 중요할 것이다. 비교문학을 고정된 분과 학문으로 정체되기보다 그 정체를 극복하려는 유동성의 학문으로 본다면(혹은 이끈다면), 앞으로 더욱 열린 방식으로 세계문학을 논의하는데 큰 역할을 담당할 것이다. 세계문학은 '새로운' 비교문학이 전개하는 기획의 한 지점에 놓인 문제이며, 또한 비교문학적 기획이 끊임없이 문제로 제기하는 한에서 자체의 존재 이유를 정당화하는 문제라고 말한다면, '우리'는 세계문학의 부활과 함께 비교문학의 도전에도 직면해있는 셈이다.

12) 가라타니 고진, 『내이션과 미학』, 조영일 옮김, 도서출판 b, 2009, p.224.

13) 김영희, 「지금 우리에게 세계문학은 무엇인가」, 『세계문학론』, p.17.

14) 백낙청, 「지구화 시대의 민족과 문학」, 『세계문학론』, pp.40-5.

15) '탈'이라는 용어는 '포스트post'의 번역어다. 그러나 '포스트'가 '탈'이라는 용어에 온전히 담기지는 못하는 것 같다. 본문에서 거명하는 '포스트' 이론들의 공통점은, 뒤에서 상술하겠지만, '포스트'를 버리면서 취한다, 극복하면서 심화한다는 뜻으로 채택하고 운용한다는 점이다. 따라서 '탈'이라는, 오해를 일으키기 쉬운 용어보다는 원어가 지닌 전술한 함의를 의식하고자 하는 측면에서 '포스트'라는 용어를 따옴표를 치면서 쓰고자 한다.

16) 1960년대부터 2000년대까지 데리다가 걸어온 길은 서구의 전통적 형이상학의 해체부터 새로운 윤리와 정치학의 건설까지 이른다. 윤리는 해체가 아닌 재구성을 요구하는 초언어이기 때문에 해체에서 윤리로 건너가는 과정이 부조리하다고 볼 수도 있다. 그러나 데리다는 "해체는 재구성에 대립되지 않는다"고 확언한다 (Jacques Derrida. "Hospitality, justice and responsibility: a dialogue with Jacques Derrida", Kearney, Richard, and Mark Dooley, eds., *Questioning Ethics: Contemporary Debates in Philosophy*, London, Routledge, 1999, p.77). 왜냐하면 해체의 비결정성은 결정을 내릴 수 없다는 뜻이 아니라 진정한 결정의 가능성이기 때문이다. 따라서 윤리적 판단과 정치적 실천은 해체에 수반되는 비결정성에서 출발한다. 이런 측면에서 필자는, 이글턴의 지적대로(Terry Eagleton. *Literary Theory: an Introduction*, Oxford, Blackwell, 1996, p.128), 데리다를 가장 데리다답지 않게 이어받은 예일 비평가 그룹과 구분되는 의미에서 "데리다 식의 해체"라는 말을 썼다.

17) 예로, 가야트리 스피박의 『다른 여러 아시아』(태혜숙 옮김, 울력, 2011)를 주목할 만하다.

18) 로버트 J. C. 영, 『백색신화』. 김용규 옮김, 경성대출판부, 2008.

19) 이매뉴얼 월러스틴, 『유럽적 보편주의: 권력의 레토릭』, 김재오 옮김, 창비, 2008.

20) 졸고 「글로벌 시대에 묻는 이론의 자리: 새로운 보편주의를 위하여」, 《세계의문학》 124호, 2007, pp.169-82; 졸저, 『비동일화의 지평: 문학의 보편성과 한국문학』, 고려대출판부, 2010; 졸저 『단테의 신곡 연구』, 아카넷, 2011.

21) 이런 논지에 대해서는 졸고를 참조할 수 있다. Sangjin Park. "The Literary Value of Sin Ch'ae-ho's Dream Sky: A Marginal Alteration of Canon." *Acta Koreana*. Vol. 15. No. 2. 2011. pp.311-40.

22) 데리다가 생각하는 주체의 문제도 세계문학의 문제를 포스트의 방법, 즉 유희적 지시를 통해 풀어나가는 효용을 받쳐준다. 데리다에 따르면 주체의 윤리적 책임은 타자가 언제나 타자로 되는 관계에서 생성된다. 타자가 언제나 타자로 되는 방식으로 타자를 생각한다는 것은 타자의 존재를 어떤 한 범주에 머물지 않도록 한다는 것이며, 그 과정에서 생성되는 주체도 역시 계속해서 자체를 사고와 재사고, 혹은 구성과 재구성의 유희의 과정에 올리면서 더욱 진정한 윤리적 책임을 다할 수 있다. Jacques Derrida, "Hospitality, Justice and Responsibility: a Dialogue with Jacques Derrida", pp.76-83.

23) 이매뉴얼 월러스틴, 『유럽적 보편주의』, pp.56-7.

24) 이런 맥락에서 우리는 근대적 윤리학과 탈근대적 윤리학을 구별할 필요가 있다. "우리의 존재를 구조화하려는 근대주의의 시도는 우리를 수인처럼 가두는 결과만을 초래했던 반면, 탈근대적인 자세는 우리를 해방시켜 우리가 원하는 대로가 아니라 윤리적으로 행동하도록 유도한다"(Cilliers, Paul, *Complexity and Postmodernism*, Cambridge, Routledge, 1998. p.138). 이런 주제와 관련해서 지그문트 바우만은 이렇게 지적한다. "탈근대적 윤리학은 근대적인 자기 신뢰가 한때 약속했던 보편적 길잡이의 위안을 박탈하는 동시에 도덕적 선택과 책임을 주체에게 회복시켜준다... 도덕적 책임은 도덕적 선택의 외로움과 함께 한다"(Bauman, Zygmunt, *Intimations of Postmodernity*, London, Routledge, 1992. p.xxii).

25) David Damrosch, *What is World Literature?*, Princeton, Princeton University Press, 2003, p.16.

26) John Guillory, *Cultural Capital: The Problem of Literary Canon Formation*, Chicago, University of Chicago Press, 1993, p.55.

2. 세계문학과 민족문학의 역학

오길영(영문학, 충남대 교수)

1

 새로운 문학 담론으로 세계문학론이 언급되고 있다. 결론을 당겨 말하면 지금 논의되는 세계문학론은 뜬금없다. 한국의 문학비평 담론에서 지배적 발언권을 행사해온 민족문학론이었고, 그 담론의 위세는 예전과 같지 않다. 사정이 그렇게 된 것은 현실의 변화 때문이다. 이제 민족문학은 철지난 개념으로 치부된다. 그래서 한국문학이 운위되고 있다. 그 개념의 상대 개념으로 세계문학이 주목받는다. 한국문학이나 세계문학 개념 모두 논란의 대상이다. 개념의 내포와 외연을 확정하는 작업의 난점 때문이다. 민족문학론은 그 개념의 가치를 인정하고 안하고를 떠나서 단지 서술적 개념이 아니라 한국문학의 이념과 전망이 담긴 가치 평가적 개념이었고, 더 나아가서는 규제 이념이었다. 때로는 그 개넘이 행사하는 규제적 성격이 억압적으로 느껴지기도 했지만, 그만큼 하나의 문학 이념이자 담론으로서 민족문학 개념은 위력적이었다. 그렇다면 민족문학의 대체재로서 한국문학과 세계문학은 가치 평가적 혹은 규제 이념적 개념이 될 수 있는가. 세계문학론이 민족문학론을 대체할 수 있는 한국문학의 비전을 밝히는 개념이 될 수 있는가. 이 글은 세계문학론 자체를 정면으로 다루기보다는 최근 한국문학 담론에서 다양하게 논의되는 세계문학론을 비판적으로 점검하는 우회로를 통해, 세계문학과 민족문학의 생산적 대화의 가능성을 탐색한다.

　　모든 문학 개념이 그렇지만 세계문학론도 개념의 다양성을 논의의 전제로 우선 고려해야 한다. 누가, 어떤 근거로 세계문학론을 논의하고 있는가. 이 점을 분명히 해야 한다. 이현우가 요령 있게 정리하듯이 세계문학론은 크게 세 가지로 구분된다.[1] 첫째, 세계문학은 세계 각국의 문학을 아울러서 한국문학과 상대하여 이르는 개념으로 사용된다. 이 때의 세계문학은 해외 문학, 외국문학 등의 동의어이며 가장 넓은 범주의 문학을 지칭한다. 이런 세계문학 개념에 대해서는 더 이상의 논의가 필요하지 않다. 한국문학이 아닌 모든 외국문학은 세계문학이기 때문이다. 둘째, 세계문학은 오랜 시간에 걸쳐 인류에게 읽혀온 문학을 가리킨다. 간단히 말해 세계문학은 세계 명작(고전)을 뜻한다. 세계문학전집의 그 '세계문학'이다. 이 개념은 서술적 개념이 아니라 가치 평가가 들어간 개념이다. 누가 어떤 기준으로 명작이나 고전을 규정하는가. 명작을 구분하는 객관적인 미적 평가 기준은 무엇인가. 이런 질문들이 제기된다. 세계문학전집의 구성과 편집에서 어떤 작가의 작품을 넣고 뺄 것인가에 대한 미적 판단기준이 문제가 된다. 단수로 된 명칭에도 불구하고 세계문학은 다수의 국민/민족국가가 생산한 문학들로 구성되며 엄청나게 다양하고 복합적인 문학적 생산들로 이루어진다.[2] 따라서 세계문학을 구성하는 각 민족문학의 다양성은 그들 사이의 우열을 가늠하는 미적·예술적 판단 기준을 전제로 한다. 그리고 이런 기준은 단지 미적·예술적 판단만이 아니라 정치적 판단까지 함축하는 복합적 기준이다. 고전을 가르는 기준의 문제는 세 번째 세계문학 개념에서도 문제가 된다. 이때의 세계문학 개념은 개별 국가의 민족문학 속에서 보편적인 인간성을 추구한 문학, 곧 괴테가 정의한 세계문학이 된다. 말하자면 민족문학이면서 동시에 세계적인 보편성과 호소력을 겸비한 문학을 가리킨다. 이때 세계문학을 구성하는 개별 민족문학의 특수성과 보편성의 관계가 문제가 된다. 탈식민주의 이론이 날카롭게 문제 제기를 하듯이, 이제 세계문학의 '보편성'과 '객관성' 자체가 유럽중심주의라는 혐의에서 자유롭지 못하다. 괴테가 염두에 둔 세계문학은 각 민족이나 국가의 문학과 작가들이 경계를 넘어서 소통하고 교류하면서 문학을 통해서 인류의 보편적 가치를 지키고 세워나가야 한다는 일종의 국제 운동적 성격을 지니고 있었다. 문제는 인류의 보편적 가치라는 것이 무엇인가라는 데 있다. 최고의 문학적 성취를 얻기 위해서라도 개별 민족국가의 테두리를 넘어서서 인류의 삶을 전체적으로 파악하고 표현하는 세계문학의 공간을 새로이 상상하고 구축하자는 문학적 연대의 촉구가 괴테가 구상한 세계문학론에 담겨 있었던 점은 부인하기 힘들다.[3] 그러나 이것은 쉽지 않은 과제이다. 작가는 자신에게 천부적으로 주어진 개별 민족 언어와 문화의 테두리를 넘어서기 어렵다. 작가는 자신이 놓인 민족국가의 구체적 현실에서 출발할 수밖에 없다. 뒤에 살펴보겠지만, 조이스 같은 세계문학의 대가도 그가 다루는 현실은 철저하게 아일랜드 더블린의 삶이었다. 문제는 그 삶에 담기는 내용의 폭과 넓이이고 그 내용을 전달하는 형식의 깊이이다.

세계문학 공간은 괴테가 구상한 소통하고 교류하는 평화적인 대화의 공간이 아니다. 카자노바가 예리하게 간파했듯이 세계문학공화국 혹은 세계문학제국은 민족문학들 사이의 역학 관계가 작동하는 상징투쟁의 공간이다.[4] 작가들은 상징 자본을 둘러싼 투쟁의 세계문학 공간에서 자신의 영토를 차지하기 위해 분투한다. 부르디외의 개념에 기대면, 작가는 그의 주관적 믿음과는 상관없이 특정한 문학장field의 맥락 안에 존재한다. 그리고 개별 장은 주체에게 힘을 행사한다. 민족문학이 활동하는 민족국가의 현실도 장이며, 세계문학의 외연을 구성하는 세계체제도 그렇다. 그렇다면 우리는 문학장을 구성하는 공간 속에서 작가의 상황을 다시 포착한다는 조건에서만 작가의 시각을 포착하고 이해할 수 있다. 문학장과 작가의 고유한 아비투스habitus 사이의 길항 관계를 포착하는 것이 관건이다. 그럴 때 작품의 세계가 지닌 생생함이 되살아난다. 세계문학 공간에 놓인 작가를 제대로 이해하기 위해서는 그가 놓였던 세계문학공화국의 상황을 파악해야 한다. 카자노바가 제기한 세계문학공화국은 장과 아비투스 개념에 기반해 부르디외가 제기한 예술의 과학론을 세계체제의 영역으로 확장한다. 비교문학 연구의 새로운 방법론을 제시한 것으로 평가되는 『세계문학공화국』에서 카자노바는 종래의 비교문학 연구 방법론이 지닌 단순하고 평면적인 비교 연구의 문제점을 조목조목 비판한다. 그는 비판의 대안으로 세계문학 공간world literary space을 제기한다. 그리고 각 민족문학이 등장하고 발전하는 과정이 어떻게 세계체제적인 변화와 맞물려 이루어지는가를 분석한다. 카자노바에 따르면 민족문학의 등장은 민족국가의 내재적 발전이나 사회경제적 변화과정만으로는 온전하게 설명되지 않는다.

두 가지 점을 고려해야 한다. 첫째, 민족문학이나 민족문화의 발전은 사회경제적 변화과정의 영향을 받기는 하지만 나름의 자율성을 지닌 고유한 장을 형성한다. 둘째, 민족문학의 성립과 발전은 독자적으로 이루어지는 것이 아니라 언제나 다른 민족문학들과의 관계 안에서만 성립된다. 카자노바가 주목하는 것은 다양한 민족문학들 사이에 존재하는 경쟁, 투쟁, 불평등의 상호 관계이다. 이런 관계를 통해 하나의 민족문학은 자신의 정체성을 형성한다. 카자노바는 다양한 민족문학들의 역동적인 상호 관계를 통해 괴테가 구상했던 지식인들의 연대로서의 세계문학의 현실적 가능성이 열린다고 판단한다. 되풀이 말해, 세계문학은 여러 민족문학의 단순한 총합이 아니며 그들 사이에 작동하는 다층적이고 복합적인 상호 관계의 산물이다. 이 상호 관계는 호혜적이지 않으며 힘의 역학 관계에 따라 형성된다. 문화적 헤게모니가 문제가 된다. 괴테의 세계문학론은 현실을 설명하는 개념이라기보다는 새로운 세계체제의 현실에 부응하는 문학의 필요성을 부각시키고, 이를 촉진하는 국제적 연대운동을 구상하는 규제적 이념에 가깝다.[5] 「공산당 선언」에서 제기된 마르크스의 세계문학론 또한 자본주의의 진전에 따른 각 국가의 민족문학의 세계 시장 진입을 예견하는 데 머물지 않는다. "민족적 일방성과 편협성은 점점 더 불가능해지고, 수많은 민족 및 지역문학으로부터 세계문학이 일어난다"[6]는 마르크스의 언급은 괴테적인 세계문학의 생산, 운동으로서의 세계문학과 일면 상통한다. 카자노바도 비슷한 문제의식을 표명한다.

세계문학은 오늘날 실제로 존재한다. 새로운 형태와 효과를 동반하고 있는 세계문학은 사실상의 동시적 번역을 통해서 쉽고 빠르게 유통되고

> 그것의 탈민족화된 내용이 일말의 오해의 위험조차 없이 흡수될 수 있
> 다는 사실에 의존하여 특별한 성공을 거두고 있다. 그러나 이러한 환경
> 에서 진정한 문학적 국제주의는 더 이상 가능하지 않고 국제적 사업의
> 물결에 휩쓸려버리는 것이다. (172)

카자노바는 현재 "쉽게 빠르게 유통"되는 "국제적 사업" 성격의 세계
문학이 "진정한 문학적 국제주의"에 부합하는 성격을 지니는지를 묻는
다. 문제는 "진정한 문학적 국제주의"의 성격이다. 모레티의 설명은 이
에 대한 답변으로 꼽을 만하다.

> 이로부터 세계문학은 정말로 체제, 즉 다양한 변이들의 체제라는 사실
> 에 도달하게 된다. 체제는 하나이지만, 그렇다고 해서 체제를 구성하는
> 모든 부분들이 동일하다는 것, 즉 일률적이거나 획일적이지는 않다는
> 것이다. 영국과 프랑스라는 중심으로부터의 압력은 그것을 일률적이거
> 나 획일적인 것으로 만들려고 하겠지만, 절대로 차이의 현실을 지워버
> 리지는 못한다. 그렇기 때문에 세계문학에 대한 연구는 세계를 가로질
> 러 상징적 헤게모니를 위한 투쟁에 대한 연구라고 할 수 있다. 이를 다
> 음과 같이 말해볼 수 있다. 1750년 이후 소설은 어느 곳에서나 서유럽
> 의 패턴들과 지역적 현실들 사이의 타협으로 나타나는데, 지역적 현실
> 이란 다양한 지역마다 다르고 서구의 영향이라는 것도 한결같지 않다.[7]

모레티는 "세계문학에 대한 연구는 세계를 가로질러 상징적 헤게모
니를 위한 투쟁"이라는 것을 지적하면서 카자노바가 제기한 세계체제
론적 세계문학공화국론의 문제의식을 공유한다. 따라서 세계문학 공간

에서 헤게모니를 행사하는 문학적 중심 국가나 도시(런던, 파리, 뉴욕 등)
와 주변부 국가나 도시(조이스의 경우는 아일랜드나 더블린, 한국의 서울) 사
이에 작동하는 "상징적 헤게모니를 위한 투쟁"의 구체적 분석이 필요
하다.

2

카자노바가 세계문학 공간의 중심 국가 출판 자본의 세계 시장에 대
한 장악이 점점 더 강해지는 현상과 아울러 문학성의 외양을 가진 국제
적인 인기 작가들의 도래를 지적하는 것은 당연하다. 한국의 문학 출판
시장도 예외는 아닌데, 원작 출간에 맞춰 거의 동시에 소개되고 번역되
는 영미권의 베스트셀러나 문학상 수상작들이 좋은 예이다. 특히 카자
노바는 미국이 행사하는 문화적 헤게모니를 주목한다. 상업적인 형태
의 세계문학의 중심은 이제 미국이 되었다. 조이스를 매혹시켰던 파리
나 런던이 아니라 뉴욕이 우리 시대 세계문학 공간의 중심이다. 무엇이
위대한 문학인가. 이 질문을 둘러싼 민족문학들의 정전 투쟁이 1960년
대를 분기점으로 출판 시장에서의 경쟁 국면으로 전환되었으며, 그 중
심에는 뉴욕의 출판 자본이 행사하게 된 헤게모니가 있다는 것이 카자
노바의 진단이다. 그렇다면 세계문학의 문학적·문화적 중심이었던 파
리의 몰락과 새로운 중심도시로서 뉴욕의 등장은 진정한 문학적 국제
주의의 표현인가. 괴테나 마르크스가 기대했던 민족 경계를 초월한 진
정한 국제주의적 세계문학의 도래가 아니라, 특정 국가의 대중문화와
문학의 영향력이 자본의 헤게모니가 관철되는 세계 시장을 통해 파급

되어 나가는 착잡한 현실을 우리는 목도한다.

지금 논의되는 세계문학은 각 민족문학의 상징 자본과 함께 그런 자본을 가능케 하는 경제적 헤게모니 관계를 동시에 염두에 두어야 한다. 예컨대 한국 정부가 국책 사업의 하나로 한국문학의 해외 번역과 소개를 추진하고 한국문학의 세계화를 지원하게 된 저간의 사정에는 세계문학 공간에서 한국문학의 국가 경쟁력을 높여보려는 욕망이 깔려 있다. '한류'에 대한 국가적 홍보작업이나 노벨문학상을 받기 위한 국가적 지원책을 마련하겠다는 방침 등이 좋은 예이다. 세계문학 공간에서 한국문학의 우수성을 인정받아야겠다는 심리의 한편에는 이만큼의 경제적 성취를 얻었다는 자부심과 얽혀 있는 문화적 콤플렉스가 자리하고 있다.[8] 경제자본의 위계가 곧 문화 자본의 위계를 규정하지는 않지만 둘 사이에 분명한 연관관계가 있다는 것도 분명하다. 20세기 문화 자본의 중심지 역할을 했던 런던, 파리, 뉴욕은 그 도시들이 속했던 각 민족국가인 영국, 프랑스, 미국이 지닌 경제적 영향력의 상징이었다. 지금 유럽에서 주목받고 있는 중국문학의 경우도 대동소이하다. 그 주목의 원인에는 중국문학이 세계문학에 진입할 실력을 갖추게 되었다는 기본적인 이유도 있지만, 중국의 세계적 위상, 특히 경제적 위상이 높아졌다는 점을 동시에 고려해야 한다.[9] 괴테와 마르크스가 언급했던 국제적 문학 운동으로서의 세계문학론의 배경에는 역설적이게도 그런 발언을 가능케 해준 유럽의 경제적 패권과 식민주의 논리가 깔려 있다.

카자노바에 따르면 세계문학 공간의 주변부 문학이 헤게모니를 지닌 중심부 문학과 맺는 관계는 대체로 세 가지로 구분된다. 이런 상이한 패턴이 등장하는 배경에는 "문학적으로 존재를 인정받기 위한 진입 경로들이 이미 불평등하게 존재한다는 기본적인 사실"(355)이 깔려 있다. 첫째는 동화의 패턴이다. 작가가 활용할 문학적인 자산이 부족할 때 풍부한 문화적 유산을 지닌 다른 문화권으로 편입된다. 두 번째는 반항의 패턴이다. 이것은 일종의 문화적 토착주의로서 지역적이고 특수한 문화로 돌아가려는 경향이다. 19세기말에서 20세기 초에 아일랜드에서 벌어졌던 아일랜드 문예부흥 운동the Irish Revival이나 지배 문화를 거부하고 자신의 토착 언어를 고집하는 아프리카 작가들의 창작활동이 여기 해당한다. 셋째는 혁명의 패턴이다. 이 패턴에 속하는 작가들은 주어진 주류 문화적 코드를 해체하고 새로운 문화적 코드를 생산하면서 세계문학의 지형도를 바꾼다. 조이스와 베케트Samuel Beckett가 대표적이다. 카자노바에 따르면 이들 작가들은 당대 유럽 문학의 대표적 근대 담론이었던 민족주의나 그것과 한 몸을 이루는 식민주의에 거리를 둔다. 그리고 그들은 주류 문학이었던 영문학의 규범들도 비판하고 해체한다. 일종의 문화적 이중 투쟁을 펼친다. 이를 통해 이들은 문학적 자율성을 획득한다. 카자노바는 이런 세 가지 패턴이 전형적으로 드러나는 문학으로 식민 경험을 가졌던 아일랜드문학과 그 대표자 격인 조이스와 베케트를 꼽는다. 아일랜드 패러다임이라 하겠다. 아일랜드 패러다임은 아일랜드와 비슷한 식민주의 경험을 했던 한국문학의 경우에도 원용될 수 있다.

세계문학공화국의 고유한 역사는 곧 투쟁과 경쟁의 역사이기도 하다. 카자노바가 무수한 사례 분석을 통해 입증하는 세계문학공화국 안에서 벌어지는 민족문학들 사이의 내적 경쟁은 세계문학공화국 안에서 각 민족문학이 고유한 자신만의 입지를 차지하려는 싸움, 그리고 문학 시장에서의 상징 자본을 획득하거나 높이려는 싸움이다. 이것이 근현대문학이 표방하는 세계화가 지닌 성격이다. 이런 세계문학은 괴테가 구상했던 세계문학과 거리가 멀다. 괴테는 민족문학들의 연대로서의 문학의 세계화를 꿈꿨다. 하지만 현실적으로 나타난 모습은 다양한 민족문학들 간에 벌어지는 경쟁과 대립이다. 그 배경에는 각 민족문학 사이의 역학 관계가 작동한다. 카자노바의 통찰이다. 이와 비슷한 문제 의식을 제임슨Fredric Jameson도 피력한다. 2008년 홀베르그상 수상 기념 심포지엄에서 제임슨은 「세계문학은 외무부서를 가지는가?」라는 발표를 한다. 이 발표에서 제임슨은 세계문학을 "투쟁의, 경쟁과 적대의 공간과 터"로 보자는 제안과 함께 "작품은 형태적 돌연변이로서 그 자체의 내부적인 문화적 서식처나 생태계에서 살아남으려고 노력하는 동시에 인정과 종족 보존에 목말라 하는 다른 나라들의 경쟁자들에 맞서서 세계적인 차원에서 스스로를 주장해야 하는 이중적인 투쟁을 해내야 한다"고 주장한다.[10]

3

세계문학공화국 안에서 벌어지는 중심 국가/도시와 주변부 국가/도시 사이의 상징적 헤게모니 투쟁에 초점을 맞추는 이유는 세계문학공화국에서 현실적으로 작동하는 힘의 위계관계를 수동적으로 추수하기 위해서가 아니다. 그런 현실의 분석을 통해 진정한 국제주의 문학의 가능성을 위한 실마리를 찾기 위한 것이다. 이점에서 카자노바의 문제의식은 탈식민주의와 통한다.

역사를 부정하고 무엇보다도 문학 공간의 불평등한 구조를 부정하는 일

> 은 자산이 상대적으로 빈한한 문학 공간들을 구성하는 민족적·정치적
> ·민중적 범주들의 이해 및 수용을 저해하며 결과적으로 문학 공간의
> 변두리 지역에서 진행되는 많은 작업의 목적을 파악할 수 없게 만든다.
> (…) 그리하여 위계적 구조, 경쟁 관계, 문학 공간의 불평등성 등을 부인
> 함으로써 [중심부의] 종족중심주의적 무지의 오만한 시선은 보편주의
> 의 틀에 맞춘 인증 아니면 대대적인 축출 선고를 낳는다. (152~153)

문학적·문화적 헤게모니를 쥐고 있는 국가나 도시는 그들과 주변부
국가나 도시 사이에 존재하는 "위계적 구조, 경쟁 관계, 문학 공간의 불
평등성 등을 부인"한다. 따라서 주변부 출신 작가가 자신의 작가적 입
지를 세우고 "인증"을 얻기 위해서는 "종족 중심주의적 무지의 오만한
시선"에 굴종해야 한다. 그렇지 않으면 "축출 선고"를 받는다. 이런 궁
지를 돌파하여 자신만의 문학적 공간을 창조하는 제3의 길은 없는 것
인가. 카자노바도 비슷한 고민을 피력한다.

> 나의 희망은 이 저서가 문학 세계 주변부의 모든 빈한하고 지배받는 작
> 가들에게 도움이 될 일종의 비평적 무기가 되었으면 하는 것이다. 뒤벨
> 레Joachim Du Bellay, 카프카, 프루스트, 조이스, 포크너의 텍스트에 대한
> 나의 읽기가, 문학으로 성립하는 상태에 접근하는 과정 자체의 불평등성
> 이라는 기본적 사실을 무시하는 중심부 비평가들의 주제넘은 가정과 오
> 만과 독단적 판정에 대한 투쟁의 도구가 될 수 있기를 바란다. (354~355)

카자노바의 주장은 그가 주목하는 유럽의 변방출신 작가들인 조이스
나 카프카에게만 해당되는 게 아니다. 예컨대 주변부 아일랜드 출신인

조이스 작품은 어떻게 당대 유럽 문학 지형에서 "문학으로 성립하는 상태"에 이르게 되었는가. 조이스는 어떤 과정을 통해, "중심부 비평가들의 주제넘은 가정과 오만과 독단적 판정"을 돌파하여 자신만의 문학적 성채를 구축한 거장으로 인정받게 되었는가. 모든 창조적 작가가 그렇듯이 조이스의 창조성은 평지돌출한 것이 아니다. 그는 자신이 물려받은 문학적 전통, 특히 아일랜드 안팎의 작가들에 지대한 관심을 기울였다. 자신만의 고유한 목소리를 발견하기 위해서는 먼저 어떤 목소리들이 이미 존재하는지, 그들로부터 무엇을 배우고 버릴 것인지를 알아야 했다. 이런 과정은 한국문학의 경우도 마찬가지이다. 세계문학을 논하기 이전에 한국문학의 전통과 다른 나라의 작가들을 먼저 알아야 한다. 민족문학과 세계문학은 대립 개념이 아니다. 조이스가 좋은 예이다. 조이스는 편협한 민족문학, 민족문학, 민족성을 넘어선 국제주의자 혹은 세계문학주의자인가. 조이스의 다음과 같은 발언만 읽으면 그렇게 보인다.

> 더블린 사람들은 엄격히 말해서 나의 동포들이지만 나는 '사랑스럽고 더러운 더블린'에 대해 다른 사람들처럼 얘기할 생각은 없다. 더블린 시민은 섬나라나 대륙에서 내가 만난 사람 중에 가장 무기력하고 쓸모없고 지조 없는 허풍선이 민족이다. 영국 국회가 세계에서 가장 수다스러운 사람들로 가득찬 것은 바로 이 때문이다. 더블린 사람들은 술집이나 식당이나 매음굴에서 지껄이고 술을 돌리면서 시간을 보내는데 위스키와 아일랜드의 자치라는 두 가지 약에 결코 물리지 않으며, 밤에 더 이상 먹을 수 없게 되면 두꺼비처럼 독으로 부어올라 옆문을 통해 비틀대며 나와서 쭉 늘어선 집들을 따라 안정에 대한 본능적인 욕구에 인도되

> 어 벽이나 구석들에 등을 대고 미끄러지듯 간다. 영어로 말한다면 휘청
> 거리며 간다. 이것이 더블린 사람들이다. 그리고 이 모든 것에도 불구하
> 고 아일랜드는 여전히 연합왕국의 두뇌이다. 현명하게 실질적이고 지루
> 한 영국인들은 배를 꽉 채운 인간들에게 완벽한 고안물인 수세식 화장
> 실을 제공한다. 자기 고유의 언어가 아닌 다른 언어로 표현하도록 저주
> 받은 아일랜드인들은 그 위에 그들이 지닌 천재성의 인장을 찍고 신의
> 영광을 위해 문명화된 국가들과 경합한다. 이것이 이른바 영문학이라고
> 하는 것이다.[11]

조이스는 그가 떠나온 아일랜드 문화의 편협성에 진력을 낸다. 그가
예이츠가 주도했던 아일랜드 문예부흥 운동이나 어떤 형태의 민족주의
적 혹은 국수주의적 민족문화 혹은 지역 문화 옹호에 강하게 반발한 이
유도 여기에 있다. 이런 태도는 근본적인 차원에서 조이스가 지녔던 무
정부주의적 태도에서 기인한다.

> 나는 예술가로서 모든 국가에 반대한다. 물론 국가를 인정해야 되겠지.
> 실제로 모든 행위에 있어서 국가의 제도와 관계를 맺고 있기 때문에, 국
> 가는 중심으로 모든 것을 모으려고 하며 인간은 중심에서 벗어나려 한
> 다. 이렇게 해서 끝없는 싸움이 일어난다. 수도사, 독신자, 무정부주의자
> 는 같은 범주에 들어간다. 물론 나로서는 극장에 폭탄을 던지며 왕과 그
> 의 자녀들을 살해하려 드는 혁명가의 행위를 인정할 수는 없다. 그러나
> 세계를 피바다 속에 빠뜨리는 국가가 그보다 낫다고 말할 수 있을까?
>
> (Ellmann, 446)

『젊은 예술가의 초상』이나 『율리시즈』에서 주인공 스티븐을 통해 보여주듯이, 조이스는 모든 형태의 사회적 억압 체계를 거부한다. 그의 거부대상은 단지 식민지 아일랜드만이 아니다. 그는 마찬가지 이유로 아일랜드를 지배했던 영국 식민주의 체제와 로마 가톨릭을 거부한다. 이런 태도는 유럽으로의 자발적 망명 이후에도 마찬가지이다. 그가 어느 한 곳에 정주하지 않는 유목적 삶을 선택한 이유도 "세계를 피바다 속에 빠뜨리는 국가"에 대해 그가 가졌던 불편함에서 기인한다. 조이스는 편협한 국수주의자가 아니었다. 하지만 그는 민족과 국가의 의미를 외면하는 단순한 국제주의자도 아니었다. 조이스는 이렇게 주장한다.

> 그들도 처음에는 민족주의자들이었습니다. 투르게네프의 경우처럼 끝에 가서 그들을 국제적으로 만든 것은 그들의 민족주의의 힘입니다. 투르게네프의 『사냥꾼 일기』를 기억합니까? 얼마나 지방색이 강합니까? 그 바탕 위에서 그는 위대한 국제적 작가가 된 것입니다. 나의 경우에는, 나는 언제나 더블린을 쓰고 있는데, 더블린의 핵심에 도달할 수 있다면 세계 모든 도시의 핵심에 도달할 수 있기 때문이지요. 특수성에는 보편성이 내포되어 있습니다. (Ellmann, 505)

아일랜드를 대하는 조이스의 양가적 감정이 어디서 비롯되었는지를 이 대목은 잘 짚는다. 그에게 "지방색"과 "국제적 작가"는 양립 불가능한 것이 아니다. 모든 탁월한 작가들이 그렇듯이, 조이스 작품에서 보편성과 특수성은 통일되어 있다. 조이스의 세계는 그가 애증의 감정을 지녔던 더블린의 세계였다. 마치 프라하가 카프카에게 그랬듯이. 하지만 프라하를 결국 떠나지 못했던 카프카와는 달리 조이스는 아일랜드를 떠났고, 그런 떠남을 통해 오히려 아일랜드를 제대로 그릴 수 있는 비범한 안목을 얻었다. 조이스나 베케트는 파리를 그들의 문학적 망명지로 선택함으로써, 아일랜드의 문학적 규범에 대한 순응을 거부하고 파리라는 국제적인 문학 공간에서 자신의 실험적 문학의 가능성을 발견한다. 이런 조이스의 문학적 전략은 세계문학에서 한국문학의 위상을 고민하는 작가들에게도 여전히 유효하다.

4

소설가 김영하는 세계무대에서 한국문학의 경쟁력을 고민하면서 "보편적인 문제를 다루어야 하고 번역에 견딜 수 있는 작품을 써야 한다"는 생각을 밝혔다고 한다(정홍수, 119). 일면 민족문학과 세계문학의 역할을 고민하는 문제의식을 읽을 수 있지만, 핵심을 놓친 발언이다. 탈식민주의나 여성론 비평이 밝혔듯이, 엄밀히 말해 작가에게 보편적인 문제는 없다. 항상 개별 작가가 부딪치는 개별적이고 특수한 문제만 있을 뿐이며, 그 특수성을 최대한 깊이 파고들 때 보편적인 영역이 열린다. 이런 맥락에서 "하루키를 비롯하여 대중적인 일본 현대소설가들의 이름은 해외 출판사들의 관심 대상이 된지 오래인데, 이 같은 세계 시장에서의 성공에는 일본문학에서 1990년대 이후 급격하게 탈민족적인 성향이 짙어지는 추세와도 관련이 있다. 이것은 국가나 민족의 경계를 넘는 대중문화의 확산과 지배, 그리고 획일적인 소비문화의 세계적인 팽창으로 이어지는 지구화의 대세에 문학이 종속되어가는 흐름과도 맞어져 있다"(윤지관, 206)는 지적도 그다지 정확한 지적은 아니다. 무라카미 하루키의 소설에는 "탈민족적인 성향"이 있다. 그러나 그의 작품을 "지구화의 대세에 문학이 종속되어 가는 흐름"의 예로만 간주하는 것은 지나친 해석이다. 하루키의 작품이 갖는 세계성은 그가 섣불리 보편적인 문제를 다루었기 때문이 아니라 분명 일본적인 현실과 문제를 다루면서도 그 안에서 다른 문화에도 호소력이 있는 어떤 핵심 사안을 집요하게 천착하기 때문이다.[12] 우리 시대의 가장 정력적인 소설가 중 한 명인 박민규도 비슷한 지적을 한다.

> 코스모폴리턴이라고 하나요. 이제 또 그런 콤플렉스를 가진 것 같아요. 뭘 하든 세계적인 걸 해야만 할 것 같고, 외국을 생각해야 할 것 같고 이러는 거죠. 제가 왜 이런 이야기를 하느냐면, 이를테면 멜빌이든, 고골리든 누구든, 개인의 작업을 했다는 거예요. 본인이 쓰고 싶은 걸 썼지, 이걸 써서 저 어디 들어보지도 못한 한국에서까지 자기 책이 번역돼서 읽히는, 그런 코스모폴리턴은 환상이죠. (…) 한 작가가 한 개인으로 독자화할 때, 즉 개인화의 레벨이 어마어마하게 올라가는 것, 그게 곧 세계화라는 거죠.[13]

조이스 문학이 보여주듯이, 작품의 세계화는 그 작품이 보여주는 "개인화의 레벨"이 올라갈 때만 가능하다. 주목받는 한국계 미국작가인 이창래도 비슷한 문제의식을 보여준다. 이창래는 특정한 민족 혹은 국가의 작가로 정체성을 규정하는 시각에 대해 불편한 태도를 취한다.[14]

> 미국의 흑인 작가 토니 모리슨은 '나는 한 번도 미국인처럼 느껴본 적이 없다'고 고백한 적이 있다. 그녀는 그렇게 '미국인'으로 포섭될 수 없는

> 자신만의 소수적 감수성으로 독특한 작품세계를 일구어냈다. 어쩌면 우
> 리가 진정 넘어서야 할 경계는 '한국문학'이라는 견고한 레테르 자체일
> 지도 모른다. 이창래는 자신의 작품이 한국문학도 교포 문학도 미국문
> 학도 아닌 그저 '이창래의 문학'으로 읽히기를 바란다고 말했다. 한국문
> 학의 표지를 떼고도 작가의 개별성만으로 소통할 수 있는 분위기를 지
> 향할 때, '한국문학의 세계화'가 이루어질 수 있지 않을까.[15]

　박민규나 이창래가 공히 주목하는 작품의 철저한 개인화는 관념적으로 세계화를 추구한다거나, 현실적으로 존재하지 않는 인류공통의 보편적인 문제를 다룬다거나, 번역에 견디는 작품을 쓰겠다는 의도 등으로 얻어지지 않는다. 요는 작가가 붙잡고 있는 구체적 현실을 얼마나 깊이 파고드는가에 있다. 분명 지금은 세계화의 시대이다. 전 지구적 자본주의인 우리 시대는 민족국가의 현실과 세계 자본주의의 현실은 뒤얽혀있다. 그런 면에서 민족의 문제는 곧 세계의 문제이기도 하다. 하지만 어쨌든 작가는 추상적 세계가 아니라 자신이 일상적으로 부딪치는 민족국가의 현실에 철저히 개인으로서 대면한다. 다시 박민규의 말을 들어보자. "이 세계화의 콤플렉스. 아무튼 나는 '나'라는 개인만 생각한다. 또 이것이 다른 무엇도 아닌 개인의 작업이라는 생각이고. 그러니까 충실히, 언제까지고 자신의 내부에 더 연연하고 싶다."[16] 세계주의자가 되기 위해서는 먼저 깊은 개인주의자가 되어야 한다. 박민규나 이창래 문학의 개인주의는 자신의 내부에 연연하고 침잠하는 협소한 내면성의 개인주의가 아니라, 다른 존재들과 현실과 세계로 열린 사회적 개인주의이다. 이 글에서 주로 언급한 조이스를 비롯해서, 내가 아는 모든 훌륭한 작가는 어떤 의미에서든 탁월한 사회적 개인주의자이다.

　세계문학 개념이 주목받는 이유 중 하나는 세계 시장에서 한국문학의 경쟁력을 높여야 한다는 문제의식도 작용한다. 노벨문학상에 대한 한국 문단과 문학계의 과도한 관심도 이 문제와 관련된다. 먼저 이들에게 알려주고 싶은 사실 하나. 20세기 유럽 문학계의 판도를 좌우했던 작가 상당수는 노벨문학상과 거리가 멀었다. 조이스, 카프카, 프루스트, 로런스, 울프, 콘라드 등. 노벨문학상은 마라톤 경주가 아니며 문학의 가치 평가의 유일한 잣대도 아니다. 문학을 포함한 인류의 문화 활동에 등수를 매길 수는 없다. 노벨상을 비롯한 세계적 권위를 지닌 문학상에도 세계문학공화국에서 작동하는 문학적 상징 자본의 역학 관계가 작동한다. 그래서 조이스는 비웃듯이, 자신이 받을 상은 노벨문학상이 아니라 노벨평화상이라고 말했던 것이다. 그의 비웃음에는 노벨상으로 대표되는 문학의 경쟁력에 대한 비판이 깔려 있다. 문학의 경쟁력은 무슨 의미인가. 문학의 경쟁력을 가름하는 것이 가능하고 바람직한가. 그 경쟁력의 판단 주체는 누구인가. 이런 질문에 구체적으로 답하지 않으면 "한국문학은 다시 한 번 서양문학의 고정된 중심을 향한 욕망의 우울한 경주와 마주칠 수밖에 없지 않겠는가"(정홍수, 121). 이런 태도는 문화적 식민주의의 전형적인 예이다. 예컨대 중국의 소설을 영화로 각색한 장이머우의 영화가 보여주는 변형된 오리엔털리즘이 그렇다. 장이머우는 소설을 영화로 각색하면서 세계인들, 특히 서구인들의 중국에 대한 기억에 맞게 원작의 내용을 바꾼다. 영화 속의 중국은 유럽인들 기억 속의 중국이었고 영화를 통해 기존의 이미지를 재확인했다(이욱연, 141). 세계적인 한국문학을 논하기 전에 우리 안에 존재하는 식민주의의 실체를 먼저 밝혀야 한다. 그러므로 한국문학이 해외에 덜 번역 소개된 것이 문제라고 말하기 전에 우리가 알고 있는 나라의 문학이 얼마나 되는지 살펴보는 것이 필요하다.[17] 항상 문제는 저들이 아니라 우리이다.

세계문학 공간에서 더 높은 지위를 차지하려는 욕망을 공공연히 표출하는 한국문학에 지금 필요한 것은 섣부르고 공허한 세계문학론이 아니다. 박민규의 지적대로 "한 작가가 한 개인으로 독자화 할 때, 즉 개인화의 레벨이 어마어마하게 올라가는 것, 그게 곧 세계화"가 되도록 작가들이 그들만의 숨결을 담은 작품을 쓰는 것이 관건이다. 다시 말해 우리 시대의 시민문학을 깊이 사유하는 것이 필요하다. 그런 고민이 깊어질 때 한국문학의 세계화는 자연스럽게 이뤄질 것이다.[18] 조이스의 말을 되풀이하자. "나는 언제나 더블린을 쓰고 있는데, 더블린의 핵심에 도달할 수 있다면 세계 모든 도시의 핵심에 도달할 수 있기 때문이지요. 특수성에는 보편성이 내포되어 있습니다." 세계문학을 고민하는 한국 작가들이 깊이 새겨야 할 조언이리라.

5

지금까지의 논의를 요약하자.

첫째, 각 민족문학이 세계문학 공간에서 차지하는 지위는 단순히 문학적인 가치 평가로만 결정되지 않는다. 무엇보다 해당 민족국가가 세계 자본주의 체제에서 차지하는 위치와 그로부터 비롯되는 정치, 군사, 문화적 힘의 역학 관계가 강하게 작용한다. 근대 자본주의 경제체제의 성립 이후에 지금까지의 중심축은 좋든 싫든 유럽과 북미, 언어권으로는 영어, 스페인어, 독일어, 불어, 러시아어의 세력권에 있었다. 이들 국가의 문학이 세계문학을 선도한 것은 단순히 문학적 가치 때문만은 아니란 뜻이다. 역시 좀 더 구체적인 검증과 사례연구로 뒷받침되어야겠지만, 2차대전 이후 주목받게 된 라틴아메리카문학의 경우도 언어 문화적으로는 그 식민지 지배 국가였던 스페인어와 그에 뿌리박은 유럽 문화 전통의 힘이 크게 작용한 것이며(물론 그것의 창조적 변용이라는 점도 무시할 수는 없지만), 1960년대 이후 나타난 일본문학의 부상(무라카미 하루키는 그 정점이라고 할 수 있다), 그리고 최근에 주목받는 중국문학의 주목(모옌의 노벨문학상 수상으로 분명하게 된)도 공히 이들 국가들이 세계 자본주의 체제에서 차지하는 높아진 위상과 관련된다. 만약 경제적 위상이 높지 않다면, 적어도 그 국가가 지배적인 언어 사용의 세력권에 있기를 요구한다. 예컨대 아일랜드문학의 경우가 그렇다. 20세기 초반 아일랜드가 자본주의 체제에서 차지하는 위상은 미약했지만, 영국의 오랜 식민 통치에서 강제적으로 부과된 영어와 영국 문화에 대한 아일랜드 작가들의 비판적 자의식과 창조적 변용이 이들이 세계문학 공간을 재편하게 만드는 데 큰 영향을 미쳤다는 것은 부인하기 힘들다. 한국문학의 세계화의 경우에도 한국문학의 내적 자질(그것의 평가 기준은 또 어려운 문제이다)만이 아니라 한국 경제와 국가적 위상이 세계체제에서 차지하는 자리가 한국문학의 영향력과 국제적 평가에 중요한 평가 요소로 작용할 것이다.

둘째, 세계문학 공간에 한국문학이 차지하는 위상은 세계문학과의 피상적 교류, 다른 나라 작가들과의 만남, 번역 활성화를 통해서 높아지기 힘들다. 물론 그런 것도 필요하다. 하지만 관건은 점차 빈번해지는 외국문학과의 국제적 교류의 실상을 정확히 인식하는 것이다. 여기에는 한국문학 공간에 이미 들어와 힘을 행사하는 세계문학, 즉 번역 작품들과의 냉정한 비교와 상호 교섭, 그리고 역으로 어떻게 다른 나라들의 문학 공간에 한국문학의 영역을 만들 것인가라는 이중적 과제가 제기된다. 내 생각에 더 중요한 것은 전자이다. 항상 관건은 '나'를 남에게 알리는 것이 아니라 '내'가 남을 얼마나 아는가이다. 한국 영화가 활성화된 이유 가운데 하나는 한국 영화 시장에서 한국 영화와 외국 영화와 계속 비교되고 평가를 받으며, 그런 비교와 경쟁의 시스템에서 살아나기 위해 한국 영화가 분투했기 때문이다(그 분투의 구체적 양상과 공과는 별도의 검토를 요구한다). 지금 한국 영화와 문학의 관객, 독자의 수준은 이미 국제적이고 세계화되어 있다. 그들은 한국문학을 다른 나라의 외국문학과 자연스럽게 비교하면서 읽는다. 마치 한국의 축구나 야구팬들이 거의 동시간으로 세계 최고 수준의 다른 나라 경기를 보면서 자연스럽게 한국 축구와 야구의 수준을 견주는 것과 비교할 수 있다. 이제 촌스럽게 '우리 것이니까 아껴줘야 한다'는 애국주의는 더 이상 먹히지 않는다. 한국 영화나 문학의 사정도 별반 다르지 않다. 찬반이 분분하지만, 최근 다시 확인된 무라카미 하루키 작품이 보여주는 광범위한 대중적 관심과 인기의 원인을 냉정하게 따져볼 필요가 있다. 한국의 적지 않은 독자들이 보기에 하루키의 작품은 한국문학이 주지 못하는 무엇인가를 지니고 있는 것으로 평가된다. 이들의 감식안을 비판하는 건 쉽다. 하지만 더 중요한 점은 냉정하게 한국 축구나 야구의 국제적 수준을 평가하는 것과 비슷한 양상으로 이제는 한국문학의 국제적 수준을 점검하는 것이 독자들에게는 자연스러운 일이라는 것이다. 무라카미 문학이 거둔 그 나름의 '세계성'은 그가 일본문학의 전통과 좁은 울타리에 갇혀 있지 않고 세계문학, 특히 그가 애호하는 미국문학의 흐름과 생산적인 대화를 했기 때문이다. 여기에는 피츠제럴드 같은 본격문학만이 아니라 챈들러 같은 장르 문학의 대가들과의 관계도 큰 역할을 한다. 조심스러운 판단이지만 한국의 작가들은 이런 세계문학의 흐름과 얼마나 열려 있는 배움의 통로를 확보하고 있는지 의문이 든다. 출판계에서는 점점 더 다양한 나라의 작품들이 속속 번역되고 있으며, 최근 붐을 이루는 세계문학전집 발간은 이런 추세를 정확히 반영한 것이며 또 그런 상황을 가속화시키는 동인이다. 따라서 작가나 비평가도 이제 관심의 대상을 좁은 의미의 한국문학 작품에만 둘 것이 아니라 한국문학 공간에 수용되는 외국문학 번역 작품과의 생산적 대화를 통해 무엇을 배울 것인가, 한국문학의 현재적 위상은 어디인가를 지속적으로 가늠하는 작업을 해야 한다. 여기에는 특히 비평가들의 역할이 중요하다.

셋째, 조심스러운 판단이지만, 현재 한국문학 공간에 들어와 있는 다른 나라 문학, 특히 내가 관심을 갖고 있는 영미권 문학의 일급 작품들과 비교하면 한국문학의 현재적 수준은 우월하다고 할 수 없다. 예컨대 한국문학에 대거 소개된 현대 미국문학의 거장들인 토머스 핀천, 코맥 맥카시, 필립 로스, 돈 드릴로 등에 견줄 만한 한국 소설의 거장은 누가 있는가. 한 나라 문학의 수준은 양이 아니라 결국에는 그 나라 문학이 도달한 최고 수준의 작가와 작품으로 가늠된다. 그렇다면 그 답은 그리 긍정적이지 않다. 이미 한국문학 공간의 독자들은 거의 실시간으로 번역·소개되는 다른 나라 작품을 다양하게 읽고 한국문학과 비교하고 있는데, 한국문학 작가나 비평가들은 오히려 그렇지 못하다는 인상을 받는다. 작가나 비평가들은 자신이 지금 쓰고 있는 작품의 내적 평가에만 치우칠 것이 아니라 지금 다른 나라의 작가들은 무엇을 고민하고 어떤 새로운 내용과 형식과 기법을 실험하는지를 배우고 창조적으로 변용하는 작업에도 힘을 쏟아야 하지 않을까. 여기에는 하루키의 예에서 지적했듯이, 좁은 의미의 본격문학이나 고급문학high-brow literature만이 아니라 각 나라가 축적한 장르 문학과의 교섭도 아우른다. 한국문학의 내용과 형식이 풍성하지 못한 원인 중 하나는 본격문학의 비옥한 토양이 되는 다양한 장르 문학 전통이 두텁지 못한 것도 한 이유이다. 이런 대화와 교섭이 이뤄질 때 비로소 괴테가 말한 각 민족문학들의 대화로서의 세계문학의 구체적 모습이 우리 앞에 모습을 드러낼 것이라고 믿는다.

주

1) 이현우, 「세계문학 수용에 관한 몇 가지 단상」, 『세계문학론』, 창비, 2010 p.212.

2) 백낙청, 「지구화시대의 민족과 문화」, 『세계문학론』, p.39.

3) 정홍수, 「세계문학의 지평에서 생각하는 한국문학의 보편성」, 『세계문학론』 p.115.

4) Pascale Casanova. *The World Republic of Letters*, Cambridge. MA: Harvard UP, 2007. 이하 이책의 인용은 쪽수만 병기.

5) 세계화, 세계문학, 민족문학의 관계에 대한 압축적이고 비판적인 검토로는 백낙청, 「세계화와 문학: 세계문학, 국민/민족문학, 지역문학」, 《안과밖》 29호, 2010 하반기 참조. 괴테의 세계문학론에 대한 상세한 소개로는 임홍배, 「괴테의 세계문학론과 서구적 근대의 모험」, 《창작과비평》 2000년 봄호; 윤지관·임홍배 대담 「세계문학의 이념은 살아 있다」, 《창작과비평》 2007년 겨울호 등을 참조. 괴테의 세계문학론에 대한 소개로는 David Damrosch, "Goethe Coins a Phrase," *What is World Literature?*, Princeton: Princeton UP 2003. pp.1-36면 참조.

6) Marx and Engels, "Manifesto of the Communist Party," *The Marx-Engels Reader, ed.* Robert C. Tucker, New York: Norton 1978. p.477.

7) Franco Moretti, "Conjectures on World Literature," *New Left Review 1*, 2000. 세계문학, 민족문학, 비교문학의 관계에 대한 간략한 소개로는 박성창, 「민족문학, 비교문학, 세계문학」, 《안과밖》 28호, 2010년 상반기 참조.

8) 윤지관, 「한국문학의 세계화를 둘러싼 쟁점들」, 『세계문학론』, p.194.

9) 이욱연, 「세계와 만나는 중국소설」, 『세계문학론』, p.130.

10) Fredric Jameson, "Does World Literature Have a Foreign Office?," A Keynote Speech for Holberg Prize Symposium 2008; 윤지관, 「경쟁하는 문학과 세계문학의 이념」, 《안과밖》 29호, 2010년 하반기 참조.

11) Richard Ellmann, *James Joyce* (revised edition), Oxford UP, 1982, p.217.

12) 이런 분석의 예로는 김홍중, 「무라카미 하루키, 우리 시대의 문학적 지진계」, 『마음의 사회학』 (문학동네, 2009) 참조.

13) 황정아, 「박민규라는 문학 발전소」(인터뷰), 《창작과비평》 151호, 2011 봄, p.377.

14) 한국문학의 공백과 관련하여 이창래의 작품을 분석한 글로는 졸고 「미메시스에서 감응으로: 한국문학의 곤궁과 이창래」, 《세계의문학》 148호, 2013년 여름 참조.

15) 정여울, 「해석을 넘어 창조와 해석을 꿈꾸다」, 《창작과비평》 138호, 2007년 겨울, p. 109.

16) 「박민규-신수정 대담」, 《문학동네》 66호, 2011년 봄, p.114.

17) 방현석, 「서구중심의 세계문학 지형도와 아시아문학」, 『세계문학론』, p.266.

18) 최근 비평계에서 쟁점이 된 문학의 정치 문제와 관련하여 시민문학론의 현재성을 살펴보는 글로는 졸고 「시민문학과 정치: 백낙청의 「시민문학론」을 다시 읽으며」, 《크리티카》 4호, 도서출판 올, 2010 참조.

3. 이 재앙의 지구에서: 오늘의 세계문학

문광훈(독문학, 충북대 교수)

> 지구와 작별한다는 것은 얼마나 어려울 것인가.
> - 크리스타 볼프, 『원전고장』(1986)

지금은 2011년 4월 초순이다.

지난 3월 초에는 강도 9도의 일본 대지진이 있었고, 곧이어 밀어닥친 20m 높이의 쓰나미는 동북부 센다이 지방을 쑥대밭으로 만들었다. 재앙은 여기에 그치지 않았다. 후쿠시마 원전의 방사능물질 누출로 대기는 물론 땅과 바다가 오염되었고, 여기서 나온 것은 대기를 타고 미국과 유럽으로 날아갔고, 마침내 지구를 한 바퀴 돌아 중국과 한국으로도 밀려들고 있다. 며칠 전에는 이번 방사능 유출이 체르노빌 수준인 7등급으로 상향 조정되었다. 우리나라의 제주도와 경남에서도, 극미량이라고 하나, 상추와 시금치에서 방사능 물질이 검출되었다는 보도이다. 해롭다는 것과 괜찮다는 것, 걱정과 안심의 경계선은 대체 어디쯤인가?

1. 키치의 낙원

우리가 무엇을 다루고 무엇을 고민하건, 그 중심은 현실이다. 그러니 현실을 생각하지 않을 수 없다.

오늘의 지구 현실을 규정하는 것은 무엇인가? 굳이 이번의 대지진과 원전사고를 말하지 않더라도 지금의 인간 현실은 극심한 혼란으로 차 있다. 이 혼란이 극심한 것은, 그것이 전면적일 뿐만 아니라 예측 불가능하기 때문이다. 세상은 하루가 다르게 변하고 있고, 이렇게 변하는 현실을 묘사하는 매체의 종류 역시 헤아리기 어렵다. 컴퓨터에서 핸드폰, 아이패드에서 태블릿, 트위터 그리고 페이스북에 이르기까지 일어나는 사건의 종류만큼이나 사건을 전달하는 매체의 방식도 복잡하다. 사건을 대하는 우리의 감각은 파편화되어 있고, 경험을 전달하는 언어도 단순화되어 있으며, 이 언어에 담긴 사고 또한 토막 나 있다. 이러니 사람의 성격이 변덕스럽거나 인간관계가 우발적인 것은 당연한 지도 모른다. 이제 낯선 삶은 곳곳에 있고, 삶의 불안정은 일상화된다. 불안의 편재화, 위기의 일상화가 오늘의 지구 현실을 규정하는 것이다. 문제는 이런 위기가 항구화하면서 정치적으로 오용될 수 있다는 점이다.

이번 달 초 귄터 그라스Günter Grass는 함부르크 근처의 크뤼멜Krümmel 원자력발전소 앞에서 '원전 없는 글 읽기'라는 시위에 참가하여 "가장 우려하는 일이란 생태 독재Öko-Diktatur가 곧 나타날 것이라는 것", "그렇게 될 경우 우리는 긴급 법령 하에 살아야 할 것"[1]이라고 말한 바 있지만, 지금의 정치·경제적·환경적 위기에는 단순히 '유목민적 삶'이나 '문화적 다원주의' 같은 술어로 칭송될 수 없는, 엄청난 파괴력을 지닌 인화물이 내장되어 있다. 게다가 언어와 인식의 지엽성이란 유례 없다. 문명적 파국과 지구파괴의 어떤 정점이라고나 할까? 오늘의 세계는 말 그대로 키치의 낙원—가짜와 짝퉁, 아류와 엉터리의 신세계가—되었다.

그러나 이 파국적 현상은 오늘만의 일이 아니다. 예를 들어 방사능 위험성은 1986년 체르노빌 사건 이후 여러 차례 경고되었다. 인간의 삶이 변해야 한다고 많은 사람들이 말했지만, 그 때 이후 크게 달라진 것은 없다. 환경 운동이 일어났고 생태학에 대한 관심이 증가하긴 했지만, 원자력 에너지의 사용은 줄어들지 않았다. 여기에는 물론 많은 문제가 얽혀 있다. 작게는 원자에너지의 유용성 문제가 있고, 크게는 과학의 유용성이나 기술 제어의 문제가 있으며, 더 하게는 상품 생산과 편리의 문제, 성장 대 성숙, 발전 대 분배 같은 이념적 문제도 섞여 있다. 이것은 산업계를 어떻게 재편할 것인가라는 물음을 포함한다. 물론 이 모든 문제에서 결정적인 것은 이해득실의 문제이다. 어떻든 이것은, 좀 더 심각하게 보면, 인간이란 과연 계몽될 수 있는가, 혹은 인류의 자기 파괴적 속성은 불가피한가라는 철학적 물음으로 이어진다. 인간은 반드시 절실하지 않는, 때로는 불필요하기도 하는 물건들의 대량생산을 통해 편안하면 편안해질수록 사람 사는 세계를 더욱더 파괴하게 되는 것이다. 자기가 저지른 과오로부터 어떤 것도 배우지 못한다면, 인간은 어떻게 구제될 수 있는가? 치명적 경쟁에서 얻는 이윤과 효용이 삶의 공간을 파괴한다면, '발전'이란 정말 참된 발전인가? 아니면 발전이란 이름 하의 괴물인가?

이제 인류는 봄을 노래하고 초록을 예찬하며, 여름날 나무 그늘 아래

누워 흘러가는 흰 구름을 바라볼 수 없게 되었다. 언제라도 방사능 소나기가 내릴 수 있고, 물이나 땅에서는 방사성 세슘이나 요오드가 검출될 수 있기 때문이다. 이제 자연은 어디에서건 찬란히 빛난다고 말하기 어렵고, 지구는 곳곳에서 상처로 곪아가고 있다.

우리는 시시각각 문자를 주고받고, 하루에도 수십 개씩 이메일을 받지만, 그만큼이나 많은 스팸메일에 시달리기도 한다. 모르는 어떤 어휘도 '구글'이나 '네이버'를 이용하면 즉각 검색할 수 있지만, 이렇게 '관련 있다'는 결과물 앞에서 어떤 것을 선택해야 할지 허둥댄다. 1999년에 나온 이 검색기 제국은 세계의 정보를 조직하여 원하면 누구에게나 제공하고, 하버드대, 스탠포드대, 미시간대, 뉴욕대, 옥스퍼드대에 수백만 권의 책을 스캔하여 무료 제공하고 있다. 정보와 지식, 광고와 실체의 경계는 완전히 사라지고 있고, 수백 년 활자 문화는 디지털 바다에 익사하고 있다. 그래서 작가 돈 드릴로나 토마스 핀천은 '소설의 소멸'을 말하기도 한다. 그러나 소멸은 아니라고 해도 인터넷과 TV로 인한 문학 형식의 변화는 불가피해 보인다. 마치 19세기 말 사진의 발명이 회화의 종말이 아니라 기존 형식으로부터의 해방을 이끌었듯이, 그래서 현대 예술의 출발을 야기했듯이. 문제는 역사적으로 유례없는 산만함이다. 오늘날 사람들은 그 어느 때보다 넋을 잃고 허둥대고 있다. 무선통신과 PC로 인해 정보는 시도 때도 없이 밀려오고, 이 정보 쓰나미 때문에 책 한 권도 이젠 처음부터 끝까지 읽기 어렵게 되었다. 사람은, 그 인성도 이 세계처럼 부서지고 깨지고 찢겨져 있다. 이런 현실에서 더 이상 무엇을 말하고 또 생각할 것인가? 학교에서도 사회에서도 이제 가르칠 것은 남아 있지 않은 것처럼 보인다. 나는 루카치의 '선험적 고향 상실'이란 말을 떠올린다.

이런 상황에서 '세계문학'Weltliteratur에 대한 괴테의 구상을 생각해 본다는 것은 착잡한 일이지 않을 수 없다. 지금은 그 생각이 생겨났던 1820, 30년대 보다 훨씬 더 복잡하고 더 빠르게 전개되고 있으며, 그때 보다 덜하지 않은 갈등을 전 지구적 차원에서 야기하고 있다. 세계의 토대가 뿌리째 흔들리고 있고, 인간의 경험은 파편적이며 그 언어는 일목요연하지 않다.

그러므로 오늘날 괴테를 읽는다는 것은, 그래서 그의 세계문학 이념을 해석한다는 것은 그 구상에 함축된 몇 가지 사항들—고유한 것과 이질적인 것, 자국적인 것과 국제적인 것, 민족(국민)문학과 세계문학, 중심과 주변의 상호 관계 같은 문제나 정전의 재해석 문제 혹은 세계문학의 서구중심주의 비판 같은 주제를 논의하는데 그치는 게 아니다. 그것은 이 외에도 오늘의 지구 현실을 규정하는 갖가지 문제들—시장과 문학, 자본과 예술의 관련성, 디지털 시대에서의 활자 매체의 생존 문제에서부터 과학기술의 제어 문제나 시민 교양 교육의 문제를 지나 인류 문명의 미래적 방향에 이르기까지 분야와 수준을 달리하면서 여러 차원의 주제를 포괄적으로 사고한다는 것을 내포한다. 문학의 상업화나 예술 작품의 전반적 키치화, 온갖 정보 기기로 인한 지적·도덕적 수동성의 증가나 문화적 담론의 우매화, 점증하는 폭력과 테러리즘, 그리고 이 폭력을 지탱하는 원리로서의 근본주의적 사고는 그 대표적 항목일 것이다. 종류의 어떠하건, 이 모든 문제의식은 간단히 말해 우리의 현존 방식, 각자의 세상살이에 관한 것이라고 할 수 있다.

각자의 세상살이는 어떤 식으로 온전할 수 있는가? 이것은, 줄이자면, '제각각의 삶을 제 각각의 방식으로 제자리에 돌려놓는 데'에서 시작한다고 말할 수 있을 지도 모른다. 삶을 제자리에 둔다는 것은 무엇인가? 그것은 칸트가 말하는 '건전한 인간 오성'을 갖고 생활한다는 것이고, 언어를 가능한 한 정확하게 사용한다는 것이며, 열린 감각으로 사실을 존중하며 경험에 충실하는 일이 될 것이다. 괴테가 말한 세계문학적 지평도 이런 상태─감각과 사유와 언어와 이성이 원래의 건전성을 회복하는 데─에서 올 것이다. 나는 이 점을 괴테에서도 확인한다.

2. "보편적으로 인간적인 것"

도스토예프스키는 다시 읽어도 흥미로운데, 그에 대한 논문들은 왜 재미없는가? 왜 마르크스의 저작은 우리로 하여금 다시 생각하게 만드는데, 마르크시스트로 불리는 이론가들의 글은 지루한가? 그렇듯이 왜 괴테는 이런저런 2차 문헌을 통해서가 아니라 오직 괴테의 글 속에서, 1차 문헌과의 직접적 만남 속에서, 이런 만남을 매개하는 독자적 관점 아래서만 비로소 조금씩 드러나는가? 독자/비평가는 저자와 대등할 수는 없을지언정 적어도 그와 소통할 수 있는, 그래서 그 핵심의 어떤 줄기는 파악할 수 있는 독해력과 소화력과 표현력을 가지고 있어야 한다. 그래야 저자의 어떤 것을 부분적으로라도 설득력 있게 전달할 수 있다. 이런 관점에서 세계문학에 대한 그의 논의를 다시 한 번 읽어보자.

괴테의 세계문학 이념은 흔히 1827년 1월 31일 에커만과 나눈 대화로부터 인용된다. 그러나 이 대화는 정확히 말해 괴테가 쓴 것이 아니라 에커만이 써서 '전달해주는' 그의 말이다. 이 일부인 '세계문학의 시기가 도래한다'는 언급은 그의 전집에도 나온다. 마찬가지로 문필가 사이의 사회적 연대를 강조하는 근거로 자주 언급되는 대목은 그가 1828

년 베를린의 자연과학자 모임에 부친 글에 나온다.[2] 그러나 세계문학론에서 괴테가 말하는 것은 이것뿐일까? 개별적·민족적·국민적 단위의 문학이 세계문학으로 고양되고, 이 고양을 문필가들의 사회적 연대를 통해 이루고자 하는 것, 그것이 괴테가 가졌던 세계문학적 문제의식의 전부일까? 혹은 가장 중요한 메시지일까? 그렇게 보이지 않는다. 같은 해에 쓰인 「독일 소설」German Romance이란 글의 다음 부분을 읽어보자.

> "확실히 모든 나라(국가/민족/Nation)에 있는 최고의 시인과 심미적 작가의 노력은 이미 오래전부터 보편적으로 인간적인 것을 지향한다. 모든 특별한 것에서, 역사적이든 신화적이든 우화적이든, 아니면 적든 많든 자의적으로 고안해낸 것이건, 우리는 국민성과 개성을 통해 그런 보편적인 것이 점점 더 많이 비춰 나오고 드러나는 것을 보게 될 것이다.
>
> 이제 실제적 삶의 과정에서도 평등한 것이 지배하고, 모든 것을 통해 땅위의 거친 것과 야성적인 것, 잔혹한 것과 잘못된 것, 이기적인 것과 거짓된 것이 얽혀져 도처에서 온화함이 퍼져가려고 애쓰기 때문에, 이를 통해 설령 어떤 보편적 평화가 도래하길 바랄 수 없다고 해도, 그래도 피할 수 없는 싸움이 점차 줄어들고, 전쟁이 덜 잔혹해지며, 승리가 덜 방자해질 수 있을 것이다.
>
> 진실로 보편적인 관대함(Duldung/인내/용서)이란, 개별적 인간과 인종(Völkerschaft/종족)의 특수성을 내버려 두되 참된 업적은, 그것이 전체 인류의 것이 됨으로써, 가능하다는 확신을 고수할 때, 비로소 가장 확실하게 도달할 수 있다. 그러한 매개와 상호 인정에 독일인들은 이미 오래전부터 기여해 왔다."[3]

여기에서 괴테가 말하는 것은 크게 보아 네 가지이다.

첫째, 시인이나 작가가 추구하는 것은, 그에 따르면, "보편적으로 인간적인 것"das allgemeine Menschliche이다. 그러나 그 출발은 어디까지나 특수한 것, 말하자면 각자의 개별적 개성이고 국민성(민족성)이다. 어떤 일반적 경우나 추상적 명제를 통해 보편성을 추구하는 것이 아니라 가장 특이하고 고유한 경험의 세부로부터 보편적인 것이 '새어 나오고' durchleuchten '비쳐 드러나도록'durchscheinen 해야 한다. 그렇다는 것은 개별과 일반의 매개가 그만큼 자연스러워야 한다는 뜻이다. 이 자연스런 매개가 "실제적 삶의 과정에서" 이뤄질 때, 땅 위의 온갖 거칠고 잔혹하며 거짓되고 이기적인 것들이 서로 엮어지면서 온화한 것들이 점차 퍼져갈 것이고, 그럼으로써 싸움과 전쟁이 줄어들고 승리의 거만함이 미미해져갈 것이라고 그는 생각한다. 그리고 이것은 그 자체로 "보편적 평화"ein allgemeiner Friede를 향한 한 걸음이 될 수도 있다.

둘째, 보편적 평화란 무엇인가? 그것은 추상적 선언이나 주장이 아니라, 괴테 식으로 말하여 온화한 마음의 확산이다. 이 온화한 마음으로부터 "진실로 보편적인 관대함"이 생겨나올 수 있기 때문이다. 이를 위해 괴테는 개별적 인간과 인종(종족)의 특수성을 "내버려 두라"auf sich beruhen läßt고 말한다. 그 자체로 존중되어야 한다는 것이다. 그러면서, 중요한 것은 바로 이 점인데, 이렇게 존중된 특수성이 동시에 "전체 인류에게 속할 때" 비로소 "참된 업적"이 "가장 확실하게 도달될 수 있다"고 말한다. 그러니까 보편적 평화란 개별적 고유성에 충실하고, 이 충실의 결과물로서의 고유한 가치가 인류의 유산이 될 때 확보될 수 있다. 주의할 것은 괴테가 보편적 평화를 말한다고 해서 그것이 일거에 획득되거나 전쟁이 완전히 소멸된다고 보지 않았다는 점이다. 그는 전쟁을 "피하기 어려운" 것으로 보았다. 따라서 싸움이나 전쟁은, 사람이 노력한다면, "점차 줄어들고" "덜 잔혹해지며", 승리는 "덜 거만해질" 것이라는 것이다. 이 줄어든 싸움과 덜 잔혹해진 전쟁 그리고 덜 거만해진 전쟁에서 보편적 평화의 싹은 이미 자라난다.

셋째, 이질적인 것의 동시적 수행—개별적 충실과 보편적 기여—이란, 괴테의 맥락에서 보면, "상호적 인정"이요 "매개"이다. 그는 이 글에서 지적·정신적 교류의 매개자로 번역자를 언급하고 있지만, 넓은 맥락에서 이 매개를 담당하는 것은 예술/예술가이다. 그는 이렇게 쓴다. "진실된 매개자란 예술이다. 예술에 대해 말한다는 것은 매개자를 매개하고자 한다는 것을 뜻한다."[4] 이것은 무슨 뜻인가?

예술은 서로 다른 것, 즉 이질적 요소와 차원들을 하나로 모은다. 그것은 특수한 것과 일반적인 것, 개별적인 것과 보편적인 것, 나와 타자, 인간과 사물, 인간과 자연처럼 이질적으로 여겨지는 두 항목을 결합시키는 것이다. 따라서 매개자로서의 예술에 대해 말하는 것은 매개자를 매개하는 일이다. 예술에 대한 언급은 이중적 중재이고 이중적 매개활동이다. 그는 예술의 매개활동을 최고라고 여겼다. 왜냐하면 현상과 이념은 관찰과 경험의 어중간한 단계에서는 분리되지만, 이 매개에서 하나로 만난다고 보았기 때문이다. "최고란 다른 것을 동일한 것으로 직관하는 것이다."[5] 서로 다른 것을 하나로 모을 뿐만 아니라, 이렇게 모아진 하나—최고의 일자—*—란 무엇일까? 그것은 진리 혹은 신이 될 것이다. 신은 이질적인 것의 동일적 구현체이다. 신은 최고의 절대적 존재로서 현상과 이념의 합일에서 나타난다. 그렇다면 최고의 매개는 신을 중개하는 일이 되고, 예술의 궁극적 지향 또한 이 신—이질적인 것의 동일적 매개—를 지향한다고 할 수 있다. 진리는 이런 매개 속에서 암시된다. 진리란 신과 닮은 것 혹은 신에 유사한 것이기 때문이다.

진리란, 마치 신처럼, 직접 현현하는 것이 아니라 신적 표상 속에, 표현적 비유 속에 드러난다. 그리하여 진리와 신은 어떤 현상이나 이념에 직접 나타나는 것이 아니라 이를 표현한 언어나 형식 속에 매개된 채, 그러니까 간접적 방식으로 자신을 비춘다. 자연에 신이 숨어 있듯이, 언어와 형식에는 진리가 숨어 있다. 이것은 왜 예술의 언어가 간접적 언어인지(메를로 퐁티가 말했듯이), 그리고 왜 '무엇이다'가 아니라 '무엇인 것처럼'이란 형태로 나타나는지(폴 리쾨르가 썼듯이) 깨닫게 한다.

우리는 분리된 것을 하나로 모으고 하나로 된 것을 여럿으로 구분하는 일—분리와 통합 사이—을 부단히 오가면서 사물의 본성을 탐구한다. 그것이 인식의 일이고 학문의 과제며 예술의 작업이다. 여기에서 예술은, 그것이 무형적인 것에 형태를 부여한다는 점에서, 학문/과학과 구분된다. 그것은 근본적으로 무질서하고 혼란스러운 것에 일정한 질서를 부여하는 결정화結晶化 작업이다. 매일 매 순간 경험하는 개별적이고 특수한 현상이나 사건을 보편적인 것에 대한 비유로, 그래서 의미 있는 이미지로 읽어낼 수 있어야 한다. 그리고 이렇게 읽어낸 이미지에서 현상과 이념은 하나이다. '보편적 평화'란 그렇게 결합된 하나의 이상이고, '보편적 인내나 관대함 혹은 용서'도 그런 예가 될 것이다. 보편적으로 인간적인 것이란 상호매개와 상호인정을 통해 도달된 평화와 인내와 관용의 정신에 다름 아닐 것이다. 결국 우리는 문학과 예술을 통해 나눠지고 찢겨지고 갈라지며 조각난 다른 것들을 하나로 모으는 가운데 보편적 가치의 지평으로 나아가는 것이다.

만약 괴테의 논의가 여기에서 끝났다면 아쉬움을 남길 수도 있다. 그것은 개별적 인간의 구체적 행동에 대한 언급이 누락되었다고 볼 수 있기 때문이다. 그러나 과연 그런 것인가? 괴테의 세계문학 이념은 잘 알려져 있듯이 극심한 정치적 혼돈기—나폴레옹이 유럽 대륙을 짓밟던 19세기 초—에 나왔다. 이런 구상으로 그가 염원한 것은 무엇보다 인류의 발전, 개별 국가적·민족적·인종적 이데올로기로 찢겨진 유럽 사회의 이성적 미래였다. 이 고민의 중심에는 전쟁에 짓밟힌 각국의 처참한 현실이 놓여 있다. 이 현실은 역사상 유례없는 격변, 말하자면 도시가 생겨나고 신분제가 붕괴하며 노동이 생활에서 소외되는 초기 자본주의적 병리 현상을 앓고 있었다. 전대미문의 유동성과 이동성과 불안정성, 파편성과 우발성과 순간성은 근대적 불안의 핵심이다. 이런 비극을 피하는 데에 필요한 것은 여러 가지지만, 그 중요한 하나로 그는 낯선 것에 대한 우호의 감정 혹은 이웃관계에 대한 의식으로 보았다. 토마스 칼라일Thomas Carlyle의 쉴러 전기에 대한 그의 서문은 이 점을 보여준다.

괴테가 낯선 것에 대한 우호적 태도나 이웃 의식을 강조한다고 해서 모든 개인이나 모든 국가가 똑같이 생각해야 한다고 여긴 것은 아니다. 서로 알고 이해한다는 것은, 그의 생각에 따르면, "서로 사랑하지 못한다고 해도 적어도 서로 견디고 허용하는dulden 것을 배우는" 일이었다.[6] 그리고 이것은 이 무렵에 쓰인 「젊은 시인을 위한 또 다른 한 마디」Noch ein Wort für junge Dichter에 나오는 언급—"모든 사람은 오직 자유롭게 자기 자신을 알아야 하고, 자기 자신을 판단할 수 있어야 한다"라는 생각—과 연결될 수 있다.[7] 서로 이해한다는 것이 반드시 똑같이 생각한다는 뜻은 아니다. 이해하고 사랑하는 것은 좋은 일이지만, 상호 이해가 곧 사랑을 보장하진 않는다. 상호 이해는 무엇보다 서로 견디는 일이고, 이 견딤을 배우는 일이다. 그리고 이 견딤은 자기 견딤에서 시작한다. 자기를 견디려면 우선 자기를 알아야 하고 자기 자신을 판단할 수 있어야 한다. 평화나 인내나 용서 혹은 인간성 같은 보편적 가치는 어떤 주장이나 명제에서 오는 것이 아니라, 또 자기 밖의 누구에 의해 주어지는 것이 아니라, 자기 자신으로부터 온다는 것, 자기 자신을 알고 자기를 제어하며 스스로 결정하고 판단할 수 있는 데에서 비로소 획득되는 것이다. 단순히 힘을 결집하거나 주어진 의견에 동의함으로써가 아니라 자기 제어/자기 지배/자기 결정/자기 판단의 능력으로부터 보편성의 가치도 실현된다. 괴테는 자기 지배를 가르치는 정부가 최고의 정부라고 했다.[8] 이것은 오늘의 디지털 현실과 관련하여 특히 중요하다. 이것이 네 번째 사항이다.

최근 토마츠 쿠리아노비츠는 「괴테가 살았다면 페이스북 계정을 썼을까?」라는 기사에서, 괴테는 페이스북이 그 당시에 발명되었다면 사용했을 것이라는 것, 그러나 무조건적으로 그러진 않을 것이라고 적었다. 현실에 엄청난 호기심을 가졌던 괴테는 가제트(*Le Globe*나 *Le Temps* 같은 옛날 신문)를 지치지도 않고 읽었지만, 이 일간 신문들에 실린 끔찍한 소식들은 시대적 위기를 유발하는 공범자라고 여겼기 때문이다. 그래서 그는 즐기던 신문구독을 한동안 중단하기도 한다. 이런 이유에서 쿠리아노비츠는 신문에 대한 괴테의 이중적 태도라 오늘날 인지학자들이 인터넷 속도 앞에서 갖는 우려—반성적·성찰적·정관적靜觀的 능력의 쇠퇴에 대한 근심—와 일치한다고 진단하면서 이렇게 적는다.

> 쉬지 않고 새로 도착하는 정보들 때문에 야기된 인간적 성찰력과 거리력의 상실에 대한 괴테의 근심은 디지털 자극에 대한 병적 집착을 21세기 최대의 교양(교육) 문제로 간주하는, 그래서 '단조로움으로의 복귀'를 강력하게 옹호하는 하버드의 인지학자 마이클 리치Michael Rich의 비판

과 비슷하게 해석될 수 있다.

공적 잡지의 등장에 즈음하여 괴테는 이미 19세기에 전래적 교양 이상을 부식시키는 요인으로 가속도 과정을 지적했다. 괴테가 요구한 것은, 예거Jaeger는 그의 책에서 이렇게 적고 있는데, 명상적 자기 제어의 인지적 반反프로그램Gegenprogramm이었다. '시간과 휴식 그리고 집중'은 괴테가 근대적 움직임의 열광에 대항하여, 또 집중과 성찰에 적대적인 희유곡 원칙에 대항하여 빌헬름 마이스터의 '수업 시대'와 '방랑 시대'에서 전개했던 교육학의 필연적 전제조건들이었다.'[9]

  쿠리아노비츠의 논지는 사안의 핵심을 적확하게 포착한 것으로 보인다. 괴테가 그 당시 막 등장하기 시작하던 신문이란 매체 앞에서 얼마나 큰 정보적 압박을 받았는지 예거가 지적하였다면, 이 지적을 쿠리아노비치는 리치에 기대어 디지털 정보 홍수의 시대에 야기되는 성찰과 비판의 능력 상실과 지적·도덕적 수동성을 문제시한 것이다. 괴테의 문제의식은 한 마디로 "정관적 자기 제어의 인지적 반프로그램"이다. 왜냐하면 과도한 자극과 지나친 정보 그리고 빠른 변화 속도는 인간의 성찰과 집중에 적대적이어서 가만히 앉아 자기를 돌아보고 주변을 헤아리는 여유를 앗아가기 때문이다. 여기에서 파괴되는 것은 시간이고 여유고 심성이지만, 고전적 술어로 번역하자면, '교양 이상'Bildungsideal이다. 정보 시대의 인간에게 요구되는 것은 자극의 급속한 교체고 변화이지 성찰과 검토가 아니다. 많은 일은 놀이삼아 일어나는, 그래서 있어도 좋고 없어도 무관한 희유곡적 심심파적이 되는 것이다. 그래서 지속이나 계승은 없고, 책임이나 윤리도 찾기 어렵다. 경험이나 노동, 사고나 감각은 철저하게 조각난다.

디지털 매체 시대에는 접속능력 자체가 경쟁력으로 보인다. 사람들은 더 많은 정보 속에서 더 높은 경쟁의 압박감에 시달리고, 이 경쟁을 이겨내기 위해 더 자주 접속한다. 그래서 시도 때도 없이 키보드를 두드리고, 가능한 한 더 오래 화면 앞에 머무른다. 그렇게 해야 '디지털 토박이'digital natives라도 될 수 있는 것처럼. 마치 그래야 경쟁력을 높일 수 있는 것처럼. 시대적 슬로건은 '나는 생각한다, 고로 존재한다'에서 시작하여 '나는 소비한다, 고로 나는 존재한다'를 지나 이제는 '나는 클릭한다, 고로 존재한다'로 되었다. 그러나 항구적 주의注意에 대한 압박 속에서 노동은 파편화되고 사고는 단절된다. 어떤 주제나 사안도 지속적으로 사고되기보다는, 클릭하면 바뀌는 화면처럼, 순간적으로 변하면서 제자리를 옮긴다. 그래서 육체와 영혼, 몸과 정신의 관계는 근본적으로 변질된다. 많은 것은 얼핏 자유롭게 결정되는 것 같지만, 실은 그 어느 하나도 주체적 제어 아래 있는 것은 없다. 노동의 전적인 표피화요, 삶의 총체적 소외가 아닐 수 없다. 디지털 편의에 기대면서 우리가 얻는 것은 타율성이요, 잃는 것은 판단력이다. 이성적 판단력의 마비란 일종의 '성찰적 불능'reflexive Impotenz이다. 디지털 시대의 최대 문제는 성찰의 무기력, 지적·도덕적 타율성의 체계적 양산이다.

바로 이 점에서 자기 앎과 자기 판단, 자기 이해와 자기 제어에 대한 괴테적 강조는 소중한 것이지 않을 수 없다. 다름 아닌 이것으로부터 생활의 질서나 정신적 생산, 지적 거리감과 삶의 방향도 정해지기 때문이다. 그리하여 정관적 자기 제어의 기술은 무반성적 디지털 질서에 대항하는 인지적 반反프로그램이 될 수 있다. 현실이 빠르게 변해갈수록 천천히 살펴보는 일이 필요하고, 세계가 복잡해질수록 생활은 단조롭게 할 필요가 있다.

보편적으로 인간적인 것은 보편이념에서 오는 것이 아니라 개인의 구체적 실천—자기 제어와 자기 판단—에서 오고, 이 제어와 판단을 위한 성찰력에서 만들어지기 시작한다. 타인의 타자성이 아니라 자기 속의 타자성과 친숙해지고 이 타자의 정당성을 인정하는 가운데 개인은 상호주관적으로 확대되어 간다. 개인의 자기동일성Identität이란 정체성正體性이다. 타자와의 만남이란 그 자체로 자기동일성의 확대이자 그 교정과 갱신이고, 이렇게 갱신된 자기 정체성에는 타자성이 이미 자리한다. 주체는 타자와의 만남 속에서 인간적인 것의 보편적 영역으로 나아간다. 모든 나의 진술의 '나' 자리에, 시간이 지나면, '너'와 '우리' 그리고 '그들'이 들어서지 않는가? 나의 진술을 너와 우리와 그들의 진술로 바꾸어 말해도 타당하지 못하다면, 그것은 곧 퇴장 당한다. 예술은 주체의 이 보편화 과정을 매개한다.

그러나 예술의 매개는 매끈하지 않다. 그것은 지극히 불완전하고도 잠정적이다. 세계문학은 이렇게 매개되는 예술적 보편성의 작은 버전이다. 그리고 이 버전 옆에는 이 매개를 압도하는 예외적 세계, 타자성의 전체가 있다. 다시 강조하여 예술은, 세계의 비유기적 혼돈을 유기적 형상으로 변형시킴으로써 이해할 수 있고 제어할 수 있는 질서를 창출하는 데 있다. 현실의 부정적 양상들—전쟁이나 싸움, 폭력과 편견—은 이런 식으로 줄어들 수 있을 지도 모른다. 좋은 예술은, 좋은 정부처럼 자기 제어를 장려한다.

3. 과부하 상태: 한국 비평의 언어와 사유

이런 관점에서 보면 한국 문학비평의 언어와 사유가 드러내는 미비점은 확연해 보인다. 많은 문장이 여전히 외적 명령에 묶여 있고, 이 문장에 담긴 사유는 주어진 도식을 따른다. 그래서 다루는 사안에 따라 다르게 변화하고, 소재에 따라 달리 조직될 수 있는 방법론적·시각적 탄력성을 쉽게 허용하지 않는다. 물론 이 변화와 탄력성도 원칙 없이 이뤄지는 것이 아니라 내적 일관성을 갖춰야 한다. 그러면서 변화하는 현실에 변화하는 대응법으로 기능해야 한다. 그러나 이 땅의 비평은 그러한가?

하나의 사고는 기존 형식을 되풀이하고, 이 형식에 담긴 의미는 확대되거나 심화하기보다는 위축되거나 고갈된다. 한국의 비평 담론에 신선함이 부족한 것도 사고의 이런 도식화에서 온다고 할 것이다. 도덕주의적 입장은 도식화된 사고의 한 결과이다. 거꾸로 이 도식화된 사고가 입장과 관점의 명분주의를 조장한다. 아닌 게 아니라 한국에는 도덕주의적 진술이 아직도 너무 많다. 도덕주의적 입장이란 현실과 경험과 사건을 새로운 해명의 대상으로서 아니라 기존 관점의 의례화된 적용대상으로 간주한다. 처음부터 규정된 이런 입장이 방법적 협애성과 관점적 고루함을 야기하는 것은 당연하다. 그리하여 한국에서의 비평 담론적 타성은 이념적·이데올로기적으로 구현되고 언어적으로도 정식화되며 방법론적으로 구사된다. 왜곡과 장애는 불가피하다. 이것은 일종의 과부하 상태이다. 말하자면 문학이 문학 외적 요소에 의해 지나치게 짓눌리거나 휘둘리거나 이끌리는 것이다. 개념과 언어와 사고와 감각을 뒤덮고 있는 사회적 도덕적 압박의 과부하 상태, 이것이 현대문학가의 작업을, 특히 한국에서의 비평작업을 편향적으로 만들고 있다. 이것은 마땅히 교정되어야 한다. 한국문학에서의 감각과 언어와 사유는 무엇보다 일체의 사회적·도덕적 압박으로부터 먼저 자유로워야 한다.[10]

내가 한국 문학과 비평에서의 과부하 상태를 말하는 것은 문학의 사회역사적 연관성을 무시하거나 그 정치 윤리적 책임을 외면하라는 뜻이 아니다. 문학이 사회역사적으로 조건 지어지고 물질적으로 뿌리내리고 있음은 말할 나위도 없다. 내가 말하고 싶은 것은 문학의 파급적 가능성을 문학 외적 조건에 의지하지 않고도, 그러니까 문학 자체의 동력학으로부터도 얼마든지 파악할 수 있고, 또 그렇게 파악하는 것이 건전하고도 자연스런 이해법이라는 것이다. 더 중요한 것은 이런 접근법이 문학을 여타의 학문적 문화 활동, 가령 철학이나 사회과학 혹은 자연과학과 구분시켜주는 질적 차이이기도 하다는 사실이다. 말하자면 문학예술은 도덕적이기 때문에 실천적이어야 하고 정의롭기 때문에 책임져야 하는 것이 아니라, 이 모든 내외적 규율로부터 자유롭기 때문에 도덕적이고 정의로운 것이다. 정의(진리)나 도덕(선의)이 예술을 있게 하는 것이 아니라, 오히려 예술의 자유가, 이 자유 속에서 시도되는 아름다움에 대한 추구가 이미 기존 현실에 대한 안티테제로 작용한다. 세계에의 의무는 어떤 결의 하에 강요될 것이 아니라 내적 요청으로서 자발적으로 행해질 때, 정당하고 또 오래간다.

예술의 자유, 그 근본적 유희성에 대한 이런 생각은 그러나 새삼스런 것이 아니다. 그것은 니체의 문제 제기에서부터 시작하여 아도르노의 부정적 사유를 거치면서 예술철학적으로 심화되어 왔다. 아도르노 이후 우리는, 적어도 서구의 근현대 미학적 유산이 가진 결함과 그 성취에 동의한다면, 가장 서정적인 것도 현실 참여적일 수 있고, 이 서정적

인 것의 비판적 잠재력 속에서 사물화된 사회의 대안 가능성 역시 타진
할 수 있음을 의식한다. 문학예술의 사회 비판적 함의는, 오늘날의 현실
구조처럼, 일의적으로 규정되거나 단언하듯 예시될 수 없다. 현실 이해
와 역사 인식 그리고 이를 통한 문학적 개입의 가능성은 사람 수와 자
연의 사물만큼이나 다양할 수 있다. 있을 수 있는 모든 것이 그 자체로
타당한 것은 아니지만 그 나름의 설득력과 일관성을 갖춘다면, 그것은
하나의 있을 수 있는 방식으로서 동의할 만한 것이다.

다시 강조하건대, 이런 내재적 접근의 방법을 규정하는 외연이 여전
히 현실인 것은 자명하다. 오늘날 현실을 규정하는 조건은 지역적인 또
는 한국적인 차원에서만 일어나는 것이 아니다. 그 테두리는 초지역적
국제적 차원을 가진다. 오늘날의 개별 국가가 신자유주의로 대변되는
시장 자본주의적 질서 아래 자리하고 있다면, 게다가 문학적·문화적 활
동 역시 이 시장 이데올로기로부터 자유로울 수 없는 것이라면, 아니
자유로운 것이 아니라 '문화 산업'이나 '상품 미학'이란 말이 보여주듯
이 상품의 생산과 유통 그리고 판매의 일부로 자리할 뿐이라면, 자율성
이나 내재성 혹은 내면성이나 초월성이란 술어는 이미 상당히 오염되
어 있거나 얼마쯤은 자기 기만적이다. 그러나 동시에 문학예술과 문화
에 아직도 영향력이 남아 있다면, 우리는 이 외적·사회 역사적·정치 경
제적 조건들에 주목하지 않을 수 없다. 이른바 '세계체제론'에 대한 논
의는 이 점에서 이해할 수 있다.

그러나 그렇다고 해도 이 전체 조건을 통해 문학의 가능성을 연역하
는 것이 반드시 옳은 일일까? 혹은 충분한 일일까? 오히려 문학은 가장
개별적이고 특수한 개인의 구체적 진실로부터 사회 역사적 조건과 이
를 넘어선 보편 지평으로 나아가는 것이 아닌가? 서구 근대 사회의 서

사적 성취인 교양소설도 개인과 사회, 개체와 전체의 갈등에 대한 이런 문학적 문제의식의 산물에 다름 아니었다. 각성과 계몽은 여전히 유효하지만, 그렇다고 가족관계나 결혼관계 그리고 인간관계 일반에서 지나친 자기희생과 책임의식을 강요하지는 않는 문학 언어가 필요하고, 비평의 담론이 이데올로기적 엄숙주의를 벗어던지는 것은 절실해 보인다. 그래야 언어가 비로소 생생하게 살아 있을 수 있고, 그 사유가 신선할 수 있으며, 그 방법이 혁신적일 수 있기 때문이다.

4. 모레티의 경우

위대한 작가에 견주어 비평은 안이하고 무능한 사람들의 몫이라는 생각이 들 때가 종종 있다. 물론 이것은 틀린 말이다. 적어도 비평사를 이루는 논자들의 경우, 그들은 비범한 작가만큼이나 비범하기 때문이다. 작가든 비평가든, 뛰어나다면 그는 전적으로 다른 길을 간다. 작가가 그때까지 다뤄지지 못한 전혀 다른 삶의 면모를 묘파해 내듯이, 비평가는 전혀 다른 언어와 사유로 전혀 다른 세계관을 직조해 낸다. 그리하여 하나의 고전은 이 고전을 쓴 인간의 전체가 기존시각과는 철저하게 다를 때, 비로소 도달되는 무엇과 같다. 남는 것은 오직 일회적으로 자리하는 위대성의 흔적들이다. 비평사는 이들 전무후무한 기록물로 채워진다. 기성 세계관의 각질을 한 겹이라도 벗길 수 없다면, 언어는 왜 있는 것인가? 이것은 자명한 듯 보이지만, 그러나 까다로운 조건이다. 이 겹겹의 장애를 그 나름으로, 그러니까 관점이나 언어 그리고 방법론에 있어 혁파한 경우는 없는가? 프랑코 모레티의 몇몇 저작은 그 비평적 예로 적절하지 않나 여겨진다.

『세상의 이치』*The Way of the World*(1987)나 『근대의 서사시』*Modern Epic*(1995)에서의 사유와 언어의 혁신성은 주목할 만해 보인다. 그렇다고 아쉬움이 없는 건 아니다. 그것은, 세계를 통일적으로 읽어내려는 시도에 흔히 나타나듯이, 논리의 절차가 생략되고 세부가 단순화되는 잘못을 드러낸다. 저자의 백과사전적 박학함은 자주 깊이를 잃고, 재기발랄한 문체는 가독성을 위해 사고의 밀도를 희생시킨다. 그러나 이런 단점보다 내가 높게 평가하는 것은 소설이란 장르의 개별적·사회역사적 의미를 한 시대나 지역(국가) 혹은 언어의 차원에 제한하여 고찰하는 것이 아니라 근대세계라는 전체구조 아래 총체적으로 조감한다는 점이다. 그 좋은 예는 서구의 교양소설(Bildungsroman/성장소설)이란 19세기 교양 부르주아Bildungsbürgertum가 동시대적 특징들—신분제의 와해와 사회적 유동성 그리고 정치적 자유와 경제적 부를 누리는 가운데 개체와 전체, 내적 충동과 외적 강제, 자기 결정과 사회적 요구—사이에서 엄청난 갈등을 겪으면서 귀족적 삶의 어떤 면을 문화적으로 재점유하여 기호화한 상징적 형식물이라는 것, 그래서 교양소설의 구조는 "내재적으로 모순적"이며, 이 소설 구조적 모순은 그 자체로 "근대문화의 모순적 본성에 대한 또 다른 해결책"이라고 진단하는 대목이다.[11] 그리하여 이질적 모순들의 공존과 내면화 그리고 그와의 대결—모순의 상징화·의미화·서사화—은 근대문학의 핵심적 특징이 된다.

이 편재하는 모순 앞에서 작가와 비평가는 어떻게 할 수 있을까? 역사가 우연과 필연 혹은 "수사적 혁신과 사회적 선택의 뒤엉킴"이라면, 문학사 역시 모순적 요소가 불연속적이고 불확실하게 어우러지면서 전개되는 것이고, 그 때문에 "반쯤은 '어떻게'how를 다룰 줄 아는 형식주의적 비평가이고, 또 반쯤은 '왜'why를 다룰 줄 아는 사회학적 비평가"
인 "켄타우로스적 비평가가 필요할 것"이라고 모레티는 적는다.[12] 그
의 사유는 어떤 텍스트도 신성시하지 않고(반정전주의), 그의 언어는 근
대 특유의 모순과 역설을 적극적으로 포용하며(모순 우호적), 그의 방법
은 다윈의 진화론적 패러다임과 루카치의 이론 그리고 슈클로프스키의
러시아 형식주의를 종횡무진으로 관통한다. 이런 시도에서 두드러지
는 것은 미시적 충실의 미비보다는 거시적 시각의 혁신적 신선함이다.
그 역시 좋은 작품이란 '결함이 있는 명작'이라고 말한 바 있지만, 기존
의 분류법과 다른 규칙을 설정하려는 의지는 그 자체로 전복적이다. 절
대화된 진리의 구태의연한 되풀이보다 반쯤 진리의 새로운 제안이 훨
씬 의미 있는 것이다. 이것은 이 땅에서 이뤄지는 비평 담론 일반의 성
격 그리고 오늘의 세계문학적 가능성에 대한 이런저런 논의를 다시 떠
올리게 한다. 이것을 나는 세 가지로 요약하고 싶다.

첫째, 비평의 언어가 작품에 대한 재단이나 도덕적 평가만으로 끝난
다면, 그것은 안이하고도 지루한 일이다. 좋은 비평가는 미비와 결함에
도 불구하고 대상을 자기 관점이 담긴 자기 언어로 풀어내는 자이다.
모레티처럼 서구 근대사회에서 소설과 서사가 갖는 위상 혹은 근대세
계와 소설의 관계를 언급하는 것도 좋지만, 이것이 당장 어렵다면 현대
의 시나 소설, 희곡이나 비평의 전체를 어떤 일정한 원리 아래 조감하
는 글이 나와야 한다. 그러니까 1900년에서 2010년까지 현대문학의 개
별 장르를 몇 개의 열쇠어로, 그러나 문학 외의 철학이나 자연과학 등
의 관점으로 무장하여 일관되게 재해석해내는 글이 나와야 한다.[13] 이
같은 글이 하나 둘 축적된다면, 그것은 서로 경쟁하고 논박하는 가운데
보다 높은 수준에서 납득할 만한 몇 가지 관점으로 수합될 것이고, 이

렇게 인정받는 여러 사례가 모여 건전한 담론 공동체의 형성으로 이어
질 것이다. 민주사회의 바탕인 합리적 공론장이란 이 경로를 통해 점진
적으로 만들어질 것이다.

둘째, 되풀이하자면 이런 류의 언어는 유려하고 방법은 참신하며 해
석은 독특해야 한다. 그러려면 최소한 두 가지 조건이 충족되어야 한다.
앞서 언급했듯이, 우선 필자 자신이 사회적·도덕적·이데올로기적 과부
하 상태로부터 자유로워야 한다. 그리고 다루려는 대상텍스트의 입장
에 짓눌리는 것이 아니라, 그 나름으로, 어떤 경우에는 자기 뜻대로 마
음껏 주형할 수 있어야 한다.

셋째, 이 대목에서 다시 철학의 필요성을 절감한다. 창의적 시각이란
물론 이미 있는 인식과의 과감한 단절에서 생겨난다. 그러나 이것은 의
지나 의욕만으로 되는 게 아니다. 그 가능성은 이론적으로 철저하게 무
장될 때 조금씩 실현된다. 이론적 무장이란 철학적 훈련이다. 참된 철학
은 늘 다시 시작하려는 갈망, 즉 혁신에의 갈망에 다름 아니다. 출발의
두려움을 이겨내지 못하면, 새로운 의미 지평을 열 수 없다. 그러니 자
유도 구가하기 어렵다. 철학은 언제나 다시 감행하는 자유로운 사유의
실험이다. 그러므로 현실 이해에서 중요한 것은 스타일이 아니다. 요구
되는 것은 스타일이 아니라 철학이다. 이 철학은 물론 현실로부터 유리
된 사변체계가 아니라 나날의 생활 경험에 뿌리내린 것이어야 한다. 이
경험은 '그들'의 것이기 이전에 '우리'의 것이어야 하고, '우리'의 것이
기 이전에 '나'의 것이어야 한다. 시적 내용이란 무엇보다 자기 자신의
삶의 내용이라고 괴테는 쓰지 않았던가. 자신의 경험으로부터 그 경험
의 외부로 나가지 못한다면, 현실 인식이나 인간 이해는 공허를 피하기
어렵다. 이렇게 얽힌 경로를 절차적으로 단단하게 만드는 것이 철학이

다. 무장된 철학이 현실을 바로 이해하게 하고 세계를 정확하게 인식하게 한다. 스타일은 철학적 훈련이 쌓이고 쌓였을 때 자연히 우러나오는 것이다.

우리는 세부 경험에 충실하고, 이 경험을 분명하게 언어로 묘사하며, 이 묘사는 감각적으로 풍성해야 한다. 그러려면 글의 주체는 철학적으로 무장되어야 할 뿐만 아니라 일정한 입장 속에서 다른 입장과 만날 수 있어야 한다. 나아가 이 모든 것은 의식된 결과로 나타날 수도 있지만, 그 이전에 자연스럽게 언어 속으로 용해되어 있을 수도 있고, 그래서 언어가 감각과 사유와 경험의 타자적 지향성을 구현할 수도 있다. 그럴 경우 언어는 사람의 언어이면서 사물의 언어를 어느 정도 닮는다. 말하자면 사물 자체의 즉물성을 객관적으로 체현한다고나 할까. 인식의 공정성은 사물의 즉물성에 언어적으로 다가갈 때 비로소 얻어지는 것이다. 상투적 표현이지만, 바른 언어란 우주의 언어여야 하는 것이다. 이것은 물론 간단치 않다. 그것은 기나긴 암중모색을 거친 정신에게 예외적으로 나온다고 할 수 있다. 그러므로 하나의 진술은 이전의 진술을 지우고 넘고 벗어나고 거스를 수 있어야 한다. 진실은 사유의 이 멈추지 않는 반성적 운동 속에서, 이 운동에서 입증되는 공정성에의 비의도적 갈망에서 섬광처럼 빛난다. 남는 것은 파편들의 이러저러한 징후. 진실은 이들 파편에서 잠시 반짝이다 사라진다.

이렇듯 인식에의 시도는 무한히 되풀이된다. 그것이 불완전하기 때문이다. 그래서 하나의 소설 속에 다른 소설이 들어 있고, 하나의 시이면서 다른 시와 교통하며, 시와 소설과 희곡이 합쳐진다. 무한히 다른 것들의 이질적인 교차, 그 다성적 흔적이 현대문학의 언어이다. 여기에서 동일성과 순수성과 일의성이 증발한다. 이것을 개인에게 적용시키면 어떻게 될까? 그것은 탈주체화 혹은 탈인격화 혹은 탈인간화라고 말할 수 있을지도 모른다. 아닌 게 아니라 현대의 문학 언어에는 점진적으로 발전하는 자기 성격의 개인/주체를 보기 어렵다. 이들은 자기에게 밀폐되어 있거나 주체됨의 뿌리를 상실한, 그래서 사회적으로 부유浮遊하는 인간이다. '소설의 죽음'이나 '역사의 종말'을 말하고, '책임의 윤리학'을 거론하는 것도 이와 무관하지 않다. 이것이 변화하는 현실에 대한 책임 있는 대응책이 될 수 있을지 알 수 없다. 지금 문학을 채우는 것은 상투적 어휘와 우발적 착상 그리고 유행하는 슬로건이다. 오늘날 개인과 언어와 의미에 어떤 자기동일성이 있다면, 그것은 지루하고도 판에 박힌 동일성이라고 해야 할 것이다.

지금까지 진술한 내용은 지금의 의미화 노력이 어떤 생산적 과정을 이루는 것이 아니라 차라리 의미 증발의 형해적 자국을 드러낸다는 것이다. 바로 이 상처자국이 현대적 삶의 근본적 우울을 이룬다. 현대의 예술은 스스로 아무 것도 아닌 채 끝없이 유예되고 치환되면서 그 무엇이길 헛되이 꿈꾼다. 완전한 의미나 조화는 전적으로 봉인되어 있고, 기의 아닌 기표만 무한하게 증식하는 듯하다. 데리다가 강조한 의미의 유예나, 라캉이나 크리스테바의 기표놀이는 이 점을 지적했다고 볼 수 있다. 증식하는 삶의 전반적 기표화는 개인의 사물화된 속성—주체의 느낌과 이미지, 개인과 개인, 인간과 사물, 인간과 사회, 인간과 자연, 인간과 언어, 인간과 의식과 사유—의 변덕스런 관계를 그대로 특징짓는다. 곳곳에 균열이 자리할 뿐만 아니라 이 균열은 그 자체로 영구적으로 고착되는 듯하다. 영원성에 이르기까지 화석화된 균열, 이것이 현대적 삶이다.

5. 고통만이 새롭다

온전한 세계에 대한 괴테적 염원은 역설적으로 내면과 외면, 영혼과 물질, 개인과 사회 사이의 조화가 더 이상 불가능하다는 시대적 위기의 표현이었다. 이 두 축의 화해가 불가능하다는 것이 괴테 시대의 위기였다면, 오늘날의 위기는 화해가 불가능할 뿐만 아니라 그에 대한 의식마저 망실되어 버렸다는 것, 그래서 유기체적 삶은 꿈속에서조차 등장하기 어렵다는데 있다. '조화'나 '균형', '유기적 삶'과 '화해'는 이제 땅 위의 일이 아니다. 만약 인간 사회에 있다면, 그것은 지극히 우연스럽고도 헛되이 경험될 것이다.

괴테와 쉴러가 시장의 입구에 서 있었다면, 오늘의 우리는 시장의 한복판에 갇혀 있다. 현대인은, 작가든 비평가든 혹은 일반 독자든, 현실을 직시해야 한다는 당위적 요구와 현실은 극도로 혼미하다는 당혹스런 자각 사이의 어딘가에서 서성인다. 곳곳에 틈이 있고, 이 틈이 개념적 혼란과 판단의 과오를 일으킨다. 기의와 기표, 의욕과 실제, 의미론과 통사론 사이에는 도저한 불균형이 있고, 이 불균형의 현실이 그를 괴롭힌다. 그래서 그의 감각과 언어와 사고는 뜻대로 되지 않는다. 어디에도 구심점은 없다. 곳곳에 원심력의 불연속적 파장이 있다. 이 파장들 중 하나에 아무런 기약 없이 몸을 기댄 채 우리는 자기만의 척도를 세워야 하고, 이 기준을 공적으로 납득할 수 있게 만들어야 한다. 최소한의 소통을 위해서이다. 그러나 이 소통이 된다 한들 그것이 오래갈리 없다. 그러니 많은 것을 비워내야 한다. 소통에의 요구를 우리는, 이 요구를 잊음으로써 충족시킬 수도 있다. 더 넓고 깊은 소통의 가능성은 사회적 책임 속에서 이 책임의 제약 혹은 편향성을 물리칠 수 있을 때

실현될 수 있다. 그러니 우리는 일체의 기대와 환상 뿐만 아니라 숨겨진 의도와 내면의 희망마저 때로는 줄여가야 한다. 그래서 발랄한 기쁨 속에 사는 것. 현대의 인간이 죽는다면, 그것은 그가 단순성을 누리지 못해서, 이 편만한 이율배반적 대립에 질식해서일 것이다.

그리하여 세계의 고통은 반복된다. 인간 현실에서 언제나 새로운 것은 고통이다. 어리석음은 항구적으로 순환하기 때문이다. 시장 자본주의의 시대에 세계화되는 것은 포에지Poesie가 아니라 노이로제일 것이다. 세계시가 아니라 조급과 불안의 신경증이 이 세계를 앞으로 지배할 것이다. 그것은 지적 굴종과 도덕적 타율성의 새 시대가 도래하고 있음을 뜻한다. 이것은 디지털 매체의 정보홍수시대에 더욱 그렇다. 현실과 세계의 인식틀, 심미적인 것과 아름다움의 위치 가치, 문학예술과 문화의 패러다임은 전적으로 변했다. 유기적 삶의 총체성은 이제 어디에서도 불가능하다. 우리는 어떻게 이 좁고 구차하고 조각난 오늘의 삶을 추스를 수 있는가? 그래서 삶의 주인이 될 수 있는가? 우리는 살아 있는 몸의 현존성에 충실하면서 삶을 삶답게 살아갈 수 있는가?

과오, 미비, 망각, 탐욕 그리고 어리석음이 문명화 과정의 역사적 상수이길 그치지는 않을 것이다. 화해에의 괴테적 염원이나 충민하고 행복한 인간에 대한 쉴러적 기획은 이제 불가능하게 보이지만, 그러나 이것을 포기할 수 있을까? 의미란 처음부터 실체적으로 자리한다기보다는 하나의 개성이 자기를 발견하고 사회 속에서 경험하면서 만들어가는 객관적 가능성이다. 문학예술은 이 의미가능성에의 노력이다. 우리는 충일한 삶이라는, 이제는 불가능한 것처럼 보이는 것으로부터 다시 시작해야 하고 또 시작할 수 있다. 예술은 원래부터 전혀 불가능한 것의 이름인 까닭이다. 현실은 오직 기억하고 기록하며 서술함으로써 이해될 수 있기 때문이다. 세계는 말해지고 쓰일 때 비로소 인간적으로 되고, 이 인간화의 과정에서 우리는 이 시대의 극단적 번잡을 다스리는 방법을 다시 배운다. 이 서술과 기록, 기억과 대화 속에서 전혀 다른 역사가 창출될 수도 있다. 괴테는 「종교와 기독교」라는 글에서 "우리는 자연을 연구할 때 범신론자이고, 시를 지을 때 다신론자이며, 인륜적으로 일신론자다"라고 쓴 적이 있지만[14], 이 다차원적 현실 대응을 위해서라도 우선 필요한 것은 정관적 자기 제어요, 성찰적 거리감이다. 문학은, 지금까지 살펴보았듯이, 이 자기 제어와 자기 지배를 가르치는 기술이다. 우리는 삶의 무의미를 기억 속에 재배치하고 언어로 재조직하면서 현실을 뒤흔드는 것을 방지하는 법을 배운다. 이 자기 지배의 기술은 당위적 명제와 도덕주의적 정언 명령에 짓눌린 이 땅의 비평 현장에서는, 또 지적 노예의 디지털 시대에는 특히 유효하다. 그 어느 때보다 이성적 사고의 방향 잡기와 판단력 연습 그리고 건전한 오성과 합리성의 재건이 오늘날 필요하다.

자연의 재앙보다 더 무서운 것은 인간의 재앙이다. 이 인간의 재앙은 아마도 문명화 과정의 상수로서 인간보다 더 오래 살아남을 지도 모른다. 어리석음의 폐해가 이 폐해를 없애려는 인간의 노력보다 오래 갈 것이다. 그러나 이 노력 속에서 그것은 조금씩 줄어들 수도 있다. 그래서 '보편적으로 인간적인 것'이 점차 실현될 수도 있다. 그런 시도 중의 하나가 괴테의 세계문학적 이념일 것이다.

괴테의 세계문학적 구상이 가진 현재적 중대성의 핵심에는 자기 제어의 성찰력과 거리감이 있고, 이 성찰력은 인내와 용서와 너그러움의 보편적 평화를 겨냥한다. 그리고 이 평화는 자기 자신을 알고 자기를 제어하며, 이 자기 제어 속에서 이웃과 타자를 인정하는 데 있다. 자기 제어로부터 삶의 변화를 도모하기 시작하고, 이 자기 지배를 장려하는 일이 디지털 시대의 세계문학이 나아가야 할 바일 지도 모른다. 그러나 이런 현실적 요청과는 별개로 지금의 많은 기획이 삶의 인간적 규모와 그 리듬을 이미 상당히 벗어나 있다는 것도 사실이다. 이제 우리가 각오해야 할 것은 하찮음과 무의미의 낭비이고, 앞으로 감당해야 할 것은 천박함과 모욕의 외상外傷일 것이다. 재앙과 그로 인한 탄식이 인간보다 오래 살아남을 것이다.

주

1) Grass liest gegen die Atomlobby, *Die Zeit*, 2011. 4. 10.

2) *Goethes Werke, Bd. XII. Schriften zur Kunst, Schriften zur Literatur, Maximen und Reflexionen*. Textkritisch durchgesehen von Erich Trunz u. Hans Joachim Schrimpf, 10 Aufl. München 1982, S. 363. 이 글에서 괴테는 이렇게 적는다. "우리가 하나의 유럽적, 말하자면 하나의 보편적 세계문학의 도래를 감히 선언한다면, 그것은 상이한 국가들이 상대와 그 생산물을 인식한다는 뜻이 아니다. 이러한 의미에서 세계문학은 이미 오래 전부터 있어 왔다. (…) 내가 말하는 것은 생기 있고 노력하는 문필가들이 서로 알게 되고, 호의와 상식을 통해 사회적으로 활동하도록 계기를 부여하는 일이다."

3) Ebd., S. 352f.

4) Ebd., S. 367.

5) Ebd. S. 366.

6) Ebd., S. 363.

7) Ebd., S. 360.

8) 괴테는 이렇게 쓴다. "어떤 정부가 최고의 정부인가? 우리 자신을 다스리도록 우리를 가르치는 정부다." *Goethes Werke*, Bd. XII. a. a. O., S. 378.

9) Tomasz Kurianowicz, "Hätte Goethe einen Facebook-Account?", *Frankfurter Allgemeine Zeitung*, 2011. 3. 3(www.faz.net/-01qy79) 여기에 언급된 독문학자 미하엘 예거의 책은 『파우스트의 거주지 ─ 근대에 대한 괴테의 비판적 현상학(Fausts Kolonie ─ Goethes kritische Phänomenologie der Moderne)』(Würzburg, 2010)이다.

10) 이것을 나는 「심미적 감성에 대하여」(전남대학교 호남학연구원 개최 '감성인문학 콜로키움', 2011년 2월 25일)에서 언급한 적이 있다. 이 글은 《감성연구》 4집(2012년 2월 발행, 전남대학교 호남학연구원 인문한국사업단)에 실렸다.

11) 프랑코 모레티, 『세상의 이치 ─ 유럽문화 속의 교양소설』, 성은애 역, 문학동네, 2005, p.31, p.36.

12) 프랑코 모레티,『근대의 서사시』, 조형준 역, 새물결, 2001, p.25.

13) 필자는 '자기양식화(self-stylization/Selbststilisierung)', 말하자면 제도적 공적 쇄신으로 이어지는 개인적 실존적 자기형성의 사회적 가능성이라는 열쇠어 아래 염상섭에서 출발하여 이태준과 채만식을 거쳐 최인훈과 최윤에 이르는 20세기 한국 현대소설의 핵심적 문제의식을 재해석하고자 시도한 적이 있다. 문광훈,『한국현대소설과 근대적 자아의식』, 아카넷, 2010년. 이런 문제의식과는 별개로 이 시도가 실제로 어떤 점에서 적실(適實)하고, 어떤 점에서 부실한지 물론 냉정하게 평가되어야 한다.

14) *Goethes Werke*, Bd. XII., a. a.. O., S. 372.

4. 한국문학과 무라카미 하루키와 세계문학

조영일(문학비평, 동덕여대 강사)

1. '와'의 정신이란 무엇인가?

제목을 「한국문학과 무라카미 하루키와 세계문학」이라고 다소 길고 멋대가리 없이 정한 후 깨달은 것이지만, 저는 뭐랄까 이 '와(과)'를 너무 좋아하는 것 같습니다. 물론 의식적으로 그래온 것은 전혀 아닙니다. 그리고 보면 글의 제목이든 책의 제목이든, 그 모양을 보면 그 속에 들어 있는 내용이 무엇인지 또 어떤 식으로 전개될지 대충 알 것 같은 느낌도 듭니다. 엄밀히 분류를 해본 것은 아니지만, 글이든 책이든 제목은 대략 다음 네 가지 형태로 구분될 수 있을 것 같습니다.

1) 완전한 문장의 형태를 갖춘 것.
2) 명사(형)로 이루어진 것.

3) '의'('~한')에 무게가 실린 것(수식어가 중요한 것)

4) '와/과'가 들어간 것.

1)의 경우는 최근 문학 분야(주로 소설)에 두드러지게 나타나는 경향으로서 일단 제외를 한다면[1], 대부분 제목은 2), 3), 4)로 결정된다고 해도 과언이 아닙니다. 그런데 그 범위를 다시 비평/이론으로 좁힌다면, 2)의 형태는 잘 사용되지 않는다는 것을 쉽게 알 수 있습니다. 물론 전혀 사용하지 않는 것은 아닙니다만, 웬만한 용기가 없으면 불가능하지요. 아니 지금 같은 시대에는 2)의 방식으로 제목을 정하면, 일단 검색 자체가 번거롭기 때문에 무의식적으로 피하는 경향이 있다 하겠습니다.

그래서 대부분은 3), 4)의 형태를 취하게 되는데, 흥미로운 것은 어떤 방식을 주로 사용하느냐에 따라 필자(비평가/연구자)의 성격이랄까 연구 태도가 명확히 드러난다는 점입니다. 이는 최근에 나온 문학평론집만 죽 일별해 보면 쉽게 알 수 있는 사실입니다. 그런데 여기서 우리가 주목할 것은 한쪽 형태가 압도적으로 많다는 점입니다. 예를 들어, 『비평 극장의 유령들』, 『몰락의 에티카』, 『눈먼 자의 초상』, 『아포리아의 별자리들』, 『탕아를 위한 비평』, 『나의 우울한 모던보이』, 『잘 표현된 불행』, 『한국문학의 유령들』 등 나열하자면, 끝이 없습니다.

3)의 형태 즉 'A의 B'식의 제목을 가진 책은[꼭 '의'나 '한(된)'이 들어가지 않아도 상관은 없습니다] B를 설명하기 위해 A를 끌어들이는 형태를 띠고 있는데, 이는 당연히 A가 가진 의미를 B로 한정한다는 의미입니다. 따라서 얼핏 보면 피수식어가 중요한 것처럼 보이지만, 실은 수식어 쪽에 무게가 있는 경우가 대부분입니다. 즉 B(유령, 에티카, 초상, 별자리, 불행 등)는 영화 비평 등에서 자주 이야기되는 맥거핀 같은 존재

라 할 수 있습니다.

이에 비해 'A와 B'라는 제목을 가진 책의 경우는 '대립성'내지 '공통성'을 통해 서로서로를 비추는 형태를 띠고 있습니다. 즉 A를 통해 B를 제한하고 B를 통해 A를 제한하는 방식이라 하겠습니다. 당연히 '텅 빈 공간' 같은 것이 존재할리 만무합니다. 따라서 논리적 곤궁에 빠지게 되면 최소한의 숨을 곳조차 없어 곤혹스럽지요. 그렇다면, 문학비평집에는 왜 이처럼 C형이 많은 것일까요? 저는 그 이유를 그들이 기대는 이론적 틀(정신분석)에서 찾을 수 있다고 봅니다. 바꿔 말해, 최근의 문학비평들은 대상 자체를 논하기보다는 차이를 논하는 것에 만족하는 것도 그 때문이라 하겠습니다.

미국의 수학자 중에 노버트 위너라는 사람이 있습니다.『사이버네틱스』*Cybernetics*(1968)라는 책을 써서 사이버네틱스의 창시자로도 유명하죠. 이런 그가 주장하기를, 기존 철학이 대상과 관념의 '대립'이라는 틀 속에서 무언가를 생각해왔는데, 여기에 '정보'라는 개념만 도입하면 이런 '대립' 자체가 무화되고 만다는 것입니다. 예컨대 개구리는 벌레를 바라볼 때 벌레라는 대상을 바라보는 것이 아니라 벌레의 움직임을 보기에, 만약 벌레가 움직이지 않으면 개구리에게 있어 벌레라는 대상은 애당초 존재하지 않는 것이 된다는 의미입니다.

이를 우리의 논의에 도입하자면, 오늘날의 한국 비평은 벌레의 움직임(수식어)을 통해 벌레(피수식어)를 인식하고 있는 개구리와 같다고 해도 과언이 아닙니다. 물론 이는 지난날 구조주의(형식주의)가 도입된 후, 현재 그것이 일반화된 것과 밀접한 관련이 있을 것입니다. 그런데 최근 지젝이라는 매개를 통해 문학계에 '다시' 불고 있는 정신분석 붐도 실은 그와 같은 구조주의의 연장선상에 있는 것은 아닌가 하는 생각이 듭니다. 그들에게 있어 중요한 것은 항상 그것이 아니라 그것(대상a로서의 한국문학)에 입힐 다양한 코스튬이기 때문입니다.

그런데 이 글을 준비하면서 흥미로운 사실을 하나 발견했습니다. 그것은 전혀 의도하지 않았음에도 불구하고 제가 그동안 글이나 책 제목으로 '와'를 즐겨 사용해왔다는 점입니다.[2] 그뿐만이 아닙니다. 개인적으로 좋아하는 국내외 이론서와 평론집을 확인해보니, 상당수(예를 들어, 『민족문학과 세계문학』)는 바로 '와/과'가 들어간 것이었습니다. 그래서 비평가에도 '의'형과 '와'형이 있다면, 나는 '와'형에 속하며, 따라서 내가 좋아하는 책이 대부분 '와'형인 것은 어쩌면 필연일지도 모른다는 생각까지 들었습니다. 그리고 그것은 대상 자체에 대한 관심과 밀접한 관련이 있을 것이라는 추측을 조심스럽게 해봅니다.

물론 유종호의 말처럼 모든 문학 연구는 결국 비교문학일 수밖에 없다고 했을 때, 문학연구든 문학비평이든 '차이'에 대한 관심은 기본이라 하지 않을 수 없습니다. '와'형의 저서 역시 기본적으로는 차이에 주목하지요. 그러나 '의'형에서의 차이와 '와'형에서의 차이는 근본적으로 다릅니다. 후자가 관심이 있는 차이가 대상들 간의 차이라고 한다면, 전자에서 그것은 어디까지나 대상 내부에서 생산되는 자기차이이기 때문입니다.[3]

언제부터인가 저는 문학비평집을 읽지 않게 되었습니다. 뭘 읽어도 거기서 거기라는 느낌을 떨칠 수 없었습니다. 물론 수사가 뛰어나고 문학에 대한 애정이 듬뿍 담긴 글, 그리고 열심히 공부한 흔적이 보이는 평문이 없었던 것은 아니지만, 그것들이 오늘날의 한국문학에 존재하는 어떤 답답함을 해소시켜주지는 못했습니다. 아무리 우아하게 말을 걸고 교양을 과시해도 어디까지나 내부 논리에 충실한 글이라는 인상을 지울 수 없었습니다.

이미 많은 분들이 공감하는 것이겠지만, 어떤 의미에서 한국문학, 그리고 한국 비평만큼 폐쇄적인 분야도 없는 것 같습니다. 이는 최근 들어 더욱 심해진 것 같습니다. 그에 대한 증거로는 여러 가지를 들 수 있겠지만, 간단히 인적 구성을 확인하는 것만으로 충분하다 하겠습니다. 어느 순간부터 문학평론계는 국문학 전공자들의 독점 영역이 되었습니다. 이는 소설계가 문창과 출신으로 채워지는 과정과 나란히 하는 것이라 하겠는데, 문창과 출신이 많고 국문과 출신이 많은 것이 무슨 대수인가? 하는 분들이 계실지 모르겠으나, 조금만 시대를 거슬러 올라가봐도 현 상황이 얼마나 이상한지를 알 수 있습니다.

예컨대 4·19세대 전후의 비평가들만 보더라도 굳이 이름을 거명하지 않더라도 거의 대부분이 외국문학 전공자들이었습니다. 그런데 언제부터인가 그들이 국문학 전공자들로 교체되기 시작하더니 현재는 오히려 외국문학 전공자를 찾아보기 힘들게 되었습니다. 왜 이런 사태가 벌어지게 된 것일까요? 그 이유에 대해서는 여기에 계신 분들이라면 짐작들을 하고 계실 것이라 생각되기에 생략하고, 대신에 그 결과만을 말씀드리자면, 한마디로 문학비평이라는 것이 재미없어졌습니다.

왜 재미가 없어졌을까요? 단도직입적으로 말해 외부를 잃어버렸기 때문입니다. 이는 역으로 이전 세대 비평가들의 글이 그나마 읽을 만했던 이유가 바로 외부가 존재했기 때문이라는 말이기도 합니다. 전후 세대 비평가들에게 있어 비평 행위란 '한국문학' 비평으로 제한되지 않았는데, 그것은 자신의 전공(외국문학)과 관련된 작업이 한국문학과 무관한 작업이라고 생각하지 않았다는 뜻이기도 합니다. 지금으로는 상상하기도 힘든 일이지요.

그러므로 이런 관점에서 볼 때, 오늘날 외부를 잃은 것이 비단 한국문학만은 아닌 것 같습니다. 대학에 존재하는 수많은 외국문학과 역시 외부를 잃어버렸다고 해도 과언이 아니기 때문입니다. 그들에게 외부란 역으로 자국문학이 될 텐데, 도대체 한국문학에 전혀 관심이 없습니다. 따라서 한국 비평계가 비교 대상 없이 내부적 차이에 의해 굴러가게 되었다면, 한국의 영문학이나 불문학이나 독문학이라고 해서 특별히 달랐던 것은 아니었던 셈입니다. 양쪽이 다 공평하게 재미없어진 것이죠. 그렇다면 어떻게 해야 하면 좋을까요? 당연한 이야기겠지만, 비평의 동력을 내부가 아닌 외부에서 구하면 됩니다.

다시 말해, 각 분야에서 '의'형의 글쓰기(연구) 대신에 '와'형의 글쓰기를 시도할 필요가 있는 것입니다. 애당초 문학연구나 문학비평에 국문학이 어디 있고 또 영문학이 어디 있습니까? 그것은 어디까지나 학제로서만 존재하는 것은 아닐까요? 물론 전공도 중요하고 또 언어 장벽에서 발생하는 문제도 충분히 인지할 필요가 있습니다. 그러나 전공이란 결국 전체를 좀 더 잘 이해하기 위한 전제이지 그 자체로 수호될 만한 가치일 수는 없으며, 언어의 문제도 번역을 통해 해결될 수 없는 무언가에 본질적인 것이 걸려 있다고 생각한다면(다시 말해, 꼭 원문으로 읽어야 비로소 제대로 논할 수 있는 것이라면), 차라리 외국에 살면서 그쪽 연구자들과 교류하고 또 그쪽 학술지에 글을 싣는 것이 그들이 생각하는 제대로 된 연구에 가장 가까울 것입니다.

그리고 과격하게 말하자면 앞으로 한국문학만 비평하는 사람은 '문학평론가'라기보다는 '한국문학' 평론가라고 불러야 할지도 모르겠습니다. 그것이 어떤 면에서 저들이 고수하는 파편화된 '전공주의'에 더 어울릴 것이기 때문입니다. 하지만 주지하다시피 지금처럼 전문(전공)

화가 자연스러운 것으로 여겨지는 시대에 '와'형의 연구나 글쓰기는 생각만큼 쉬운 일이 아닙니다. 이는 언어나 나라가 다른 작가를 비교할 때만이 아니라, 같은 나라의 작가 사이의 비교에서도 마찬가지입니다. 하지만 대책 없는(관례적인) 세분화가 '학문의 미덕'으로 간주되는 시대에는 어쩔 수 없는 일인지도 모릅니다.

그렇다면 거시적인 쪽에 초점을 맞추면 해결되는 것일까요? 소위 국민문학 연구가 아닌 비교문학 연구 쪽으로 나아가기만 하면 모든 게 풀릴까요? 즉 그렇게 하면 '의'형의 글쓰기에서 '와'형의 글쓰기로 자연스럽게 옮겨갈 수 있는 것일까요? 여기서 우리는 '와'에 대해 강한 거부감을 드러낸 니체의 입장을 살펴볼 필요가 있습니다.

> 내가 듣고 싶지 않은 또 다른 것은 그 악명 높은 '와'의 사용이다. 이를테면 독일인들은 '괴테와 쉴러'하는 식으로 말한다.—나는 그들이 '쉴러와 괴테'라고 말하지 않을까 걱정된다. (…) 사람들은 이 쉴러라는 사람을 아직 모르는 것일까?—그런데 훨씬 좋지 않은 '와'의 용법들이 있다. 나는 내 귀로 직접 '쇼펜하우어와 하르트만' 운운 하는 이야기를 들은 적이 있다. 물론 그것은 대학교수들 사이에서 들은 것이긴 하지만…[4]

여기서 니체가 '와'를 비판하는 것은 A(괴테)와 B(쉴러) 사이에는 우열이 존재하기 때문에 나란히 놓아서는 안 된다는 이유에서입니다[니체는 쉴러(적인 것)를 몹시 싫어했습니다]. 그리고 이런 '와'의 사용을 독일인들만의 독특한 심리적 취향으로까지 간주합니다. 그런데, 이런 그의 태도를 강하게 비판하는 사람이 20세기 괴테 정신의 계승자라 이야기되는 토마스 만입니다.

니체는 두 사람 중의 한 사람인 극작가이자 모럴리스트였던 쉴러에 대해 매우 주관적인 반감을 품은 나머지 괴테와 쉴러에게 존재하는 **형제와 같은 관계**를 부정하는 과오를 범하고 말았습니다. 이 관계는 두 사람 사이에 내재하는 전형적 대립성에 의해서도 조금도 훼손되지 않았습니다. 그래서 니체가 모욕당한 측이라고 생각했던 괴테가 오히려 힘을 써서 그 관계를 유지하려고 했던 것입니다. 니체는 저 '괴테와 쉴러'의 '와'를 조소함으로써 두 사람 사이의 **우열이라는 서열**을 공공연히 표명했다고 할까, 사명한 것이라 주장했지만, 그것은 니체의 성급함이고 변명의 여지가 없는 횡포였습니다. **이 우열의 서열이라는 문제는 매우 성가신, 지금은 물론 장래에도 성가신 문제입니다.** 바로 이런 문제에 대해 성급히 결단을 내리는 것은 아무리 봐도 독일적인 방식이 아닙니다. 독일인은 바로 이런 경우에 본능적으로 자신을 한쪽에 고정시키는 것을 피하여 **'구속 없는 정치'**의 입장을 선택합니다. (…) 바로 이런 **'구속 없는 정치'**야말로 '괴테와 쉴러'라는 결합에서의 **'와'라는 계사의 의미**입니다.[5]

우선 우리는 위 구절이 괴테와 쉴러라는 독일이 낳은 두 문호를 비교하는 과정에서 나온 것이 아니라는 점에 주목할 필요가 있습니다. 즉 만이 여기서 정작 비교하고자 했던 것은 괴테와 톨스토이였습니다. 그런데 느닷없이 괴테와 쉴러를 먼저 들먹이는 데에는 나름대로 이유가 있었습니다. 즉 제기될 것이 뻔한 이의(괴테와 톨스토이를 비교한다는 것이 가당키나 한 일인가)를 선수 쳐서 그보다는 좀 더 무난한 괴테와 쉴러라는 짝을 끌어들여 '와'가 가진 정당성을 주장하고자 했던 것입니다.

만은 이 글(정확히는 강연문)에서 괴테와 톨스토이는 세계문학이지만

(그리고 그런 의미에서 비슷한 부류이지만), 쉴러와 도스토예프스키는 그렇지 못하다(즉 독일문학과 러시아문학에 지나지 않다)는 식의 다소 논쟁적인 주장을 하고 있습니다만, 이에 대해서는 지금 이 자리에서 다루지 않겠습니다.[6] 대신에 지금 우리가 문제 삼고 있는 '와'와 관련된 내용만을 정리하자면, 다음과 같을 것입니다.

1. '와'는 A와 B를 형제로 간주하도록 한다.
2. 이때 우열은 중요한 것이 아니다.
3. 이것이 '구속 없는 정치'이다.

즉 '와'는 비슷한 대상 사이에만 존재하는 것이 아닙니다. 왜냐하면 '와'가 가진 의미는 도리어 그것(우열)을 배제하는 데에 있기 때문입니다. 이는 다른 말로 A, B가 대등하기 때문에 '와'로 엮어지는 것이 아니라, 도리어 '와'로 엮어지면서 형제가 된다는 의미입니다. 형제에게 있어 우열은 비난의 대상이나 부정의 대상이라기보다는 각자의 특징으로서 수렴됩니다. 이런 관점을 네이션-스테이트 너머로 확장시키면, 자연스럽게 모든 개별 문학은 우열에 관계없이 세계문학의 일원이라는 주장이 가능합니다.

문제는 '구속 없는 정치'라는 다소 낯선 개념인데, 이는 글의 마지막에서 강조되는 만의 핵심 용어인 '아이러니'의 다른 표현으로 봐도 무방합니다. 그렇다면 그의 문학관을 압축하는 '아이러니'란 도대체 무엇일까요?

아이러니란 중용의 파토스입니다. (…) 그것은 또한 중용의 모럴이고, 중간의 에토스입니다. 고귀성의 문제—우리의 고찰에 섞여 들어온 **복잡한**

> **가치 대립 전체는 한마디로 말해 고귀성의 문제입니다**—를 결정하는
> 데 있어 **조급한 결론**은 일반적으로 독일적인 태도가 아니라고 말씀드렸
> 습니다. 이 **중용의 민족, 세계시민성을 가진 민족에 걸맞은 것은 우리가**
> **놓인 지리적 환경에 의한 파토스이고, 또 상황에 의한 윤리입니다.** 인식
> 과 통찰이라는 언어는 헤브라이어로는 '중간'이라는 단어와 같은 어원
> 이라는 말을 들은 적이 있습니다.[7]

만은 여기서 중용의 파토스로서의 아이러니를 지극히 독일적인 것으
로 규정하고 있는데, '사실적 발언'이라기보다는 '지향적 발언'이라는
점을 고려할 때, 이것을 독일인에 국한된 것이라기보다는 인간이라면
모두가 추구해야 하는 보편적 태도로서 제시되고 있다고 보는 것이 타
당할 것입니다. 바꿔 말해, 그가 세계문학으로 이야기하는 괴테와 톨스
토이가 가진 '고귀성'이란 니체적인 의미의 우열에 따른 '고귀성'과는
다른 '복잡한 가치 대립 전체'를 받아들이는 중용의 정신, 즉 세계시민
성과 관련이 있다 하겠습니다. 그리고 우리의 논의에서 그것은 "'와'의
정신"이라고 바꿔 불러도 좋을 것입니다.

2. 세계문학으로서의 하루키 문학

이제 서설은 이 정도로 그치고 본론으로 들어가기로 하지요. 왜냐하
면 오늘 제게 주어진 과제는 책 제목을 어떻게 정할 것인가도, 한국 비
평계에 대한 비판도, 토마스 만의 아이러니도, 심지어는 세계문학도 아
니기 때문입니다. 사실 주최 측에서 '세계문학으로서 무라카미 하루키'

에 대해 이야기해달라고 했을 때, 그것은 아마 세계문학보다는 무라카미 하루키에 방점이 찍혀 있었을 것입니다. 그리고 '한국문학'과의 연관성이 암묵적으로 전제되어 있었을 것입니다. 그런 의미에서 왠지 모를 기시감 같은 것이 듭니다. 사실 저는 몇 년 전에도 비슷한 자리에서 유사한 주제로 발표를 한 적이 있기 때문입니다. 이와 관련된 이야기는 뒤에서 다시 언급하겠습니다.

제가 이 자리에 서게 된 것은 최근 영미권에서 활발하게 이루어지고 있는 세계문학 담론(카자노바, 모레티, 댐로쉬, 제임슨 등이 중심이 된)에 관한 발표라면, 영문학 전공자들 가운데에서 충분히 찾을 수 있었을 테지만, 하루키에 대해서는 그렇지 못했기 때문이 아닌가 합니다. 하지만 아무리 그렇다고 하더라도 일문학 전공자도 아닌 제가 그것도 영문학회의 초청으로 한 일본 작가에 대해 발표를 한다는 사실은 예사로 넘길 상황이 분명 아니라 하겠습니다. 즉 제가 이곳에 온 데에는 다분히 우연적인 요소가 강하다 하겠지만(다른 사람으로 대체될 수도 있었을 것입니다), 일본어로 활동하는 무라카미 하루키가 한국 영문학계의 관심을 받은 데에는 어떤 필연적인 이유가 있을 것입니다. 즉 오에 겐자부로가 아니라 무라카미 하루키인 이유가 말입니다.

그렇다면 영문학회에서는 어떤 이유로 하루키에 대해 관심을 갖게 된 것일까요? 그것은 아마 하루키의 가공할 만한 영향력 때문이 아닐까 합니다. 모두 아시겠지만, 무라카미 하루키는 아시아(한국, 대만, 중국, 태국)는 물론이고 미국, 유럽, 러시아 등 약 40여 개국에 번역되어 놀라울 정도로 많이 팔리고 있습니다. 뉴욕의 유명 서점만 가보더라도 그의 작품은 미국의 초A급 작가와 거의 비슷한 수준의 진열 공간을 차지하고 있습니다. 뿐만이 아니라 얼마 전에는 노벨문학상을 받기 위한 사실상 전단계라고 이야기되는 세계적인 문학상을 두 개(카프카상, 예루살렘상)나 연달아 수상하여 자연스럽게 노벨상을 받는 것은 시간 문제라는 이야기가 흘러나오고 있습니다.[8]

따라서 그에게 관심을 갖는 것은 당연하다 하겠습니다. 하지만 여전히 의문은 남습니다. 그건 그렇다고 하더라도 왜 하필 영문학계에서 이에 관심을 가지는 것일까요? 저는 그것을 이해하는 열쇠가 바로 '세계문학'에 있다고 생각합니다. 따라서 무엇보다도 먼저 '세계문학'에 대한 설명이 필요할 것입니다. 하지만 이에 대해서는 이미 다른 분들이 발표하셨고, 또 그것을 검토하다가는 정작 본인에게 주어진 임무(하루키에 대해 말하기)를 완수하지 못할 것 같아서 그저 간단한 교통정리를 하는 선에서 그칠까 합니다.

최근 문단이나 학계에서는 세계문학에 대한 논의가 일종의 붐처럼 이루어지고 있는 것 같은데, 각기 부여하는 의미가 달라서 다소 혼란스러운 게 사실입니다. 그래서 저는 '세계문학'이라는 개념을 다음과 같이 구분하여 이해하고자 합니다.[9]

1. 이념으로서의 세계문학
2. 현실로서의 세계문학

주지하다시피 '이념으로서의 세계문학'은 괴테의 논의와 관련이 있습니다.[10] '세계문학' 운운하는 글의 첫 머리에 항상 그가 불려나오는 것도 아마 그 때문일 것입니다. 그런데 그가 말하는 세계문학이란 어디까지나 이념의 차원에서 이야기되고 있는 것이다 보니 현장에서의 문학 논의와 거리가 있는 것이 사실입니다(물론 이 둘이 만나는 지점이 매우 중요하지만 말입니다). 따라서 우리는 어쩔 수 없이 '현실로서의 세계문학'으로 내려와야 하는데, '현실로서의 세계문학'도 막연하기는 마찬가지이기에 이를 다시 둘로 나눌 필요가 있겠습니다. 1)'외국문학으로서의 세계문학'과 2)'한국문학으로서의 세계문학'이 바로 그것입니다.

즉 '현실로서의 세계문학'이란 쉽게 말하면 두 가지 '이동'과 관련이 있다 할 수 있는데, '외국문학으로서의 세계문학'이 외부에서 내부로의 이동을 가리킨다면, '한국문학으로서의 세계문학'은 내부에서 외부로의 이동을 가리킨다 하겠습니다. 그런데 여기서 정작 중요한 것은 이동 자체라기보다는 그와 같은 이동을 방해하는 장애물 쪽이 아닐까 합니다. 그렇다면 여기서 장애물이란 구체적으로 무엇을 말하는 것일까요? 당연히 그것은 국경과 언어입니다. 그런데 오늘날은 교통과 정보기술의 발달로 인해 국경으로부터는 어느 정도 자유로워졌다고 볼 수 있기 때문에(물론 그렇지 않은 나라도 일부 존재합니다만), 사실상 남은 장애물은 언어라고 할 수 있을 텐데, 어느 쪽이든 '현실로서의 세계문학'이 결국 '번역' 문제로 수렴될 수밖에 없는 이유가 여기에 있다 하겠습니다.

실제로 한국에서의 세계문학론은 '번역'에서 발생했다고 해도 지나친 말이 아닌데, 이것이 의미하는 것은 몇 년 전부터 불고 있는 '세계문학' 붐이 '이념으로서의 세계문학'과는 거리가 있다는 사실입니다. 따라서 그런 현상에 대한 반성 내지 검토 없이 그저 괴테 운운하는 것은 어떤 의미에서 '세계문학'을 둘러싼 현실적 문제들에 눈을 감기 위한 제스처로서 의심할 필요가 있습니다. 따라서 우리는 세계문학, 구체적으로 '현실로서의 세계문학'이 어떻게, 왜 문제가 되고 있는지 짚어볼 필요가 있습니다. 이때 우리 앞에 놓일 수 있는 것은 크게 두 가지, '세계문학전집'과 '무라카미 하루키'입니다.

한국에서 지금 이루어지는 세계문학 논의는 기본적으로 민음사 세계문학전집의 성공으로 촉발된 세계문학전집 붐에서 왔다고 해도 과언이 아닙니다. 아마 이 붐을 몸소 느끼시는 분들은 외국문학 전공자들이실 텐데, 민음사의 경우 기본적으로 인세 계약을 맺기 때문에 쓸 만한(잘 팔리는) 작품 몇 권만 번역해 놓으면 수입이 꽤 쏠쏠하다고 합니다. 사정이 이러하니 외국문학계에서도 자연스레 '어떤 변화'가 일고 있다는 일종의 공감대가 형성되고 있는 것 같습니다. 상업 출판의 형태인 세계문학전집들을 제외하더라도, 대산세계문학전집, 그리고 학술진흥재단 번역지원사업 등도 판매와 상관없이 꽤 높은 번역료를 지급함으로써 (1,000만 원 전후입니다) 외국문학 전공자들에게 이제까지 돈도 안 되고 업적 인정도 안 돼 그저 회피의 대상이었던 외국문학 번역이 호황을 맞은 것은 분명한 사실입니다.[11]

그런데 모든 일들이 다 그러하듯이 사회적 에너지가 한쪽으로 지나치게 흐르면 그 반작용도 생기기 마련입니다. 즉 외부에서 내부로의 이동이 과도하다 보니, 역으로 "그렇다면 그 반대는 왜 안 되지?" 하는 물음이 자연스럽게 나왔을 것입니다. 지난 역사에서 확인할 수 있듯이 서구 문화의 수용에 대한 반작용이 자국 문화에 대한 관심을 낳았던 것처럼 말입니다. 그런데 막연하게 "우리 것이 소중한 것이여. 우리 것도 세계적이 될 수 있어"라고 하면, 국수주의적인 것으로 비칠 수 있기 때문에, 이를 무화시키기 위해 '이념으로서의 세계문학'을 내세워 한편으로 '한국문학의 세계화'가 마치 그것의 실현인 양 주장하고, 다른 한편으로 그것의 실천 행위로서 '한국문학의 번역'이라는 주제가 제시된 것이 아닌가 합니다.

그런데 흥미로운 것은 이 과정에서 무라카미 하루키가 재발견되었다는 사실입니다. 왜냐하면 우리의 경우 모 문화재단의 지원금과 국가번역기금을 총동원하여 연지를 찍어주고 족두리를 씌워서 내보냈는데도 불구하고 반응이 영 시원치 않은 데에 반해, 무라카미 하루키는 각국의 출판사들이 엄청난 선인세를 주어가면서[12] '알아서' 번역해 가고 있기 때문입니다. 그래서 아마 훌륭한 벤치마킹의 대상이라는 생각이 들었을 것입니다. "우리도 전략을 잘 짜서 하다보면 언젠가 한국문학을 하루키 소설처럼 수출할 날이 올 것이다! 그리고 삼성이 결국 소니를 이긴 것처럼 한국문학도 일본문학을 능가하거나 적어도 비슷한 수준으로 인정받는 날이 올 것이다!"

하지만 아무리 애써봐야 이루어질 수 없는 꿈에 불과하다는 것이 저의 입장입니다. 왜냐하면 하루키의 성공은 일본 정부의 주도면밀한 지원이나 하루키 한 사람의 탁월한 능력에 의해 이루어진 것이 아니기 때문입니다.[13] 소설가 황석영이 주장하는 '한국문학 노벨상 20명설'[14]에 진정으로 공감을 하는 사람이라면 모를까, 그렇지 않은 사람들이라면 아마 '한국문학의 빈곤'과 여러 번 마주한 경험이 있으실 것입니다. 객관적이라는 말이 어폐가 있을지 모르지만, 우리 자신이 한국인이라는 것을 잊고 제3자가 되어서 바라보았을 때, 한국문학과 일본문학의 사이에 존재하는 수준차를 인정할 수 없다면, 그것만큼 기만적인 것도 또 없을 것입니다. 물론 국문과 출신 비평가들이 들으면 펄쩍 뛸지 모르지만 말입니다.

하지만 이제껏 한국문학만을 애지중지해온 사람들이라면, 그것은 기만이라기보다는 무감각이라고 할 수 있는데, 왜냐하면 그것은 당대의 작가들이 어떤 창작 환경에 놓여 있는지를 모른다는 의미이기 때문입니다. 한국문학이 빈곤하다는 대표적인 증거 중 하나로 들 수 있는 것은 '영향에의 불안'의 부재입니다. 일본의 젊은 작가들은 지금도 나쓰메 소세키나 모리 오가이에 대해 한없는 경외심을 가지고 있고, 자신들의 작업이 그들의 그늘에서 벗어날 수 있다고는 감히 생각하지도 못합니다. 하지만 한국의 젊은 작가들은 이광수나 염상섭 정도는 학창 시절 배운 것 이상을 읽어야 할 필요성을 딱히 느끼고 있지 않으며, 또 창작에 있어 그들의 앞선 작업이 어떤 도움을 줄 것이라고는 생각하지도 않습니다. 즉 그들에게 이들은 작가 자체가 적었던(기껏해야 2, 30여 명이 활동하던) 시절에 작품 활동을 한 덕분에 문학사에 등재된 행운아들에 지나지 않는 것입니다.

따라서 진행형인 한국의 작가에게 소위 고전적 작가들에게 바치는 경외심 같은 것이 있을 리 만무합니다. 물론 4·19세대 작가들(예컨대 김승옥) 중에 후배 작가들로부터 공감을 이끌어낸 작가가 전혀 없는 것은 아닙니다. 하지만 그것은 독일 작가들이 괴테나 쉴러에 갖는 그것, 또는 러시아 작가들이 푸시킨이나 톨스토이에 갖는 그것에 비할 바는 아닙니다. 그렇다면 지금 활발히 활동하는 소위 국가대표격 작가들에 대한 태도는 어떨까요? 황석영이나 신경숙 정도는 아마 찾아서 읽어볼 것입니다. 하지만 개인적으로[15] 소감을 물어보면, 입에 침도 바르지 않고 칭찬을 하는 평론가들과 달리 시큰둥한 반응을 보일 뿐입니다.

그렇다면 그들은 도대체 무엇을 읽고 문학을 할 마음을 먹게 된 것일까요? 당연히 외국문학입니다. 그런데 여기서 외국문학이란 톨스토이나 발자크와 같은 작가들의 작품이 아닙니다(이 정도가 되려면, 적어도 50대 이상의 작가들일 것입니다). 현재 20대에서 40대 초반 작가들에게 있어 외국문학의 대명사는 을유문화사 세계문학전집이나 정음사 세계문학전집에 수록되었던 작품들이라기보다는 일본문학, 특히 무라카미 하루키의 작품이었다고 해도 과언이 아닙니다. 그렇다면 한국에서 하루키가 가진 영향력은 어디서 온 것일까요? 아니 이런 질문은 우문일지 모릅니다. 왜냐하면 하루키는 한국에서만 인기가 있는 것이 아니기 때문입니다. 그의 인기는 전 세계적이라고 해도 과언이 아닙니다. 따라서 우리는 위 질문을 다음과 같이 세분화해 볼 필요가 있습니다.

1) "하루키는 왜 이토록 전 세계적으로 읽히는가?" 바꿔 말해, "하루키 문학은 어떻게 세계문학이 되었는가?"입니다. 이에 답하는 것은 생각보다 쉬운 일이 아닙니다. 하지만 어떻게 보면 쉽게 답할 수 있을 것 같기도 합니다. 왜냐하면 많이 팔리고 널리 읽힌다는 것 자체가 이미 충분한 설명을 하고 있다고 볼 수 있기 때문입니다. 하지만 그것은 결과를 원인으로 혼동하는 것에 불과합니다. 결과에서 유추되는 원인이란 많은 경우 핵심을 빗겨가기 쉽습니다. 이는 그렇게 유추된 원인(성공요인)에서 역으로 결과를 도출해보면 쉽게 확인할 수 있습니다. 따라서 우리는 위의 질문이 가지는 '전도적 성격'을 충분히 인지할 필요가 있습니다.

2) "새삼스럽게 왜 이제 와서 다시 하루키인가?" 제가 생각하기에 이물음은 매우 의미심장합니다. 왜냐하면 첫 번째 물음의 경우 하루키의 문학을 겨냥하고 있다면, 두 번째 물음은 한국의 문학가들을 겨냥하고 있기 때문입니다. 주지하다시피 하루키가 문제로서 등장한 것은 처음이 아닙니다. 하지만 이전에는 지금처럼 '진진하게' 주목을 받지는 못했습니다. 왜였을까요?

이유는 비교적 간단합니다. 그의 작품을 대중문학으로 볼지 본격문학으로 볼지 잘 판단이 서지 않았기 때문입니다(상당수가 대중문학으로 분류했습니다). 그리고 시간이 지나면 자연스럽게 소멸될 유행 정도로 치부했습니다. 그런데 이런 예상과 달리 하루키는 날이 갈수록 거대한 존재가 되었고, 지금은 일본을 대표하는 국민작가이자(언제부터인가 그는 제2의 소세키로 불리고 있습니다) 유력한 차기 노벨문학상 후보로 거론되고 있습니다. 아무리 마음에 들지 않더라도 그것이 25년 이상 지속된다면 확실히 '유행'이라는 딱지를 붙이기도 멋쩍습니다.[16]

이런 상황이 의미하는 것은 이중적입니다. 첫째는 한국의 문학평론가나 문학연구자들이 하루키 문학에 냉소적이었던 데에는 그 나름대로 이유가 있었다는 것입니다. 즉 당시 문단문학적 기준에서 보았을 때, 하루키 소설의 밑바탕에 존재하는 서브컬처적(또는 비사회적) 요소는 결코 본격문학이 다룰 만한 대상이 아니었습니다. 둘째는 '그럼에도 불구하고' 하루키가 현재 본격문학을 대표하는 작가로 우뚝 섰다는 것은 이제 단순히 메인컬처를 다루느냐 서브컬처를 다루느냐 하는 것으로 본격문학이냐 아니냐를 구분하기 힘들게 되었다는 것을 의미합니다. 아니 어쩌면 대중문학이냐 순문학이냐는 구분 자체가 무의미해진 것인지도 모릅니다.[17]

그런데 얼마 전부터 흥미로운 현상이 일어나고 있습니다. 그동안 하루키에 대해 부정적인 입장을 취하던 사람들이 『1Q84』의 출간을 전후로 마치 약속이라도 한 듯이 긍정적인 입장으로 선회했기 때문입니다. 물론 이런 변화에 대해 그들은 나름대로 이유를 드는데, 그 이유란 이런 것입니다. "하루키가 변했다!" 하루키에 대해 가장 비판적이었던 《창작과비평》에 실린 서평들만 비교해 봐도 그런 변화를 감지할 수 있습니다.[18] 그러나 제가 보기에 하루키는 전혀 변한 게 없습니다. 황석영이 예나 지금이나 똑같은 것처럼 말입니다.[19]

그래서 저는 다음과 같은 질문을 던질 수밖에 없습니다. "만약 하루키가 변하지 않았다면, 누가 변한 것일까?" 말할 것도 없이 한국의 문학 평론가와 작가들입니다. 사실 제가 영문학회에 와서 하루키에 대해 발표를 하는 것 자체가 그 증거라고 볼 수 있습니다. 이렇게 생각하니, 갑자기 하루키가 무섭다는 생각마저 듭니다. 왜냐하면 그는 불과 20여 년 사이에 한 나라의 문학관을 송두리째 바꾸어 놓았다고 해도 과언이 아니기 때문입니다. 물론 이런 변화는 국내 문학가들이 '문학적 성찰'을 통해 얻어낸 것이라고 보기는 힘듭니다. 앞서 언급한 것처럼 '한국문학의 세계화'에 대한 강한 요구[20]가 마침 서구의 유명 문학상을 연속으로 수상함으로써 유례없는 문학적 성공을 거두고 있는 하루키와 만난 것이라 하겠습니다.

따라서 지금 한국에서 하루키를 논한다는 것은 잘 나가는 일본 작가 한 명을 문제 삼는다는 것에 그치지 않고, 한국문학과 세계문학의 관계를 어떻게 재규정할 것인가 하는 문제까지 걸려 있다 하겠습니다. 3년 전 저는 영미연(영미문화연구회)에서 이와 유사한 취지의 발언을 한 적이 있는데, 당시 기조발제를 한 백낙청은 얼마 후 발제문을 수정하여 학회지에 게재하면서 다음과 같은 내용을 각주로 추가하였습니다.[21]

> 유통력이 뛰어난 작품들의 문학적 가치는 물론 사안별로 판단할 문제다. **현시점의 한국 평단에서 시급하게 다뤄볼 사안 중 하나는 무라카미 하루키를 이 맥락에서 어떻게 자리매기느냐는 문제일 것이다.** 나 자신은 그의 작품을 읽은 게 워낙 적어서 이 문제를 감당할 처지가 못 되는데, 예컨대 댐로쉬 등이 편찬한 *The Longman Anthology of World Literature: Compact Edition* (2008) 같은 교재에 무라카미가 (그것도 일본 작가로는 유일하게) 포함된 것을 문학적 성취에 대한 정당한 인정으로 볼지

> 아니면 유통 능력(문학적 재능도 물론 일정하게 작용한)의 성공 사례라는 면에
> 더 주목한지는 진지한 문예비평적 판별을 요한다.[22]

　여기서 백낙청은 세계문학을 논하는 가운데 현시점에서 긴급히 다루어야 할 사안 중 하나로 '하루키에 대한 평가'를 들고 있습니다. 다만 자신은 아직 준비가 되어 있지 않아서 그것을 감당할 처지는 못 된다고 솔직히 고백하고 있습니다. 그렇다면 지금은 어떠할까요? 제가 아는 한 백낙청은 그 이후로 하루키에 대해 무언가를 쓴 적이 없습니다. 우리는 이것을 크게 두 가지로 해석할 수 있습니다. 첫째 여전히 준비가 되지 않았다는 것입니다. 3년이란 시간은 길면 길고 짧다면 짧은 시간입니다. 하지만 그저 시간 부족을 탓하기엔 결코 짧은 시간이 아닙니다. 더구나 그는 이 문제를 '긴급 사안'이라고 못을 박았을 뿐만 아니라, 현실적으로 그의 세계문학론이 이 '하루키라는 문제'를 어떻게든 정리하지 않고서는 매우 곤란한 상황이었다는 점을 고려하면 더욱 그러합니다.
　물론 두 번째 해석이 존재하긴 합니다. 그것은 위 발언의 철회입니다. 즉 '하루키라는 문제'는 중요하지도 꼭 다루어야 할 사안이 아니라는 입장을 갖게 되었을 수도 있습니다. 발언의 철회나 입장의 변화는 인간으로서 자연스러운 것이기에 딱히 비난할 사항은 아니지만, 그러한 철회(변화)에 대한 납득할 만한 이유를 대지 못한다면, 그의 비평 전체가 의심의 대상이 될 수밖에 없습니다. 따라서 저는 첫 번째 해석이 보다 타당하다고 생각하는데, 다만 우리는 그것을 '준비 부족'이라는 이유에 수긍을 하거나 불평을 하기보다 긴급 사안을 긴급 사안으로 다루기를 거부하는 무언가가 그의 세계문학론 자체에 내재되어 있는 것은 아닌지 물을 필요가 있습니다.

따라서 백낙청의 세계문학론에서 하루키가 어떤 방식으로 등장하고 있는지를 살펴보는 것도 나름 의미가 있다 하겠습니다. 아니 좀 더 이전으로 올라가 보지요. 백낙청은 한국에서 세계문학론을 이론적으로 논의하고 있는 거의 유일한 사람이라고 해도 과언이 아닌데, 그가 갑자기 세계문학을 화두로 제시하게 된 이유는 무엇일까요? 제가 생각하기에 그것은 그가 오랫동안 갈고닦아온 '민족문학론'의 위기와 관련이 있습니다. 즉 그는 궁지에 몰린 그의 민족문학론을 일신하기 위해 세계문학론을 들고 왔다고 말할 수 있습니다.[23] 예컨대 이런 식입니다.

> 지구화시대의 인류가 세계문학이라는 기획의 배후에 있는 문학적(그리고 문화적) 유산을 과연 어느 정도까지 잃고도 견딜 수 있으며, 그러한 기획이 완전히 실패로 돌아간 경우에 지구화된 인류가 과연 어떤 종류의 삶을―삶이 가능하기나 하다면―누리게 될 것인가? 아무튼, 항상 세계문학의 대열에 합류할 것을 목표 삼아온 우리 한국 민족문학 운동의 참여자들은 그 '세계문학의 대열' 자체가 심하게 흐트러져 있어 세계문학이 살아남기 위해서도 우리의 민족문학 운동과 같은 운동의 기여가 필수적이라는 인식에서 우리의 노력이 지니는 또 하나의 정당성을 발견하게 된다.[24]

요컨대 백낙청은 괴테-마르크스적 기획으로서의 '세계문학'은 서구에서는 완전히 실패했지만(그에 따르면, 딱 한번 '사회주의 리얼리즘'으로 시도된 적은 있었습니다), 세계문학이라는 문화적 유산은 여전히 의미가 있는 것이기 때문에, 이번에 아예 민족문학이 세계문학에 기여를 해야 한다는 것입니다. 이는 정확히 그가 시민문학(이후에는 민족문학)을 논할 때 사용한 논리와 매우 유사합니다. 단 그 과정에서 경계해야 할 대상으로서 부르주아 문학(또는 소시민 문학) 대신에 시장 문학(시장 리얼리즘)이 등장하는 것이 다를 뿐입니다. 그런데 세계문학론에서는 민족문학론에서는 존재하지 않는 문제가 전면적으로 등장합니다. 그의 표현에 따르면, 그것은 유통 가치와 관련된 문제입니다.

> 괴테·마르크스적 기획이 거의 실종된 문학 생산 현장에서는 작품 자체가 신성으로 '세계문학적'이 됨으로써 문학 특유의 이동 제약성을 넘어서려 하기보다 세계 시장에서의 단기적 유통 가치에 몰두라는 '시장 리얼리즘'이 맹위를 떨치고 있다.[25]

앞서 말씀드린 것처럼 '현실로서의 세계문학'에서 가장 중요한 것은 문학의 이동이라는 문제입니다. 영화나 음악과 달리 언어로 이루어진 문학의 경우, 단순 복제가 불가능합니다. 즉 그것은 '번역'이라는 다소 복잡하고 품이 많이 드는 과정이 필요하기에 적잖은 유통 비용이 요구됩니다. 따라서 해당 작품이 그 비용을 감당할 능력이 있느냐에 따라 원본의 출간과 거의 동시에 다른 곳으로 이동하거나 그렇게 하지 못하거나 합니다. 이런 상황에서 자발적 유통 능력을 갖추지 못한 한국문학이 다른 나라의 유통력이 뛰어난 작가들에게 관심을 갖는 것은 자연스러운 일입니다.

하지만 여기서 백낙청을 한 가지 단서를 답니다. 그것은 바로 '유통력이 뛰어난 작품이라고 해서 세계문학인 것은 아니다'라는 명제입니다. 세계문학의 필수조건 중 하나가 유통 능력(바꿔 말해, 이동 능력)이지만, 유통 능력이 세계문학성을 증명하지 않는다는 이 말은 정확히 하루키를 겨냥한 말이라 할 텐데, 문제는 왜 그 대상이 수많은 작가 중에 하필 하루키인가 하는 것입니다. 저는 이 지점에 백낙청 세계문학론의 맹점 이 있다고 생각합니다.

예컨대 그는 바람직한 세계문학의 전개 과정을 다음과 같이 설정하 고 있습니다.

> 국내에서 세계문학적인 작품이 나온다.
> 그리고 온전히 작품성만으로 이동의 제약을 넘어선다.

그런데 이것은 안에서 밖을 바라보는 입장이고, 밖에서 안을 바라보 면 다음과 같이 됩니다.

> 세계에서 유통력이 뛰어난 작품들이 있다.
> 이들의 작품은 국내에서 세계문학으로 간주된다.

백낙청을 비롯한 많은 한국의 비평가들(창비 쪽의 경우, 그것이 특히 심 합니다)은 시종 하루키에 대해 비판적인 입장이었습니다. 말 그대로 유 통력만 뛰어난 작가에 지나지 않다고 보았습니다. 그런데 지금에 와서 갑자기 검토 운운하는 것은 댐로쉬 등이 편찬한 『세계문학 앤솔로지』 에 일본 작가로서는 유일하게 하루키의 작품이 실렸기 때문입니다.[26] 이는 하루키가 영어권에서 작품성으로 인정받고 있다는 사실을 단적으 로 보여주는 것이 아닐 수 없습니다. 그러자 갑자기 자기분열적인 상황 과 마주하게 된 것입니다. 즉 댐로쉬 등의 학자적 안목에 의심을 표하 기에 이른 것입니다. 그들이 단순히 유통력만으로 하루키의 작품을 고른 것은 아닐 것이 분명한데도 말입니다.

사실 민족문학 운운하지만, 창비(영미연) 쪽의 문학 담론은 그 이론적 젖줄을 미국 쪽에 대고 있기 때문에 미국에서 하루키가 성취한 높은 위상은 정말이지 당황스러운 일이 아닐 수 없었을 것입니다. 쉽게 말해, 하루키가 일본과 한국에서만 많이 읽힌다면야 대충 무시해도 좋은 존재였겠지만, 그들의 지적 고향인 미국을 포함하여 서구 쪽에서 많이 읽히고 또 문학적 평가까지 높다고 한다면, 게다가 우리와는 너무나 먼 카프카상, 예루살렘상을 수상하고(여기까지는 이미 이루었지요) 마침내 노벨상까지 거머쥐게 된다면[27], 하루키는 더 이상 그들이 국내에서 확보하고 있는 문학적 권위로 이래라저래라 할 수 있는 대상이 아니게 되기 때문입니다.

따라서 백낙청은 이 문제를 '긴급 사안'이라고 보았던 것입니다. 다만 그 자신은 읽은 것이 얼마 없어서 논하지 못한다고 발을 빼지만(읽은 것이 없다면, 읽으면 되지요), 3년이 지난 오늘날까지 별다른 소식이 없는 것은 그 분열이 더욱 심각해졌거나 긍정적이든 부정적이든 하루키를 다룰 능력이 없다는 것을 증명한다 하겠습니다. 하지만 이런 주장은 성급한 것일지도 모릅니다. 누구에게나 타인이 모르는 사정이 있기 마련이기 때문입니다. 따라서 다그치는 일만큼은 하지 않겠습니다. 그렇지만 다음과 같은 이야기는 할 수 있을 것입니다. "이 '긴급 사안'을 해결하지 않는 한, 백낙청의 세계문학론은 단 한 발자국도 더 나아가질 못할 것이다." 실제 그는 이 문제와 관련해서만큼은 여전히 얼음땡에서 풀려나지 못한 상태입니다.

3. 반복으로서의 한국문학

헤겔은 일찍이 역사의 반복성에 대해 지적한 바 있습니다. 그리고 마르크스는 여기에 멋진 구절("처음에는 비극으로 그 다음엔 소극으로")을 보탰고요. 그러나 마르크스의 이런 부언은 헤겔의 맥락과는 다소 동떨어진 것이었습니다. 예컨대 헤겔은 이렇게 쓰고 있습니다.

> 나폴레옹은 두 번에 걸쳐 패배할 필요가 있었고, 부르봉 왕조도 두 번 폐지되어야 했다. 요컨대 처음에는 그저 우연 내지 가능성으로밖에 보이지 않던 것이 반복을 통해 비로소 현실적인 것이 되는 것이다.[28]

이 구절은 카이사르라는 역사적 인물이 가진 의의를 설명하는 부분에서 등장하는데, 헤겔에 따르면, 카이사르가 공화정이라는 환영(허울뿐인 제도)을 거부하고 스스로 황제가 되었을 때, 대부분의 사람들은 그것을 카이사르의 개인적 야심에서 나온 '우연한 것'으로 보았고, 바로 그렇게 생각했기 때문에 브루투스와 카시우스는 카이사르를 죽였습니다. 즉 카이사르만 제거하면 공화국이 다시 회복될 것이라고 판단했던 것입니다. 그러나 역사는 당시의 로마가 이미 공화정으로 유지될 수 없는 나라가 되어 있었다는 것을 증명해주었다는 설명입니다.

요약하면, 한 번 일어난 사건은 우연적인 것으로 치부되기 마련이기 때문에, 그 사건이 가진 의미가 제대로 이해되기 위해서는 반드시 두 번 일어날 필요가 있다는 것입니다. 그런데 저는 이와 유사한 상황이 한국의 하루키 수용에서도 그대로 나타났다고 생각합니다. 아시다시피 『노르웨이의 숲(상실의 시대)』을 필두로 한 하루키 열풍은 약 20년 전

(1990년대 초반)에 꽤 크게 분 바 있습니다. 책 자체가 날개 돋친 듯이 팔렸을 뿐만 아니라(TV CF에까지 등장할 정도였습니다), 당시 새롭게 등장한 신인 작가의 작품들에서는 너 나 할 것 없이 하루키의 영향이 엿보였고, 그것의 연장선상에서 발생한 '하루키 표절 논쟁'은 문단을 뒤흔들기까지 했습니다.

하지만 '그럼에도 불구하고' 지금처럼 심각하게 하루키를 문제삼은 문학연구자는 거의 없었습니다. 작가나 평론가 중의 몇 명이 그렇고 그런 글을 한두 편 썼을 뿐, 사실상 소 닭 보듯 했다고 해도 과언이 아닙니다. 하지만 일시적일 것이라고 생각했던 하루키의 인기는 꾸준히 지속되었을 뿐만 아니라, 2009년에 출간된 『1Q84』는 무려 20주 가까이 베스트셀러 1위에 랭크되어 한국은 다시 한 번 '하루키 열풍'에 휩싸이게 되었습니다.[29] 그러자 이제 하루키를 마냥 무시할 수만도 없는 처지에 놓이게 되었습니다.

20년 전부터 최근까지 한국의 비평가들은 하루키 소설에 대해 "가볍다, 몰역사적이다, 키치적이다, 소비 지향적이다, 도시적이다, 서브컬처로 도배되어 있다 등등"의 비판을 가했습니다. 흥미로운 것은 그런 비난이 사실상 하루키 세대라고 부를 수 있는 문학인들에게서 특히 두드러졌다는 점입니다. 기억하실지 모르지만, 8년 전에 《교수신문》에서는 「신진 문인 의식 조사」라는 것을 했습니다.[30] 신인 소설가, 시인, 평론가들을 대상으로 설문 조사를 한 것인데, 이때 하루키는 '명예스럽게도'(?) 국내 작가를 모두 물리치고 '가장 과대평가를 받은 작가'로 꼽혔습니다.

사실 이것은 의외의 결과였습니다. 이에 대해 편집자는 "이것은 하루키가 그만큼 낡았고, 시대가 또 다른 새로움을 원한다는 징조일까?"라는 코멘트를 달고 있는데, 사실 여기에는 명백한 전도가 존재합니다. 그것을 확인하는 것은 하루키가 긍정적인 형태든 부정적인 형태든 한번이라도 진지하게 논의된(평가된) 적이 있었던가 하는 물음을 던지는 것으로 충분합니다.

그렇다면, 우리는 도리어 다음과 같은 질문을 던질 수 있습니다. "적어도 한국문인 중에서 하루키를 제대로 '과대평가를 한 사람'이 없음에도 불구하고, 왜 젊은 문인들은 그가 그동안 과대평가가 되어 왔다고 생각한 것일까?" 제가 생각하기에 이런 전도의 근원에 바로 한국문학의 자기 분열이 존재한다고 생각합니다. 만약 그것이 그저 출판계에 부는 열풍을 가리키는 것이라면, 우리는 그것을 그런 현상을 뒷받침하는 독자들의 취향 문제 정도로 간주할 수 있었겠지만, 지금 우리가 문제 삼는 '과대평가'란 어디까지나 전문가들(한국문학의 미래를 짊어질 문학가들)의 평가를 뜻하기 때문입니다.

그렇다면 왜 그들은 이내 드러날 거짓말을 하고 있는 것일까요? 혹시 그것은 그들 스스로가 하루키 열풍에 일조한 독자이기도 하다는 의미는 아닐까요? 어떤 대상을 자기 모순을 감수하면서까지 비판한다는 것은, 역으로 그에 대한 강한 애정의 증거일지도 모르기 때문입니다. 문단의 마당발인 어떤 분에게 들은 이야기인데, 젊은 작가들의 집에 놀러 가면, 작가의 성향과는 상관없이 대부분 하루키 책들이 책장에 꽂혀 있다고 합니다. 그런데 희한하게 공식적인 자리(이를테면 글 등)에서 하루키를 언급하는 일은 없다는 것이었습니다. 아마 개인적으로 즐겨 읽기는 하지만, 드러내놓고 말하기는 거북한 분위기 같은 것이 존재했다는 뜻이 아닐까 합니다. 즉 하루키를 좋아한다고 말하면, 왠지 자신의 수준이 떨어져 보일지 모른다는 두려움들이 만들어낸 금기 같은 것 말입니다. 몸이 끌리는 데도 불구하고 머리(문학관)가 그것을 용납할 수 없는 상황에 놓였을 때, 그들의 선택은 아마 대상을 '이미' 과대평가한 것처럼 '집단적으로' 착각하는 방법밖에 없었는지 모릅니다.

위 조사가 행해진 2006년은 제가 세교연구소에서 '근대문학의 종언'에 대하여 발표를 한 해이기도 한데[31], 그때 저는 당시 지정 토론자이기도 했던 소설가 김연수의 다음과 같은 발언을 언급했습니다.

> 김연수: 마지막으로 얘기하고 싶은 것은 '문학이 끝났다'는 진단에 관한 것이다. 얼마 전 한국에서도 일본 평론가 가라타니 고진의 논문 「근대문학의 종언」이 화제가 된 바 있다. 당신이나 나나 문학이 끝났다는 말이 회자되는 시기에 문단에 나왔다. 그럼에도 당신은 매우 고전적이며 진지한 방식의 글쓰기를 하고 있다. 한국에서 잘 팔리고 있는 일본의 현대문학과도 다른 방식이다. 팔리지 않아도 좋다는 것인가(웃음). **내 생각은 이렇다. 죽은 것은 '근대' 문학이다. 그런 말을 하는 학자나 평론가들은 근대문학을 공부한 이들이다. 나는 한 나라 안에서, 자국어만으로 이루어지는 문학이 끝났다는 뜻으로 그 말을 받아들인다. 유럽의 작가들을 보니 자국어만이 아니라 번역을 통해 독자를 확보하고 살아남는 것 같더라.**[32]

그리고 "결국 하루키처럼 되자는 것이 아닌가요?"하고 묻자 김연수가 떨떠름한 표정을 지었던 것으로 기억합니다. 그것은 아마 하루키와 비교된 것에 대한 불쾌함의 표현이었을 것입니다. 실제 당시 참석자 중 어떤 분(누구였는지는 정확히 기억이 나지 않습니다)은 사람들이 하도 하루키 하루키 해서 한번 읽어보았는데, 왜 그렇게 인기가 있는지 잘 모르겠다고 했고, 모두가 그의 발언에 동감하는 분위기였습니다. 따라서 '근대문학의 종언'을 하루키 문학과 연결시켜 이야기한(그리고 그런 의미에서 하루키 문학의 중요성을 강조한) 저만 꿔다놓은 보릿자루 같은 표정을 지을 수밖에 없었습니다.

그런데 몇 년 후 모 인터넷서점에서 '명사들이 추천하는 책' 코너를 만들었는데, 그곳을 클릭하다 뜻밖의 장면과 마주하게 되었습니다. 김연수가 하루키의 『해변의 카프카』를 극찬하면서 추천하고 있었던 것입니다. 그때 든 생각은 이런 것이었습니다. "혹시 생각이 바뀌었나?" 그런데 이는 비단 김연수만이 아니었습니다. 『1Q84』의 출간을 전후로 상당수의 작가나 비평가들이 하루키에 대한 애정을 공개적으로 표현하기 시작했습니다. 우리는 이를 '전향'이라고 부를 수 있겠지만, 그런 거창한 단어보다는 '커밍아웃'이 보다 사실에 가까운 것이 아닌가 합니다.

그렇다면, 어떻게 이런 일이 벌어진 것일까요? 그것은 일단 국내에서의 '지속적인 인기'와 국외에서의 '높은 평가' 때문이라고 할 수 있을 것입니다. 앞서 지적한 것처럼 특히 후자가 끼친 영향은 결정적이었다고 해도 과언이 아닙니다. 그러나 이런 설명은 '커밍아웃'이 '왜' '갑자기' 그것도 '동시다발적으로' 이루어졌는지에 대한 설명은 되지 못합니다. 따라서 최근 귀환한 것은 한 손에는 외국의 유수한 문학상, 다른 한 손에는 『1Q84』를 든 세계문학가로서의 하루키라기보다는 그동안 우리가 억압해온 하루키로 봐야 합니다.

즉 90년대 초반만 하더라도 우리는 한국문학을 가지고 하루키 문학을 비판할 수 있었습니다. 한국문학(세계적인 흐름에 좀 뒤처지긴 했지만)과 비교해서 그의 작품은 확실히 어설픈 대중소설처럼 보였으니까요. 그런데 오늘날의 한국문학으로 하루키 문학을 비판하는 것이 과연 가능할까요? 저는 불가능하다고 봅니다. 최근 높이 평가받는 젊은 작가들에게서 발견되는 '소재에 대한 집착', '느슨한 스토리', '가족의 부재 또는 상징화', '문체의 우위', '모호한 메타포' '과장된 캐릭터', '그로테스크하지만 실없는 유머' 그리고 '윤리의식의 전면화', '서브컬처에 대한 노골적 애호', '우화적 상황 설정' 등은 어떤 의미에서 하루키 문학 없이는 불가능했던 것들입니다. 어느 순간 하루키 바이러스에 깊이 감염되었음에도 불구하고, 최근까지 그것을 관례대로 부인해왔던 것이 아닌가 합니다. 즉 '하루키에 대한 금기'는 '거울의 금기'[33]로서 미개인들의 '쌍둥이에 대한 공포'에 해당된다고 할 수 있습니다.

그러나 정신분석이 우리에게 가르쳐준 것처럼, 억압된 것은 어떤 계기만 있으면 반드시 귀환합니다. 다만 바깥쪽에서 보면 '반복'이지만, 안쪽에서만 보면 그것은 뜻밖의 사건처럼 보일 뿐입니다. 마치 사울이 다메섹 도상에서 잠시 빛을 잃은 뒤 전혀 새로운 세상을 발견하는 것처럼 어느 날 우리는 한국문학이 하루키와 떼려야 뗄 수 없는 관계라는 것을 발견합니다. 그리고 이런 생각을 하기에 이릅니다. "그동안 소위 '하루키적'이라고 이야기되는 특징들이 그토록 눈에 거슬렸던 것은 어쩌면 20여 년이나 앞서 있었기 때문은 아닐까?" 이 물음이 중요한 것은, 이제는 시대에 뒤떨어져 있다는 말을 듣지 않기 위해서라도 하루키를 옹호하는 제스처를 취하지 않으면 안 되게 되었기 때문입니다.

저는 몇 년 전에 한국문학은 앞으로 '문학동네'화 할 것이라고 주장한 적이 있습니다만, 그것은 어떤 의미에서 '하루키화'를 가리키는 것이기도 했습니다. 그 증거로 몇 가지만 말씀드리자면, 첫째 《문학동네》는 제2호부터 해외 작가를 소개하는 코너를 만들었는데, 수많은 세계적 작가들을 모두 마다하고 무라카미 하루키를 제일 먼저 편성합니다. 물론 국내 비평가나 연구자의 글은 한 편도 실지 않고 전부를 번역문으로 꾸민 게 문제이긴 했지만, 이것은 이것대로 당시 하루키의 수용 환경을 가감 없이 보여주고 있습니다. 즉 하루키에게 큰 공감을 느끼고 있었지만, 그 공감의 정체를 제대로 분석할 준비가 되어 있지는 않았던 것입니다.

둘째 역시 마찬가지로 '2006년', 일본에서는 대규모 하루키 국제 심포지엄이 열리게 되는데, 이 대회를 주도한 사람 중의 한 명인 요모타 이누히코四方田犬彦[34]는 권두 대담에서 한국문학에 끼친 하루키의 영향을 이야기하며 다음과 같이 말하고 있습니다.

> 한국에서는 1990년대에 '하루키 세대'라는 말이 생겼습니다. 무라카미 하루키 이전의 한국문학은 가족과의 관계 없이는 생각할 수 없었습니다. 그런데 하루키 문학을 계기로 해서 가족관계로부터 자유로운 '나'가 문학의 주인공이 될 수 있다는 것을 알고 한국에서도 그런 작품이 만들어지기 시작했습니다. 이 세대 중 한 명인 윤대녕이라는 작가는 『은어낚시통신』이라는 소설을 썼습니다. 주인공인 '나'는 30대 독신 사진가로 서울의 아파트에서 밤중에 혼자 위스키를 마시며 빌리 홀리데이를 듣습니다. 그런데 수수께끼 같은 편지가 도착합니다. (…) 읽었을 당시 이것은 모조 작품festische이 아닌가 하는 생각이 들었습니다.[35]

그런데 우연인지 몰라도 바로 그 작품을 표제작으로 삼은 소설집 『은어낚시통신』(1994)은 문학동네가 낸 첫 책 중 하나였습니다.[36] 소세키의 『마음』을 첫 책으로 낸 이와나미쇼텐岩波書店이 이후 일본에 소위 '소세키 문화'를 만들어간 것을 생각해 볼 때, 문학동네가 윤대녕의 책을 내며 이후 한국 최대의 문학 출판사가 된 것은 결코 예사로 볼 문제가 아닙니다. 아시다시피 이후 윤대녕은 한국에 존재하는 거의 모든 문학상을 수상하여 90년대를 대표하는 중견 작가로 성장했습니다.

그런 의미에서 『1Q84』가 문학동네에서 출간된 것은 뭐랄까? 그동안 시종 엇갈리기만 하던 양 진영이 마침내 감격스러운 상봉을 한 느낌입니다. 견우와 직녀가 『1Q84』라는 다리를 매개 삼아 만났다고나 할까요? 책이 출간된 후 모두가 예상한 대로 《문학동네》는 '하루키 특집'을 꾸며 그를 입이 마르도록 상찬했습니다. 뿐만 아니라 추가로 무려 150페이지에 달라는 하루키 인터뷰를 전재하기까지 했습니다. 제가 알기로 한 작가에게 이렇게 많은 지면을 내준 것은 국내외 작가 할 것 없이 《문학동네》 역사상 일찍이 없었던 일입니다. 한국에서 가장 많은 작가의 가장 많은 작품집을 출간하고 있는 문학동네가 이렇게 하자, 이제 이전처럼 손쉽게 하루키를 무시할 수 없는 분위기 같은 게 형성됩니다. 더구나 공개적으로 문학 지망생들에게 "한국의 하루키가 되라!"라고 외치는 마당이니 말 다하지 않았나 하는 생각이 듭니다.

> 동시대 한국문학의 가장 젊은 흐름을 이끌어온 문학동네가 국내 최초로 대학생들을 대상으로 하는 장편소설 공모를 시행합니다. 2010년대의 한국문학은 또 한 번 도약해야 합니다. (…) 이제 우리는 젊은 상상력이 들려주는 긴 이야기를 들어보고 싶습니다. 한계를 뛰어넘고 금기를 박살내고 현재를 돌파하십시오. 세상은 깜짝 놀랄 준비가 되어 있습니다.
>
> 무라카미 하루키는 첫 소설을 쓰기 시작한 이십대의 어느 날을 이렇게 회상합니다.
>
> "그렇다. 나는 타인과 다른 무언가를 말하고 싶었다. 아무도 사용하지

않는 언어로."
이제 당신의 차례입니다.[37]

그런데 하루키가 한국문학에 끼친 영향이라는 것이 비단 작품에 그치지 않았다는 데에 문제의 심각성이 있습니다. 그는 한국 문학가들의 생활 방식까지 바꾸어놓았다고 해도 과언이 아닌데, 최근 평단이나 출판계에서 인기가 있는 작가 중 상당수는 작품의 경향은 차치하고 하루키의 활동 형태까지 따라하고 있다는 느낌을 지울 수 없습니다. 예컨대 김연수는 일전에 '하루키가 그러했던 것처럼' 해외를 떠돌아다니며 거기서 얻은 이국적 경험을 소설에 집어넣고 있고(그러면 어떤 평론가는 '유려한 번역체'라는 훌륭한 수사를 얹어줍니다), 김영하는 꽤 오랜 기간 미국에 거주하면서 일찍이 '하루키가 그러했던 것처럼' 국제적이 되려고 애를 쓰고 있습니다.

그리고 이 두 작가는 모두 하루키가 번역했다고 하여 국내에서도 유명해진 레이몬드 카버의 단편집과 피츠제럴드의 『위대한 개츠비』를 사이좋게 한 권씩 번역하기도 했습니다. 그리고 보니 이 역시 우연인지 모르지만 김연수, 김영하 모두 문학동네에서 번역본을 냈군요.[38] 잘나가는 작가가 번역을 한다는 것, 이는 이전 같으면 상상도 못할 일이라 하겠습니다. 한국에는 문학가가 번역에 시간을 투자하는 것을 못마땅하게 보는 경향이 있는데, 그것은 번역을 창작보다 값어치가 없는 것, 또 돈이 궁해서 마지못해 하는 것 정도로 여기기 때문입니다. 저는 이런 인식 자체가 한국문학의 빈곤과 밀접한 관계가 있다고 보는데, 그것은 세계적인 작가들 중 상당수가 뛰어난 번역가이기도 했다는 사실을 떠올리는 것으로 충분합니다. 아, 그리고 보니, 한국 작가들이 번역을 마냥 무시하는 것은 아니군요. 한국 작가들은 너나할 것 없이 뛰어난 『삼국지』 번역가이니까요.

하지만 하루키는 한국의 문학가들에게 '작가로서 번역을 하는 것'이 얼마나 근사한 일인지를 알려주었습니다. 그리고 독자들에게도 유명 작가가 번역한 것은 뭔가 다를 것이라는 환상을 독자들에게 심어주어 주었습니다. 그래서인지 지금은 이전과 같은 번역에 대한 폄하는 많이 사라진 것 같습니다. 물론 이런 변화는 출판계의 동향과도 밀접한 관련이 있습니다. 스타 작가를 제외하고 창작물 자체가 거의 팔리지 않고 도리어, '세계문학전집'이라는 번역물이 많이 팔리는 오늘날, '문학 나눔'("한국은 문학을 사랑하는 국가입니다")의 도움으로 겨우 1쇄 정도 소화되는 작품집을 출간하는 대신에 유명한(고로 잘 나가는) 작품을 번역하는 것이 훨씬 수지가 맞는 일이 되었기 때문입니다. 출판사 쪽에서도 경쟁이 심한 세계문학전집 시장에서 나름의 메리트를 만들기 위해 인기작가로 하여금 번역을 하도록 하는 데에 열심입니다.[39]

그러나 모든 일이 그렇듯이 모양이 같다고 해서 내용까지 같은 것은 아닙니다. 예컨대 세계적인 작가인 하루키가 번역한 피츠제럴드와 세계적인 작가로 발돋움하려고 노력하는 김영하가 번역한 피츠제럴드 사이에는 적잖은 차이가 존재합니다. 외국어 능력은 논외로 하더라도 피츠제럴드 정도의 고전 작가를 문학적 수완(글빨)만으로 온전히 커버할 수 있을지는 의문입니다. 예컨대 우리가 자주 착각하는 것 중 하나는 하루키의 번역이 유명한 이유가 '소설가 하루키'가 번역했기 때문이라고 생각하는 것입니다. 하지만 사실은 전혀 그렇지 않습니다. 우리는 하루키가 작가이기 이전에 비평가이자 미국문학 전문가라는 사실을 새삼 기억할 필요가 있습니다.[40]

하루키는 『바람의 노래를 들어라』(1979)로 데뷔한지 얼마 되지 않아 『동시대로서의 아메리카』(1981-1982: 단행본 미출간)라는 장편 비평을 연재하는데, 여기서 그는 동시대 아메리카의 문학, 영화, 음악을 광범위하게 다루면서 나름대로의 문학론을 정립합니다. 참고로 이 연재물에서 언급되는 작가로는 스티븐 킹(제1회), 존 어빙(제4회), 레이먼드 챈들러(제5회) 외에 커트 보네거트, 조셉 헬러, 헤밍웨이, 피츠제럴드, 그리고 로스 맥도널드, 미키 스필레인, 로저 사이먼 등에 이르고 있습니다(이후 그는 이 작가들의 작품을 직접 번역하기 시작합니다).

지금의 관점에서 보면, 일부 작가들을 제외하고는 비교적 평범한 리스트처럼 보입니다. 하지만 하루키가 국내에 소개되기 이전에는 스티븐 킹은 물론, 존 어빙도, 챈들러도, 보네거트도, 심지어는 피츠제럴드 조차도 지금처럼 일반 독자의 독서 대상은 아니었다는 사실을 떠올릴 필요가 있습니다.[41] 다시 말해, 과거 우리는 『상실의 시대(노르웨이의 숲)』를 읽고 나서 비로소 『위대한 개츠비』를 찾아 읽었지 그 반대가 아니었던 것입니다. 그렇다면, 이렇게 자문하는 것이 가능할지도 모르겠습니다.

만약 하루키가 신인작가 시절에 만든 위 리스트가 2014년을 사는 우리에게 자연스러운 것으로서 받아들여지고 있다면, 그것은 혹시 알게 모르게 우리가 하루키라는 렌즈를 통해 미국 현대문학을 이해하고 있기 때문은 아닐까? 하고 말입니다. 물론 당시에도 최신 동향에 밝은 일부 미국 소설 전공자들은 하루키와 무관하게 피츠제럴드, 헬러, 보네거트, 카버 등에 대한 연구를 하고 있었을 것입니다. 하지만 그런 작업들이 작품과 독자를 지금처럼 연결시켰을지는 솔직히 의문입니다. 따라서 한국에서 하루키 수용을 이야기할 때, 그냥 넘어갈 수 없는 주제 중

하나가 바로 '90년대 이후의 미국문학 수용'이 아닐까 합니다. 물론 이 것은 여러분들의 일이죠(웃음).

요컨대 하루키의 번역 작업이란 한국처럼 국내에서의 유명세를 내세 워 정평이 나 있는 고전급 작품 한두 권에 자신의 이름을 올리는 것과 는 완전히 차원이 다른 거대한 작업이었습니다.[42] 이렇게 보면, 우리는 하루키로부터 비단 작풍만이 아니라 작가로서의 생활 태도, 번역에 대 한 재인식, 그리고 미국 현대문학에 대한 이해방식까지 실로 엄청난 영 향을 받았다는 것을 알 수 있습니다.

이런 상황에서 정말 하루키가 노벨문학상이라도 타게 된다면, 어떻 게 될까요? 제가 푸코는 아니지만, 아마 다음과 같은 예언 아닌 예언이 가능할지도 모르겠습니다. "21세기는 하루키의 세기가 될 것이다." 따 라서 지금 중요한 것은 하루키'의' 허와 실을 분석한답시고 적당히 처 분하거나(억압하거나), '한국문학의 세계화'에 매진하다 보면 어떻게 되 겠지(문제는 작품수준이 아니라 번역이다!) 막연히 기대하거나, '현실로서 의 세계문학' 내에 존재하는 불평등을 폭로하는 것일 수 없습니다.

그보다는 '국민적(민족적)' 또는 '전공적'이라는 수식어에서 벗어나 '우열이라는 서열'을 넘어 다양한 문학과 가치들을 '와'로 연결하여 형 제로 만드는 것이 아닐까 합니다. 그리고 바로 그렇게 할 때, 우리는 다 소 어색한 두 번의 '와'를 감당하면서 하루키뿐만 아니라 세계문학이나 한국문학에 대해서도 비로소 '구속 없는 정치'의 입장을 취할 수 있을 것입니다. 물론 이는 한국문학계의 관례상 쉽지 않은 일입니다. '겸손한 3년'을 더 요구할지 모릅니다. 하지만 바로 그렇기 때문에 의미가 있는 일이 아닐까 합니다. 한국에서 '세계문학'이라는 것을 입에 담을 때 발 생하는 어려움을 생각할 때 더욱 그렇습니다.

주

1) 물론 이런 경향이 갖는 의미는 그 자체로 흥미로운 주제입니다.

2) 사실상 공식 데뷔작의 제목부터가 「비평의 빈곤: 유종호와 하루키」(2006)이었고, 이미 낸 두 권의 비평집 모두 '와'형이었습니다. 『가라타니 고진과 한국문학』(2008), 『한국문학과 그 적들』(2009). 준비 중인 세 번째(순서상으로는 네 번째) 평론집도 '와'가 들어갈 예정입니다.

3) 로만 야콥슨식으로 이야기하자면, '의'형은 인접성 장애가 있고 '와'형은 유사성 장애가 있다고 볼 수 있다 하겠고, 그런 의미에서 전자는 시적이고 후자는 산문적이라 할 수 있습니다.

4) 니체, 『우상의 황혼』(『니체 전집』 제15권), 백승영 옮김, 책세상, 2002, p.155.

5) Thomas Mann, *Goether und Tolstoi*(1922), 山崎章甫·高橋重臣訳, 岩波文庫, 1992, 12-3頁.

6) 이와 관련해서는 다른 기회에 본격적으로 다루고 싶습니다.

7) Thomas Mann, 앞의 책, 207-8頁.

8) 2012년 노벨문학상 발표 전에 영국의 유명한 도박사이트 래드브룩스가 공개한 작가별 배당 확률을 보면 무라카미 하루키가 2분의 1로 가장 높았고, 아일랜드 작가 윌리엄 트레버(7분의 1), 모옌(8분의 1)이 그 뒤를 이었습니다(「노벨문학상엔 중국 모옌·일본 하루키 거론」, 〈경향신문〉, 2012년 10월 9일자 인터넷판).

9) 아래의 두 가지 이외에도 '세계문학'은 여러 가지 의미로 사용됩니다. 예컨대 그것은 ①세계에서 생산되는 모든 문학을 통칭하는 것일 수 있고, ②자국문학의 반대말로서 '외국문학' 정도의 의미로 사용될 수 있으며, ③엄밀한 의미에서 고전을 가리키는 것이자, ④토마스 만이 '도스토예프스키 문학은 세계문학이 아니다'라고 했을 때의 그것일 수도 있습니다.

10) 이와 관련해서는 졸저, 『세계문학의 구조』(도서출판b, 2011) 특히 제1장을 참조하시기 바랍니다.

11) 몇 년 사이 10개 가까운 출판사가 '세계문학전집' 사업에 뛰어들었는데, 한국의 인

구수로 볼 때, 미친 짓이라고 해도 과언이 아닐 정도입니다. 열린책들에서 150달러에 세계문학전집 220권(권당 1,000원도 안 되는)을 제공하는 앱을 출시하여 화제를 모으기도 했는데, 이에 대해 출판사측은 '오픈파트너'라는 그럴듯한 이유를 달고 있지만, 이렇게까지 할 수밖에 없었다는 것은 결국 한두 곳을 빼놓고는 모두 적자라는 것 이상을 말해주고 있지 않습니다. 이와 관련해서는 졸고, 「세계문학전집의 구조」(『세계문학의 구조』에 보론으로 수록됨)을 참조하시기 바랍니다.

12) 한국의 경우 『해변의 카프카』의 경우는 6억 원 정도, 『1Q84』의 경우는 10억 원 정도, 『색채가 없는 다자키 쓰쿠루와 그가 순례를 떠난 해』는 16억 원이 넘는 선인세를 지불했다고 합니다.

13) 이와 관련해서는 『세계문학의 구조』(특히 제3장 「전후 문학으로서의 근대문학」)를 참조하시기 바랍니다.

14) 황석영 대담, 「문학의 지평에 금표(禁標)는 없다」, 《문학의문학》 2007년 가을 창간호, p.45.

15) 한국문학계에는 후배 작가가 선배 작가나 동료작가를 평하는 것에 대한 금기 같은 것이 존재합니다. 물론 당사자들은 그것을 금기로조차 여기지 않는 것 같지만 말입니다.

16) 지속성만 놓고 본다면, 오히려 사르트르의 실존주의나 (후기)구조주의 쪽이 유행이었다고 볼 수 있습니다.

17) 하루키는 데뷔하고 얼마 되지 않아 한 평론에서 이렇게 말한 바 있습니다. "순문학이란 말은 이미 사어(死語)이다."

18) 물론 《창작과비평》 측의 공식적(?) 입장은 여전히 하루키에 대해 부정적입니다. 예컨대 윤지관은 한 대담에서 하루키가 노벨문학상이라도 받게 되면, 정말 큰일이라며 우려를 표한 바가 있습니다. 윤지관·임홍배, (대담)「세계문학의 이념은 살아 있다」, 《창작과비평》 2007년 겨울호, p.29.

19) 물론 이런 판단에는 재고의 여지가 있습니다. 즉 『손님』에서 시작된 후기 작품들(『심청』이나 『바리데기』, 『개밥바리기별』)에서는 뜻밖에도 '하루키적 요소'가 다수 발견되기 때문입니다. 따라서 최근 그가 보여주는 독서 시장에서의 성공을 '하루키화'에서 찾는 것도 가능합니다(하지만 황석영 자신은 여전히 하루키를 무시하고 있습니다). 이

에 대해서는 졸저, 『한국문학과 그 적들』(2009)의 5장 6절을 참조하시기 바랍니다. 하지만 이문열은 전향적인 자세를 보인 바 있습니다. 얼마 전 그는 자신의 작품 (『호메 엑세쿠탄스』)과 『1Q84』의 유사성을 지적하면서 하루키에 공감을 표했습니다. "맞춰보니 (하루키가 『1Q84』를 쓴 시기가) 제가 『호모 엑세쿠탄스』를 쓰던 때와 비슷한 시기에 쓴 것 같은데, 선수들끼리만 알아보는 게 있다는 느낌을 받았습니다." (「"오로지 목표 향해 달려가는 관념의 인간 그렸다"-안중근 전기소설 『불멸』 펴낸 이문열 작가」, 《CNB저널》 2010년 2월 8일자).

덧붙여 장정일의 경우는 이와 정반대라 할 수 있는데, 예전에는 비교적 우호적 입장이었지만, 어떤 이유에서인지 최근에는 비판적인 입장으로 돌아선 것 같습니다. "모옌, 폴 오스터, 이언 매큐언, 친기즈 아이트마토프는 내가 편애하는 작가들이다. (…) 이들에 비하자면, 매해 노벨문학상 수상 후보에 이름이 오르내리는 무라카미 하루키는 문학이라는 뷔페에 올라온 '인스턴트식품'에 불과하고, 황석영은 잔칫상 주변을 어슬렁거리는 '든보잡'에 지나지 않는다." (장정일, 「누가 모옌에게 돌을 던지랴」, 《시사인》 2012년 12월 4일자)

20) 이 요구가 얼마나 거셌던지 신경숙의 통속소설(『엄마를 부탁해』)이 미국에서 좀 팔리자 이곳저곳에서 감격의 소리가 울려 퍼졌습니다. 평론가 김미현은 '한국문학의 첫눈'으로까지 표현할 정도였습니다(김미현, 「신경숙과 바벨탑」, 《동아일보》 2011년 4월 23일자 인터넷판). 참고로 이미 책 뒷면 추천사를 쓴 바 있는 백낙청은 마치 이런 성공을 예상이라도 한 듯이 한 평문에서 '세계 시장에 내놓음직한 많지 않은 문제작의 하나'로 재차 평가했습니다(백낙청, 「우리 시대 한국문학의 활력과 빈곤」, 《창작과비평》 2010년 겨울호, p.27).

21) 「'세계화', 문학, 문학 연구」라는 주제로 열린 영미연 학술대회(2010년 5월 29일)에서는 다음과 같은 내용이 발표되었습니다. ①백낙청, 「'세계화'와 문학 -세계문학, 국민/민족문학, 지역문학」(기조발제), ②윤지관, 「'경쟁'하는 문학과 세계문학의 이념」, ③박시영, 「D. H. 로런스의 20세기 초 세계시민문학 비판과 문학의 구체성 옹호」, ④졸고, 「무라카미 하루키와 세계문학」.

22) 백낙청, 「세계화와 문학: 세계문학, 국민/민족문학, 지역문학」, 《안과밖》 제29호, 2010, p.19. 강조는 인용자.

23) 갑작스러운 전개인지라 당황해하는 분들이 계실지 모른데, 이와 관련해서는 다음을 참조하시기 바랍니다. 졸저, 『세계문학의 구조』(특히 제1장 제4절 「민족문학과 세계문학」).

24) 백낙청, 「지구화시대의 민족과 문학」, 앞의 책, pp.81-2.

25) 백낙청, 「세계화와 문학: 세계문학, 국민/민족문학, 지역문학」, 《안과밖》 제29호, 2010, p.18.

26) 충분히 예상이 가능하지만 한국 작가의 작품은 실리지 않았습니다.

27) 백낙청은 고은이 노벨문학상을 수상한다면, 한국문학의 발전을 확인시켜주는 등 매우 긍정적인 영향을 끼칠 것이라고 말한 바 있습니다.

28) 헤겔, 『역사철학강의』, 김종호 옮김, 삼성출판사, 1990, p.320.

29) 『1Q84』은 국내에서 출간된 지 반 년 만에 90만 부를 돌파했고, 종합 베스트셀러 순위에 2009년은 2위에, 2010년은 3위에 올랐습니다.

30) 《교수신문》 2006년 9월 25일자.

31) 이때의 발표는 졸저 『가라타니 고진과 한국문학』(도서출판b, 2008)에 다음과 같은 제목으로 수록되어 있습니다. 「'문학의 종언'을 어떻게 견딜 것인가?」.

32) 김연수·히라노 게이치로, 「문학은 '한류' 없고 '일류' 만 (…) 얕은 교류 아쉬워」, 《한겨레》 2005년 10월 30일자. 강조는 인용자.

33) 거울에 비친 모습이 나 아닌 다른 누군가일지도 모른다는 두려움에서 발생한 금기를 말합니다.

34) 그는 박정희 정권 때(1979년) 한국에서 1년간 일본어 교사로 체류한 경험도 있는 일본의 대표적 지한파 중 한 명입니다.

35) 柴田元幸·沼野充義·藤井省三·四方田犬彦編, 『世界は村上春樹をどう読むか』, 文藝春秋, 2006, 6頁. 참고로 심포지엄에 참석한 한국 측 대표인 김춘미는 하루키의 영향을 받은 작가로 박일문, 이인화, 박민규, 이만교, 김연수를 거론하고 있습니다.

36) 1993년 창립된 출판사 문학동네가 가장 처음 낸 책은 이병천 소설집 『모래내 모래톱』과 윤흥길 산문집 『텁석부리 하나님』이지만, 문학사적 중요도와 이후 문학동네의 성향 등을 고려할 때 윤대녕의 소설집을 사실상 첫 책이라고 부를 만합니다. 문학동네는 윤대녕 소설집을 내고 얼마 있지 않아 계간 《문학동네》를 창간합니다.

37) 「제3회 문학동네 대학소설상 공모」,《문학동네》, 2013년 봄호.

38) 출판계 소식에 따르면, 뒤늦게 세계문학전집 시장에 뛰어든 문학동네는 이미 그 시장을 선점하고 있는 민음사와의 경쟁에서 고전하면서 재정적으로 힘든 시기가 있었다고 합니다. 그때 『1Q84』가 베스트셀러가 되어서 적자의 상당부분을 커버 해주었다는 이야기가 있는데, 만약 이게 사실이라면 하루키는 문학동네가 '세계문학전집'을 계속 낼 수 있도록 만든 일등공신이라 하겠습니다. 즉 그는 한국 독자들이 다양한 세계문학을 접하는 데에도 도움을 준 셈입니다.

39) 「시인·소설가의 유려한 번역에 끌리다」,《한국일보》 2013년 2월 5일자.

40) 그는 단순히 번역만 하는 것이 아니라 자신이 번역한 작가에 대해 꽤 많은 글을 남기고 있습니다.

41) 이는 일본의 경우라고 해서 크게 다르지 않았는데, 예컨대 스티븐 킹만 하더라도 1981년 당시 번역된 것은 고작 3편(『캐리』, 『살렘스 롯』, 『샤이닝』)에 불과했고, 이마저도 판매가 신통치 않았습니다.

42) 하루키는 신인 시절부터 충분히 유명해진 오늘에 이르기까지 큰 기복 없이 번역을 해오고 있는데(그가 번역한 책은 30~40여 권에 이릅니다), 그것은 그에게 번역이란 창작에 있어 없어서는 안 되는 것이었기 때문일 것입니다. 이에 반해, 최근 한국의 유명 소설가나 시인들이 번역에 참여하는 모습은 뭐랄까 스펙 쌓기 내지 구색 갖추기라는 인상을 떨칠 수 없습니다. 공정을 기하기 위해 덧붙이자면, 안정효(그의 번역은 어지간한 창작물보다 훨씬 가치가 있습니다)나 정영문, 배수아처럼 나름대로 꾸준히 번역을 하고 있는 작가들은 예외입니다.

5. 세계문학의 해체

전성욱(한국문학, 동아대 강의교수)

1. 이행의 시대

세계는 단지 하나의 '이름'으로 머무르지 않고, 현실을 장악하고 대중을 구속하는 강력한 역능의 '정치'를 구성한다. 전 지구적 질서로 구축된 '세계'는 자본주의로의 거대한 전환을 배경으로 탄생했다. 그것은 '세계경제world-economy'라는 하나의 체제로 작동한다. 하나의 체제로서 '세계'는 다수의 정치적 단위와 문화적 이질성이 공존하는 복합체이다. 하지만 그것은 경제적 분업을 통해 자본의 끝없는 축적을 가능하게 하는 기반으로 작동함으로써, 그 모든 문화적 '차이'들을 자기동일성의 논리 안에서 추상적으로 통합해버린다. 자본주의적 세계체제로의 전 지구적 전환을 일컫는 '세계화'는 지구의 자원과 에너지, 노동력과 자본을 편파적으로 절취하는 부당한 힘의 행사를 통해 전개되었다. 그 편파적 힘의 구심적 장소는 지구의 서쪽 반구에 집중되었고, 나머지 장소는 착취와 수탈, 계몽과 선교의 대상으로 규정되었다.

'세계'라는 이름에는 서구가 비서구를 발명하고, 그 사이에 차별의 경계를 설정하여, 타자화된 비서구를 지배하고 수탈해온 패권적 역사의 흔적이 아로새겨져 있다. 그러므로 세계화란 곧 강요된 서구화다. 서구화는 서구적 문명의 강제적 이식과 확장이라는 방식으로 전개되었고, 이 과정은 복음의 전파 혹은 문명화, 다시 말해 근대화로 받아들여졌다. 서구화와 근대화의 등가어인 세계화는, '세계'라는 추상적 보편주의가 전 지구적으로 관철되는 인식론적 패러다임을 제공함으로써, 비서구를 서구적 보편에 미달하는 존재로 강등시킨다. 이 같은 형이상학적 조작은 현실 정치에 투사되어 막강한 실효적 힘을 행사해왔다.

근대 세계체제의 탄생과 더불어 고안된 '국민국가nation-state'는 주권국가다. 베스트팔렌조약의 체결(1648)을 통해 서구의 근대적 국가들은 서로의 배타적인 주권을 인정하는 '국가 간 체제'를 성립시켰다. 유럽의 역사적 맥락에서 탄생한 주권국가로서의 국민국가들은 국가 간의 배타적 주권을 공인하는 것처럼 행세하였지만, 실제로는 약육강식과 적자생존을 원리로 하는 사회진화론의 논리로 암약했다. 서구 강대국의 식민지 쟁탈전과 서세동점의 제국주의적 팽창은, 세계체제를 구성하고 있는 서구적 주권국가의 비정한 실체를 그대로 드러냈다. 구획과 포섭, 배제와 추방을 통해 스스로의 힘을 정의하는 '주권sovereignty'이란 서구적 근대의 정치적 논리가 가진 야만성을 고스란히 함축하고 있다.

세계체제를 구성하는 국민국가는 '서구', '근대'의 가장 치명적인 폭력성, 다시 말해 모든 활달한 생명력을 자기증식의 에너지로 절취하는 자기 중심주의를 특징으로 한다. 이런 맥락에서 '국민국가의 구성 원리'를 '주체의 논리'라고 본 사카이 나오키의 관점은 대단히 적확하다.[1] 서구적 근대화로서의 세계화가 가진 자기 중심주의와 이로부터 발생하는 야만적 폭력에 대항하기 위해서는, 국민국가의 논리에 대한 비판과 함께 그 구성 원리인 '주체의 문제'를 탐구하지 않을 수 없는 것이다.

세계체제는 주권 권력의 행사를 통해 세계시민들의 활력puissance을 탈취해왔다. 근대의 국민국가들은 표상정치라는 교묘한 상징조작을 통해 대중을 '국민'으로 주체화함으로써 그들의 자발적 동원을 이끌어냈다. '국민'의 결속을 공고히 하고 그들의 애국심을 관리하기 위해서 국민국가는 '충성과 반역'의 이항체계를 통해 끊임없이 내·외부의 적대를 발명한다. '국민'이라는 정체성의 틀을 뒤흔드는 위험한 존재인 이주자, 부랑자, 범죄자, 실업자, 빈민은 일종의 '비국민' 혹은 '난민'으로 규정되어 따로 관리된다. 국민으로의 주체화는 이 같은 난민들의 존재를 통해 자기 존재의 동일성을 구성하고 또 강화한다. 국민과 난민의 경계 구획은 포섭과 배제라는 배타적 기제를 작동시킨다. 이를 통해 국민의 동원과 희생을 적극적으로 유인하는 동시에, 위험한 존재로 규정된 비국민들을 배제하고 억압하고 수탈함으로써, 국민과 비국민의 적대적 대립체계는 국민국가의 견고한 기반을 구축한다.

국민으로 주체화된 대중들은 그들의 절취된 활력을 '숭고한 희생'이라는 레토릭으로 기만하는 국민국가의 선전과 선동에 쉽게 이끌려왔다. 그것은 국민국가의 권력 행사가 종교적 숭배의 메커니즘으로 작동함으로써 국민을 신도화해 왔기 때문이다. "'국가교'의 구조가 특정 국가에 대한 신앙이 아니라 국민국가의 일반적인 구조라고 가정한다면, 여기서 빠져나가는 것은 그리 쉬운 일이 아니다."[2] 하지만 오늘날 국민국가와 그 구성 원리로서 '대중의 국민화'는 탈신화화 되고 있다. 근대화 프로그램의 작위적 역사가 드러나면서 그 강력했던 교권적 지위도 서서히 쇠퇴하고 있는 것이다. '국민이라는 괴물'의 탄생 비화가 폭로되는가 하면, 국민국가는 '상상의 공동체'에 불과하다는 비판적 인식이 일반화되었다. 국가와 국민은 탈주술화의 과정을 거쳐 세속화되었다.

> 국가주권과 통일적인 공간, 그리고 국민의 동일성이라는 삼위일체로 이루어진 국민국가 시스템이 초국가적인 조직에 의해 권력과 기능을 박탈당할 뿐 아니라, 다른 한편으로는 국경 안의 지역적인 사태에 대해서도 실질적인 권력 독점과 역사적인 특권을 상실했다. 그리하여 중층적으로 정체성의 심각한 동요가 일어났고, 이것이 지정地政문화적으로 복잡하게 굴절되면서 잡종적인 공간을 창출하기에 이른 것이다.[3]

　오랫동안 유지되었던 미국 중심의 세계화는 세계체제에 질적인 변화를 불러일으켰다. 바야흐로 국민국가의 주권적 지배력이 약화되고 있는 지금은, 세계체제의 질적인 변화가 일어나고 있는 '이행의 시대'다. 상품과 자본, 노동력이 국경을 가로질러 넘나들고, 인종과 민족, 젠더와 계급의 엄격한 분할을 근거로 발휘되던 정체성 정치의 강고한 통치는 쇠락하고 있다. 이러한 질적 변화는 1989년 현실 사회주의의 붕괴를 자유주의 이데올로기의 승리가 아닌 패배로 읽어내었던, 월러스틴의 '자유주의 이후'의 세계체제에 대한 분석을 통해 더 분명하게 이해된다.[4] 월러스틴은 현실 사회주의 붕괴를, 세계체제의 구조적 안정성을 뒤흔들어놓았던 1968년 세계혁명의 연장에서, 자유주의적 이데올로기의 우월성을 통해 지탱되던 자본주의 세계경제에 타격을 준 사건으로 분석한다.

냉전 체제의 종식은 미국의 헤게모니를 강화시키기는커녕 미국이라
는 일국 주도의 세계경제에 큰 위기를 불러왔다. 자본축적의 안정적인
틀이 흔들림으로써 이 '역사적 자본주의'는 이윤추구의 주된 장을 생산
의 영역에서 금융투기의 영역으로 재편했다. 인류는 그야말로 이윤보
다 이자에 집착하는 투기의 위험한 생존 공간 안으로 포획되어 들어간
것이다.

안토니오 네그리와 마이클 하트는 세계체제의 이 같은 질적 전회를
『제국』(2000)과『다중』(2004) 등의 저작을 통해 가장 명쾌한 언어로 서
술하고 있다. 그것은 '제국주의'에서 '제국'으로의 전환이라는 명제로
요약된다. 주권형태의 이행에 관한 이 같은 정식화는, 지구적 규모로 전
개되고 있는 오늘날의 신자유주의 경제체제에 대한 인식론적 관점의
차이를 내포한다.[5] 힘들의 다원적 네트워크로 구성되는 제국에서는 더
이상 미국과 같은 일국적 강자의 헤게모니가 일관된 형태로 관철되지
않는다. 따라서 근대적 국민국가의 주권행사는 이전과 같은 영향력을
발휘할 수 없다. "제국으로의 이행은 근대적 주권의 황혼기에 나타난
다."[6] 이 새로운 주권형태는 물리적 영토에 제한받지 않는 지배력을 행
사함으로써 더 파괴적인 역능을 드러낸다. 제국의 지배는 물리적 통치
의 수준을 훌쩍 뛰어넘어 지적·감성적 통제의 형식으로 대중의 생명력
을 관리한다.

더욱 강력해진 주권 지배의 형식인 제국의 등장은 '다중multitude'이
라는 새로운 계급구성의 역사적 계기와 무관하지 않다. 제국은 다중의
등장에 대한 일종의 반작용이라고 할 수 있다. 다중은 제국에 구속되어
있으면서도 끊임없이 제국을 허무는 '위험한 계급들'이다. "그들은 정
체성 되기를 그만두고 특이성들이 된다."[7] 그들의 존재론적 특이성은

혼돈이고 무질서이며, 잡종이고 이질성이다. 구속되어 있으면서 해탈하는 존재인 다중은 이 절망적 세계에 대해 가장 희망적인 존재로 등장한다. 소통과 협력의 '떼 지성'으로 존재하는 다중은 특이성 속에서도 공통된 것을 추구함으로써 코뮌적 기획의 열망을 강력하게 암시한다. 『다중』의 저자들은 책의 말미에서, 그 열망을 다음과 같이 대단히 유려한 감성적인 문장으로 표현하고 있다.

> 우리는 이미 오늘날 시간이 이미 죽은 현재와 이미 살아 있는 미래로 갈라져 있다는 것을, 그리고 그 둘 사이에서 입을 벌리고 있는 심연이 거대해지고 있다는 것을 인식할 수 있다. 머지않아 하나의 사건이 그와 같은 살아 있는 미래 속으로 우리를 화살처럼 쏘아 넣을 것이다. 이것은 사랑의 진정한 정치적 행동이 될 것이다.[8]

새로운 지배의 형식이 구성되고 있는 국민국가의 황혼기, 이 이행의 시대에 역사적 주체로 등장한 다중이 열어갈 문학의 형상은 과연 어떠한 것일까. 서구가 편향적으로 독점해왔던 '세계'를 해체(탈구축)하고, 바른 의미에서의 공평무사한 세계를 재구축하기 위해서는, 냉철한 분석과 더불어 저 긍정과 희망의 미래에 대한 열정의 감성이 필요할지도 모른다. 이때 문학이 그 누군가에게 긍정과 희망의 열정을 자극할 수 있다면 '살아 있는 미래' 속에서 우리는 기꺼이 서로를 사랑할 수 있을 것이다.

2. 공모의 관계에서 배치의 문제로:
민족문학과 세계문학, 다수적 문학과 소수적 문학

널리 알려진 바대로 우리가 지금 '문학'이라 일컫는 것은 근대의 피조물이다. 그것은 근대 국민국가의 성립과 밀접한 관련을 맺고 있다. 한문 문학에서 국문 문학으로의 이행은 민족어로서의 '한국어'를 문학이라는 근대의 제도적 글쓰기 속에 자리잡게 하는 고투의 과정이었다. 그것은 단순히 한문에서 국문으로의 언어적 전환이 아니라 중화주의적 세계관으로부터의 힘겨운 결별이었으며, 더불어 서구적 근대와의 접속이라는 문명사적 격변의 의미를 갖는다.

'한국어'의 '발견'은 한국 근대문학의 성립을 위한 필요조건이었다. 한국어는 선험적으로 존재하는 자명한 언어가 아니라, 외국어를 타자화함으로써 탄생한 일종의 인공적 담론이다. '한국어라는 사상'은 하나의 이데올로기로서, 근대 국민국가의 구축과, 국민의 구성이라는 주체화의 역사적 과정에 적극적으로 개입했다.[9] 국어는 민족을 상상하게 하는 유력한 기제였기에 근대 계몽기의 위정자와 개화 지식인들은 국어의 확립에 많은 노력을 기울였다.

한국어의 성립에 있어 중요한 대목은 서구라는 보편을 먼저 상정함으로써 한국어라는 민족어를 대타적으로 정립할 수 있었다는 사실에 있다. 번역은 한국어를 자각하는 계기가 되었다. 번역은 "이중 언어 간의 의미의 이식이 아니라 이중 언어라는 관계를 만들어내는 작업"[10]이다. 따라서 한국어는 서양이라는 보편적 실체를 상정한 형이상학적 논리 속에서 탄생한 것이라 할 수 있다. '한국어의 자각'이란 민족의식의 구성을 위한 방편임에도 불구하고, 기실 그것은 스스로를 서구라는 보편주의적 실체의 한 '대상'으로 자리매김하는 과정이었던 것이다. 여기서 우리는 '민족'과 '세계'가 결국은 하나의 유기적 대립쌍으로 공모하는 근대화/서구화/세계화의 논리를 다시 확인하게 된다.

한국어를 물질적 기반으로 탄생한 '한국 근대문학'에는 '세계'의 개념이 함축하고 있던 서구중심주의의 패권적 맥락이 고스란히 반영되어 있다. 흔히 지적되는 바와 같이 세간에 나와 있는 '세계문학전집'들의 편집 구성만 보더라도 우리가 떠올리는 세계문학이란 것이 유럽의 일부 국민문학들에 고착되어 있음을 확인할 수 있다. 그러나 익히 알려진 것처럼 괴테가 구상했던 세계문학은 결코 그러한 것이 아니었다.

> 그러나 우리 독일인은 자신의 환경이라는 좁은 테두리를 벗어나지 못한다면 너무나 쉽게 현학적인 자만에 빠지고 말겠지. 그래서 나는 다른 나라의 책들을 기꺼이 섭렵하고 있고, 누구에게나 그렇게 하도록 권하고 있는 걸세. 민족문학이라는 것은 오늘날 별다른 의미가 없고, 이제 세계문학의 시대가 오고 있으므로, 모두들 이 시대를 촉진시키도록 노력해야 해.[11]

민족의 편협한 울타리를 넘어 소통과 교류라는 능동적 교통으로서의 세계문학에 대한 괴테의 구상은 전 지구적 규모의 자본주의가 하나의 체계로 자리잡은 오늘날에도 여전히 큰 울림을 준다. 하지만 오늘날의 세계는 민족의 이질성을 추상적으로 통합해버림으로써 괴테의 이상은 점점 불가능한 것이거나 불리한 것이 되어가고 있다.

민족문학의 특수성은 세계문학이라는 보편의 장에 통합됨으로써 근대문학으로 성립했다. '민족문학과 세계문학'이라는 관용적 표현에서 드러나듯 우리에게 세계문학은 민족문학과의 변증법적 관계 속에서만 의미를 가져왔다.[12] "노벨상 수상을 기원하고 자국문학의 보편성을 확인한다는 것이 사실은 문학의 민족주의 경향을 강조하는 기이하고도 예상치 못한 길이라"[13]고 한 카자노바의 지적은 민족문학과 세계문학의 이 기묘한 동맹관계를 예리하게 폭로한다.

국민국가가 상상의 공동체로 세속화되었던 것처럼, 근대문학(국민문학/민족문학)은 이제 종언의 대상으로 추락했다. 한국의 근대문학이 극복의 대상이 되었다면 그것은 근대문학이 지탱해야 할 국민국가라는 지반의 상실에서 비롯된 것이라 할 수 있다. 그러나 근대문학이 해체되어야 하는 더 분명한 이유는, 국민국가와 세계체제의 유기적 관계에 의존했던 지구적 질서가 이제 새로운 단계로 이행하고 있다는 데서 찾아야 할 것이다. 민족문학과 세계문학이라는 대립항을 통해 서로의 존재를 공고하게 뒷받침해 주던 문학의 질서는 이제 새로운 국면으로 접어들고 있다. 그것은 월러스틴이 지적한 '자유주의 이후'의 세계체제의 위기를 가리킬 수도 있고, 아니면 네그리와 하트가 제시한 '제국'으로의 전환이라는 맥락을 의미하는 것일 수도 있다. 어쨌든 근대문학과 세계문학의 공모 관계는 더 이상 유지될 수 없게 되었으며, 이 둘의 공모로 유지되던 세계체제의 문학은 해체될 수밖에 없는 상황에 이르렀다.

대립하면서 공모하는 '적대적 공범 관계'로서의 민족문학과 세계문학, 이 양자의 변증법적 통합은 한국의 근대문학이 지향해야 할 이상이었다. 하지만 그 이상은 한갓 이데올로기적 허상에 지나지 않았던 것이다. 근대문학사의 왜곡은 바로 저 이데올로기의 가공할 폭력성으로부터 비롯된 것이다. 민족문학론은 서구중심의 세계사에서 배제되고 수탈 당해온 '민족'이라는 가상의 희생자를 담론화함으로써 이 담론에 반하는 모든 논리를 반민족적(비윤리적)인 것으로 몰아붙이는 대단히 폭력적인 이데올로기로 기능해왔다. 김우창의 지적처럼 "민족문학론은 상당히 오랫동안 절대적 권위를 가지는 말, 그 말만 나오면 손 들고 말 못하는 언어"[14]였던 것이다.

> 민족의 존엄성과 생존 자체가 위협받는 절박한 위기에 직면하여, 우리 민족의 문학은 문학으로서 성립하기 위해서라도 이러한 민족적 위기에 대한 인식에 뿌리박지 않을 수 없다는 것이다. 이러한 민족적 위기의식이야말로 민족문학 개념의 현실적 근거이자 그 존재 가치를 이루는 것이다.[15]

　민족문학론의 이 엄혹한 역사적 당위 앞에서 누가 감히 비판과 부정의 반론을 언급할 수 있었겠는가. 물론 백낙청이 제기하고 있는 저 민족문학론의 당위는 당시의 역사적 현실에 대한 전략적 맥락에서 이해되어야 한다. 하지만 제국주의의 희생자로 타자화된 '민족'은 숭고한 주체로 신화화되었으며, 이 신화는 국민을 통합하고 국가를 강화하는 내셔널리즘의 가장 원초적 형식으로 지배 체제에 환수된다. 민족문학론의 지지자들이 가졌던 그 정의롭고 순수한 열정에도 불구하고 현실에서 그것은 의도하지 않은 폭력적 결과들을 가져왔던 것이다.

　반체제적 문학은 척도와 규준으로 적분된 다수의 체제에 대해 미분적으로 응전하는 소수적 문학이다. "소수적인 문학이란 소수적인 언어로 된 문학이라기보다는 다수적인 언어 안에서 만들어진 소수자의 문학이다."[16] 민족문학과 그것이 공모하고 있는 세계체제의 문학이 '다수적인 언어'의 '안'을 정의한다면, 세계문학의 해체는 바로 이 안으로부터 '바깥'으로의 원심적 탈주를 통해 가능할 수 있다. 따라서 다양성과 이질성을 용납하지 않는 무서운 동일화의 기제인 세계문학은, 낯설고 이질적이며, 구체적이고 감각적인 삶의 생명적 에너지를 표현하는 소수적 문학으로 극복되어야 한다.

다수적인 것에 의해 정의되는 소수적 문학은 지배하는 다수의 포획으로부터 탈주하는 능동적 활력을 통해 드러난다. 그러므로 다수적인 것으로 정의되는 세계문학의 위력은 소수문학의 활력을 자극하는 중요한 바탕이다. 하지만 다수적 문학과 소수적 문학의 관계를 세계문학과 민족문학의 공모 관계와 동일한 것으로 유추할 수는 없다. 공모의 관계로 유기적으로 얽힌 민족문학과 세계문학의 배치가 다수적인 것이라면, 소수적 문학은 이러한 관계의 배치를 뒤흔들고 허무는 혼돈 그 자체이다.

카프카는 독일어로만 글을 썼으며, 자기 자신을 분명하게 독일 작가로 간주했음을 기억해야만 한다. 그러나 그가 체코어로 자신의 책들을 썼다고 잠시 상상해 보자. 오늘날 누가 그를 인정하겠는가? 카프카에게 세계적인 의식을 불어넣기 전에 막스 브로트는 무려 20년 동안, 그리고 가장 위대한 독일 작가들의 도움으로 막대한 노력을 했음에 틀림없다! 프라하의 어떤 출판업자가 체코인 카프카의 것으로 추정되는 책들을 출간하는 데 성공하였다고 하더라도, 그와 같은 조국의 누구도(다시 말해 어떤 체코인들도) "우리가 알지 못하는" 머나먼 나라의 말로 쓰인 이 괴상한 텍스트들을 세상에 알리는 데 필요한 권위를 갖지 못했을 것이다. 아니, 만약 그가 체코인이었다면 오늘날 그 누구도 카프카를 알지 못했을 것이다.[17]

밀란 쿤데라가 여기서 카프카를 언급한 것은 들뢰즈·가타리와는 전혀 다른 맥락에서다. 쿤데라는 문학의 가치를 규정하는 힘의 역학 관계를 비판하려고 카프카를 이야기했다. 그리고 이런 비판이 서구중심주의에 사로잡힌 세계문학론의 허구성에 대한 어떤 진실을 명쾌하게 고발하고 있는 것도 사실이다. 하지만 쿤데라의 저 언급은 "소수적인 문학이란 소수적인 언어로 된 문학이라기보다는 다수적인 언어 안에서 만들어진 소수자의 문학"이라는 들뢰즈·가타리의 빛나는 통찰을 다시 한 번 분명하게 확인시켜준다는 점에서 중요하다. 카프카는 다수의 언어인 독일어로 작품을 썼던 독일인이었지만, 소수어인 체코어와 이디시어의 관계 속에서 독일어를 구사함으로써 소수적 문학에 이를 수 있었던 것이다. 카프카는 '독일인'이어서가 아니라 '체코의 독일인'이었기에 소수적인 문학에 도달할 수 있었다. 아마도 그가 '독일의 체코인'이었더라도 사정은 마찬가지였을 것이다. 독일인이냐 체코인이냐는 소수적 문학에 이를 수 있는 근거가 아니다. 문제의 핵심은 국적이나 민족에 있지 않으며 소수냐 다수냐에 있지도 않다. 중요한 것은 이 둘의 관계의 배치다. 그러니까 세계문학의 해체는 바로 이 배치의 문제를 통해 사유될 수 있는 것이다.

3. 탈구축과 재구축: 세계문학사 이후

근대문학은 국민국가의 문학이며 그것은 민족문학의 형식으로 전개되었다. 제국주의적 침탈로 인한 식민지 경험과 국제적 냉전 체제의 결과로 빚어진 민족의 분단, 그리고 이러한 역사의 질곡을 헤치며 민주주의를 구축해온 한국의 근·현대사는 '민족'의 부정성을 의심하기보다는 그것을 신화화하는 방향으로 흘러왔다. 그리하여 한국문학의 다수는 내셔널리즘을 동원과 수탈이 아니라 희생과 저항의 숭고미로 채색함으로써 국민국가의 논리에 복무했다. 한국 근대문학의 이런 성격은 근대 세계사 전개의 결과라고 할 수 있다. 따라서 한국 근대문학(국민문학·친일 문학·민족문학·민중문학)의 해체적 독법은 곧 근대 이후의 세계 질서에 대한 강력한 저항의 한 방법일 수 있다. 현재의 삶을 규정하는 총체적 기원으로서의 세계체제를 해체하기 위해서는 자국문학을 향한 비판적 극복이 우선되어야 하는 것이다(자기 극복을 통해 타자를 끌어안는 것, 즉 극기복례! 여기서 예禮는 타자성의 다른 이름임을 기억하자). 그러므로 세계문학의 해체는 곧 자국문학의 해체로부터 출발한다. 그러나 자국문학은 세계문학의 지정학 속에서 탄생한 것이므로 세계문학의 해체라는 작업은 자국문학의 해체와 (비)동시적인 역설 안에서 이루어질 수밖에 없다.

'제3세계 문학론'이나 '동아시아 문학론'은 민족문학론의 이론적 빈틈을 보완하고 그 한계를 돌파하기 위한 일종의 대안 담론으로 제기되었다. 이 두 담론의 지지자들이 곧 민족문학론의 열렬한 옹호자들이라는 사실은 그런 사정을 충분히 헤아릴 수 있게 해준다. '민족'이라는 담론으로는 더 이상 유럽의 문화적 패권주의와 미국 중심의 일방적 세계화에 맞설 수 없다는 것이 분명해졌다. 민족이라는 협애한 관념은 한국문학이 세계문학의 일원으로 당당히 참여할 수 있는 기회를 봉쇄하는 족쇄가 되었고, 때로는 내부적으로 편협한 국수주의로 비난받는 치욕의 이름이 되기도 했다. 민족문학론자들은 이 이중의 난제를 해결하기 위해 서구 제국주의 지배를 받았던 식민지 국가들과의 연대를 개념화하면서 제3세계 문학론의 입론에 나서게 된다.

"민족주의와 국제주의의 결합은 바로 오늘날 제3세계론의 핵심을 이루는 것"[18]이라는 백낙청의 언급은 민족문학과 세계문학의 매개자로서 제3계 문학론의 의미를 분명하게 규정한다. 그러나 "지난 수세기간 세계를 지배해 온 서양 산업문명의 전개와 그에 따른 범세계적인 역학의 논리와 진상을 제3세계 민중 일반의 입장에서 보아야 할 것을 강력하게 요구"[19]하는 제3세계 문학론의 의의는 무엇보다 서구적 세계화에 대한 '대항 담론'이라는 데에서 찾아야 할 것이다. 자본주의적 세계경제의 수탈에 대한 '반체제 운동'으로서 제3세계 민족 해방 운동은, 자폐적 엘리트주의로 타락하던 서구적 모더니즘의 병폐를 넘어서는 진보적 활력의 미학적 감수성을 일깨우면서, 소수적 문학의 가능성을 폭발시키는 계기를 제공해주었다. 그러나 제3세계 문학론은 그 의의와 가능성에도 불구하고 실질적인 작품의 번역이 뒷받침되지 못한 채 추상적인 담론의 차원을 맴돌았다.

> 70년대의 민족문학론이 제3세계 문학과의 올바른 연대를 인식한 것은 앞 시기의 민족문학론이 가지지 못한 최대의 행운인 점은 의심할 여지가 없다. 그러나 제3세계에 대한 관심이 라틴아메리카·아프리카·아랍 등에 치우쳐 있는 것은 문제이다. 관심의 초점을 우리가 바로 소속해 있는 아시아, 더 구체적으로는 동아시아에 두어야 할 것이다.[20]

동아시아 담론은 소박한 동양 예찬론이나 전통의 부활을 부르짖는 복고주의에서부터, 동북아시아 삼국의 문화적 연대론이나 국제적 지정학 속에서 동아시아의 정치적 복잡성에 대한 분석에 이르기까지 그 스펙트럼의 분광은 다채롭다. 하지만 여기서 논의의 대상으로 삼고 있는 '동아시아 문학론'은 제3세계 문학론의 한계를 보완하면서 민족문학론의 질적 비약을 기획하는 진보적 문학론이다.

> 동아시아 문학론은 우선 한·중·일 세 문학이 서구적 근대와 부딪치면서 걸어 왔던 고민의 도정을, 그 차별성을 상호 존중하면서도, 일종의 수평적 비교 의식 아래 함께 검토함으로써, 서구라는 기원의 숭배 속에 서로 영향의 우선권을 아옹다옹 다투는 제국주의적 담론인 비교문학과, 국제적 고리를 끊고 자국문학을 자국문학 안에서만 접근하는 '우물 안 개구리' 식의 반제국주의적 담론인 내재적 발전론을 넘어서자는 것이다.[21]

제3세계 문학론과 동아시아 문학론은 '서구열강에 의해 식민화되었던 비서구'[22]라는 역사적 공통성을 공유한다. 따라서 두 담론 모두 서구화, 근대화로서의 세계화에 대한 비판의식을 핵심으로 한다. 아울러 두 담론은 '세계문학'의 유기적 대립항으로 구속되어 있던 '민족문학'의 폐쇄적 논리를 벗어나기 위한 민족문학론의 자기반성을 내포한다. 다시 말해 제3세계 문학론과 동아시아 문학론은, 논리적 함정을 자각한 이후 민족문학론 진영의 이론 전회를 표현하고 있다. 여전히 국민국가의 틀을 벗어나지 못하고 있다는 한계는 명백하지만, 감상적 아나키즘의 공허한 감상을 거부하고 세계체제의 엄연한 현실을 인정하는 실사구시의 관점은, 세계사의 해체에 대응하는 이들의 확고한 신념을 짐작하게 해 준다. 이들은 세계체제로 포획된 민족문학론의 진보적 활력을 회복하기 위해 민족문학론 자체를 탈구축하기보다는 제3세계 문학론과 동아시아 문학론이라는 새로운 담론을 재구축하는 것으로 대응했다. 여기서 우리는 이 모든 진보적 역량을 결집해 재구축의 방법으로 서구중심적 세계체제의 질서를 넘어서려고 고투했던 조동일이라는 한 '문제적 개인'을 떠올리지 않을 수 없다. 그러니까 한국 지성사에서 '조동일'은 일종의 시대사적 사명이 응축된 이름이라고 할 수 있을 것이다.

민족문학론이라는 확고한 구심을 바탕으로, 제3세계 문학론과 동아시아 문학론의 문제의식을 견지하면서, 서구중심의 세계문학사를 해체하고 새로운 세계문학사의 전개를 서술한 조동일의 작업은, 오늘날의 세계체제에 대한 가장 적극적이고 능동적인 비판이라고 할 수 있다.

조동일은 고향인 경북 영양군 일대의 구비문학(서사 민요·인물 전설)에 대한 연구로 학문적 여정을 시작한다(그의 학문은 원심적 방향으로 확대된다). 이후 보편 이론의 정립을 실천하기 위해 서구의 구조주의 방법론에 음양론과 이기론이라는 동양철학을 결합하여 한국 소설사의 전개를 독자적으로 서술하고(『한국 소설의 이론』, 1977), 나아가 한국문학의 갈래이론을 구축한다.(『한국문학사의 갈래이론』, 1992) 이러한 연구 성과를 밑거름으로 한국문학에서 갈래 체계의 변천을 사회사적 요인으로 풀어낸 역작이 전6권으로 구성된 『한국문학통사』(1982~1988)다.

『한국문학통사』의 서술에 이르는 작업이 민족문학론의 빛나는 업적이었다면, 『동아시아문학사비교론』(1993), 『동아시아 구비서사시의 양상과 변천』(1997), 『하나이면서 여럿인 동아시아』(1999) 등의 저작에는 '동아시아 문학론'의 문제의식이 반영되어 있다. 그리고 제3세계 문학에 관한 국내외의 방대한 연구 논저들을 해제한 『제3세계 문학 연구입문』(1991)에는 제3세계 문학론의 중요성에 대한 인식이 자리잡고 있다. 한 개인의 연구라 믿기 힘든 이 열정적인 작업들은, 민족문학사에서 문명권 문학사로 시각을 확대하고, 나아가 여러 문명권의 문학사를 총체적으로 통합함으로써 세계문학사의 전개 과정을 밝히는 긴 여정으로 이어진다.

조동일은 제1세계의 서구중심주의와 제2세계의 도식적 유물결정론을 비판하면서 기존의 세계문학사 서술이 가진 문제점을 지적하고(『세계문학사의 허실』, 1996), 각각의 문명권 문학에 대한 구체적 실상을 연구하여(『공동문어문학과 민족어문학』, 1999; 『문명권의 동질성과 이질성』, 1999), 마침내 『세계문학사의 전개』(2002)로 긴 여정을 마무리했다. 조동일은 그 기나긴 여로를 통해 "제1세계·제2세계·제3세계의 인류가 서로 다르지 않고 각기 이룬 문화와 이념이 대등한 의의를 가진다는 사실을 입증"[23]하고자 했다. 인류의 역사가 대등하다는 것은 고대의 열등생이 중세를 선도하고, 중세의 열등생이 근대를 선도하는, 후진이 선진이고 선진이 후진이 되는 역사 전개의 기본원리인 '생극론生克論'의 정립을 통해 이끌어낸 통찰이었다.[24]

세계문학사를 새로 쓰는 조동일의 일생 작업은, 안타깝게도 그 치열한 학문적 열정과 탁월한 연구 성과에 걸맞은 이해를 얻지 못하고 있다. 가장 흔한 비판의 형태는 그의 연구를 시대착오적인 거대서사로 규정하는 것이다. 이런 비판들은 대안을 제시하지 않는다는 공통적인 한계를 안고 있지만 '일반적 구조'에 집착하는 조동일의 학문적 태도에 대한 타당한 비판이라고 할 수 있다. 하지만 그의 연구들이 서양의 학문에 대한 강박증적 방어에 지나지 않는다는 비판은 한국의 반지성주의를 드러내는 왜곡된 형태의 비판이 아닐 수 없다.[25] 더 이상 일반이론을 구축하지 못하는 서구의 이론적 곤궁이 '이론 이후'나 '탈 이론'의 배경이 된다고 할 때, 어느새 우리도 여기에 쉽게 동조해 이론 구축의 과업을 너무 일찍 포기해버린 것은 아닐까. 이처럼 세계체제는 학문의 경향마저도 조정하는 위력을 행사한다.

조동일의 세계문학사 서술에서 핵심적인 부분의 하나가 서사시와 소설의 관계를 해명하는 부분이다. 조동일은 소설의 발생과 전개에 대한 거시적 틀을 마련하는 작업을 세 권의 『소설의 사회사 비교론』 (2001)으로 정리했다. 이는 루카치, 바흐친, 모레티 등의 이론가들이 공통적으로 천착했던 문제이기도 하다.[26] 루카치, 바흐친, 모레티는 서사시와 소설의 관련 양상을 통해 소설의 발생과 그 장르적 성격을 규명하려고 했다.

루카치는 소설을 '근대적 시민 서사시'로 규정한 헤겔 미학을 받아들여, 서사시의 지위를 근대의 소설이 결여의 형식으로 이어받았다는 견해를 『소설의 이론』에서 전개했다. 서사시에 총체적으로 구현되어 있던 '선험적 고향'의 상실을 드러낸 것이 소설이므로 '결여'는 곧 소설의 운명으로 표현된다. 훗날 선험적 고향이라는 형이상학적 관념론은 마르크스주의 역사철학을 통해 극복되지만 고대 그리스의 서사시를 소설의 기원으로 보는 서구중심주의를 해결하지는 못했다. 루카치의 소설론은 제3세계의 소설이 서구적 근대소설의 이식으로 성립할 수밖에 없다는 논리를 뒷받침한다.

바흐친은 서사시와 소설이 고대에서부터 현재에 이르기까지 공존해온 것으로 인식했다. 그는 서사시와 소설의 대립적인 장르 성격에 주목하면서 소설이 가진 창의적인 성격들을 설명했다. 그 설명의 방법은 완결된 공식 언어를 구사하는 고급문학으로서의 서사시와 민중들의 비공식적이고 다성적 언어, 그리고 열린 형식으로 특징지어지는 저급문학으로서의 소설을 대비하는 것이었다.

모레티는 서사시와 소설의 관계를 해명한 루카치와 바흐친의 연구성과를 창의적으로 이어받아 새롭고 독창적인 논의를 전개한다. 그는 『근대의 서사시』(1996)에서 서사시가 소설로 이행했다는 루카치의 견해를 거부하고, 서사시와 소설이 공존한다는 바흐친의 견해를 따른다. 하지만 서사시의 고급성을 비판하면서 개방적이고 다원적인 소설의 저급성을 높이 평가했던 바흐친과는 달리, 서사시의 진화가 가져온 결과가 흔히 우리가 모더니즘 소설이라 부르는 것의 실체라고 하면서 괴테의 『파우스트』, 바그너의 『니벨룽겐의 반지』, 조이스의 『율리시즈』, 마르케스의 『백년 동안의 고독』을 '근대의 서사시'라고 정리하면서 서사시의 위상을 다시 정의했다. '근대의 서사시'는 총체성을 잃어버린 현대사회의 개인을 그리는 근대소설과도 다르며, 영웅적 개인을 찬미할 수 없다는 점에서는 전통적인 서사시와도 구분된다. 근대소설과 고대의 서사시가 민족적이라면 근대의 서사시는 초민족적(전 지구적)이다. 루카치를 따라 근대소설이 고대의 서사시가 가졌던 총체성을 잃어버렸다고 하면서도, 근대의 서사시는 여전히 새로운 형태의 총체성, "이질적이지만 강제적으로 통합된 현실의 알레고리"로서 "자본주의 세계체제에서 상상할 수 있는 가장 추상적인—아마 가장 충실한—형태의 '총체성'"[27]을 표현한다고 했다. 모레티가 전개한 '근대의 서사시'론은 서양의 근대소설이 몰락한 사실을 인정하면서, 그러한 소설의 몰락을 가져온 서구의 역사적 현실(세계체제)을 극복할 수 있는 대안적 논리로 구상되었다고 여겨진다. 그런 의미에서 그의 이론은 근대소설의 몰락을 가져온 전 지구적 체제로서의 자본주의와 서구적 근대의 한계를 돌파하려는 서구 내부의 이론적 고투라고 할 수 있겠다.

조동일은 소설 발생의 시기를 근대로 한정하는 루카치나, 고대로까지 소급하는 바흐친의 이론을 거부하고, 소설은 중세에서 근대로의 이

행기에 시작되었다는 전혀 다른 견해를 제출한다.[28] 그러나 안타깝게도 보다 진전된 모레티의 이론을 논의에 포함시키지 못함으로써, 루카치와 바흐친의 이론에 대한 비판적 반박 이상의 결론을 이끌어 내지는 못했다. 그것은 그의 작업이 소설의 발생과 그 전개에 대한 문학사적 연구에 집중되었기 때문이다. 그 결과 문학사적 맥락에 국한된 범위 안에서만 '서구'와 '근대'의 문제를 다룰 수밖에 없었고 역사적 현실 속에서 세계체제의 포획논리에 대한 비판적 대응을 간과하게 된 것이다. 조동일이 적극적으로 나서 실천적 맥락을 강조한 것은 근대 서구 소설의 파탄에 대한 제3세계 소설의 응전의 문제로 제한된다.

> 제3세계에서는 소설이 "신이 버린 세계의 서사시"가 아니고, "떠나간 신을 다시 찾는 서사시"이게 한다. 유럽 소설이 위기에 빠져 타락하고 해체되고 있을 때 제3세계의 소설은 소설 본래의 긴장을 차원 높게 갖추고, 서사시의 이상주의를 되찾기까지 한다. 현실을 있는 그대로 묘사하는 데 그치지 않고 있어야 할 것을 추구하면서 그 둘이 분리되지 않게 한다고 했다.[29]

조동일의 세계문학사론이 현실의 미시정치에 관여하지 않는 것은, 그의 연구가 대단히 거시적이고, 또 지극히 아카데믹한 맥락에서 이루어졌기 때문이다. 학문은 이론을 다루고 비평은 실천을 다룬다는 고답적 인식에 사로잡혀 있었던 그에게 "문학비평이든 문학 연구이든 문학에 관한 일체의 논의는 생업을 위해 필요한 것이 아니고, 문학은 무엇이며, 어떻게 존재하며, 어떤 방향으로 나아가야 하는 절박한 물음에 대한 해답으로 필요한 것이다."[30] 그의 작업들은 바로 이 같은 고고한 상아탑의 평온 속에서 이루어진 것이다. 서구중심주의의 극복이라는 열정에 사로잡혀 있었던 조동일은 어느 때인가부터 세속의 정치적 감수성을 잃어버리고 '언어의 감옥'에 갇힌 수인처럼 이론의 보편성에 포박되어 버렸다. 이 문제적 개인은 세속적인 삶을 담아내는 문학을 탈속의 방법으로 연구하는 그 어긋남에 대해 깊게 생각하지 않았던 것이다. 세속의 이웃들에 대한 공감이 없는 문학만큼이나 그러한 공감에 무딘 문학 연구란 위험하다.

그럼에도 우리들은 조동일의 세계문학사론이 서구중심주의적 세계문학사 서술의 왜곡을 넘어서려는 뜨거운 열정과, 초인적 역량을 필요로 하는 거대한 학문적 기획의 산물임을 부정할 수 없다. 그러므로 조동일의 학문적 도정을, 그 고투의 과정을 손쉽게 비하하는 성급한 비판은 그만두기로 한다. 다만, 민족문학론을 바탕으로 그 보완과 극복으로서의 동아시아문학론과 제3세계 문학론의 성과를 총체적으로 결집한 조동일의 작업이 가진 한계는 그 자체로 소중한 과제로 받아들여야 할 것이다. 그 한계는 개인적 차원을 넘어 한 시대의 도전, 한 시대의 열정이 처한 어떤 난처함을 표현하고 있기 때문이다.

탈구축과 재구축은 해체의 두 가지 양상이다. 그것은 동시적이면서 비동시적으로 수행된다. 하지만 다수적 문학의 해체는 단순히 그것의 부정성을 폭로하고 결함들을 들추어내는 것만으로 이루어지는 것은 아니다. 그런 의미에서의 해체란 얼마나 손쉬운가. 하지만 재구축의 작업은 해체의 대상이 가진 결함을 반복적으로 구축할 위험성이 높다. 그 위험성을 안고 구축하는 자들의 열정이란 도대체 무엇일까. 오늘날의 세계질서는, 체제를 탈구축하는 불평불만론자들에 의해서가 아니라, 위험한 곡예 속에서도 차이를 배려하고 재구축의 어려운 모험을 기꺼이 감당하는 우직한 사람들에 의해서 진정 '생극'될 수 있지 않을까.

4. 탈주하는 한국문학

이인직의 『혈의 누』(1906)에는 청일전쟁이라는 국제적 분쟁의 소용돌이 속에서 겪는 김관일 일가의 이산과 재회, 그 우여곡절이 조선과 일본, 미국을 무대로 펼쳐져 있다. 『무정』(1917)의 마지막 장은 시카고 대학의 4학년생인 형식과 선형, 독일 유학을 끝내고 이들과 함께 시베리아 철도로 귀국할 예정인 병욱, 동경상야 음악학교를 우등으로 졸업하고 귀국을 기다리고 있는 영채의 소식을 전하고 있다. 이들 작품에서 서양은 그 자체로 개화(서구화)와 계몽(근대화)을 표상한다. 한국근대문학의 탄생은 이처럼 서구적 근대를 전혀 거리낌 없이 찬양하면서 이루어졌다. 하지만 이후의 한국문학사는 서구적 근대의 수용과 극복, 비판과 성찰의 고투 그 자체였다. 그러나 지금 우리는 서구적 근대의 세계체제를 넘어 근대 이후의 세계를 열어갈 선진적 문학을 창조하고 있는가. 여전히 근대적 패러다임에 구속된 해방의 기획으로는 언제까지나이 물음 앞에서 떳떳하지 못할 것이다.

최근 한국문학에서는 이주자와 탈북자를 자주 볼 수 있다. 국경을 넘어 들어오는 이들 입국자들은 국민국가의 자기동일성을 훼손하는 불편한 존재들이다. 이들은 노동력 이동의 자본주의적 현실을 재현하는, 그저 불쌍한 연민의 대상이 아니다. 이들은 불편함을 불러일으키는 이질적 외모, 언어, 문화 그 자체로 이 지구적 삶의 안락함 뒤에 숨겨진 공모와 배제의 야비한 미시정치를 폭로하는 위대한 타자들이다.

　이 위대한 타자들의 생생한 표현을 위해서는, 정치적 독선과 미학적 상투성으로 오염된 메마른 리얼리즘을 넘어, 유연한 사유와 창의적 미학을 표현할 수 있는 전위적 리얼리즘의 창안이 요청된다. 그런 의미에서 기층문화의 활달한 형식과 세계사적 역사인식을 절묘하게 결합해, 기존 리얼리즘이 가졌던 제약을 훌쩍 뛰어넘고 있는 황석영의 최근 작품들은 암시하는 바가 크다.

　황해도 진지노귀굿의 형식을 빌려, 좌우 이념 대립에 희생된 역사의 원령을 불러와 그 넋을 달래는 『손님』(2001)의 미학적 발상은 탁월하다. 그 원한의 역사를 만든 것이 서양에서 들어온 기독교와 마르크스주의, 그 사랑의 종교와 해방의 사상이었다는 역설은 저 서구적 보편이 냉전체제의 한반도라는 특수한 조건 속에서 어떻게 변질될 수 있는가를 극명하게 보여준다. 판소리와 무속의 굿으로 전하는 '심청'의 이야기를, 서세동점의 세계화가 강요되던 19세기의 동아시아를 무대로, 몸 파는 여자 심청의 편력기로 새롭게 구성한 『심청, 연꽃의 길』(2007) 역시 제국주의라는 거시적 힘이 한 여자의 삶을 어떤 식으로 변모시키는가를 대단히 섬세한 필치로 그려내고 있는 작품이다. 여기다 무속신화의 일종인 '바리데기'를 국경을 넘어 이동하는 '바리'라는 한 여자의 이야기로 새로 써, 한국 기층문화의 형식으로 세계적 현실을 담아낸 『바리데기』(2007)까지 보탠다면, 황석영의 일련의 작업들이 분명한 의도와 철저한 기획 속에서 이루어진 것임을 알 수 있다.[31] 하지만 황석영의 이런 미학적 실험들은 도착이 아니라 하나의 출발이다.[32] 새로운 리얼리즘의 창안에 대해, 그리고 서구적 근대의 세계 질서가 만들어놓은 부정적 결과들의 극복에 대해, 황석영 이후 한국 작가들의 중단 없는 성찰이 이어져야 할 것이다.

　임박한 파국은 신생의 징후이고, 낡은 것의 붕괴는 새로운 재건의 근거가 된다. 지금 세계는 혼돈스런 이행의 열병을 앓고 있다. 낡은 것이 허물어진 자리에 아직은 그 정체를 알 수 없는 무수한 가능성의 씨앗들이 자라고 있다. 한국문학은 자폐적 고립과 깊이에의 탐구 사이에서, 퇴폐와 전위, 타락과 저항 사이에서 격렬하게 흔들리고 있다. 그것이 세계체제로의 일방적 편입인지 체제에 대한 전복의 증상인지는 아직 알 수 없다. 다만 우리는 이 알 수 없음의 혼란스러운 활기를 더 나은 세계의 구축을 향한 열정으로 전유할 수 있어야 할 것이다. 그것은 김수영이 그랬고 황석영이 그랬던 것처럼, 경계에 구속됨이 없는 자유로운 상상의 위험한 모험을 감행함으로써 가능할지 모른다.

　국가와 민족에 헌신하는 것은, 그 멸사봉공의 논리는 희생과 순국이 아니라 다른 국가와 민족에 대한 폭력과 수탈에 지나지 않았다. 내 삶에의 충실한 헌신이 나 아닌 누군가의 삶을 존중하는 것과 조화롭게 되는 것, 그것이 곧 이 세계에 대한 사랑의 실천이 아니겠는가. 세계문학의 해체는 바로 그 '세계에 대한 사랑'의 문학을 건설하는 일이다.

주

1) 사카이 나오키·니시타니 오사무, 『세계사의 해체』, 차승기·홍종욱 옮김, 역사비평사, 2009, p.73.

2) 다카하시 데쓰야, 『국가와 희생』, 이목 옮김, 책과함께, 2008, p.219.

3) 강상중·요시미 순야, 『세계화의 원근법』, 임성모·김경원 옮김, 이산, 2004, p.29.

4) 이매뉴얼 월러스틴, 『자유주의 이후』, 강문구 옮김, 당대, 1996 참조.

5) 안토니오 네그리의 열렬한 옹호자인 조정환은, 오늘날의 신자유주의적 지구화를 바라보는 관점의 차이(제국주의론과 제국론)를 '사회와 그것의 운동을 바라보는 관점의 차이'로 규정한다. 주체들의 투쟁적 역동성을 간과하고 자본의 객관적 자기 운동에 집중하는 제국주의론은, 생산된 가치의 양적 이동에만 관심을 가질 뿐, 그것의 발생에 관한 문제를 소홀히 하고 국민국가의 낡은 틀을 쉽게 승인하고 있다는 점에서 한계를 드러낸다고 비판한다. 이런 비판은 제국론이 객관적 세계에 대한 편향된 분석을 넘어 이 세계의 역사적 주체로서 다중의 활력과 능동적 구성력을 적극적으로 인정하는 낙관적 전망의 담론이라는 것을 암시한다. (조정환, 「제국주의인가 제국인가」, 『제국기계 비판』, 갈무리, 2005 참조)

6) 안토니오 네그리·마이클 하트, 『제국』, 윤수종 옮김, 이학사, 2001, p.17.

7) 안토니오 네그리·마이클 하트, 『다중』, 조정환·정남영·서창현 옮김, 세종서적, 2008, p.177.

8) 안토니오 네그리·마이클 하트, 『다중』, p.424.

9) '국어'라는 이데올로기의 정치적 구성력에 대해서는 이연숙, 『국어라는 사상』, 고영진·임경화 옮김, 소명출판, 2006 참조.

10) 사카이 나오키·니시타니 오사무, 앞의 책, p.117.

11) 요한 페터 에커만, 『괴테와의 대화 1』, 장희창 옮김, 민음사, 2008, pp.323-24.

12) 민족문학론의 개념을 정초한 백낙청의 다음과 같은 발언은 민족문학과 세계문학이 근대문학의 논리를 뒷받침하는 한 쌍의 유기적 대립 체계임을 분명하게 드러낸다. "'민족문학' 개념의 타당성 문제는 흔히 '세계문학'과의 연관성 속에서 제기

되고, 또 그렇게 하는 것이 매우 적절한 방법인 것 같다."(백낙청, 『민족문학과 세계문학
1』, 창작과비평사, 1978, p.123.)

13) 파스칼 카자노바, 「문학의 세계화의 길, 노벨문학상」, 『경계를 넘어 글쓰기』(김우창
외), 민음사, 2001, pp.334-35.

14) 김우창 외, 『행동과 사유』, 생각의나무, 2004, p.220.

15) 백낙청, 『민족문학과 세계문학 2』, 창작과비평사, 1985, p.12.

16) 질 들뢰즈·펠릭스 가타리, 이진경 옮김, 『카프카』, 동문선, 2001, p.43.

17) 밀란 쿤데라, 『커튼』, 박성창 옮김, 민음사, 2008, p.53.

18) 백낙청, 「제3세계의 문학을 보는 눈」, 『제3세계 문학론』, 한벗, 1982, p.17.

19) 김종철, 「제3세계 문학과 리얼리즘」, 『제3세계 문학론』, 한벗, p.25.

20) 최원식, 『민족문학의 논리』, 창작과비평사, 1982, p.368.

21) 최원식, 『생산적 대화를 위하여』, 창작과비평사, 1997, p.419.

22) 물론 여기서 일본은 예외적이다. 하지만 전후의 이른바 CHQ(미점령군 총사령부)의
통치는 이후 종속적인 미일관계의 배경이 되었다. 일본은 한국, 대만과 함께 대미
종속이라는 공통의 역학 관계 속에서 분석될 수 있는 것이다. 이시카와 마쓰미의
『일본 전후 정치사』(박정진 옮김, 후마니타스, 2006)는 전후의 일본 정치가 미국의 영
향력 속에서 보수화로 정착되어가는 과정을 잘 보여주고 있다. 그런 의미에서 2차
대전 이후 전개된 한국, 대만, 일본의 정치사는 유사성을 공유한다.

23) 조동일, 『세계문학사의 전개』, 지식문화사, 2002, p.7.

24) 조동일, 「생극론의 역사철학 정립을 위한 기본구상」, 『한국의 문학사와 철학사』,
지식산업사, 1996 참조.

25) 니시타니 오사무는 사카이 나오키와의 대담에서 서구의 지식인들과 대등한 문제
의식을 공유하는 비서구 지식인들이 '아, 원숭이가 그리스어를 말하기 시작했다'
라는 표현으로 희화화되는 것을 지적한다.(『세계사의 해체』, 208~209쪽 참조) 한국 지
식인들의 서양 콤플렉스는 동료들의 연구를 멸시하는 지성사의 왜곡으로 드러난
다. 조동일을 서양에 대한 과도한 대타 의식에 사로잡힌 지식인으로 지목한 이진
우의 비판은 자신에게로 돌아가야 할 것이다.(이진우, 「세계체제의 도전과 한국 사상의 변
형」, 『한국인문학의 서양 콤플렉스』, 민음사, 1999 참조)

26) 김태환은 서사시에서 소설로의 장르 이행문제를 통해 '소설 장르 진화의 모델'을
재구성하겠다는 야심찬 연구에서, 그 대상으로 루카치, 바흐친, 쿤데라, 모레티의
이론을 순차적으로 검토하면서도 이 분야의 방대한 선행 연구를 내놓은 조동일에
대해서는 전혀 언급하지 않았다. 조동일은 정말 '그리스어를 말할 수 있는 원숭이'
에 불과했던 것인가. (김태환, 「서사시에서 모더니즘으로」, 『문학의 질서』, 문학과지성사, 2007
참조)

27) 프랑코 모레티, 『근대의 서사시』, 조형준 옮김, 새물결, 2001, p.353.

28) 조동일, 「서사시의 전통과 근대소설」, 『한국문학과 세계문학』, 지식산업사, 1991
참조.

29) 조동일, 『소설의 사회사 비교론 3』, 지식산업사, 2001, p.258.

30) 조동일, 『우리 문학과의 만남』, 기린원, 1988, pp.31-2.

31) 황석영은 최원식과의 대담에서 '동도서기론'의 발상을 뒤집어 서구적인 내용을
우리의 이야기 형식으로 풀어내는 이른바 '서도동기론'을 제시한다. "자신의 문화
적 근거를 가지고 밑에서부터 끓어오르는 힘으로서 세계적인 보편성으로 되살려
내"는 이런 작업을 일컬어 '신명 리얼리즘'이라고 했다. 『손님』, 『심청, 연꽃의 길』,
『바리데기』에는 새로운 리얼리즘을 만들어내고 싶다는 그의 뜻이 반영되어 있는
것이다. (황석영·최원식, 「대담: 황석영의 삶과 문학」, 『황석영 문학의 세계』, 창비, 2003, pp.51-
62 참조)

32) 작가의 작품 외적 언행이나 언론과의 지나친 접촉 때문에 그의 작품이 오해받는
상황은 안타깝다. 그의 작품들이 민족적 형식의 사적 전유를 통해 '전도된 오리엔
탈리즘'의 함정에 빠졌다는 식의 비판 역시 마찬가지다("리얼리즘을 서구적 양식으로
보면서, 동아시아의 새로운 서사양식을 창출해야 한다는 황석영의 관점은 '전도된 오리엔탈리즘'
이라는 혐의에서 자유롭지 않다."(권성우, 「서사의 창조적 갱신과 리얼리즘의 퇴행 사이 ─ 황석영
의 『바리데기』론」, 『낭만적 망명』, 소명출판, 2008, p.160) 하지만 황석영은 서구적 리얼리즘
과 동아시아적 형식을 대립항으로 놓고 사유한 적이 없다. 그의 기획은 앞서 대담
의 인용에서 보았듯이, 오히려 그 둘의 통합을 통해 새로운 리얼리즘을 구축하는
것이다). 틀에 구속되지 않는 작가의 자유로운 발언과 행동은, 그것이 아무리 당대
사회의 통념과 어긋나더라도 간단하게 매도되어서는 안 된다. 작가에게 지나치게

지사적 위상을 강요하는 한국사회의 풍토도 다시 한 번 되짚어볼 필요가 있다. 작가의 언동에 대한 지나친 반감은 황석영의 문학적 실험들을, 기껏 노벨상을 노린 꼼수 정도로 오해하게 만든다.

3부

아시아문학과 세계문학

1. 방법으로서의 동아시아

윤여일(동아시아 사상사 연구자)

어떤 말, 특히 인문사회과학의 어떤 개념은 현실 대상을 지시하는 데서 머물지 않는다. 정의定義에 의해 의미가 고정되면서도 개념의 살아 있는 부분 내지 잉여성은 유동하며 사람들에게 복잡한 상상을 안긴다. 그런 개념이 사회 현실의 여러 측면과 반응해 입체적 담론 공간을 빚어낼 때 그 개념은 하나의 화두가 된다. 지금 동아시아라는 말은 그렇게 하나의 화두다. 그 말은 사회 현실을 다양한 각도에서 조명하고, 기존의 학문적 개념들은 그 말과 반응하여 색채가 바뀐다.

그렇듯 '동아시아'라는 말로 표현되는 담론 공간을 동아시아론이라고 불러본다면, 거기서는 기존의 여러 개념이 복잡하게 뒤얽힌다. 동아시아라는 말은 시간/공간, 주체/타자, 근대/탈(반)근대, 국가/지역, 이론/역사, 미래/과거 등 어느 개념과도 강하게 반응한다. 그러나 동아시아라는 말이 환기하는 문제의식들은 멀리서 넉넉하게 표현한다면 다양하다고 하겠으나, 바짝 다가가서 내실을 들여다보면 여러 모순과 갈등이 드러난다. 동아시아는 문제의식이 전개되는 전제로 깔리기도 하며, 문제 상황을 갈무리하는 결말로 오기도 한다. 문화연구에서는 현실의 면모를 새롭게 들추는 분석틀로서 쓰이며, 마르크스주의가 힘을 잃으면서 생긴 이념적 공백을 메우기도 한다. 동아시아라는 말은 직관과 추상을 오가며 다양하게 회자되고 있다. 그 다양함은 그대로 나열한다면 다양함일 테고 포개놓는다면 서로 어긋나고 예기치 못한 긴장을 불러일으킬지 모른다.

이것이다, 저것이다 하며 '동아시아'라는 말을 가지고서 여러 관점과 의지들이 오가고 때로는 경합을 벌이며 화두로 육박해오는 까닭은 '동아시아'라는 말이 지리상의 명칭이지만 거기에 안착하지 못하기 때문이다. 그 말은 다양한 가치를 환기하고, 미래의 기획들과 결부되고, 과거의 기억들을 소환한다. 그리하여 입에 담는 사람에 따라 떠올리는 동아시아의 지도는 달라지며 문제의식의 방향, 실감의 양상이 갈라진다. 동아시아라는 말은 유동하며 동아시아 상상에는 균열이 가 있다. 하지만 이것은 동아시아라는 말의 무용함을 뜻하지 않는다. 오히려 응고되지 않고 균열들로 말미암아 풍부한 환기능력을 지닌다면, 그것은 동아시아라는 말이 지니는 생산성이라고 이해할 수도 있다.

그러나 한 개념이 사회적으로 힘을 발휘하는 데는 유통기한이 있다. 한 개념의 환기능력은 시간이 지나면 줄어들고 새롭게 등장한 화두라도 빛이 바래간다. 애초 생경했던 어떤 개념은 점차 익숙해지면 이윽고 능란하게 구사할 수 있는 무기가 된다. 하지만 그 개념이 통속화되고, 그 개념과의 긴장감을 잃어버려 그 무기가 사고를 다듬기보다 안이하게 만드는 데 쓰인다면 오히려 그 무기는 부리는 자를 상처 입힐지 모를 일이다.

동아시아 역시 화두로서 부상했지만 어느덧 지적 대상으로 응고되고 있다. 애초 생경했던 동아시아라는 문제의식은 알 만해져 이윽고 동아시아라는 사유지평은 일국 단위, 분과학문 단위의 종합으로 굳어가고 있다. 그렇게 독특한 환기능력을 잃고 마치 당면한 여러 문제 상황을 해결하는 답처럼 안이하게 활용된다면 동아시아론은 사고의 도피처가 되고 말 것이다. 이 글은 바로 동아시아론의 유통기한을 늘리고자 하는 시도다. 아울러 동아시아라는 말의 유동성에서 주체 감각의 유동성을 길어올리려는 시도이기도 하다.

1. 로서의 동아시아

사상계에서 동아시아론이 부상한 가장 중요한 배경을 꼽는다면 사회주의의 몰락과 탈냉전의 도래였다. 사회주의의 몰락으로 자본주의가 승리했다는 주장이 힘을 얻기도 했지만, 한편에서는 근대성 전반에 대한 숙고가 요청되었다. 그리하여 사회주의라는 거대서사가 실종된 자리에 동아시아를 매개해 새로운 진보 담론을 세우려는 시도가 등장했다. 더불어 탈냉전기에 소개된 후기구조주의의 여파로 서구적 가치체계를 향한 발본적 물음이 등장하고 동아시아의 특수성이 주목받기도 했다. 거기에는 '세계화는 곧 미국화'라는 현실에 대한 거부감도 반영되었다. 서구 추종의 경향으로 자신이 속한 지역에 관해 자발적 망명상태에 있던 사상계는 탈냉전과 서구의 위기 가운데서 동아시아를 재발견하게 된 것이다.

　그리하여 초기 동아시아론의 제출은 인문학자들이 주도했다. 박노자
는 "한국 지성계에서 '동아시아' 이야기를 사회주의적 색깔의 변혁 운
동이 커다란 위기에 봉착했던 1990년대 초기에 '제3세계론'이나 '종속
이론'의 대체물로 부활시켰던 것은 《창작과비평》을 중심으로 활동하는
백낙청 선생과 최원식, 백영서 교수 등 일군의 문화비평가와 사학자들
이다"라고 말한다.[1] 특히 최원식의 「탈냉전시대와 동아시아적 시각의
모색」은 동아시아론의 포문을 열었다고 할 만한데, 그는 한국 사상사의
흐름 안에 존재하는 '변방적 경직성'을 질타하며 글을 시작하고 있다.
교조의 권위에 매이지 말고 자기가 딛고 있는 현실과의 변증법적 관여
를 통해 창조적 비약을 이룩해야 한다는 것이다.[2]

　그러나 탈서구의 몸짓이 곧 탈패권을 의미하지는 않았다. 동아시아
론은 서구적 패권을 비판하는 모습을 취했지만, 거기에는 각국이 자신
을 지역 수준에서 확대재생산하는 논리도 내장되었다. 더욱이 탈서구
의 주장이 곧 서구적 근대의 극복을 뜻하지도 않았다. 서구는 담론 수
준에서 상대화되었을지 모르나 서구적 근대를 향한 동경은 감각의 차
원에서 동아시아론에 깊이 새겨져 있다. 그리하여 서구적 근대를 극복
할 대안 문명과 대안 체제로 동아시아를 내세우더라도 그것은 서구적
근대의 복제라는 양상을 취하곤 했다. 가령 경제적 성공에 힘입어 등장
한 유교자본주의론은 근대화론의 변형된 판본에 불과했다. 따라서 탈
패권과 탈서구는 동아시아론이 여전히 마주해야 할 과제로 남아 있다.

　그러나 동아시아론은 '아시아 대 서구'라는 구도에서만 의미를 갖는
것은 아니며, 분명 이 지역의 나라 간, 문화 간 논의에도 새로운 공간 감
각을 제공해주고 있다. 무엇보다 동아시아를 살아가는 우리에게 '동아
시아를 인식한다'는 것은 인식의 주체와 대상이 명료하게 분리되지 않

고 인식대상 속에 인식주체의 모습이 비친다는 인식론적 문제와 대면
할 것을 요구한다. 동아시아라는 인식의 장에서 있으려면 자타의 관계
가 유동하고 안과 밖이 교섭한다는 의식을 지니고, 타자를 이해하려면
자기를 돌아봐야 한다는 긴장감을 간직해야 한다. 그 의식과 긴장감을
견지하지 못한다면 동아시아는 사유의 지평이 아닌 건조한 지역 범주
에 머무르고 말 것이다.

그리하여 '로서의 동아시아'다. 즉 동아시아를 지리적 실체가 아닌 사
유의 지평으로 삼으려는 시도가 등장하는 것이다. 여기서 백영서의 글
을 인용해보자.

> 일본 사상사 연구자 코야스 노부쿠니는 '방법으로서의 동아시아'를 제
> 안하면서 "자국·자민족 중심주의를 상대화"하기 위한 수단이고 "'동
> 아시아'를 국가간 관계로 실체화하지 않고 생활자의 상호적 교류를 가
> 능하게 하는 관계틀로서의 지역개념"이라고 설명한다. 타이완의 천꽝
> 싱陳光興은 '아제간'亞際間, inter-Asia이란 다소 낯선 용어를 통해 비판적 아
> 시아 인식을 하던 데서 더 나아가 요즈음 '아시아를 방법으로 삼는다'는
> 발상을 다듬고 있는 중이다. 중국대륙에서 동아시아론을 구상하는 쑨거
> 는 '기능으로서의 동아시아'를 말한다. 필자 자신도 '지적 실험으로서의
> 동아시아'란 개념을 제시한 적이 있다. 사용하는 용어는 조금씩 다를지
> 라도 기본적으로 문제의식을 같이하는 것으로 판단된다.[3]

인용구를 통해 '로서의 동아시아', 즉 동아시아를 실체가 아닌 사고의
장으로 삼으려는 시도가 여러 지역의 논자들에게서 공통적으로 나타나
고 있음을 알 수 있다. 그러나 인용구는 각국의 논자들을 거론하고 있

으나 각 논자들의 논지를 섬세히 가려내지는 못했다. 동아시아를 인식
주체와 인식대상이 서로를 비추는 복합적 사고의 장으로 여긴다면, 동
아시아를 실체로서 다루지 않았다는 공통점을 확인하기보다 어떤 맥락
에서 그리고 어떤 방향으로 동아시아를 실체로부터 끄집어냈는지 그
차이점을 주목하는 것이 좀 더 긴요한 작업일 것이다. 그리하여 여기서
는 백영서 자신이 내놓은 '지적 실험으로서의 동아시아'의 문제의식을
살펴보도록 하자.

백영서는 「중국에 '아시아'가 있는가?」라는 논쟁적 글에서 이렇게
말 한다. "동아시아적 시각이란 좀 더 구체적으로는 지적 실험으로서
의 동아시아를 뜻한다. (…) 중국인의 역사적 경험을 비판적으로 검토
하다 보면, 중국을 포함한 동아시아를 위해 앞으로 요구되는 것은, (문
명이든 지역이든) 실체로서의 동아시아와는 차원이 다른, 발견적 방편으
로서의 동아시아에 대한 담론이 아닐까 하는 생각에 도달하게 되었다.
그 결과 필자가 (잠정적으로) 찾은 언어가 바로 '지적 실험으로서의 동
아시아'이다. 이것은 동아시아를 어떠한 고정된 실체로도 간주하지 않
고 항상 자기성찰 속에서 유동하는 것으로 파악하는 사고와 그에 입각
한 실천의 과정을 뜻한다. 이런 태도를 몸에 익힘으로써 자기 속의 동
아시아와 동아시아 속의 자기를 돌아보는 성찰적 주체가 형성될 것으
로 기대한다."[4]

구체적 내용을 들여다보면, 그가 내놓은 '지적 실험으로서의 동아시
아'는 동아시아 패권 경합의 한복판에 있는 한국의 장소성과 깊이 결부
된다. 같은 논문의 말미에서 그는 "'대국'도 '소국'도 아닌 중간 규모의
한반도에서야말로 '지적 실험으로서의 아시아'를 구체화할 과제를 수
행할 충분한 조건이 갖춰진 셈이 아닐까"라고 물음을 던지며[5] '지적 실

험으로서의 동아시아'가 지니는 가능성으로서, 첫째 동아시아 내부의 수평적 관점을 획득하기 위해 복합적 국가구조를 창안할 상상력을 제공해주며, 둘째 세계 자본주의 체제와 국민국가의 중간 매개항인 동아시아의 역할을 각인시키며, 셋째 1990년대 남한이 당면한 민족주의 운동의 재구성에 유용한 시각을 제공해준다는 점을 꼽고 있다.

이렇듯 동아시아를 지역적 범주 이상의 의미로서 전유하려는 시도에서는 그 시도의 지역적 배경이 관건적이다. 다양한 위치와 조건에 속한 주체들의 문제의식과 시선이 교차하는 가운데 여러 양상의 '로서의 동아시아'는 입체적 담론 공간을 형성하는 것이다. 동아시아는 그 자체로 가치 지향을 담지 않은 모호한 개념인지라 여러 문제의식과 더욱 복잡하게 반응한다. 가령 앞서 창비 측 논자들이 동아시아론을 개척했다는 공로를 인정한 박노자는 그러나 창비 측 논의가 국민국가 재형성론으로 기울고 있다고 비판하며 "사실 담론의 추상성은 높은 반면, 생활 속에서 느끼는 동아시아에 대한 얘기는 별로 하지 못했다"고 지적한다.[6] 그래서 '실감으로서의 동아시아'를 제안한다. 동아시아화된 생활 세계에 기반해 국가 차원이 아닌 민중 수준에서 긴밀한 연대를 도모해야 한다는 것이다.

이처럼 활성화된 '로서의 동아시아'를 백영서가 언급한 쑨거의 표현을 빌려 정리하자면 "실체로서의 동아시아, 방법으로서의 동아시아, 개념으로서의 동아시아, 모순으로서의 동아시아, 무의미한 단위로서의 동아시아 등등, 동아시아에는 지금껏 보지 못했던 동아시아론의 풍작시대가 도래했다. 이 사실은 동아시아가 전에 없던 격동의 시기로 들어섰음을 의미할지 모른다."[7]

2. 지역학의 자장

사상계에서 동아시아는 지리적 실체로부터 탈각해 화두로 부상했지만, 학술 영역에서는 여전히 지역적 범주에 붙들려 있다. 더욱이 동아시아 연구에는 지역학의 감각이 깊이 스며들어 있다. 지역학에서 동아시아는 중남미, 남아시아, 동유럽처럼 구획된 비서구 지역의 이름 가운데 하나다.[8] 그리고 지역학적 동아시아 연구에서는 '시민사회', '인권', '공공영역'과 같은 서구적 개념의 등가물을 지역 단위인 동아시아에서 찾으려는 시도가 지배적이다. 즉 앎의 주체로서의 서구와 서구의 앎이 적용되는 장소인 동아시아라는 위계적 구도가 성립되는 것이다. 여기에는 오리엔탈리즘이 농후하다.

지역학의 철학적 원형을 제공한 것은 헤겔의 『역사철학강의』다. 헤겔은 자기의식이 발달해가는 상이한 단계와 유한한 수명을 지니는 상이한 유형의 민족 정신을 조합해 세계사를 작성했다. 그는 세계 정신의 발전을 역사 과정의 단계들로 분할했고, 각각의 시대정신을 구현하는 각 민족이 있다고 주장하여 공간적 차이를 시간적 위계 속으로 끌어들였다.

> 특정 민족 정신은 세계사의 발자취 속에서 하나의 개체에 불과하다. 왜냐하면 세계사란 정신의 신성하고 절대적인 과정을 최고의 형태로 표현하는 것이며, 정신은 하나하나의 단계를 거치는 가운데 진리와 자기의식을 획득해가기 때문이다. 각 단계에는 저마다 세계 사상의 민족정신의 형태가 대응하고, 그곳에는 민족의 공동 생활, 국가 체제, 예술, 종교, 학문의 본모습이 나타나 있다. 하나하나의 단계를 실현해가는 것이 세

> 계 정신의 끊임없는 충동이고 거역하기 힘든 욕구다. 단계로 나누어 그
> 것을 실현해 가는 것이 세계 정신의 사명이기 때문이다.[9]

　헤겔은 보편적 세계 정신을 민족적 특수성으로 배분했으며, 한 민족
의 정치 제도와 문화적 생산물을 민족 정신으로 소급했다. 그런데 각
각의 특수한 민족 정신은 자신의 지역을 초월하지 못한다. 그것들은
역사 과정 안에서 유럽(게르만 국가)의 등장을 위해 깔린 계단들이다.
각각의 민족들은 자기 민족 정신의 세계사적 의의를 자각하지 못한다.
그 민족들은 세계정신의 보편적 진리를 소유한 주체가 인식해줘야 할
대상이다.

　이러한 헤겔의 사고를 지역학으로 옮겨 풀이하자면 지역학은 서양의
앎을 빌려 비서양을 점검한다. 동아시아는 바로 비서양의 어느 지역의
이름이다. 여기에는 학문적 위계가 공고하다. 동아시아가 날것의 데이
터를 제공하면, 그 의미에 관한 설명은 서구 이론의 몫이다. 이러한 자
료 수집과 이론 구성의 역할 분담은 특수자와 보편자의 대립으로 소급
된다. 특수자는 경험의 직접성에 매여 있으나 보편자는 논증적 지식, 추
상적 개념을 매개해 자신의 직접성을 초월한다. 이론의 주체인 서양은
보편자로 고양되나 동아시아는 서양이론의 빛으로 조명해야 비로소 그
의미가 드러난다.

　물론 서양과 비서양의 이런 위계적 대립은 서양중심주의라며 비판을
받는다. 그러나 이런 위계적 대립은 한국의 대학 체계에서 학문적 편제
의 골격을 이루고 있다. 대학의 사회과학과 인문과학의 분과학문들은
통상 완곡하게 '서양'이라고 뭉뚱그려지는 유럽 내지 미국의 지식을 전
파하고 번역하기 위한 중개자로 설립되었으며, 실제로 그곳의 학자들

은 서양지식의 모방자와 수입상 역할을 맡아왔다. 그리고 한국에서 지역학이 분과학문으로 자리 잡지 못했다는 사실은 거꾸로 각 분과학문에 지역학적 요소가 삼투해 있음을 반증한다. 동아시아 연구도 이 사실로부터 자유롭지 못하다.

먼저 동아시아를 비서양과 구분되는 문화권으로 설정하려는 동아시아 연구가 존재한다. 즉 한자를 의사소통의 수단으로 삼고 유교 전통에 기반한 국가주의, 관료제, 가족제도, 부계율, 혈연조직을 공유하는 하나의 문화권으로 상정하는 것이다. 좀 더 적극적으로 동아시아는 서구의 이성중심주의, 주객이분법, 인간과 자연의 대립, 개인주의를 극복하는 문명적 자산을 가지고 있다는 주장이 나오기도 한다.

그러나 유교와 같은 지역인자를 찾아 동아시아를 문화권으로 설정하려는 시도는 무망하다. 유교만으로는 중국의 문화적 구성조차 설명해내지 못한다. 더욱이 서구 근대의 이원론적 세계관과 차별화된 일원론적 세계관, 자연합일의 사상이라면 동아시아만이 아니라 유럽의 사상 전통 안에도 존재했으며 인도나 아프리카 같은 타지역에서도 발견할 수 있다. 보다 강조되어야 할 사실은 문화를 단위로 동아시아의 통일성과 특수성을 도출해내려는 것은 서양을 거울삼아 반사된 논리에 불과하다는 점이다. 동아시아를 하나의 문화권으로 내세우려는 시도는 유럽중심주의에 대한 도전처럼 보이지만 유럽중심적 보편주의와 동아시아적 특수주의의 공범 관계를 재생산하고 만다.

한편 동아시아를 지리적 범주도, 이미 존재하는 문화권도 아닌 앞으로 구축해야 할 경제권역으로 접근하는 동아시아 연구 또한 존재한다. 이것은 오늘날의 블록화 경향 속에서 현실감을 더해가고 있다. 그러나 이 역시 근대화론이 깊이 스며든 지역학의 틀에서 자유롭지 못하다. 19세기 유럽의 동양학은 식민학의 성격을 띠고 있었지만 주로 동양의 고전을 연구 대상으로 삼았다. 그러나 20세기 미국의 지역연구는 사회과학적 방법을 채택해 비서구 지역의 경제·문화 양식을 분석했다. 지역연구의 체계화에 중요한 공헌을 한 것은 월트 로스토우Walt Rostow의 근대화론이었다. 주지하다시피 그의 『경제성장의 단계: 반공산주의자 선언』의 논리는 소련 사회주의에 대한 대항이데올로기로서 기능했다. 그는 저개발국은 선진국가의 과거 상태에 해당한다는 전제 아래 '전통적 사회' '도약 준비 단계' '도약 단계' '성숙 단계' '고도 대중소비 단계'라는 경제발전의 다섯 단계를 제시했다. 아울러 로스토우는 비서구 지역을 연구할 때 그 고유성들을 계수화할 수 있는 방법론도 제공했다.

경제발전 단계설을 장착한 로스토우의 근대화론에는 세계사의 단선적 전개 과정을 제시한 헤겔 역사철학의 그림자가 드리워 있다. 저개발국은 선진국이 밟아갔던 길을 따라서만 발전해나갈 수 있다는 것이다. 그러나 헤겔의 세계정신은 유럽(게르만 국가)에서만 성숙기로 무르익을 수 있었지만, 로스토우의 근대화론 도식에서는 저개발국가도 경제 발전 단계를 거쳐 경제적 후진성에서 벗어날 수 있다. 그리하여 로스토우식의 발전주의적 근대화론은 이 지역에서도 활발히 차용되었다. 그의 근대화론만이 아니라 방법론도 유입되어 동아시아 경제 공동체는 지표화된 수치들을 통해 현실감을 더해가고 있다. 그러나 이런 근대화론 판형의 동아시아론은 여전히 '지체와 만회'라는 도식에서 벗어나지 못한다.

한편 탈식민주의와 같은 비판 담론도 지역학의 자장에서 자유롭지 않다. 비서구의 '저항적 재구성' 과정이 오리엔탈리즘적 아시아를 낳을 수도 있는 것이다. 탈식민주의는 서구와 비서구 사이의 위계관계에 스며든 식민성과 서구 이론에 내재된 폭력성을 직시한다. 그러나 탈식민주의 역시 하나의 '이론'으로 수입되고 유통되는 양상을 띤다면, 기존의 식민지적 학문의 관행에 충실하게 합치된다. 알제리나 인도에 대한 식민 지배 경험을 유럽의 지식인이 반성적으로 흡수하여 만들어낸 탈식민주의를 다시 서구를 원산지로 하는 보편 이론으로서 이 지역으로 수입하고 유통시켜 보편자와 특수자의 위계구도를 반복하고 마는 것이다. 자기 내부의 식민성을 극복하고자 다시 서양에서 나온 이론에 의지하고 그 이론에 자기 경험을 하나의 사례로서 내주는 것이다. 그리하여 피식민지 민중의 해방적 서사를 모색하는 탈식민주의가 식민주의적 방식으로 소비되는 아이러니가 발생한다. 실상 서양의 사상이 '이론'으로 기능하는 것은 비서양의 식민지적 무의식 속에서다.

따라서 우리는 동아시아 연구에 지역학적 요소가 깊이 삼투해 있음을 인식해야 한다. 동아시아 연구는 종종 '서양 대 비서양'이라는 위계적 이항대립 구도에 기대고 있다. 근대화론 판형의 동아시아 연구도 이를 암묵적으로 전제하고 있으며, 비판 담론조차 자유롭지 못하다. 그리하여 우리는 서구 이론이 지닌 유효성과 한계지점을 인식론의 위상에서 재검토해야 한다. 그러나 저러한 위계구도는 돌파해내기가 쉽지 않다. 그렇다면 차라리 동아시아론은 자신 안에 내재된 식민성을 사고의 출발점으로 삼아야 한다. 그것을 은폐하거나 중성화하지 않고 명확하게 직시하는 데서 동아시아론을 모색해야 한다. 그리하여, 후술하겠지만 다케우치 요시미의 「근대란 무엇인가」는 동아시아론이 거듭 되돌아와야 할 텍스트가 되는 것이다.

3. 지역학의 외곽

서양/비서양, 유럽/(동)아시아라는 대립 구도는 전통적인 것과 근대
적인 것, 토착적인 것과 이식된 것, 낡은 것과 새것을 구분하는 기준이
다. 동아시아의 문명적·인종적 정체성은 그러한 대립 구도로부터 직조
된다. 동아시아론은 이러한 자기 안의 오리엔탈리즘을 적출해내야 하
는 과제를 안고 있다.

그러나 또 다른 버거운 과제가 있다. 동아시아론은 유럽중심주의와
관련된 문제일 뿐 아니라 이 지역 내부 패권관계의 문제이기도 하다.
서양에 의해 인식되고 서양을 향해 인정투쟁을 한다는 오리엔탈리즘의
구도만으로는 포착할 수 없는 문제군이 있는 것이다. 사실상 오늘날 동
아시아라는 범주를 실감케 하는 것은 문화권 논의가 아니라 북핵 문제,
역사 갈등, 영토 분쟁 같은 갈등 사안이다. 서구와의 비대칭 관계와 역
내의 복잡한 패권관계는 긴밀하게 얽혀 있으며 그것이 이 지역의 진정
한 상황이다.

동아시아는 분명 지역학의 대상, 즉 '지역 범주'만을 의미하지 않는
다. 동아시아는 탈냉전을 거쳐 복원된 '지역 지평'이자, 미국을 위시한
강대국들의 지역전략이 관통하고 있는 '지역 질서'이자, 이 지역 내에
서 식민주의를 극복하고 평화체제로 이행하기 위한 '지역 연대'의 장이
기도 하다. 지역 지평·지역 질서·지역 연대라는 세 차원은 동아시아라
는 담론 공간을 입체화하고 있다. 아울러 경제·안보·환경 분야의 협력
을 통해 당면 과제를 해결하고 공동의 미래를 도모하는 '기획의 동아시
아'가 있다면, 식민과 전쟁의 쓰라린 과거로서 대면해야 할 '기억의 동
아시아'도 있다. 지역 지평·지역 질서·지역 연대라는 세 차원과 '기획

의 동아시아'와 '기억의 동아시아'라는 시간의 두 가지 벡터는 지역학
의 감각으로는 포착할 수 없는 동아시아상을 구도해내고 있다.

이에 더해 각국은 동아시아를 지역 수준에서 자국을 확대 재생산하
는 논리로서 활용하고 있어 입체적인 동아시아 상에는 균열마저 가 있
다. 서구와 비서구의 비대칭 관계, 역내의 패권 경합, 지역 지평·지역
질서·지역 연대라는 세 차원의 공간성, 기획과 기억을 향한 시간의 양
방향성으로 짜이는 동아시아라는 방정식은 지역학의 관점으로는 결코
풀어낼 수 없다.

또한 지금의 동아시아가 발 딛고 있는 복잡한 역사지층의 문제도 간
과할 수 없다. 오늘날 동아시아를 하나의 문화권으로 아우르려는 것은
무망한 시도다. 그러나 중화 문명권에서 주변 지역이 분화되는 과정은
각국의 민족주의가 발아하고 성장하는 데 동력을 제공했음이 분명하
다. 또한 서구의 충격에 반응하며 국민국가를 형성하는 과정에서 각국
에 전파된 주자학이 어떻게 기능했는가와 같은 역내의 내재적 연계는
연구과제로 남아 있다.

이와는 다른 각도에서 야마무로 신이치는 문명의 매개자였던 일본을
축으로 국민국가 형성과 동아시아의 재편성 사이의 관련성을 포착한
바 있다. 즉 이 지역의 국민국가는 서구와의 일대일 대응으로 발생한
것이 아니라 평준화·동류화·고유화라는 세 가지 과정을 거쳐 한·중·
일이 경합하는 가운데 창출되었음을 밝혔다. 특히 먼저 국민국가를 형
성한 '일본의 충격'이 종래의 지역 질서를 교란하며 재편성해나가는 원
동력이 되었다는 것이다.[10]

그의 논지에 첨언하자면 유럽에 맞서겠다며 등장한 일본의 아시아
주의 혹은 대동아공영권이 어떤 식으로 중화제국의 전근대 질서를 흡

수하고 재편해나갔는지도 밝혀내야 한다. 아울러 아시아주의 혹은 대동아 공영권은 논리상 민족국가를 넘어선 표상을 내세웠는데, 그 표상과 전후에 등장한 국민국가의 길항 관계도 분석해야 할 과제로 남아 있다. 연구 역량이 부족해서 여기서는 까다로운 과제들을 나열하는 데서 그치지만 한 가지, 동아시아의 역사지층을 결코 서구 대 비서구의 대립 구도로는 해명할 수 없음을 강조해두고자 한다.

그리고 대동아공영권이 해체되고 나서 냉전 구조가 초래한 적대성의 이중화와 은폐 작용도 동아시아 지역상의 복잡성을 가중했다. 냉전의 분단선으로 인해 일본과 중국 그리고 북한의 관계는 냉전 대치의 이쪽과 저쪽으로 분할되어 적대성이 이중화되었고, 일본과 한국과 타이완은 같은 서방 진영에 놓이면서 냉전 이전의 적대성이 은폐되었다. 한편 탈냉전에 접어들고 나서 상실했던 동아시아 지역상을 회복했지만, 각국의 규모와 발전 정도의 낙차로 인해 공동의 지역상을 만들어내기란 쉽지 않은 형국이다. 여기에 냉전 체제의 등장으로 억압되어 있던 냉전 이전의 역사기억이 탈냉전과 함께 회귀하면서 어지러운 기억의 전투가 이어지고 있다. 긴장 관계가 어려 있는 각국 간 역사 인식의 충돌, 현실적 규모의 차이에서 빚어지는 지역 인식과 세계 인식의 간극은 동아시아의 문제 상황에서 눈에 보이지 않는 뼈대를 이루고 있다. 일국 단위의 발상도 정형화된 이론도 지역학의 도식도 이러한 문제 상황에 모두 무력하다. 그 대립과 균열을 덮어두는 섣부른 연대의 요청도 현실 앞에서 공소해지고 만다.

4. 비대칭성과 '주변에서 본 동아시아'

그런 의미에서 '주변에서 본 동아시아'론은 지역학의 시야는 외면하는 이중의 비대칭성, 즉 동아시아가 세계체제의 주변에 있고 또한 한국은 동아시아에서 열위에 있다는 조건을 사상적으로 발효시켜 일궈낸 지적 입장이다. 여기서는 지역학의 틀은 놓치고 있는 문제들이 부상한다. 잠시 류준필의 발언을 인용해보자. "주체(국가) 내적인 의지와 힘을 초월하는 더 큰 외부적 요인과 힘에 의해 주체의 삶이 결정되는 상황일 때, 혹은 주체가 통제할 수 없는 외적 조건에 의해 규정되는 상황일 때, 그 주체는 외적 변수에 가장 능동적으로 대처 가능한 방식을 선택하게 된다. 그 주체는 명확한 실체로서 자기 자신을 주장하기보다 가급적 가변적이고 유동적인 탄력성의 구조를 지향할 수밖에 없다. 달리 말해서 통제 가능한 내적 변수에 비해 외적 규정력이 내부의 힘을 초과할 때, 그럼에도 불구하고 독자성과 자립성을 유지하는 경로는 무엇인가."[11] '주변에서 본 동아시아'론은 바로 그 지점을 사고해냈다. 주변에 처해 있고 힘의 열위에 놓여 있다는 제약 조건을 발화 입지로 최적화해내고자 한 것이다.

앞서 언급했듯이 백영서는 '지적 실험으로서의 동아시아'를 제창했는데, 아울러 동아시아를 중심이 아닌 '주변의 관점'으로 보기를 촉구했다. "이제 우리는 동아시아 안팎의 '이중적 주변의 눈'으로 새로운 동아시아의 지도를 그리는 작업에 착수한다. 그 과정은 동아시아에서 역사적으로 형성된 주변의 정체성을 새롭게 정립하여 전체 구조를 변화시키는 동력을 확보함으로써 주변에 내재하는 비판성을 제대로 발휘하게 하는 지적·실천적 수행에 다름 아니다."[12] 그리고 주변의 관점에서 한국의 역할을 부각한다. 동아시아에서는 주도권 쟁탈전이 치열한데 상대적으로 소국인 한국은 '중국의 위협'과 '일본의 패권'에 모두 의문을 제기할 수 있는 자격을 갖췄다는 것이다.

최원식도 비슷한 주장을 내놓았다. "근대 이후 구미의 타자로 조정돼온 동아시아, 그 가운데서도 비서구 식민지 경험의 유산 속에 분단된 한반도의 남쪽에서 그림자 전쟁의 긴 터널 끝에 마침내 아시아에 발 딛고 세계를 바라보는 동아시아론이 제기되는 것 자체가 중심에 억압된 주변의 시각을 의식화한 것이다."[13] 동아시아는 세계체제에서 주변이며, 한국은 다시 주변의 주변, 즉 '이중의 주변'에 위치하기 때문에 한국의 동아시아 시각은 국가주의와 패권화의 경향을 경계하는 요소를 지녀야 한다는 것이다. 최원식은 한국의 동아시아론에 강하게 제언한다. "한국의 동아시아론은 기존의 중심주의들을 비판하고 새로운 중심을 세우는 것이 아니라, 중심주의 자체를 철저히 해체함으로써 중심 바깥에, 아니 '중심'들 사이에 균형점을 조정하는 것이 핵심"이어야 한다.[14]

그런데 한국의 지정학적 주변성을 강조하는 것이 그대로 한국의 역할론으로 이어질 수 있는지에는 의문의 여지가 있다. 물론 백영서는 주변성의 강조가 바로 한국의 위상과 직결되지 않는다며 주의를 기울였다. "'주변'을 강조한다고 해서 그것을 특권화해서는 안 될 것이다. 중심에 거주하는 개인이나 집단도 '주변'적 사고를 할 수 있듯이, 주변에서도 '중심'적 사고를 할 수 있는 것이다. 따라서 필자가 말하는 '주변'은 형용사적 의미로 읽히기를 바란다."[15] 그러나 지정학적 관계에서 국가가 지니는 주변성과 소수자적 개인이나 집단이 갖는 주변성의 차이 내지 관계를 좀 더 구체적으로 분석하지 않은 결과 지정학적 주변성에서 한국의 새로운 위상을 이끌어내려 한다는 의혹은 가시지 않는다.

여기서 잠시 우회하도록 하자. 한국처럼 중국과 일본의 '주변'에 위치한 타이완에서는 과거 리덩후이 총통이 동남아시아를 방문한 이후 동남아시아로 진출한다는 이른바 '남진南進'이 제기되었는데, 아래 인용하는 우미차吳密察는 그 대표적 논자이다.

> 아시아 대륙을 중심으로 하는 지도는 타이완의 진정한 위치와 역사의 지역성 전개를 확실하게 보여주지 못한다. 만약 타이완을 지도의 중심에 두게 되면, 타이완이 동아(동중국해 지역)와 동남아(남중국해 지역)의 연결점 위에 놓이는 완전히 새로운 광경이 펼쳐질 것이다. 말할 것도 없이 이러한 위치지정은 상당한 정도로 타이완 역사의 전개 방향을 결정하는 동시에 잠재되어 있던 타이완의 가능성을 예언한다.[16]

여기서는 주변부의 숙명론을 역전시켜 '중국의 변경에서 남양의 중심으로' 가고자 하는 욕망이 표출되고 있다. 주변을 경계로 치환하고 다시 경계를 매개로 역전시키는 논리, 즉 거점론은 주변 국가로서는 지역론을 모색하고 욕망하는 한 가지 현실적 의의인 것이다. 물론 자국의 활로를 모색하고자 주변성에서 논리적 전환을 거쳐 매개성(중심성)을 이끌어내는 우미차의 논지가 백영서의 '주변에서 본 동아시아'와 같다는 뜻은 결코 아니다. 그러나 동아시아 내의 주변의 위치에서 새로운 위상을 구축하고자 활용하는 지도 제작적 상상력은 닮은 구석이 있다. 백영서는 말한다. "우리들의 사고를 제한해온 것은 구미를 중심으로 하는 지도이다. 이제 우리에게 필요한 것은 동아시아 안과 밖의 '이중적 주변의 눈'으로 새로운 지도를 그리는 작업이다."[17] 그는 새로운 지도에 무엇이 어떤 모습으로 그려지는지는 상세하게 말하지 않았다. 다만 새로운 지도에서 한국은 매개자로서의 위상을 가질지 모른다.

이는 억측이 아닐 것이다. 국가주의 극복을 주장하지만 분명 '주변으로서의 동아시아'론은 국가론과 친화성이 뚜렷하다. 물론 창비 측 논자들은 패권적 국민국가가 아닌 독특한 복합국가론을 제시하고 있다. 백영서는 「20세기형 동아시아 문명과 국민국가를 넘어서」에서 "복합국가는 국가권력에 대한 획기적인 민주적 통제의 원리를 관철시킴으로써 정당성을 확보해, 한민족 공동체를 통합할 다층적 복합 구조의 정치체제를 구상하려는 '지향으로서의 국가'"라고 밝힌다.[18] 개괄적으로 정리하자면 한반도 안에서는 통일 혹은 연방국가를 이루고, 동아시아 지역수준에서는 한민족 디아스포라를 아우르며 지금의 국민국가를 쇄신하자는 것이다. 그렇게 건설되는 복합국가는 대국주의·패권주의로 점철된 이 지역에서 완충 역할을 하리라고 기대한다.

그리고 여기서 다시 한번 한국의 발화입지가 강조된다. "동아시아론이 빠지기 쉬운 함정으로 가장 많이 지목되는 것이 자민족 중심주의의 부활 또는 팽창주의에 대한 경계이다. 일본의 아시아주의나 중국의 중화주의는 각각 일국 중심의 대국 질서 내지 팽창주의를 역사적으로 경험한 분명한 증거가 되겠지만 저들에 비해 우리는 그런 유산이 없는 만큼 오히려 이 혐의에서 어느 정도 자유로울 수 있다."[19] 그러나 이러한 한국의 역할론이 동아시아 내의 패권주의를 견제하는 데 얼마나 실천적 의의를 가지며 또한 인국으로부터 공감을 얻어낼 수 있는지는 의문이다.

한편 백낙청의 '분단체제론'에서 연원하겠지만, 복합국가론이 한반도의 모순을 과도하게 부각하여 지역 내의 다양한 쟁점을 한반도의 문제로 환원하는 논지도 '동아시아의 시각'에서 따져봐야 할 대목이다. 백영서는 동아시아를 향한 관심이 자민족 중심주의로 전락하지 않으려면 국가중심으로 치우치지 않는 긴장이 요구된다며 이렇게 주장한다. "우리의 경우 국가의 시각이든 사회 영역의 시각이든 한반도 한쪽만에 치우쳐서는 안 되고 남북한 모두를 감싸 안아 분단이 작동되는 체제에 대한 온전한 인식 및 그 극복의지와 결합된 동아시아 인식일 때에야 그것이 패권주의의 우려를 씻고 실천성을 일정하게 확보할 수 있지 않을까 한다. 그래야만 (국민)국가의 강제력을 어느 정도 제약하는 새로운 형태의 복합국가를 창발적으로 상상할 수 있는 기반이 닦일 것이다. 역사적으로 동아시아 민족 간의 갈등을 제어하는 '방파제' 역할을 해온 한반도가 이제 어떻게 통일을 이루는가 하는 과정 자체는 아시아 여러 나라의 진로를 가늠하는 나침반이다."[20]

"우리의 경우"에 남북한 모두를 감싸안는다면 왜 "패권주의의 우려를 씻"을 수 있는지, 그리고 한반도의 통일이 "아시아 여러 나라"에 어찌하여 진로를 가늠하는 나침반 구실을 할 수 있는지, 이 비약들은 한국발 동아시아론에 관해 사고할 때 숙고해야 할 대목이다. 이런 비약은 백영서의 다른 글에서도 확인할 수 있다. 「중국에 '아시아'가 있는가?」에서는 "한반도 남북 주민의 서로 다른 경험이 융합되면서 분단체제를 극복하는 운동이 제대로 진행된다면 복합국가는 자연스럽게 요구될 것이고 그 과정에서 주변 국가나 민족과의 개방적인 연계도 가능하여 동아시아 지역공동체가 출현할 수도 있다"[21]라며 '한반도 통일' '복합국가 건설' '동아시아 지역공동체 출현'을 너무나 쉽사리 조합하고 있다.

그러나 이 점을 다시 확인하려고 인용한 문구는 아니다. 인용문 바로 앞 문장에는 "우리의 경우"가 아닌 '중국의 경우'에 '복합국가'론을 적용해야 한다는 주장이 나온다. "이 발상을 중국에 적용할 경우, 홍콩을 통합하면서 적용한 1국가2체제나 타이완에 대해 제안한 1국가3체제 구상에서부터 해외 민주화 운동가들이 제기하는 연방제에 이르는, 복합적인 국가의 다양한 실험의 향방이—그 과정에서 거대한 영역을 통합한 공산당의 역할이 바뀌면서 통상적인 의미의 국민국가가 분해되는 위기로 비칠지도 모르겠지만—새로운 의미로 떠오른다. 이것은 타이완, 티베트 문제를 해결할 수 있는 방안인 동시에 동아시아에 대한 수평적 사고의 촉진제가 될 수 있다."[22]

여기서는 역전된 한국 확장의 논리가 엿보인다. 결과적으로 복합국가론을 도입했을 때 "우리의 경우"는 한반도가 통일하고 주변의 한민족 디아스포라를 아우르며 외연이 확장되지만, 중국은 지금의 체제가 분해되는 것이다. 백영서는 이를 '수평적 상황'이라고 이해하지만, 그 수평성의 판단기준으로는 상대적으로 왜소한 한국의 규모가 자리 잡고 있다. 즉 주변(혹은 소국)이라는 조건이 중심(혹은 대국)을 판단하는 잣대가 되는 것이다. 동아시아론의 진정한 사상사적 의의가 바깥에서 주어진 정형화된 이론에 의존하지 않고 자신의 장소성에 근거하여 사고를 숙성시키되 그 사고를 타자에게 번역해내고 타자와 고투를 나눠 갖는 것이라고 한다면, '주변에서 본 동아시아'는 절반의 성공이다. 백영서는 중심-주변은 지리적 결정론과는 관계가 없는 상대적인 것이며, "주변의 시각을 갖는다는 것은 지배관계에 대한 영원한 도전이요 투쟁이다"라고 발언하여[23] 중요한 시사점을 남겼다. 그러나 '복합국가론'에서 파생되는 주장은 그런 발상과 낙차를 보인다. 우리는 여기서 한 가지 중요한 과제와 마주하게 된다. 사상의 위상에서 중심-주변을 사고한 내용을 국가 간 관계에서 중심-주변의 구도로 번역해낼 때는 어떤 사고의 절차를 거쳐야 하는가.

또 다른 주변성의 문제가 있다. 복합국가론을 주장한 논자들에게 동아시아라는 지평은 한민족 디아스포라의 공간과 포개진다. 복합국가론은 한국과 북한이 어울리고 그로써 한민족 디아스포라를 아우른다는 전망을 전제로 갖고 있다. 가령 최원식은 "'한반도계 일본인'이라는 3중의 정체성을 포용함으로써 재일동포 사회를 관통하는 한반도의 남/북과 일본의 경쟁하는 국가주의를 넘어서는"[24] 동아시아를 구상한다. 그러나 디아스포라의 '중층적 정체성'을 중시하더라도 민족을 정체성의 표지로 삼아 재일조선인, 중국의 조선족을 포용하자는 주장은 한민족 중심주의의 논리일 수 있다. 겉보기에는 한민족 공동체가 경직된 국민국가 체제를 상대화하는 대안일지 모르겠으나, '포용'의 의미를 명시하지 못하는 한 현재의 국민국가 이데올로기를 강화하는 논리일지도 모른다는 의심을 거둬서는 안 된다. 따라서 대국들 주변에 위치한다는 한국의 주변성과 시민권을 갖지 못한 채 소수자로 살아가는 한민족 디아스포라의 주변성이 어떻게 다르고 또 접목될 수 있는지는 좀 더 구체적으로 해명되어야 한다.

아울러 다른 주변들과의 연대라는 사상적 과제도 남아 있다. 가령 주변으로서의 오키나와, 주변으로서의 한국은 같은 주변인가. 한국은 하나의 국민국가지만 오키나와는 그렇지 않다. 이 상황에서 서로의 주변성에 근거해 입장을 공유하는 경우 미국을 상대하느냐, 일본을 상대하느냐에 따라 효과는 몹시 달라진다. 즉 일본을 상대하는 경우, 한국 측에서는 일본과의 관계에서 '국민국가'로서 주변에 위치한다는 자신의 입지를 보완하는 효과가 발생하지만 오키나와는 그렇지 않다. 따라서 양자의 다른 주변성을 사상의 수준에서 어떻게 풀이할 수 있는가, 각 주변성의 중첩된 힘관계는 정치적으로 어떻게 사고할 것인가, 상이한 주변 사이에 운동의 차원에서의 연대란 어떻게 가능한가라는 물음이 남아 있는 것이다. 이상의 물음들을 외면하고 중심과 주변의 구도가 한국의 장소성을 설명하기 위한 논리로 안착될 때 그것은 대국과 소국의 나라 간 논리로 응고되고 말 것이다.

그리하여 끝으로 근대 인식의 문제를 짚고 싶다. '주변으로서의 동아시아'론의 주변성에 관한 성찰이 궁극적으로 국가 단위에서 머무는 이유와 관련되기 때문이다. '주변으로서의 동아시아'론에는 백낙청의 '근대극복과 근대적응의 이중과제'론이 근대 인식의 근간으로서 자리 잡고 있다. '이중과제론'은 근대적응과 근대극복을 순차적으로 사고하지 않고 내재적으로 관련지어 근대성 논의에 내적 긴장을 부여했다. 또한 바깥에서 주어지는 근대가 아닌 한국의 모순을 직시하여 근대성 문제를 천착하도록 촉구했다. 그러나 '이중과제론'에는 전근대·근대·탈근대가 여전히 시계열적 순서로 남아 있으며, 근대의 총아인 국민국가가 사고의 거점으로 자리 잡고 있다는 사실도 간과할 수 없다.

가령 한국은 유럽과 달리 '서구 근대의 충격'으로 전근대성을 유지한 채 근대적 국민국가가 건설되어 전근대성과 근대성이 혼재된 까닭에 근대적응과 근대극복을 동시에 진행해야 한다는 논의(한편 세계화·정보화·탈냉전 등의 조류로 말미암아 한국에는 전근대·근대·탈근대가 공존한다는 변형된 판본도 있다)는 한 공간 안에 상이한 시간대가 병존하거나 포개져 있는 것처럼 전근대와 근대(그리고 탈근대)의 관계를 표상하도록 만든다. 전근대와 근대(그리고 탈근대) 사이의 착종하거나 길항하는 관계는 제대로 포착되지 않는다.

또한 전근대를 극복하는 주체로서 국가에 초점이 모인다. 근대성은 시간적으로는 전근대를 극복하고 공간적으로는 바깥의 세력을 막아

'국민'이라는 통일된 정치 집단을 만들어내는 역사운동으로 이해되는 것이다. 그리하여 '주변에서 본 동아시아'론은 주변성을 사상적 물음으로 이끌어냈다는 함의를 지니지만, 국가론으로서는 중심을 향한 욕망을 드러낸다. 그러나 바로 그 한계는 귀중한 성과이기도 하다. 한국의 동아시아론이 사고를 단련해야 할 지점을 표시해주고 있기 때문이다. 즉 주변성에서 사상적 계기를 찾으려면 필연적으로 근대 인식을 재검토해야 한다.

전근대-근대-탈근대라는 계열은 연대기적 순서가 아니다. 그것은 세계 인식의 지정학적 구도를 벗어나서는 존재하지 않는다. 역사주의의 도식은 국민·문화·전통·인종의 위치를 체계적으로 이해하는 관점을 제공했다. 탈근대라는 말이 등장하기도 했지만, 전근대와 근대를 지정학적으로 짝짓는 것은 비판 담론에서도 동아시아론에서도 담론을 조직하는 주요 기제로 기능하고 있다. 그런 점에서 동아시아론은 지역에 대한 인식이며 지정학적 인식이자 근대 인식의 한 측면이다. 만약 탈근대가 근대로부터 다음 시기로 이행한다는 의미가 아니라면, 그것은 전근대와 근대라는 지정학적 짝짓기가 파열하는 징후로 이해해야 할 것이다. 그리하여 동아시아를 하나의 '사유의 지평'으로 삼는 데까지 동아시아론이 왔고, 더구나 주변성에 대한 검토가 긴박한 사상과제라면, 그곳을 다시 출발점으로 삼아 떠나기 위해 우리는 여기서 다케우치 요시미의 「근대란 무엇인가」를 우회해야 할 것이다. 그리고 그렇게 했을 때 아시아를 실체로부터 적출해낸 선구적 논문인 「방법으로서의 아시아」를 오늘날 거듭 활용할 여지가 생겨날 것이다. 즉 동아시아의 근대를 사고하기 위해 동양의 저항으로 돌아가고자 하는 것이다.

5. 동양의 저항과 탈식민의 가능성

서양과 동양은 담론적 구성물이다. 그러나 서양과 동양의 관계는 비대칭적이며 둘은 같은 방식으로 작동하지 않는다. 서양은 경계 지어진 영토상의 명칭이지만 자기한정을 거부하고 바깥으로 뻗어나간다. 서양은 자신이 하나의 특수로서 다른 항(동양)과 대립하지만, 다른 항이 자신을 특수로서 인식할 때 보편적 준거점으로 작동한다. 동양은 서양과의 차이를 통해 자기 인식을 획득한다. 따라서 서양은 '서양 대 동양'이라는 대립관계의 한쪽 항이자 그 대립 자체가 발생하는 장소다. 서양의 '근대'와 동양의 '근대화'는 그 동학을 통해 진행된다.

'서양 대 동양'의 구도에서 서양과 동양은 등질의 공간적 평면 위에 존재하지 않는다. 그 구도는 시간적 함축을 갖는다. 서양의 근대와 동양의 근대화는 헤겔의 역사철학이 그러하듯 공간상의 차이를 시간상의 낙차로 전위시키는 조작 속에서 전개되었다. 서양의 근대성은 근대에 선행하는 자기 안의 전근대와 대립하는 동시에 지정학적으로는 비근대, 즉 비서양과 대비된다. 그리하여 지정학적 조건은 역사적 단계로 번역되며, 그런 역사주의적 도식은 다중적인 근대성을 근대화=서구화로 환원했다.

그렇다면 동양의 위치에서 근대의 극복이란 서양이 확장해나갔던 시공간 구조에 관한 근본적 물음일 수밖에 없다. 하지만 근대 비판은 근대의 외부가 존재한다거나 동양의 고유성을 찾아나서는 방식으로는 성사될 수 없다. 그것은 반근대 내지 토착주의라는 노스탤지어에 빠질 공산이 크다. 또한 서양중심주의 비판을 통해 근대 비판을 수행하고 동양의 가능성을 찾으려는 시도도 자가당착에 빠지기 마련이다. 서양적 근

대는 유럽이라는 지리상의 장소에만 머물러 있지 않는다. 서양적 근대
를 비판하는 언어조차 후기구조주의 담론을 빌리고 있는 데서 엿보이
듯이 탈근대 내지 반근대는 서구 근대에 내재된 회의의 논리를 전유한
것에 불과하다. 그러한 부정항은 서양의 근대논리 안에 이미 내장되어
있다. 오히려 동양에서 근대극복이란 '서양 대 동양'이라는 관계 바깥
이 아닌 그 비대칭적 관계에 내재함으로써만 이루어질 수 있다.

바로 그 이유에서 다케우치 요시미의 「근대란 무엇인가」는 동양의 저
항을 사고하고자 할 때 거듭 돌아와야 할 텍스트다. 「근대란 무엇인가」
는 동양이 서양에 패배했으며, 동양의 근대화는 서양에 의한 식민화로
견인되었다는 사실을 사고의 출발점으로 삼고 있기 때문이다. 「근대란
무엇인가」는 1948년에 발표되었다. 당시 일본 사상계에서는 강화논쟁
과 더불어 패전국 일본은 승전국 미국으로부터 어떻게 독립해야 할 것
인가라는 논의가 비등했으며, 전전의 국수주의와 일본주의에 대한 반
작용으로 이른바 서양산 지식을 끌어들여오자는 '근대주의'가 횡행했
다. 바로 그러한 시대 분위기 속에서 다케우치는 동양의 근대와 저항을
사고했다.

「근대란 무엇인가」의 첫째 절은 '근대의 의미'다. 그러나 정작 다케우
치는 근대의 의미를 밝히지 않는다. 루쉰이 근대문학의 건설자라는 진
술만이 나온다. "루쉰은 전근대적 면모가 많지만, 그럼에도 역시 전근
대를 품는 모습으로 근대라고 해야 한다."[25] 다만 여기서 두 가지 함의
를 끌어낼 수 있다. 다케우치는 전근대와 근대를 연대기적 순서로 나누
지 않았으며, 동양의 근대를 루쉰적 근대로 읽어 냈다. 즉 동양은 저항
을 통해서만 자신의 근대를 이룰 수 있다.

이어지는 절은 '동양의 근대'와 '서양과 동양'이다. 여기서 다케우치

는 서양과 동양의 관계를 명시한다. 서양과 동양은 용어의 대등함과 달리 등질 평면 위에 존재하지 않는다. '서양 대 동양'의 대對는 힘의 비대칭성이라는 위계관계를 품고 있다. 그 위계관계에 근거하여 서양은 동양을 자기 세계로 내부화했다. 아니, 동양을 생산했다. "동양의 근대가 유럽이 강제한 결과라는 점 혹은 그 결과에서 도출되었다는 점은 일단 인정하지 않을 수 없으리라."[26] 반면에 서양의 "근대란 유럽이 봉건적인 것으로부터 자신을 해방하는 과정에서(생산의 면에서는 자유로운 자본의 발생, 인간의 면에서는 독립되고 평등한 개체로서 인격의 성립) 그 봉건적인 것에서 구별된 자기를 자기로 삼아 역사에서 바라본 자기 인식이다."[27] 풀이하자면 동양의 근대는 강제된 산물이지만, 서양의 근대는 유럽의 자기 인식으로 출현한 것이다. 그 비대칭성으로 말미암아 서양에 근대란 자기실현이지만 동양에 근대화는 서양화다.

그런데 동양의 근대화는 서양에 대한 저항을 동반했다. "저항을 통해 동양은 자신을 근대화했다. 저항의 역사는 근대화의 역사고 저항을 거치지 않는 근대화의 길은 없었다."[28] 하지만 동양이 저항한다고 서양의 세계로부터 벗어날 수 있는 것은 아니다. "동양에 대한 유럽의 침입은 동양에서 저항을 낳았고 그 저항은 자연스레 유럽으로 반사되었지만 그조차 모든 것은 궁극적으로 대상화할 수 있다는 철저한 합리주의의 신념을 흔들어놓지 못했다. 저항은 계산 속에 있었고, 저항을 거쳐 동양은 점차 유럽화할 운명이라고 예견되었다. 동양의 저항은 세계사를 보다 완전하게 만드는 요소에 불과했다."[29]

동양은 서양화되는 동시에 서양에 저항하나 그 저항은 서양의 근대를 보다 완전하게 만들 뿐이다. 바로 헤겔의 역사철학이 주장한 바다. 또한 서양중심주의에 대한 섣부른 탄핵이 무위로 그치고 마는 이유기도 하다. 그리고 동양은 저항의 결과 패배할 뿐이다. 힘의 비대칭성은 해소되지 않았기 때문이다. 그러나 바로 그 지점에서 다케우치는 서양에는 보이지 않는 저항, 이차적 저항을 말하고 있다. 이것이 근대극복과 탈식민의 계기를 모색하고자 「근대란 무엇인가」로 돌아가는 이유이다.

> 패배는 저항의 결과다. 저항에 의거하지 않는 패배란 없다. 따라서 저항
> 의 지속은 패배감의 지속이다. 유럽은 한 걸음씩 전진하고 동양은 한 걸
> 음씩 후퇴했다. 후퇴는 저항을 수반한 후퇴였다. 이 전진과 후퇴가 유럽
> 에는 세계사의 진보이자 이성의 승리로 인식된다는 사실, 그것이 지속
> 되는 패배감 속에서 저항을 매개로 동양에 작용했던 때 패배는 결정적
> 이 되었다. 결국 패배는 패배감으로 자각되었다.
>
> 　패배가 패배감으로 자각되기까지는 어떤 과정이 있었다. 저항의 지
> 속이 그 조건이다. 저항이 없는 곳에서 패배는 일어나지 않으며, 저항
> 은 있되 지속이 없다면 패배감은 자각되지 않는다. 패배는 한번 뿐이다.
> 패배라는 한번 뿐인 사실과 자신이 패배한 상태라는 자각은 직접 연결
> 되지 않는다. 오히려 패배는 패배라는 사실을 잊는 방향으로 자신을 이
> 끌어 이차적으로 자신에게 다시 결정적으로 패배하는 일이 잦기 때문
> 에 그 경우 패배감은 당연히 자각되지 않는다. 패배감에 대한 자각은 자
> 신에게 패배한다는 이차적 패배를 거부하는 이차적 저항을 통해 일어
> 난다. 여기서 저항은 이중이 된다. 패배에 대한 저항임과 아울러 패배를
> 인정하지 않는 것 혹은 패배를 망각하는 것에 대한 저항이다.[30]

앞서 말했듯이 동양의 근대는 서양에는 자기 인식이다. 동양은 서양 속에 포함되어 있다. 동양은 서양을 자기 바깥의 상대로 인식하지만, 서

양에 동양은 자기 인식의 일부일 따름이다. 따라서 '동양 대 서양'이라는 구도는 동양 측에서만 의미를 갖는다. 동양의 세계(표상)는 늘 서양의 세계보다 작다. 그렇다면 상대를 대상화할 수 없을 때, 혹은 자신이 상대에 속해 있는데도 상대에게 저항해야 할 때 그것은 어떻게 가능한가. 상대 속에 내재하기 때문에 상대의 바깥에서 상대를 대상화할 수 없으며, 상대의 바깥에서 대상화할 수 없기 때문에 대결의 논리 혹은 판단의 척도 또한 실체성을 지닐 수 없다. 바로 '주변으로서의 동아시아'가 조우해야 할 한계 상황은 구조적으로 이러하다.

이제 인용구로 돌아간다면, '일차적 저항'은 동양의 의식상의 '동양 대 서양'에서 발생하는 저항이다. 그것은 지체를 만회하기 위해 근대화를 꾀하는 저항이며, 서양에 반사되는 저항이며, 서양에 승인을 요청하는 저항이며, 서양에 보이는 저항이다. 그러나 '이차적 저항'은 자신이 패배하고 있음을 망각하지 않는 것, 철저하게 패배자, 약자, 노예의 입장을 견지하고 그 한계조건을 다시 자기 안으로 내재화하는 저항인 것이다. 따라서 동양의 '이차적 저항'은 서양에는 보이지 않는다.

그리고 '이차적 저항'은 헤겔 변증법에서 반反이 되지도 않는다. 부정이 부정된 항에 대립하여 주체가 정립된다는 의미라면, 이차적 저항은 부정이 아니다. 이차적 저항은 상대와 더불어 자신도 와해시키고자 한다. 서양과 서양을 통해 반사된 자기상 사이의 표상 관계를 착란에 빠뜨리고, 자신보다 강한 상대를 비판하여 얻어지는 자기동일성마저 거부하는 것이다.

그러나 다케우치 요시미는 이차적 저항의 구체적 방법은 알려주지 않았다. 다만 이러한 무력감을 우리에게 단서로 내주었다. "그러나 그렇다 하더라도 저항이 무엇인지 나는 알지 못한다. 나는 저항의 의미를 파고들지 못하겠다. 나는 철학적 사색에 익숙하지 않다. 그런 것은 저항도 뭣도 아니라고 누군가 말한다면 하는 수 없는 노릇이다. 나는 단지 거기서 무언가를 느낄 뿐 그걸 뽑아내 논리적으로 조립하지 못한다. (…) 그리고 그때 루쉰과 만났다. 내가 느끼는 그 공포에 루쉰이 몸을 던져 견디고 있는 모습을 보았다. 아니, 루쉰의 저항에서 나는 내 마음을 이해하는 실마리를 얻었다. 내가 저항을 생각하기 시작한 것은 그때부터다. 저항이란 무엇인가 하고 누군가 내게 묻는다면, 루쉰에게 있는 그러한 것이라고 답하는 수밖에 없다."[31]

앞서 다케우치 요시미는 루쉰을 전근대적 면모를 지닌 채로 근대적이라고 말했다. 이제 우리는 다케우치의 이차적 저항을 사고하기 위해 루쉰을 탈근대적으로 읽어내야 하는지도 모른다. 그러나 이것은 다케우치와 루쉰을 탈근대론자로 이해한다는 뜻이 아니라 다케우치의 사상, 루쉰의 문학을 통해 탈근대론을 쇄신한다는 의미다. 그때의 탈근대는 근대 이후에 오는 연대기적 시간이 아니다. 서양의 근대는 동양을 전 근대로 대상화하여 출발했고, 동양의 근대는 서양에 패배하며 시작되었다. 패배와 패배에 따른 저항으로 출현한 동양의 근대 시간에 탈근대는 늘 감돌고 있었다.

그런 의미에서 다케우치는 우리에게 진정한 근대 비판의 단서를 내주었다. 그는 '동양이 서양을 극복할 수 있는가'라고 묻지 않았다. 그것은 비대칭적 힘관계를 망각하는 것이다. 오히려 그의 시도 가운데 탈근대 내지 탈식민적이라고 표현할 만한 대목이 있다면, 그것은 서양의 근대가 동양에 그대로 이식되어 동일한 방식으로 전개되지 않는다는 사실에 기반하여 그가 동양의 역사 속에서 서양의 근대를 '역사화'하려고 했다는 점이다. 서양의 근대는 그 비대칭적 구도로 말미암아 동양의 역사에서 결코 같은 위상이나 의미로 전개되지 않았다. 그 사실로부터 다케우치는 동양의 근대를 재해석하고, 서양의 근대마저도 '역사주의'에서 적출해내 '역사화'하려고 했다. 그것이 동양의 탈근대, 곧 탈식민의 가능성이다.

6. 방법으로서의 아시아

바로 그 대목에서 「방법으로서의 아시아」는 중요한 문헌이 된다. 글의 말미에 나오는 유명한 구절이다. "서구의 우수한 문화 가치를 보다 큰 규모에서 실현하려면 서양을 다시 한번 동양으로 감싸 안아 거꾸로 서양을 이쪽에서 변혁시킨다는, 이 문화적 되감기 혹은 가치상의 되감기를 통해 보편성을 만들어내야 합니다. 서양이 낳은 보편 가치를 보다 고양하기 위해 동양의 힘으로 서양을 변혁한다, 이것이 동과 서가 직면한 오늘날의 문제입니다."[32] 다케우치는 피부색이나 생김새는 다를지언정 인간은 본질적으로 동등하다고 강조하고, 그런 평등의 가치는 서구적 근대의 소산임을 인정한다. 그러나 서양은 그러한 문화가치를 보편화하지 못했으며, 오히려 서구적 가치의 보편화가 비서구에 대한 식민지 침략의 논리로 전도되었음을 지적한다. 그리고 그러한 착취를 절감하는 곳, 서구적 근대가 지나간 자리에 남은 상흔들을 마주하는 곳이 동양이니만큼 동양은 "문화적 되감기 혹은 가치상의 되감기"를 통해 그 문화가치를 보편화해야 한다는 것이다.

그리고 이어지는 마지막 구절이다. "그 되감기를 할 때 자기 안에 독자적인 것이 없어서는 안 됩니다. 그게 무엇이냐고 하면, 아마도 실체로는 존재하지 않겠죠. 하지만 방법으로는, 즉 주체 형성의 과정으로는 있지 않겠는가 생각하는 까닭에 '방법으로서의 아시아'라는 제목을 달아보았지만, 이를 명확히 규정하는 일은 제게도 벅차군요."[33]

다케우치는 분명히 말끝을 흐렸다. 그러나 아시아를 실체가 아닌 방법으로 내놓은 것은 후세대 논자들이 (동)아시아 문제를 사고할 때 귀중한 영감이 되었다. 다만 섣불리 마지막 구절을 취해 「방법으로서의 아시아」의 결론으로 삼아서는 안 될 일이다. 그러면 '방법으로서의 아시아'는 그저 사용하기 유용한 수사가 되어 버릴지 모른다. 실제로 그렇게 차용되기도 한다. '방법으로서의 아시아'를 다케우치의 문제의식으로 좀 더 바짝 다가가 이해하려면 다시금 「근대란 무엇인가」로 돌아가야 한다.

「근대란 무엇인가」에서 확인했듯이 동양의 통일성을 보장하는 내적 원리는 존재하지 않는다. 서양이 대상화하고 종속시킨 지역이라는 사실을 제외한다면 동양은 공통성을 갖지 않는다. 거꾸로 서양 역시 균질한 통일체가 아니다. 서양이라는 담론적 구성물이 공간상 그리고 시간상의 무엇을 가리키는지는 분명치 않다. 하나의 동양은 오리엔탈리즘 안에서 존재하며, 하나의 서양은 동양의 시민화된 무의식 위에서 존재한다.

다케우치는 동양과 서양을 지리적 실체가 아닌 운동하는 항으로 보았다. "만약 유럽도 동양도 아닌 제3의 눈을 상정한다면, 유럽의 일보 전진과 동양의 일보 후퇴(이는 원래 표리관계다)는 하나의 현상으로 비치리라."[34] 서양은 무력을 동반하여 동양으로 침입하고 동양은 식민화된다. 그러나 서양은 무력으로 침입할 뿐만 아니라 정신세계로도 침입한다. 이 점이 「근대란 무엇인가」에서 핵심 대목이며, 오늘날 아시아가 여전히 서양의 식민 통치를 받는 것은 아니지만 「근대란 무엇인가」를 다시 검토해야 하는 이유기도 하다.

다케우치는 말한다. 서양에서는 물질만이 아니라 정신도 전진한다. "모든 개념은 개념의 장소에 머물지 않는다. 그것들은 장기판의 말이 전진하듯이 나아간다. 말이 나아갈 뿐만 아니라 말이 놓인 판 자체가 말이 나아감에 따라 나아가는 듯이 보인다. (…) 이성·자유·인간·사회 무엇도 말이라고 가정할 수 있다. 아마도 진보라는 관념은 이 운동 속에서 자기표상으로 튀어나왔으리라."[35] 서양은 정신이 운동하기에 부단히 자신을 넘어선다. 그러나 동양은 운동하는 서양의 정신과 만나면 그것을 정태화하고 실체로 여긴다. 서양의 전진이 곧 동양의 후퇴라는 상호 매개의 관계는 망각되고 동양 측에는 단순한 가치 판단과 서양을 향한 동경만이 남는다. "동양에는 이와 같은 정신의 자기운동이 없었다. 즉 정신 자체가 없었다. (…) 새로운 말이 잇따라 생겨나기는 하지만 (말은 타락하게 마련이니 새로운 말이 필요하지만 동시에 새로운 말은 옛말을 타락시킨다), 그것은 본디 뿌리가 없는 까닭에 탄생한 것처럼 보여도 탄생한 것이 아니다."[36]

그리하여 서양에 진보란 정신의 운동과정에 관한 자기 표상, 자기 과거와의 대결을 통한 자기 갱신이지만 동양의 진보란 서양에서 새것을 찾아 들여오는 일이 되어 버린다. 다케우치는 일본이 그런 동양의 표본이라고 보았다. "나는 일본 문화의 구조적 성질 때문에 일본이 유럽에 저항하지 않았다고 생각한다. 일본 문화는 바깥을 향해 늘 새것을 기대한다. 문화는 늘 서쪽에서 온다."[37] 일본 문화의 구조적 성질이란 무엇인가. 일본은 '우등생 문화'다. 즉 지체를 만회하려고 분발하는 문화다. "일본 문화는 진보적이며 일본인은 근면하다. 그건 정말이지 그렇다.

역사가 보여준다. '새롭다'가 가치의 규준이 되며, '새롭다'와 '올바르다' 가 포개져서 표상되는 일본인의 무의식적 심리 경향은 일본 문화의 진보성과 떼놓을 수 없으리라."[38]

일본은 애초 '정신이 공석'이었던지라 서양의 진전이 곧 동양의 후퇴라는 상관성을 놓치고 서양의 진보를 고립된 실체로 여겨 그것을 좇는다. 그렇게 일본은 동양의 타국에 비해 재빠르게 근대화를 성취했다. 그러한 근대화를 위해 일본은 다케우치가 말하는 이차적 저항, 루쉰적 근대를 방기했다. 다케우치는 신랄하게 표현한다. "우월감과 열등감이 병존하는 주체성을 결여한 노예감정의 근원이 여기에 있으리라." 그리하여 다케우치는 일본을 표본으로 삼아 동양의 이중적 면모를 이끌어 낸다.

> 그 현상(서양의 진보를 실체로 여겨 좇아가는)이 가장 두드러진 곳은 일본이 첫째가 아닐까 싶다. 그런 의미에서 일본은 가장 동양적이다. 물론 어떤 의미에서 일본은 동양의 나라들 가운데 가장 동양적이지 않다. "어떤 의미에서"라 함은 일반적으로 회자되는 생산력의 양적 비교를 일컫지 않는다. 나는 동양을 두고 저항을 생각하고 있으니 그 저항이 작다는 의미에서다. 이것은 일본이 자본주의화에서 보여준 눈부신 속도와 관계될 터다. 그리고 그 진보로 보이는 것이 동시에 타락이라는 점, 가장 동양적이지 않은 것이 동시에 가장 동양적이라는 점과도 결부되리라.[39]

여기서 동양은 오리엔탈리즘의 동양과 저항의 동양이라는 두 가지 계기를 갖는다. 그리고 다케우치는 각각의 동양을 일본과 중국에 배분하며 두 사회를 정반대로 평가했다. 중국은 일본과 달리 이차적 저항으로 서양화에 뒤처졌지만 자신의 근대를 개척해갔다는 것이다. 「근대란 무엇인가」의 부제는 '일본과 중국의 경우'다. 여기서는 우등생식으로 한번 패하자 저항을 내려놓고 '근대화'에 매진한 일본과 저항을 지속하여 패배를 거듭하고 패배했다는 사실을 잊으려는 자신에게마저 저항하여 자신의 근대를 성취하는 중국이 대비된다.

이러한 일본과 중국 근대의 비교는 「방법으로서의 아시아」에서도 이어진다. 다케우치는 말끝을 흐렸지만 이미 거기에는 아시아를 방법으로 사유하기 위한 단서가 마련되어 있는 것이다. 바로 '방법으로서의 중국'이다. 따라서 「방법으로서의 아시아」에서 중국과 관한 내용을 소거한다면 '방법으로서의 아시아'는 그저 그럴듯한 수사가 되어 버린다. 그러나 그가 중국과 어떻게 대면했는지를 읽어낸다면, 오늘날에도 여전히 귀중한 사상의 자원을 얻을 수 있다.

「방법으로서의 아시아」의 전반부는 다케우치가 어떤 연유로 중국에 관심을 갖게 되었는지와 더불어 '학문'을 대하는 그의 태도가 나온다. 그에게 중국연구란 중국에 관한 지식을 축적하는 일이 아니라 자신의 지적 감도를 시험하는 일이었다. 그는 자신이 지나문학을 전공하게 된 경위를 밝힌 뒤 '문학'을 독특하게 정의한다. "제 전공은 문학입니다만, 저는 문학을 넓게 봅니다. 어떤 나라의 사람들이 생각하거나 느끼는 방식, 나아가 그것을 통해 좀 더 깊은 곳에 있는 생활 자체, 그것을 연구 대상으로 삼는 학문 말이죠. 사물 쪽에서 생활을 보는 게 아니라 마음의 면에서 생활을 응시해야 문학이다, 이런 태도로 연구를 해왔습니다."[40]

그가 독특한 문학관을 갖게 된 계기는 유학 체험이었다. 그는 유학하는 동안 중국 사회생활의 주름진 곳으로 진입하지 못한다는 무력함을 느꼈으며, 그 무력함에서 출발해 문학의 과제를 설정했다. 그것은 혼한 지역 연구와는 다른 태도다. 즉 다케우치는 대상을 자기 지식에 끼워 맞추는 것이 아니라 대상 속으로 진입하지 못한다는 사실로부터 자기 지식의 감도를 되물었다. 그리하여 그는 말한다. "그때까지 저는 중국을 공부해 일본인이 지닌 중국에 대한 인식상의 결핍 혹은 오류를 고쳐나가 학문의 성격을 바꿔가겠다고 목표를 세워두었습니다. 종래에도 한학이나 지나학이 있었지만 그런 죽은 학문 말고 실제로 살아 있는, 이웃의 인간이 지니는 마음을 탐구해 우리의 학문 자체를 바꿔가겠다는 것이 그때까지 제가 지닌 바람이었습니다."[41]

그리고 "그때" 이후 다케우치는 중국 연구에서 다음 걸음을 내딛는다. "그때"란 1945년의 패전을 가리킨다. 패전 후 다케우치는 일본의 근대화 과정이 어디서부터 뒤틀렸는지를 파고들겠다고 마음먹었다. 그 작업을 위해 일본과 중국의 근대를 비교한 것이다. "후진국의 근대화 과정에는 둘 이상의 형태가 있지 않을까. (⋯) 일본의 근대화는 하나의 형태가 될 수는 있어도 동양의 여러 나라 혹은 후진국이 근대화하는 유일하고도 절대적인 길은 아니며, 그 밖에도 다양한 가능성과 길이 있지는 않을까 생각했던 것입니다."[42]

다케우치는 일본의 근대를 해명하려면 '서양 대 일본'이라는 기존의 이항대립이 아니라 중국을 참조하여 새로운 분석틀을 짜야겠다고 생각했다. "저는 근대화의 두 가지 형태를 생각할 때 이제껏 그래왔듯 일본의 근대화를 서구 선진국하고만 비교할 일이 아니구나 생각했습니다. 학자만이 아니라 보통의 국민들도 그랬습니다. 정치가도 경제계 인사도 모두 그런 식이어서, 정치 제도는 영국이 어떻고 예술은 프랑스가 어떻고 하며 곧잘 비교하곤 했지요. 그런 단순한 비교로는 안 됩니다. 자기 위치를 확실히 파악하려면 충분치 않습니다. 적어도 중국이나 인도처럼 일본과 다른 길을 간 유형을 끌어다가 세 개의 좌표축을 세워야 겠구나, 그 당시부터 생각했습니다."**43**

'서양 대 일본'이라는 이항대립은 오늘날 지역학의 틀에서 익숙하게 접할 수 있다. 그 경우 서양을 중심으로 방사형의 좌표평면이 만들어져 기타 지역들은 서양을 준거 삼아 자기를 인식한다. 그러나 다케우치는 말한다. "단순한 이원 대립이 아니라 좀 더 복잡한 틀을 세워야 하지 않 겠느냐고 당시 생각했습니다."**44** 즉 보편과 특수를 서양과 비서양에 배 분하는 것이 아니라 보편/특수의 관계를 근저에서 묻고자 서양과의 관 계에서라면 또 하나의 특수에 놓일 중국을 참조축으로 도입한 것이다. 중국을 끌어들인다면 일본의 근대는 달리 표상될 수 있으며, 일종의 전 위轉位가능성을 경험하게 된다. 이후의 진술은 「근대란 무엇인가」의 내 용과 크게 다르지 않다. 성공적이라 여겼던 일본의 근대화는 실상 서양 의 것을 빌려오고 흉내 낸 것에 불과하지만, 중국은 서양을 따라가기를 거부해 뒤처졌으나 보다 튼실하게 자신의 근대를 일궈냈다는 것이다.

그러나 이러한 다케우치의 중국 평가를 두고서는 이견이 많다. 중국 의 근대를 지나치게 이상화했다는 것이다. 그는 루쉰을 매개 삼아 중국 을 이해했으며, 일본인의 주체성과 일본의 근대를 사상적으로 되짚을 때 일본 상황의 열악함을 부각하는 참조축으로 중국을 끌어들였다. 확 실히 이처럼 이상화, 차라리 기능화된 그의 중국이해는 실제의 중국으 로부터 괴리될 수도 있었다. 더욱이 '중국의 굴기'가 현실화되고 있는 지금 다케우치의 '저항하는 중국'을 액면 그대로 받아들이기는 어렵다.

하지만 다케우치는 저항하는 중국, 뒤처진 근대에서 한 가지 사상의 가능성을 길어올리고자 했으며, 그것은 오늘날의 동아시아론에 몹시 중요한 시사점을 갖는다. 뒤처진 자는 앞서간 자가 자명시하는 것들을 의심할 수 있는 사상의 계기를 쥔다는 것이다. 서양에서는 근대가 오랜 시간 축적되어(그렇다고 여겨져) 그 성격이 은폐되어 있지만, 서양의 외부에서는 몹시 압축적으로, 더구나 폭력을 동반하여 진행되었기 때문에 근대의 실상이 노출된다. 그 조건에서 지체를 만회하고자 서양을 분주하게 뒤좇을 수도 있지만, 뒤처졌다는 한계에서만 가능한 근대 비판의 계기를 움켜쥘 수도 있다. 그 후자가 다케우치가 이해한 루쉰의 문학이며, 아시아 '근대성'의 진실된 모습이다.

또한 다케우치는 중국의 근대를 '방법'으로서 도입했다. 즉 '방법으로서의 중국'은 '보편 대 특수' '서양 대 일본'이라는 구도에 주박당한 세계 인식을 뒤흔들고, 근대 과정에 새겨진 식민성과 폭력성을 일깨우도록 만들었다. 일본의 근대화에서 아시아를 방법이 아닌 실체로 삼을 때 그 정치적 귀결은 집단방위권을 설정하고 서양에 맞선다는 명목 아래 주변 지역을 식민화하고 전쟁에 동원하는 것이었다. 서양이라는 '보편'의 거울에 자기를 '특수'로서 비추는 한 일본이 가질 수 있는 욕망의 최대치는 주인-노예의 관계에서 주인의 위치로 자리를 옮겨가는 것이었다. 그러나 다케우치는 「근대란 무엇인가」에서 말한다. "노예는 자신이 노예라는 자각을 거부하는 자다. 그는 자신이 노예가 아니라고 생각할 때 진정으로 노예다. 노예는 자신이 노예의 주인이 되었을 때 완전한 노예 근성을 발휘한다."[45] 그러한 노예 근성이 발휘되는 패권의 장이 아시아였던 것이다.

그러나 이것은 비단 일본의 근대화에만 한정된 문제가 아니다. 현재 '동아시아'는 주도권을 둘러싼 경합 가운데 배타적 범주가 되어가고 있다. 특정 기준에 따라 실체화되는 동아시아는 권력화될 것이다. 그러나 다케우치가 아시아를 방법으로 삼았을 때 그것은 '서양 대 동양'이라는 구도가 함유한 독소를 직시하기 위해 성찰적 지평을 마련하고, 서양을 척도 삼아 경주해온 근대화의 노정을 되묻고, 이곳의 역사 속에서 서양의 근대마저도 역사화하기 위한 시도였다.

우리는 여기서 다시 이중의 저항으로 돌아간다. 서양이라는 타자를 거부하지만 서양을 뒤쫓아 자신을 실체화한다. 이것이 일차적 저항이고 근대화와 민족주의의 모습으로 드러난다면, 이차적 저항이란 서양이라는 타자에 저항하는 동시에 자신의 실체화 역시 거부하는 운동일 것이다. 그 운동은 어떻게 표상 가능할 것인가. 답하기는 쉽지 않지만, 다케우치의 아시아가 그 운동의 궤적을 그려내는 '방법'이 되어주지 않을까.

7. 이차적 저항과 한국발 동아시아론의 가능성

이제 다케우치 요시미의 아시아를 동아시아로 옮겨올 차례다. 다케우치는 아시아를 지리적 실체도, 문화권도, 권력의 쟁탈장도 아닌 자기비판의 방법이자 자타 관계의 새로운 타개책으로 내놓았다. 우리는 다케우치의 아시아를 지금의 동아시아로 번역해내야 한다. 그런데 아시아를 하위 범주인 동아시아로 번역해내는 일은 어떻게 가능한가.

먼저 동아시아가 내어주는 지리적 실체감에 안주하지 말아야 한다. 아시아는 지리적 윤곽이 뚜렷하지 않다. 아시아는 서양the West이 아닌 기타the Rest에 속하는 서양의 잔여 범주다. 그리고 패배하고 뒤처진 이름이다. 다케우치는 실체화하기 어렵다는 아시아의 모호성을 탈근대=탈식민을 모색하는 사고의 계기로 삼았다. 동아시아의 '동' 역시 어느 나라가 거기에 속하느냐는 배제적 논리로 기능해서는 안 된다. '동아시아란 무엇인가'라는 물음에 나라 이름을 나열하여 답한다면, 그것은 결국 패권을 둘러싼 경합의 장이 되고 말 것이다. 동아시아의 '동'은 지리적 한정이 아니라 문제의식의 초점과 긴박성을 담기 위한 말로 풀이되어야 한다.

결국 '동아시아란 무엇인가'라는 물음은 우리를 유동적 상황으로 이끌어가는 매개다. 궁극적으로 답에 이르지 못할 물음이나, 답에 이르지 못한다는 자각을 지닌 채로 그 물음을 간직할 수 있다면, 그 물음은 우리를 기존의 학문적 감각으로는 포착할 수 없는 장으로 견인해갈 것이다. 동아시아는 각 사회가 서로를 마주보고 참조하며 서로의 변환 지점을 표시해주는 지평이다. 서로 다른 의미와 의지가 오가고 충돌하는 장이며, 이질성을 확인하고 소통하는 공간이다.

다케우치에게는 중국이 바로 그런 아시아였다. 일본은 누구에게 추궁 받아야 자기 인식과 타자 인식을 쇄신할 수 있는가. 그 실감의 상대가 중국이었다. 일본은 패전했다. 그러나 중국에 패배했다는 사실은 애써 외면했으며, 중국을 향한 멸시감은 가시지 않았다. 그렇기에 다케우치는 일본의 주체성을 부단히 공박할 매개체로서 이른바 문명국이나 서구의 승전국이 아닌 중국을 끌어 왔다. 그때의 중국은 중화인민공화국이기 이전에 다케우치가 사상적으로 조형해낸 루쉰적·저항적 중국이었다.

바로 '주변에서 본 동아시아'론은 한국의 상황에 근거하여 다케우치가 해석한 (꼭 중국이 아니더라도) '중국과의 관계'를 발견해내야 한다. 거기서 맞닥뜨려야 할 물음은 이것이다. 주변자가 주변성에 의지하지 않고도 중심-주변의 구도를 사고할 수 있는가, 피해자가 피해의 경험에 의존하지 않은 채 가해-피해의 구도를 넘어설 수 있는가. 앞서 중심-주변의 구도와 관련해 대국인 중국과의 관계는 언급한 바 있다. 이제 가해-피해의 구도에 관해 일본과의 관계로 초점을 옮겨보자.

'기억의 동아시아'. 과거를 소환해내는 동아시아론에서는 으레 일본이 한 축으로 놓인다. 한국에서 민족주의의 발산 경로가 필요할 때 일본은 가장 편리한 대상이다. 한국의 민족주의에는 한국과 일본의 '일대일 구도'를 유지하며 그 안에 머물고자 하는 욕구가 있다. 일본을 상대로라면 피해자로서 도덕적 우위를 가질 수 있으며, 그것이 한국민족주의가 믿고 있는 자기정당성의 근거가 된다. 그러나 도덕적 우위는 가해-피해의 관계 안에서만 유효할 뿐 그 관계를 떠난다면 효력을 상실한다. 그리하여 한국의 민족주의는 존재의 불안을 희석하고자 일본과의 가해-피해 구도를 재생산한다.

그러나 일본과의 '일대일 구도'에 다른 참조틀을 도입하면 한국의 민족주의는 제대로 기능하기 어려워진다. 가령 현재 민족주의의 구도를 한국 → 일본 → 북한 → 미국(한국이 일본을, 일본이 북한을, 북한이 미국을 적대의 축으로 삼는다)이라고 단순화해본다면, 그리고 이런 사정으로 서로의 민족주의가 서로를 마주보지 못한다면, 이 구도에 중국 내지 타이완을 들일 경우 상황은 복잡해지고 각각의 민족주의는 정당성의 근거가 흔들릴 것이다.

더욱 중요한 문제는 '한국 대 일본'이라는 구도에 안주하려는 민족주의적 욕망이 사고에 제약으로 작용한다는 사실이다. 그것은 한국에서 지역인식의 확장과 쇄신을 가로막고 있다. 어떤 의미에서는 친일의 역사를 청산하는 작업만큼이나 '한국 대 일본'이라는 대립 구도를 깨뜨리는 것이 진정한 탈식민의 과제일지 모른다. 그 구도에 붙들려 거기에 머무르려는 태도가 식민성의 구조를 재생산하기 때문이다. 마치 '서양 대 동양'의 구도가 서양의 정치적 통제가 사그라든 오늘날에도 정신적 족쇄로서 동양을 옭아매고 있듯이 말이다. 그리하여 우리는 다시 다케우치의 이차적 저항을 상기해야 한다. 바로 식민과 제국의 구도는 다케우치가 내놓은 동양과 서양의 구도와 겹쳐지기 때문이다. 또한 이차적 저항 속에서 한국발 동아시아 담론의 가능성을 모색하기 위해서이다.

식민지와 제국의 관계는 비대칭적이다. 식민지는 제국을 자기 바깥의 대상으로 인식하지만, 제국에게 있어 식민지는 자기 인식의 연장이다. 또한 서양의 근대 과정이 그러했듯 제국은 자기로부터 벗어나 영토를 확장하기 때문에 탈민족적 사유의 장을 만들어낸다. 그러나 결국 제국주의는 한 민족이 다른 민족을 포섭하는 형태로 전개되어 민족 간의 대립을 야기하고 그 대립을 거쳐 제국과 식민지에는 국민의 서사가 만들어진다.

여기서 다케우치의 '일차적 저항'을 식민지 상황에 도입한다면 그것은 민족 독립의 투쟁이 될 것이다. 민족 독립 투쟁은 제국에 대한 투쟁이며 제국에 보이는 투쟁이다. 그렇다면 '이차적 저항'은 무엇일 것인가. '일차적 저항'이 국권 상실의 경험에서 국가를 되찾으려는 운동이라면, '이차적 저항'이란 상실한 것을 결여의 형태로 간직하고 있는 게 아니라 그 결여마저 상실함으로써 국가를 단위로 하지 않는 다른 가능성을 움켜쥐는 것이 아닐까. 이러한 식민지의 이차적 저항을 제국은 표상할 길이 없을 것이다.

서양과 동양의 관계가 그렇듯 식민지의 세계(표상)는 늘 제국의 세계보다 작다. 그러나 제국이 넓은 세계의 시야를 가질 때 '이차적 저항'을 통해 식민지는 제국이라면 가질 수 없는 어떤 깊이를 경험할 수 있지 않을까. 달리 말하자면 탈국가화·탈영토화라는 식민지의 경험이자 한계를 식민지의 가능성을 사고하는 역사적 자산으로 삼을 수는 없을까.

이런 발언은 자칫 말장난이 되기 쉬우며, 이런 발상은 역사의 무게를 홀시하는 후대 인간의 망상에 머무를지 모른다는 사실을 알고 있다. 그러나 과거의 역사를 가볍게 다루기 위해서가 아니라 오늘의 현실을 무겁게 여기기에, 무리인 줄 알면서도 그런 생각을 거둬들일 수가 없다. 즉 지금의 조건에서 탈식민을 묻고자 하는 것이다. 피해자가 피해를 받았다는 사실을 자기정당성의 근거로 붙들고 있는 한 이차적 저항의 계기는 만날 수 없다. 분명 역사의 잘잘못을 가리고 죗값을 치르고 식민성을 극복하는 일은 동아시아의 당면 과제다. 그러나 각 사회는 다른 방식으로 동아시아의 과제와 만난다. 한국의 경우 피해당했다는 기억이 동아시아 인식, 세계 인식에 제약을 안긴다면, 탈식민은 일본이 반성하고 사죄한다고 이루어지는 것이 아니다.

진정한 탈식민이란 제국을 향해 그 잘못을 비판할 뿐만 아니라 제국의 위치에서는 보이지 않는 가능성을 자신의 한계상황에서 발견하고 거기서 사상을 빚어내 제국에로 '되먹이는' 것이다. 다케우치가 「방법으로서의 아시아」 말미에서 아시아의 가능성을 암시했듯이 말이다. 아시아는 방법이다. 무엇보다 '주체 형성'의 방법이었다. 다케우치는 서양이 실현하지 못한 보편성을 서양에 대해서조차 실현하고자 아시아를 방법으로 삼았으며, 그때 아시아는 서양과 대립하기보다 서양을 '되감는다.' 인류는 동등하다. 그러나 평등은 실현되지 않았다. 그 사실을 절감하는 곳이 아시아였으며, 그 비대칭 구조를 자각해야 다케우치의 아시아였던 것이다. 정치공동체는 동등하다. 그러나 착취와 억압은 끊이지 않는다. 그 사실을 자각하는 곳이 식민지다. 사상의 언어로 다시 쓰인 아시아처럼 사상의 위상에서 다시 사고될 식민지는 비대칭적 구조로 인해 한계에 놓이지만, 그 한계를 통해서만 억압구조의 와해에 이르려는 고투의 장인 것이다.

이것은 지나간 역사를 어떻게 받아안을 것인가의 문제만이 아니다. 대국과 소국, 중심 대 주변이라는 비대칭적 관계가 가로놓인 동아시아의 현실을 사고할 때도 긴박한 문제다. 한국은 주변성이라는 한계에 내재함으로써만 사상의 계기를 획득할 수 있다. 그것을 위해서는 지나간 식민지 체험과 근대 이식의 계보를 거슬러올라가 지금의 동아시아론 안에 잠재하는 중심을 향한 욕망을 직시해야 한다. 그 과정을 거쳤을 때 한국은 동아시아에 내재화될 수 있으며, 동아시아도 한국에 내재화될 수 있을 것이다.

8. 사상의 연대로

한국의 동아시아. 다케우치를 경유한 우리는 이제 동아시아 속의 한국, 중국, 일본만이 아니라 한국, 일본, 중국의 동아시아를 묻는다. 이때 '의'는 소유격도 동격도 아니다. 그때 동아시아는 자기 사유의 한계와 만나는 곳이다. 따라서 한국의 동아시아는 일본의 동아시아, 중국의 동아시아와 다르다. 동아시아가 자기비판의 지평이라면, 일본에는 외면했던 아시아와 마주보고 멸시했던 이웃나라에 대한 시선을 바로잡는 일이 자기비판의 방식이 되겠지만, 한국은 일본과의 관계를 중심으로 재생산해온 동아시아 인식을 극복하는 일이 관건이 될 것이다. 중국에는 국력과 지리상 육중함으로 말미암아 주변의 관점을 어떻게 수용할 수 있는지가 문제로 부상하겠지만, 한국은 국가로서의 주변성이라는 조건에서 중심 국가를 욕망하는 것이 아니라 어떻게 다른 위상과 양상의 주변성으로 이해를 심화해갈 수 있는지를 과제로 갖게 될 것이다. 그런 의미에서 서로가 갖는 '사상 과제로서의 동아시아'는 다르며, 서로의 변환지점을 표시하는 장으로서 동아시아는 존재할 것이다.

그렇다면 왜 이 모두를 구태여 동아시아라고 명명하는가. 본래의 정의로부터 한정 없이 멀어졌는데도 왜 다른 말로 대체하지 못하는가. 그것은 첫째, 이 지역의 각 사회는 서로가 서로에게 문제의 항으로서 존재하기 때문이다. 동아시아는 서로를 참조항으로 삼아 입체화되는 사상의 공간이다. 참조 과정에서 자신을 기준으로 타자를 평가하지 않고, 서로의 차이를 발견하되 자기 내부의 차이도 드러나 자신을 분절화하는 계기다. 그렇게 임계점에 이르러 자기동일성에 균열이 일어나는 것, 그것이 다케우치 요시미가 아시아를 '방법'이라고 불렀던 의미다. 역사적 착종관계와 현실의 적대성, 상호이해의 낙차를 품고 있는 각 사회는 서로를 매개해야 자기 사고의 한계와 대면할 수 있다. 동아시아는 내부의 시선만으로는 열리지 않는다. 서로 간의 시선들이 교차할 때야 비로소 열리는 공간이다.

둘째, 사상적 연대를 기도하기 위해서다. 동아시아의 연대는 '동아시아 공동의 인식'을 모색한다는 섣부른 기대로 성사될 수 있는 일이 아니다. 지리적·역사적·정치적 규모와 사회체계의 차이로 말미암아 각 사회의 표상은 그대로는 교환 불가능하기 때문이다. 또한 자기 사고의 한계와 대면하기 위해 각 사회가 출발하는 곳도 도착할 곳도 다르다. 더욱이 무거운 역사 기억, 영토 문제, 근대화를 향한 각축 가운데 각 사회 사이에는 적대성이 어지러이 깔려 있다. 이 조건 속에서 연대는 어떻게 가능한가. 대립하면서도 대립하기에 도리어 하나를 이루는 이곳에서 연대를 이뤄내려면 '동아시아 공동체'와 같은 섣부른 협력의 요구가 아니라 아득하니 어려운 사상적 실천을 모색해야 할 것이다. 어쩌면 화해가 아닌 긴장 관계를 연대의 한 가지 모습으로 읽어내는 사상의 감도가 필요할는지 모른다.

이렇듯 각 사회가 처한 현실이 다르다면 기도할 수 있는 연대는 '조건의 연대'가 아닌 '고민의 연대'일 것이다. 즉 같은 조건을 공유하기에 가능한 연대가 아니라 조건은 다르지만 서로의 고투의 농도 그리고 심도가 닿는 연대다. 그리하여 중요한 과제는 공동의 조건을 확인하거나 이념을 공유하는 것이 아니라 타자의 고투를 나눠 갖는 일이다. 그러나 다시 말하건대 그 고투의 내실을 그대로 나눠 갖는 일은 비대칭성, 적대성, 몇 겹의 분단선으로 인해 불가능하다. 따라서 서로의 고투는 서로에게 번역되어야 한다. 그런 번역이 가능하려면 자기전환을 겪어야 한다. 나는 그 번역의 장을 동아시아라는 말이 아니고서는 달리 부를 방법이 없다.

그리고 이 글 또한 '방법으로서의 동아시아'라는 제목을 피해가기가 어렵다. 다케우치 요시미를 흉내 내는 것이며 이미 남들이 사용한 제목이지만, '로서의'라는 일본어 어감을 대가로 지불하고서라도 이 제목을 택해야 한다. 반세기가 지났지만 「방법으로서의 아시아」를 전편으로 삼아 그가 말끝을 흐린 곳을 채워넣고 후편을 이어 쓰는 것, 그것이 내가 가야 할 동아시아이기 때문이다. 따라서 '방법으로서의 동아시아'는 아직 쓰지 못한 미래의 글을 위한 제목이기도 하다.

주

1) 박노자,『우리가 몰랐던 동아시아』, 한겨레출판사, 2007, p.20.

2) 최원식,「탈냉전시대와 동아시아적 시각의 모색」,《창작과비평》79호, 1993, p.205.

3) 백영서,「주변에서 동아시아를 본다는 것」,『주변에서 본 동아시아』(정문길 외 엮음), 문학과지성사, 2004, pp.14-5.

4) 백영서 ,『동아시아의 귀환』, 창비, 2000, pp.50-1.

5) 백영서, 같은 책, p.66.

6) 박노자,『우리가 몰랐던 동아시아』, p.22.

7) 쑨거,「왜 '포스트 동아시아'인가?」,『사상이 살아가는 법』, 윤여일 옮김, 돌베개, 2013, p.323.

8) 지역학에 대한 논의는 펑 치아, 권순모 옮김,「보편적 지역 – 변화하는 세계에서의 아시아 연구」,《흔적》1호(2001)를 참조하라.

9) G. W. F. 헤겔,『역사철학강의』, 권기철 옮김, 동서문화사, 2008, pp.61-2.

10) 야마무로 신이찌,「국민국가 형성의 삼중주와 동아시아세계」,『여럿이며 하나인 아시아』, 임성모 옮김, 창작과비평사, 2003, pp.93-100.

11) 류준필,「복안의 동아시아론」,《황해문화》63호, 2009, p.444.

12) 백영서,「주변에서 동아시아를 본다는 것」,『주변에서 본 동아시아』, p.36.

13) 최원식,「주변, 국가주의 극복의 실험적 거점 – 동아시아론 보유」,『주변에서 본 동아시아』, p.321.

14) 최원식,「한국발(發) 또는 동아시아발(發) 대안? – 한국과 동아시아」,『문학의 귀환』, 창작과비평사, 2001, p.381.

15) 백영서,「중국에 '아시아'가 있는가?」,『동아시아의 귀환』, p.65 주39.

16) 천꽝싱,『제국의 눈』, 백지운 외 옮김, 창비, 2003, p.60에서 재인용.

17) 백영서,「주변에서 동아시아를 본다는 것」,『주변에서 본 동아시아』, p.16.

18) 백영서,『동아시아의 귀환』, p.34.

19) 백영서,「진정한 동아시아의 거처:20세기 한중일의 인식」, 최원식 · 백영서 엮음

『동아시아인의 '동양' 인식』, 문학과지성사, 1997, p.12.

20) 같은 글, p.13.

21) 백영서, 『동아시아의 귀환』, p.64.

22) 같은 책, pp.63~4.

23) 백영서, 「주변에서 동아시아를 본다는 것」, 『주변에서 본 동아시아』, p.18.

24) 최원식, 「주변, 국가주의 극복의 실험적 거점」, 같은 책, pp.332-33.

25) 다케우치 요시미, 「근대란 무엇인가」, 『다케우치 요시미 선집 2』, 윤여일 옮김, 휴
    머니스트, 2011, p.218.

26) 같은 글, p.219.

27) 같은 글, p.220.

28) 같은 글, p.224.

29) 같은 글, p.222.

30) 같은 글, pp.224-25.

31) 같은 글, pp.234-35.

32) 다케우치 요시미, 「방법으로서의 아시아」, 『다케우치 요시미 선집 2』, p.64.

33) 같은 글, p.64.

34) 다케우치 요시미, 「근대란 무엇인가」, 『다케우치 요시미 선집 2』, p.226.

35) 같은 글, p.230.

36) 같은 글, p.230.

37) 같은 글, p.263.

38) 같은 글, p.239.

39) 같은 글, pp.233-34.

40) 다케우치 요시미, 「방법으로서의 아시아」, 『다케우치 요시미 선집 2』, p.34.

41) 같은 글, pp.37-8.

42) 같은 글, p.40.

43) 같은 글, p.47.

44) 같은 글, p.48.

45) 다케우치 요시미, 「근대란 무엇인가」, 『다케우치 요시미 선집 2』, p.250.

2. 근대문학과 동아시아적 시각

구모룡(동아시아학, 한국해양대 교수)

나무와 파도

프랑코 모레티는 문화사를 설명하기 위하여 나무와 파도의 은유를 동원한다[1]. 다윈에서 유래하는 계통발생론적 나무는 비교문헌학의 도구였다. 파도 역시 역사적 언어학(가령 언어들 사이의 중복을 설명하기 위한 '파도 가설')과 기술의 분산이나 농업의 확산을 설명하는(예를 들어 '진보의 파도' 이론) 뿌리 은유root metaphor로 활용된다. 나무와 파도. 그러나 이들은 은유라는 점을 제외하면 아무런 공통점을 지니지 않는다. 나무는 통일성에서 다양성으로의 이행을 표현하는 반면 파도는 최초의 다양성을 삼키는 동일성으로 관찰된다. 나무는 지리학적 불연속성을 요구한다. 이와 달리 파도는 장벽을 좋아하지 않으며 지리학적 연속성 위에서 번성한다. 나무와 가지들은 국민국가가, 파도는 시장이 집착한다.

하지만 이들은 둘 다 함께 작동한다. 문화사는 나무들과 파도들로 구성되어 있다.

나무와 파도. 모레티는 이들을 세계 문화를 형성하는 두 가지 기제를 나타내는 은유로 제시한다. 세계 문화는 이 둘의 기제 사이에서 동요하며 불가피하게 혼합적이라는 것이다. 예를 들어 근대소설의 경우 그는 이를 확실한 파도라고 말한다. 그렇지만 곧바로 그는 이러한 파도는 지역적인 전통들의 가지들과 만나고 그들에 의해 중대한 변형을 겪는다는 지적을 덧붙인다. 그가 지적하고 있듯이 나무와 파도는 민족문학과 세계문학에 대한 노동 분할을 의미하기도 한다. 나무들을 보는 사람들에게 민족문학이, 파도들을 보는 사람들에게 세계문학이 대응한다는 것이다. 그리고 이들이 함께 작동한다는 점에서 그 결과물들은 항상 혼합적이라고 말한다. 그럼에도 그는 다음과 같은 질문을 던지고 있다. "무엇이 이 혼합물에서 지배적인 기제인가? 내적인 것인가 혹은 외적인 것인가? 민족인가, 세계인가? 나무인가, 파도인가?"

모레티의 이러한 질문은 "세계는 하나이며 문학도 하나"라는 그의 관점에서 그리 심각한 것은 아니다. 그러나 그의 질문은 세계문학과 무관한 듯 민족문학의 소우주를 그려온 우리의 전통에서 방법과 관점의 쇄신을 만들 계기가 될 수 있을 것이다. 민족문학 혹은 지역문학에 대한 새로운 지적 도전이 요청되는 것이다. 이러한 요청과 관련하여 모레티는 '멀리서 읽기'distant reading라는 방법을 제안한다. 텍스트, 정전 그리고 '가까이 읽기'close reading의 한계에서 벗어나 지식의 조건이 되는 거리를 만들라는 것이다.[2] 그러나 모레티의 세계문학적 관점이 우리에게 적실한 해답을 준다는 것은 아니다.[3] 그의 은유에서 보듯 그는 그 어떤 헤게모니의 방향을 시사하고 있기 때문이다. 언젠가 파도에 쓸려갈

나무라는 슬픈 이야기라면 우리가 쉽게 받아들이기 어려울 것이다.

　동아시아라는 맥락을 생각하자는 것은 나무와 파도가 만드는 복합적 국면을 보다 구체적으로 보자는 것이다. 이는 궁극적으로 적정한 거리에서 두껍게 다시 쓰기라는 문제인식과 이어진다. 이래서 동아시아는 방법, 지적 실험 그리고 프로젝트 등의 개념에 상응한다.[4] 한국 근대문학 연구에 있어서 그동안 동아시아적 맥락을 고려한 비교 연구(관계론, 관련 양상 연구)가 없었던 것은 아니다. 하지만 민족주의와 근대주의가 서로 분리되어 개입하는 과정에서 많은 문제들이 파생된 것도 사실이다. 다시 말해서 민족주의적 입장에서 복합 국면을 단순화한 측면이 있거나 근대주의적 입장의 특권적 시선에 의한 소급 적용과 왜곡이 있었던 것이다. 이러한 점에서 동아시아적 맥락은 '민족주의와 근대주의에 호명당하는 주체'로서의 근대문학 개념을 극복하고 복합적인 형성 과정에 주목하기 위한 방법으로 제시된다.

근대문학 연구 방법 반성

　우리가 현대와 다른 개념으로 근대를 사용한다면, 근대는 대체로 19세기 중반에서 20세기 중반까지에 이르는 시기로 보는 데 대부분 동의할 것이다. 이 시기 동아시아는 격변의 와중에 놓여 있었기에, 오랜 세월 동아시아의 역사를 통찰해온 노학자가 근대 동아시아사 전체를 관통하는 특징을 '시간과의 경쟁'이라는 말로 집약하고 있음에 주목하게 된다.[5] 비록 지난 역사를 서술하는 데 쓰인 말이지만 경쟁의 시간에 사로잡힌 근대의 종국에 대한 의문을 유발하기에 족하다. 확실히 근대는 시간의 문제였다. 누가 먼저 서구 근대를 받아들이느냐가 역사 주역의 관건이 된 것이다. 이러한 점은 동아시아에서 오랜 모순으로 남게 된 —일본의 탈아脫亞를 가능하게 한—행운의 시간을 상기하게도 한다. 가토 슈이치의 지적처럼 일본인의 반응이 빨랐다는 것과 상대방이 경황이 없었다는 것, 둘 중에 어느 하나가 빠졌더라도 일본은 구미의 압력에 저항할 수 없었을 것이다. 19세기 후반, 프랑스가 프로이센과 보불전쟁을 치르고 미국이 내전을 겪던 와중에 일본은 근대화의 시간을 벌수 있었고[6] 마침내 서구 모방을 통하여 제국주의의 길을 걷게 된 것이다. 근대에 관한 한, 조선의 시간은 일본의 시간과 비교될 수 없었다. 이러한 사정에 비춰 조선의 근대는 일본적 근대와 서구적 근대가 중층 결정된 것이라 할 수 있을 것이다.

근대문학 연구에 있어 근대성의 문제는 핵심적 과제이다. 이러한 근대에 대한 자각은 서구라는 타자와의 충격적 만남에 의해 가능했다. 아시아는 서구라는 거울에 자신을 비춰보기 시작하면서 스스로의 문명적·문화적·민족적·국민적 정체성을 찾아갈 수 있었던 것이다.[7] 조선의 경우 서구와 서구화한 일본과의 접촉에서 국민국가nation-state로 가는 길을 차단당하고 식민지로 전락함으로써 근대와 민족에 대한 인식에서 매우 복잡한 과정을 남긴다. 이러한 점을 감안하여 근대문학을 설명하는 데 동원되고 있는 내재적 발전론(혹은 이의 연장선에 있는 식민지 수탈론), 이식론(혹은 이와 같은 문맥의 식민지 근대화론)을 비판적인 관점에서 검토하고 민족주의에 기초한 일국주의적 입장과 이를 통한 비교 연구의 한계를 고찰하는 일이 요구된다.

내재적 발전론과 이식론

내재적 발전론이 추구하는 자생적 근대 찾기의 노력은 일국적 차원에서 가능한 일이나, 가정을 허락하지 않는 것이 역사라는 점에서 분명한 한계를 지녔다. 우선 자력으로 근대로 갈 수 있는 길이 외적 강제에 의해 차단되거나 왜곡되었다는 역사 밖의 전제가 문제이고, 다음으로 외재적 기준에 의해 탐구의 대상이 판별되었다는 점에서 오리엔탈리즘과 무연하지 않다는 것이 문제이다. 즉 내재적 발전론은 실제 역사와 다른 가정과 외재적 시점을 지니고 있다. 강상중에 따르면 내재적 발전론은 정체된 비서구 사회의 심상지리가 그려지게 한다. 여기서 그의 다음과 같은 지적을 경청할 필요가 있을 것이다. "국민경제와 중첩되는 견고한solid 사회에 내재적 발전이라는 지적 틀은 발전 단계의 차이를 낳는 비서구 사회의 역사적인 본질에 대한 해명으로 나아가게 되는 것이다. 여기에서 근대 오리엔탈리즘은 '일종의 비교연구'가 된다."[8] 물론 내재적 발전론의 의의를 전적으로 무시할 수는 없을 것이다. 내재적 발전론이 대상으로 삼은 역사적 시기야말로 근대의 본질을 알려주고 근대 극복의 계기를 제공하는 처소라는 점에서 여전히 주목의 대상이 되기 때문이다. 다시 말해서, 내재적 발전론이 연속성의 계기를 만들고 있는 역사적 시기에 대한 재검토가 요청되고 있는 것이다.[9]

실제에서 이식론이 재평가되는 것은 마땅한 이치이다.[10] 김철은 임화의 이식론에 대한 전통주의자(혹은 내재적 발전론자)들의 비판이 "축구 시합에 졌다고 축구 해설자를 비난하는 일"과 같다고 비꼰다. 이처럼 조선이 세계체제로 강제 편입된 것은 시간과의 경쟁에서 패배한 입장에서 피할 수 없는 일에 속한다. 임화의 발 빠른 적응을 기분 나빠하기에는 근대의 시간이 너무나 급박했던 것이다. 임화의 이식론은 단순한 단절론이 아니라 근대성 기획의 일환이었던 셈이다. 이광수 등과 함께 임화의 근대성은 세심하게 분석해야 할 사안이어서 쉽게 요약할 수 없는 일에 속한다. 하지만 여기서 분명한 한 가지 사실은 조선이 내재적인 역량과 무관하게 외적 강제에 의하여 근대화될 수밖에 없었다는 것이다. 세계체제의 주변부로서 피할 수 없었던 운명을 지녔다.

일국주의적 관점

내재적 발전론과 이식론은 동일한 기반을 공유하고 있다. 전자의 민족주의와 후자의 근대화는 조선 민족의 근대 문제라는 공통된 관심의 지평 위에 있는 것이다. 따지고 보면 이들 모두 근대화를 보편적 가치로, 또한 그 주체를 조선민족으로 설정하고 있다. 이러한 관점에서 근대·자본주의·식민지·민족이 함께 보일 리 없으니 주체인 민족의 자기 정체성에 대해 과도한 열광을 보이거나 보편적인 근대성의 획득 여부에 대해 관심을 집중하기도 한다. 모두 국민국가적 강제에서 벗어나지 못한다. 이럴 때 근대문학 연구는 사실을 떠나 새롭게 편집될 뿐이다.

민족주의적 입장은 현재의 내셔널리즘을 기억과 역사에 투사하여 자기동일성을 강화한다. 근대의 민족이 상상된 공동체라는 것은 두루 알려진 사실이다.[11] 동아시아의 경우 민족은 서구라는 타자에 의해 상상되기 시작한다. 이러한 과정에 문화는 중요한 장치가 된다. 언어, 출판, 교육, 문학 등을 통해 민족 동일성이 만들어지는 것이다. 말할 것도 없이 국어와 국문학도 이러한 상상된 민족 공동체의 이데올로기를 담보한다. 그런데 이처럼 가공된 민족주의는 기억과 역사를 왜곡한다. 중화주의 이데올로기가 중국의 신화들myths을 신화 체계Mythology로 변화시켰듯이[12] 이성시에 따르면 동아시아의 고대는 동아시아 국민국가의 역사 전유에 의한 '만들어진 고대'에 불과할 따름이다.[13] 근대문학 연구에 있어서 저항과 창조를 등질화하는 민족주의 이데올로기의 개입은 허다하다. 일국주의-민족주의-애국주의는 쉽게 접합한다.

근대성을 척도로 삼는 근대주의는 외재적 시점을 특권화한다. 이는 이론의 역사성을 배제하고 있기 때문에 식민적 근대에 대한 대안으로 서구적 근대를 모방하며, 서구 근대문학과 그 이론에 맞춰 조선의 근대문학을 해석하고 비판한다. 자주 문학의 자율성이나 미의 보편성을 해석의 근거로 제시하기도 하지만, 아직 없는 것을 있다고 하거나 발생론적 상황을 고려하지 않고 텍스트의 권력에 의존한다. 근대문학 연구에서 근대문학을 완결된 대상으로 보는 관점은 허다하다. 외재적인 것과 내재적인 것의 교섭과 혼합 그리고 협상 과정을 기술하기보다 외재적 관점에서 근대문학을 하나의 텍스트로 간주하게 되는 것이다. 따라서 근대주의적 관점에서 조선의 근대문학은 항상 미학적 미달 상태에 불과하다.[14]

비교 연구

모든 연구는 비교 연구라 할 수 있다. 주체의 입장이란 타자의 전제에서 형성되기 때문이다. 하지만 학적 방법으로 비교 연구를 상정할 때 비교는 우선 차이에 주목한다. 초기의 민족학자들은 대부분 한 지역과 다른 지역의 문화적 차이를 설명하는 데 주력하였다. 서구 학자들의 특권적 시선인 서구중심주의가 개입할 수밖에 없었는데 이는 나중에 같음을 추구하는 데 있어서도 피할 수 없었다.[15] 이러한 까닭에 비교 연구는 식민지 정책학의 방법으로 선호된다. 근대 일본의 식민지 정책학은 자신을 보는 쪽, 즉 서구에 입지점을 접근시켜 제국의 심상 지리를 형성한다. 이는 '보는 쪽=대표하는 쪽=보호하는 쪽'과 '보이는 쪽=대표되는 쪽=보호받는 쪽'의 비대칭적 이항 대립 관계로 표출된다.[16] 이러한 특권적 시선은 특권적 지식을 형성하는데, 이는 식민지를 '이상 계통異常系統'으로 차별화하는 이론으로 나타난다. 이래서 에드워드 사이드는 근대의 비교 연구를 오리엔탈리즘이라고 규정했던 것이다.

근대문학 연구에서 비교 연구 또한 오리엔탈리즘에 가깝다. 영향사와 전파론에 의존하는 비교 연구는 연구자를 보는 쪽의 위치로 특권화하고 스스로 시선의 주체가 됨으로써 근대문학을 타자화한다. 조선의 근대문학과 서구문학을 비교하고 있는 대부분의 근대문학자들은 스스로를 서구적 주체와 동일화하면서 우월한 위치에 서는 사디즘적 경향을 보인다. 하지만 그 근본에 있어 서구에 대한 노예적 위상을 극복할 수 없다는 점에서 이중적이다. 맥락을 무시한 비교 연구는 비교 연구에서 가장 중요한 비교의 적정수준이라는 명제를 간과하고 있다. 따라서 맥락을 고려한 비교라는 측면에서도 동아시아의 방법은 유용하다. 서구 문학과 자민족 문학을 비교하는 일국적 시각은 여러 가지 오류를 파생할 수 있기 때문이다.

근대문학의 동아시아적 맥락

세계체제론의 관점에서 동아시아라는 문제 설정에 비판적인 입장이 있을 수 있다. 중심부-반半주변부-주변부로 구성되는 세계체제를 설명하는 데 동아시아는 매우 자의적인 개념으로 보이기 때문이다. 하지만 세계체제론을 간과하지 않으면서 시간과의 경쟁에서 성공하고, 실패한 동아시아 내부를 전근대와 근대에 걸쳐 살피는 일이 불필요한 것은 아니다. 동아시아나 세계체제의 관점에서 조선의 근대문학을 살피는 것은 우리의 근대성을 바르게 이해하려는 노력의 일환이다. 이러한 점에서도 동아시아는 세계체제의 하위 체제가 아닌 하나의 방법이 된다. 우리는 한편으로 세계체제를 이해하면서 다른 한편으로 이를 동아시아의 구체적인 역사에 적용하여 문제를 풀어가야 한다. 즉 세계체제와 연동된 동아시아 삼국의 근대를 살펴 조선의 근대문학을 설명하는 것이다. 아울러 세계체제의 하위 체제는 아니나 동아시아라는 문제틀을 강조하는 데에 세계체제를 변화시켜 미래를 타개해야 한다는 적극적인 반체제의 관점이 반영되고 있음을 알 수 있다.[17] 이러한 점에서 동아시아 담론을 포스트모더니즘이나 일본의 포스트모던 전략[18]과 결부시키는 것은 단견이다.

근대 기원의 지역 문화론

강상중은 근대 조선을, 똑같이 동아시아 구제국(중화제국)의 문명권에 속하여 이 구래의 동아시아 제국적 관계를 계승하면서도 유럽적인 주권국가를 확립하는 근대 일본이 지닌 '자기모순'의 이음매에 자리잡고 있다[19]고 그 위상을 요약한다. 이는 동아시아에서 일본 모순과 근대 조선을 설명하는 데 요긴하다. 다시 말해서 근대 세계체제에서 조선은 대단히 궁색한 위치에 놓여 있었다는 것이다. 이러한 처지에 대한 반작용이 민족주의와 근대주의에 대한 과잉 담론을 유발한 것인지도 모를 일이다. 민족(국민)국가에 기반한 민족(국민)문학적 시각으로 전유된 근대문학은 실재가 아니라 가상에 가깝다. 여기서 사물의 실제에 이르기 위해 근대의 기원으로 거슬러 올라가 기술하는 태도가 요구된다. 즉 과거에 대한 민족지적 검토가 필요한 것이다. 이러한 일에 앞서 두 가지 연구가 진행되어야 한다. 첫째는 연구의 대상을 기원의 근대에 두는 것이고, 둘째는 연구의 방법으로 문화론을 도입하는 것이다. 이러한 대상과 방법을 아울러 근대 기원의 지역 문화론이라 할 수 있을 것이다.

근대 기원은 대체로 계몽이 지배 담론으로 형성되었던 1900년대의 십수 년에 해당한다. 개화기라는 타자 지향의 개념과 민족주의 이데올로기가 개입된 애국 계몽기라는 용어를 벗어나 근대 계몽기로 불리는 시기이다.[20] 고미숙의 지적처럼 근대 계몽기는 문자 그대로 '기원의 공간'이다. '해방 공간'처럼 그 어떤 가능성을 향해 열려 있었던 것이다. 마치 현대를 제대로 이해하기 위하여 해방 공간을 세밀하게 탐사해야 하듯이, 근대 계몽기는 근대를 알기 위해 반드시 거쳐야 할 시기다. 그럼에도 불구하고 문학에 대한 근대적 관점의 투사에 의해 회색의 지대로 남겨져 있었던 공간이다. 이는 근대적 문학 개념을 충족하는 양식, 형태, 장르가 없었기 때문이다. Literature의 역어에 해당하는 근대적 문학 개념이 등장한 것은 대체로 이광수의 「문학이란 하오」(1916. 11)에 와서라는 견해가 널리 받아들여지고 있다.[21] 그렇다면 근대적인 문학 개념으로 근대 계몽기에 접근하는 것은 잘못이다. 또한 이 시기의 중요성에 비춰 근대 계몽기를 전근대와 근대를 이어주는 과도기로 보고, 이 시기의 문학을 과도기적 형태로 간주하는 것도 문학 중심적 단순화라는 비판을 면할 수 없을 것이다. 이러한 사정에서 문화론이 요청된다.

정치와 경제의 층위와 달리 문화의 층위는 중층적이고 복합적이다. 이것은 종족과 집단 그리고 개인을 가로지른다. 따라서 하나의 보편적인 문화란 있을 수 없으며 여러 가지 문화가 있을 뿐이다. 문화는 종족과 종족, 집단과 집단, 개인과 개인 사이를 구별하는 방식이자 양식으로, 사회구성체의 역동적인 관계를 반영한다. 이러한 문화는 먼저 역사적 분석의 대상이 된다. 다음으로 집단 내지 사회체제 내에서 일부 사람들의 이익을 같은 집단의 다른 사람의 이익에 반대하여 정당화하는 이데올로기적 덮개로 볼 수도 있다. 이 두 가지 문화의 용법은 혼합되며, 자본주의 세계체제인 근대 세계체제 내에서 시간의 경과에 따라 확장되며 발전한다.[22] 근대 계몽기는 근대가 열리는 '기원의 공간'으로 '단지 중세 봉건체제에서 근대 자본주의 체제로 전환했다는 거시 정치적 차원에서만이 아니라, 사유 체계와 삶의 방식, 규율과 습속 등 구성원 개개인의 신체를 변환시키는 차원'까지 아우른다.[23] 다시 말해서 근대 세계체제로 편입되면서 '지역 문화geoculture'가 확장되고 발전하는 장이 되었던 것이다. 따라서 문학중심주의적 관점(실제 이러한 관점은 현대에 와서 형성된 것이다)을 탈피하여 근대를 지역 문화론의 관점에서 접근할 필요가 있다.

지역 문화론의 관점에서 가장 먼저 살펴야 할 것은 근대 계몽기 사람들의 다양한 생활양식이다. 그리고 이러한 생활양식의 변화를 가져오는 언어능력literacy, 문화능력(부르디외의 문화 자본), 언론과 출판 등 각종 문화제도, 사적 영역과 공적 영역의 분할, 공공영역의 형성, 교회와 병원 등 서구 근대적인 제도[24]에 대한 복합적인 접근이 뒤따라야 하는 것이다. 그야말로 문학에서 역사학과 문화연구로 관심을 이동시켜야 하는 것인데, 이러한 문화론의 차원에서 다양 다기한 변화의 과정을 거치면서 근대적 문학이 이식될 수 있었고 그에 대한 수용자도 형성되었다는 분석에 도달할 수 있을 것이다. 그동안 근대문학 연구는 작가의 권위(작가author는 권위authority에 연원한다)에 절대성을 부여하거나 텍스트의 권력을 맹신하는 경향을 보여 왔다. 문학생산에 있어서 근대적 주체라는 관점이 여과 없이 적용되었던 것이다. 따라서 유형pattern과 구조 structure의 도출에 집중하면서 맥락context을 놓쳤다. 근대 계몽기의 사례는 이러한 연구 방법에 대한 반성의 계기가 된다. 그 시기는 계몽 담론을 둘러싼 개인과 집단의 협상 과정 속에 있었다. 협상 과정(그람시의 헤게모니에 상응하는)으로서의 문화라는 개념이 적실하게 적용될 수 있었던 시기이므로[25] 민족, 국가, 자유, 개인 등의 이념소들이 어떤 맥락에서 형성되었는가 살필 수 있을 것이다.

근대 세계체제와 식민지 조선의 근대성

근대문학 연구에서 작가연구에 치중하거나 텍스트에 한정하는 것은 민족주의라는 정치적 무의식의 작용으로 볼 수 있다. 민족주의적 관점을 표나게 견지한 경우는 말할 필요도 없고, 이와 달리 작가와 텍스트로 연구의 영역을 한정한 연구자에게도 식민지적 근대의 실상을 회피하려는 민족주의적 입장이 작용하고 있는 것이라 하겠다. 민족국가라는 일국적 모델이나 민족주의에 호명되지 않은 연구자는 없을 것이다. 가치중립을 표명한 경우에도 최종심급에서 민족으로 귀환하고 있었던 것이 현실이다. 그러나 모레티의 충고를 받아들여 좀 더 멀리서 보면 동아시아 속의 조선, 근대 세계체제 속의 조선이 민족주의의 분식 없이 받아들여질 수 있을 것이다. 근대 계몽기의 용광로와 같은 담론들이 1910년 합병과 더불어 순식간에 잦아들었다는 연구 결과[26]가 시사하는 것은 무슨 의미일까? 민족국가가 형성되기 이전인 만큼 일본 중심의 동아시아체제가 형성되었음을 의미한다고 보아도 될 것이다. 종래의 중국 중심의 위신 서열적 질서는 일본 중심의 폭력적 질서로 변전되었다.[27] 이러한 일본의 제국주의가 옳다는 것이 아니다. 이는 옳고 그름의 문제가 아니라 사실에 대한 바른 인식의 문제이다. 이러한 점에서 식민지 조선의 근대와 근대문학에 대한 바른 접근 방법이 필요하다. 또 한 여기서 근대의 두 가지 중첩 국면에 대한 인식 문제가 제기된다.

식민지 조선의 두 가지 근대는 식민적 근대와 서구적 근대이다. 전자 는 일제에 의해 이식된 근대를, 후자는 일제 배후의 원천으로서의 근대 를 뜻한다. 그동안 조선의 근대는 수탈이냐 발전이냐의 서로 상이한 관 점에서 접근되어 왔다. 식민지 수탈론과 식민지 근대화론의 대립이 그 것이다. 문제는 둘 다 옳다는 데서 유발되며, 나아가 진정한 대립이라 할 수 없다는 점에서 극복해야 하는 관점이다. 앞서 내재적 발전론과 이식론에서 보았듯이 이들 모두 근대화와 민족주의를 내장하고 있다. 일제가 수탈하였기에 근대화가 제대로 되지 못했다는 관점과 일제가 식민지 형태로나마 조선민족의 근대화에 기여한 바 있다는 관점에서 견해의 차이를 넘어 대립에 상응하는 내용은 없는 셈이다. 이러한 지점 에서 자본주의 근대 세계체제라는 관점의 개입이 필요하다. 즉 일국적 차원을 넘어 식민적 근대와 서구적 근대를 동질적인 것으로 이해하는 지평이 열릴 수 있는 것이다.[28]

서구적 근대로 식민적 근대를 극복할 수 있다는 발상은 가능하지 않 다. 가령 근대 계몽기 이후 서구 근대의 표상인 기독교 담론의 추이는 식민지 근대와 관련하여 세심한 분석을 요한다. 기독교와 식민지 규율 권력의 접합과 함께 기독교와 민족주의의 접합을 동시에 이해해야 하 는 것이다. 군국주의에 접어들면서 일제가 자국과 식민지에서 탄압의 대상으로 삼은 사상은 기독교와 마르크스주의였다. 둘 다 아시아주의 에 대립하기 때문이다. 이 점에서 식민지 조선의 사회주의 문학 연구에 있어 동아시아적 맥락이 요구된다. 다시 말해서 서구 근대에 대한 대안으로 아시아주의와 사회주의의 양자택일을 강요받은 것이다. 이 점은 모더니즘의 경우에도 예외일 수 없다.[29] 아시아주의는 일본 제국주의의 지배이데올로기이다. 메이지 이후 아시아를 타자화해온 일본의 입장에서 이는 매우 근대적인 지배 전략에 해당한다.

식민지는 '근대의 실험실'이라 할 수 있다.[30] 그래서 식민지와 동떨어진 근대 담론이란 없다. 조선의 근대문학 또한 이러한 식민지의 근대 담론인 것이다. 따라서 주체/타자의 이분법적 도식으로 모든 것을 이해할 수는 없다. 식민지 근대라는 관점에서 조선민족/일제의 단순 이분법은 재고되어야 한다. 이는 식민지의 일상과 풍속에 대한 두꺼운 기술로써 가능하다. 다시 말해서 식민지 조선인의 생활 세계를 세밀하게 추적하여 근대가 식민지민의 신체에 육화되는 과정을 살펴야 하는 것이다. 식민지 근대에 있어 언어 문제는 조선어/일본어의 대립으로 설명할 수 없다. 국어의 순수성이 곧 종족의 순결성을 담보한다는 민족주의적 발상은 식민지 현실의 실제와 상당한 거리가 있다. 문자능력의 문제를 추적함과 아울러 1900년대의 국어 표기법 논의를 뒤로 하고, 합병 이후 조선어/일본어의 관계가 모호해지는 과정에 대한 이해가 필요하다. 그래서 상호언어적 실행translingual practice과 이중 언어적 실행bilingual practice을 주목해야 한다. 전자는 근대와의 접촉에서 기의가 바뀌거나 새로운 번역어가 형성되는 과정과 관련된다.[31] 이미 언급한 역서로서의 근대적 문학 개념[32]을 위시하여 국가, 민주주의, 자연, 예술[33] 등 번역된 근대성으로 포괄될 수 있는 말들은 무수히 많을 것이다. 말의 질서가 사물의 질서라는 관점에서 근대는 새로운 언어의 체계와 다름없다. 후자의 경우 조선 문인의 일본어 사용과 관련된다. 일본어로 작품을 쓰기 시작한 이인직과 이광수, 일본어로 구상하고 조선어로 글을 쓴 염상섭

등을 비롯하여 일본에 유학한 대부분의 조선 문인들은 이중 언어적 글쓰기를 수행하였던 것이다. 이를 민족주의적 언어관을 대입하여 친일로 규정하는 것은 단순한 논리이다. 이러한 점에서 해방 직후 김사량과 벌인 논쟁에서 이태준이 보인 태도는 궁색하다.[34] 이태준은 국민국가가 태동하는 해방 공간의 시점에서 식민지 현실을 왜곡한 셈이다. 국민국가는 항상 밖을 배제하려는 경향을 보인다. 이질적인 밖을 배제하고 안을 동질화한다. 이러한 과정에 국어, 국문학, 국사 등의 이데올로기가 요청되었던 것이다.[35]

친일 문학의 문제에 대한 접근도 달라져야 할 것이다. 말할 것도 없이 친일 행위에 대한 객관적인 연구는 더욱 진전되어야 한다. 하지만 친일 문학에 접근하는 데 있어 민족주의의 유일론적 담론은 경계해야 한다. 친일 행위를 고발하고 부역자를 척결한다고 해서 식민지 근대가 극복되는 것은 아니다. 이보다 생활과 구체적인 신체를 변형시킨 식민지 제도와 규율 권력에 대한 분석이 필요하고 이것이 문학(문화)을 통해 내면화된 양상을 밝히는 일이 긴요하다.[36] 식민성과 근대성은 분리되지 않는다. 제국주의 일반은 근대적 제도를 식민지에 도입함으로써 주민을 식민지적 질서에 편입시키고 스스로를 재생산하도록 시도하였기 때문이다. 물론 이러한 정치적 책략이 문화적 층위에서 변함없이 결정되었다고 볼 수는 없다. 문화적 층위에서 토착적인 것과 서구적인 근대와 식민지적 근대가 지속적으로 경쟁, 갈등하였을 것이기 때문이다. 이래서 식민적 근대성은 이중성을 지닌다.[37] 근대문학 연구에서 이러한 이중성에 주목하면서 문학을 통하여 식민지적 근대의 경험을 두껍게 기술하는 것은 여전한 과제이다.

동아시아 문학과 세계문학

동아시아는 서구의 고안물이었지만, 동아시아 문학은 우리 스스로 발견해야 할 대상이다. 이는 하나의 실체가 아니며 역사성과 맥락성으로 구성되는 과정이다. 또한 분명하게 형성된 정체성이 있는 것도 아니다. 본질주의에 의한 것이든 언어와 권력에 의한 것이든 기존의 모든 정체성 담론은 의심의 대상이다. 이러한 점에서 동아시아 문학은 본질로 가정된 전통에 있는 것도 아니고 식민지 근대가 만든 아시아주의나 그 생활양식에 있는 것도 아니다. 그것은 전형준이 말하고 있듯이 "동아시아 각국 문학들 간의 공통된 문학적 경험을 기반으로 하고, 그것들 사이의 소통과 대화를 통해, 동아시아의 정체성에 대한 탐색 및 그 구현이라는 현재성의 과제를 추구해 가는 하나의 과정"[38]이다.

동아시아 문학이라는 관점에서 우리의 근대문학사는 다시 쓰일 수 있을 것이다. 말할 것도 없이 이 점은 근대 이전의 문학에도 적용되지만 중세적 중화 체제가 문제가 된다. 근대 세계체제에서 동아시아 문학이라는 중간항을 만드는 것은 근대 세계체제에 상응하는 세계문학을 부정하려는 것이 아니라 조선의 근대와 근대문학을 설명하고 이해하는 데 동아시아라는 틀이 훨씬 요긴하기 때문이다. 이 점은 여전히 유효한 바, 서구중심의 세계문학론에 대한 경계가 되고 있다. 예를 들어 이중 언어 문제와 관련하여 근대의 한국어—일본어와 다르게 한국어—영어의 문제에 직면한 상황을 동일한 차원의 이행으로 보는 것은 문화의 복합적인 국면을 몰각한다. 부르디외의 장이론을 세계문학을 설명하는 틀로 전유한 파스칼 카자노바는 주변부 문학의 전략으로 이중 언어의 가능성을 제시하고 있다.[39] 이를 소수문학인 한국문학의 미래와 연관시킬 수 있는 소지가 없지는 않다. 하지만 세계문학의 보편논리를 성급하

게 한국문학에 적용하는 것은 문화가 만나는 조건들의 차이들을 간과
하기 쉽고, 자칫 이미 '재가된 비전'을 강요할 공산도 큰 것이다.[40] 이러
한 점에서도 동아시아문학에 대한 논의는 더욱 활성화되어야 하고 동
아시아적 맥락에서 근대문학을 설명하는 일이 많아져야 한다.

한국적 오리엔탈리즘

민족주의가 제국주의의 산물이듯이 오리엔탈리즘은 서구의 산물이
다. 주체와 타자의 관계에서 민족주의의 타자성은 어렵지 않게 확인된
다. 타자의 거울에 비친 주체란 또 다른 타자에 불과할 것이다. 민족주
의가 제국주의와 닮았다든가 나아가 공범관계에 있다는 주장들이 틀
리지 않은 것은 공생의 조건에서 뿐만 아니라 둘 모두 동화와 배제라는
동일성의 원리를 경배하는 데서 알 수 있다. 그렇다면 민족주의적 서사
는 극복되어야 한다. 민족주의로써 주인이 될 수 있는 길은 없다. 그것
은 항상적인 노예 상태를 의미할 뿐이다.[41] 그런데 이러한 민족주의의
틀을 벗어났다 하여 모든 문제가 해결되는 것은 아니다. 서구의 산물인
오리엔탈리즘이 우리 속에 내면화된 지 오래이기 때문이다. 서구적 오
리엔탈리즘에 일본적 오리엔탈리즘이 포개지고 다시 한국적 오리엔탈
리즘이 겹쳐져 있는 형국이다.

근대문학 연구에 있어 우월과 비하의 이중 구조인 오리엔탈리즘을
넘어서는 일은 그 실제에서 우리 근대의 과정을 면밀히 추적하는 데서
찾아질 것이다. 민족주의적 과장과 서구적 보편주의에 의한 특권적 개
입을 극복하기 위한 실사구시가 새롭게 시작되어야 하는 것이다. 이러

한 점에서 동아시아적 맥락론은 동아시아라는 보다 큰 담론을 통하여 서구에 응전하려는 옥시덴탈리즘과 무연하다. 또한 전통으로 섣불리 근대를 대체하려는 것도 아니다. 식민지 근대-동아시아-근대 세계체제의 맥락을 제대로 이해하자는 것이다. 그럴 때 주체와 타자, 민족과 제국, 내적인 것과 외적인 것, 전근대와 근대 등의 이분법에 의해 편집된 환상을 벗어나 대화, 혼합, 잡종, 협상 등의 새로운 구성 방식과 만날 수 있을 것이다.

주

1) Franco Moretti, "Conjectures on World Literature", *New Left Review* 1, 2000. 1-2, pp.66-8.

2) Franco Moretti, 같은 글, pp.56-7.

3) 모레티가 반주변부를 세계문학의 가능조건으로 제시하고 있는 관점은 경청을 요한다. 또한 그가 비교 형태학의 분석 방법으로 외부적 형식과 지역적 소재 그리고 지역적 형식의 세 가지 항목이 타협하는 과정으로 보고 있는 바, 이는 우리 근대문학을 설명하는 틀로 원용할 수 있을 것이다. 김용규, 「세계체제하의 비평적 모색들: 제임슨, 모레티, 칸클리니를 중심으로」, 《비평과이론》, 2001년 봄·여름호, 한국 비평이론학회, 2001, pp.198-206.

4) 방법, 지적 실험, 프로젝트는 각각 다케우치 요시미, 백영서, 아리프 딜릭에 의해 명명된 것이다. 약간의 입장 차이들이 있으나 여기서 이를 엄밀하게 따질 필요는 없을 것이다. 다만 모두가 대안적 담론을 지향하고 있음을 알 수 있다.

5) 민두기, 『시간과의 경쟁』, 연세대출판부, 2001 참조.

6) 마루야마 마사오·가토 슈이치, 『번역과 일본의 근대』, 임성모 역, 이산, 2000, pp.15-6.

7) 사카이 나오키, 「염치없는 내셔널리즘」, 《당대비평》 2000년 겨울호, p.224.

8) 강상중, 『오리엔탈리즘을 넘어서』, 이경덕·임성모 역, 이산, 1997, p.85.

9) 이러한 점에서 1900년대에 대한 면밀한 세부 검토는 우리의 근대가 지닌 내용과 성격을 규명하는 데 대단히 중요하다. 이에 대한 주목할 만한 연구로 다음을 들 수 있다. 정선태, 『개화기 신문 논설의 서사 수용 양상』, 소명, 1999; 김동식, 『한국의 근대적 문학 개념 형성과정 연구』, 서울대 박사학위논문, 1999; 권보드레, 『한국근대소설의 기원』, 소명, 2000 등.

10) 김철, 『국문학을 넘어서』, 국학자료원, 2000, pp.26-9; 구모룡, 『제유의 시학』, 좋은날, 2000, p.14.

11) 베네딕트 앤더슨, 『민족주의의 기원과 전파』, 윤형숙 역, 사회비평사, 1991.

12) 정재서, 「서사와 이데올로기」, 『동아시아, 문제와 시각』, 문학과지성사, 1995.

13) 이성시, 『만들어진 고대--근대 국민 국가의 동아시아 이야기』, 박경희 역, 삼인, 2001.

14) 방법과 이론 그리고 실천에서 우리 근대문학 연구를 대표하는 학자인 김윤식 교수는 그간의 연구 역정을 회고하면서 다음과 같이 술회하고 있는 바, 일국주의적 한계에 대한 암시를 포함하고 있는 것으로 보인다. "국민국가와 자본제 생산양식을 보편성으로, 반제투쟁과 반봉건투쟁을 특수성으로 상정하면서 이들 관계항의 맞물림을 헤아리는 과제를 근대사가 안고 있다는 시선에서 본다면, 지난 세기는 이 나라 근대사에 형언하기 어려운 굴절과 상처를 남긴 것으로 인식됩니다. 연구자들의 시선이 이 거대담론에 이어진 이데올로기적 과제로 기울어졌음이 이 사실을 잘 말해 주었지요. 문학 연구자들의 경우도 큰 테두리에서 보면 이러한 흐름에서 결코 자유로울 수 없었습니다. 카프에 대한 민감한 반응, 반제투쟁에 관한 줄기찬 관심, 모더니즘적 성향에 대한 지속적 비판 등등이 이 사실을 증거하고 있습니다." 김윤식, 『한·일 근대문학의 관련양상 신론』, 서울대출판부, 2001, p.iii.

15) 전경수, 『문화의 이해』, 일지사, 1999, pp.81-3.

16) 강상중, 앞의 책, p.89.

17) 이러한 관점을 최원식 교수의 연구를 통해 확인할 수 있다. 그는 한반도를 세계체제와 동아시아의 결절점으로 보면서 우리 문학을 자본주의 세계체제의 운동과정과 결부시키는 한편, 이를 우리의 미래지향적인 세계 선택과 연관시킨다. 최원식, 『문학의 귀환』, 창작과비평사, 2001.

18) 이는 전후 아시아주의를 포스트모더니즘과 연관시켜 다시 아시아로 복귀하려는 일본의 문화전략을 뜻한다.

19) 강상중, 앞의 책, p.91.

20) 이러한 명칭문제에 대한 것은 고미숙, 「근대계몽기, 그 생성과 변이의 공간에 대한 몇 가지 단상」, 『비평기계』, 소명, 2000, pp.218-22에 잘 나타나 있다. 그런데 이를 아예 1900년대로 하자는 제안도 있다. 권보드레, 앞의 책 참조.

21) 황종연, 「문학이라는 譯語」, 『한국문학과 계몽 담론』, 새미, 1999; 김동식, 앞의 논문; 권보드레, 앞의 책 참조

22) 이매뉴얼 월러스틴, 『지정학과 지역 문화』, 김시완 역, 백의, 1995, p.216. 원제와 달리 번역서의 표제는 '변화하는 세계체제 탈아메리카와 문화 이동'으로 되어 있다.

23) 고미숙, 『한국의 근대성, 그 기원을 찾아서』, 책세상, 2001, p.11.

24) 이러한 문제에 대한 연구가 강명관, 고미숙, 김동식, 권보드레 등에 의해 상당 부분 진전되고 있다. 이들의 문제의식이 대중문화연구에 중심을 둔 포스트모던 문화연구의 영향에 의한 것이 아니라 문화유물론에 가깝다는 점에서 자각적임을 알 수 있다.

25) 안토니오 그람시의 헤게모니를 대항 헤게모니, 대안 헤게모니, 지배 헤게모니의 역동성 안에서 이해한 레이먼드 윌리엄스는 문화를 잔존문화, 동시대 문화, 생성적 문화의 역사적 과정으로 받아들이면서 이 과정에 헤게모니 차원이 개입한다고 보았다. 레이먼드 윌리엄스, 『이념과 문학』, 이일환 역, 문학과지성사, 1982.

26) 김동식, 앞의 논문, p.92. 강제 합병 이후 대부분의 계몽주의자들은 망명을 갔다. 이러한 공백을 메운 것은 유학자들이었는데 이들이 언론의 주도 세력으로 등장한다. 반면 일본 유학생들은 아직 학업을 마치지 못한 상태여서 문화적 장에 등장하지 못한다. 여기서 상황이 급격하게 보수화된 국면을 볼 수 있는데 이를 일본 중심의 동아시아체제 형성과 연관 지어 이해할 수도 있을 것이다.

27) 지명관, 「전환기의 동아시아」, 『발견으로서의 동아시아』, 문학과지성사, 2000, p.26.

28) 배성준, 「'식민지 근대화' 논쟁의 한계 지점에 서서」, 《당대비평》 2000년 겨울호, pp.161-78. 식민지 조선의 근대 이해와 관련하여 다음과 같은 배성준의 지적은 시사하는 바가 많다. "식민지는 민족 형성에 필수적인 조건일 뿐만 아니라 세계 경제의 내적 구성 부분이다. 대부분의 식민지가 독립한 이후에는 민족 국가 사이의 지배와 종속이라는 방식으로 중심부에 의한 주변부의 지배가 이루어지지만, 식민지가 독립하기 이전에는 식민 지배가 주변부를 지배하는 주된 형태였을 것이란 점에서 식민지는 세계경제의 내적 구성 부분이며, 세계경제는 출발부터 식민지를 그 존재 조건으로 하고 있었다. 이러한 점에서 근대의 모든 민족은 식민화의 산물이며, 식민지는 근대의 조건이라고 말할 수 있다."

29) 이 점에서 1900년대 후반 동경 유학 세대 노신과 홍명희·이광수를 비교하고, 프로

문학 운동 세대인 임화와 호풍·주양을 비교한 진형준의 논의가 주목된다. 그는 이러한 비교 끝에 전자의 경우에 대하여 "1900년대 후반 동경 유학 세대의 경우 한국에서는 사회적 실천과 문학적 실천이 분리된 데 반해 중국에서는 양자의 통일이 이루어졌다고 할 것이다. 그 분리와 통일의 숨은 원리는 무엇인가."라는 질문을 남기고, 후자의 경우 "서로간에 화해할 수 없는 대립·대결 관계를 보였던 주양과 호풍을 우리는 임화라는 한 몸에서 모두 발견하는 것이다. 이 분리와 통일에 숨어 있는 원리를 길어낼 때 우리는 한국과 중국의 프로문학이라는 개별성과 동아시아 프로문학의 보편성에 접근하는 중요한 단서를 찾을 수 있으리라 생각된다."고 하여 하나의 과제를 남기고 있다. 아마 이에 대한 손쉬운 답으로 조선의 식민지 상황과 중국의 반(半)식민지 상황이라는 맥락이 제시될 수 있을 것같다. 전형준, 「한·중 문학과 동아시아 문학」, 『발견으로서의 동아시아』, pp.280-85.

30) Ann Laura Stoler, *Race and the Education of Desire*, Duke Univ. Press, 1995, p.15. 여기서는 강상중, 앞의 책, p.15에서 재인용.

31) Lydia H. Liu, *Translingual Practice: Literature, National Culture, and Translated Modernity－China 1900-1937*, Stanford Univ. Press, 1995. 황종연, 김동식, 권보드레의 앞의 글 참고.

32) 일본의 경우 이러한 문학 개념의 형성에 대한 것은 스즈키 사다미(鈴本貞美), 『일본의 문학 개념』, 보고사, 김채수 역, 2001을 참고할 수 있다.

33) 이에 대한 것은 권보드레, 「번역어의 성립과 근대」, 《문학과경계》 2001년 가을호와 김효전, 『근대 한국의 국가사상』, 철학과 현실사, 2000 참고.

34) 김윤식, 앞의 책, pp.3-35.

35) 이 점에서 재일문학,·재중문학 등에 대한 새로운 인식이 있어야 할 것이다. 아울러 hybrid, diaspora 등의 탈식민주의적 관점을 어떻게 전유할 것인가에 대한 논의도 요청된다. 이와 관련하여 재일문학(재일동포문학이 아니라)에 대한 이연숙 교수의 연구가 주목할 만하다. 이연숙, 「디아스포라와 국문학」, 『21세기에 구상하는 새로운 문학사론』, 민족문학사연구소 2001년 심포지움 자료집.

36) 이러한 점에서 미당 서정주의 시를 일본신화의 상상력과 관련하여 해석한 김환희의 『국화꽃의 비밀』(새움, 2001)이 시사하는 바 있다.

37) 김진균·정근식, 「식민지체제와 근대적 규율」, 『근대 주체와 식민지 규율 권력』, 문화과학사, 2000, pp.18-22.

38) 전형준, 앞의 글, p.279.

39) 박성창, 「문학의 그리니치 천문대는 어디에 있는가」, 《세계의문학》2001년 가을호, 민음사, pp.165-68. 카자노바는 주변부 문학의 가능성으로 소수국가의 문학이 중심부에 이의를 제기하는 양상을 세 가지로 설명하고 있다. 동화, 반항, 혁명의 패턴이 그것이다.

40) 카자노바에 대한 비판은 크리스토퍼 프렌더가스트, 「세계문학 협상하기」, 《세계의문학》2001년 가을호, 민음사 참고.

41) 주인은 싸워 이김으로써 등장하는 자이고, 노예는 산다는 것이 인정받는 것보다 중요하다는 것을 경험하는 자이다. 앨릭스 캘리니코스, 『이론과 서사』, 박형신 외 역, 일신사, 2000, p.54.

3. 제3세계 페미니즘과 서발턴

오카 마리(아랍문학, 교토대 교수)

> (나눔의 집의) '할머니'들의 아픔을 우리는 이해하지 못할지도 모른다.
> 그렇지만 이해하려고 노력할 수는 있다. 이해할 수 있는지 없는지가 문
> 제인 것이 아니라, 이해하려고 노력하는 것이 중요한 것이다.
> – 변영주(영화감독)

1. 제3세계 페미니즘이란 무엇인가

'서발턴(하위주체)'Subaltern이란 원래 '종속민' '피억압자'라는 뜻이지
만 여기서는 가야트리 스피박이 그의 논문 「서발턴은 말할 수 있는가」[1]에
서 제기하고, 이후 일관되게 그 논의의 중심적 주제로 삼고 있는 사람
들을 의미하는 말로서, 다시 말해 이 글로벌한 경제 시스템의 또 다른

극에서 그 경제 시스템으로 인해—혹은 시스템 외부에서—수탈당하면서 로컬적 가부장제 아래 차별받고 있는 여성들이라는 의미로 사용한다. 스피박은 「서발턴은 말할 수 있는가」라는 반어 의문의 형태로 그녀들은 왜 말할 수 없는지, 왜 **말할 수 없게 강요받고 있는지**를 비판적으로 제기했다. 그녀들이 말할 수 없다고 하는 것은 그녀들이 '말하고 있지 않기 때문'은 아니다. 그녀들은 언제나, 이미 말하고 있다. 그러나 그녀들이 말하고 있는 그 목소리를 **우리는 제대로 알아듣지 못한다**. 그렇기 때문에 그녀들이 말하는—어떤 경우에는 그 전숲존재로 부르짖기까지 하는—그 목소리들은, 공적으로 사람들의 귀에까지 도달하지 못하는 것이고, 그녀들은 구조적인 침묵을 강요받고 있는 것이다. '서발턴'이란 이러한 여성들을 일컫는 말이다.

그러면 '제3세계 페미니즘'the third world feminism이란 무엇인가?[2] '제3세계'라는 말을 관형어로 하고 있는 페미니즘은 그러한 한정이 없는 무징無徵[3]의 '페미니즘'과 무엇이 어떻게 다른가? 그것은 보편적인 페미니즘과 대비한, 제3세계라고 불리는 지역에 한정된 그 지역의 여성들 고유의 문제를 다루는 특수한 페미니즘을 의미하는 것일까? 그렇다면 그것은 그 밖의 지역—예를 들어 일본 같은 북반구 선진 공업 세계에서 역사적으로도 '제3세계'가 아니었던 사회에 사는 사람들 요컨대 일본에 사는 대부분의 일본인—에게는 상관이 없는 문제, 기껏해야 필자처럼 팔레스타인이라든가 중동 아랍 세계 등의 제3세계를 전문으로 하는 사람에게만 연관되는 문제가 되고 만다. 하지만 과연 그럴까?

'제3세계 페미니즘'과 거의 같은 의미를 지닌 말로 '포스트식민적 페미니즘'이 있다. 1970년대 이후, 특히 1978년에 간행된 에드워드 사이드의 『오리엔탈리즘』을 효시로 그 이후 계속해서 포스트식민적 비평 담론이 생산되었다. 그러한 담론들에 의해 서양 사회에서 이루어져 왔던 기존의 페미니즘이 구식민지 종주국의, 백인의, 민족적 다수자 majority의, 특히 중산계급 여성들의 페미니즘, 한마디로 말하면 제국의 페미니즘이라는 것을 비판적으로 논할 수 있게 되었다. 여성이 페미니즘의 관점에서 남성 중심주의나 가부장제의 억압을 비판한다고 해서 그것이 반드시 보편적인 인간 해방의 담론이 아니며, 타자에 대한 차별이나 억압을 피할 수 있는 것은 아니라는 점이 명백해진 것이다. '제국의 페미니즘'이 보편적 페미니즘을 자칭하는 것은 서양중심주의에 침윤된 여러 사상, 여러 가치관이 역사적으로 '보편'을 사칭해 온 것과 같은 지식의 식민주의이며, 예전에는 무징의 '역사'로 여겨져 온 것이 사실은 '부르주아계급의' 역사, '남성의' 역사, '백인의' 역사에 지나지 않았던 것과 마찬가지로, 무징의 '페미니즘'이란 사실은 '서양' 페미니즘이라는 '특수'에 지나지 않는다는 것이다. 'the feminism'이라고 여겨지던 것이 사실은 식민주의적인 '서양 페미니즘'이라는 것은 '제3세계 페미니즘' 혹은 '포스트식민적 페미니즘'의 시점에 섰을 때 비로소 보이는 것이다.

그렇지만 여기서 다음과 같은 사실을 서둘러 덧붙여 두어야 한다. 나/우리 즉 '북반구'(혹은 '구식민지종주국')의, '민족적 다수자'majority의, '중산계급'의, '지식인' 여성과 남성은 포스트식민적 사상의 비판적인 여러 조류에 의해, 비로소 '페미니즘'이라고 불리는 것이 유색의, 혹은 피식민자의, 혹은 소수자minority의, 혹은 프롤레타리아트의 여성들— 이러한 주변화된 존재의 코어(핵)를 구성하는 것이 '서발턴' 여성들이다—에게는 반드시 전적으로 해방적 담론을 의미하는 것이 아니다. 뿐만 아니라 오히려 거기에도 차별이나 억압이 내포되어 있다는 것을 깨

닫게 되었는데, 그녀들—서발턴 여성들—은, '포스트식민적 페미니즘'
이라는 담론이 지적 조류가 되기 훨씬 이전부터 그 사실을 몸으로 살
아왔고, 그녀들 자신이 살아왔던 그 경험으로부터 그것을 **알고 있었다**
는 것이다. 즉 '알고 있'는 것은 그녀들이고 '무지'인 것은 우리들이라는
것(나아가 우리들은 무지인 것이 우리들 쪽이라는 사실을 모른다)이다. 그리고
그녀들은 그녀들 나름의 방식으로 그것을 표현하고 있었고, 그녀들의
그 경험—'서발턴'으로서 삶의 경험—은 '서발턴'이나 '포스트식민주
의'나 '포스트식민적 페미니즘'이라는 말이 지적으로 유행하기 훨씬
이전부터 그러한 문제의식을 공유하는 사람들에 의해 문학이나 영화로
표상되어 왔다.

　본고에서는 그러한 작품들—문학, 영화—을 몇 가지 예로 들면서 지
식인인 작가 혹은 제작자가 서발턴의 삶의 경험을 어떠한 형태로 그리
고 있는지 고찰한다. 또한 그 중 몇 가지 작품들에 대해, 필자 자신이 주
체 형성을 이루어 생활의 기반을 둔 일본 사회 내에서 어떠한 것으로
수용되고 있는지, 더 구체적으로는 일본 사회 자체의 역사적 경험으로
인해 제3세계 페미니즘적인 시점과 문제의식이 전반적으로 결여되어
있음으로써 이러한 작품들이 어떻게 오독되고 작품의 근간 부분을 놓
치게 되어 있는지, 그러한 부분을 지적하고자 한다.

2. 나왈 엘 사다위의 『영점의 여인』

　어떤 담론(언설)이 제3세계 페미니즘인지, 아니면 식민주의적인지, 혹
은 중산계급에 한정된 서양 페미니즘인지는 자칫하면 오해되기 쉬운

것인데, 그 담론의 생산자가 소위 제3세계라고 불리는 지역의 출신자냐, 아니면 구식민지 종주국의 사람이냐 하는 것과는 본질적으로 무관하다. 어떤 사람이 페미니스트인지 아닌지가 그 사람이 여성이냐 남성이냐 하는 것과 본질적으로 무관한 것과 마찬가지이다. '페미니즘'에서 여성이든 남성이든 가부장제나 남성 중심주의에 대한 비판적 시점을 공유하는 한, 그 사람이 여성이든 남성이든 페미니스트인 것과 마찬가지로, '제3세계 페미니즘'에서는 유색의, 소수자의, 피식민자의, 프롤레타리아트 여성들이 그러한 까닭에 안고 있는 아픔에 대한 공감적 시점을 가지고 있는지 아닌지가 문제라고 생각한다.[4] 백인이기 때문에 흑인의 아픔은 모른다거나 구식민지 종주국의 인간이기 때문에 피식민자의 경험에 대하여 인간적인 공감共感共苦를 느끼지 않는다고 전제하는 것은 일종의 레이시즘(인종주의)이며, 마찬가지로 아프리카 혹은 아랍의 여성이라는 것만으로 자국의 서발턴 여성의 아픔을 알 수 있다고 전제할 수도 없다. 그것 또한 일종의 본질주의일 것이다.[5]

필자의 전문인 아랍문학을 예로 들자면, 1970년대 이전에 쓰여진 이집트 여성작가의 작품을 읽으면 작가 자신의 분신으로 생각되는, 당시 사회에서는 예외적으로 고등교육을 받고 사회 속의 개인으로서 자아실현을 추구하는 주인공 여성이 가부장제의 억압으로부터 어떻게 자기해방을 이루는가 하는 점이 주제가 되어 있다.[6] 그것은 페미니즘 소설이지만 그러나 사회의 압도적 다수의 여성들이 초등교육조차 제대로 받지 못하는 가운데, 특권적으로 고등교육을 받고 젠더의 평등만을 전일적으로 주제로 삼을 수 있다는 점에서 이들 페미니즘은 중산계급적인 것이다. 노동자계급 혹은 프롤레타리아트 여성에게는 젠더의 평등이 실현되었다고 해도, 고등교육이나 사회 속의 개인으로서의 자아실현은 무관한 이야기에 지나지 않는다. 대학에서 교육을 받은 여성들이 대졸의 남성과 마찬가지로 사회에서 전문직으로 일하는 것을 간절히 원했으며, 여성이 밖에서 일하는 것의 옳고 그름이 사회적 논의가 되고 있었던 당시, 노동자계급 여성들은 그 몇 십 년 전부터 남성과 마찬가지로 공장에서 땀을 흘려 왔으며 어떤 경우에는 무직인 남편을 대신해 가족을 부양하기 위해 '밖'에서 일하고 있었다—착취당하고 멸시당하면서. 후자의 여성들에게는 여자가 밖에서 일한다는 것은 그녀의 자아실현이나 해방과는 아무 상관이 없는, 오히려 거기서의 해방을 빌어야 할 억압적인 것이었을 터이다.[7]

또한 당시 가부장제의 질곡으로부터 해방되어 남성과 평등한 인간으로 살고 싶다고 희구하는 '딸'들에게 그 어머니는 가부장주의적 가치관을 내면화해서 딸에게 남성 중심적인 젠더 규범을 강요하고 그녀의 자기해방을 가로막는 존재였다. 딸들의 이야기에서 이러한 어머니들은 가부장제의 맹목적인 공범자로서 딸이 부정하고 극복해야 할 존재로서 그려진다. 대학을 다니며 근대적인 고등교육을 받아 양성평등을 이윽고 실현될 미래로서 사회적으로 전망할 수 있는 딸에게 어머니는, 어찌할 도리도 없이 가부장제 아래 자신의 꿈을 억압하고 가부장제에 의해 차별받고 억압받으면서 그 가부장제적 가치관을 내면화함으로써 살아갈 수밖에 없었던, 그 주체성이나 아픔은 보이지 않는다. 그녀들은 이른바 페미니즘을 모르는 무식한 여자, 가부장제와 함께 단죄되어 과거의 것으로서 매장되어야 할 사람들로 페미니즘에 의해 부정된다.

이처럼 초기의 페미니스트 소설들은 특권적인 사회적 엘리트인 여성 작가 자신의 처지를 반영한 작품들이 쓰였다. 그것은 중산계급의 엘리트 여성의 페미니즘이었으며 그 의미로는 '서양 페미니즘'이었다고 말할 수 있다.[8] 그러나 1970년대 이후, 고등교육을 받은 특권적인 여성들에게는 '타자'인 여성들—노동계급의 여성들 혹은 '어머니들'—이 페미니즘 소설의 주제로 등장해, 기존의 '서양 페미니즘' 대신에 '제3세계 페미니즘'의 시점에서 소설이 쓰이게 된다.[9] 그 대표적인 작품이 이집트의 페미니스트 여성작가 나왈 엘 사다위(1931~)의 소설 『영점의 여인』(al-mar'a 'inda nuqtat ṣifr, 1975)이다.[10]

주인공은 아랍어로 '천국'을 의미하는 피르다우스라는 이름의, 그러나 그 이름과는 정반대의 일생을 보낸 사형수 여성이다. 그녀는 성공을 거둔 고급 창녀였지만 포주를 죽인 혐의로 사형 선고를 받고 대통령의 특사도 거절해 국가에 의해 죽음을 당하게 된다. 작품은 농촌에서 태어나고 자란 순박한 소녀가 왜 창녀가 되었는지, 한번은 매춘이라는 생업을 그만두고 성실하게 회사에서 근무하고 있었는데, 왜 이번에는 스스로의 의지로 매춘부로 돌아갔는지, 왜 사형수가 되었는지, 왜 스스로의 의지로 죽음을 택했는지를 그리고 있다. 작품은 그녀의 삶을 통해 이집트 사회를 관철하는 착취와 차별의 구조를 달리 비할 바 없는 강도로 그리고 있다.

그러나 이 소설의 강도는 단순히 사회적으로 엘리트 여성이 아닌 여성의 억압과 차별을 강력하게 그렸다는 것에만 그치는 것이 아니라, 사상적 사정射程의 넓이에 있다. 작자는 이 작품에, 피르다우스가 하는 인생 이야기를 듣는 여성 정신과 의사를 등장시키고 있다. 이 여의사의 존재에 의해—더 엄밀히 말하면 이 여의사와 피르다우스의 관계성을 작품 속에 써 넣음으로써—이 소설은 제3세계 페미니즘의 성명서가 되었다(그러나 나중에 언급하겠지만 일본 사회에서 이 소설 읽을 때는, 제3세계 페미니즘 시점의 결여로 인해 작가가 명확히 작품에 써넣은 그 비대칭의 관계성이 대부분의 경우 간과되어 버린다).

이야기는 처음에 작자의 분신이라고도 말할 수 있는 여성 정신과 의사인 '나'라는 일인칭으로 시작된다. 여성 죄수들의 심리조사를 하고 있었던 이 여의사는 대통령의 특사特赦를 거절한 특이한 사형수가 있다는 것을 알게 되자 바로 이 여성의 존재에 흥미를 가지게 된다. 연구자라면 누구나 그럴 수 있듯이 여의사는 피르다우스가 자신의 조사연구에 큰 도움을 주는 존재인 것을 직감한다. 여의사는 그녀를 꼭 만나고 싶다고 희망하지만 피르다우스에게 거절당한다. 피르다우스가 여의사와 만나지 않겠다고 거절하는 것은 자신의 이야기—삶의 경험—를 이 여성 의사가 사회적 성공을 거두기 위한 자원으로 이용할 것이라고 '알고 있'기 때문인데, 여의사 본인은 그것을 전혀 자각하지 못한다. 그녀에게는 페미니스트 지식인인 자신이 사회적으로 밑바닥에 있는 여성들의 삶을 밝히는 것은 학문을 위해, 사회를 위해, 이들 범죄자 여성들을 위한 것이기도 하지만, 그것이 실제로는 지식인에 의한 이 여성들의 경험을 지적으로 착취하는 것이라는 인식—피르다우스에게는 자명한 도리—은 여의사에게는 없다. 엘리트 지식인에 의한 서발턴 여성의 목소리, 그 삶의 경험이 지적으로 착취당하고 있다는 사실이, '페미니즘'에 의해 은폐되고 정당화되고 있다는 것을 작품은 시사한다. 자신이 왜 피르다우스에게 거절당했는지 모르는 여의사는, 그녀가 나를 거절한 것은 그녀가 나에 대해서 모르기 때문이다, 내가 국가로부터 그 공적을 표창 받을 정도로 저명한 지식인이라는 사실을 알게 되면 만나 줄 것이 틀림없다고, 엉뚱하기 짝이 없는—그보다도 오히려 여의사가 바로 무자각으로 권력과 관련 있는 사람이기 때문에 피르다우스는 그녀를 거절하고 있는 것이지만—생각을 품는다. "그녀(피르다우스)가 당신과 만날 리가 없다"라는 여성 교도관의 말을 들은 여의사는 "엎드려서 감옥의 바닥을 닦고 있는, 정신분석이 뭔지도 모르는 무식한 여자가 뭘 안다고"라고 생각해 자기 자신을 달랜다. 사회 밑바닥에 있는 사람들을 여의사가 얼마나 조롱 섞인 시선으로 보고 있는지, 그리고 자신의 무지에 대해 그녀가 얼마나 무지한지를 작자는 그리고 있다.

한 번 거절당했지만 어느 날, 피르다우스 쪽에서 여의사와 면회를 요구하여 독방을 찾아온 여의사를 피르다우스는 바닥에 앉혀 자신의 인생을 이야기하기 시작한다. 이후 작품은 피르다우스의 인생 이야기가, 그녀가 일인칭으로 여의사에게 이야기한 그대로의 형태로 전개되어 나간다. 그러니까 피르다우스의 이야기는 지식인인 이 여의사가 피르다우스라는 인포먼트(정보 제공자)의 이야기를 듣고, 그것을 여의사가 해석하고 편집해서 표상하고 있는 것이 아니라 여의사가 전혀 개입하지 않고 피르다우스 자신이 스스로의 언어로 말하는 방식으로 그려져 있다. 여의사의 일인칭으로 서술되는 1장의 말미에서 피르다우스는 여의사를 독방의 바닥에 앉혀 그녀에게 명령한다. "나에게 말 걸지 마세요. 내 말을 가로막지 마세요. 당신의 이야기에 귀를 기울일 시간은 나에게는 없으니까." 그리고 이 말에 이어 2장에서는 피르다우스에 의한 그녀 자신의 이야기가 시작되는데, 그녀의 일인칭으로 서술되는 그 인생의 이야기에 앞서 저자는 피르다우스에게 이러한 금지명령─말 걸지 말아, 가로막지 말아─을 여의사를 향해 던지게 함으로써 피르다우스의 서술에서 여의사의 관여를 부정하고, 그 완전한 배제를 보장하는 것이다. 이것은 페미니스트 지식인이 '페미니즘'의 이름 아래 타자인 여성을 자의적이고도 일방적으로 표상하고, 오히려 이 여자들의 목소리를 봉쇄하고 있는 것에 대한 저자 사다위에 의한 수행적인 비판으로 읽을 수 있다.[11] 이러한 서발턴 여성들은 가부장제와 계급제 아래서 남성들에 의해 그녀들의 삶과 성을 착취당하고 있는 것과 마찬가지로 페미니스트 지식인에 의해서도 그 목소리를, 그 경험을 지적으로 착취당하고 있으며, 그녀들의 목소리를 봉쇄하고 있는 것은 가부장제뿐만 아니라, 지식인들이 타자로서의 여성을 일방적으로 표상하는 것도 그러한 억압에 가담하는 것이라는 점을 작품은 날카롭게 고발하고 있는 것이다. "나의 발을 밟고 있는 것은 당신이다!"라는 고발이다.

그렇지만 이 소설이 일본에서—예를 들어 대학의 여성학 수업이나 시민을 대상으로 한 여성학 세미나 등에서 '세계의 여성들'이라는 주제의 한 예로서—읽혀질 때, 대부분의 경우 아랍·이슬람 사회의 가혹한 여성 차별의 실태를 그린, 그 가부장제의 억압을 페미니스트 작가가 고발한 작품으로만 읽히는 경향이 있다. 가부장제의 억압을 페미니스트 작가가 고발하고 있다는 해석 자체는 틀리지 않았어도, 그러나 작자가 작품에 거듭 써넣은 또 다른 비판, 즉 페미니스트 지식인에 의해 타자인 여성, 서발턴 여성의 삶의 경험이 착취·억압당하고 있는 것에 대한 페미니스트 지식인 자신의 자기비판이라는 관점은 간과되어 버린다. 그 배경에 있는 것은 하나는 일본 사회에서 이러한 종류의 작품이 수용될 때, 아랍·이슬람 사회라는 우리들에게는 타자인 사회에서 아랍·무슬림이라는 타자로서의 여성들이 어떻게 젠더 차별·억압을 당하고 있는지를 알게 되고, 젠더 차별의 보편성을 알게 된다는 관점으로만 작품이 읽히고 있기 때문이 아닐까. 거꾸로 말하면, 모습은 다르더라도 여성은 모두 어느 나라 어느 사회에서도 가부장제 억압의 피해자라는 것을 우리가 확인하는 한도 내에서, 사다위라는 이집트 작가나 『영점의 여인』이라는 이집트 소설에 관심을 가지게 되는 것이며, 가부장제에 의한 여성의 보편적 억압이라는 주제 이외의 것을 우리가 이 작품으로부터 배울 수 있다는 생각은 아예 하지도 않는 까닭이다. 우리는 우리가 마음대로 설정한 우리의 관심에 도움이 되는 한정된 범위 내에서 피르다우스의 이야기에 흥미를 가진다. 말하자면 우리들에게 이 문학작품은 아랍·이슬람 사회에 드러난 가부장제의 실태를 우리가 알기 위한 재료, 작중의 피르다우스는 그 인포먼트에 지나지 않다. 그래서 이 작품이 우리에게 무엇을 호소하고 있는지는 우리에게는 중요하지 않으며, 하물며 작품 전체가 우리 자신을 비판하고 있을 것이라고는 생각지도 않는 것이다.[12] 그러나 이것이야말로 이 작품이 비판한, 피르다우스에 대한 여의사의 태도 그 자체가 아닐까. 여의사는 피르다우스에게 거절당하고, 독방의 바닥에 앉혀지고, 그녀에게 말을 거는 것이 금지되고—말하자면 사회적 엘리트와 범죄자라는 사회적 입장이 역전되고—, 비로소 그녀가 육성으로 하는 이야기를 유심히 들음으로써 자신이 어떤 사람이었는지, 그러니까 권력과 연계되어 피르다우스를 착취하고 억압하는 사람이라는 것, "나의 발을 밟고 있는 것은 당신이다"라는 피르다우스의 고발을 이해하게 되는 것인데, 아쉽게도 그 가장 중요한 점을 일본 사회의 일반적인 독서로는 빠뜨려 버리게 되는 것이다.[13]

3. 파티마 메르니시의 『월경의 꿈들』

이러한 아랍의 페미니스트 작가들의 작품을 일본의 독자가 읽을 때, 제3세계 페미니즘이라는 시점의 결여가 어떠한 오독을 초래하는지 예를 하나 더 제시하고자 한다. 모로코의 사회학자, 파티마 메르니시

(1940~)는 북아프리카를 대표하는 페미니스트 지식인이며, 아랍·무슬림 여성에 관한 수많은 작품을 프랑스어로 쓰고 있다. 그녀의 저작 중 하나로 모로코의 고도古都, 페즈의 명문 할렘에서 나고 자란 자신의 유년시절의 기억을 그린 자전적 픽션 『월경越境의 꿈들』Dreams of Trespass이 있다.[14] 이것은 저자 스스로 영어로 쓴 작품이다. 대학의 여성학 수업에서 몇 번 여름방학 과제의 하나로 이 작품을 다루었는데, 학생들이 쓴 리포트에서 지역과 남녀를 막론하고 범하는 어떤 공통된 '오독'을 발견했다.

'월경의 꿈들'이라는 영어원제가 시사하고 있는 대로 이 작품에는 소녀 파티마와 할렘에 사는 여성들이 꾸고 있는 **복수의** 경계선을 넘는 꿈이 그려져 있다. 그러면 복수의 경계선, 복수의 월경이란 무엇인가. 하나는 여성들을 할렘 안에 가두는 안과 밖의 경계선이라는 형태로 구현되고 있는, 가부장제가 멋대로 그은 여성과 남성을 격리시키는 경계선으로, 그것을 넘는다는 것은 즉 젠더의 평등, 여성의 해방이라는 꿈이다. 다른 하나는 유럽의 식민주의가 조국에 멋대로 그은 경계선[15]으로, 그것을 월경한다는 것은 식민 지배로부터의 해방, 조국의 독립, 즉 민족해방이라는 꿈이다. 이 작품은 한 소녀가 성장해서 모로코인 여성으로서 주체를 형성해 가는 과정에서 여성해방과 민족해방에 대한 희구는 분리될 수 없으며, 식민 지배로 인해 민족적 자율성을 빼앗긴 모로코인이라는 아이덴티티와 가부장제로 인해 차별받는 여성이라는 아이덴티티, 이 양자가 모두 그녀라는 한 인간을 구성하고 있다는 것을 그리고 있다. 다시 말해, 서양의 독자는 모로코의 여성을 이슬람의 가부장제에 억압받고 있는 희생자로만 생각하면 안된다, 우리는 당신들의 식민주의가 낳은 희생자이기도 하기 때문("나의 발을 밟고 있는 것은 당신들이기도 하다")이라는 것을 호소하고 있는 셈이다(그렇기 때문에 저자는 이 작품을 '영어'라는 타자의 언어로 서양세계의 독자들을 향해 직접적으로 쓰고 있다).[16]

그러나 일본 학생들의 독서에서는 이 후자의 관점이 완전히 탈락하고 작자가 작품에 확실히 써넣은 프랑스에 의한 식민 지배로부터의 민족 독립에 대한 소망은, 파티마의 이야기가 전개되기 위한 단순한 시대 배경, 무대 장치로밖에 인식되지 않는다. 마치 여성의 인간 해방이란 가부장제로부터의 해방만을 의미하는 것처럼. 여성에게 일의적 과제란 젠더의 평등이며, 나머지 해방은 이의적인 것에 지나지 않는 것처럼. 이것은 서양의 식민주의적 침략의 역사, 그리고 근대 일본의 식민주의 침략의 역사가 대부분의 일본 학생들에게는 교과서적인 지식으로는 알 수 있어도 역사 속 **인간 삶의 경험으로서**는 전혀 이해하지 못하고 있다는 사실을 이야기해 주는 것이 아닐까. 그들, 그녀들의 젠더 평등으로 일원화하는 읽기는 이 사회가 안고 있는 식민주의의 역사적 경험—과거의 침략·식민 지배의 역사뿐만 아니라 전후 사회에 있어서도 그것이 진정으로 반성되지 않았다는 역사—에 의해 뒷받침 되고 있는 것이다.

사다위의 작품이든 메르니시의 작품이든 서양 페미니즘에 대한 비판을 담아서 쓰여졌을 것인데, 그러나 결국 일본에서 이 제3세계 페미니즘의 작품들은 서양 페미니즘적인 읽기로 회수되어 버림으로써, 대부분의 경우 작품의 진의를 빠뜨리고 놓쳐버린다는 결과를 낳고 있는 것으로 생각된다.[17]

4. 변영주의 〈나눔의 집〉

문제는 아마도, 페미니즘이 타자인 여성들을 이야기할 때 '나/우리'
와 그녀들의 관계성을 어떤 것으로 인식하고 어떻게 그릴 것인가 하는
점에 있다고 생각한다. "Sisterhood is global"이라는 예전의 페미니즘
슬로건은 전 세계 여성들의 관계성을 수평적이고도 대등한 것으로 파
악해, 여성은 '여성'인 것으로 인해 무조건 및 무매개적으로 세계의 여
성들과 연결된다고 주장했지만, 그렇게 주장하는 한, 여성들 사이에 뚜
렷이 존재하는 다양한 차이 혹은 대립—사회적(다수자/소수자), 계급적
(중산계급/노동자·프롤레타리아트), 역사적(식민자/피식민자, 제국/식민지, 북
반구/남반구), 민족적(예를 들어 일본 내의 일본인/재일조선인) 등의 차별적
차이, 대립—을 사상捨象시켜서 여성 또한 여성을 착취하고 억압하고
있다는 사실을 은폐하게 된다.[18] 그렇다면 제3세계 페미니즘이란 타자
인 여성에 대해서 이야기할 때 '나/우리'가 이 여성들과 어떠한 관계성
에 의해 맺어져 있는지를 비판적으로 성찰함으로써 생겨나는 페미니즘
이라고 말할 수 있다.

한국 변영주 감독의 영화 〈낮은 목소리〉(일본어 제목 〈나눔의 집ナヌムの
家〉, 1995)는 지금 말한 그러한 의미에서 훌륭한 제3세계 페미니즘의 작
품이다. 이 작품이 페미니즘 영화일 뿐만 아니라 제3세계 페미니즘의
작품인 것은, 단지 구일본군 성노예제 피해자 여성들이라는, 민족적으
로는 일본에 의한 식민주의 침략의 희생자이며 사회적으로는 가난한
밑바닥에 놓인 여성들이라는, 민족 및 계급이라는 시점에서 젠더의 문
제를 그리고 있기 때문만이 아니다. 이러한 '나/우리'와 '타자인 여성
들'과의 관계성에 대한 비판적 인식 위에, 작품이 짜여져 있기 때문이

다. 이 작품은 나/우리는 같은 여성이기 때문에, 같은 한국인이기 때문에, 같은 한국의 여성이기 때문에 그래서 이 '할머니'들의 고통을 알 수 있고, 그릴 수 있는 것이라는 관점에서 그려져 있지 않다. 오히려 반대로 나/우리들은 그녀들의 고통을 완전히는 이해할 수는 없으며, 그녀들에게 침묵을 강요하고 괴롭혀온 책임의 일부는 우리들에게도 있다는 시점에서 지식인인 감독이 그녀들에 대해서 이야기하는 것이 아니라 그녀들의 목소리가 되지 않는 목소리를 어떻게든 끄집어내려는 것으로 그려지고 있다. 그것은 이 작품의 한국어 원제가 〈낮은 목소리〉라는 데에도 명확히 드러나 있다.

변영주 감독은 실제로 필름을 돌리기까지 1년 이상의 시간에 걸쳐 나눔의 집에 다니면서 '할머니'들과 관계를 쌓아 왔다고 한다. 스피박은 「서발턴은 말할 수 있는가」의 마지막 부분을 지식인 여성은 **서발턴에게 말을 건네는 방법을 배워야** 하고, 그러기 위해서는 여태껏 지식인이 되면서 배워 얻은 것들을 잊어버리지 않으면 안 된다는 말로 맺고 있는데, 변영주 감독이 필름을 돌리기까지의 시간은 감독에게는 그러한 실천의 장이었던 것으로 생각된다.

그렇지만 〈나눔의 집〉은 변영주 감독이라는 지식인에 의한 서발턴 표상이라는 사실은 틀림없다. 서발턴은 스스로 말할 수 없기에 서발턴이며, 지식인에 의한 표상이 아니고서는 그녀들은 표상될 수 없기 때문이다. 변영주 감독이 〈나눔의 집 2〉(〈낮은 목소리2〉, 1997-옮긴이주)를 찍은 것은, 필자의 개인적인 생각이지만 1편에서 '나눔의 집' '할머니'들의 희생자성을 지나치게 강조했다(그것은 그 시점에서는 필요했던 것이라고 생각한다)는 반성이 있었기 때문이 아닐까. '할머니'들이 일본군 성노예제의 피해자이며, 그 존엄 회복을 위해 싸우고 있다고 하더라도 그녀들의 전존재를 '희생자' '피해자'로만 환원해 버릴 수는 없다. 그녀들의 삶의 다면성, 그 인간적인 풍부함, 그 주체성을 그릴 필요가 있다고 느껴졌기 때문은 아닐까(작품은 마침맞게, "다시 우리의 영화를 찍자"는 '할머니'들로부터의 요청으로 시작된다).

변영주 감독은 이렇게 해서 3편까지 '할머니'들의 모습을 계속해서 찍게 되는데, 그 이유 중 하나는 지식인이 서발턴 여성을 표상하는 것에 대한 변영주 감독 자신의 상당히 자각적이고 비판적인 시점이 항상 있었기 때문이 아닐까 싶다. 〈나눔의 집〉 시리즈가 뛰어난 '제3세계 페미니즘'의 실천인 것은 구일본군 성노예제의 피해여성들을 주제로 그렸기 때문이 아니라, 그리는 사람과 보는 사람(감독과 관객)과, 그려지는 사람들('나눔의 집' 할머니들)의 관계성을 감독 자신이 항상 비판적으로 되물으면서, 그리고 새로운 관계성에 의해 양쪽을 다시 맺기 위한 실천으로서 작품을 제작하고 있기 때문이라고 생각한다.[19]

5. 켄 로치의 〈레이디버드 레이디버드〉

'제3세계 페미니즘'을 실천한 영화작품을 두 편 더 다루어 논하고자 한다. 하나는 영국의 켄 로치 감독의 〈레이디버드 레이디버드〉(Ladybird Ladybird, 1995)이고, 다른 하나는 팔레스타인 출신인 미셸 클레이피 감독의 〈풍요로운 기억〉(Fertile Memory, 1980)인데 모두 남성 감독의 작품이다.

〈레이디버드 레이디버드〉[20]의 주인공은 마기라는 노동자계급의 여성이다. 그녀는 고등교육을 받지 못했고 복수의 남성들 사이에서 태어난 아이가 몇 명 있다. 어느 날 밤, 아이들을 방에 가두어 놓고 술집에서 놀고 있었을 때 집에 불이 나, 한 명의 아이가 화상을 입게 된다. 관객들은 누구나 그녀를 엄마로서 실격인 여성이라고 생각할 것이다. 실제로 마기는 관공서로부터 엄마로서 부적격이라는 판단이 내려져 아이들을 빼앗기지만, 실제 그녀는 모성애가 매우 강한 여성이며, 작품은 행정기관에 아이를 빼앗긴 마기가 아이들을 되찾기 위해서 필사적으로 싸우는 절망적인 투쟁을 그리고 있다.

마기는 재판에 호소하지만 그녀의 경제력으로는 기껏해야 삼류 변호사를 고용하는 것이 고작이다. 관공서 측의 증인으로 아동교육의 전문가(지식인 여성)가 법정에 나와서 마기가 얼마나 엄마로서 부적격인지, 아이들을 그녀에게 맡기는 것이 얼마나 잘못된 일이며 아이들을 위해 좋지 않은 일인지를 누누이 냉정하고도 지적으로 진술한다. 그것을 들은 마기는 머리끝까지 화가 치밀어 올라, "당신이 말하는 것은 모두 거짓이다!"라고 감정을 폭발시키지만 바로 그런 언행 자체가 그녀를 부적격한 엄마인 증거로 만들어 버린다.

마기는 파라과이에서 영국으로 망명한 시인 호르헤를 알게 되어 동거를 하고 그와의 사이에 몇 명이나 아이를 낳았지만 그때마다 행정이 아이를 빼앗아 간다. 그러나 빼앗기고 또 빼앗겨도 그녀는 계속해서 자신의 아이를 낳는다. 마기 자신도 어렸을 적에 양부에게 학대를 받은 경험이 있다. 마기는 자신이 학대를 받고 부모의 사랑을 경험하지 못했기 때문에 부모 자식 간의 유대를 원하고 아이들을 끝없이 사랑하고 있지만, 유아기에 학대를 받은 사람은 성인이 되고 나서 아이를 학대하는 경우가 많다는 최신 학설에 따라 당국은 마기로부터 아이를 빼앗아 간다. 마기의 아픔을 이해하는 것은 호르헤뿐이다. 그러나 마기의 파트너인 호르헤에 대해서도 피부색이 다른 외국인 난민에 대한 레이시즘(인종주의)때문에 당국은 신뢰하지 않는다.

어느 여자대학의 여성학 세미나에서 이 영화를 다루어 논의했을 때, 학생들(20세 학생부터 사회인 입학을 한 30대, 40대 여성도 있었다)로부터 마기에 대한 비판이 속출했고 그녀의 아픔에 공감하는 사람이 아무도 없는 것에 나는 충격을 받았다. 모두가 입을 모아 마기를 너무나 강하게 비판했기 때문에 들으면서 필자는 마음이 아팠다. 물론 마기는 어리석고 마기의 불행은 그녀 자신의 경솔함과 자제심의 결여가 초래한 자업자득인 측면도 있다. 마기가 고등교육을 받은 여성들처럼 자기를 억제하고 재판에서 관공서 측의 증인으로 선 아동교육 전문가처럼 지적이고도 냉정하게 이야기할 수 있었다면,—그러니까 **우리처럼** 이야기한다는 것이다—그녀의 주장은 받아들여졌을지도 모른다. 그러나 그것이 불가능한 마기는 그녀가 그 생각, 그 아픔, 그 괴로움을, 그녀의 방식으로—그러니까 감정적으로 외친다는 것—필사적으로 호소하면 호소할수록 그것은 역효과가 나게 돼 엄마로서는 부적격하다는 증거로 해석되고 사태는 그녀의 의도와는 정반대 방향으로 나아가게 된다.

서발턴이 말할 수 없는 것은 서발턴이 말할 수 없기 때문도 말하지 않기 때문도 아니라, 서발턴은 말하고 있는데도 우리가 그것을 알아듣지 못하기 때문에 우리가 마음대로 그것을 해석해서 표상하고 있기 때문이라고 스피박은 주장하고 있는데, 〈레이디버드 레이디버드〉라는 작품이 노동자 계급인 마기를 주인공으로 그리는 것은 바로 그 문제이다. 지식인 남성인 호르헤가 마기의 좋은 이해자가 될 수 있는 것은 조국에서 박해받았고 망명한 영국에서도 유색의 난민으로서 주변화되어, 멸시받고, 차별받고 있기 때문이라는 것, 그래서 마기에게 말을 건네는 방법을 알고 있어(술집에서 두 사람이 만나 친밀해져 가는 장면은 스피박이 말하는 지식인이 "배워 얻은 것들을 잊어버리고 서발턴에게 말을 건넨다"는 것은 어떤 의미인지를 가르쳐 준다), 사회의 엘리트들이 알아듣지 못하는 그녀의 아픔을 아픔으로 알아들을 수 있다는 것을 이 작품은 나타내고 있다. 사회는 마기에게, 자기억제를 배우고 냉정하고 지적으로 이야기할 수 있게 되라고 말한다. 그러니까 우리처럼 되기 위해서 배워라, 그러지 않는 한 너의 목소리는 듣지 않겠다는 것인데, 로치 감독은 나/우리는 어떻게 하면 호르헤처럼 마기에게 말을 건넬 수 있는 것인지를 묻고 있는 것으로 생각된다.

서발턴에 대해 우리가—호르헤처럼—그녀들의 장소를 찾아가, 그녀들의 말로 그녀들에게 말을 건네는 것이 아니라, 반대로 그녀들이 우리의 장소—예를 들어 재판소—로 나와 우리가 이해할 수 있는 말로 우리에게 이야기하지 않는 한 그 목소리에는 귀를 기울이지 않고, 이해하려고 하지 않는다는 그러한 폭력, 억압을 〈레이디버드 레이디버드〉는 그려내고 있는데, 이 폭력, 이 억압은 일본 사회와도 무관한 것이 아니다.

예를 들면 재일在日 1세 여성들에 의한 재일 고령자 무연금 소송이 있다.[21] 전후 일본 사회의 차별적인 법 체제 아래, 구식민지 출신자는 국민연금 제도에서 배제되어 사회의 밑바닥에서 고생하면서 살아온 1세가 무연금 상태에 놓여 있다. 이에 항의해서 교토에서는 다섯 명의 재일 고령자 여성들이 원고가 되어 일본정부를 제소했지만 패소와 항소를 되풀이하고 결국 최고재판소에서 패소가 확정됐다. 원고인 여성들 대부분이 민족 차별과 여성 차별 속에서 초등학교도 다닐 수 없었고, 글자를 전혀 읽고 쓰지 못하는 여성도 있다. 초등학교에 다니지도 못하고 아이를 돌보면서 화장실에서 글자를 배웠다는 여성이 재판에서 그 심정을 쓴 작문을 소리 내어 읽었다. 식민지 시대, 그리고 전후에도 형태를 바꾸어 계속되는 차별 속에서 사회의 밑바닥에서 육체노동을 하면서, 가부장제 아래의 여성으로서 차별받으며 살아온 그녀들의 괴로움과 아픔은 그것을 상세하게 알게 된 영화감독이 작품으로 그려내야 비로소 그 경험 바깥에 있는 타자들도 이해할 수 있을지 모른다. 혹은 능숙한 작가라면 그것을 원고지 몇 십장짜리 작품으로 써 내어서 타자에게 알릴 수 있을지도 모른다. 그러나 이 여성들의 경험이나 심정은 아무리 당사자 본인이 문장이나 육성으로써 이야기한다고 해도, 재판소에서 적절하게 쓰이는 일본어, 예의 바른 형식에 맞추어 만들어진 그것은 결코 그녀들의 '육성'을, 아픔을 그대로 전달하는 말이 아니었다.

나/우리의 말로 나/우리가 이야기하는 것처럼 이야기해도 재판관석, 피고석에 있는 사람은 호르헤가 아니다. 그들은 호르헤처럼 조국에서 박해받고(즉 권력의 전횡을 몸으로 알고), 망명지에서 자신이 주변화된 존재로서 차별받고, 사회의 불의에 의해 억압받고 차별받는 사람의 아픔을 자기 일처럼 아는 소수자가 아니라, 민족적 다수자로서 국민의 특권을 자명한 것으로 향유하고, 고등교육을 받고, 식민주의적 침략의 역사적 경험에 대해 교과서적 지식밖에 지니지 못하고, 그것을 살아 있는 인간의 경험으로 상상해 본 적도 없는 엘리트 재판관이나 공무원, 변호사들이다. 그들에게 그녀들의 아픔은 가 닿지 않는다. 방청석에서는 종종 지원자—원고인 '할머니'들과 같은 처지에 있는 사람들—로부터 욕하는 소리나 호통이 퍼부어졌다. 법정에서는 규칙위반이지만 규칙을 지켜서 말이 전달되는 것은 다수자의 특권이다. 이들은 규칙을 지키지 않으면 지키지 않는다는 이유로 그 목소리는 무시되고, 그리고 규칙을 지켜도 역시 무시당하는 것이다. 지고 또 져도 이 '할머니'들은 투쟁을 그만두지 않았다. 아이를 빼앗기고 또 빼앗겨도 마기가 아기를 계속 낳은 것처럼.

만약 수업에서 〈레이디버드 레이디버드〉를 본 학생들이 일본 사회에서, 자신들 사회의 과거 식민주의 역사의 결과로서, 마기처럼 지금도 이러한 절망적인 투쟁을 계속하고 있는 사람이 있다는 것을 알고 있었다면 이 영화에 대한 그녀들의 견해는 다소 달랐을지도 모른다. 혹은 이 영화를 소개하는 영화 비평가가 그러한 관점을 가지고 있었다면 이 작품은 어리석고 모성 본능이 매우 강한 여성의, 바로 그렇기 때문에 상식을 벗어난 투쟁을 감동적으로 그린 작품이 아니라, 거기서 그려지고 있는 것은 우리 사회의 차별성 문제이기도 하다는 것을 알았을지도 모른다. 그러나 여기서도 역시 "우리의 발을 밟고 있는 것은 당신들이다!"라는 작품의 호소를 사람들은 알아듣지 못한다. 일본 사회에서도 이 영화를 보고 그러한 목소리를 알아듣는 사람들, "이것은 나/우리의 이야기다"라고 생각하는 사람들이 많이 있다. 그렇지만 그녀들 자신이 서발턴이기 때문에 그 목소리, 그 심정은 쉽게 사회적으로 공유되지 않는다.

6. 미셸 클레이피의 〈풍요로운 기억〉

미셸 크레이피 감독 〈풍요로운 기억〉은 루미아와 사하르라는 두 팔레스타인 여성을 주인공으로 하여, 이스라엘 점령 하에서 여성으로 살아가는 두 사람의 모습을 통해, 팔레스타인인의 저항을 그린 다큐멘터리 영화이다. 그리고 이 작품에서도 스스로 말하는 지식인 여성과 공적 공간에 자신의 목소리가 이르지 못하는—말할 수 없는—서발턴 여성의 차이가 중요한 요소로 씌어져 있다.

1967년의 제3차 중동전쟁으로 점령당한 요르단강 서안에 살고 있는 사하르 칼리파는 현대 팔레스타인 문학을 대표하는 여성작가(1942~)이다. 고등학교를 졸업하자마자 곧바로 부모가 정한 상대와 결혼한 그녀는, 13년 걸려 이혼을 쟁취하고 자립한다. 두 딸을 키우면서 대학에 진학하여 작가가 되고, 이 작품이 촬영된 1980년 당시, 사하르는 두 번째 소설 『숫바르(선인장)』가 호평을 받고, 그 속편인 『해바라기』를 집필 중이었다. 또 다른 주인공 루미아는 1948년 유대 국가 건설로 점령당한 팔레스타인 북부의 갈릴리 지방에 살고 있다. 사하르보다 열두 살 연상인 루미아는 13세에 결혼한 후 남편과 사별하고 이후 유대 국가가 되어 버린 조국에서 수도원의 식모살이를 하면서 두 아이를 키워왔다. 영화 촬영 당시에는 공장노동자로 일하고 있었다. 이스라엘 점령 하에서 홀어머니로 아이를 키우면서 살아가는 처지는 공통적이지만, 자신의 힘으로 고등교육을 받고 독립된 개인으로 자립하고 있는 지식인 사하르와 대조적으로, 루미아는 중등교육도 받지 못한 노동자 여성이다.

두 사람의 차이 중 하나는 여성의 존재 방식을 둘러싼 그녀들의 가치관의 다름에 나타나 있다. 스스로 이혼을 쟁취하고 자기의 자유를 위해 재혼하지 않고 굳이 홀어머니라는 곤란한 입장을 관철하고 자립의 길을 스스로 열어젖혀 작가가 된 페미니스트 사하르. 한편 루미아는 남편과 사별한 뒤, 아이들을 위해 재혼하지 않았으며, 딸이 재혼한 것을 계속해서 비난하면서 딸을 울린다. 여성을 속박하는 가부장적 가치관을 그녀 스스로가 내면화하고 있는 것이다. 그러나 그 이상으로 두 사람의 차이가 두드러지는 것은 두 사람이 '말'을 하는 방식에서이다.

지식인인 사하르는 감독이 들이대는 카메라 렌즈 저편에 불특정 다수의 타자가 있다는 것을 전제로, 자신에 관한 이야기를 할 때조차 그것을 대상화해 객관적으로 이야기한다. 자기 자신의 인생에 대한 질문을 받았을 때도 "오리엔트의 여성이란…" "오리엔트의 사회란…"이라고 추상화하고 보편화하여 그 보편적인 문맥 안에 자신을 놓고 대상화해서 논하는 전형적인 지식인의 이야기 방식이다. 루미아의 이야기 방식은 대조적이다. 그녀의 이야기는 항상 사적인 이야기이다. 친밀한 공간에서 눈앞에 있는 딸, 아들, 여동생 등 친한 사람들과 사적인 형태로만 그녀는 이야기한다. 유일하게 카메라 앞에서 그녀가 그때까지 걸어온 인생의 길(소녀 시절에 결혼, 남편과 사별하고, 수도원에서 식모살이를 하면서 아이를 키우고…)을 소개하는 장면이 있지만, 그때의 루미아는 교과서를 암기해 온 학생이 교실에서 서투르게 그것을 암송하듯이 긴장하고, 더듬거나 고쳐 말하면서 이야기한다. 작품은 자신도 타자도 객체화해서 언어로 표상할 수 있는 지식인과, 그러한 형태로는 자기 자신조차 타자에게 표상할 수 없는 서발턴과의 디스코스discourse의 다름을 두 사람의 이야기를 통해 수행적으로 그리고 있다.

사하르는 점령 하의 팔레스타인에서 여성이 산다는 것, 그리고 섬령과 가부장제에 대한 여성의 이중 저항을 소설이라는 문학작품으로 나타낸다. 그녀 자신이 그것을 살아간다는 것과 동시에 소설로 쓴다는 행위를 통해 지식인으로서 점령과 가부장제라는 두 개의 억압, 팔레스타인 여성이 짊어진 이중의 억압과 싸우고 있다. '문학', 그것은 지식인 사하르의 '저항'이자 '투쟁'의 표현이며, 문학을 통해 사하르는 자신을 표상하고 있다고 말할 수 있다.

그러면 루미아는 어떻게 자신의 삶을, 그리고 그녀의 저항이나 투쟁을 표상하고 있는 것일까. 서발턴인 루미아는 사하르처럼 '작가'가 되어 독창적인 어떤 것으로 자기를 표상할 수는 없다(독창적인 작품으로 자기를 표상해서 사회적 인지나 평가를 얻는다는 것은 서발턴이 아닌 사람들의 특권이다). 그러나 특권적인 작가가 되어 독창적인 어떤 것으로 자기를 표상하고 있지 않다고 해서 루미아가 자신의 심정을 이야기 하고 있지 않다는 것은 아니다. 그것은 예를 들어 가슴에 안은 손자를 재우면서 고향을 떠올리는 자장가를 부를 때, 그 자장가에 의해, 혹은 수다를 떨면서 불쑥 튀어나오는 속담에 의해,─작자 미상의 자장가나 속담이란 '독창적인 것'의 대극을 이루는 것이며 자작을 낭독하는 사하르와는 대조적이다─혹은 이러한 '말'조차도 아닌 것에 의해. 예를 들어 전통적인 과자를 몇 십 개나 만들거나, 야채를 썰거나, 찬바람이 부는 마당에서 빨래를 한다는 등 별것도 아닌 일상생활의 행위에 의해. 혼자 자기 방에서 묵묵히 생각하는 사하르와는 대조적으로 작중의 루미아는 항상 부지런히 일하고 있다. 클레이피 감독은 그러한 루미아의 모습이나 말의 단편을 쌓아감으로써(마침 변영주 감독이 '나눔의 집'의 할머니들의 말의 단편이나 한숨이나 침묵을 쌓아가는 것처럼), 그것이 그녀의 분명한 저항적 삶의 자기 표상임을 그리면서, 점령 하의 저항은 특권적인 사람들에 의해 우리에게 알기 쉬운 명시적이고도 현재顯在적인 형태로만 수행되는 것이 아니라, 루미아처럼 그 이름을 알 수도 없는 무수한 사람들─서발턴─의 그 삶 자체가 저항이라는 것을 가르쳐 준다.

7. 표상 불가능한 아픔과 기억

서발턴 여성의 자기표상(의 불가능성)에 대해 마지막으로 한 작품만
더 소개한다. 20년 전 쯤, 우연히 텔레비전에서 본 기타규슈 지방의 야
간학교에서 글자를 배우던 재일 1세 여성들의 다큐멘터리 프로그램이
었다(아쉽게도 제목은 기억하지 못한다). 앞서 말한 것처럼 재일 1세 여성
들의 대부분이 민족 차별과 여성 차별 아래 초등교육조차 제대로 받지
못하여 글자를 읽고 쓰지 못한다. 프로그램은 나이를 먹고 나서 야간
중학교에 다니며 일본어 읽고 쓰기를 배우는 재일의 '어머니'의 모습
을 좇고 있다.

프로그램의 마지막에서 일본어로 문장을 쓸 수 있게 된 '어머니'가
자기의 작문을 소리 내어 읽는다. 글자를 읽을 수 있게 되어 전철을 타
고 나갈 때도 역 이름을 읽을 수 있기 때문에 예전처럼 불안은 느끼지
않는다는 내레이션으로 프로그램은 끝난다. 그것뿐이었다면 예정된 결
말로 끝나는, 특별히 기억에 남을 만한 작품은 아니었을지도 모른다. 그
러나 이 다큐멘터리가 특필할 만한 점은 서발턴적 삶의 표상 불가능성
을 영상을 통해 수행적으로 작품에 새겨 넣고 있는 데에 있다.

한 '어머니'는 가난한 생활 속에서, 아이들의 주린 배를 채워주기 위해
길가의 들풀을 뜯어 식탁에 올리곤 했다. 살기에 어려움이 없어진 지금
도 길을 걷다 문득 그런 들풀이 눈에 뜨이면 갑자기 힘들었던 과거의 기
억이 되살아나 그녀에게 들어붙는 것인지, 마치 무엇인가에 홀린 것처럼
그녀는 넋을 잃고 들풀을 뜯기 시작한다. 말이 되지 않는 무언가를 필사
적으로 중얼거리면서. 또한 집에 있는 아마 딸이 아니면 손자의 피아노
건반을 가끔 양손으로 쾅쾅 하고 두드린다. 불협화음의 집합에 지나지

않는 그것을 듣고 그녀는 마음이 왠지 가라앉게 된다고 말한다.

그녀의 이러한 신체적 행동들은 그녀 자신조차도 왜 그러는지 알 수 없는, 그녀의 존재의 내부에서 끓어오르는 충동이며, 그녀의 삶의 경험—아픔의 기억—과 깊이, 본질적으로 연결되어 있다는 것, 마침 그녀의 서발턴적 삶이 표상된 것으로 느껴지지만, 그러나 그것이 그녀의 삶의 경험의 어떤 구체적 세부인지, 어떤 아픔인지를 우리는 알 수 없다 (아마 그녀 자신도 마찬가지일 것이다). 작중에 삽입된 이 두 에피소드를 우리는 프로그램의 내러티브 안에 정합적으로 자리매김할 수는 없다. 이 두 에피소드는 우리의 어떠한 해석도 이해도 수용도 거부하고 저작咀嚼도 소화도 할 수 없는 이물異物로 계속 남아 있다. 그러나 그렇기 때문에 역설적으로 거기에 표상 불가능한 그녀의 아픔이 있다는 것—비록 글자의 읽고 쓰기를 깨쳤다고 해서 결코 표상할 수 없는 아픔이 있고 기억이 있으며, 그 아픔의 기억을 이러한 무의식의 방식으로 이야기하면서 살아가고 있는 사람들이 우리 사회에 있다는 것—을 작품은 수행적으로 제시한다. 이 에피소드가 없었다면 혹은 이 에피소드에 어떠한 정합적인 해석이 가해지고 제시되어 있었다면, 일본어 글자를 배움으로써 이 '어머니'들이 자신을 가지고 안심하고 살 수 있게 되었다는 이야기로 정리되어, 우리도 역시 안심하고, 그리고 잊어버렸을지도 모른다. 프로그램은 표면적인 내러티브로서는 야간 중학교에 다니는 재일 1세 '어머니'들이 어떤 간난신고를 겪으며 살아 온 것인지, 그리고 글자 읽고 쓰기를 배움으로써 그녀들이 자신을 얻는 모습을 그리고 있지만, 그 심층 내러티브에서는, 거기에 그녀들 자신에 의해서도 표상할 수 없는, 그녀들이 살아 온 표상 불가능한 아픔이 있다는 것, 그리고 표상 불가능하기 때문에 우리가 반대로 그 아픔이 어떤 것인지를 알려고 해야만

한다고, 그렇게 전해주고 있는 것처럼 나는 느꼈다.

　　마지막으로 변영주 감독의 말로 이 글을 맺고 싶다. 〈나눔의 집 3〉[22]
이 완성되어 일본에 온 변영주 감독을 만나 이야기를 나눴을 때의 일
이다. 변영주 감독은 다음과 같이 말했다. "'할머니'들의 아픔을 우리는
이해하지 못할지도 모른다. 그렇지만 이해하려고 노력할 수는 있다. 이
해할 수 있는지 없는지가 문제인 것이 아니라, 이해하려고 노력하는 것
이 중요한 것이다."

[이재봉·사이키 가쓰히로 옮김]

주

1) Gayatri Chakravorty Spivak, "Can the Subaltern Speak?", eds. Carry Nelson & Lawrence Grossberg, *Marxism and the Interpretation of Culture*, University of Illinois Press, 1988.

2) 나의 책 『그녀의 '진정한' 이름이란 무엇인가(彼女の「正しい」名前とは何か)』(靑土社, 2000년)의 부제는 "제3세계 페미니즘의 사상(第三世界フェミニズムの思想)"이고, 또한 그 뒤에 출간된 『대추야자나무 그늘에서(棗椰子の木陰で)』(靑土社, 2006년)의 부제도 "제3세계 페미니즘과 문학의 힘(第三世界フェミニズムと文學の力)"이며, 모두 부제에 이 말이 붙여져 있는 것으로도 알 수 있듯이, '제3세계 페미니즘'은 필자의 주요 관심 주제의 하나이다. '제3세계 페미니즘'에 대해 중심적으로 논한 작품의 효시로서, 예를 들어 Chandra Mohanty, Ann Russo, and Lourdes Torres, eds., *Third World Women and Politics of Feminism*, Indiana University Press, 1991이 있다.

3) '어떤 특징을 적극적으로 나타내지 않고 특별한 수식어 없이 사용되는 일반적인 뜻에서'라는 의미(옮긴이주).

4) 나는 『그녀의 '진정한' 이름이란 무엇인가』에서 1990년대의 북반구 선진공업세계에서 전개된 아프리카의 여성 성기 수술 관행에 대한 비판의 담론적 방식을 비판했는데, 그것은 북반구의 여성들이 가부장제에 의해 생식기에 상처를 입게 되는 아프리카 여성들의 아픔에는 강하게 공감하면서, 자신들의 비판적 담론이 식민주의에 의한 역사적인 아픔을 재생산하고 있는 것은 자각하지 못해 인종주의적 담론을 반복하고 있는 상황에 대한 지적이며 비판이었다. 그러나 나의 이러한 지적은 "선진국의 여성은 아프리카 문화를 비판하지 말아야 한다"는 식의 환원주의로 오독되어 비판 받는 일도 적지 않았다. "여자이기 때문에 아프리카 여성의 아픔을 알 수 있다"는 것과 마찬가지로 "선진국의 여성은 아프리카 문화를 비판하지 말아야 한다"는 것 또한 본질주의이며, 내가 비판하고 있는 것은 이러한 본질주의적인 담론 방식이다.

5) 스피박은 도시에서 근대적 고등교육을 받은 소셜워커(social worker)인 인도 여성이

지방에 사는 여성들의 언어도 관습도 가치관도 이해하지 못하고 서발턴 여성에게 말을 건넬 줄 모른다는 것을 언급하고 있는데, 이러한 제3세계 지식인 엘리트 여성들은 그 지적 사고방식 면에서 자국의 서발턴 여성보다 훨씬 서양의 지식인에 가까운 존재이다. 제3세계 페미니스트의, 중산계급적 가치관에 근거한 페미니즘도 역시 '서양' 페미니즘으로 간주되는 것은, 서양 페미니스트들과 마찬가지로 그녀들도 자문화(중산계급적 가치관)중심주의에 의해 서발턴 여성들을 해석하기 때문이다.

6) 하나의 예로 라티파 자이야트Latifa al-Zayyat 『열린 문』(al-bab al-maftuh, 1960)을 들수 있다. 자이야트는 1923년에 태어났고 1957년 카이로의 아인샴스대학교에서 영문학 박사학위를 취득하고 같은 대학교에서 교편을 잡았다.

7) 그것은 중동이나 제3세계만의 이야기는 아니다. 가난한 모자가정의 딸이었던 나의 어머니는 고등학교를 졸업하자 바로 같은 지역의 맥주 제조회사에 취직했다. 동창들이 대학에 진학하거나 사무직으로 취직하는 가운데 어머니가 하고 있었던 일은 남성노동자와 같은 제조 라인에 나란히 서서 땀범벅이 되면서 제조 작업을 하는 공장노동이었다. 남녀평등의 고용기회보다도 결혼해서 밖에서 일하지 않아도 되는 '가정주부'로 안주하는 것이 그녀의 꿈이었다고 해도 이상하지 않다. 젊은 나이에 어머니가 공장에서 중노동을 하고 있었다는 것을 딸인 내가 알게 된 것은 꽤 세월이 지나고 난 후의 일이다. 어머니에게는 그것을 딸에게 이야기할 수 있게 될 때까지 30년 이상의 세월이 필요했던, 그만큼 아픈 경험이었던 것이다.

8) 각주 4) 참조. 단 각주 6)에 든 자이야트의 책에서는 영국의 식민 지배로부터 해방되기를 바라는 민족적 희구가 주인공의 여성 해방에 대한 희구와 함께 그려져 있어, 바로 그 점에서 식민주의의 역사라는 민족적 경험에 대한 시점이 결여된 '서구 페미니즘'과는 다르다.

9) 제1세대의 페미니스트 여성 작가들의 작품에서 페미니스트인 '딸'에 의해 부정당해야 할 '어머니' 세대 여성의, 아픔이 가득 찬 주체성을 그린 작품으로, 예를 들어 시리아 출신 여성작가 가다 삼만(Ghada Samman, 1942-)의 「고양이의 목을 치다」(단편집 『네모난 달』(al-qamar al-murabba ; 1994) 수록)가 있다.

10) 아직 한국에서는 번역되지 않았으나, 피터 박스올이 엮은 『죽기 전에 꼭 읽어야 할 책 1001권』(박누리 역, 마로니에북스, 2007)에 소개되어 있다(옮긴이주).

11) 『영점의 여인』의 이야기 방식에 관한 논의에 대해서는 나의 책 『대추야자나무 그늘에서』(각주2 참조) 수록, 「'2급 독자' 혹은 읽기의 정통성에 관하여(「二級讀者」あるいは讀むことの正統性をめぐって)」를 참조.

12) 아랍의 특히 노동자계급의 여성들은 아랍·이슬람의 가부장제라는 자문화에 의해서만 억압당하고 있는 것이 아니다. 역사적으로는 식민주의에 의해 현재적으로는 남북구조, 신식민주의에 의해서도 착취, 억압당하고 있다. 사다위는 그의 저서 『아랍 여성의 숨겨진 얼굴』(al-wajh al-'ari lil-mar'a al-'arabiyya, 영역판은 "The Hidden Face of Eve"(옮긴이주: 한국에서는 니컬러스 J. 캐롤리드스의 『100권의 금서』(손희승 역, 예담, 2006)에서 『이브의 숨겨진 얼굴』로 소개되어 있다)에서 구식민지 종주국의 그리고 북반구 선진공업세계의 여성들은 제3세계의 여성들에게는 가해자이며 아랍·이슬람의 가부장제를 비난하기 전에 자신의 가해성, 책임을 인식하라고 강조하고 있지만, 일본 사회에서 이루어지는 읽기에서는 마찬가지로 이 점("우리의 발을 밟고 있는 것은 당신들이다")도 빠뜨려 버리는 경향이 있다.

13) 사다위도 그렇고 3장에서 논하는 모로코의 파티마 메르니시도 그렇고, 아랍의 여성작가들은 엘리트 여성 지식인에 의한 서발턴 여성의 표상이 본질적으로 배태한 문제(「서발턴은 말할 수 있는가」)에 자각적이지만, 이 점을 일본의 독자들이 빠뜨리고 마는 것은 일본 사회에서는 '제3세계'적 역사적 경험이 결여되어 있기 때문이라는 것이 하나의 이유일 것이다. 그러나 또 하나, 다른 가설로서 특권적으로 고등교육을 받은 사회적 엘리트인 여성이 제1세대 작가가 된 아랍 세계와는 달리, 일본 근대소설의 제1세대 여성작가로 기억되는 것은 히구치 이치요(樋口一葉), 하야시 후미코(林芙美子), 사타 이네코(佐多稻子) 등 가난하고 고등교육도 받지 못했던 노동자계급의 여성들이었다는 것도 혹시 관계되어 있을지도 모른다.

14) 일본어판 제목은 『할렘의 소녀 파티마, 모로코의 고도 페즈에 태어나서(ハーレムの少女ファティマ モロッコの古都フェズに生まれて)』, 未來社)이다.

15) 모로코는 북부와 남부를 스페인에, 페즈를 포함한 중부를 프랑스에 지배당해 스페인령과 프랑스령 사이에 '국경선'이 그어졌다. 페즈의 모로코인이 북부의 탕헤르로 여행하려면 파리나 마드리드로부터 당국의 허가를 받아야 했다.

16) 『월경의 꿈들』에 관한 논의에 대해서는 『대추야자나무 그늘에서』(각주2 참조) 수록,

「할렘의 소녀와 포스트식민의 아이덴티티(ハーレムの少女とポストコロニアルのアイデン
ティティ)」,『아랍-기도로서의 문학(アラブ 祈りとしての文學)』(みすず書房, 2008) 수록,
「월경의 꿈(越境の夢)」을 참조.

17) 이 점에 관해 제3세계적 역사 경험을 지닌 한국 사회에서 젊은 세대들에게『월경
의 꿈들』이라는 작품이 어떻게 읽혀질까. 일본 학생들과는 달리 젠더 평등과 함께
식민지 지배로부터의 민족 독립의 꿈 또한 작품의 주요 주제인 것을 읽어낼 수 있
을까.

18) 1975년 멕시코에서 개최된 세계여성회의에서 이 문제를 제기한 사람이 볼리비
아의 도미틸라 바리오스 데 충가라였다. Domitila Barrios de Chungara "Si me
permitten hablar…" (일본어 제목『나에게도 말을 시켜줘-안데스의 광산에 사는 사람들(私
にも話させて-アンデスの鑛山に生きる人々)』, 現代企劃室, 1984.)

19) 〈나눔의 집〉에 대해서는 졸저『그녀의 '진정한' 이름이란 무엇인가』에 수록,「굴러
가는 호박, 혹은 응답한다는 것(轉がるカボチャ, あるいは應答するということ)」도 참조.

20) 레이디버드는 무당벌레라는 뜻이고 '레이디버드 레이디버드'라는 자장가가 있다
고 한다(옮긴이주).

21) 상세한 것은 나카무라 일성(中村一成)의『목소리를 새기다-재일 무연금 소송을 둘
러싼 사람들(聲を刻む在日無年金訴訟をめぐる人々)』(インパクト出版會, 2005)을 참조.

22) 〈낮은 목소리 3-숨결〉, 2000

4. 정치적인 것의 귀환:
다문화 담론과 전 지구적 로맨티시즘 비판

박형준(한국문학, 경성대 강의전담교수)

1. 유령들, 혹은 다문화 제국의 역습

유령이 떠돌고 있다. '다문화multi culture'라는 유령이. 다문화주의 담론은 사회, 문화, 경제, 교육, 정치 등 각 분야에서 '모국(어) 문화'라는 강력한 저지선을 월경越境하며, 그 분포를 확장하고 있다. 국경을 배회하는 유령들,—이주 여성, 이주 노동자, 탈북자, 이민자 등—다시 말해 국민국가의 임계 지점을 탐색하고자 하는 노력이 '다문화주의'라는 언술 방식으로 떠들썩하게 이루어졌고 또 이루어지고 있다. 일상적인 삶과 비일상적인 자리, 그 어느 영역에서도 다문화주의를 이야기하지 않고서는 논의가 불가능한 것처럼 보이기까지 한다.

하지만 다문화주의 담론의 부피가 팽창한 것에 비해 소수 인종의 민족, 언어, 문화에 대한 배타적 시선은 변하지 않았다. 다문화주의 담론을 통해 호명된 '다문화 시민'이란, 저 견고한 정체성의 정치로 등기되고 있는 주체에 다름 아니다. 그들과 우리는 여전히 동일한 위치에 서 있으며, 그 거리는 실감으로 존재하고 있다. '차이'의 존중은 '평등'이라는 개념을 가시거리 안쪽에 위치시키며, 주체의 도덕적 우월감을 확인하는 수단으로 작동한다. 차이와 저항, 포용과 동화의 역사로 얼룩져 있는 서구 다문화주의의 역사성을 고려할 때, 한국의 다문화주의 역시 일종의 착종 '상태state'[1]에 빠져 있다고 말할 수 있다.

다문화적인 상황이라 명명되는 초국가적 '상태'는 개인적인 것과 국가적인 것, 사적 정서와 공적 통치의 관계망 속에서 이방인에 대한 입장을 재구축한다. 추상적 대상subaltern으로 범주화되어 있는 이주 여성, 이주 노동자, 탈북자 등의 정체성은 확정 불가능한 형태를 지니고 있다. 그러나 이방인의 이질적인 정체성은 '다문화'라는 이름으로 동질화되어 유포된다. 국민국가의 근대화 프로젝트가 '차이'를 표나게 배제하는 방식으로 감성적 통일성을 유지하고자 하였다면, 탈근대 국민국가의 통치 전략은 '로컬 아이덴티티'의 재구성을 통해 '차이'의 감각을 관리하는 전략으로 전환되고 있는 것이다. 타자의 감각, 즉 '차이'를 존중하고 이해하자는 논리가 손쉽게 '인권'의 보장으로 상치되는 선언과 호소는 다문화주의의 긍정적 효과마저 왜곡하는 결과를 초래한다.

'차이'의 '존중과 수용'이라는 말은 '거부와 배제'라는 말과 '한 짝'을 이루며 길항한다. 이방인을 거부하고 배제하는 입장의 반대쪽에는 언제나 공감, 이해, 관용 등과 같은 감성적 언어가 충만하게 자리하고 있다. 이방인에 대한 이질감,─즉 다른 얼굴, 다른 언어, 다른 복색, 다른 사상이 주는 동물적인 거부감─은 즉물적인 불편함을 해소하기 위한 '차이'의 포용과 봉합의 언어로 일상화된다. 데리다 식으로 말하자면,

'절대적 환대'의 반대 지점에 '추방과 배제'의 어법이 존재하는 것이 아니라, 그러한 발화 구조 속에 이미 '수용과 추방'의 '요청/폐지'가 등기되어 있는 것이다. 다시 말해, 이방인에 대한 수용과 추방은 동일한 상징적 질서 속에 존재하고 있다.

현재의 다문화주의는 일종의 "내파內破" 현상, 즉 "차이가 절대적 중립, 평형, 상호 교환성으로 환원되는"[2] 현상에 놓여 있다고 하겠다. 낯선 손님에 대한 이물감을 사적 정서와 관용(이해의 정도와 수준)의 문제로 치환하는 것, 이것은 아이러니하게도 주체의 '차이'를 제거하고 희석시키는 결과를 초래한다. '다른 것'과 '틀린 것'의 구별 어법, 이 소박한 상대주의 역시 차이와 평등의 등식 구조 속에 이미 불평등을 내포하고 있음을 지시하며, 그것은 서구 자유주의적 동화同化 프로그램의 수용과 무관치 않다. 이는 '차이'를 표상하는 많은 슬로건들이 공생共生을 위한 절대적 가치로서의 도덕률 이상을 의미하지 못한다는 사실에서도 확인할 수 있는데, 이상하게도 그 낡은 어법은 폐기되지 않고 '차이의 정치'를 가능하게 하는 '공감-기계'로 작동하고 있다. 이것은 다문화주의가 지닌 실천적 성격에서 기인하는 것처럼 보이지만,—다문화주의가 타자에 대한 이론적 실천의 가능성을 제시하는 것처럼 보이겠지만—사실 그것보다는 합법적인 '세계시민권'의 발행과 배포 시기가 곧 도래할 것이라는 풍문(정확히 이야기해서는 다문화 사회에 적합한 세계시민의 자격을 획득할 수 있으리라는 불가능한 희망을 믿고 있는)의 내용과 유포 범위를 보여주는 현상이라고 하겠다.

서구 자유주의적 전통 안에서 시민성citizenship의 개념을 재구축하고자 하는 다문화주의의 통치 모델은 '자본/국가'의 포획-틀에서 벗어나 있는 예외적 존재를 발견하고 이감시키는 제국적 프로젝트를 수행

한다. 제국의 횡단과 도약은 '차별'에서 시작하는 것이 아니라, '차이'
를 감각하는 자리에서 출발한다. 그러므로 차이의 개념을 평등으로 대
체하고 관리하는 다문화 제국의 탈정치화 담론, 그 온화한 세계 통합의
논리를 승인하고 촉구하는 폭력 형식이 '톨레랑스(관용)'라는 사실은 그
리 놀랍지 않다. 이 긍정성의 통치술을 다시 사유하고자 하는 노력이
공생의 도덕률에 대한 불온한 회의에서 출발하여 자유주의적 통치 전
략이 은폐하고 있는 정치성을 복원하는 자리까지 나아가야 하는 것은
그 때문이다.

2. 문화와 장치 : 바디우와 함께 '다문화'를

일반적으로 '다문화주의'는 주체의 다양한 차이差異를 이해하고 배려
함으로써 다수多數의 공통 선善을 모색하고자 하는 실천 담론으로 설명
되어 왔다. '실천 담론'이라고 한 것은 차이의 윤리를 사유하는 새로운
분기점으로서의 다문화주의를 염두에 둔 말이다. 그 실천성의 순수함
에 불순한 문제를 제기하는 것, 다시 말해 다문화주의의 당위성(윤리적
가치)을 회의하는 것은 '비-윤리적 태도'나 '차별적 세계 인식'과는 무
관하다. 왜냐하면, '관용을 베푸는 자'의 선한 의지와 관계없이, (역설적
이게도) 경계를 넘는 입국자(들)을 이방인—이주 여성, 이주 노동자, 이
민자, 탈북자 등—으로 호명하고 분류하는 것 역시 '다문화'라는 언술
방식이기 때문이다. 만약, 바디우라면 이를 "장치의 이름"이라고 불렀
을 것인데, 그것은 다문화주의가 주체를 관리하는 새로운 '장치의 이
름'임을 잘 보여준다.[3]

> 오늘날 사람들은 바로 이러한 장치의 이름하에―이를 알거나 또는 알지
> 못하거나 하면서―우리에게 설명한다. 윤리란 '타자에 대한 인정'(이 타
> 자를 부정하는 인종주의에 반대하는) 또는 '차이의 윤리'(이민자를 배제시키고자 하는
> 민족주의 또는 여성 존재를 부정하려는 성차별주의에 반대하는) 또는 '다多문화주의'
> (행동과 지성의 통일된 모델을 부과하는 것에 반대하는)라고. 또는 단순히 타자들이
> 자신과 다르게 사고하고 행동하는 것을 불쾌하게 여기지 않는, 그 훌륭
> 하고 오래된 '관용'이라고. 이러한 양식 있는 담화는 힘도 진리도 지니
> 고 있지 못하다. 그러한 담화는 자신이 선포하는 '관용'과 '광신' 사이의,
> '차이의 윤리'와 '인종주의' 사이의, '타자에 대한 인정'과 '정체성의 수
> 축' 사이의 경쟁에서 이미 패배해 있다.[4]

　"'관용'과 '광신' 사이의, '차이의 윤리'와 '인종주의' 사이의, '타자에
대한 인정'과 '정체성의 수축' 사이의 경쟁에서 이미 패배해 있다"는 바
디우의 통찰은 다문화주의라는 '용법'과 '분류학'('장치')의 심연에 '절
대적 타자'에 대한 이질감이 전제되어 있음을 환기시킨다. 그 용법('다
문화'라는 이름)이 언제나 패배할 수밖에 없는 것은 '이민자'와 '여성'을
이방인으로 호명하고 배치하는 국민국가의 통치 전략 속에서 내파의
공회전을 반복하고 있기 때문이다. 이를테면, 그 용법('이름')을 사수하
기 위해 분투하고 있다는 것인데, 이는 다문화주의의 당대 현실적 맥락
과 경험적 사태를 굳이 언급하지 않더라도 확인 가능한 사실이다.

　'문화culture'라는 장치는 다른 세계의 경험적 차이를 극복하고, 그 문
명적 이질감을 완화하는 매개로 기능한다. '다문화'라는 이름이 '차이'
를 겨냥한 수다數多한 타자의 분류학이자 문화학이라고 말할 수 있는 것
은 이 때문이다. 'multi culture(다문화주의)'가 통합하고 있는 담론의 층

위가 일정하지 않다는 사실, 그리고 'multi'의 속성과 어법이 기능주의에 바탕하고 있다는 점이 이를 증명한다. '다문화주의'는 '타他-문화'에 대한 낯선 감각을 반영하고 있다. 하지만 타자의 문화에 대한 이해 불가능성은 '타-문화'라는 억세고 거친 발음이 아니라, '다문화'라는 순화된 어법으로 되돌아온다. '타-문화'를 읽는다는 것은 인고의 노력 속에서 경전經典의 의미를 찾는 것만큼이나 어렵다. 아니, 어쩌면 전혀 가능하지 않을지도 모르며, 혹은 그 방법이 존재하는 것인지도 알 수 없다. 그래서 다른 '문화'를 강독講讀—우리가 반복적으로 익혀(읽어) 알게 된 '다문화'라는 것—하는 우리의 자세는 '타-문화' 읽기의 인지·정서적 어려움을 극복하는 '수행修行-인내'의 과정처럼 보이기도 한다. 그것은 마치 '자장면'을 '짜장면'이라고 쓰는 것이 불편하고 매끄럽지 못한 일처럼 인식되는 것과 다르지 않다.

그럼에도 불구하고, 이 독해 불가능성에 도전하는 자들은 "단순히 타자들이 자신과 다르게 사고하고 행동하는 것을 불쾌하게 여기지 않는, 그 훌륭하고 오래된 '관용'"을 '이해'와 '사랑'으로, 혹은 '차이의 윤리'라고 부르며 '타-문화' 읽기를 주저하지 않는다. 하지만 그 차이(틈)를 윤리로 전회시키는 과정에는 상당한 비약이 존재할 수밖에 없다.

> 문제는 '차이의 존중'과 인권의 윤리가 하나의 정체성을 규정하는 것처럼 보인다는 것이다. 그리하여 차이들에 대한 존중은, 그 차이들이 그러한 정체성(결국은 부유한, 그러나 명확히 기울어져 가는 '서양'의 정체성에 불과한)에 제법 동질적인 경우에 한해서만 적용된다는 것이다. 윤리 신봉자들의 눈에 심지어 자기 나라의 외국인 이민자들의 경우도 그들이 '통합된' 경우, 또는 그들이 통합되기를 원하고 있는 경우(이는 좀 더 들여다본다면, 그들

> 이 그들의 차이를 제거하기를 원한다는 것이다)에만 알맞게 차이가 나는 것이다.
> 아마도 다음과 같이 말할 수 있을 것이다. 윤리적 이데올로기는 적어도
> 그것에 '계시된,' 정체성의 폭을 부여했던 종교적 강론으로부터 분리된
> 상태에서는 정복적인 문명인의 최후의 보루에 불과하다. "나처럼 되어
> 라, 그러면 너의 차이를 존중하겠다."(『윤리』, 29)

중요한 것은 '문화적 차이'를 독해하면서 '차이의 윤리'가 담론으로
소비되는 방식이다. 삶의 자리를 박탈당한 존재, 혹은 국민국가의 임계
를 확인하며 살아가고 있는 존재(들)과 소통하는 방식이 우리가 그들을
이해하거나, 그들이 우리를 이해하는 '계몽의 기획'을 벗어나 있지 못
하다는 사실이다. "차이들에 대한 존중은, 그 차이들이 그러한 정체성
(결국은 부유한, 그러나 명확히 기울어져 가는 '서양'의 정체성에 불과한)에 제
법 동질적인 경우에 한해서만 적용"된다. 그래서 다문화주의는 서로 다
른 언어로, 서로 다른 생활 방식을 독해하는 화해할 수 없는 문명화 과
정과 닮아 있다. 그 지층의 절단면에는 '야만'과 '문명'이라는 강력한 도
식 구조가 내재해 있으며, '착취와 억압', '순종과 저항'의 역사가 여전
히 순환하고 있다. '문화=장치'라는 등식을 구사할 수 있다면, 바로 이
장면이 아닐까. 문화적 차이를 이해하는 것—아니 동질화하는 것—만
이 '차이의 인정'으로 치환되는 현상은 '통합적 공동체' 구성을 위한 통
치 전략을 은폐하는 기제로 작동한다. 정체성의 폐기와 부정, 혹은 유보
를 통해 '입국'을 허가받는 이방인들은 주체의 정치적 입장을 박탈당하
며, '제한'과 '금지'의 실정법 체계 속에서 '조건부의 자유와 평등'을 승
인받는다.

앞에서 아감벤이 언급한 것처럼, 우리는 "자신이 예속되는 바로 그

과정에서 주체로서의 정체성이나 '자유'를 받아들"인다. 그래서 "장치란 무엇보다 주체화를 생산하는 하나의 기계"인 것이다. 우리는 이 지점에서 하나의 성찰을 위한 철학적이고 사회학적인 '회람용 메모'가 필요하다.

바디우가 『사도 바울』에서 "바울이 결코 어떤 법적인 범주들이 그리스도교 주체를 정체화하는 것을 허용하지 않을 것"이며, "따라서 노예들, 여성들, 온갖 직종과 국적의 사람들이 아무런 제한도 특권도 없이 받아들여졌을 것이다"라고 말하는 맥락, 그리고 데리다가 '무조건적 환대'를 이야기하면서 "환대의 법은 절대적 환대가 권리나 의무로서의 환대의 법과 단절하기를, 환대의 '계약'과 단절하기를 지시"[5]한다고 언급한 것, 혹은 바디우가 '보편적 개별성'—"보편화될 수 있는 개별성은 필연적으로 정체성을 추구하는 개별성과 단절"되며, "화폐적 동질성, 정체성 요구, 자본의 추상적 보편성, 부분 집합의 이익을 위한 특수성"[6]과 단절한다—으로서의 진리를 이야기하는 것은 모두 주체의 정체성을 새롭게 부과하거나 전도시키지 않는 "어떤 제한도 특권도 없"는 수용만이 '절대적 환대'에 가까운 것임을 말하기 위한 것이다. 여기에는, 이방인들에게 '정치적인 것'의 포기를 강요함으로써 '허용할 수 있는 만큼의 자유'를 부여하는 자유주의적 다문화주의에 대한 비판이 담겨 있다.

자유주의적 다문화주의는 '차이의 윤리'를 절대적 도덕률의 실천 형식으로 유포한다. 하지만 기실 그것은 국경 내/외부의 정체성을 견고하게 유지하면서,—적당하고 '알맞은 차이'를 지속적으로 확인하고 발명함으로써—국경 안쪽의 법질서를 작동시키는 최선의 방식이다. "나처럼 되어라, 그러면 너의 차이를 존중하겠다"는 '입국의 조건' 속에는 '최소의 희생'과 '최대의 행복'이라는 속악한 공리주의가 존재하고 있

으며, "정복적인 문명인의 최후의 보루"인 문화적 우월주의와 '관용'
tolerance의 폭력성이 내재하고 있다.

3. 정치의 문화화: 자유주의적 다문화주의 비판

자유주의적 다문화주의liberal multi culturalism는 '문화'라는 사회·역사
적 산물을 자연적 경계에서 이탈하지 않은 순수한 정체성으로 이해한
다. 정치적 심급의 다양성을 '문화적 차이'로 치환함으로써, 주체의 사
회적·경제적 불평등과 모순은 개인(집단)의 문화적 위치와 선택의 문제
로 전환된다. 마찬가지로, '차이의 윤리'를 주장하는 이들이 이방인에게
설명하는 '평등'이란 언제나 '문화적 차이'를 감각하거나 그것을 수용
하는 문제로 인식되며, 다수자의 언어와 문화를 이해하지 못한 무지의
'상태'에서 받을 수밖에 없는 '불이익' 정도로 축소된다. 문화의 탈정치
화 상황에서 입국과 체류를 위한 계약의 근원적 불평등 상황이 지속될
수밖에 없는 까닭이 여기에 있다. 실정법 체계의 부조리를 승인하면서
국경 내/외부의 경계를 구획하는 '정치의 문화화' 전략은 주체의 정치
적 차이를 일소하기 때문이다. 그래서 정치적 문제가 문화적 패러다임
이나 사적 윤리의 문제로 공유되는 '상태state'에서는 주체와 타자의 불
합리한 계약 관계를 해지하는 것은 불가능하다.
　이 불합리한 계약 관계 속에서 '문화'가 일종의 '선택지'로 인식되
는 것은 문제적이다. 대표적인 자유주의적 다문화주의자인 윌 킴리카
Will Kymlicka는 『다문화주의 시민권』에서 전통적 자유주의의 핵심은 모
든 문제 상황이 개인의 '선택의 자유'에 있다는 점을 분명히 하고 있다.

예를 들어 그는 신앙의 측면, 즉 급진적인 '배교背敎' 행위조차도 개인의 정체성을 담아낸 '자유로운 선택(혹은 관용)'의 문제로 이해될 수 있는 것이라고 본다. 이 경우 모든 종교적 믿음이나 소속감은 개인의 정체성을 결정하는 사회 문화적 조건에 의해 선택된 것으로 인식된다. 그렇기에 다양한 사회·문화·역사적 맥락 속에서 형성된 각각의 종교 주체(집단)에게 요구되는 것은 차이의 인정인 동시에 '상호 관용'이다. 킴리카는 그 역사적 증례로 오토만 제국과 밀레트 체제(비이슬람 종교자치제)의 초공동체주의적 관용 모델을 드는데, 이것은 공동체와 공동체 혹은 집단과 집단 사이를 평화롭게 공존시키는 초국적 통치 전략에 대한 역사적 주석처럼 보인다.

그러나 문제는 이와 같은 자유주의적 상호 관용 모델이 주체의 선택을 결정하는 사회 문화적 조건의 위계화 과정을 피해갈 수 없다는 점이다. 왜냐하면 이는 주체에게 부여되는 정체성의 물신화와 상호 문화 집단에 기입되어 있는 '중심/주변화'의 논리, 혹은 이를 승인하는 헤게모니 효과로부터 자유로울 수 없기 때문이다.

문화는 고정된 중심이나 명확한 경계를 갖고 있지 않다. 그러나 내 생각에 그의 핵심주장은 충분히 타당하다. 의미 있는 선택들의 가능성은 사회 고유문화의 접근에 달려 있으며, 그 문화의 역사와 언어에 대한 이해, 즉 '전통과 관습에 대한 공유된 어휘'의 이해에 달려 있다. (⋯) 어쨌든 한 문화가 자유화 되면—그리고 그리하여 구성원들에게 전통적인 삶의 방식에 의문을 제기하거나 그것을 거부하도록 허용된다면—결과적으로 도출되는 문화적 정체성은 '더 얇아'지고 덜 독특해질 것이다. 어떤 문화가 더 자유주의적이 될수록, 그 구성원들은 점점 (자신들만의) 좋

은 삶에 대한 동일한 실질적인 관점을 덜 공유하게 될 것이며, 점점 더
다른 자유주의적 문화의 사람들과 기본적 가치를 공유하게 될 것이다.[7]

월 킴리카는 문화가 타락이나 퇴락의 위협으로부터 생존하여야 한다
고 본다. "문화는 고정된 중심이나 명확한 경계를 갖고 있지 않"지만,
보다 "의미 있는 선택"을 통해 공유될 수 있는 것이며, 이 '의미 있는 선
택'을 하기 위해서 주체가 위치한 '사회 고유문화'에 대한 접근이 이루
어져야 한다고 말한다. 그가 '사회 고유문화'societal culture라고 부르는
것, 이는 일종의 '공통의 정체성-문화', 혹은 '공통의 역사와 언어'를 의
미한다. 이 공통적 문화는 "인상적인 통합의 힘"(『시민』, 159)을 가지고
있기 때문에 다양한 문화적 스펙트럼 속에서도 확산될 수 있다고 주장
한다. 예를 들어, 킴리카는 이민자들의 모어('모국어와 구분')는 가정교
육을 통해 다음 세대로 일부 전해지기도 하지만,[8] 이민자 3세에 이르면
모어가 모국어로 대체되는 현상이 발생하여 원래의 언어를 잃어버리는
경우가 많다고 말한다. 이는 "이민자들의 자녀들에게 주어질 선택지를
결정하는 것은 영어권 문화이지 그들의 부모가 스스로 떠나온 문화가
아니"(『시민』, 162)기 때문이다. 이러한 선택지의 결과, 이민자들의 "문
화적 정체성은 '더 얇아'지고 덜 독특해"질 수밖에 없으며, "어떤 문화
가 더 자유주의적이 될수록, 그 구성원들은 점점 (자신들만의) 좋은 삶에
대한 동일한 실질적인 관점을 덜 공유"하게 되어서, "점점 더 다른 자유
주의적 문화의 사람들과 기본적 가치를 공유"하게 된다는 것이다.

이와 같이 '독특한 문화'의 자연 소멸과 공통적 문화의 확산이 가
능하다고 판단하는 근거는 "기회의 평등에 대한 근대적 신념"(『시민』,
158)에 있다. 즉, 문화의 생산과 향유 과정을 '우수하고 경쟁력 있는 재

화財貨'의 선택과 취득으로 보는 자유주의 경제 원리를 채택하고 있는 것이다. 이 경우, 문화는 개인(들)의 다양한 선택지 중 하나로 보이지만, 실질적으로는 이미 '정답이 선택되어져 있는 답안지'와 다르지 않다. 1세대 이민자에게서 전수되던 모어(모문화)가 자연스럽게 소멸되면서 "기본적 가치"에 근접한 모국어(문화)를 수용하게 되는 과정이 그 증례다. 이러한 입장에 따르면, '결정'과 '책임'의 문제는 언제나 개인의 몫이 되며, 또 '사회 고유문화'는 문화의 독특한 아이덴티티를 위계화하는 위험을 내포할 수밖에 없다. 물론 이는 개인의 자유에 기반한 관용 모델과 집단의 권리에 기반한 관용 모델의 구분을 염두에 둔 것이며, 다른 종교의 믿음조차도 이해하고자 하는 절대적 관용에 바탕한 것이기는 하다. 하지만 이 상태state는 늘 '가치 있는 경험(문화)'과 '가치 없는 경험(문화)'을 구분하게 함으로써, (서경식 식으로 말하자면) 디아스포라적 주체의 '선택 불가능'한 상태를 고려하지 못하는 상황을 연출할 수밖에 없다.

> 민족문화는 특수한 가치나 믿음에 대해 의문을 제기하고 수정할 수 있는 능력을 제한하지 않고서, 사람들에게 의미 있는 선택의 맥락을 제공해준다. 다른 방향으로 말하면, 자유주의적 이상은 자유롭게 평등한 개인들의 사회이다. 그러나 무엇이 적절한 '사회'인가? 대부분의 사람들에게 이것은 그들의 민족을 뜻할 것이다. 그들이 가장 가치 있게 여기고 누릴 수 있는 종류의 자유와 평등은 그들 자신의 사회 고유문화 내에서의 자유와 평등이다. 그리고 그들은 자신의 민족의 존속을 보장하기 위해 기꺼이 더 큰 자유와 평등을 포기할 것이다.(『시민』, 190)

월 킴리카는 궁극적으로 "자유주의자들의 목적은 자유주의적이지 않은 민족들을 해체하려는 것이 아니라, 그들을 자유화하려는 것"(『시민』, 193쪽)이라고 말한다. 이는 통합integration의 신념과 동화assimilation의 속도 조절 속에서 사회 고유문화의 자유로운 선택을 촉진하는 데 중점을 둔다. 그러므로 헤게모니 집단(다수자 집단)은 소수자 집단을 향한 가시적인 차별이나 배척이 아니라, '모문화' 기억의 자연 소진에 필요한 '일정한 권리 부여와 기다림의 시간(관용적 기다림)'을 더 중요한 사회 통합 전략으로 삼는다. 월 킴리카의 경우, 이를 가능하게 하는 구체적인 방법이 '차별적 시민권'differentiated citizenship의 보장이라고 보았다. 그러나 다양한 집단의 권리가 국민국가의 귀속 구조 속에서 평화롭게 공존하다가 '의미 있는 선택'을 통해 민족문화nation culture에 가깝게 도약할 수 있을 것이라는 기대는 환상에 가깝다. 왜냐하면 그것은 주체(소수자 집단)의 의지나 선택과는 무관한 것이기 때문이다. 자신은 독일문학자로 살고 싶었고 또 그렇게 살아왔으나, 전쟁('아우슈비츠')이라는 예외적인 상태state 속에서 자신조차 잊고 있었던 '유대인'이라는 아이덴티티를 등기당한 프리모 레비의 예에서 이를 확인할 수 있다.

이와 같이 공통성의 함량이 높다고 인지되는 문화, 혹은 민족문화의 우월성이 여러 다른 언어와 문화를 포괄하는 집단 '사이의 평등'equality between한 관계망 구축을 가능하게 할 것이라는 언술은 낭만적인 동시에 탈정치적이다. 국민국가 내부의 상이한 문화적 집단 '사이의 평등'을 가능하게 하는 '관용적 태도'는 결코 가치중립적인 것이 아니기에 '차별적 시민권' 역시 정치적 목소리로 발화되지 못한다. 왜냐하면 자유주의적 다문화주의의 통치 기술skill인 '차별적 시민권'이나 '집단차별적 권리'가 오히려 "자신의 언어와 문화에서 일하며 살 수 있게 하는 능력을 축소"(『시민』, 191)—앞에서 언급한 것처럼 "문화적 정체성은 '더 얇아'지고 덜 독특해질 것"이지만—시킬 수 있기 때문이다. 이는 주체의 다양한 욕망과 정체성이 국민국가의 영토, 즉 가장 지배적인 '사회 고유문화'의 포용inclusion 속에서 완성될 수 있을 것이라는 믿음에 근거해 있다.

윌 킴리카는 문화적 집단의 불평등한 관계를 '개인적 권리'와 '집단적 권리'의 역학 관계, 그리고 문화적 다양성 사이에서 찾고자 하였다. '차별적 시민권'을 제공하지 못하는 다문화주의는 추방과 배제를 합리화하는 장치에 불과하다는 그의 주장은 선한 의도에 기반해 있는 것이 분명하다. 그러나 그것은 주체의 다양한 언어·문화를 통합하고 동화시키기 위한 '정치의 문화화', 즉 '정치/문화'의 명확한 분별에서 벗어나지 못한다. 인종적·정치적 갈등의 모든 부분을 '문화적 차이'로 환원하고자 하는 태도는 문명과 미개, 하위 문화와 상위 문화, 비자유주의와 자유주의라는 도식 구조를 탈피하기 어렵다. 언제나, 자유주의적 다문화주의의 종착역에 '(불)관용'이 배치되는 것,—자유주의자들 스스로도 불편해마지 않는 관용과 불관용의 입장 모두—그 이면에는 다양한 '문화적 차이'를 도덕적인 관용의 대상으로 삼는 '자유주의적 통치술'의 권력 의지와 이데올로기가 은폐되어 있기 때문이다.

4. 톨레랑스, 혹은 전 지구적 로맨티시즘: 계몽과 치안의 변증법

지금까지의 논의를 통해 서구의 자유주의를 경유한 제국적 다문화주의가 '입국'과 '통합'의 조건 속에서 '차이'를 인정받고 수용되는 양상,

즉 관용적 통치성과 근접해 있다는 사실을 확인할 수 있었다. '관용은 정복이라는 얼굴과 함께 온다'는 말에서 확인할 수 있는 것처럼, 관용은 베풀 수 있는 자와 베품을 받는 자를 선명하게 구분하는 '통치' 전략의 일환으로 이해된다. 자유주의적 가치로 비자유주의적 가치를 평가하고 포용하는 '자유주의적 다문화주의'가 그러했던 것처럼, 관용은 근본적으로 자유주의적 가치-틀에서 벗어나기 어렵다.

> 관용은 평등과 동의어는 아니었으며, 종교 간의 실질적인 평등을 목표로 삼지도 않았다. (⋯) 관용은 평등에 대한 자유주의적 실천의 한계를 은폐하고 그것을 보충하면서, (스스로를 완벽한 것으로 내세우지만 실제로는 그렇지 않은) 자유주의적 평등을 보완하는 역할을 수행하게 되는 것이다. (⋯) 관용은 차이에 기반한 것이며, 자유주의적 평등이 제거하거나 축소할 수 없는 차이들을 관리하는 데 적용된다. 즉, 관용은 자유주의적 평등의 형식주의로 해결되지 않는, 특히 자신이 사회·문화·종교적 삶과 관계를 맺고 있다는 사실을 극구 부인하는 자유주의적 법치로는 도저히 해결할 수 없는 사회·문화·종교적 문제를 관리하기 위해 전면에 등장하게 된다.[9]

웬디 브라운은 '관용'이 '믿음'의 문제에서 '정체성'의 문제로 변화해왔다는 사실에 주목하며, 서구의 관용 개념을 계보학적으로 추적하였다. 그녀의 분석은 관용이 사적인 도덕률의 문제가 아니라 통치성의 절대적 요소라는 데까지 나아간다. "관용은 그 대상이 되는 요소를 주인 안으로 편입시키는 동시에, 그 대상의 타자성otherness을 계속 유지시킨다는 점에서, 매우 독특한 타자성 관리 방식"(『관용』, 62)이라는 것이다.

"관용은 평등에 대한 자유주의적 실천의 한계를 은폐하고 그것을 보충하면서" 자유주의적 다문화주의가 지닌 탈정치적 효과를 은폐한다. 이것은 자유주의적 다문화주의가 내포한 이데올로기적 성격과 무관하지 않다. 관용의 탈정치화 담론을 비판적으로 사유하고 있는 웬디 브라운의 지적 작업이 중요한 의미를 주는 것은 이 지점이다. "문화를 즐기는 이들과 문화에 지배당하는 이들 간에 그어지는 이러한 분할선을 통해, 문화는 이제 다양한 체제와 사람들을 구별해주는 기준이자 정치적 행위의 원인을 넘어, 해독제로서 자유주의를 필요로 하는 하나의 문제로 구성"(『관용』, 49)된다는 것. 이는 자유주의적 다문화주의가 사회적 착취 구조와 정치적 불평등의 문제를 문화적 코드의 차이('정치를 문화화')로 치환하여 해소한다는 것이다.

> 왜 오늘날에는 그토록 많은 문제들이 불평등이나 착취나 불의의 문제가 아니라 불관용의 문제로 인식되는 것일까? 왜 해방이나 정치적 투쟁도 아니고, 하다못해 무장투쟁도 아니라 관용이라는 게 해결책으로 제안되는 것일까? 즉각 떠오르는 답은 자유주의적 다문화주의 속에 내재된 이데올로기, 즉 '정치의 문화화' 되는 이데올로기가 작동하기 때문이라는 것이다. 정치가 문화화되면서 정치적인 차이(정치적 불평등이나 경제적 착취로 인해 발생하는 차이들)는 본래의 정치적 의미가 중화되어 '문화적' 차이, 즉 '생활 방식'의 차이로 변한다. 그리고 이런 문화적 차이나 생활 방식의 차이는 이미 정해진 것, 극복될 수 없는 것으로 인식된다. 그저 '관용'의 태도를 보일 수밖에 없다는 얘기다. 이 점에 대해서는 발터 벤야민이 말한 바와 같이 '정치를 문화화하는 것에서 문화를 정치화하는 것으로' 그 초점을 바꿀 필요가 있다.[10]

이와 같이 자유주의적 다문화주의는 "문화적 차이나 생활 방식의 차이"를 "이미 정해진 것, 극복될 수 없는 것"이거나, "그저 '관용'의 태도를 보일 수밖에 없"는 것으로 인식하게 한다. 슬라보예 지젝 역시 벤야민을 경유하면서 "관용은 바로 그 정치적 실패가 낳은 탈정치적 대용품"이라고 말하였다. 다문화 상황이란 이처럼 '정치의 문화화'를 통해 정치가 실종된 시대를 의미하는 것이다. 분명한 것은 '양보할 수 있는 만큼의 관용', '참을 수 있는 만큼의 관용'만을 허용한다는 것이며, 공론장의 담론 층위를 사적 욕망이나 선택의 문제로 대체한다는 것이다. 이와 같은 현상을 지속시키는 사회 체계와 교육제도 속에서 이러한 현실을 쉽게 발견할 수 있는데, 다음의 몇 가지 에피소드는 관용의 이중적 통치성을 잘 보여주는 예이다.

여성, 혹은 이주 여성은 계몽의 대상이다. 이주 여성의 정체성은 교육을 통해 농촌, 혹은 도시의 직·간접적인 노동자(육아와 살림)로 훈육되고 재창출된다. 이주 여성을 위한 교육 프로그램은 대부분 그녀들이 '대한민국'이라는 국가의 주권자로 살아갈 수 있게 하기 위한 것이 아니라, 사회 계층의 보조적 역할을 담당할 수 있는 수준에 머물러 있다. 이주 여성의 국내 정착을 위해 시행되고 있는 다양한 언어·문화 교육의 가치를 부정하고자 하는 것이 아니라, 이주 여성이 지속적인 '국가/자본'의 관리 대상임을 말하기 위함이다. 그들에게 한국어와 한국의 전통 문화는 낯설고 어색한 '타他-문화'이며, 각자의 입장과 목소리는 '발화 금지' 상태state나 소통 불능 상태state에 놓여 있다. 다양한 이주자의 목소리를 담고 있는 『한국에서 온 편지』라는 기획 삽화집에서 이를 찾아 볼 수 있다.

> 아직 한국말이 서툰데 어느 날 시어머니가 나에게 "왔노?"라고 하셨다.
> 우즈베키스탄에는 '왔노'라는 남자 이름이 있는데 그래서 나는 "류다에
> 요"라고 답했다. 그러니까 시어머니가 약간 황당한 표정을 지으시더니
> 다시 말씀하시는 것이었다. "그래, 인자 왔노." 그래서 나는 다시 답했
> 다. "저는 류다에요." 그리고 시어머니와 나는 한동안 서로 말이 없었다.
> (우즈베키스탄에서 온 L)[11]

이 에피소드는 이주민의 목소리를 '있는 그대로' 담아내고자 한 '문화다양성 스토리텔링 프로젝트 다정다감多情多感'의 한 대목이다. '우즈베키스탄에서 온 L'과 '시어머니'가 느끼는 의사소통의 결렬(감)이야말로, 주체-타자의 관계가 비대칭적이라는 사실을 잘 보여주는 장면이 아니라 할 수 없다. 이는 결국 "외국인이나 아이에게 가르친다는 것은 다시 말해 공통 규칙(코드)을 갖지 않은 사람에게 가르친다는 것"은 언제나 "타자와 대화하는 것"을 상정할 수밖에 없음을 의미한다.[12] 이주 여성을 위한 선善한 의도(정착 지원과 언어·문화교육 등)와 무관하게 이방인의 언어 용법과 문화적 '차이'란 철저하게 재코드화되어야 할 대상이 되거나,—주체와 타자의 의사소통이 굴절되는 책임을 그들에게 전가하고자 하는 것이 아닌 이상—혹은 (킴리카 식으로 말하자면) 얇아져야 할 정체성으로 이해된다. 그러므로 이들의 언어·문화적 간극을 좁히는 것만으로는 이주 여성이 처한 '상태state-불합리한 삶의 문제'를 해결할 수 없다. 왜냐하면 문제는 문화적 차이가 아니라 이주를 감행할 수밖에 없는 궁핍한 현실 조건과 '자본/국가'의 착취 구조에 있기 때문이다.

이주 여성과 달리, 도시 공장의 근로자는 계몽의 대상이면서,—특히 변두리 도시 공장의 남성 근로자 및 농촌의 남성 근로자 등—동시에

치안治安의 대상이다. 대부분 급하게 한국으로 오게 된 이주 결혼 여성 과 달리, 도시 공장노동자들은 어느 정도의 한국어 의사소통 능력을 갖 추고 있다. 그리고 공장 주변에 공동화되어 있기는 하지만, 비슷한 조 건의 공장노동자들과 느슨하게 접속하며 생활하고 있다. 이 지역은 게 토화되어 있는 예외 장소이자 치안의 사각 지대로 인식된다. 그래서 주 변부에 위치한 도시 공장 지역은 차이의 도덕률로 구축된 다문화 제국 의 이중성이 가장 잘 드러나는 장소이기도 하다. 왜냐하면 실정법의 위 배('불법체류') 가능성이 가장 높은 곳으로 '경찰 활동'이 강화되고 있는 곳이기 때문이다. 하지만 '경찰학보' 등의 통계적 수치에 기대지 않더 라도 실질적인 범죄율에 비해, 이 장소가 다소 과장된 심리적 공포심을 유발하는 공간이라는 사실을 우리는 잘 알고 있다.

이주 여성과 공장노동자, 혹은 여러 이방인에 대한 관용적 태도. 이 계몽 의지와 치안 활동이 구조적인 현실의 문제점을 은폐하고 봉합하 기 위한 통치 전략으로 작동한다. 치안의 종합 활동으로서 '관용/안전' 은 한 짝이다. 특정 미디어의 채널을 지목하지 않더라도 동일한 시간 대에 '다문화 가정 이해하기'와 '이주 노동자의 범죄 급증'이라는 뉴스 가 동시에 방송되는 것을 본 적이 있을 것이다. 관용적 태도가 유효할 수 있는 지점은 우리의 안전을 위협하지 않는 데까지이다. 즉, 설정되어 있는 것과 마찬가지로, '내부자의 안전'이라는 범주 안에서 관용은 베 풀어질 수 있는 것이다. 그러므로 "먼저 가까이 있는 사람들부터 서로 에게 잘해주려 노력하면 세상도 좀 더 사랑스러워지지 않을까"(『편지』, 134)"라는 타자의 다정다감한 제안에도 불구하고, '언어와 문화'적 차이 를 해소하거나 '이해와 공감'의 폭을 좁히고자 하는 것만으로는 다문화 제국의 구조적 '문제-틀'을 사유할 수가 없다.

> 필리핀 국적의 빌마는 산업연수생으로 일하고 있는 남편을 찾아 2년 전 산업연수생으로 입국해 한국에서 남편과 다시 만났다. 얼마 후 임신을 하게 됐고 강제출국이 두려워 연수 업체를 이탈하는 바람에 미등록 이주민이 되었다. 한국어도 서툴고 미등록인 그녀는 출산을 위해 적당한 병원을 찾는 것조차 힘이 들었다. 게다가 보험이 적용되지 않아 경제적 부담 때문에도 많은 고통을 받아야했다. 그녀는 2004년 7월, 아이를 낳았지만 마땅히 아이 맡길만한 곳이 없어 결국 노동을 포기하고 육아에만 전념하고 있다. 그의 남편은 두 명의 미등록 체류자(아내와 아이)를 한 달 80만 원의 임금으로 부양하고 있다.(『편지』, 129)

위의 인용문에서 확인할 수 있듯이, 인권 역시 무능하다. 왜냐하면 "인권의 역설은 시민과 국민으로서의 권리를 누리고 있는 자들에게는 인권이 필요 없다는 사실에서 뚜렷하게 드러"나며, "인권은, 정작 인권이 필요한 자들에게는 무용하며, 인권이 필요 없는 자들에게만 보장"[13]되기 때문이다. 여전히 공식적인 통제 절차("모든 걸 주민등록번호로 관리"해서 "외국인들은 무슨 일이든 힘들게" 하는 것, 『편지』, 123)와 비공식적인 관리 기제가 디아스포라적 주체를 양산하고 있다. 주권의 '포함하는 배제'는 이 순간에도 작동 중이며, 다문화주의 사회 통합 정책은 국민국가의 법적 한계가 닿지 못하는 곳까지 그 포획 구조를 확장하고 있다. 노동의 이동을 자본의 흐름에 따라 가속화하고, 사회 구조적인 모순을 개인의 도덕률과 정서적 언술로 해소하고자 하는 제국의 새로운 통치술, 이 '관용'의 탈정치성을 우리는 '전 지구적 로맨티시즘'이라고 부를 수 있지 않을까.

5. 정치의 문화화에서 문화의 정치화로

　다시, '다문화'는 '다多-문화'이면서, '다異-문화'이다. '다문화'는 각기 다른 문화(다-문화)를 동일성의 논리 속에 손쉽게 결합(다문화)한다는 점에서, 어느 순간 정서적 도약을 필요로 한다. 그것이 바로 상호 집단의 정체성을 관리하는 자유주의적 다문화주의의 통치 전략인 '관용'이다. 이는 '문화'를 하나의 재화로 이해한다는 측면에서, 보다 나은 문화의 자유로운 선택으로 수용된다. 그래서 국민국가 속에 다수 문화와 소수 문화가 존재한다고 하더라도 문화 향유 주체의 '의미 있는 선택'을 통해 '이해'와 '통합'이 가능해진다고 믿는 것이다. 하지만 이와 같은 자유주의적 다문화주의는 지배적인 문화의 위계화 과정을 추동할 수밖에 없다는 점에서 종국에는 타자성의 은폐로 귀결될 수밖에 없다. 다음의 에피소드는 이주민의 문화적 비대칭성을 어떻게 사유할 것인가에 대한 좋은 예이다.

> 나는 러시아에서 왔다. 한국에서 산 지 10년이 넘었고 딸이 초등학교에 다니고 있지만 나는 아직도 한국말을 잘 못한다. 내가 한국말을 잘 못하니까 시어머님이 가르쳐주셨는데, 가르치다 지쳐서 시어머님이 러시아어를 공부하셨다. 남편과 시어머니, 그리고 나는 주로 러시아어로 대화하는데 내 한국어가 안 는다는 것만 빼면 모든 게 오케이다. (『편지』, 83)

　한국어와 러시아어가 손쉽게 교통하지 못하듯, 이질적인 문화를 '다문화'라는 언어적 표상으로 육화할 수는 없다. "가르치다 지쳐서 어머님이 러시아어를 공부"하는 사태에 이르게 되는 것, 이는―가라타니 고진 식으로 말해—'듣고 말하는 관계'를 '가르치고 배우는 관계'로 전화하여 사유하는 것이자, 또 '가르치고 배우는 관계' 자체를 전도시키는 실천 행위이다. 다시 말해, '다문화주의'를 '다문화'가 아니라, '다-문화'로 사유하는 접근 방식인 것이다. '다-문화'라는 어법에서 '하이픈(-)'의 의미는 '이종異種 문화'의 접합 의도가 결렬되고 고착될 수밖에 없는 현실적 '상태'state를 지시한다. 이러한 용법은 자유주의적 다문화주의자가 낙관하는 것처럼 "'독특한 감정'의 결합"(『시민』, 397) 자체가 불가능한 것임을 함축하고 있다. 그래서 '다-문화'라는 용법의 발견은 '하이픈(-)'이 상징하는 결속의 잉여 지점—'다'와 '문화'라는 전혀 다른 사태의 조합이 보여주는 불완전성과 취약성에서 확인할 수 있는 것처럼—을 직시하고자 하는 분투의 산물이다.

물론, 이와 같은 지적 모험은 노동과 자본의 이동을 획책하는 다문화 제국의 '동화 속도'를 다소 지연시킬 수 있을 뿐이다. 그렇다면, 유령처럼 떠돌고 있는 이방인을 '자본/국가'의 포획 장치 속에서 구출할 수 있는 방법은 도대체 무엇일까. 아마도 그 질문은 디아스포라 주체의 저항 형식을 '문화'의 자리에서 '정치'의 자리로 복원하는 데서부터 다시 시작되어야 할 것이다.

주

1) 여기서 이 '상태'에 대해 언급하지 않을 수 없는데, 주디스 버틀러는 'state'를 번역하면서 '상태'와 '국가'의 이중적 의미에 주목한 바 있다. 'state(국가/상태)' 번역의 이중성이 중요한 까닭은 이 언술 행위가 단순한 언어유희가 아니라, 사적 행위의 원인/결과로 환원될 수 있는 모든 '상태(state)'들이 '국가(state)'라는 법적 체계와 긴밀하게 연결되어 있음을 환기시켜주기 때문이다. 즉, 우리가 처해 있는 모든 '상태' 란 바로 개인의 자유 의지와 책임 논리로 손쉽게 치환될 수 없는 공적 장치 속에 기입되어 있음을 의미한다. 주디스 버틀러·가야트리 스피박, 『누가 민족국가를 노래하는가』, 주해연 옮김, 산책자, 2008, pp.11-15.

2) 레이 초우, 『디아스포라의 지식인』, 장수현 옮김, 이산, 2005, p.93.

3) 원래 장치는 주체를 생산하는 하나의 기계지만 현대사회의 장치는 오히려 '탈주체화'의 과정 속에서 작동한다. 그리하여 "현실적인 정체성(노동운동, 부르주아지 등)이나 주체를 전제로 삼았던 정치가 쇠퇴하고, 그 자신의 재생산만을 겨냥하는 순수한 통치활동인 오이코노미아가 승리한다"는 사실을 참조할 수 있다. 조르조 아감벤, 『장치란 무엇인가: 정치학을 위한 서론』, 양창렬 옮김, 난장이, 2010, pp.44-45 참조.

4) 알랭 바디우, 『윤리학』, 이종영 옮김, 동문선, 2001, p.29. 이 책을 본문에서 인용할 경우 괄호 안에 『윤리』라고 쓰고 페이지 수를 병기하였다.

5) 자크 데리다, 『환대에 대하여』, 남수인 옮김, 동문선, 2004, p.70.

6) 알랭 바디우, 『사도 바울』, 현상환 옮김, 새물결, 2008, p.31.

7) 윌 킴리카, 『다문화주의 시민권』, 장동진·황민혁·송경호·변영환 옮김, 동명사, 2010, pp.172-80. 이 책을 본문에서 인용할 경우 괄호 안에 『시민』이라고 쓰고 페이지 수를 병기하였다.

8) 서경식은 모어와 모국어를 구분하는데, 모어가 "태어나서 처음으로 익혀 자신의 내부에서 무의식적으로 형성된 말"이라면, 모국어는 "자신이 국민으로서 속해 있는 국가, 즉 모국의 국어를 가리킨다. 그것은 근대 국민국가에서 국가가 교육과 미디어를 통해 구성원들에게 가르쳐, 그들을 국민으로 만드는 장치"이다. 그는 모어와 모

국어의 경계를 감각하고, 국민국가의 임계를 '몸'으로 부딪혀 확인하는 존재가 바로 '디아스포라 주체'라고 말한다. 서경식, 『디아스포라 기행』, 김혜신 옮김, 돌베개, 2006, p.18.

9) 웬디 브라운, 『관용: 다문화 제국의 새로운 통치 전략』, 이승철 옮김, 갈무리, 2010, p.74. 이 책을 본문에서 인용할 경우 괄호 안에 『관용』이라고 쓰고 페이지 수를 병기하였다.

10) 슬라보예 지젝, 『폭력이란 무엇인가』, 이현우·김희진·정일권 옮김, 난장이, pp.199-200.

11) 수베디 여겨라즈·작드허르러·엘리야스 누르자노프 엮음, 『한국에서 보내는 편지』, 호밀밭, 2012, p.93. 이 책을 본문에서 인용할 경우 괄호 안에 『편지』라고 쓰고 페이지 수를 병기하였다.

12) 가라타니 고진, 『탐구』1권, 송태욱 옮김, 새물결, 1998, p.13.

13) 고봉준, 「공통적인 것의 생산, 혹은 출구로서의 윤리」, 『다른 목소리들』, 소명출판, 2008, p.24.

5. 디아스포라 여성 서사와
세계/보편의 '다른' 가능성

김경연(한국문학, 부산대 교수)

그녀는, 자신이, 경계의 표시가 될 것이다. 그것을 흡수하고 그것을 흘린다.

－차학경, 『딕테』에서

이야기를 지어내십시오. 내러티브는 혁명적이라서 창조되는 순간 우리

도 창조합니다.

－토니 모리슨, 「언어의 마술」에서

1. 위안부들의 노래

제국의 군가를 부르는 여자들이 있다. 중국 대륙을 달리는 후텁지근
한 군용열차에 실린 여자들은 마치 멈추기를 잊은 듯 전장의 노래를

반복해서 부른다. 하라다 군조의 임무는 전사자들을 안치할 유골함과 "조센삐"(조선인 위안부)를 군주둔지까지 수송하는 것. 그러나 목적지에 도착하기 전 위안부들의 몸은 이미 열차의 군인들에게 탈취되고 유린당한다. 찢기고 헤진 몸을 드러낸 여자들을 응시하면서 하라다는 그들이 "인간 이외의 뭔가 다른 존재"들, 단지 "오물"이거나 마치 "가시 돋친 다리를 벌리고 있는 한 마리 메뚜기"와 같은 기괴한 "물체"처럼 생각된다.

다무라 다이지로田村泰次郎의 소설 「메뚜기」蝗[1](1964)는 이 "오물"이며 "물체"가 된 조선인 위안부들을 통해서 일본이 수행했던 전쟁의 의미를 다시 묻고 있다. 하라다 군조 혹은 작가 다무라 다이지로가 체험한 전쟁이란 '유골함'과 '조센삐'로 표상되는 어떤 것, 곧 인간이 비인간으로 전락하는 섬뜩한 '절멸'이다. 애도되는 죽음(유골함)의 반대편에 있는 조선인 위안부들의 절멸은 마치 인간으로서는 헤아릴 길 없는 메뚜기 떼의 이동처럼 전혀 가늠되지 않는 불가해한 죽음이기도 하다. 그러므로 성전聖戰으로 미화된 제국의 전장이란 기실 제국주의가 잉태한 이러한 인간 실격이 무심히 행사되는 야만의 난장亂場에 불과하다. 이 폭력의 장에서 비인간의 맞은편에 있는 온전한 의미의 인간이란 없다. 위안부들을 제압하는 야만에는 인간으로서의 죄책감이나 부끄러움에 대한 자각이 이미 사라지고 없기 때문이다.[2] 일본군 병사에게 위안부들이 인간 아닌 "겨우 조센삐들"로, 여자들을 관리하는 조선인 포주에게 단지 '매매되는 몸'으로 지시될 때, 부끄러움이 삭제된 이 무감한 지시행위 속에서 호명하는 그들 역시 비인간으로 추락한다.

다무라 다이지로의 소설이 보여주는, 인간이 총체적으로 박탈되는 이 디스토피아적 풍경이야말로 우리가 경험한/하고 있는 제국/식민주의, 나아가 그것을 배태한 자본주의와 인종주의, 그리고 성차별주의의 카르텔인 근대 세계체제의 상징적 외현外現으로 읽을 수 있지 않을까. "야만의 기록이 아닌 문화의 기록이란 없다"[3]는 벤야민의 지적처럼 문명·진보·보편이라는 권력의 레토릭으로 스스로를 정당화해 온 근대 체제는 착취와 식민의 거대한 야만을 은폐해 왔다. '조선인 위안부'들, 혹은 세계체제의 전 지구화 속에서 국경을 넘어 이산하며 처분된/되는 몸의 여성들이란 이러한 야만의 가장 역력한 흔적이며 근대가 잉태한 최후의 식민지일 것이다. 이 글은 이들 최후의 피식민자의 시선으로, 국경을 넘어 유동하며 삶과 죽음의 경계를 수시로 넘나드는 디아스포라의 시선으로, "권리를 가질 수 있는 권리"[4]를 박탈당한 서발턴 여성의 시선으로 파국에 다다른 세계체제 '이후'를, 혹은 '다른' 세계/보편의 도래 가능성을 상상해 보고자 하는 시도이다.

소설 「메뚜기」 속 조선인 위안부들은 자기 시선을 부여받지 못했으며, 본래의 이름을 잃고 "히로코, 마치코, 미와코, 쿄코, 미도리"라는 오명誤名으로 불리며 침묵을 강요당한 존재들이다. 하라다 군조로 대표되는 제국/남성들, 곧 시선과 발화, 이름의 온전한 주체로 자처하는 자들 앞에서 이들이 자기 목소리를 내는 유일한 방식은 아이러니하게도 제국의 군가를 합창하는 것이다. "땅도 초목도/ 불타오르는// 끝없는 광야/ 헤치고나가// 전진하는 일장기"로 이어지는 노래를 다섯 명의 위안부들은 마치 "미친 듯이 소리를 지르며" 지칠 줄 모르고 반복해 부른다. 그러나 흥미롭게도 이들의 합창 속에서 군가는 신성하기보다 차라리 불길한 "고함소리"로 바뀌게 된다. 비인간으로 절멸한 자들이 부르는 제국의 노래는 이제 주인(식민자)이 아닌 노예(피식민자)의 노래로, 전진과 승리가 아닌 폭력과 퇴행의 노래로, 삶이 아닌 죽음의 노래로 뒤바뀌는 것이다. 비인간/피식민자/말할 수 없는 여성의 '차이'를 기입하는 이 전복적인 '번역' 행위를 통해서 제국이 웅변하는 전진의 신화와 그들이 정당화한 위대한 보편은 허위로 조롱되며, 위안부들의 노래는 제국이 날조한 대동아大東亞라는 보편을 분절하고 진정한 세계/보편을 요청하는 역설적인 울림이 된다.

세계체제의 공리들에 도전하고 그 이후를 상상하는 우리에게 이 위안부들의 노래/번역은 새롭게 창안해갈 세계적 공동성 혹은 '전지구적 보편 가치'[5]의 가능자로 독해될 수 있을 지도 모른다. 그들의 노래로부터 우리가 다시 사유하게 되는 도래할 세계/보편이란 주디스 버틀러의 제안처럼 승리자의 "보편에 포함되지 않은 사람들, 즉 '누구'의 자리를 차지할 권리를 부여받지 못한 사람들, 그러나 보편이 바로 보편이기 때문에 자신들을 포괄해야 한다고 요구하는 사람들에 의해 출현"[6]하는 공동성일 것이다. 그 낯선 공동성은 자본주의·국가주의·인종주의·성차별주의와 같은 근대의 허구적 보편자가 구성해온 폭력적 경계 바깥으로 축출당한 실향민들, 때문에 언어와 사유를 박탈당한 비인간으로 또는 "지구의 쓰레기"[7]로 지시되었던 수다한 특수자들에 의해 다시 협상/번역되는 '이타성'(alterity, 타자성)[8]의 보편이기도 할 것이다. 그리므로 이 '다른' 보편/세계의 구현을 위해 배제된 자들의 시선으로 세계를 다시 읽고, 현존하는 세계 이후의 가능성을 탐문하는 것은 필연적 경로이리라. 이 글에서 디아스포라 여성 서사를 주목하는 이유도 여기에 있다.

디아스포라는 자기가 속해 있던 공동체로부터 분리되거나 추방된 자들을 의미하며 이러한 분리와 추방에는 대개 강제성이 개입되어 있다. 또한 노예무역이나 식민 지배, 지역분쟁, 세계전쟁, 전지구적 자본주의와 같은 근대 체제의 폭력성이 유발하고 기입된 현상이기도 하다.[9] 고향에도 이향異鄕에도 완전히 소속되지 못하는/않는 이들 디아스포라들은 송두율이나 서경식의 지적처럼, 법률의 속박 없이 국경을 자유롭게 넘나드는 엘리트적 노마드나 세계시민이 아니라 국경을 통과할 때 항상 내적으로 긴장하는 경계인이며 이방인이고 소수자 난민들이다.[10] 더욱이 이산하는 여성들은 남성 디아스포라들이 경험하는 민족적·인종적·계급적 차별에 더하여 성적 억압까지 덧안고 있다. 동족인 남성에 의해 매매되고 제국의 남성들에게 거듭 유린되는 「메뚜기」의 위안부들처럼 여성 디아스포라는 대개 '자본주의적 가부장제 세계체제'[11]의 가장 밑바닥에 내쳐진 소수자들이며, 다수자들에 의해 항상 최초로 목소리를 탈취당하거나 발화가 전유되는 서발턴[12]이다. 이들은 디아스포라 담론 안에서도 보이지 않는 영역으로 남아 있는 경우가 많았다.[13]

이 글은 이렇듯 겹겹이 삭제된/되는 존재들인 디아스포라 여성들에 주목하고 이들의 시선으로 세계를 보며 이들의 위치에서 발화되는 서사를 통해,[14] 성적·민족적·인종적·계급적 강자의 의지가 관철된 세계를 배제된 자들의 개입으로 다시 구축할 수 있는 가능성을 탐색해 보고자 한다. 더불어 민족국가에 긴박된 (근대)문학과 서구중심적 보편이 축조한 세계문학을 넘어 진정한 세계문학의 구성과 세계문학이 보유하고자 하는 보편성의 의미를 다시 질문해 보고자 하는 시도의 출발이기도 하다. 이를 위해 디아스포라 여성 서사를 '번역'의 문제와 연결하여 숙고해 보려 한다. 주지하다시피 번역은 텍스트를 한 언어에서 다른 언어로 전이시키는 중립적이고 기술적인 활동에 국한되지 않으며, 민족/국가, 인종, 성별 등의 경계를 넘어 이질적인 문화들이 접촉, 교류하고 통약 불가능한 문화들이 서로 쟁투하고 협상하는 문화 번역의 의미를 포괄하는 것이다. 이 글 역시 이러한 문화 번역 개념에 기반하며, 디아스포라 여성 서발턴을 (신)식민주의를 이반하고 균열할 수 있는 전복적 문화 번역자로, 이들의 경험을 무대화한 서사를 탈식민적 번역 실천의 서사로 독해할 수 있는 가능성을 타진해 가고자 한다. 달리 말하면 이는 비인간으로 스러져 갔던 위안부들의 노래/번역에 장전된 '다른' 세계/보편에 대한 열망을 읽어내는 일이 될 것이다.

2. 디아스포라 여성 서사와 '아래'로부터의 번역[15]

식민 제국의 점령과 더불어 일본과 중국으로 유랑하며 살았던 두 한인 여성이 있다. 이들 중 하나는 재일조선인 1세로 일본에 거주하고 있는 문금분이다. 아홉 살 무렵이던 1920년대 그녀는 오빠와 언니가 있던 식민 제국의 도시 오사카로 건너갔다. 남의집살이와 여공을 전전하면서 생계를 이어가던 문금분은 해방 이후에도 고향으로 돌아오지 못한 채 일본에 남게 된다. 육십이 넘어 야간학교를 다니며 처음 배운 글(일어)로 그녀는 돈을 벌고 집을 빌리기 위해서 기모노를 입어야 했던, 여전히 끝나지 않은 자신의 이산 경험을 시(「지문에 대하여」)로 썼다.[16]

송신도의 이주사는 더욱 신산하다. 먹을 입을 덜기 위해 어린 나이에 강제로 혼인했던 그녀는 결혼 첫날 집으로 도망쳐 오지만 어머니에게 다시 내쫓긴다. 남의 집 허드렛일로 삶을 연명하던 송신도는 조선인 남자에게 속아 1938년 열여섯 나이에 중국 우창의 일본군 위안소로 팔려간다. 중국 대륙에 흩어진 위안소들로 끌려 다니다 종전 이후 전쟁터에 버려진 그녀는 고향으로 돌아가지 못하고 일본으로 흘러들게 된다. 위안부 시절 일본군들이 자신의 왼팔에 새겨 넣은 '가네코金子'라는 문신을 지우지 못한 채 살아가던 그녀는 1993년 일본에 거주하던 조선인 위안부로는 처음으로 일본 정부의 사죄와 보상을 요구하는 소송을 제기했고 법정에서 자신의 강제적 유랑사를 최초로 증언했다.[17]

문금분이나 송신도가 진술하는 이 처참한 폭력과 처절한 생존의 이주사는 단지 몇몇의 예외가 아니라 식민체제가 야기한 조선인 디아스포라 여성들의 상례적 서사이며, 또한 자본주의적 전지구화의 사세 속에서 국경을 넘는 제3세계 디아스포라 여성들에 유사하게 재연되는 이산의 이야기일 것이다.[18] 그러나 문금분이나 송신도에서 보듯 이들 디아스포라 여성들의 서사는 민족이나 제국의 공식적 문서보관소에는 남아 있지 않은 기록이며, 여성들 스스로의 증언이나 자술自述이 없다면 대부분 삭제되었을/될 기억이기도 하다.[19] 가부장적 민족국가와 공명해온 대문자 문학 역시 민족/제국과 남성에 오명이 될 수 있는 위험한 유랑 여성들의 서사는 대부분 누락하거나 민족주의를 강화하는 방식으로 전유해 왔다. 누락과 전유의 이 또 다른 횡포 속에서 디아스포라 여성들이 몸으로 써온 '생존'의 서사는 제대로 전승되거나 성찰되지 않았다. 이들 여성들이 체험한 이산의 고통과 생존의 의미는 예외적으로 소문자 여성문학 속에서 부조되었는데, 강경애의 소설 「소금」(1934)은 이 드문 소문자 서사 중 하나일 것이다.

소설 「소금」은 식민지시기 조선에서 간도로 이주해 간 한인 여성의 이야기를 그리고 있다. 주지하듯 1930년대 간도(만주)는 토착 중국인들뿐 아니라 대동아大東亞 건설이라는 제국주의 판타지 속에서 대륙 개척의 꿈을 안고 이주한 일본인들, 생계를 위해 국경을 넘은 가난한 조선인들, 주변 지역의 빈핍한 이산 난민들이 모이던 일종의 문화 교차적 삶터였다. 강경애는 민족/국가, 인종, 계급이 다른 이 수다한 인간들이 복잡하게 뒤얽히며 살아가던 장소에서 흐릿하거나 비가시화될 수밖에 없는 하위층 이주 여성의 삶을 재현한다.

이름을 잃고 '봉염 어머니'로 불리는 「소금」의 여자는 간도로 이주해 중국인의 땅을 일구며 살아가는 조선인 소작농의 아내다. 가난하고 위태롭게 이어지던 그녀의 삶은 마적단의 습격에 남편을 잃고 공산당을 좇아 아들이 떠나면서 복구할 수 없을 정도로 망가진다. 먹고 살기 막막해진 그녀는 두 딸과 함께 중국인 지주의 집에 몸을 의탁하나, 남편의 죽음을 방치했던 팡둥(중국인 지주)은 방어할 힘이 없는 봉염 어미의 몸을 유린하고 임신한 그녀를 내친다. 팡둥에 대한 증오와 자신에 대한 수치스러움에 죽고 싶던 그녀였으나, 남의 집 헛간에서 파뿌리를 먹으며 낳은 핏덩이 아이와 두 딸을 보자 끝내 살아야겠다고 결심한다. 그것은 모성의 강제라기보다 삶과 죽음의 위태로운 경계를 수없이 오가며 스스로 행한 결정이었고 때문에 "삶의 환희"[20]마저 느낀다. 이후 남의 집 젖어미로 힘겹게 삶을 꾸려가지만 전염병으로 아이들을 모두 잃고 그녀는 홀로 남게 된다. 죽음보다 더한 삶의 밑바닥으로 내쳐진 봉염 어미의 선택은, 그러나 죽음이 아니었다. 그녀는 국경을 넘나들며 위태롭게 소금 짐을 지면서라도 다시 살기로 결정한다. 그것은 누구를 위함이 아니며 오직 스스로 생존하기 위함이다. "굶는다는 것은 차라리 죽음보다도 무엇보다 무서운 것"이며, 때문에 그녀는 "살아서는 할 수 없다, 먹어야지…"라고 부르짖는다.

봉염 어미의 이 생생한 외침은 유랑하며 언제나 초과 착취의 현실을 살았던 디아스포라 여성이 터득한 최후의 진실일 것이다. 어떤 경우에도 삶을 포기하지 않으려는 이 생존 의지는 이주와 팡둥에 새겨진 제국주의의 폭력을 증험하면서도 이에 갇히는 수동적인 수난사로 머물지 않으며, 남편이 환기하는 가부장적 민족주의로 온전히 귀납되지 않고, 아들이 담지한 사회주의로 투명하게 해명되지도 않는다. 강경애는 제국이나 민족, 계급이라는 가부장이 구성한 보편의 범주로 회수되지 않으며 그것이 놓친 차이와 잉여의 호소를 디아스포라 여성들의 목소리로 복구한다. '침묵'으로 말하는 이 잔여적이고 불길한 발화를 기입함으로써 「소금」은 제국주의를 심문할 뿐만 아니라 민족주의나 계급주의의 자명성 역시 의문에 붙인다.

그러므로 이 떠도는 자들의 의지/언어를 무대화한 강경애의 「소금」은 민족 서사도 계급 서사도 혹은 지구화 서사도 아닌, 하나의 새로운 대항 내러티브로서 '디아스포라 여성 서사'를 구성한다. 이 낯선 서사를 통해서 강경애는 민족/국가, 인종, 계급의 차원으로 포섭되지 않는 '여성'을, 다시 여성이라는 단일한 범주로 환원되지 않는 '디아스포라 여성'을 재현하며 그들의 시선으로 세계를 다시 읽고 쓴다. '봉염 어미'에서 보듯 이러한 서사 속의 여성 디아스포라들은 희생적 주체도 또한 저항적 주체도 아니다. 그들은 배제된 타자들의 은어 혹은 방언으로 세계를 바꾸어 읽는 '번역자'이며, 이를 통해 지배적 언설과 단일한 진리를 오염시키고 그 권위를 위태롭게 하는 '반역자'이기도 하다.[21] 이 '번역/반역'의 행위를 빌어서 이산 여성들은 '다른' 세계를, 또는 하나가 아닌 여럿인 보편의 도착을 열망하며 협상하고 개입하는 주체가 된다.

버틀러가 주장하듯 번역이란 특전을 부여받지 못한 다양한 개별자들이 특권을 행사해 온 보편자를 변질시키고 다른 종류의 보편성 혹은 일자一者가 아닌 다자多者의 보편주의를 지향하는 실천이다. 개별적인 의지들을 희생시킨 대가로 존재하는 보편자는 허구적이며 이미 그 정당성을 상실한다. 버틀러에게 보편성이란 선험적이거나 본질적인 것이 아니다. 다양한 정치 기획들이 주장하는 보편성'들'이 항상 '경합 중'이며 이 경합을 가능하게 하는 것이 보편과 특수를 매개하는 번역이다. 번역을 통해서 특수자는 보편의 현재적이고 인습적인 규정들에 도전하며 '다른' 보편들을 주장한다.[22] 따라서 번역은 식민주의적 전유의 위험을 안고 있음에도 불구하고 반식민주의의 가능성 역시 뚜렷이 담지하고 있다. 번역은 일방적 과정이 아닌 "상호 번역 가능성"에 필연적으로 열려 있으며,[23] 때문에 지배 문화를 폭력적으로 이식하거나 종속 문화를 보편자의 판타지 속에서 임의로 재현하려는 식민주의적 욕망은 끝내 실패할 수밖에 없다. 보편자로 군림하는 지배 문화가 종속 문화(특수자)의 언어로 번역될 때 종속 문화의 맥락 속에서 전환, 변형되기 때문이다. 따라서 "변질 없는 번역", "전유 없이 원본의 모방적 전치"[24]는 불가능하며 번역은 언제나 지배 문화(원본)가 통어할 수 있는 범위의 한계를 드러내고 강요된 식민자/보편자의 권위를 훼절한다. 권력 관계를 동요하고 새로운 가치를 창출해 내는 번역은 그러므로 하나의 정치적 기획이자 변혁적 실천일 수 있으며, 이러한 번역 실천을 통해서 피식민자/특수자로 지시된 자들은 단지 힘을 박탈당한 희생자가 아니라 역능을 지닌 행위자로 세계에 새롭게 등장할 수 있다.

호미 바바 역시 번역을 다수자의 내러티브에 소수자들의 표식을 이접하고 보충함으로써 다수자의 서사를 횡단하는 탈식민주의적 저항 전략으로 재독한다. 문화 번역은 근대 체제의 전 지구화 과정에서 예외 없이 수반되는 역사적 현상이며, 이질적인 문화들이 만나고 섞이는(혼종화) 가운데 동질화의 불가능성 역시 야기한다. 바바는 통약 불가능한 이 잉여야말로 동일자의 서사가 탈구되고 이질적인 타자들의 대항서사가 들어설 수 있는 저항적 틈새in-between로 읽어낸다. 다시 말해 이 틈

새란 국민/민족, 인종, 젠더 등 근대 체제가 창안하고 획정한 경계들이 동요하는 '사이 지대'이며, 이 제3의 지대에서 "사회적인 것의 주변부에 위치한 주체들", 즉 여성, 이산자, 망명객, 난민 등과 같은 국민의 가장자리에 놓인 소수자들의 대항적 내러티브가 구축될 수 있다는 것이다.[25] 소수자들이 다시 쓰는 이 전복적 번역서사는 "전 지구화하는 자본의 대서사를 방해"하고, "민족(국가)이라는 상상의 공동체의 동질성을 분열"할 뿐만 아니라 "계급적 집단성"이 놓친 겹겹의 소수적인 목소리들을 듣고자 한다.[26] '디아스포라 여성 서사'란 대서사를 낯설고 불길하게 만드는 바로 이러한 "소서사"[27]의 계보라 할 것이다.

소서사로서 디아스포라 여성 문학은 자본, 민족/국가, 계급으로 수렴되지 않고 떠도는 여성 하위주체들의 다른 목소리들, 인준된 언어로 전달되지 않는 침묵의 낯선 언어들에 귀 기울인다. 그러나 이 이방성의 발화들은 투명하게 번역되지 않으며 전달되지 않은 채 되돌아오는 잉여를 남긴다. 어쩌면 그 잉여란 벤야민이 말했던 "순수 언어"로 바꾸어 부를 수 있을지 모른다. 순수 언어란 "모든 사유가 얻으려고 노력하는 마지막 비밀들"이 보존되어 있는 "진리의 언어"이며, 자기 언어의 낡은 장벽을 무너뜨리고 이 진리/순수 언어를 해방시키는 것이 번역자의 과제라고 벤야민은 강조한다.[28] 통약 불가능한 이타성의 흔적으로서 순수 언어란 그러므로 번역을 저지하는 것이 아니라 오히려 번역을 요청하는 것이며, 번역은 순수 언어와 번역자 모두에 '해방/변형'의 계기를 마련하는 것이 된다. 번역이 언제나 "타자를 향해 밖으로 나가는 운동"[29]이며, 균질 언어적 말 걸기가 아닌 다양하고 뒤섞인 청중들과의 관계를 시도하려는 '이언어적 말 걸기'이고[30] 타자와의 "공감적 읽기"[31]인/이어야 하는 이유가 여기에 있다.

번역 불가능한 잔여적 발화들을 무대화하려는 디아스포라 여성 문학은 이와 같은 번역을 실천하려는 서사로 정의할 수 있을 것이다. 다시 말하면 번역되지 않는 잉여를 삭제하거나 허위로 전유하지 않고 억압받는 자들의 타자성을 기입하고 전승하려는 윤리적 서사이며 비판적 허구인 것이다. 이 변혁적 허구는 결을 거슬러 역사를 다시 읽어냄으로써 지배자들의 보편사를 분절하는 새로운 사서史書이기도 하다. 강경애의 소설 「소금」을 통해서 우리가 독해할 수 있는 것은 이러한 번역의 정치를 실현하는 디아스포라 여성 서사의 기원적 가능성일 것이다.

3. '다른' 세계/보편의 도래를 위한 번역 정치

제3세계 페미니즘 문학 연구자인 오카 마리는 담론 생산자의 소속이 담론의 성격을 보증하는 것이 아니라고 강조한다. 여성만이 페미니스트가 되거나 제3세계 출신자만이 탈식민주의자가 되는 것이 아니듯, 아시아나 아프리카 여성들만이 서발턴 여성의 아픔을 쓸 수 있는 것은 아니라는 것이다. 재현의 (불)가능성을 결정하는 조건은 담론 주체의 인종이나 젠더나 국적이 아니라 소수자의 "아픔에 대한 공감적 시점"[32]을 확보하는 것이라고 오카 마리는 지적한다. 공감적 시점을 보유한다는 것은 시혜적 연민을 행사하는 것이 아니며 서발턴의 고통을 나누어 가지려는 실천적 행위를 의미할 터이다. 디아스포라 여성 서사를 지지하는 조건 역시 작가의 정체성이나 소재의 동일성이 아니라 이러한 '공감의 공동성'이다.

노라 옥자 켈러의 『종군위안부』[33], 허련순의 『누가 나비의 집을 보았을까』[34](이하『나비의 집』), 강영숙의『리나』역시 디아스포라 여성 서발턴의 고통과 연루되려는 공감의 공동성에 기반해 있다. 이는 작가의 국적이나 텍스트의 언어가 다름에도 불구하고 이들 소설이 디아스포라 여성 서사로 함께 묶일 수 있는 이유이기도 하다. 스피박은 서발턴을 대리 발화하는 재현이 불온한 것이 아니라, "끈기 있게 서발턴의 편력이 추적되지 않는" 재현을 경계해야 한다고 지적한 바 있다.[35] 서발턴 없는 서발턴 서사의 함정에 빠지지 않는 온전한 공감적 재현물이란 권력의 야만적 행사로 훼손된 세계/보편에 대한 '저항'이자 다른 보편에 대한 '열망'으로 공감을 다시 읽어내려는 서사가 아닐까.『종군위안부』,『나비의 집』,『리나』를 통해서 이러한 공감을 실현하려는 지금, 이곳의 디아스포라 여성 서사의 번역 정치, 달리 말해 식민주의적 번역을 탈환하며 아래로부터의 번역을 수행하는 모험의 경로를 따라가 보고자 한다.

비인간, 전 지구적 야만과 식민주의적 번역의 잉여

'김순효'라는 고유명을 빼앗기고 오명誤名/汚名으로 살아가는『종군위안부』의 '아키코'는 식민화의 역사를 고통스럽게 체현하고 있는 인물이다. 열두 살에 위안부로 팔려가 자신을 짓밟은 군인들이 몸에 새겨 넣은 이름을 지울 수 없듯이, 그녀의 삶은 문신처럼 새겨진 오명의 기억에 내내 갇혀 있다. 삭제될 수 없는 그 기억은 "몸과 마음이 분리되었다고 느낄 정도의 예리한 고통"[36]이지만, 그 처참한 기억(고통)을 나누어가질 이들이 그녀에게는 부재한다. 선교사인 미국인 남편 역시 고통의 분유分有자가 될 수 없다. 그는 고향에 차마 돌아갈 수 없어 평양 선교원에 의탁한 아키코를 발탁해 결혼했으나, 아키코의 기억을 공유하

려는 자가 아니라 그녀에게 '브래들리'라는 제국의 이름을 준 '구원자'
로 스스로를 정위한다. 그는 아키코를 "기독교인으로, 부인으로, 미국
인으로" 다시 태어나게 한 시혜자로 시종일관 그녀에게 군림하며, 결혼
은 그 위대한 구원의 행위이다. 때문에 아키코의 의사와 무관하게 그녀
의 삶을 주관하고자 하는 미국인 남편은 아키코의 몸을 점령했던 무수
한 일본 군인들과 줄곧 겹치게 된다. 위안소의 군인들에게 그녀가 단지
"처분 가능한 물건"이었듯이, 목사인 남편에게 그녀는 미개지에서 성공
을 이룬 자신의 선교를 드라마틱하게 보증할 한낱 전시품이나 한복 입
은 이국풍 인형과 다르지 않다. 인형에게 본래 이름이란 없으며 주인의
부름에 따라 그 이름이 수시로 바뀌듯, 남편은 아키코의 진짜 이름을
묻지 않으며 오명의 내력을 탐문하지 않는다. 그녀의 고유명에 무관심
하고 오명의 폭력을 행사함으로써 김순효-아키코의 고통에 한 치도 다
가서지 않는 남편 브래들리에게 일본군 위안부였던 그녀의 과거란 절
대 발설되어서는 안 될 "더러운 말"이며, 끝까지 침묵해야 할 "창녀"의
서사에 불과하다.

　자신을 유린한 제국(일본)이나 그 유린에 눈감거나 공모했던 모국(조
선)이나 구원의 또 다른 폭력을 행사하는 신식민 제국(미국), 그 가부장
적 힘들이 담합해 은폐해 왔던 아키코의 서사, 달리 말해 "인덕, 미요코,
가미코, 하나코, 아키코, 순희, 순미, 순자, 순효"들의 비극적 죽음을 기
억하고 애도하는 일은 그러므로 생존자인 아키코 자신의 몫으로 남는
다. 죽은 자들의 부름에 응답하는 '영매'인 아키코는 군인들에 의해 참
담하게 죽은 인덕에, 혹은 그녀와 유사하게 절멸해간 무수한 '인덕들'
에 자신을 내어줌으로써 그들과 다시 한 몸으로 연루되며, 그와 같은
연루의식을 통해 그들과 자신을 덮친 고통을 기억하고 나누어 갖는다.

아키코가 행하는 "굿"이 기록/기억되지 않은 오명의 죽음들을 위무하는 행위일 뿐 아니라 스스로의 고통을 치유하는 의식이며, 영혼으로 존재하는 인덕이 차라리 아키코의 진정한 "구원"자가 될 수 있는 이유는 여기에 있다.

아키코의 죽음과 더불어 이 고통의 서사는 딸 베카에게 도착한다. 베카가 아키코가 남긴 테이프, 곧 "아키코-김순효-브래들리"라는 비극적 복수명의 유랑사를 증언한 기록물의 수신자가 되는 것은 베카 역시 태생적 소수자가 될 수밖에 없는 '여성'이며, "미국과 한국, 삶과 죽음의 경계"에서 태어나고 살아가게 될 겹겹의 소수자이기 때문일 것이다. 미국인이라는 단일성에 소속되려는 자신을 끊임없이 미끄러지게 만들었던 비천한 존재가 어머니 아키코였지만, 그 어머니가 산 자도 죽은 자도 아닌 비체abjection인 인덕의 호소에 응답했듯이 베카는 아키코를 자신의 일부로 받아들인다. 이 수락을 통해서 인덕, 아키코와 하나가 된 베카는 이제 자신의 복수성을, 디아스포라 여성이라는 문제적 정체성을 제 것으로 껴안으며 '김순효-아키코-브래들리'라는 복수명과 온전하게 대면한다. 어머니의 죽음이 지정한 이 예비된 조우를 통해서 아키코나 베카가 담지한 복수의 정체성은 전혀 새로운 의미로 독해 가능한 것이 된다. 과거를 현재에 접붙이면서 "사서 팔린 몸들"의 서사를 복구하는 그 이름은 가부장적 식민화의 폭력을 증거하며, 타자를 점령하려는 주인-번역자들(제국/남성/백인)의 욕망을 좌절시킨다. '영매-아키코'는 비인간으로 스러진 죽음들과 내통함으로써 식민자들의 의도된 망각을 거스르며, 위대한 하나님이 아닌 영락한 영혼들과 접신함으로써 남편의 구원을 거부한다. 그러므로 산 자도 죽은 자도 아닌 영매-아키코, 혹은 어떤 이름 안에도 완전히 거주하지 않는/할 수 없는 김순효-아키코-브래들리는 '불순한' 자이자 더없이 '불길한' 자가 된다. 이름을 빼앗기고 이름이 폭력적으로 부과되는 오염(불순함)을 체현하면서 그녀는 자신(들)을 유린한 어떠한 권력도 투명하게 해명할 수 없는 불가해한 자가 되며, 그 불투명함은 제국·민족·남성이 휘둘러온 식민주의적 번역을 정지시킨다. 때문에 남편을 죽였다고 발설하는 아키코의 고백은 단순한 과장이나 허위가 아니다. 침묵을 지령하면서 그녀를 "기독교인으로, 부인으로, 미국인으로" 전유하려던 폭력적 번역의 실패를 상징적으로 확인하는 진술인 것이다. 하여 번역 불가능한 아키코(들) 혹은 이를 계승한 베카(들)는 식민주의가 생산한 잉여물인 동시에 그 한계를 폭로하는 위험한 여성들이 된다. 위험한 그녀들은 단지 희생자로 멈추지 않는다. 주인의 허위적 번역을 방해하며 여럿多衆을 하나一衆로 일괄하려는 식민자의 서사에 이질적인 서사들을 덧댄다. 그들은 교란함으로써 저항하는 행위자들이며, 이산을 통해 전 지구적 야만을 현시하는 생존자들이고, "미래를 회상 속에서 가르치는"[37] 예언자이기도 하다. 『종군위안부』의 '김순효-아키코-브래들리'가 그러하듯 『나비의 집』의 '세희', 『리나』의 '리나'가 역시 그러하다.

국가/민족주의와 결탁하고 남근주의와 공모한 전 지구적 자본주의의 재앙 속을 떠도는 세희나 리나는 김순효-아키코-브래들리와 마찬가지로 삶이 아닌 죽음과 진배없는 '생존'의 난장으로 내쳐지며, 인간 아닌 '비인간'으로 급속히 추락해 간다. 그러나 이들 하위층 여성들에게 애초 국경의 안과 밖 어디에도 인간다운 삶이란 가능하지 않았다. 리나가 말하듯 국경의 안쪽에는 "회색 빨래가 걸려 있는 탄광촌의 비좁은 집에서" 엄마처럼 열아홉에 아이를 낳고 평생 사는 길이 있으며, 국경의 밖에는 "창녀"가 되더라도 "외국물은 먹어보고 사는"[38] 길이 있다. 가난한 여성들의 선택지는 그뿐이며 이들의 삶을 박탈하는 폭력은 국경의 안팎이 실상 다르지 않다. 때문에 P국으로 가기 위해 국경을 넘는 리나, 한국으로 가기 위해 밀항선을 타는 세희에게 유랑은 더 나은 삶을 좇는 것이 아니라 더 나쁘지 않은 생을 향한 불가피한 선택일 뿐이다. 이 유랑에 붙인 "탈출"이란 수사는 그러므로 처음부터 신빙성 없는 허언이었으나 국경을 통과하는 순간 확실히 전연 무용한 말이 된다. 월경은 탈출이 아니라 거듭된 유린이며 피폭被暴의 과정이다. '밀항선 선창 안'에 갇힌 여자들의 몸은 "배에서 배타는"**39** 남자들의 처분에 맡겨지며(『나비의 집』), '제3국'을 우회해 가는 여자들은 화약약품공장, 창녀촌, 공단 지대를 거치며 "네모반듯한 남자"들에 짓밟히고 "멀리서 찾아오는 거친 남자들"(135)을 위해 다시 망가진다(『리나』). 밀항선 선창 안(『나비의 집』)과 제3국(『리나』), 혹은 난민들의 게토이며 수용소인 이 디스토피아에서 여자들은 죽거나 미쳐가며, "아주 빠르게 늙어가고 있는 낯모르는 여자"가 되었다가 "화학가스에 오염된 몸"(『리나』)으로 변해간다. 『나비의 집』의 '말숙'은 인간이 단지 '벌거벗은 생명'이 되는 이 재앙을 가장 적나라하게 보여주는 산죽음의 형상일 것이다. 가난 때문에 아들을 잃고 밀항선을 탄 그녀는 선주에게 잠자리를 강요당하리라는 환각과 죽음에 대한 공포, 지독한 배고픔 속에서 서서히 인간이 박탈되어 간다.

> 이때였다. 비린내 나는 손이 불쑥 다가오더니 세희의 손에서 전병을 낚아채갔다. 아주 잠깐 사이 번개같이 일어난 일이라 세희는 어정쩡한 채 자기의 빈손을 멀거니 처다보고만 있었다. 말숙이가 어둠 속에서 전병을 먹고 있었다. 전병을 씹는 다급하고 허기진 소리가 아귀처럼 들려왔다. 마치 쥐를 잡아먹고 있는 고양이의 목에서 흘러나오는 그르렁거리

> 는 소리와 흡사하였다. 빼앗기기나 할까봐 그녀는 두 손으로 전병을 꽉
> 움켜잡고 있었다. 어두웠으니 망정이지 틀림없이 전병에는 피가 벌겋게
> 묻어 있었을 것이다. 말숙이는 마지막 부스러기마저 말끔히 입에 털어
> 넣고 나서 우물우물 씹었다. 그리고 입맛을 쩍쩍 다시며 빈손을 보며 아
> 쉬워하는 듯했다.
>
> ─『나비의 집』

생리혈이 벌겋게 묻은 손으로 전병을 낚아채 먹고 있는 말숙은『종군
위안부』의 인덕이나 혹은 아키코가 그러했듯이 세계의 파국을 발화하
는 참담한 증언자가 아닐까. 그러나 인간을 상실한 그녀들의 언어는 이
미-언제나 비언어이다. 아렌트가 지적한 바 있듯이 "인권의 상실은 언
어의 타당성의 상실을 수반"[40]하며, 때문에 그들의 고통은 "고양이의
목에서 흘러나오는 그르렁거리는 소리" 같은 '다른' 목소리들로 증언될
수밖에 없다. 이 이방의 발화들을 '듣는/옮겨내는' 윤리적 번역(자)이
요청되는 것은 이 때문이다.

증언, 비인간/난민의 소리를 이접하는 번역

서경식은 아우슈비츠 생존자인 프리모 레비를 인용하면서 '증인'으
로서의 그의 아이덴티티를 환기한 바 있다. 수용소에서 살아남을 수 있
었던 것은 단지 생존하기 위함이 아니라 자신들이 "경험하고 참아내야
만 했던 것들을 이야기"하려는 절박한 의지가 있었기 때문이라고 레비
는 술회한다.[41] 나치 수용소 생존자인 파울 첼란은 모든 상실 가운데서
자신에게 오직 남아 있는 것은 "언어"이며 "언어만이 다른 이에게 가닿
을 수 있는 것"[42]이라 언급한 바 있다. "헤게모니적이고 엘리트적인 혹

은 제국주의적인 역사에서 지워지거나 덧씌워진 경험적·역사적 진리를 전면에 내세우는 것"[43]이 증언이라면, 증언은 언제나 소수적인 것이며 세계의 변혁을 야기하는/려는 사건일 것이다. 일본군 위안소에서 생존한 김순효, 밀항선 선창 안에서 살아남은 세희, 스물두 명의 탈출자 중 홀로 남은 리나는 이러한 사건을 도래시키는 자, 고통의 서사를 세계에 이접하는 증언자이기도 하다. 레비의 말처럼 그들이 죽은 자들보다 오래 남은 것은 단지 생존하려는 것이 아니라 '이야기하기/증언하기' 위함인 것이다. "어느 공동체에도 속하지 않"고, "그들을 위한 어떤 법도 존재하지 않"으며, "어떤 국가도 반환을 요구하지 않는"[44] 영락한 난민들의 사생死生은 "옛이야기로 풍화"되거나 "밥상머리에서 하는 소일거리"(『나비의 집』)로 사소하게 잊히고 배제되며, 그러므로 증언자/생존자란 이 폭력적인 무심한 망각과 싸우는 자이기도 하다. 고통의 기억을 발화하는 이들의 대항 진술을 통해서 지워진 이들의 역사는 복원되며, 삭제된 여성들의 존재는 세계로 다시 나타날 수 있다.

그러나 『나비의 집』의 말숙에서 보듯이, 떠도는 자들 혹은 불길한 비인간들의 서사는 언제나 공준된 언어가 아닌 이질적인 언어들로 흘러나온다. 『종군위안부』의 아키코는 영어와 한국어, 일본어를 구사할 수 있지만 가부장과 제국의 언어인 그 어떤 언어로도 자신과 인덕의 이야기를 온전하게 전할 수 없다. 죽은 자와 대화하는 그녀는 "들리지 않는 음악"이나 "단조롭게 웅웅거리는 소리"로만 이들의 고통을 증언할 수 있을 뿐이다. 리나 역시 세계를 떠돌며 거듭 팔리고 유린당하는 여자들의 이야기를 "노래"로 이야기하지만, 난민 캠프의 전직 여가수가 부르는 이방의 멜로디에 리나의 언어를 얹혀 부르는 그 노래의 의미는 천막을 메운 이국의 남자들에게는 제대로 전달되지 않는다. 웅웅거리는 소리, 노래, 혹은 밀폐된 선창 안에 감금된 이야기들(『나비의 집』)은 합법화된 언어로 전환되지 않는 비언어이며, 이 말 아닌 말들은 '읽히지도 들리지도 않는 차이의 공간'[45] 속에 남아 있다. 인준된/들리는 언어로 번역되지 않는 이 차이의 목소리들은 미친 자들의 중얼거림이나 "말도 안되는 얘기"(『종군위안부』), "믿을 수 없는 거짓말"(『리나』)로 삭제되거나 혹은 작위적으로 번역된다.

> 몇 걸음을 갈 때마다 엄마는 어깨에 멘 가방 속에 손을 넣어 방황하는 귀신과 해로운 잡귀들을 길에서 쫓아내기 위해 몇 줌의 보리와 쌀을 던졌다. 교정에 이르자 한 무리의 아이들이 엄마 주위에 모였다.
> "에이, 가방을 멘 여자야! 에이 미친 여자야."
> 아이들이 엄마를 둘러싸며 소리쳤다.
> "뭘 하고 있는 거야? 새에게 모이를 주고 있어?"
> 엄마가 그 애들을 무시하고 계속 노래를 부르며 낟알을 던지자 그들은 더 대담해져 손을 내밀며 엄마에게로 다가왔다.
> ─『종군위안부』

> 오늘의 이야기. 열여덟 살에 국경을 넘어 당신들의 나라에 들어와 스물네 살이 된 여자 이야기. 커다란 지구의 아래쪽엔 가난한 여자들 천지. 가난한 여자들은 어디에나 있다구요? 말하고 싶어도 조금만 참으세요. 지금은 내가 먼저 말할 시간.
> 매일 사기 치고 매일 사기당하고 열여덟 살이지만 모르는 게 없어. 남자는 어딜 만져야 좋아하고 여자는 어딜 만져줄 때 좋아하는지 모르는 게 없어. 하는 일도 없는 아버지 갑자기 병들어 세상 떠나고 언제나 나만

> 쳐다보던 탈출 브로커 아저씨. 아버지 죽은 다음날 찾아왔어. 아저씨가
> 흰 크림빵만 사오지 않았어도 난 그냥 집에 있었을지도 몰라. 크림빵 조
> 각이 하나씩 사라질 때마다 집에서 그만큼 멀어졌어.
> 국경을 넘자마자 브로커가 날 팔았어. (…)
>
> 리나가 지껄이기를 끝내자 공연장 맨 뒤에 서서 팔짱을 낀 채 귀를 후비
> 고 있던 프로듀서 김이 앞으로 나왔다. 그는 리나가 지껄인 내용을 뭉뚱
> 그려서 통역이라고 몇 마디 하고는 박수를 유도했다.
> ─『리나』

인용문에서 보듯 아키코의 노래는 광기로 조롱되고 리나의 이야기는
브로커에게 절취된 채 허위로 통역된다. 때문에 스피박의 진술처럼 그
녀들은 언제나 말하지만 말할 수 없으며, 월경하며 유린되는 가난한 여
자들의 노래/증언은 제대로 전달되지 않은 채 침묵으로 떠돈다. 허나
이는 결코 말하기/증언의 부재가 아니며 단지 '듣기'의 실패를 의미하
는 것이다. 이 강제된 침묵, 투명하게 번역되지 않는 노래에 담긴 이들
의 이방성에 집중하고 충분히 귀 기울여 '듣는' 자들, 곧 새로운 통역자
들을 요청하는 이유는 이 때문이다. "충분히 날카로운 귀"[46]를 지닌 이
통역자들은 낯선 발화들의 이국성을 봉쇄하지 않으며 통역 불가능한
대타적 목소리들을 기입하는 윤리적 번역자이기도 하다. 침묵으로 떠
도는 난민들의 노래를, 비인간이 뱉어내는 웅성거림을, 떠도는 소녀의
거짓말 아닌 거짓말을 세계에 이접하는 이 번역자들은 "사라져가는 현
재의 역사"[47]를 기록하는 증인이며, 비인간들/난민들과 더불어 세계의
변혁을 공모하는 또 다른 증언자이기도 할 것이다. 아키코와 조우하는

딸 베카를 통해서 우리는 이러한 윤리적·저항적 번역자와 만날 수 있다. 『종군위안부』의 아키코는 죽은 자들과 연루돼 그들의 고통을 듣고 받아쓰고 기억할 베카를 최후로 지정하면서 "수많은 진짜 이름이 알려지지 않은 채" 애도되지 못한 죽음들을 그녀에게 전달한다. 그러나 베카는 그 테이프에 담긴 증언을, 그녀들의 "슬픔"과 "상실"을 동일하게 받아쓸 수 없다. 가장 온전하게 증언할 수 있는 자들은 이미 죽은 자들이며, 베카는 그들의 번역자나 대리발화자일 뿐이다. "알아듣지 못하는 울부짖음"이나 "간간이 폭발하는 북소리", "날카로운 높은 소리"로 전해지는 그녀들의 언어 아닌 '은어隱語'는 결코 투명하게 옮겨지지 않는다. 그러나 이 불투명함, 번역 불가능한 공백이야말로 '아키코-김순효-브래들리', 혹은 '인덕들'의 고통이 증언되며 온전히 사유될 수 있는 의미 있는 지점일 것이다. 또한 이를 삭제하지 않는 번역 행위야말로 베카를 통해 다시 전해지는 '인덕들'의 서사/목소리가 전쟁이 상례인 세계를 멈추고 다른 세계를 틈입시킬 수 있는 힘 있는 실천이 될지 모른다. 알지 못하는 노랫말들로 전해지는 어머니의 노래를 따라 부르며, 어머니 혹은 애도되지 못한 잊힌 여자들의 숱한 죽음을 인도하려는 베카의 결정은 이러한 번역이 수행되는 장면이 아닐까.

> 나는 모자 핀과 부러진 뼈처럼 툭 튀어나온 깃털 달린 라벤더 줄기를 빼내고 엄마의 머리카락을 풀어 탁자 위에 펼쳤다. 머리카락 끝이 살아 있는 물건처럼 내 팔에 감길 때까지 빗어 내리며 노래를 부르기 시작했다. 나는 노랫말을 알지도 못하면서 노래를 불렀다.
> "기억나요. 어머니, 산 자들과 죽은 자들에 대한 당신의 근심이 기억나요."(…)

"향기와 순수와 빛의 밧줄이에요, 어머니. 꼭 붙잡으세요. 그러면 제가 가시문에 있는 사자를 지나 당신을 인도할 게요. 만약 당신이 쓰러지면 그가 당신을 지옥으로 유혹하면, 덩굴을 몸에 감으세요. 그러면 난 바리 공주가 되어 당신을 끌어당길 게요.
나는 큰소리로 노래를 불렀다.

푸르른 물, 강물도 못 믿으리로다. (…) 뭇사람의 슬픔도 흘러 흘러서 가 노라.

—『종군위안부』

국경, 세계를 '다시' 번역하는 경계 지대

소설 「소금」의 봉염 어미가 최후에 서 있던 자리는 '국경'이었다. 강경애는 고향을 잃고 새로운 고향이 없는 이산 난민들의 유일한 처소가 국경임을 일찍이 간파한다. 한나 아렌트가 언급한 바 있듯이 인권의 박탈은 무엇보다 세상에 거주할 수 있는 장소의 박탈을 의미하며,[48] 그러므로 국가나 민족 어느 공동체에도 속하지 않고 어떤 공동체도 귀환을 요구하지 않는 권리 잃은 자들의 장소는 나날이 위태로운 '경계 위'일 수밖에 없다. 『종군위안부』, 『나비의 집』, 『리나』를 통해서 디아스포라의 위치인 이 '국경'의 의미는 다시 사유되고 있다.

『종군위안부』의 아키코에게 미국은 새로운 고향이 아니라 자신의 자리가 없는 언제나 낯선 곳이며, 그녀가 그리워하는 고향 '설설함' 역시 비극의 기억이 제거된, 오직 그녀의 향수 속에만 존재하는 상상지想像地일 뿐이다. 언니의 지참금을 마련하기 위해 김순효(아키코)를 위안부로 팔아넘긴 야만이 행사되던 곳이 고향이며 때문에 모국 또한 그녀의 진정한 귀향지일 수 없다. 민족도 제국도 여성 이산 난민들의 삶을 보증하지 못하며 이들의 안정적 거주지가 되지 못한다. 때문에 국경은 디아스포라 서발턴이 놓인 물리적인 장소이자 또한 심리적 처소이기도 하다. 『나비의 집』이나 『리나』를 통해서 이는 보다 분명히 확인되고 있다.

『나비의 집』의 조선족 탈출자들은 국가(중국) 폭력의 기억과 가난으로부터 도주하기 위해 모국(한국)으로 가는 밀항선을 타지만 그러나 이들은 끝내 한국에 발 딛지 못한다. 밀폐된 선창 안에서 그들 대부분은 질식과 기아로 이미 숨지며, 항구에 닿은 생존자들 역시 다시 바다로 추방된다. 국가(중국)도 민족(한국)도 그들의 정박지나 집이 되지 못하며, 때문에 아이러니하게도 삶과 죽음이 뒤섞이는 선창 안이나 바다, 곧 국가/민족의 '변경邊境'만이 이들의 최후의 장소가 된다. 이 가장자리를 유일한 처소로 할당받은 이들 난민들은 국가는 물론 민족 역시 회의하게 된다.

"지금 선창밖에 내보낸다면 살지 않을까요?"

"사방이 바다인데 나비가 어떻게 살겠소. 차라리 이곳이 더 안전할지도 모르지."

"나비는 아마 이곳이 제집인줄 알고 들어 왔나 봐요."

"나비는 제집 같은걸 찾아다니지 않소."

"그건 왜요?"

"나비는 집이 없으니깐."

"나빈 집이 없어요?" "날아가 앉는 곳이면 다 나비집인줄 알았죠."

"아마 그럴 지도 모르지. 그렇게 사는 것이 더 편할지도 모르고."

두 사람은 아무 말도 하지 않았다.

> 집이 없는 나비가 가엾다고 생각하고 있는지 아니면 집 없이도 자손만
> 대 번식을 하고 잘 살아가는 나비를 부러워하고 있는건지. 암튼 자기 집
> 에 대한 집착으로 죽고 사는 인간에 비해 나비는 현명한지도 모른다는
> 것이 그들의 같은 생각이었다.
> -『나비의 집』

디아스포라를 상징적으로 지시하는 '나비'를 빌어서 소설은 이산민
들을 '집 없는 자'가 아니라 '집 두지 않는 자'로 다시 정위하고자 한다.
지난한 유랑을 통해서 세희나 유섭은 국민/민족과 같은 다수자에 소
속되려는 자신들의 집착을 심문하며 그 애착의 무망함이나 불가능함
을 목도한다. 그러므로 이들의 월경越境은 그들이 국민이나 민족 어디에
도 완전히 소속될 수 없는 유랑하는 소수자 난민임을 제 위치로 확인하
는 여정으로 읽을 수 있으며, 때문에 이들 디아스포라들이 놓인 마지막
자리 역시 다른 의미로 독해 가능하다. 생존을 부르짖는 봉염 어미의
외침 속에서 민족·국가·계급이 일시에 그 의미심장함을 상실하듯(「소
금」), 세희나 유섭이 놓인 취약한 위치는 국가/민족이라는 근대가 구축
해온 단단한 경계들을 동요하고 그 정당성을 심문할 수 있는 전복적인
경계 지대in-between로 읽어낼 수 있는 것이다. 태혜숙이 주목한 바 있
듯이 디아스포라는 민족/국가에 대한 새로운 물음을 제기할 수 있는 출
발점이며, 양자와 모두 거리를 두는 이중부정의 의식 속에서 민족/국가
를 생산적으로 분절할 수 있는 유의미한 기표가 될 수 있다.[49]

강영숙의 『리나』역시 '국경'을 국가/민족 너머의 다른 공동성이 도
래할 수 있는 가능성의 거점으로 다시 쓴다. 탄광 지역 노동자의 딸로
태어난 열여섯 리나는 청바지와 구두를 신고 대학에 다니며 배불리 먹

을 수 있다는 "P국"을 향해 탈출하지만, 제3세계의 숱한 국경을 통과하면서 가난한 난민들을 위한 유토피아란 없으며 빈핍한 여자들의 세계는 어디나 디스토피아라는 사실을 그녀는 몸으로 확인한다. 탄광촌을 탈출했으나 화학약품 공장의 남자에게 유린당하고, 남자로부터 도망쳤으나 리나가 도착한 곳은 창녀촌이며, 철거당한 창녀촌을 떠나 다국적 기업이 운영하는 공단 지대로 흘러들었으나 그곳은 폭발로 완전한 폐허가 된다. 세계의 쓰레기장이 된 그 잿빛 영토에서 리나는 가진 것이라고는 단지 목숨밖에 없는 자들과 함께 오염된 몸으로 방치된다. P국으로 가기 위해 제3세계를 우회하며 리나가 목격한 것은 세계가 이렇듯 과잉 폭력의 난장이며 빈틈없는 착취의 구조로 굴러간다는 사실이다. 남자는 여자를, 주인은 노동자를, 브로커는 탈출자를, 다국적 기업은 제3세계를 갈취하는 수탈의 전장이 세계이며, 이러한 착취의 전 지구화로부터 안전한 P국은 어디에도 존재하지 않는, 그야말로 허방의 유토피아가 된다. 자본은 언제나 이 모든 식민체제의 배후이며 가부장과 국가는 그와 공모하고 결탁한 행위자들이다.

그러므로 탈출은 처음부터 불가능한 것이었으며 리나의 유랑은 이 뼈아픈 사실에 이르는 참담한 과정일 것이다. 제3국을 우회해 리나가 마지막으로 도착한 곳이 출발지인 다시 국경이라는 사실은 이를 확인하는 상징적 장면이 아닐까.

시간이 갔고 군인이 책상 서랍에서 지도를 꺼내 펼쳐놓았다. 리나는 접힌 부분이 너덜너덜해진 지도 위에 그동안 움직인 길들을 손가락으로 그리기만 했다. 군인이 리나가 그리는 길을 눈으로 따라갔다. **넓은 대륙 위에 둥글고 완만한 원이 하나 그려졌다. "멀리도 돌아왔군."** 군인은 그렇게 말하고는 가짜 신분증 위에 도장을 쾅 찍었다.

－『리나』

　허나 리나의 국경 도착이 단지 전 지구적 착취의 적나라한 증험만은 아니다. 국경행은 그녀의 능동적 의지가 개입된 하나의 '사건'이기도 하다. 유랑을 거듭하면서 세계의 파국을 체험한 리나는 더 이상 안락한 P국의 존재 따위는 믿지 않으며 때문에 스스로의 결정에 의해 P국 입국을 중지한다. 리나가 최후로 도착한 '국경'은 P국에 대한 판타지를 횡단하는 이러한 결단/모험 속에서 도래할 수 있었던 것이다. "유목민의 나라"(340쪽)를 향하거나 "자기들만의 나라"(342)를 만들러 간다는 탈출자들을 뒤로 하고 리나는 홀로 "국경 지대"(343)로 간다. 강영숙은 리나를 통해서 '더 나은 국가'를 상상하기보다 차라리 자본·가부장과 유착된 '국가의 너머'를 사유하려는 것으로 보인다. 국경 지대는 그 실험적 사유가 발생하는 제3의 공간이며, 난민인 리나는 이 생경한 사유를 시작하는 창발적인 주체로 변위한다.

　그럼에도 불구하고 소설은 이 능동적 전회에 섣부른 환상 역시 끼워 넣지 않는다. '국경'을 산다는 것은 가령 "이름도 없고 국적도 없는 채로 죽을 수 있는" 공포를 감당하는 것이며, 탈출자들은 범람하지만 함께 국경을 살며 착취가 일상이 된 세계 이후를 사유하려는 자들은 이미 절멸했거나 아직 오지 않았다. 이를 환기하듯 리나는 홀로 국경 지대에 서 있다. 길 위에서 만나 혈연 가족보다 더 끈끈하게 이어졌던 봉제공장 언니, 삐, 전직가수인 할머니는 모두 폭발 속에 죽거나 사라지고 없다. P국이 아닌 리나의 국경행은 바로 삶을 착취당한 이들의 이야기를 기억하고, 그들의 말 아닌 말들을 증언하며, 파국의 세계를 난민의 의지로 다시 번역할 수 있는 가능성을 타진하는 수행이 아닐까. 공포와 고독을 무릅쓰고 이 경계 위에 머물지 않고서는 세계를 새롭게 사유하려는 투쟁은 가능하지 않을 것이다.[50]

> **저 멀리 어둠을 지나 파도처럼 몰려오고 있는 듯한 드넓은 국경이 보였다. 다시 국경에 서자 오히려 모든 것이 분명해졌다.**
>
> 리나는 한참을 가다가 뒤를 돌아보았다. 평원 위에 일렬로 서서 국경을 향해 걸어오고 있는 스물두 명의 탈출자들이 보였다. 세 가족과 봉제공장 노동자들 모두 무사히 살아 있었다. 숲에서 죽은 꼬맹이도 살아 있었고 봉제공장 언니도 화학공장에서 죽은 할아버지도 아직 모두 살아 있었다. 게다가 봉제공장 언니의 꼬맹이와 남편인 아랍 남자까지 끼여 있어서 대열은 더 길어졌다. 리나는 그들을 향해 손을 흔들어 보였다.
>
> 잠시 후 리나는 다시 뒤를 돌아봤다. 스물두 명의 탈출자들은 더 이상 보이지 않았다. **리나는 또 다시 저만치 앞 허공에 푸른 둑처럼 펼쳐져 있는 국경을 향해 달리기 시작했다.**
>
> ─『리나』

4. 전장의 세계를 넘어

도미야마 이치로富山一郎는 우리가 사는 일상을 전장戰場과 분리시키고 식민 지배를 종료된 과거나 타자의 문제로 이해하는 방식이야말로 폭력을 용인하며 저항의 가능성을 말소하는 행위라 지적한 바 있다. 도미야마에 따르면 저항이란 우리가 거주하는 이 세계가 언제나 전장임을 자각하고 희생된 자들의 곁에서 폭력을 예감/지각하는 행위로부터 시작된다는 것이다.[51] 디아스포라 여성 서사는 바로 이러한 폭력을 예감하는 서사일 것이다. 예감한다는 것이 폭력에 저항하는 것이라면, 이 저항이 겨냥하는 것은 권력/폭력이 종용하는 망각을 거슬러 세계가 언제나 전장이라는 사실을 기억하며 벤야민이 언급한 바 있듯 "진정한 비상 사태"[52]를 도래시키는 일이 될 것이다. 진정한 비상사태란 지배자가 아닌 억압받은 자들의 의지로 세계를 다시 구축하는 것이며, 배제된 자들의 개별성과 공명하는 다른 보편성을 창안하는 일일 터이다. 이 글은 디아스포라 여성 서사를 통해서 이러한 가능성을 숙고해 보고자 하였다. 이를 위해 '번역'의 문제에 주목했으며, 디아스포라 여성 서사를 통해 식민주의적 번역이 실패하고, 윤리적인 번역이 들어오며, 세계를 아래로부터 재번역하고자 하는 탈식민적 번역 실천이 수행되는 지점들을 살폈다.

이 글에서 주목했던 디아스포라 여성 서사란 작가의 정체성이나 소재의 동일성이 아니라 이산 여성들의 편력을 추적하며 그들의 열망과 저항을 읽어내는 공감의 공동성에 지지된다. 그러므로 디아스포라 여성 서사란 이산 여성들을 단지 희생자로 연민하고 그들의 수난을 기록하는 서사가 아니라, 가부장적 근대 체제의 야만을 증언하는 서사이며 세계의 변혁을 독자들과 공모하려는 서사이다. 그러나 다른 세계/보편의 도래는 디아스포라 여성 서사가 제안하는 이 공모에 우리가 화답하고 가담할 때라야 비로소 가능한 것이 된다. 서경식의 지적처럼 디아스포라 이야기/문학은 다수자의 안주를 위협하며 다수자가 의심하지 않고 누려오던 기득권에 의혹의 눈길을 보내기에 언제나 위태롭게 존립한다.[53] 그렇다면 디아스포라 여성 서사가 요청하는 다른 세계의 실현

은 이제 전적으로 우리의 몫으로 넘어 왔는지 모른다. 그것은 다름 아
닌 디아스포라 서사가 발화하는 이방성의 증언들을 위협이나 구속이
아닌 '해방'을 향한 울림이자, 당신과 내가 한 번도 가져보지 못한 낯선
세계/보편을 개시하는 희망의 전언으로 다시 사유하는 일일 것이다.

주

1) 다무라 다이지로(1911~1983)는 미에현 출신으로 와세다대학 문학부를 졸업하고 1940년에 징집되어 5년 3개월 동안 중국 산시성에서 종군했다. 육체문학의 기수로 주목받았던 그는 1947년 조선인 종군위안부가 등장하는 『춘부전』을 썼고, 이 작품은 1950년 〈새벽의 탈주〉라는 제목으로 영화화되기도 했다. 이 글에서 언급하고 있는 소설 「메뚜기」는 일본 전후 문학 문제작 중의 하나로 곧 국내에서 번역 출간될 예정이다. 번역된 소설을 미리 읽고 쓰도록 배려해 준 김려실 선생께 감사드린다.

2) '부끄러움'에 대한 의미 있는 논의로는 우카이 사토시의 「어떤 감정의 미래-'부끄러움(恥)'의 역사성」, 『흔적 1』(문화과학사, 2001), pp.12-62를 참고할 수 있다. 이 글에서 우카이 사토시는 부끄러움을 역사적·철학적·정신분석학적으로 고찰하며, 역사에 대한 부끄러움의 감성을 상실한 일본 사회를 비판하는 기제로 사용한다.

3) 발터 벤야민, 「역사의 개념에 대하여」, 『발터 벤야민 선집 5』, 최성만 옮김, 도서출판 길, 2008, p.336.

4) 한나 아렌트, 「국민국가의 몰락과 인권의 종말」, 『전체주의의 기원 1』, 이진우·박미애 옮김, 한길사, 2006, p.533. 한나 아렌트는 근대의 국가체제 바깥으로 밀려난 무국적 난민은 주권(국민의 권리)의 상실과 동시에 인권, 곧 인간으로서의 권리를 가질 수 있는 권리마저 박탈당한다고 갈파한다. 그 최소한의 권리(인권)란 말하자면 자유의 권리가 아니라 행위의 권리이며, 좋아하는 것을 생각할 권리가 아니라 의사를 밝힐 권리라는 것이다.

5) 이매뉴얼 월러스틴 지음, 『유럽적 보편주의: 권력의 레토릭』, 김재오 옮김, 창비, 2008, p.56.

6) 주디스 버틀러, 「문화의 보편성」, 『나라를 사랑한다는 것-애국주의와 세계시민주의 한계 논쟁』, 삼인, 2003, p.80.

7) 한나 아렌트, 『전체주의의 기원 1』, p.492.

8) 주디스 버틀러는 일반의지나 공식적/추상적 보편성은 모든 특수성을 포용하는 데 실패하고 이를 배제함으로써 이타성(alterity)의 흔적을 지워버린다고 지적한다. 따

라서 공식적 보편성은 그것을 정초하는 부정과 분리될 수 없으며 스스로에게 유령
적인 게 되고, 그 용어가 의미하는 포괄적 궤적은 필연적으로 폐기된다는 것이다.
주디스 버틀러, 「보편자를 다시 무대에 올리며」, 『우연성 헤게모니 보편성』, 도서출
판b, 2009, pp.42-45 참조.

9) 서경식 지음, 『디아스포라 기행』, 김혜신 옮김, 돌베개, 2006, pp.14-15. 서경식은
디아스포라를 '근대 특유의 역사적 소산으로 폭력적으로 자기가 속해 있던 공동체
로부터 이산을 강요당한 사람들 및 그들의 후손들'을 가리키는 개념으로 정의하며,
필자 역시 이러한 서경식의 문제의식에 동의하고 있다.

10) 송두율, 「유럽에서 동아시아를 생각하다-칸트의 『영구평화론』을 다시 읽으며」,
《실천문학》 105호, 2012, p.160; 서경식, 『디아스포라 기행』, p.14 참조.

11) '자본주의 가부장제 세계체제'란 자연, 이민족, 여성의 식민화에 기반을 둔 서구
시민사회의 (신)식민화 메커니즘을 비판적으로 지시하는 마리아 미즈(Maria Mies)
의 용어로 월러스틴의 세계체제론을 원용하여 구성한 것이다.

12) 주지하듯 서발턴(subaltern)은 기존의 '민중' 개념과 달리 계급뿐만 아니라 인종, 젠
더 등의 층위에서 종속적인 위치에 있는 모든 하층 주체를 지칭하는 개념으로 사
용된다. 이 글에서 주목하는 디아스포라 여성이란 전지구화의 흐름을 타고 자유롭
게 초국가적 이동을 실현하는 여성들이 아니라, 스피박의 지적처럼 가부장적 자본
주의 세계 질서 속에서 "초강력 착취(super-exploitation)"에 내몰린 이산 여성들이
며, 발화(항의의 서사)가 지속적으로 전유됨으로써 말하지만 말할 수 없는 여성들을
의미한다. (가야트리 스피박 지음, 『포스트식민 이성 비판』, 태혜숙·박미선 옮김, 갈무리, 2005,
pp.510-516.)

13) 태혜숙은 제1세계와 제3세계 사이에 위치한 디아스포라 주체는 젠더, 세대, 에스
니시티, 민족, 계급 등의 축들에 따라 변함없이 남근중심적인 방식으로 형상화되
어 왔다고 지적한 바 있다. (태혜숙, 「아시아 디아스포라, 민족국가, 젠더: 『딕테』」, 『대항지구
화와 '아시아' 여성주의』, 울력, 2008, p.264.)

14) 이 글에서 '디아스포라 여성 서사'란 디아스포라 여성 작가들이 창작하거나 디아
스포라 여성을 재현한 문학을 지시하기보다, 작가의 국적이나 작품의 소재 차원을
넘어 '디아스포라 여성의 위치'를 텍스트의 주요한 문제의식으로 설정하고 디아

스포라 여성들의 특수한 경험과 발화들을 기억, 기록, 재현함으로써 가부장적 세계체제에 대한 성찰과 비판을 담지하고 있는 서사를 의미하는 개념으로 사용하고자 한다. 이에 대해서는 2장을 통해 보다 상세히 논의할 것이다.

15) '아래로부터의 번역'이란 로버트 J. C. 영의 '재번역(retranslation)' 개념을 원용한 것이다. 재번역한다는 것 혹은 아래로부터 번역한다는 것은 식민자/다수자의 맥락이 아닌 피식민자/소수자의 위치에서 번역을 다시 탈환하는, 즉 피식민자/소수자의 자기번역 및 세계에 대한 새로운 변혁(번역) 가능성을 함의하는 탈식민주의적 번역 실천을 지시하는 개념이다. 로버트 J. C. 영 지음, 『아래로부터의 포스트식민주의』, 김용규 옮김, 현암사, 2013, p.207.

16) 재일조선인 1세 여성인 문금분의 이야기와 그녀의 시 「지문에 대하여」는 부산대 인문학 연구소 초청특강(2012. 6. 7)에서 발표한 서경식의 글에 수록되어 있다.

17) 송신도에 관해서는 서경식의 글, 「어머니를 모욕하지 말라」, 『난민과 국민 사이』, 돌베개, 2006, pp.39-58 참고.

18) 글로벌 자본주의가 확대된 20세기 말 이후 국제 이주 인구 중 절반은 아시아, 아프리카, 구 소련 지역 등지의 제3세계 여성이주 노동자들이며 때문에 '이주의 여성화'는 전지구화를 특징짓는 주요한 현상이 되었다. 남성들과는 달리 제3세계 여성 이주자들은 대부분 가사노동에 종사하거나 매춘과 같은 성산업, 엔터테인먼트산업, 상업화된 결혼 등을 통해 국경을 넘게 되며 생존의 문제와 직결되어 있어 '이주의 여성화'는 곧 '생존의 여성화'이기도 하다. 사스키아 사센, 「전지구적 경제와 젠더화의 전략적 구현들」, 『동아시아 여성과 가족 변동』, 계명대학교 출판부, 2013, pp.23-42.

19) 가령 재일조선인의 역사에 기록된 여성들은 주로 민족조직의 주변에 있던 여성들로 대부분 가정주부였으며, 군 시설에 연행되었던 조선인 위안부나 성매매업에 종사했던 여성들은 재일조선인의 기록에서도 누락되어 남아 있지 않다고 한다. 송연옥에 따르면, 이들 여성들의 존재가 기록에 남아 있지 않은 주요 원인으로 전후 재일조선인 운동을 도맡았던 재일본조선인연맹이 조선민주주의인민공화국을 지지하고 운동의 방향을 국가의 정치노선에 동조시켜가는 과정에서, 국가의 이념적 여성상인 '현모양처'상에서 벗어난 디아스포라 여성들은 재일조선인의 기록으로부

터 의도적으로 삭제했다는 것이다. (송연옥, 「식민지주의에 대한 저항-재일조선인 여성이 창조하는 아이덴티티」,《황해문화》 2007년 겨울, pp.154-155.) 가부장적 민족주의/국가주의 신화를 위협하는 디아스포라 여성들은 (식민)제국이나 모국은 물론 디아스포라 공동체의 서사 속에서도 보이지 않는 유령과 같은 존재로 떠돌아야 했던 셈이다.

20) 강경애, 「소금」, 『강경애전집』, 소명출판, 1999, p.515. 이하 「소금」의 인용 페이지 수는 따로 표시하지 않음.

21) 피지배자인 인디언 여성으로 스페인 정복자 코르테스의 말을 통역했던 멕시코의 라 말린체를 통해 번역자와 반역자의 이미지가 겹쳐 있는 여성 번역자의 특이한 위치에 대해 언급한 논의로는 김현미, 『문화 번역』, 또하나의문화, 2005, pp.58-61 참조.

22) 주디스 버틀러, 『우연성 헤게모니 보편성』, pp.27-71, pp.191-250; 박미선, 「보편과 특수의 번역실천으로서 비판이론과 페미니즘」,《문화과학》 56, 2008, pp.475-489.

23) 발터 벤야민 지음, 「언어 일반과 인간의 언어에 대하여」, 『발터 벤야민 선집 6』, 최성만 옮김, 도서출판 길, 2008, p.87.

24) 주디스 버틀러, 「보편자를 다시 무대에 올리며」, 『우연성 헤게모니 보편성』, p.64.

25) 호미 바바, 「디세미-네이션」, 『국민과 서사』, 후마니타스, 2011, pp.454-509.

26) 호미 바바 저, 『문화의 위치-탈식민주의 문화이론』, 소명출판, 2002, p.436.

27) 소서사(petits recits)는 푸코의 용어이다. '소서사'란 역사의 '위대한 사건들' 외부에 존재하는 서사들을 의미하며, 바비는 이 소시사들 속에서 근대성의 의미와 가치를 해독해야 한다는 푸코의 주장을 환기하고 있다. 호미 바바, 『문화의 위치-탈식민주의 문화이론』, p.460.

28) 발터 벤야민, 「번역자의 과제」, 『발터 벤야민 선집 6』, pp.134-139.

29) 레이 초우 지음, 「민족지로서의 영화 혹은 포스트식민적 세계에서의 문화 간 번역」, 『원시적 열정』, 정재서 옮김, 이산, 2004, p.282.

30) 사카이 나오키 지음, 『번역과 주체』, 후지이 다케시 옮김, 이산, 2005, pp.45-67.

31) 가야트리 스피박 지음, 「번역의 정치」, 『교육기계 안의 바깥에서』, 태혜숙 옮김, 갈무리, 2006, p.361. 스피박은 번역을 공감적 읽기로 지시하며, 이는 타자(번역 대상)

와 "거리를 두면서도 친구같이 배워나가는 것"이라 정의한다.

32) 오카 마리, 「제3세계 페미니즘과 서발턴」, 《코기토》 73, 2013, p.604.

33) 소설 『종군위안부』의 작가 노라 옥자 켈러는 한국인 어머니와 독일계 아버지 사이에서 태어난 한국계 미국인 여성 작가로, 1993년 일본군 위안부였던 황금주 할머니의 강연을 듣고 위안부의 삶을 조명한 『종군위안부』(1997)를 쓰게 된다.

34) 『누가 나비의 집을 보았을까』(2007)는 제1회 김학철문학상 수상작이며 작가 허련순은 중국에 거주하는 조선족 여성 작가로, 회령에 살던 할아버지가 1918년 농사를 짓기 위해 중국으로 건너가면서 그녀의 가족 이주사가 시작되었다고 한다. 허련순은 김학철문학상 수상소감을 통해 『누가 나비의 집을 보았을까』가 한국에서 일하다 교통사고로 죽은 중국 여성 이주 노동자의 삶을 목격하게 되면서 쓴 작품이라고 밝힌바 있다. 교통사고 현장에 남은 그녀의 구두 한 짝을 보면서 이 여성의 비극적 죽음/삶에 대한 질문을 제기하게 되었으며, 때문에 수상 작품의 원제목은 '한 발로 길을 갈 수 있을까'였다고 한다.

35) 가야트리 스피박, 『포스트식민 이성 비판』, p.382.

36) 노라 옥자 켈러, 『종군위안부』, 박은미 역, 밀알, 1997. 작품 인용시 페이지 수는 표시하지 않음.

37) 발터 벤야민 지음, 「역사의 개념에 대하여」, 『발터 벤야민 선집 5』, 최성만 옮김, 도서출판 길, 2008, p.350.

38) 강영숙, 『리나』, 랜덤하우스, 2006. 작품 인용시 페이지 수는 표시하지 않음.

39) 허련순, 『누가 나비의 집을 보았을까』, 온북스, 2007. 작품 인용시 페이지 수는 표시하지 않음.

40) 한나 아렌트, 『전체주의의 기원 1』, p.533.

41) 서경식 지음, 『디아스포라 기행』, 김혜신 옮김, 돌베개, 2006, p.205.

42) 서경식, 『디아스포라 기행』, p.209에서 재인용. 인용 부분은 파울 첼란이 브레멘 문학상 수상 연설에서 한 말이다.

43) 찬드라 탈파드 모한티 지음, 『경계없는 페미니즘』, 문현아 옮김, 여이연, 2005, p.127.

44) 한나 아렌트, 『전체주의의 기원 1』, p.531.

45) 가야트리 스피박, 『포스트식민 이성 비판』, p.411.

46) 김애령, 「다른 목소리 듣기」, 『문화소통과 번역』, 보고사, 2013, p.190.

47) 스피박의 저서 『포스트 식민이성 비판』의 부제는 "사라져 가는 현재의 역사를 위하여"이다. 스피박이 말하는 '사라져 가는 현재'란 자본주의의 전지구화가 포스트식민 주체를 새로운 이민자로 만들어내는 생산양식이 지배적인 현재이다. 이러한 현재 속에서 서발턴을 통해 자신의 담론 권력을 강화하려는 엘리트 포스트식민적 문화연구로 인해 가장 음지로 사라지는 것은 제3세계 여성 서발턴의 초과 착취의 현실이라고 스피박은 비판한다. (『포스트 식민이성 비판』 '옮긴이 서문' 참고)

48) 한나 아렌트, 『전체주의의 기원 1』, p.528.

49) 태혜숙, 「아시아 디아스포라, 민족국가, 젠더: 『딕테』」, 『대항지구화와 '아시아' 여성주의』, pp.259-62.

50) 주디스 버틀러, 『우연성 헤게모니 보편성』, p.248.

51) 도미야마 이치로, 『폭력의 예감』, 손지연 외 옮김, 그린비, 2009, pp.25-30.

52) 발터 벤야민, 『발터 벤야민 선집 5』, p.337.

53) 서경식, 『난민과 국민 사이』, p.316.

구모룡

1959년 경남 밀양 출생. 1982년《조선일보》신춘문예로 등단했다. 현재 한국해양대학교 동아시아학과 교수이다. 평론집『앓는 세대의 문학-세계관과 형식』,『구체적 삶과 형성기의 문학』,『한국문학과 열린 체계의 비평담론』,『신생의 문학』,『문학과 근대성의 경험』,『제유의 시학』,『지역문학과 주변부적 시각』,『시의 옹호』,『감성과 윤리』,『근대문학 속의 동아시아』,『해양풍경』등이 있고, 편저로『예술과 생활-김동석문학전집』,『백신애 연구』가 있다. 시전문 계간지《시인수첩》편집위원으로 현대시론과 동아시아 근대 지성에 관심을 갖고 공부하고 있다.

김경연

1970년 부산 출생으로 부산대학교에서 1920~30년대 여성 잡지와 근대 여성문학 형성에 관한 연구로 박사학위를 받았다. 현재 부산대학교 국문과 교수로 재직하고 있으며, 비평전문지《오늘의 문예비평》편집위원으로 활동하고 있다. 주된 관심 영역은 여성문학, 문화 번역, 동아시아문학, 지역 문화연구 등이다. 지은 책으로는『세이렌들의 귀환』이 있고, 공저로『살아 있는 신화, 황진이』,『2000년대 한국문학의 징후들』,『문학과 문화, 디지털을 만나다』,『혁명 이후의 문학』,『불가능한 대화들』등이 있다.

김용규

1963년 부산 출생으로 고려대학교에서 전후 영국문학이론의 전환에 관한 연구로 박사학위를 받았다. 부산대학교 인문학연구소 소장과 HK[고전번역+비교문화학연구단]의 단장을 역임했으며, 현재 부산대학교 영문학과 교수로 재직하고 있다. 미국 샌디에이고 소재 캘리포니아대학에서 포스트닥터 연구원을, 버클리 소재 캘리포니아대학에서 방문연구원을 지냈으며, 주된 관심 영역은 문화이론, 포스트식민주의, 세계문학론, 번역론, 부산 문화연구 등이다. 지은 책으로는『문학에서 문화로: 1960년대 이후 영국 문학이론의 정치학』,『혼종문화론』등이 있고, 옮긴 책으로는『비평과 객관성』,『백색신화』,『번역과 정체성』(공역),『아래로부터의 포스트식민주의』등이 있다.

문광훈

고려대학교 독문학과와 같은 대학원을 졸업하고, 독일 프랑크푸르트대학에서 독문학 박사학위를 받았다. 현재 충북대학교 독문학과 교수로 재직하고 있다. 지금까지 독일 문학과 문예학, 한국문학과 문화 그리고 예술론 세 방향에서 글을 써왔다. 첫째로는『페르세우스의 방패-바이스의 '저항의 미학' 읽기』가 있다. 곧 벤야민론이 나온다. 둘째로는『시의 희생자 김수영』,『정열의 수난』(장정일론) 그리고『한국 현대소설과 근대적 자아의식』이 있다. 셋째로는『숨은 조화』,『교감』(『영혼의 조율』로 개정),『렘브란트의 웃음』이 있다. 이 모든 일의 바탕은 김우창 읽기이다. 여기에는『구체적 보편성의 모험』이후『김우창의 인문주의』,『아도르노와 김우창의 예술문화론』,『사무사(思無邪)-'궁핍한 시대의 시인' 읽기와 쓰기』그리고 김우창 선생과의 대담집『세 개의 동그라미: 마음-지각-이데아』가 있다. 그 외 사진집『요제프 수덱』, 아서 쾌슬러의 소설『한낮의 어둠』, 페터 바이스의 희곡『소송/새로운 소송』을 번역했다. 학문적 목표는 자신만의 예술론과 미학 정립이다.

박상진

한국외국어대에서 이탈리아문학을 전공했고, 영국 옥스퍼드대학에서 문학이론으로 문학박사 학위를 취득했다. 미국 하버드대학과 펜실베이니아대학에서 방문학자로 비교문학을 연구했고, 피렌체에 소재한 하버드대학 부설 이탈리아 르네상스 연구소에 객원교수로 체류하며 단테 연구에 집중했다. 현재 부산외국어대에서 이탈리아문학과 비교문학을 가르치고 있으며, 같은 대학의 유럽미주대학 학장과 한국이탈리아어문학회 회장을 맡고 있다. 지은 책으로『단테 신곡 연구』,『이탈리아 문학사』,『에코 기호학 비판: 열림의 이론을 향하여』,『비동일화의 지평: 문학의 보편성과 한국문학』등이 있다. 옮긴 책으로는 『신곡』, 『데카메론』을 비롯하여 『근대성의 종말』, 『굿바이 미스터 사회주의』 등이 있다.

박형준

1977년 경남 밀양 출생. 부산외국어대학교에서 문학을 공부하였으며, 부산대학교 국어교육학과에서 1950년대 문학교육장의 형성 과정을 탐구한 논문으로 박사학위를 받았다. 비평전문지 《오늘의 문예비평》 편집위원을 맡고 있으며, 현재 경성대학교 국문과 강의전담교수로 일하고 있다. 관심사는 문학비평과 문학교육이며, 언어예술인 문학이 우리 삶의 억압적 감성 구조를 변화시키는 실천적 방법이 될 수 있을 것인가에 대해 고민하고 있다. 동시대의 문학적 사유는 '문학이란 무엇인가'라는 질문 방식과 함께, '문학은 우리 삶을 위해 무엇을 할 수 있는가'에 대한 고민을 놓지 않아야 한다고 생각한다. 더불어, 많은 이들이 문학을 '잘 아는 것'보다, 문학적인 삶에 가까워지기를 더 희망한다.

오길영

1965년 충남 출생으로 서울대학교 영문학과 및 동대학원 졸업했다. 뉴욕주립대학교에서 영문학 박사학위를 받았다. 현재 충남대학교 영문학과 교수로 재직하고 있다. 주된 관심 영역은 비평 및 문화이론, 현대 영미소설, 비교문학 등이다. 지은 책으로는 『이론과 이론기계』, 『세계문학공간의 조이스와 한국문학』 등이 있다.

오카 마리 岡真理

1960년 출생으로 동경외국어대학교 석사과정을 수료하고 이집트 카이로대학에 유학했다. 재모로코 일본대사관 전문조사원, 오사카여자대학교 사회학부 전임강사를 거쳐 현재 교토대학교 인간·환경학연구과 교수로 재직하고 있다. 주된 관심 영역은 현대 아랍문학, 제3세계 페미니즘 사상 등이다. 지은 책으로 『그녀의 '진정한' 이름이란 무엇인가』, 『기억/서사』, 『대추야자나무 그늘에서-제3세계 페미니즘과 문학의 힘』, 『아랍 기도로서의 문학』 등이 있고, 옮긴 책으로 『이슬람에서의 여성과 젠더』(라일라 아하메드) 등이 있다.

윤여일

서울대학교 사회학과에서 박사과정을 수료하고 동경외국어대학 외국인 연구자, 중국 사회과학원 방문학자를 거쳤다. 『사상의 원점』, 『사상의 번역』, 『지식의 윤리성에 관한 다섯 편의 에세이』, 『상황적 사고』, 『여행의 사고』(하나·둘·셋)를 쓰고, 대담집 『사상을 잇다』를 펴내고, 『다케우치 요시미 선집』(1·2), 『다케우치 요시미라는 물음』, 『사상이 살아가는 법』, 『사상으로서의 3·11』, 『사회를 넘어선 사회학』을 번역했다.

전성욱

1977년 경남 합천의 작은 시골 마을에서 태어났다. 열두 살 때부터 지금까지 부산에서 살고 있다. 동아대학교 국어국문학과를 졸업하고 동대학 대학원에서 박사과정을 수료 했다. 2007년 봄 비평전문지 《오늘의 문예비평》을 통해 비평가의 길로 들어섰다. 현재 동아대학교 국문학과 강의전담교수로 있으며, 《오늘의 문예비평》 편집주간으로 활동 하고 있다.

조영일

문학평론가. 2006년 《문예중앙》에 「비평의 빈곤: 유종호와 하루키」를 발표하며 비평 활동을 시작했다. 지은 책으로 『가라타니 고진과 한국문학』, 『한국문학과 그 적들』이 있으며, 옮긴 책으로는 『언어와 비극』, 『근대문학의 종언』, 『세계공화국으로』, 『역사와 반복』, 『네이션과 미학』, 『정치를 말하다』, 『문자와 국가』 등이 있다.

파스칼 카자노바 Pascale Casanova

프랑스 출신으로 소설가이자 문학비평가. 공영라디오방송을 통해 프랑스 문화에 관한 문학 프로그램을 운영하기도 했다. 소설로 『공상가 베케트』, 문학비평서로 『세계문학 공화국』(1999) 등이 있다. 2004년 영어로 번역된 『세계문학공화국』과 「세계로서의 문학」(2005)에서 카자노바는 세계문학 공간이 세계 경제 체제로부터 어떻게 독립적으로 움직이는가에 주목하여 세계문학 공간의 불균등성과 자율성을 주장하는 한편, 세계문 학 공간 내부의 중심부와 주변부 간의 역동적 권력 관계를 분석하여 커다란 반향을 일 으켰다.

프레드릭 제임슨 Fredric Jameson

예일대학에서 프랑스문학을 전공하고 사르트르 연구로 박사학위를 받았다. 하버드대학, 캘리포니아대학, 예일대학 등을 거쳐 듀크대학 교수로 있다. 문학·음악·영화·건축 등 문화 전반에 걸친 해박한 지식을 바탕으로 정통 마르크스주의의 입장에서 포스트모더니즘 문화이론을 철학적으로 고찰해왔다. '인식의 지도 작성'을 통해 전 지구화한 자본주의 시대의 총체상을 구하는 그 작업의 독창성은 그를 현존하는 가장 탁월한 비평가의 한 사람으로 손꼽게 한다. 『사르트르』, 『언어의 감옥』, 『침략의 우화들』, 『정치적 무의식』, 『포스트모더니즘, 또는 후기자본주의의 문화논리』, 『후기 마르크스주의』, 『단일한 모더니티』, 『문화적 맑스주의와 제임슨』 등 많은 저서가 있다.

차동호

현재 시카고 소재 일리노이대학 영문과 박사과정에 재학 중이다. 미학과 정치학의 관계, 아시안 아메리칸 문학에서의 인종, 문화, 계급의 관계, 그리고 자본주의 확장과 관련되는 한미 국제 관계를 주제로 박사 논문을 준비하고 있다.

사이키 가쓰히로佐伯勝弘

일본 소카대학 문학부 인문학과를 졸업하고 부산대학교 국문학과 박사과정을 수료했다. 현재 부산외국어대학교 한국어문학부 조교수로 재직하고 있다. 근대문학의 토속성 담론과 비민족주의적 담론에 주목하여 연구하고 있다. 공역서로 『말이라는 사상-근대 일본의 언어 이데올로기』가 있다.

이재봉

1963년 경남 밀양 출생으로 부산대학교에서 한국 근대소설 형성 과정 연구로 박사학위를 받았다. 현재 부산대학교 국문학과 교수로 재직하고 있으며, 근대와 디아스포라에 관심을 갖고 연구를 진행하고 있다. 지은 책으로 『한국 근대문학과 문화체험』 등이 있고, 공역서로 『말이라는 사상-근대 일본의 언어 이데올로기』가 있다.

구모룡의 「근대문학과 동아시아적 시각」은《한국문학논총》30집(2002)에 실렸던 글을
수정·보완했다.

김경연의 「디아스포라 여성 서사와 세계/보편의 '다른' 가능성」은 부산대학교 인문학
연구소가 펴내는《코키토》74호(2013)에 실린 글을 수정·보완했다.

김용규의 「세계문학과 로컬의 문화 번역」은《비평과이론》2013년 여름호(통권 18권 제1
호)에 실린 글을 수정·보완했다.

문광훈의 「이 재앙의 지구에서: 오늘의 세계문학」은《오늘의 문예비평》2011년 여름
호(통권 81호)에 실렸던 글을 수정·보완했다.

박상진의 「세계문학 문제의 지형」은《오늘의 문예비평》2011년 여름호(통권 81호)에 실
렸던 글을 수정·보완했다.

박형준의 「정치적인 것의 귀환」은《오늘의 문예비평》2011년 가을호(통권 82호)에 실렸
던 글을 수정·보완했다.

오길영의 「세계문학과 민족문학의 역학」은《오늘의 문예비평》2011년 여름호(통권 81
호)에 실렸던 글을 수정·보완했다.

오카 마리의 「제3세계 페미니즘과 서발턴」은 부산대학교 인문학연구소가 펴내는《코
키토》73호(2013)에 실린 글을 수정·보완했다. 저자의 허락을 얻어 수록하였다.

윤여일의 「방법으로서의 동아시아」는《오늘의 문예비평》2010년 가을호(통권 78호)에
실렸던 글을 수정·보완했다.

전성욱의 「세계문학의 해체」는《오늘의 문예비평》2009년 가을호(통권 74호)에 실렸던
글을 수정·보완했다.

조영일의 「한국문학과 무라카미 하루키와 세계문학」은 2010년 5월 영미문학연구학회

가 '세계화, 문학, 문학 연구'라는 주제로 주최한 학술대회에서 발표한 원고를 수
정·보완했다.

차동호의 「근대적 시각주의를 넘어서」는 《오늘의 문예비평》 2009년 가을호(통권 74호)
에 실렸던 글을 수정·보완했다.

파스칼 카자노바의 「세계로서의 문학」은 "Literature As A World", *New Left Review*
31 (2005 January-February)를 번역했다.

Pascale Casanova, "Literature As A World" in *New Left Review*, Vol 31(2005 January-

February). Copyright, 2005, *New Left Review*. All rights reserved. Republished by permission

of the copyright holder, New Left Review.

프레드릭 제임슨의 「다국적 자본주의 시대의 제3세계 문학」은 "Third-World
Literature in the Era of Multinational Capitalism", *Social Text* 15(1986)를 번역
했다.

Frederic Jameson, "Third-World Literature in the Era of Multinational Captialism," in

Social Text, Volume 15, no., pp. 65-88. Copyright, 1986, Duke University Press. All rights

reserved. Republished by permission of the copyright holder, Duke University Press. www.

dukeupress.edu

찾아보기

오늘날 우리는 근대성의 위기를 목격하고 있다. 근대성은 우리에게 계몽과 이성과 진보를 통한 인간 해방의 가능성을 제공하기도 했지만, 전지구적 차원에서 볼 때 그 해방의 혜택은 특정 지역이나 소수의 엘리트들에게만 돌아갔다. 즉 그것은 인간의 해방을 선언하는 바로 그 와중에도 서양과 비서양, 제국과 식민, 문명과 자연, 이성과 비이성, 중심과 주변, 남성과 여성, 백인종과 비백인종, 지배계급과 서발턴 등 다양한 이분법적 구조를 형성함으로써 전 지구적인 차원에서 새로운 차별들의 체제를 구축해왔다. 이는 근대성이 그 기원에서부터 자신의 어두운 이면으로 이미 식민성을 갖고 있었음을 보여준다.

그동안 우리는 근대성과 식민성이 동전의 양면을 이루고 있음을 제대로 인식하지 못한 채 근대성을 '미완의 기획'으로 간주하였고, 그것을 더욱 밀어붙임으로써 근대성을 완성하고 근대성의 한계를 뛰어넘을 수 있으리라 꿈꾸어왔다. 하지만 이런 시도는 근본적으로 식민성에 대한 이해를 폐제廢除한, 근대성이라는 환상에 기초한 것이었음이 드러났다. 오히려 근대의 극복은 근대성의 완성이 아니라 바로 근대 이후 제도화된 식민성의 극복을 통해 가능할 수밖에 없다는 사실이 점차 입증되고 있는 것이다. 우리는 근대성의 완성과 식민성의 극복이 긴밀히 연결되어 있으면서도 서로 첨예한 긴장 관계를 형성하고 있음을 깨닫고 있다. 전자의 논리가 후자에 대한 인식에 근거하지 못할 때, 근대를 극복할 가능성을 계속해서 서양과 중심부에서만 찾게 되는 유럽중심주의적 논리에서 벗어나기 어렵다. 반면 식민성의 극복을 전제로 한 근대성의 극복은 전 지구적 차원에서 근대에 의해 억압되고 지워진 주변부의 다양한 가치들을 전면적으로 재평가하고, 그 주변적 가치들을 통해 서양의 단일한 보편성과 직선적 진보의 논리를 극복할 가능성을 제공할 수 있다. 이런 인식을 감안할 때, 새삼 주목받게 되는 것은 중심부가 아니라 주변부이고, 단일한 보편성이 아니라 복수의 보편성들이며, 근대성의 완성이 아니라 그 극복이다.

 '우리시대의 주변/횡단 총서'는 이런 문제의식에서 기획되었다. 이 총서는 일차적으로 근대성 극복을 위한 계기나 발화의 위치를 서양과 그 중심부에서 찾기보다 서양이든 아니든 주변과 주변성에서 찾고자 한다. 그렇다고 주변성을 낭만화하거나 일방적으로 예찬하지는 않을 것이다. 주변은 한계와 가능성이 동시에 공존하는 장소이자 위치이다. 그곳은 근대의 지배적 힘들에 의해 억압된 부정적 가치들이 여전히 사람들의 삶에 질곡으로 기능하는 지점이며 중심부의 논리가 여과 없이 맹목적으로 횡행하는 장소이기도 하다. 하지만 이런 질곡의 이면을 들여다보면 이 장소는 근대에 의해 억압되었고 중심부의 논리에 종속되어야만 했던 잠재적 역량들이 집결되어 있는 곳이기도 하다. 그러므로 주변성은 새로운 해방과 가능성을 풍부한 잠재적 조건으로 가지고 있는 곳이기도 하다. '우리시대의 주변/횡단 총서'는 주변성의 이런 가능성과, 그것을 어떻게 키워나갈 것인가에 주목하고자 한다.

뿐만 아니라 '우리시대의 주변/횡단 총서'는 주변성이나 주변적 현실에 주목하되 그것을 고립해서 보거나 그것의 특수한 처지를 강조하지 않을 것이다. 오히려 주변은 스스로를 횡단하고 월경함으로써, 나아가서 비슷한 처지에 있는 다른 지역 및 위치들과의 연대를 통해 자신의 잠재성을 보다 키워나갈 수 있을 것이고, 종국적으로 특수와 보편의 근대적 이분법을 뛰어넘는 새로운 차원의 보편성을 실천적으로 사고해나갈 수 있을 것이다. 그동안 근대적 보편성은 주변이 자신의 특수한 위치를 버릴 때에만 초월적이고 보편적인 지점에 도달할 수 있는 것으로 주장돼 왔다. 그리고 그 보편적 지점을 일방적으로 차지했던 것은 항상 서양이었다. 그 결과 그 보편성은 주변에 동질성을 강제하는 억압적 기제로 작용했고, 주변의 삶이 스스로를 부정적으로 인식하도록 만든 결정적 계기가 되었던 것이다. 근대성과 식민성이 여전히 연동하고 있는 오늘날의 전 지구적 현실에서 서양적이고 초월적인 보편성은 더 이상 순조롭게 작동하기 어렵다. 이제 필요한 것은 주변들과 주변성의 역량이 서로 횡단하고 접속하고 연대함으로써 복수의 보편들을 추구하는 작업이다. '우리시대의 주변/횡단 총서'는 이런 과제에 기여하는 것을 꿈꾸고자 한다.

부산대학교 인문학연구소